全本全注全译丛书

中华经典名著

张启成 徐达 等◎译注

文选 三

中华书局

目　录

第三册

咏史

王仲宣

见卷第十一《登楼赋》作者介绍。

咏史诗一首

【题解】

"咏史"之作,往往是诗人浏览史书,触动今情,有感于古人行事之得失,咏其事而自寄情愫。三国时期,曹操专权,又好以己事诛杀贤良,不能直指其事而诟之,故托言秦穆公杀三良之古事,以讽之。

此诗写得情真意切,读之催人泪下。"人生各有志"笔锋骤转,强作镇静,更令人伤悲。何焯《义门读书记》曰:"仲宣之诗最为沉郁顿挫,而锺记室以为文秀而质羸,殆所未喻。"

自古无殉死①,达人共所知。
秦穆杀三良②,惜哉空尔为③。
结发事明君④,受恩良不訾⑤。
临殁要之死⑥,焉得不相随?

妻子当门泣,兄弟哭路垂^⑦。

临穴呼苍天^⑧,涕下如绠縻^⑨。

人生各有志,终不为此移^⑩。

同知埋身剧^⑪,心亦有所施。

生为百夫雄^⑫,死为壮士规^⑬。

《黄鸟》作悲诗,至今声不亏^⑭。

【注释】

①殉死:陪同死亡。殉,以人从葬。《礼记·檀弓》曰:"陈乾昔寝
　疾,嘱其兄弟而命其子尊己,曰:'如我死,则必大为我棺,使吾二
　婢子夹我。'陈乾昔死,其子曰:'以殉葬,非礼也。况又同棺乎!'"

②秦穆杀三良:《诗经·秦风·黄鸟》序曰:"《黄鸟》,哀三良也,国
　人刺穆公以人从死,而作是诗也。"三良,三善臣。指奄息、仲行、
　鍼虎三人,皆子车氏之子。

③空尔为:殉,无益,徒彰,非礼,故曰"空尔为"。尔,语助词。

④结发:古代男子自成童开始束发,因以指初成年。事:奉事。

⑤不訾(zī):无量。訾,衡量,计量。

⑥殁(mò):死。要(yāo)之死:李善注引刘德《汉书》注曰:"《黄鸟》
　之诗,刺秦穆公要之从死。"要,要挟,胁迫。

⑦路垂:路边。

⑧穴:墓门。

⑨绠縻(gěng mí):绳索。

⑩"人生"二句:吕向注:"甘为殉而不退。"

⑪剧:甚。

⑫百夫雄:众人中最为雄俊杰出者。

⑬规:典范风仪之谓。

⑭亏：歌。

【译文】

古来已无殉葬死，天下达人共所知。
秦穆无道杀三良，这等做法近白痴。
臣下自当事明君，皇恩浩荡心自知。
驾崩之际逼殉葬，臣子哪能敢抗旨？
妻子儿女当门哭，姊妹兄弟一路啼。
临到坟头呼苍天，泪下如注没人理。
人各有志难为言，不以妻儿泪转移。
殉葬总是大痛苦，为人所用命如此。
活着要当英雄汉，死去也得有风仪。
"交交黄鸟"作悲歌，相传至今声凄凄。

曹子建

见卷第十九《洛神赋》作者介绍。

三良诗一首

【题解】

《诗经·秦风·黄鸟》序孔疏曰："《秦本纪》云：穆公卒，葬于雍，从死者百七十人。然则死者多矣，主伤善人，故言哀三良也……此不刺康公而刺穆公者，是穆公命从己死，此臣自杀从之，非后主之过。"子建之哀三良，与《黄鸟》诗人同义。其后陶渊明咏三良、刘原父哀三良、苏东坡秦穆公墓诗，皆叹三良之忠，而刺穆公意反恕，则已非《黄鸟》诗义，当在王、曹二诗下。

刘良曰:"亦咏史也,义与前诗同。植被文帝责黜,意者是悔不随武帝死,而托是诗。"

> 功名不可为,忠义我所安①。
> 秦穆先下世,三臣皆自残②。
> 生时等荣乐,既没同忧患③。
> 谁言捐躯易④,杀身诚独难。
> 揽涕登君墓⑤,临穴仰天叹。
> 长夜何冥冥⑥,一往不复还。
> 《黄鸟》为悲鸣,哀哉伤肺肝⑦。

【注释】

①"功名"二句:曹植自言功名不可强为而致也,唯忠义我可安之。功名不可为,李善注:"言功立不由于己,故不可为也。"安,犹乐。

②三臣:见前诗注。残:杀。

③"生时"二句:李善注引应劭《汉书》注曰:"秦穆与群臣饮酒。酒酣,公曰:'生共此乐,死共此哀。'奄息等许诺。及公薨,皆从死。"等、同义同。

④捐:弃。

⑤揽涕:抹泪。

⑥长夜:谓墓。墓中不明,故曰"长夜"。冥冥:暗貌。

⑦伤肺肝:古歌曰:"大忧摧人肺肝心。"谓悲之至。

【译文】

立功非我所能为,最是忠义能相召。

秦穆去世归地府,三贤自杀赴阴曹。

活着同享富与贵，死去赔上命一条。

自来生命最宝贵，生死面前见英豪。

揩去泪水登君墓，墓穴门前哭号啕。

从此生死两茫茫，长夜难明永寂寥。

已有《黄鸟》作悲鸣，至痛至惨历千朝。

左太冲

见卷第四《三都赋序》作者介绍。

咏史八首

【题解】

诗以"咏史"为题，始于东汉班固。班固有《咏史诗》一首，词甚质直，故锺嵘《诗品》序称："唯有班固《咏史》，质木无文致。"此后，王粲继作，虽文采有加，但就史事论史事，则无以异。

左思有《咏史》八首，大约作于270—280年这十年间。许学夷《诗源辩体》卷五云："左太冲五言《咏史》，出于班孟坚、王仲宣，而气力胜之。"但又失之"语多讦直"。何焯《义门读书记》曰："题云《咏史》，其实乃咏怀也。八首一气挥洒，激昂顿挫，真是大手，晋诗中杰出者。太白多学之。"沈德潜《说诗晬语》卷下曰："太冲《咏史》，不必专咏一人、专咏一事，已有怀抱，借古人事以抒写之，斯为千秋绝唱。后人粘著一事，明白断案，此史论，非诗格也。"

弱冠弄柔翰①，卓荦观群书②。

　　著论准《过秦》③，作赋拟《子虚》④。

　　边城苦鸣镝⑤，羽檄飞京都⑥。

　　虽非甲胄士⑦，畴昔览穰苴⑧。

　　长啸激清风⑨，志若无东吴⑩。

　　铅刀贵一割⑪，梦想骋良图⑫。

　　左眄澄江湘⑬，右盼定羌胡⑭。

　　功成不受爵⑮，长揖归田庐⑯。

【注释】

①弱冠：《礼记·曲礼》："二十曰弱冠。"后泛称年少为弱冠。柔翰：毛笔。王粲《车渠椀赋》曰："援柔翰以作赋。"

②卓荦（luò）：卓绝出众。班固《典引》："卓荦乎方州，羡溢乎要荒。"

③论：文体之一种。刘勰《文心雕龙·论说》曰："论也者，弥纶群言，而研精一理者也。"准：标准。《过秦》：指贾谊的《过秦论》。

④拟：模拟，效仿。《子虚》：赋名。西汉司马相如所作。

⑤鸣镝（dí）：响箭。《史记·匈奴列传》："冒顿乃作为鸣镝，习勒其骑射。"《集解》韦昭曰："矢镝飞则鸣。"镝，箭。

⑥羽檄（xí）：以鸟羽插书檄上，以示紧急。

⑦甲胄（zhòu）士：指军人。甲胄，铠甲和头盔。

⑧畴昔：昔日。畴，为助词，无义。览：观看。穰苴（ráng jū）：司马穰苴，春秋时齐国名将。善于用兵，约束严明，曾击败燕、晋军队，收复齐国失地。死后，齐威王使大夫追论古者《司马兵法》，将穰苴之作附于其中，称为《司马穰苴兵法》。

⑨长啸：指啸声悠长。啸，撮口作声曰啸。激：激扬。清风：凉风。谓长啸与清风相互激动振奋。

⑩东吴：指东吴孙氏。东吴被灭于280年，据此，可推断此诗作于

灭吴以前。

⑪铅刀贵一割：语出《后汉书·班超传》："昔魏绛列国大夫，尚能和
　辑诸戎，况臣奉大汉之威，而无铅刀一割之用乎?"谓铅刀虽钝，
　犹不妨尽其所力。自谦之辞。

⑫骋：驰骋，实现。良图：远大的志向和抱负，即宏图。

⑬左：古人叙地理以东为左，以西为右。此言左，指东南方。下句
　言右，指西北方。眄(miǎn)：斜视。澄江湘：指平定东吴。江湘，
　长江和湘水。

⑭羌胡：泛指我国古代西北部少数民族，当时经常与中原发生
　战争。

⑮爵：爵位。《礼记·王制》："王者之制禄爵，公、侯、伯、子、男凡五
　等。"郑注："禄，所受食；爵，秩次也。"

⑯长揖(yī)：相见之礼，拱手自上而至极下以为礼。辞谢、告别，亦
　以为礼。田庐：农村屋舍。

【译文】

年届二十涉文场，超群天资观群书。

论以《过秦》为楷模，赋拟《子虚》做华章。

边城烽火生民苦，羽书频频飞帝都。

常恨此身非武士，幸有兵书在胸膛。

当风长啸情激越，东吴一似秋日霜。

铅刀虽钝贵一割，宏图施展热衷肠。

左望东南澄江湘，右盼平定羌与胡。

功成身退不受爵，长揖之后归吾乡。

郁郁涧底松①，离离山上苗②。

以彼径寸茎③，荫此百尺条④。

世胄蹑高位⑤，英俊沉下僚⑥。

地势使之然，由来非一朝⑦。

金张籍旧业⑧，七叶珥汉貂⑨。

冯公岂不伟，白首不见招⑩。

【注释】

①郁郁：茂盛貌。《古诗十九首》之二："青青河畔草，郁郁园中柳。"涧：夹在两山之间的流水。

②离离：分散下垂貌。

③径寸茎：直径一寸的草茎。言草木之小者。

④荫：遮蔽。百尺条：高达百尺之大树。条，木名。《诗经·秦风·终南》："终南何有？有条有梅。"毛传："条，槄。"郑笺注引郭璞曰："今之山楸也。"这里泛指高大的树木。

⑤世胄：古代帝王和贵族的后代，世家子弟。蹑：居，登。高位：指地位、职位之高。

⑥英俊：英才和俊杰。沉：沦落。下僚：下层之人。

⑦"地势"二句：以自然界之草木所在位置高低，比喻社会地位的显要和贫贱。

⑧金、张：汉金日磾家，自武帝至平帝，七世为内侍。汉张汤之后代，自宣帝、元帝以来，为侍中、中常侍者十余人。后人因以金、张为功臣世族之代称。籍：门籍，在册。旧业：以往祖上的功业。

⑨七叶：七世。珥（ěr）：插入。汉貂：汉代的貂尾。汉侍中、中常侍之冠插貂尾，加金珰，附蝉以为饰。

⑩"冯公"二句：冯公，指冯唐，安陵（今河南鄢陵西北）人。文帝时为中郎署长，直谏文帝赏轻罚重。又为云中守魏尚辩护，拜为车骑都尉。武帝立，求贤良，时冯唐已九十余岁，不能复为官。此二句谓冯唐白首屈于郎署，故云"不见招"。思叹小人在位而君子在野。

【译文】

叶茂根深涧底松，山顶幼树显垂容。

径寸之茎何足贵，遮蔽巨树逞威风。

豪门权贵登高位，俊杰英才世难容。

高山峡谷天然势，由来已久自古同。

金、张声势仍显赫，七世公侯有神通。

冯唐才德天下少，待用等成白头翁。

> 吾希段干木①，偃息藩魏君②。
>
> 吾慕鲁仲连，谈笑却秦军③。
>
> 当世贵不羁④，遭难能解纷⑤。
>
> 功成不受赏，高节卓不群⑥。
>
> 临组不肯缫，对珪不肯分⑦。
>
> 连玺耀前庭⑧，比之犹浮云⑨！

【注释】

①段干木：战国时晋人。隐居魏国，不受官禄。魏文侯以礼事之。过其门，必伏轼致敬。见前注。

②偃息：仰卧，安卧。班固《幽通赋》："木偃息以藩魏兮，申重茧而存荆。"（木，指段干木。申，指包申胥。）藩：藩蔽，屏障。这里引申为保卫。

③"吾慕"二句：鲁仲连，亦称鲁连，战国时齐人。好奇伟俶傥之画策，而不肯仕宦任职，好持高节。秦围赵急，魏使新垣衍请帝秦，鲁仲连力言不可。会信陵君率魏兵至，秦军撤离，后世称鲁仲连义不帝秦。谈笑，指鲁仲连与新垣衍之对话。见《史记·鲁仲连邹阳列传》。却，退。

④当世贵不羁(jī)：谓为人在世贵在不受束缚。羁，捆缚，约束。

⑤遭难能解纷：《史记·鲁仲连邹阳列传》曰："秦军遂引而去，于是平原君欲封鲁连，鲁连辞让者三，终不肯受。平原君乃置酒，酒酣，起前，以千金为鲁连寿。鲁连笑曰：'所贵于天下之士者，为人排患释难解纷乱而无取也；即有取者，是商贾之事也，而连不忍为也。'遂辞平原君而去。"

⑥高节：高尚的节操。卓：突出。不群：出众。

⑦"临组"二句：组，古代佩印用组，原为丝带之属，后引申为官印，或做官的代称。绁(xiè)，同"绁"，拴系。珪(guī)，同"圭"，上圆下方的玉。古代封爵授土时，赐珪作为凭信。后代以示官职身份。绁组、分珪，均指接受官爵。

⑧连玺(xǐ)：多次加封，故曰"连玺"。玺，印章。后专指皇帝之印章。

⑨浮云：《论语·述而》："不义而富且贵，于我如浮云。"喻蔑视功名富贵。

【译文】

我应赞美段干木，北窗高卧保魏君。

我之所慕鲁仲连，谈笑之间退秦军。

人之所贵无羁绊，排患释难解忧纷。

大功告成不受赏，高风亮节独超群。

封侯拜相非彼愿，临组对珪何足论。

加官晋爵耀门庭，富贵于我如浮云！

济济京城内①，赫赫王侯居②。

冠盖荫四术③，朱轮竟长衢④。

朝集金张馆，暮宿许史庐⑤。

南邻击钟磬，北里吹笙竽⑥。

寂寂扬子宅⑦,门无卿相舆⑧。

寥寥空宇中⑨,所讲在玄虚⑩。

言论准宣尼,辞赋拟相如⑪。

悠悠百世后,英名擅八区⑫。

【注释】

①济济:美盛貌。

②赫赫:显耀之状。

③冠盖:显贵者的冠服车盖。荫:遮蔽。术:道路。

④朱轮:朱红色轮子的车子。汉代列侯和二千石以上的官乘朱轮。竟:遍。长衢:大道。

⑤许、史:两姓氏。许,指汉宣帝许皇后娘家。许皇后父许广汉封为平恩侯,许广汉两弟亦皆封侯。史,指汉宣帝祖母史良娣的娘家。史良娣侄史高等三人均封为侯。事见《汉书·外戚传》。此处借指当时权贵。

⑥"南邻"二句:谓邻里皆贵族,故常闻奏乐。磬(qìng),乐器名。以石为之。笙、竽,两种管乐器名。以竹为之。

⑦寂寂扬子宅:《汉书·扬雄传》扬雄自叙曰:"家素贫,嗜酒,人希至其门。"故云。寂寂,无人声。

⑧舆:车。

⑨寥寥:空旷貌。宇:屋。

⑩玄虚:扬雄著有《太玄经》十卷,因玄理虚而无形,故谓之玄虚。

⑪"言论"二句:刘良注:"《法言》象《论语》故云'准',作赋以相如为式,故云'拟'。"宣尼,孔子。汉平帝时追谥孔子为"褒成宣尼公"。扬雄仿《论语》作《法言》十三卷。

⑫擅八区:犹言名声著于八方。擅,独特出群。八区,八方。

【译文】

物华天宝是京畿，威威赫赫侯王居。

冠盖成荫通四路，朱轮滚滚无东西。

朝为金、张馆里客，暮向许、史叩门扉。

南邻钟磬声沸扬，北里笙竽亦震耳。

默默无闻扬雄宅，门庭冷落车马稀。

空空如也屋宇内，著书立说志不移。

所写《法言》慕仲尼，辞赋要把相如拟。

悠悠旷代百世后，千秋英名天下知。

　　皓天舒白日①，灵景耀神州②。
　　列宅紫宫里③，飞宇若云浮④。
　　峨峨高门内⑤，蔼蔼皆王侯⑥。
　　自非攀龙客，何为欸来游⑦？
　　被褐出阊阖，高步追许由⑧。
　　振衣千仞岗，濯足万里流⑨。

【注释】

①皓天：明亮的天空。舒：展现。

②灵景：日光。神州："赤县神州"的简称。古代对中国的一种
　叫法。

③紫宫：星垣名。喻皇都。

④飞宇：古代宫殿屋檐像飞翔之鸟翼，曰"飞宇"。宇，檐。

⑤峨峨：高貌。

⑥蔼蔼：众多貌。

⑦"自非"二句：言己非攀龙附凤趋竞之人，何为忽游于此。攀龙

客,追随帝王以求仕进之人。欻(xū),忽。

⑧"被(pī)褐"二句:谓恶世人趋竞势利,将被褐出国门,追许由之迹
　而履之。被褐,穿着粗布衣服。阛阓,晋代洛阳城有阛阓门。代
　指国都门。高步,大步。许由,人名。尧时隐士,传说尧让帝位
　于他,他不接受,逃避至箕山下隐居躬耕。

⑨"振衣"二句:谓去尘俗之污秽,故振衣高岗,濯足长流。语本王
　粲《七释》:"濯身乎沧浪,振衣乎嵩岳。"振衣,抖动衣服,扬去衣
　上灰尘。仞,古代长度单位。据陶方琦《说文仞字八尺考》谓周
　制为八尺,汉制为七尺,东汉末则为五尺六寸。濯(zhuó)足,
　洗足。

【译文】

羲和着鞭自悠悠,皓天白日照神州。
卿相第宅皇都里,画栋飞檐若云浮。
朱门深院森森立,衣冠楚楚皆王侯。
攀龙附凤非我辈,骤然而至欲何求?
一身布衣出城阙,高视阔步追许由。
高岗振衣除污浊,万里濯足入清流。

　　　　　荆轲饮燕市①,酒酣气益振②。
　　　　　哀歌和渐离③,谓若傍无人④。
　　　　　虽无壮士节,与世亦殊伦⑤。
　　　　　高眄邈四海⑥,豪右何足陈⑦。
　　　　　贵者虽自贵,视之若埃尘⑧。
　　　　　贱者虽自贱,重之若千钧⑨。

【注释】

①荆轲饮燕市:荆轲,人名。为燕太子丹刺秦王,未遂,被杀。《史记·刺客列传》载:"荆轲既至燕,爱燕之狗屠及善击筑者高渐离。荆轲嗜酒,日与狗屠及高渐离饮于燕市。酒酣以往,高渐离击筑,荆轲和而歌于市中,相乐也。已而相泣,旁若无人者。"

②酣(hān):饮酒尽兴。振:振作。

③和(hè):唱和。渐离:高渐离。见上注。

④谓:谈论。

⑤"虽无"二句:谓自己虽然还缺少荆轲这类壮士之高节,然亦不同众人。殊伦,不类。

⑥高眄:高视。邈四海:以四海为小。邈,小。

⑦豪右:豪门大族。何足陈:犹言不足道。陈,说。

⑧"贵者"二句:言贵者自贵,然由我观之,与尘埃无以异。埃尘,极言其轻微渺小。

⑨"贱者"二句:贱者自贱,然由我观之,自有千钧之重。古三十斤为一钧。吕延济注:"言君王虽贵,轲将刺之;狗屠虽贱,轲乃与饮。事虽属轲,实思自谓也。思疾当时贵者尽是小人,故轻之;贱者虽贱,则有君子,故重之。"

【译文】

壮哉荆轲饮燕市,酒过三巡意气雄。

哀歌声和渐离节,旁若无人自从容。

我辈纵无壮士节,却与世人不相同。

四海虽大收眼底,敢付豪右谈笑中。

贵者自贵不为贵,由我观之如尘埃。

贱者虽贱终不贱,有如千钧万钧重。

主父宦不达①,骨肉还相薄②。

买臣困采樵,伉俪不安宅③。

陈平无产业,归来翳负郭④。

长卿还成都,壁立何寥廓⑤。

四贤岂不伟⑥,遗烈光篇籍⑦。

当其未遇时,忧在填沟壑⑧。

英雄有屯邅⑨,由来自古昔。

何世无奇才,遗之在草泽⑩。

【注释】

①主父:主父偃。汉武帝时人,官至齐相。当其游学未遇时,"身不得遂,亲不以为子,昆弟不收,宾客弃我,我厄日久矣"。事见《史记·平津侯主父列传》。宦:仕,做官。不达:指尚未做官。

②骨肉:指至亲。《吕氏春秋·精通》:"父母之于子也,子之于父母也,一体而两分,同气而异息。若草莽之有华实也,若树木之有根心也,虽异处而相通,隐志相及,痛疾相救,忧思相感,生则相欢,死则相哀,此之谓骨肉之亲。"薄:轻鄙之。

③"买臣"二句:朱买臣,汉武帝时人。初贫,后官至丞相长史。《汉书·朱买臣传》曰:朱买臣"家贫,好读书,不治产业,常艾薪樵卖以给食。担束薪,行且诵书。其妻亦负戴相随,数止买臣毋歌呕道中。买臣愈益疾歌。妻羞之,求去。买臣笑曰:'我年五十当富贵,今已四十余矣。汝苦日久,待我富贵报汝功。'妻恚怒曰:'如公等,终饿死沟中耳,何能富贵!'买臣不能留,即听去"。伉俪(kàng lì),夫妇配偶之雅称。不安宅,不安于家室。

④"陈平"二句:陈平,汉初功臣,官至丞相。初家贫,居于负郭穷巷,以敝席为门。事见《史记·陈丞相世家》。翳(yì),吕向注:"翳,依也。"负郭,房屋背着城墙。

⑤"长卿"二句:司马相如,字长卿,成都(今属四川)人。曾游临邛
(今四川邛崃),以琴挑王孙之女卓文君,与之同还成都。家中空
无所有,家徒四壁。事见《史记·司马相如列传》。寥廓,空虚,
空旷。

⑥四贤:指上述主父偃、朱买臣、陈平、司马相如四位贤达之士。
伟:出众,奇异。

⑦遗烈:前人遗留的业迹。光篇籍:彪炳史册。

⑧填沟壑(hè):死。人死埋于地下,故称"填沟壑"。

⑨屯邅(zhūn zhān):亦作"迍邅",艰难的处境。

⑩遗:弃。刘良注:"自伤沉沦,于此见志。"草泽:草野之中。指奇
才不为世用,流落在民间。

【译文】

主父当年未做官,至亲骨肉也淡然。

买臣窘困去采樵,妻子抱怨宅不安。

陈平穷巷无产业,破席为门难为看。

相如初还成都日,家徒四壁更凄惨。

四贤业绩天下少,立功立言有遗篇。

人之穷达在际遇,未遇几致沟壑填。

英雄总有失意时,此事自来古难全。

世上何代无奇才,往往落魄草泽间。

习习笼中鸟①,举翮触四隅②。

落落穷巷士③,抱影守空庐④。

出门无通路⑤,枳棘塞中涂⑥。

计策弃不收⑦,块若枯池鱼⑧。

外望无寸禄⑨,内顾无斗储⑩。

亲戚还相蔑^⑪，朋友日夜疏^⑫。

苏秦北游说^⑬，李斯西上书^⑭。

俯仰生荣华，咄嗟复凋枯^⑮。

饮河期满腹，贵足不愿余^⑯。

巢林栖一枝，可为达士模^⑰。

【注释】

①习习：屡飞貌。

②举翮（hé）：振翅。翮，翅膀。四隅：四边。

③落落：疏寂貌。指与人疏远难合。穷巷士：言士之居于穷巷。

④抱影：谓形影相守。以上四句言士居穷巷，犹鸟之在笼，皆不得志。

⑤无通路：无通达之路。言时无道。

⑥枳（zhǐ）、棘：两种有刺之树，以喻仕进道路上障碍之多。《孔丛子·记问》曰："枳棘充路，涉之无缘。"涂：同"途"。

⑦计策弃不收：谓所出谋略不为人所用。东方朔《六言》曰："合樽促席相娱，计策弃捐不收。"

⑧枯池鱼：干涸池塘之鱼。喻处境困厄。

⑨寸禄：微薄的俸禄。

⑩顾：回首。斗储：一斗存粮。储，蓄。

⑪蔑（miè）：轻视。

⑫疏：疏远。

⑬苏秦北游说：苏秦，战国时周洛阳（今属河南）人。先是游说秦王，不成。乃发愤读书，再北出游说燕、赵等六国，合纵抗秦，为六国相。后纵约为秦破坏，苏秦自燕逃至齐，为齐客卿，被仇人刺死。事见《史记·苏秦列传》。

⑭李斯西上书：李斯，战国时楚上蔡（今属河南）人。西入秦，上书
　　秦王，被任用，官至丞相。二世时，为赵高所谗死，诛三族。事见
　　《史记·李斯列传》。

⑮"俯仰"二句：谓苏秦、李斯素皆贫贱之士，俯仰之间而取荣宠，旋
　　而复见凋残，言人不可无位，及其有位，不欲过分。俯仰，俯仰之
　　间。形容时间短促。咄嗟，犹言呼吸之间，亦时间短促之谓。

⑯"饮河"二句：蔡邕《让高阳乡侯章》："鹪鹩巢林，不过一枝；鼹鼠
　　饮河，不过满腹。"贵足，以满足为贵。不愿余，不愿多。

⑰"巢林"二句：吕向注："偃鼠、鹪鹩，取足而已，不愿余也。此则达
　　士之模。思言位过其才，必为其咎。"达士，达观之士。模，楷模。

【译文】

笼中之鸟习习飞，飞来飞去在笼里。
落寞穷巷读书人，形影相吊无人理。
出得门来无通路，荆棘满地脚难提。
有计有谋无人用，简直像条枯池鱼。
外无分文可收入，家中没有一斗米。
亲戚相见皆白眼，朋友越来越疏离。
苏秦北游说六国，李斯上书去关西。
俯仰之间享荣华，眼睛一眨命归西。
老鼠饮河一肚水，鸟雀巢林一枝栖。
可作达人座右铭，再多再好不稀奇。

张景阳

　　张协，生卒年不详，字景阳，安平武邑（今属河北）人。张载之弟。
与兄载弟亢，时称"三张"。张协为人束身自好，以诗文自娱。官至黄门
侍郎。后托疾，弃绝人事，终于家。《晋书·张协传》云："于时天下已

乱，所在寇盗，协遂弃绝人事，屏居草泽，守道不竞，以属咏自娱。"何焯《义门读书记》曰："胸次之高，言语之妙，景阳与元亮之在两晋，盖犹长庚、启明之丽天矣。"又曰："诗家炼字琢句始于景阳，而极于鲍明远。"《诗品》列张协诗于上品。张溥《汉魏六朝百三家集题辞》云："景阳文稍让兄，而诗独劲出，盖二张齐驱，诗文之间，互有短长。"今存诗十三首并残句，存文七篇。张溥辑其兄弟遗作为《张孟阳景阳集》一卷。

咏史一首

【题解】

此诗以汉代疏广、疏受叔侄事迹咏而歌之。疏广，为太子太傅；广兄子受，为少傅。疏广谓疏受曰："吾闻'知足不辱，知止不殆'，'功遂身退，天之道'也。今仕官至二千石，宦成名立，如此不去，惧有后悔。"（见《汉书》本传）遂退归故里。以圣上所赐金日令家供具酒食，与族人故旧宾客相娱乐，曰："贤而多财，则损其志；愚而多财，则益其过。且夫富者，众人之怨也。"（同上。）众皆服其识。

张协见朝廷贪禄位者众，故咏此诗以刺之。

昔在西京时①，朝野多欢娱。
蔼蔼东都门②，群公祖二疏③。
朱轩曜金城④，供帐临长衢⑤。
达人知止足⑥，遗荣忽如无⑦。
抽簪解朝衣⑧，散发归海隅⑨。
行人为陨涕⑩，贤哉此丈夫⑪。
挥金乐当年，岁暮不留储⑫。
顾谓四坐宾，多财为累愚⑬。

清风激万代⑭,名与天壤俱⑮。

咄此蝉冕客⑯,君绅宜见书⑰。

【注释】

①西京:指西汉。

②蔼蔼:盛貌。东都门:长安东门。

③祖:祖道。出行前祭祀路神曰祖道。后因称饯行为祖道。二疏:
指疏广、疏受。

④朱轩:饰以朱漆之车,古代王侯之车。金城:指长安城。

⑤供帐:供设帷帐,以备祖道之用。

⑥达人知止足:达观之人。此处指二疏。疏广曾对疏受引《老子》
语"知足不辱,知止不殆",故曰"知止足"。

⑦遗荣忽如无:二疏将圣上所赐尽数宴请族人、故旧、宾客,欲"令
子孙勤力其中,足以共衣食,与凡人齐"(语见《汉书》本传)。遗,
赠给。

⑧抽簪解朝衣:言罢官。抽簪、解朝衣,均为罢官之举。簪,笄,用
以持冠。

⑨海隅:海边。指隐退。

⑩行人:路人。陨涕:落泪。

⑪此丈夫:指疏广、疏受。

⑫岁暮:指晚年。储:积。

⑬累愚:过者之累。

⑭清风:犹言高风。

⑮天壤:天地。

⑯咄:叹。蝉冕客:贵盛者。

⑰绅:大带。宜见书:宜书二疏之事于此,而常佩服矣。

【译文】

从前西汉那时候,在朝在野乐悠悠。

繁华热闹东都门,衮衮诸公饯广、受。

朱轮照亮京城路,帷帐供设大路口。

达观之人知满足,天赐荣恩不遗留。

解衣抽簪退隐去,散发辞官四海游。

路人感动皆挥泪,贤达之士有良谋。

身外之物当去之,暮年钱财若云浮。

回首还望四座客,多财多灾反为仇。

如此高节垂万代,名共天地永长留。

嗟乎高贵之伟人,名著青史万古悠。

卢子谅

卢谌(284—350),字子谅,范阳涿(今河北涿州)人。东晋文学家。清敏有才思,好老庄之学,善文章。始任太尉掾。洛阳沦陷,北依刘琨,为刘粲所虏。粲败,复归刘琨,任司空主簿,转从事中郎。刘琨死后,至辽西,流寓近二十年。辽西破,归石季龙,任国子祭酒、侍中、中书监,后为冉闵所杀。原有集十卷,已散佚。今存诗八首,以《文选》所录《览古》《赠刘琨》《赠崔温》《答魏子悌》较有名。卢谌身处祖国分裂、山河变色的时代,故诗中多有感慨凄怆之词,并通过对蔺相如、李牧、赵奢等古代英雄的歌颂,抒发了自己的怀抱和期望。另有《感远赋》《朝霞赋》《登邺台赋》等,见《艺文类聚》。传附《晋书·卢钦传》。刘勰《文心雕龙·才略》:"刘琨雅壮而多风,卢谌情发而理昭,亦遇之于时势也。"《诗品》虽列刘琨、卢谌诗于中品,然谓卢当在刘之下。

览古一首

【题解】

吕延济曰：卢谌"览史籍至蔺相如传，睹其志，思其人，故咏之"。

全诗可分为六段：首叙赵有和氏璧，秦人闻而求之；次叙相如持璧入秦，而又完璧归赵；次叙渑池之会，为赵国争光；次叙退避忍辱于廉颇；次叙廉颇深明大义，负荆请罪；末叙蔺相如智勇双全，有张有弛，人才为世间少有，令人赞叹不已。

何焯《义门读书记》曰："通篇直叙蔺生事，而结以'张弛'二字，何等笔力。疑为越石从事时见并、幽构衅而作。"

赵氏有和璧①，天下无不传。

秦人来求市，厥价徒空言②。

与之将见卖③，不与恐致患。

简才备行李，图令国命全④。

蔺生在下位，缪子称其贤⑤。

奉辞驰出境⑥，伏轼径入关⑦。

秦王御殿坐⑧，赵使拥节前⑨。

挥袂睨金柱，身玉要俱捐⑩。

连城既伪往⑪，荆玉亦真还⑫。

爰在渑池会⑬，二主克交欢⑭。

昭襄欲负力⑮，相如折其端⑯。

眦血下沾衿，怒发上冲冠⑰。

西缶终双击，东瑟不只弹⑱。

舍生岂不易，处死诚独难⑲。

棱威章台颠⑳,强御亦不干㉑。
屈节邯郸中㉒,俯首忍回轩㉓。
廉公何为者,负荆谢厥愆㉔。
智勇盖当代㉕,弛张使我叹㉖。

【注释】

①赵氏有和璧:李善注引蔡邕《琴操》曰:"楚明光者,楚王大夫也。昭王得和氏璧,欲以贡于赵王,于是遣明光奉璧之赵。"

②"秦人"二句:《史记·廉颇蔺相如列传》:"赵惠文王时,得楚和氏璧。秦昭王闻之,使人遗赵王书,愿以十五城请易璧。赵王与大将军廉颇诸大臣谋:欲予秦,秦城恐不可得,徒见欺;欲勿予,即患秦兵之来。"市,购买。厥价徒空言,秦愿以十五城易璧,而实不欲与城,故云其价徒然空言。厥,其。

③见卖:被欺骗。

④"简才"二句:张铣注:"将与秦璧而不与赵城,是见卖也;不与秦璧,则短在赵,是致患也。故简才使秦,以全国命。"简,择。行李,使者。《春秋左传·僖公三十年》:"若舍郑以为东道主,行李之往来,共其乏困,君亦无所害。"孔疏:"行李,使人。"

⑤"蔺生"二句:《史记·廉颇蔺相如列传》:"蔺相如者,赵人也。为赵宦者令缪贤舍人。赵惠文王……求人可使报秦者,未得。宦者令缪贤曰:'臣舍人蔺相如可使。'"蔺生,蔺相如。在下位,时蔺相如为宦者令缪贤之舍人。缪子,缪贤。

⑥奉辞:谓蔺相如遵奉赵王之言辞西入秦国。

⑦伏轼:倚靠在车之横木上。入关:入函谷关,即入秦。

⑧秦王御殿坐:《史记·廉颇蔺相如列传》:"秦王坐章台见相如,相如奉璧奏秦王。"

⑨赵使:赵国的使者。指蔺相如。拥节:犹言令赵使者拥节。拥,

持。节,《礼记·玉藻》:"凡君召以三节,二节以走,一节以趋,在官不俟屦,在外不俟车。"郑注:"所以明信辅君命也。"

⑩"挥袂"二句:《史记·廉颇蔺相如列传》:"秦王大喜,传以示美人及左右,左右皆呼万岁。相如视秦王无意偿赵城,及前曰:'璧有瑕,请指示王。'王授璧,相如因持璧却立,倚柱,怒发上冲冠,谓秦王曰:'……今臣至,大王见臣列观,礼节甚倨,得璧,传之美人,以戏弄臣。臣观大王无意偿赵王城邑,故臣复取璧。大王必欲急臣,臣头今与璧俱碎于柱矣!'相如持其璧睨柱,欲以击柱。"挥袂,挥袖。睨(nì),目斜视,怒状。

⑪连城既伪往:《史记·廉颇蔺相如列传》:"秦王度之,终不可强夺,遂许斋五日,舍相如广成传。相如度秦王虽斋,决负约不偿城,乃使其从者衣褐,怀其璧,从径道往,归璧于赵。"连城,十五城。既伪往,既然许十五城于赵为诈伪。

⑫荆玉:指和氏璧。

⑬爰:曰。虚词。渑池会,《史记·廉颇蔺相如列传》:"秦王使使者告赵王,欲与王为好,会于西河外渑池。"

⑭二主:指秦、赵二王。克交欢:渑池之会,赵王鼓瑟,秦王击缶,可谓交欢。克,能。六臣本作"剋",则取胜之义。意为秦王令赵王鼓瑟,赵王令秦王击缶,互不能取胜。

⑮昭襄:即秦昭襄王。秦武王死,无子,立异母弟,是为昭襄王。负力:负其强。负,恃。

⑯折:挫折。端:绪。

⑰"眦(zì)血"二句:言蔺相如怒而目眦血下,发上冲冠。眦血,眼眶裂而血下,状怒极。

⑱"西缶"二句:《史记·廉颇蔺相如列传》:"秦王饮酒酣,曰:'寡人窃闻赵王好音,请奏瑟。'赵王鼓瑟。……蔺相如前曰:'赵王窃闻秦王善为秦声,请奉盆缻秦王,以相娱乐。'秦王怒,不许,于是

相如前进瓯，因跪请秦王。秦王不肯击瓯。相如曰：'五步之内，相如请得以颈血溅大王矣！'左右欲刃相如，相如张目叱之，左右皆靡。于是秦王不怿，为一击瓯。"缶、瑟，秦在西，故曰"西缶"，赵在东，故谓"东瑟"。终双击、不只弹，互文同义。

⑲"舍生"二句：刘良注此二句曰："舍生而死者，盖易也；处死地而能立事，难也。而相如能矣。"舍生，谓死。处死，处于死地而能立事。

⑳棱威：奋威。棱，奋。章台巅：犹言章台上。

㉑强御：横暴有势力者。指秦。干：犯。

㉒屈节邯郸中：《史记·廉颇蔺相如列传》："既罢归国，以相如功大，拜为上卿，位在廉颇之右。廉颇曰：'我为赵将，有攻城野战之大功，而蔺相如徒以口舌为劳，而位居我上，且相如素贱人，吾羞，不忍为之下。'宣言曰：'我见相如，必辱之。'相如闻，不肯与会。相如每朝时，常称病，不欲与廉颇争列。已而，相如出，望见廉颇，相如引车避匿。"屈节，委屈其操持。邯郸，赵国都城。今属河北。

㉓回轩：回车。

㉔"廉公"二句：《史记·廉颇蔺相如列传》："于是舍人相与谏曰：'……廉君宣恶言而君畏匿之，恐惧殊甚，且庸人尚羞之，况于将相乎？臣等不肖，请辞去。'……相如曰：'夫以秦王之威，而相如廷叱之，辱其群臣，相如虽驽，独畏廉将军哉？顾吾念之，强秦之所以不敢加兵于赵者，徒以吾两人在也。今两虎共斗，其势不俱生，吾所以为此者，以先国家之急而后私仇也。'廉颇闻之，肉袒负荆，因宾客至蔺相如门谢罪。曰：'鄙贱之人，不知将军宽之至此也。'卒相与欢，为刎颈之交。"愆(qiān)，过错。

㉕智勇：对秦王，勇；避廉颇，智。

㉖弛张：下廉颇，弛；折秦王，张。叹：吟叹。

【译文】

赵有至宝和氏璧，普天之下最珍奇。

秦人闻讯来求购，空许城池做交易。

卖与秦人恐有诈，不卖又怕伏战机。

挑选人才派使者，国家安全数第一。

相如职位太低下，幸有缪贤识骐骥。

受命出使赴秦国，驱车入关直向西。

秦王章台见相如，相如相见有礼仪。

挥袖横目望金柱，玉碎身殒将在即。

连城之价原是假，完璧归赵有骨气。

秦、赵相约渑池会，双方国王盼解颐。

哪知秦王要逞强，相如立挫其端倪。

眼眶欲裂鲜血流，怒发冲冠发脾气。

秦王无奈一击缶，赵王鼓瑟两相宜。

拼命一死非难事，为国争光大不易。

相如奋威在章台，强秦居然不敢欺。

邯郸城里甘受辱，俯首回车自退避。

廉颇老将欲何为，负荆请罪识大体。

智勇双全蔺相如，一张一弛叹不已。

谢宣远

见卷第二十《九日从宋公戏马台集送孔令诗》作者介绍。

张子房诗一首

【题解】

东晋末年，刘宋高祖北伐，见张良庙毁，乃修之。并命诸人为诗，谢瞻时为豫章太守,遥以此诗唱和。虽为和诗,实亦咏之,冠于一时。

何焯评曰:"从衰周说起,议论剧有根柢。自'神武'以下,兼叙今事,盖咏古兼应教也。时刘裕犹为人臣。瞻之比儗,无乃不伦。"

王风哀以思,周道荡无章①。
卜洛易隆替②,兴乱罔不亡③。
力政吞九鼎④,苛慝暴三殇⑤。
息肩缠民思,灵鉴集朱光⑥。
伊人感代工⑦,聿来扶兴王⑧。
婉婉幕中画⑨,辉辉天业昌⑩。
鸿门消薄蚀⑪,垓下殒挍抢⑫。
爵仇建萧宰⑬,定都护储皇⑭。
肇允契幽叟⑮,翻飞指帝乡⑯。
惠心奋千祀⑰,清埃播无疆⑱。
神武睦三正⑲,裁成被八荒⑳。
明两烛河阴,庆霄薄汾阳㉑。
銮旍历颓寝㉒,饰像荐嘉尝㉓。
圣心岂徒甄㉔,惟德在无忘㉕。
逝者如可作,揆子慕周行㉖。
济济属车士,粲粲翰墨场㉗。
瞽夫违盛观㉘,竦踊企一方㉙。
四达虽平直,蹇步愧无良㉚。
飡和忘微远,延首咏太康㉛。

【注释】

① "王风"二句：谓周之将亡，荡然无纲纪规章。王风，王者之风。哀以思，《毛诗序》："治世之音安以乐，其政和；乱世之音乱以怒，其政乖；亡国之音哀以思，其民困。"以，而。思，悲伤，哀愁。周道，周之道统。荡无章，荡然无纲纪规章。

② 卜洛：周公卜洛阳吉，而建为东都。事见《尚书·洛诰》。后称经营京都为卜洛。易隆替：谓周公营建东都洛阳，周朝开始兴盛。易，改变。隆替，盛衰，兴废。

③ 兴乱罔不亡：何焯《义门读书记》曰："《商书·太甲篇》云：'与乱同道，罔不亡。'此'兴'字为传写之误。吕向解为复兴于乱道，未有不亡。谬悠甚矣。大抵唐人不信古文，故不引以为注。"按，《尚书·太甲》云："德惟治，否德乱。与治同道，罔不兴；与乱同事，罔不亡。"孔疏曰："任贤则兴，任佞则亡，故安危在所任，于善则治，于恶则乱，故治乱在所法。"兴，繁体字作"興"；与，繁体字作"與"，形近而误。

④ 力政：李善注引如淳《汉书》注曰："王室微弱，诸侯以力为政，相攻伐也。"此指秦。吞九鼎：谓秦吞取周之九鼎。九鼎，象征国家政权的重器。

⑤ 苛慝(tè)：暴虐邪恶。三殇：指秦穆公所杀的三良。

⑥ "息肩"二句：吕延济注："百姓不能忍秦之苦，若担重而行，昼夜不息，及汉乃舍，皆欢欣戴荷高祖之德。"息肩，担重而行者，思息其肩。缠，结。灵鉴，谓神灵的符应。朱光，汉以火德兴，故曰"朱光"。

⑦ 伊人：指张良。感：应。代工：以人代天。

⑧ 聿：遂，于是。兴王：指汉高祖刘邦。

⑨ 婉婉：和顺貌。幕中画：言张良运筹于帷幄之中。

⑩ 辉辉：光明貌。天业：帝业。

⑪鸿门：古地名。也称鸿门阪。在今陕西临潼东。为项羽驻兵并与刘邦会宴处。事见《史记·高祖本纪》《汉书·高帝纪》。薄蚀：日月相掩食。《史记·天官书论》："五星无出而不返逆行，返逆行，尝盛大而变色；日月薄蚀，行南北有时。"古人以日月蚀为凶兆，引申为凶徒，故以薄蚀指代项羽。

⑫垓下：古地名。在今安徽灵璧东南。刘邦围困项羽于此。事见《史记·项羽本纪》。殒：通"陨"，落。搀（chān）抢：彗星名。又名天搀、天抢。古人亦以为凶兆，以此指代项羽。

⑬爵仇：爵位与仇人。指封雍齿事。雍齿，秦末沛（今江苏沛县）人。与刘邦有故怨。后从刘邦起义，叛而复归。虽有战功，终为刘邦所不快。刘邦既称帝，大封功臣，诸将日夜争功不决，人怀怨望。刘邦乃从张良之言，先封雍齿为侯，以明不计宿怨。于是群臣皆喜曰："雍齿尚为侯，我属无患矣！"事见《史记·留侯世家》。建萧宰：张良劝高祖立萧何为相国。

⑭定都：张良劝高祖入长安，西都长安，是谓定都。护储皇：高祖欲废太子，张良劝说，则罢，故曰"护储皇"。

⑮肇：始。允：信。契：合。幽叟：张良曾夜遇老父，授《太公兵法》。事见《史记·留侯世家》《汉书·张良传》。幽，神。

⑯帝乡：天帝居处。指昆仑山。

⑰惠心奋千祀：谓张良以明惠之心为汉谋划，奋于千载之上。

⑱清埃：轻尘。即身后之好名声。播：广散。无疆：无穷。

⑲神武：谓宋高祖。睦：和。三正：为天地人之政。言宋高祖躬亲三正之道。

⑳裁成：以三正之道，裁制成理。被八荒：德播八方。

㉑"明两"二句：明两，光照上下，明德相承，其于天下之事无不见。烛，照。庆霄，庆云。薄，轻。按，明两、庆霄，以喻宋高祖。河阴、汾阳，尧、舜二帝所居之处。以高祖譬舜，则高祖光明，又以

方尧,则尧可轻薄。

㉒銮斿(jīng)历颓寝:指宋高祖经张良庙,见已毁坏如废。銮斿,车驾、旌旗。斿,同"旌"。历,经。颓寝,毁坏的寝庙。

㉓饰像荐嘉尝:重造了张良像而祭祀他。荐,进献。尝,此指祭品。

㉔圣心:宋高祖之意。甄:彰明,表彰。

㉕惟:思。无忘:无忘张良辅翼汉祖之功。

㉖"逝者"二句:刘良注此二句曰:"言死者可起之而令仕,度良之意亦慕我宋朝。"逝者如可作,谓死者如可复生。揆,度。子,指张良。周行,《诗经·周南·卷耳》:"嗟我怀人,寘彼周行。"周之列位。

㉗"济济"二句:张铣注:"言宋祖后车之士,皆文章之士,是翰墨之场,故能咏良也。"济济,众多貌。属车,副车。粲粲(càn),盛貌。翰墨场,文苑。

㉘瞽(gǔ)夫:目盲之人。此处为谢瞻自喻。违:离。

㉙竦踊:引领举足。企:企望。一方:时谢瞻在豫章,故云一方。

㉚"四达"二句:李周翰注:"言天下有道,衢路平直;瞻自愧蹇跛,无良才以游。此瞻之谦词。"四达,通衢。蹇(jiǎn),跛。良,良才。

㉛"飡和"二句:吕延济注:"瞻自谓微人而守远郡,由餐和气遂,复忘此。但以举首延首咏太康之道。"飡和,同"餐和",谓生活于和平融洽的环境中。《庄子·则阳》曰:"故圣人,其穷也使家人忘其贫,其达也使王公忘其爵禄而化卑。其于物也,与之为娱矣;其于人也,乐物之通而保己焉;故或不言而饮人以和,与人并立而使人化。"微远,微末、鄙远,不足道。谢瞻自谓。延首,伸长脖子。表期盼之义。太康,太平盛世。

【译文】

周朝王风衰以思,纲纪文章已式微。

当年卜洛一何盛,所任无方日凌迟。

强秦无道霸天下,暴此三良更惨凄。

民众负重盼息肩，幸有火德显神灵。

以人代天张子房，扶助汉业佐刘邦。

运筹帷幄有谋略，光辉大业日日昌。

鸿门宴会制项羽，垓下之围灭霸王。

分封雍齿立相国，定都护储功在良。

始信老父赠兵书，乘云翻飞建帝乡。

明惠之心垂千载，身后美名布四方。

国朝三正天地人，化为德业永无疆。

光辉照耀通上下，回首尧、舜是榜样。

銮驾亲临子房庙，表饰一新寄心潮。

圣心岂止祭留侯，汉高之后德弥高。

倘若死者能复活，张良亦复慕我朝。

彬彬之盛随从者，挥笔疾书皆文豪。

孤陋寡闻少见识，翘首企望路途遥。

天下有道路且长，愧无良才答圣朝。

餐和气顺忘微远，歌舞升平放声高。

颜延年

见卷第十四《赭白马赋》作者介绍。

秋胡诗一首

【题解】

《秋胡诗》，又作《秋胡行》，叙鲁国秋胡子及其妻之事迹。据《列女传·鲁秋洁妇》载，秋胡子"既纳之五日，去而官于陈，五年乃归。未至家,见路旁妇人采桑。秋胡子悦之,下车谓曰:'……吾有金,愿以与夫人。'妇人曰:'嘻! 夫采桑力作,纺绩织纴,以供衣食,奉二亲,养夫子。吾不愿金……'秋胡子遂去。至家,奉金遗母。使人唤妇至,乃向采桑者也。秋胡子惭。妇曰:'子束发辞亲往仕,五年乃还,当所悦驰骤,扬尘疾至。今也乃悦路旁妇人,下子之粮,以金予之,是忘母也,忘母不孝。好色淫佚,是污行也,污行不义。夫事亲不孝则事君不忠,处家不义则治官不理。孝义并亡,必不遂矣。妾不忍见子改娶矣,妾亦不嫁!'遂去而东走,投河而死"。

　　方虚谷曰:"此诗九章,章十句,颇伤于多。陶渊明赋《桃源》《三良》《荆轲》,何其简而明也? 然此亦善铺叙。"

　　　　　　　椅梧倾高凤,寒谷待鸣律①。
　　　　　　　影响岂不怀,自远每相匹②。
　　　　　　　婉彼幽闲女③,作嫔君子室④。
　　　　　　　峻节贯秋霜⑤,明艳侔朝日⑥。
　　　　　　　嘉运既我从,欣愿自此毕⑦。

【注释】

①"椅(yī)梧"二句:李善注:"言椅梧伫凤鸟之来仪,寒谷资吹律而成煦。"椅梧,梧桐树。椅,亦梧类。相传凤凰常栖于梧桐之枝。倾高凤,梧桐倾枝以候凤栖。寒谷,李善注引刘向《别录》:"邹衍在燕,有谷寒不生五谷。邹子吹律而温至,生黍也。"鸣律,用竹管或金属管做成定音或候气的仪器曰律。吹则鸣叫,谓鸣律。

②"影响"二句:影则随形,响则应声。自远而近,因相匹偶。以喻夫妇之形影不离,声响相随。怀,思。相匹,相配。

③婉:美貌。幽闲女:指秋胡妻。幽闲,柔顺娴静。

④嫔：妇人。君子：指秋胡。

⑤峻节：志节高峻。贯：连。秋霜：傅玄《有女篇》："容华既以艳，志节拟秋霜。"以喻高节。

⑥明艳侔朝日：李善注引薛君曰："诗人言所说者颜色盛美，如东方之日。"侔，相等。

⑦"嘉运"二句：吕延济注："偶此嘉会，故欣愿毕矣。"嘉运，嘉会。从，听从，服从。欣，喜。

【译文】

梧桐高高待凤栖，寒谷之地暖气吹。

夫妇犹如影和响，自远而近两相依。

柔顺美貌幽娴女，嫁作鲁府秋胡妻。

节操高洁若秋霜，明惠艳淑如日丽。

嘉运既降从我愿，欢天喜地结伉俪。

燕居未及好①，良人顾有违②。

脱巾千里外，结绶登王畿③。

戒徒在昧旦④，左右来相依⑤。

驱车出郊郭，行路正威迟⑥。

存为久离别，没为长不归⑦。

【注释】

①燕居未及好：秋胡子娶妻后五日而行，故云。燕居，安居。

②顾：念。违：别。

③"脱巾"二句：巾，处士所服。绶，仕者所佩。秋胡子欲官于陈，故脱巾而结绶。按，《列女传·鲁秋洁妇》曰：秋胡子婚后五日，即去而官于陈，五年乃归。陈，春秋国名。周初封舜之后妫满于

陈,国在今河南淮阳及安徽亳州一带。又,秋胡子鲁人,故曰"千
里外"。王畿,陈国,王者之所起,故曰"王畿"。

④昧旦:天将明未明之时,破晓。

⑤左右:指侍从者。

⑥威迟:亦作"威夷""倭迟",曲折绵延貌。

⑦存、没:犹言生死。

【译文】

燕尔新婚才五天,丈夫出门远求官。

脱去昔日旧衣裳,结绶佩玉路几千。

往日同伴不在侧,唯有左右做随员。

驱车出得城门外,前路曲折又绵延。

活着终是久离别,死后会面难上难。

嗟余怨行役①,三陟穷晨暮②。

严驾越风寒③,解鞍犯霜露。

原隰多悲凉④,回飙卷高树⑤。

离兽起荒蹊,惊鸟纵横去⑥。

悲哉游宦子⑦,劳此山川路⑧。

【注释】

①嗟:叹词。行役:指赴陈。

②三陟:《诗经·周南·卷耳》曰:"陟彼崔嵬,我马虺隤。"又曰:"陟
彼高冈,我马玄黄。"又曰:"陟彼砠矣,我马瘏矣。"言登山涉险,
穷尽晨暮。

③严驾:整驾。

④原隰(xí):广平低湿之地。

⑤飙（biāo）：暴风，狂风。

⑥"离兽"二句：语出阮籍《咏怀诗》："孤鸟西北飞，离兽东南下。"离
兽，离群散失之兽。惊鸟，受惊之鸟。离兽、惊鸟，喻己之孤独跋
涉。蹊，小路。

⑦游宦子：指秋胡子。

⑧劳此山川路：《诗经·小雅·渐渐之石》："山川悠远，维其劳矣。"
郑笺："其道里长远，邦域又劳劳广阔。"孔疏："广阔辽辽之字，当
从'辽远'之'辽'。而作'劳'字者，以古之字少，多相假借。诗又
口之咏歌，不专以竹帛相授。音既相近，故遂用之。此字义自得
通，故不言当作'辽'也。"

【译文】

怨哉远行赴陈地，跋山涉水无晨暮。

驾马驱车冒风寒，途遇霜露暂停车。

低湿之地多悲凉，回风劲吹折高树。

一似离兽走荒径，又如惊鸟纵横去。

可怜游子求官职，含辛茹苦山川路。

超遥行人远①，宛转年运徂②。

良时为此别，日月方向除。

孰知寒暑积，僶俛见荣枯③。

岁暮临空房④，凉风起座隅。

寝兴日已寒⑤，白露生庭芜⑥。

【注释】

①超遥：遥远貌。王粲《初征赋》："违世难以回折兮，超遥集乎
蛮楚。"

②徂（cú）：到，至。

③偭俛（mǐn miǎn）：犹俯仰，意谓须臾、短暂。荣枯：春荣秋枯。言
时序之忽。

④岁暮临空房：谓秋胡子外出，岁暮不归。

⑤寝兴：夜间睡觉，早上起床。

⑥庭芜：庭草。

【译文】

寥廓世途行人远，曲折人生时运转。

自从别后无良时，日积月累年复年。

不问冬春与秋夏，俯仰之际易暑寒。

岁暮空房难为守，凉风乍起情更惨。

夜寐夙兴形孤单，白露已降庭草间。

> 勤役从归愿①，反路遵山河②。
> 昔醉秋未素③，今也岁载华④。
> 蚕月观时暇⑤，桑野多经过⑥。
> 佳人从此务⑦，窈窕援高柯⑧。
> 倾城谁不顾，弭节停中阿⑨。

【注释】

①役：指入仕。归愿：复还故里。

②遵：从。

③醉：别本作"辞"，是。未素：树叶未落。

④载华：指草木已荣。

⑤蚕月：夏历三月，即忙于蚕事之月。语见《诗经·豳风·七月》：
"蚕月条桑，取彼斧斨。"

⑥桑野：植桑之田野。语见《诗经·豳风·东山》："蜎蜎者蠋，烝在桑野。"

⑦佳人：指秋胡妻。从此务：谓秋胡妻从事此采桑之务。

⑧窈窕(yǎo tiǎo)：美貌。援：攀引。柯：树枝。

⑨"倾城"二句：谓正在采桑之秋胡妻，独具倾城之貌，谁人不顾？故秋胡停驾而观矣。倾城，《汉书·外戚传》载，李延年歌曰："北方有佳人，绝世而独立；一顾倾人城，再顾倾人国。宁不知倾城与倾国，佳人难再得。"后因用"倾国倾城"形容绝色女子。弭节，止车。中阿，路之曲者。

【译文】

有志竟成如大愿，原路山河返故乡。

分别之日叶未落，衣锦归来草木发。

阳春三月风光好，桑野观花经路旁。

佳人采桑出素手，身材窈窕折枝忙。

倾城之貌谁不顾，停车驻足路一旁。

　　　年往诚思劳①，事远阔音形②。
　　　虽为五载别，相与昧平生③。
　　　舍车遵往路，凫藻驰目成④。
　　　南金岂不重，聊自意所轻⑤。
　　　义心多苦调⑥，密比金玉声⑦。

【注释】

①年往：谓年岁日逝。思劳：想念得很劳苦。《梁书·王僧孺传》曰："近别之后，将隔暄寒，思子为劳，未能忘弭。"

②阔：异。音形：犹今言音容笑貌。

③"虽为"二句：李善注："五载之别虽久，论情无容不识。直为先昧平生，所以致谬。"昧平生，犹言不相识。

④"舍车"二句：谓秋胡子望其妻而前，如凫鸟得水草欢跃而进，将以目击冀成其心。舍车，弃车。遵，从。往路，昔日从来之路。凫藻，凫鸟之乐得水草。藻，水草。目成，男女钟情，以目通意。《楚辞·九歌·少司命》："满堂兮美人，忽独与余兮目成。"王逸注："独与我睨而相视，成为亲亲也。"

⑤"南金"二句：南金自重，然私意聊以轻之耳。南金，《诗经·鲁颂·泮水》："元龟象齿，大赂南金。"朱熹《诗集传》："南金，荆扬之金也。"郑笺："荆扬之州，贡金三品。"按，古时所谓金，多指铜。

⑥义心：坚守节义之心。调：辞。

⑦密比金玉声：《诗经·小雅·白驹》："毋金玉尔音，而有遐心。"郑笺："毋爱女声音，而有远我之心。"意谓宁绝金玉之音声，而无用遐心。

【译文】

别日苦多思为劳，久违难辨形与貌。

虽然相隔五年整，一似平生未相好。

弃车前趋采桑女，凫鸟得藻觅相好。

赠以南金非不重，执义不受亦自豪。

节义之心须坚守，金玉其音勿自傲。

高节难久淹，谒来空复辞①。

迟迟前涂尽②，依依造门基③。

上堂拜嘉庆④，入室问何之⑤。

日暮行采归，物色桑榆时⑥。

美人望昏至，惭叹前相持。

【注释】

①"高节"二句：刘良注此二句曰："妇既志高，故难久留。揭，去也。
　空复辞，无所得也。"高节，节操高洁。淹，留。揭（qiè），去。

②迟迟：舒行貌。

③依依：不舍貌。造门基：犹言到家。造，至。

④拜嘉庆：指拜见母亲。

⑤问何之：妻未还，故问去哪呢。此为秋胡子问母。

⑥"日暮"二句：谓妻自采桑而归。物色榆桑，《后汉书·冯异传》
　曰："失之东隅，收之桑榆。"言日暮。

【译文】

面对高节难久留，来去皆空身悠悠。

秋胡缓缓回家转，别情依依到门口。

堂前拜见老母亲，妻室何在问根由。

日暮采桑佳人归，已到黄昏晚餐后。

佳人神情甚恍惚，秋胡羞愧不抬头。

有怀谁能已，聊用申苦难①。

离居殊年载②，一别阻河关。

春来无时豫③，秋至恒早寒④。

明发动愁心⑤，闺中起长叹⑥。

惨凄岁方晏⑦，日落游子颜⑧。

【注释】

①聊用申苦难：妻既恨之，聊述其情。

②殊：不同寻常。

③豫：悦。

④恒:常。

⑤明发:犹晨起。

⑥闺中:指秋胡妻。

⑦惨凄岁方晏:每及岁暮,常凄惨烦忧,恐秋胡颜貌日就衰老。
晏,晚。

⑧日落游子颜:每及日暮恐游子满脸愁苦。皆秋胡妻语。

【译文】

满怀怨愤谁能已,聊且纷纭道苦难。

离别五年非容易,与君一别隔河山。

春到人间无欢乐,未寒天气怕孤单。

清早起来愁心动,一天到晚唯长叹。

凄惨忧烦岁暮时,落日遥想游子颜。

高张生绝弦,声急由调起①。

自昔枉光尘②,结言固终始③。

如何久为别,百行愆诸己④。

君子失明义⑤,谁与偕没齿⑥。

愧彼《行露》诗,甘之长川汜⑦!

【注释】

①"高张"二句:以琴瑟为喻,高张必致绝弦,立节有以尽命,声急自
于调起,词苦由乎恨深。高张,谓琴弦音高紧张。声急,琴声急
徽。调,韵。

②光尘:称人风采之敬辞。

③结言:口头之盟约。

④百行愆诸己:凡百之行,罪皆在己。愆,过失。

⑤失明义：失明于夫妇之义。

⑥没齿：犹言终身。言既失夫妇之义，不惧尽年。《论语·宪问》："(或)问管仲，曰：'人也，夺伯氏骈邑三百，饭疏食，没齿无怨言。'"

⑦"愧彼"二句：谓妻愧于《行露》之诗，甘赴水而死。《行露》，《诗经·召南·行露》毛序云："《行露》，召伯听讼也。衰世之俗微，贞信之教兴；强暴之男不能侵陵贞女也。"汜(sì)，水决复入河。

【译文】

琴弦高张难免断，声紧韵急苦难言。

可惜当年好风采，枉与秋胡结姻缘。

如今终须两相别，种种过错君为先。

君子既已失大义，谁人愿与终身伴。

对照《行露》心有愧，一片渺茫赴长川！

五君咏五首

【题解】

《宋书·颜延之传》载，颜延之领步兵校尉，好酒疏诞。刘湛言于彭城王义康，出为永嘉太守。"延之甚怨愤，作《五君咏》以述竹林七贤，山涛、王戎以贵显被黜。咏嵇康曰：'鸾翮有时铩，龙性谁能驯。'咏阮籍曰：'物故不可论，涂穷能无恸。'咏阮咸曰：'屡荐不入官，一麾乃出守。'咏刘伶曰：'韬精日沉饮，谁知非荒宴。'此四句，盖自序也"。何焯评曰："既能自序，仍不溢题。五篇简练遒紧。后人多方模拟，终不能及。"

阮步兵

阮公虽沦迹①，识密鉴亦洞②。

沉醉似埋照③，寓辞类托讽④。

长啸若怀人⑤，越礼自惊众⑥。

物故不可论⑦，涂穷能无恸⑧。

【注释】

①阮公:阮籍，字嗣宗，陈留尉氏(今河南尉氏)人。《晋书·阮籍传》谓其博览群书，尤好老庄，嗜酒能啸，善弹琴。"籍闻步兵厨营人善酿，有贮酒三百斛，乃求为步兵校尉"，世称"阮步兵"。沦迹:沉迹。指阮籍不求显达，自沉踪迹。《晋书·阮籍传》曰:"籍本有济世志，属魏晋之际，天下多故，名士少有全者，籍由是不与世事，遂酣饮为常。"

②识:心能鉴别是非。密:慎密，周到。鉴:照。指观察识别。洞:深。

③沉醉似埋照:《晋书·阮籍传》:"文帝初欲为武帝求婚于籍，籍醉六十日，不得言而止。钟会数以时事问之，欲因其可否而致之罪，皆以酣醉获免。"埋照，掩饰自己的识见。照，光。

④寓辞类托讽:颜延之注《咏怀诗》:"阮公身事乱朝，学恐遇祸，因兹咏怀。虽志在讥刺，而文多隐避，百代之下难以情测。"寓辞，寓意于文辞，即有所寄托。托讽，寄托、讽喻。

⑤长啸若怀人:李善注引《魏氏春秋》曰:"籍少时常游苏门山。有隐者，莫知姓名，籍从与谈太古无为之道。及论五帝、三王之义，苏门生萧然曾不经听;籍乃对之长啸，清韵响亮。苏门生逌尔而笑。籍既降，苏门生亦啸，若鸾凤之音。"

⑥越礼自惊众:《晋书·阮籍传》"籍嫂尝归宁，籍相见与别。或讥之，籍曰:'礼岂为我设邪!'邻家少妇有美色，当垆沽酒。籍尝诣饮，醉，便卧其侧。籍既不自嫌，其夫察之，亦不疑也。兵家女有才色，未嫁而死。籍不识其父兄，径往哭之，尽哀而还。"

⑦物故不可论:《晋书·阮籍传》:"籍虽不拘礼教,然发言玄远,口
　不臧否人物。"

⑧涂穷能无恸:《晋书·阮籍传》:"时率意独驾,不由径路,车迹所
　穷,辄恸哭而返。"

【译文】

阮籍一生虽隐迹,识见昭然又洞然。

一似沉醉掩晓白,作诗讽谏寓意涵。

一声长啸心相通,偭规越矩众人眩。

从来口不论人过,车到穷途哭复还。

嵇中散

中散不偶世①,本自餐霞人②。

形解验默仙③,吐论知凝神④。

立俗迕流议,寻山洽隐沦⑤。

鸾翮有时铩⑥,龙性谁能驯⑦。

【注释】

①中散:古官名。全称中散大夫,汉时设,参与议论政事。此指嵇
　康。《晋书·嵇康传》:"嵇康,字叔夜,谯国铚人也……有奇才,
　远迈不群……学不师受,博览无不该通,长好老庄。与魏宗室
　婚,拜中散大夫。"不偶世:不和世俗相和谐。

②餐霞人:指仙者之流。相传仙人有餐霞之法。

③形解:亦称"尸解",形体解脱。旧时道家方士以为修仙者死后,
　灵魂超脱形体,升天成仙。验默仙:吕延济注:"验此则康默然而
　仙矣。"晋人有关于嵇康尸解成仙的传说。

④吐论：谓嵇康著《养生论》。凝神：聚精会神。凝，定。郭象注《庄
　　子·逍遥游》曰："行若曳枯木，止若聚死灰，是以云其神凝也。"
⑤"立俗"二句：上句谓嵇康非汤武、薄周孔，所以犯俗罹流议。下
　　句谓与王烈入山游戏，是则洽隐沦也。立俗近（wǔ）流议，李善注
　　引《竹林七贤论》曰："嵇康非汤武、薄周孔，所以近世。"近，逆犯。
　　寻山洽隐沦，《神仙传》载，王烈，"年二百三十八岁，有少容，登山
　　如飞。少为书生，嵇叔夜与之游"。洽，协调，协和。
⑥鸾翮（hé）：鸟羽。鸾，凤凰之类的神鸟。翮，羽茎。亦泛指羽毛。
　　铩（shā）：残羽。
⑦龙性：《晋书·嵇康传》："康早孤，有奇才，远迈不群。身长七尺
　　八寸，美词气，有风仪，而土木形骸，不自藻饰，人以为龙章凤姿，
　　天质自然。"

【译文】

嵇康与世不同流，本在出俗方外游。
学道登仙形体解，《养生》凝神不共谋。
抗世违俗遭非议，入山隐居宜所求。
羽翮或有可铩时，龙章凤姿岂能收。

刘参军

刘灵善闭关①，怀情灭闻见②。
鼓钟不足欢，荣色岂能眩③。
韬精日沉饮④，谁知非荒宴⑤。
颂酒虽短章，深衷自此见⑥。

【注释】

①刘灵：即刘伶。刘伶，字伯伦，沛国（今属江苏）人。"竹林七贤"之一，曾为建威参军。闭关：李善注："言道德内充，情欲俱闭，既无外累，故闻见皆灭。"

②怀情灭闻见：怀情不发，以灭闻见，犹闭关却归而无事。

③"鼓钟"二句：李善注："夫钟鼓以悦耳，荣色以悦目，今闻见既灭，声色俱丧，故鼓钟不足以为欢，岂荣色之能眩也？"眩，惑。

④韬（tāo）：藏。精：明。沉饮：耽饮。《晋书·刘伶传》："常乘鹿车，携一壶酒，使人荷锸而随之，谓曰：'死便埋我。'"其遗形骸如此。

⑤谁知非荒宴：意谓人不知刘伶非为此宴也。荒宴，《诗经·唐风·蟋蟀》："好乐无荒，良士瞿瞿。"郑笺："荒，废乱也。"乐酒无厌之谓荒。

⑥"颂酒"二句：谓刘伶作《酒德颂》词章虽短，而其深藏之初衷昭然可见。刘伶好饮为身居乱代欲晦其才而已。颂酒虽短章，指刘伶作《酒德颂》。深衷，内心。

【译文】

刘伶自守善闭关，情欲俱灭视等闲。

钟鼓之乐不足乐，荣色焉能动我颜。

本性常掩日沉饮，宴饮无度难与言。

短章已赋《酒德颂》，隐衷唯微在此间。

阮始平

仲容青云器①，实禀生民秀②。

达音何用深③，识微在金奏④。

郭弈已心醉⑤，山公非虚觏⑥。
屡荐不入官⑦，一麾乃出守⑧。

【注释】

①仲容：阮咸，字仲容。与叔父籍为竹林之游。历仕散骑侍郎。青
　云器：青云，言高远；青云器，言才具高远。

②生民：指百姓。秀：美好。

③达音：通达之音。

④金奏：击钟及镈而奏九夏之乐。《周礼·钟师》：“钟师掌金奏。”
　郑注：“金奏，击金以为奏乐之节。”

⑤郭弈已心醉：李善注引《名士传》曰：“阮咸哀乐至，过绝于人。太
　原郭弈见之心醉，不觉叹服。”按，心醉，倾倒、佩服之意。又，《晋
　书·阮咸传》：“太原郭奕高爽有识量，知名于时，少所推先，见咸
　心醉，不觉叹焉。”郭弈，《晋书》作“郭奕”。

⑥山公非虚觏（gòu）：《晋书·阮咸传》：“山涛举咸典选，曰：‘阮咸
　贞素寡欲，深识清浊，万物不能移。若在官人之职，必绝于时。’”
　觏，见。

⑦屡荐不入官：李善注引曹嘉之《晋纪》曰：“山涛举咸为吏部郎，三
　上武帝，不能用也。”

⑧一麾（huī）乃出守：李善注引傅畅《诸公赞》曰：“勖性自矜，因事左
　迁，咸为始平太守。”言为荀勖所指挥。麾，指挥。

【译文】

仲容怀志若青云，天地神秀钟一身。

达道之音不在远，金奏九夏识浅深。

已令郭奕心叹服，更教山涛识知音。

无乃圣上不见用，出守始平一挥成。

向常侍

向秀甘淡薄①,深心托豪素②。
探道好渊玄③,观书鄙章句④。
交吕既鸿轩,攀嵇亦凤举⑤。
流连河里游⑥,恻怆山阳赋⑦。

【注释】

①向秀:字子期,河内怀(今河南武陟西)人。雅好老庄之学,为散
　骑常侍。甘:喜好。淡薄:指清静。

②豪素:犹言笔纸。

③探道好渊玄:谓向秀好老庄之学和注《庄子》。《世说新语·文
　学》曰:"初,注《庄子》者数十家,莫能究其旨要;向秀于旧注外为
　解义,妙析奇致,大畅玄风。"

④观书鄙章句:谓向秀注《庄子》,不屑作章句解说。

⑤"交吕"二句:交吕、攀嵇,与吕安、嵇康为友。《晋书·向秀传》
　曰:"康善锻,秀为之佐,相对欣然,傍若无人。又共吕安灌园于
　山阳。"鸿轩、凤举二词同义,指凤飞。

⑥流连:泪流貌。河里:河内,汉郡名。相当今之黄河南北两岸之
　地。按,向秀尝与嵇康寓居河内山阳(今河南修武),后经山阳旧
　居,因闻笛作《思旧赋》。

⑦恻怆:哀伤。山阳赋:即《思旧赋》。

【译文】

向秀生性甘淡薄,且将素心托纸墨。
探道老庄好为玄,观书耻按章句读。
交友吕安若鸿飞,结识嵇康犹凤属。

山阳曾经作旧游,《思旧赋》罢情凄恻。

鲍明远

见卷第十一《芜城赋》作者介绍。

咏史一首

【题解】

方虚谷评曰:"此诗八韵,以七韵言繁盛之如彼,以一韵言寂寞之如此。左太冲《咏史》第四首亦八韵,前四韵言京城之豪侈,后四韵言子云之贫乐,盖一意也。明远多为不得志之辞,悯夫寒士下僚之不达,而恶夫逐物奔利者之苟贱无耻,每篇必致意于斯。"

何焯则谓:"不脱左思窠臼,其壮丽则明远本色。虞炎序其集曰:'虽乏精典而有超丽,为悉之矣。'诗至于鲍,渐事夸饰,虽奇之又奇,颇乏天然。又不娴于朝庙之制,于时名价不逮颜公,非但人微也。"

　　　　　　　五都矜财雄①,三川养声利②。

　　　　　　　百金不市死③,明经有高位④。

　　　　　　　京城十二衢⑤,飞甍各鳞次⑥。

　　　　　　　仕子彯华缨⑦,游客竦轻辔⑧。

　　　　　　　明星晨未稀⑨,轩盖已云至⑩。

　　　　　　　宾御纷飒沓⑪,鞍马光照地。

　　　　　　　寒暑在一时⑫,繁华及春媚⑬。

　　　　　　　君平独寂漠⑭,身世两相弃⑮。

【注释】

①五都:五大城市。据《汉书·食货志》,王莽立均官,包括雒阳、邯郸、临淄、宛、成都五都。矜:夸。

②三川:指周京河、洛、伊三水。声利:名利。《史记·张仪列传》:"张仪曰:'……争名者于朝,争利者于市。今三川、周室,天下之朝市,而王不争焉,顾争于戎翟,去王业远矣。'"

③百金不市死:《史记·货殖列传》:"谚曰:'千金之子,不死于市。'"谓市者资金雄厚,则不败于市。市,买卖。

④明经:明晓经术,通经术。

⑤京城十二衢:言长安立十二之通门。按,长安城一面三门,四面共十二门。

⑥飞甍(méng):高屋脊。比喻高大的屋宇。鳞次:若鱼鳞之相次。

⑦仕子:为官者。影(piāo)华缨:帽上华丽的绶带飘动。影,翻飞。

⑧竦:上。轻辔:轻车。

⑨明星晨未稀:言时间尚早。

⑩轩盖:车盖。云至:如云之至。

⑪御:侍。飒(sà)沓:众盛貌。

⑫寒暑在一时:一岁之中有寒有暑,犹一时之有盛衰。

⑬繁华及春媚:至春始繁华。

⑭君平:严君平。《汉书·王贡两龚鲍传》曰:"蜀有严君平……卜筮于成都市……日阅数人,得百钱足自养,则闭肆下帘而授《老子》。"

⑮身世两相弃:言身弃世而不仕,世弃身而不任。方回云,此句"明远以自叹也"。

【译文】

五大都邑名利场,财源茂盛达三江。

千金之子不败市,通经明术官运昌。

京城十二道城门，鳞次栉比高屋梁。
宦者华冠飘绶带，车轮滚滚尘飞扬。
明星拂晓仍灿烂，车盖相倾往来忙。
宾客纷纷如云集，车水马龙有荣光。
一寒一暑是为岁，春到人间百花香。
寂寞高士严君平，身世相弃两茫茫。

虞子阳

虞羲，生卒年不详，字子阳，会稽余姚(今属浙江)人。七岁能属文，后始安王引为侍郎，寻兼建安征虏府主簿功曹，又兼记室参军事。天监中卒。据《隋书·经籍志》云有《虞羲集》九卷，今佚。现存诗歌十二首，散句若干。

咏霍将军北伐一首

【题解】

霍去病为汉骠骑将军，以讨伐匈奴有功，虞子阳仰慕其人其事，是以咏之。

全诗气势恢宏，叙事有致，将霍将军之讨伐过程历历数述，层次极为分明。霍去病功高禄厚，名垂青史。然大道有盈亏，事物有盛衰，字里行间隐寓知己之意，不可不察。

何焯评曰："妙有起伏，非徒铺叙为工。老杜前后出塞之祖也。然此诗有永明缓弱风气，不如子美诗为俊健。前用飞狐、瀚海，则后用骨都、日逐；前用羽书、刁斗，则后用胡笳、羌笛；步步相为映发，此永明以后诗体也。"

拥旄为汉将^①,汗马出长城。

长城地势崄^②,万里与云平。

凉秋八九月^③,虏骑入幽并^④。

飞狐白日晚^⑤,瀚海愁阴生^⑥。

羽书时断绝^⑦,刁斗昼夜惊^⑧。

乘墉挥宝剑^⑨,蔽日引高旍^⑩。

云屯七萃士^⑪,鱼丽六郡兵^⑫。

胡笳关下思^⑬,羌笛陇头鸣^⑭。

骨都先自讋,日逐次亡精^⑮。

玉门罢斥候^⑯,甲第始修营^⑰。

位登万庾积^⑱,功立百行成。

天长地自久,人道有亏盈^⑲。

未穷《激楚》乐,已见高台倾^⑳。

当令麟阁上^㉑,千载有雄名。

【注释】

①旄(máo):旌旄。旗杆顶用旄牛尾为饰的旌旗。

②崄(xiǎn):同"险",高险。

③凉秋八九月:胡地八九月天凉入秋。

④虏骑:指匈奴马兵。

⑤飞狐:地名。汉为广昌县地,属代郡。

⑥瀚海:又作"翰海",北海名。《史记·匈奴列传》:"汉骠骑将军之出代二千余里,与左贤王接战,汉兵得胡首虏凡七万余级,左贤王将皆遁走。骠骑封于狼居胥山,禅姑衍,临翰海而还。"《正义》曰:"翰海自一大海名,群鸟解羽伏乳于此,因名也。"阴:云覆日。

⑦羽书:檄书。边有警急,插羽以示急。

⑧刁斗:《史记·李将军列传》:"不击刁斗以自卫。"《集解》引孟康曰:"以铜作镳器,受一斗,昼炊饭食,夜击持行,名曰刁斗。"

⑨乘墉:登城墙。

⑩蔽日:言高。旆:同"旌",旗。

⑪云屯:如云之聚集。形容多而盛。七萃:七萃之士。见《穆天子传》:"天子乃乐……赐七萃之士战。"本指王的卫队。此指勇士。萃,集。

⑫鱼丽:军阵名。六郡兵:《汉书·地理志》:"汉兴,六郡良家子选给羽林、期门,以材力为官,名将多出焉。"六郡,指陇西、天水、安定、北地、上郡、西河。

⑬笳:古管乐器。即胡笳。思:其声悲。

⑭陇:陇山。在甘肃境内。

⑮"骨都"二句:骨都、日逐,皆匈奴侯王名。詟(zhé),恐惧。亡精,失魂貌。

⑯玉门:玉门关。在今甘肃敦煌西。斥候:候望,侦察。

⑰甲第:谓第一等宅。《汉书·霍去病传》曰:"上为治第,令视之,对曰:'匈奴不灭,无以家为也。'"现匈奴既败,营修甲第之宅。

⑱万庾(yǔ)积:古代官吏俸禄以粮食计算,万庾积,言为高官。庾,古代十六升为一庾。

⑲"天长"二句:日久天长,万事皆于变化之中,道有盈亏,物有盛衰。

⑳"未穷"二句:《激楚》未尽,高台已倾,言物极则反。《激楚》,古乐曲名。

㉑麟阁:汉有麒麟阁,将功德之臣图其形貌,书其姓名,列于阁上。

【译文】

仗节拥旗霍将军,汗马奋鞭出长城。

长城地势高又险,万里秋风卷黑云。

凉秋八月胡地冷，胡虏铁骑入幽并。
飞狐不觉白日暮，瀚海居然生愁云。
羽檄有事时断绝，刁斗无分昼夜鸣。
登城杀敌挥宝剑，旌旗蔽日日色昏。
云屯精兵壮士勇，六郡良将鱼丽阵。
胡笳哀鸣关下思，羌笛横吹陇头声。
骨都风闻先丧胆，日逐依次失魄魂。
玉门关外撤哨岗，甲第之宅始修营。
粟积万庾登高位，功重百行无不成。
地久天长无尽时，大道难免有亏盈。
《激楚》之音奏未毕，岂料已见高台倾。
麒麟阁上图形貌，千秋万代传美名。

百一

应休琏

应璩(190—252)，字休琏，汝南(今属河南)人。应玚之弟。博学好属文。明帝时，历官散骑侍郎，后迁侍中，典著作。作《百一诗》讥刺时政。原有集十卷，已亡佚。明人张溥辑有《应德琏休琏集》。钟嵘《诗品》评应璩诗曰："祖袭魏文，善为古语，指事殷勤，雅意深笃，得诗人激刺之旨。至于'济济今日所'，华靡可讽味焉。"

百一诗一首

【题解】

李善曰："张方贤《楚国先贤传》曰：'汝南应休琏作百篇诗，讥切时事，遍以示在仕者。咸皆怪愕，或以为应焚弃之，何晏独无怪也。'……李充《翰林论》曰：'应休琏五言诗百数十篇，以风规治道，盖有诗人之旨焉。'又孙盛《晋阳秋》曰：'应璩作五言诗百三十篇，言时事颇有补益，世多传之。'……今书《七志》曰：'应璩集谓之新诗，以百言为一篇，或谓之百一诗。'……据《百一诗序》云：'时谓曹爽曰：公今闻周公巍巍之称，安知百虑有一失乎。"百一"之名，盖兴于此也。'"吕向解释"百一"曰："意者以为百分有一补于时政。"

下流不可处，君子慎厥初[1]。

名高不宿著②,易用受侵诬③。
前者隳官去④,有人适我闾⑤。
田家无所有,酌醴焚枯鱼⑥。
问我何功德,三入承明庐⑦。
所占于此土,是谓仁智居⑧。
文章不经国⑨,筐箧无尺书⑩。
用等称才学,往往见叹誉⑪。
避席跪自陈:贱子实空虚⑫!
宋人遇周客,惭愧靡所如⑬。

【注释】

①"下流"二句:谓应璩自恨居于下流,凡君子,当慎初始。下流,喻
　众恶之所归处。《论语·子张》:"纣之不善,不如是之甚也。是
　以君子恶居下流,天下之恶皆归焉。"

②宿:久。

③易用受侵诬:容易见害。诬,欺。

④隳(huī)官:罢官,解职。隳,废。

⑤适:往。闾:里门。

⑥酌醴焚枯鱼:李善注引《蔡邕与袁公书》曰:"酌麦醴,燔干鱼,欣
　然乐在其中矣。"酌醴,斟酒。醴,甜酒。枯鱼,即干鱼。

⑦三入:应璩初为侍郎,又为常侍,又为侍中,故云"三入"。承明
　庐:汉承明殿旁屋,侍臣值宿所居之处。后因以入承明庐为入朝
　或在朝为官的代称。

⑧仁智居:《论语·雍也》曰:"智者乐水,仁者乐山。"谓应璩所隐之
　居所有山有水。

⑨文章不经国:曹丕《典论·论文》:"盖文章经国之大业,不朽之盛

事。"经国,治国。

⑩筐箧(qiè):箱、笥之属,储书之器。

⑪"用等"二句:文章既不经国,筐箧又无尺书,乃用何等而称才学,往往而见誉?

⑫贱子:应璩自谦之辞。空虚:无。

⑬"宋人"二句:刘良注:"言周客知宋人非宝而观之,有人知我无德而问之,其于愧也不亦多矣。皆讽朝廷之士,有其位无其才,能不愧乎?"宋人遇周客,李善注引《阙子》曰:"宋之愚人,得燕石于梧台之侧,藏之以为大宝。周客闻而观焉,主人斋七日,端冕玄服以发宝,革匮十重,巾十袭。客见,俯而掩口,卢胡而笑曰:'此特燕石也,其与瓦甓不殊。'主人大怒曰:'商贾之言,医匠之心!'藏之愈固,守之弥谨。"

【译文】

下流众恶之所归,君子慎勿处其间。

声名显赫难为久,反而容易遭诬陷。

曾经有人罢官去,来到我间相寒暄。

荒村野老无所有,杯酒干鱼自怡然。

问我有何功和德,三入承明做朝官。

谓我隐居在此土,乐仁乐智水与山。

文章自古不治国,书箱书柜空空然。

所用何来称才学,声誉斐然人赞叹。

离席长跪听我说:区区实在太肤浅!

宋人燕石空自宝,面对周客亦自惭。

游仙

何敬祖

何劭(236—301)，字敬祖，陈国夏阳(今陕西韩城南)人。晋太宰何曾次子。武帝即位，为散骑常侍。咸宁中，迁侍中。惠帝初为太子太师，累迁尚书左仆射。永康初，迁司徒。赵王伦篡位，以为太宰。永宁元年(301)卒。博学多闻，善属篇章。有集二卷，今佚。现存诗四首，散句若干。

游仙诗一首

【题解】

游仙诗为诗体之一种，《文选》单独列为一类，收何劭、郭璞二人游仙诗八首。其内容主要是对功名富贵及世俗生活的蔑视，和对隐逸生活的歌颂。借向往神仙以抒发"忧生之嗟"，当然也流露出逃避现实的消极思想。

至于本诗，张铣曰："何劭处乱朝，思游仙去世，故为是诗。"

> 青青陵上松，亭亭高山柏①。
> 光色冬夏茂②，根柢无凋落。
> 吉士怀贞心③，悟物思远托④。
> 扬志玄云际⑤，流目瞩岩石⑥。

羡昔王子乔^⑦,友道发伊洛^⑧。

迢递陵峻岳^⑨,连翩御飞鹤。

抗迹遗万里^⑩,岂恋生民乐^⑪?

长怀慕仙类,眇然心绵邈^⑫。

【注释】

①亭亭:高貌。

②光色:犹言光泽。冬夏茂:松柏岁寒不凋,冬夏皆茂。

③吉士:古人对男子的美称。《诗经·召南·野有死麕》:"有女怀春,吉士诱之。"此为何劭自喻。贞:正。

④物:指松柏。

⑤玄云:黑云。吕延济注:"取其高。"

⑥流目:放目观览。瞩:视。

⑦王子乔:传说中的仙人。《列仙传》曰:"王子乔者,周灵王太子晋也。好吹笙,作凤凰鸣,游伊、洛之间。道士浮丘公接以上嵩高山。"按,王子乔又名王乔。

⑧友道:与道为友。李善注引《文子》曰:"三皇五帝轻天下,细万物,上与道为友,下与化为人。"

⑨迢递:高远貌。陵:登。峻岳:高山。

⑩抗迹:指行为高洁。抗,举。

⑪生民:指百姓。

⑫眇然:眇,别本作"眇","眇然"即远貌。绵邈:远貌。

【译文】

郁郁葱葱陵上松,高高耸耸山上柏。

颜色光泽无冬夏,根深叶茂不零落。

正直之士心端正,眼观松柏心有托。

立志高远达云际,眼望岩石品性坚。

美慕仙人王子乔，与道为友起伊、洛。

高山再高敢登临，连翩翔翔驾飞鹤。

行迹高洁赴万里，岂恋尘世欢与乐？

心中常怀列仙愿，神情迷茫不自觉。

郭景纯

见卷第十二《江赋》作者介绍。

游仙诗七首

【题解】

　　郭璞的游仙诗，是游仙诗中的上乘之作。虽云游仙，实是咏怀，这是其显著特色。李善曰："凡游仙之篇，皆所以滓秽尘网，锱铢缨绂，餐霞倒景，饵玉玄都；而璞之制，文多自叙，虽志狭中区，而辞无俗累，见非前识，良有以哉！"刘勰《文心雕龙·明诗》曰："江左篇制，溺乎玄风，嗤笑徇务之志，崇盛忘机之谈，袁、孙以下，虽各有雕采，而辞趣一揆，莫与争雄，所以景纯仙篇，挺拔而为俊矣。"何焯评曰："景纯之游仙，即屈子之远游也。章句之士，何足以知之？"

京华游侠窟①，山林隐遁栖②。

朱门何足荣③，未若托蓬莱④。

临源挹清波⑤，陵岗掇丹荑⑥。

灵谿可潜盘⑦，安事登云梯⑧。

漆园有傲吏⑨，莱氏有逸妻⑩。

进则保龙见⑪，退为触藩羝⑫。

高蹈风尘外⑬，长揖谢夷齐⑭。

【注释】

①京华：京师。游侠：指抱有雄心壮志、希望做一番事业的人。窟：人所聚居处。

②隐遁：指隐居避世之人。栖：山居为栖。

③朱门：贵门。

④托蓬莱：托身于蓬莱。指归隐。蓬莱，传说中的海中仙山名。

⑤挹（yì）：酌取。

⑥陵：上。掇：拾取。丹荑（tí）：《本草纲目》曰："赤芝，一名丹芝……久食轻身不老。"凡草之初生通名曰荑，故曰丹荑。

⑦灵谿：谿名。李善注引庾仲雍《荆州记》曰："大城西九里有灵谿水。"潜盘：隐居盘游。

⑧安：何。登云梯：以云为梯，直上青云。以喻出仕。

⑨漆园有傲吏：《史记·老子韩非列传》曰："庄子者，蒙人也，名周。周尝为蒙漆园吏……楚威王闻庄周贤，使使厚币迎之，许以为相。庄周笑谓楚使者曰：'千金，重利；卿相，尊位也。子独不见郊祭之牺牛乎？养食之数岁，衣以文绣，以入大庙。当是之时，虽欲为孤豚，岂可得乎？子亟去，无污我。'"傲吏，指庄周。

⑩莱氏有逸妻：《列女传·楚老莱妻》曰："莱子逃世，耕于蒙山之阳。葭墙蓬室，木床著席，衣缊食菽，垦山播种。人或言之楚王……楚王驾至老莱之门，老莱方织畚……王曰：'守国之孤，愿变先生之志。'老莱子曰：'诺。'……妻曰：'妾闻之，可食以酒肉者，可随以鞭捶；可授以官禄者，可随以铁钺。今先生食人酒肉，授人官禄，为人所制也。能免于患乎？妾不能为人所制。'投其畚莱而去。老莱子曰：'子还，吾为子更虑。'遂行不顾，至江南而止，曰：'鸟兽之解毛，可绩而衣之。据其遗粒，足以食也。'……

老莱子乃随其妻而居之。"莱,指老莱子。逸妻,志于隐逸之妻。
指老莱妻。

⑪进:指归隐求仙。龙见:《周易·乾》:"'见龙在田,利见大人',何
谓也? 子曰:'龙德而正中者也。'"言隐遁可保中正之道。

⑫退:指与世处俗。触藩羝(dī):《周易·大壮》:"羝羊触藩,羸其
角。"言退处世俗,便如羊触藩篱,进退不能。羝,公羊。

⑬高蹈:指隐居。风尘外:世俗之外。

⑭揖:拱手礼,以示辞谢。谢夷齐:辞别伯夷、叔齐。按,伯夷、叔齐
二人,耻武王伐君之事,不食周粟,隐于首阳山下。郭璞则将蹈
于风尘之外,不为夷、齐守此小节,故长揖之而去。高行更在夷、
齐之上,故曰谢。

【译文】

繁华京城游侠客,山林归隐方外人。
朱门酒肉何足贵,未若蓬莱托此身。
面临清泉饮碧波,岗上摘取丹芝餐。
灵谿可供隐居游,何必专将仕途营。
漆园傲吏庄生在,老莱逸妻言谆谆。
进则求仙去归隐,退则处俗暂栖身。
夷、齐义不食周粟,高蹈更须胜一等。

青谿千余仞①,中有一道士。
云生梁栋间,风出窗户里②。
借问此何谁,云是鬼谷子③。
翘迹企颍阳④,临河思洗耳⑤。
阊阖西南来⑥,潜波涣鳞起⑦。
灵妃顾我笑⑧,粲然启玉齿⑨。

蹇修时不存,要之将谁使^⑩?

【注释】

①青谿:山名。李善注引庾仲雍《荆州记》曰:"临沮县有青谿山,山东有泉,泉侧有道士精舍,郭景纯尝作临沮县故游仙诗,嗟青谿之美。"仞:古八尺为一仞。

②"云生"二句:梁栋、窗户,均指道士之所居。

③鬼谷子:王诩,战国时人。为苏秦之师。隐居于鬼谷,因自号鬼谷子。

④翘迹:犹举足。企:企慕,仰望。颍阳:《吕氏春秋·求人》:"昔尧朝许由于沛泽之中,曰:'……夫子为天子,而天下已治矣,请属天下于夫子。'许由辞……遂之箕山之下,颍水之阳,耕而食。"故以"颍阳"指代许由。

⑤洗耳:李善注引《琴操》:"尧大许由之志,禅为天子。由以其言不善,乃临河而洗其耳。"喻其言污秽其耳,故洗之。

⑥阊阖:阊阖风,即西风。

⑦涣鳞起:水波涣然,如鱼鳞之起。涣,流散。

⑧灵妃:指宓妃,传说中的洛水女神。顾:视。

⑨粲然:露齿笑貌。启玉齿:启齿,也是笑的意思。玉,喻齿之洁白如玉。

⑩"蹇修"二句:以求女神喻求仙学道。蹇修,屈原《离骚》:"吾令丰隆乘云兮,求宓妃之所在。解佩纕以结言兮,吾令蹇修以为理。"蹇修原为古代贤人名,屈原求宓妃,欲令蹇修理其事,故后世以蹇修为媒人之称。要,求。将,欲。

【译文】

青谿之山高又高,道士端居在云霄。

云烟舒卷栋梁间,清风穿牖乐逍遥。

欲问道士是何人,鬼谷先生有名号。

举足企盼追许由，临河洗耳思高蹈。

一阵清风西南来，水色粼粼波迢迢。

洛水神女宓妃至，玉齿微启天姿妙。

可惜褰修不再来，我欲求仙谁介绍？

翡翠戏兰苕，容色更相鲜①。

绿萝结高林②，蒙笼盖一山③。

中有冥寂士④，静啸抚清弦。

放情陵霄外，嚼蕊挹飞泉⑤。

赤松临上游⑥，驾鸿乘紫烟⑦。

左挹浮丘袖⑧，右拍洪崖肩。

借问蜉蝣辈⑨，宁知龟鹤年⑩。

【注释】

① "翡翠"二句：言珍禽芳草递相辉映，可悦之甚。翡翠，鸟名。雄赤曰翡，雌青曰翠。兰苕，兰之枝茎。

② 绿萝结高林：言绿色松萝盘援松树而生。绿萝，李善注引《毛诗草木疏》曰："松萝，蔓松而生，枝正青。"

③ 蒙笼：草木茂密状。

④ 冥寂士：隐居幽寂者。指神仙。

⑤ "放情"二句：指神仙之逍遥境界。陵霄，凌云。喻志节高远。挹，取。

⑥ 赤松：即赤松子。《列仙传》曰："赤松子者，神农时雨师也。服水玉，以教神农，能入火自烧。至昆仑山上，常止西王母石室中，随风雨上下。"上游：前列。

⑦ 鸿：鸟。乘紫烟：乘烟，犹言乘云。紫，瑞祥之色。

⑧挖:牵引。浮丘:与下句的"洪崖",皆神仙之人。

⑨蜉蝣(fú yóu):虫名。《尔雅·释虫》:"蜉蝣,渠略。"陆机疏云:"蜉蝣,方土语也。通谓之渠略。似甲虫,有角,大如指,长三四寸。甲下有翅,能飞。夏月阴雨时地中出。今人烧炙啖之,美如蝉也。"

⑩龟鹤年:因龟鹤皆长寿之物,故指长寿。

【译文】

翡翠兰苕相辉映,容色相鲜更妍然。

绿萝攀缘松树林,葱茏苍翠盖满山。

山中自有隐者在,撮口长啸弄清弦。

纵情青云尽欢乐,且嚼花蕊饮飞泉。

眼见仙人赤松子,腾云驾鹤乘紫烟。

左手牵着浮丘公,左手轻抚洪崖肩。

可叹朝夕蜉蝣辈,哪知神仙活千年。

六龙安可顿①,运流有代谢②。

时变感人思,已秋复愿夏③。

淮海变微禽,吾生独不化④。

虽欲腾丹谿,云螭非我驾⑤。

愧无鲁阳德,回日向三舍⑥。

临川哀年迈,抚心独悲咤⑦。

【注释】

①六龙:指太阳。传说日神乘车,驾以六龙。《楚辞·九叹·远游》:"贯澒濛以东揭兮,维六龙于扶桑。"顿:停留,止息。

②运流:运命之变化。代谢:变迁。

③已秋复愿夏：言入秋后不能退回到夏。亦言事物时序之往复不已，不可追返。

④"淮海"二句：《国语·晋语》："赵简子叹曰：'雀入于海为蛤，雉入于淮为蜃，鼋鼍鱼鳖，莫不能化，唯人不能，哀夫！'"此为郭璞恨词。

⑤"虽欲"二句：曹丕《典论》曰："夫生之必死，成之必败。天地所不能变，圣贤所不能免。然而惑者望乘风云，与螭龙共驾，适不死之国，国即丹谿。其人浮游列缺，翱翔倒景；饥餐琼蕊，渴饮飞泉。然死者相袭，丘垄相望。逝者莫返，潜者莫形，足以觉也。"腾，升。丹谿，传说中的不死之国。云螭，龙。

⑥"愧无"二句：谓郭璞自愧无鲁阳挥戈驻日之德化，回日使返，得驻其寿。鲁阳，《淮南子·览冥训》："鲁阳公与韩构难，战酣，日暮，援戈而㧑之，日为之反三舍。"德，德化。三舍，二十八宿，一宿为一舍，三舍即三座星宿的位置。

⑦"临川"二句：《论语·子罕》："子在川上曰：'逝者如斯夫，不舍昼夜！'"吒（zhà），叹声。

【译文】

太阳永远不停留，气运代谢似水流。
时序变化令人叹，炎夏一去入金秋。
微禽入海能迁化，人生到老便白头。
虽欲升至丹谿国，螭龙难驾不可求。
鲁阳挥戈日再中，愧我无有三舍谋。
夫子临川而长叹，年迈抚心独自愁。

逸翮思拂霄，迅足羡远游①。
清源无增澜，安得运吞舟②。
珪璋虽特达，明月难暗投③。
潜颖怨青阳，陵苕哀素秋④。

悲来恻丹心，零泪缘缨流⑤。

【注释】

① "逸翮"二句：吕向注："言有仙者之资，必好仙者之道。"逸翮，善飞的鸟。拂霄，犹言薄天。迅足，善于行走者。

② "清源"二句：《韩诗外传》引孟子语曰："夫吞舟之鱼不居潜泽，度量之士不居污世。"李周翰注："言小水不能运吞舟之鱼，俗人不足知游仙之乐。"清源，水源。增澜，高澜，巨大的波涛。增，通"层"，高。吞舟，鱼之大者，足以吞舟。

③ "珪璋"二句：吕延济注："珪璋、明月，虽宝，以暗投人必恐惧不受。今以仙道示俗，亦犹此也。"珪璋虽特达，《礼记·聘义》："珪璋特达，德也。"言谓以珪璋为礼可以单独送达，不需辅以货币。珪璋，玉器名。古代诸侯朝聘时用为礼品。明月难暗投，《汉书·邹阳传》："明月之珠，夜光之璧，以暗投人于道，众莫不按剑相眄者。"明月，宝珠名。

④ "潜颖"二句：李周翰注："生潜隐之处，则怨青阳之不至；生陵皋之上，则哀素秋之早及。言仙俗殊事，异宜与此相类。"潜颖，生长于隐蔽之处之草木。青阳，《尔雅·释天》："春为青阳。"郭璞注："气清而温阳。"陵苕，生长于高处的草木。素秋，秋季。古代五行说，以金配秋，其色白，故称素秋。

⑤ 缘：沿。缨：系冠的带子。

【译文】

健翮奋飞欲上天，疾足远游亦称美。
碧波清川无巨澜，大鲸岂能把身安。
珪璋、明月虽至宝，明珠暗投亦堪怜。
青阳不照潜隐地，陵苕偏早秋霜残。
悲从中来心悽恻，冠缨零落泪泫然。

杂县寓鲁门,风暖将为灾^①。

吞舟涌海底,高浪驾蓬莱^②。

神仙排云出,但见金银台^③。

陵阳挹丹溜^④,容成挥玉杯^⑤。

姮娥扬妙音^⑥,洪崖颔其颐^⑦。

升降随长烟^⑧,飘飖戏九垓^⑨。

奇龄迈五龙^⑩,千岁方婴孩^⑪。

燕昭无灵气^⑫,汉武非仙才^⑬。

【注释】

①"杂县(xuán)"二句:《国语·鲁语》:"海鸟曰爰居,止于鲁东门之外三日。……展禽曰:'……今兹海其有灾乎? 夫广川之鸟兽,恒知避其灾也。'是岁也,海多大风,冬暖。"杂县,即爰居,海鸟名。

②"吞舟"二句:《史记·封禅书》:"自威、宣、燕昭使人入海求蓬莱、方丈、瀛洲。此三神山者……诸仙人及不死之药皆在焉。其物禽兽尽白,而黄金银为宫阙。未至,望之如云。及至,三神山反居水下。"蓬莱,海上仙山名。

③"神仙"二句:张铣注:"此中神仙,为之不安,而排云上出,但见其金银台阙而已。"

④陵阳:《列仙传》曰:"陵阳子明者,铚乡人也。好钓鱼于旋溪。钓得白龙,子明惧,解钩拜而放之。后得白鱼,腹中有书,教子明服食之法。子明遂上黄山,采五石脂,沸水而服之。三年,龙来迎去。"丹溜:或称流丹,即石脂。

⑤容成:《列仙传》曰:"容成公者,自称黄帝师,见于周穆王,能善补导之事……发白更黑,齿落更生。事与老子同。亦云老子师也。"按,陵阳、容成皆神仙之流。

⑥姮娥:嫦娥。《淮南子·览冥训》:"羿请不死之药于西王母,姮娥窃以奔月。"妙音:谓善歌。

⑦颔颐(hàn yí):犹言点头。

⑧升降随长烟:《列仙传》曰:"甯封子者,黄帝时人也……封子积火自烧,而随烟气上下。"

⑨飘飘(yáo)戏九垓:《淮南子·道应训》:"卢敖游乎北海,经乎太阴,入乎玄阙,至于蒙縠之上,见一士焉。深目而玄鬓,泪注而鸢肩,丰上而杀下,轩轩然方迎风而舞……卢敖就而视之,方倦龟壳而食蛤梨,卢敖与之语曰:'唯敖为背群离党,穷观于六合之外者,非敖而已乎?……今卒睹夫子于是,子殆可与敖为交乎?'若士者,謷然而笑曰:'……今子游始于此乃语穷观,岂不亦远哉!然子处矣。吾与汗漫期于九垓之上,吾不可以久驻。'若士举臂而竦身,遂入云中。卢敖仰而视之,弗见,乃止驾。"飘飘,即飘摇。九垓,言九重天。中央及东、南、西、北四方,加之东南、西南、东北、西北,共为九天。

⑩奇龄:与下句"千岁"皆指千岁高寿。五龙:李善注引《遁甲开山图》:"五龙,皇后君也。昆弟四人,皆人面而龙身。长曰角龙,木仙也;次曰徵龙,火仙也;次曰商龙,金仙也;次曰羽龙,水仙也;父曰宫龙,土仙也。父与诸子同得仙,治在五方。"

⑪方:比。

⑫燕昭无灵气:《拾遗记》载,燕昭王曾问其臣甘需学仙之道,甘需曰:"上仙之人也,盖能去滞欲而离嗜爱,洗神灭念,常游于太极之门。今大王以妖容惑目,美味爽口,列女成群,迷心动虑。所爱之容,恐不及玉,纤腰皓齿,患不如神,而欲却老云游,何异操圭爵以量沧海,执毫厘而回日月,其可得乎?"

⑬汉武非仙才:《太平广记·神仙》:"西王母曰:'刘彻好道……然形慢神秽,脑血淫漏,五脏不淳,关胃彭孛,骨无津液,脉浮反升。

内多精少，瞳子不夷，三尸狡乱，玄白失时，虽当语之以至道，殆恐非仙才也。'"

【译文】

爰居之鸟栖鲁东，海风为灾是暖冬。

吞舟之鱼入海底，蓬莱仙山浪汹涌。

诸路神仙排云出，黄金为阙银为宫。

陵阳子明饮石脂，容成举觞如旋风。

嫦娥引吭有妙音，洪崖颔首乐融融。

随烟上下自升降，飘摇九天迹无踪。

寿比南山逾五龙，千岁万祀等婴孩。

燕昭嗜欲无灵气，汉武神秽仙才穷。

晦朔如循环①，月盈已见魄。

蓐收清西陆②，朱羲将由白③。

寒露拂陵苕，女萝辞松柏④。

薤荣不终朝⑤，蜉蝣岂见夕。

圆丘有奇草⑥，钟山出灵液⑦。

王孙列八珍，安期炼五石⑧。

长揖当涂人⑨，去来山林客⑩。

【注释】

①晦朔：农历每月之末日曰晦，每月之初日曰朔。循环：往复回旋曰循环。《史记·高祖本纪》："三王之道若循环，终而复始。"

②蓐（rù）收：西方神名。司秋。《礼记·月令》："孟秋之月……其神蓐收。"西陆：李善注引司马彪《续汉书》曰："日行北陆，谓之冬；西陆，谓之秋。"

③朱羲:日。白:白道。李善注引《河图》曰:"立秋秋分,月从白道。"

④"寒露"二句:谓女萝缘于松柏,为寒所拂,将以萎死,故辞而去。陵
　　苕,苕。女萝,松萝。《诗经·小雅·頍弁》:"茑与女萝,施于松柏。"

⑤蕣(shùn)荣:木槿花,朝开暮谢。潘岳《朝菌赋序》曰:"朝菌者,
　　时人以为蕣华,庄生以为朝菌。其物向晨而结,绝日而殒。"按,
　　蕣荣、蜉蝣,以草虫喻人生之短促。

⑥圆丘:山名。李善注引《外国图》曰:"圆丘有不死树,食之乃寿。"
　　奇草:吕向以为指芝草。

⑦钟山出灵液:李善注引东方朔《十洲记》曰:"北海外有钟山,自生
　　千岁芝,及神草灵液,谓玉膏之属也。"

⑧"王孙"二句:谓王孙列八珍以伤生,安期炼五石以延寿,言优劣
　　不同。王孙,贵显者之通称。八珍,古代八种烹饪法。《周礼·
　　膳夫》:"珍用八物。"郑注:"珍谓淳熬、淳母、炮豚、炮牂、捣珍、
　　渍、熬、肝膋也。"后用以泛指食品之珍贵者。安期,即安期生,仙
　　人名。《史记·封禅书》记汉武帝以方士李少君言,遣使入海,求
　　蓬莱仙人安期生之属。五石,葛洪《抱朴子·金丹》曰:"五石者,
　　丹砂、雄黄、白礜、曾青、慈石也。"

⑨当涂人:指仕宦者。涂,同"途"。

⑩去来山林客:言己始终为山林之客,与仕宦之辈终殊途也。

【译文】

月终月初如循环,月到明时已不圆。

秋神蓐收行西陆,秋分一到日色惨。

霜露已侵凌上苕,女萝辞松畏严寒。

木槿花开不到夜,蜉蝣旦夕命归天。

圆丘山上不死树,钟山灵液飞波澜。

王孙公子罗八珍,安期先生五石餐。

长谢人间仕宦者,自去自来在林泉。

招隐

左太冲

见卷第四《三都赋序》作者介绍。

招隐诗二首

【题解】

　　汉代淮南小山的《招隐士》，是召唤隐居山林之士出山之作。时至魏晋，隐逸之风大盛，招隐诗的命意则变为招人归隐，与淮南小山命意恰恰相反。本诗其一，即写前去招隐士出山之人反而被隐士居处幽雅自然的山林美景所吸引，也要弃官隐居了。这实际上是一首山林隐居生活的赞美诗。其二，是诗人闲居洛阳时所作。史载左思迁居洛阳，闭门十年，乃成《三都赋》。然赋成之初，并不为时人看重，左思名亦不著，诗作即抒发了自己怀才不遇的慨叹与洁身自好的情怀。

　　　　　　杖策招隐士^①，荒涂横古今^②。
　　　　　　岩穴无结构^③，丘中有鸣琴。
　　　　　　白雪停阴冈^④，丹葩曜阳林^⑤。

石泉漱琼瑶⑥，纤鳞亦浮沉⑦。

非必丝与竹⑧，山水有清音。

何事待啸歌⑨，灌木自悲吟。

秋菊兼糇粮⑩，幽兰间重襟⑪。

踌躇足力烦⑫，聊欲投吾簪⑬。

【注释】

①杖：持。策：树木的细枝。《方言》曰："木细枝谓之杪，江、淮、陈、楚之内谓之茂，青、齐、兖、冀之间谓之葰，燕之北鄙朝鲜、洌水之间谓之策。"

②荒涂横古今：此句谓荒芜的道路似乎从古至今都没有人走过。横，塞。

③结构：指房屋建筑。李善注："谓交结构架也。"

④白雪：六臣注《文选》作"白云"，意较胜。阴冈：向北的山脊。阴，山北为阴。

⑤丹葩(pā)：红色的花。阳林：向南的树林。

⑥漱：激荡。琼瑶：美玉。这里指山石。

⑦纤鳞：指小鱼。

⑧丝、竹："丝"指弦乐器，"竹"指管乐器，"丝竹"在此泛指乐器。《礼记·乐记》曰："金石丝竹，乐之器也。"

⑨啸歌：吟唱。

⑩秋菊兼糇(hóu)粮：此句言以秋菊兼作食粮。屈原《离骚》："朝饮木兰之坠露兮，夕餐秋菊之落英。"此句与下句"幽兰间重襟"都是用来作为山林隐居生活的一种标志。糇粮，干粮。

⑪幽兰间重襟：此句言把幽兰佩戴在衣襟上。屈原《离骚》："扈江离与辟芷兮，纫秋兰以为佩。"间，杂。

⑫踌躇(chóu chú)：驻足不行貌。足力烦：李善注："言世务劳促，故足力烦殆也。"烦，劳，疲乏。

⑬聊：且。投簪：犹言挂冠，弃官不做之意。簪，古时用它把冠冕别在发上。

【译文】

扶拐杖步艰辛前往招隐，山路上无人迹荆棘丛生。
岩穴间不曾见蓬庐屋舍，却听得山岭中琴声铮鸣。
北冈上白生生浮云缭绕，南林中红艳艳奇葩辉映。
美玉般白石上清泉流泻，小鱼儿兴悠悠或浮或沉。
何须乎凭弦管慰我心绪，且听取青山绿水奏清音。
何须乎借吟唱抒我情怀，且听取林木喧喧发悲吟。
摘秋菊好兼作佐餐美味，采幽兰装饰我素雅衣襟。
何必在名利场劳神奔走，且抛去官场上冠带簪缨。

> 经始东山庐①，果下自成榛②。
> 前有寒泉井，聊可莹心神③。
> 峭蒨青葱间，竹柏得其真④。
> 弱叶栖霜雪，飞荣流余津⑤。
> 爵服无常玩，好恶有屈伸⑥。
> 结绶生缠牵，弹冠去埃尘⑦。
> 惠连非吾屈，首阳非吾仁⑧。
> 相与观所尚，逍遥撰良辰⑨。

【注释】

①经始：开始测量营造。《诗经·大雅·灵台》："经始灵台，经之营之。"郑笺："文王应天命，度始灵台之基趾，营表其位，众民则筑

作，不设期日而成之。"东山庐：李善注引王隐《晋书》:"左思徙居洛城东，著'经始东山庐'诗。"

②果下自成榛：此句言自己在东山庐虽有果树已结美实，但无人采摘，故树下灌木丛生。这是反用"桃李不言，下自成蹊"语意，以喻自己怀才不遇。榛，丛木。

③"前有"二句：意谓门前的寒泉井，略可作为磨砺自己心志的物鉴，使自己保持宁静的心境，在世俗功名富贵面前冷漠置之，不泛心澜。莹，磨砻使之发光亮。

④"峭蒨(qiàn)"二句：李善注引《荀子》曰:"桃李蒨粲于一时，时至而后杀。至于松柏，经隆冬而不凋，蒙霜雪而不变，可谓得其真矣。"此二句言在苍翠青葱的林木中，只有经冬犹绿的竹柏，才做到了保性全真，诸如桃李之类，纵然一时花繁叶茂，艳丽夺人，但到冬天便衰败了。这里是用来比喻下文所言做官也不过是一时显赫热闹而已。峭蒨，鲜明貌。

⑤荣：花。余津：犹言残水。津，渡口。此借指河水。

⑥"爵服"二句：李善注:"言爵服之荣，理无常玩。时有好恶，随之屈伸。《管子》曰:'将立朝廷者，则爵服不可不贵也。爵服加于不义，则人贱爵服矣。'"此二句意谓官服虽然华美，然宦海浮沉，时有好恶，随之屈伸。爵服，官服。

⑦"结绶"二句：谓出仕做官有很多事务缠身，不如去掉这些牵累，隐居养生吧。结绶，即喻出仕做官。绶，丝带。古时以不同颜色的丝带来系结印环，用以标志官员不同的等级。缠牵，纠缠，搅扰。弹冠，用指弹去冠上灰尘。《楚辞·渔父》:"新沐者必弹冠，新浴者必振衣。"

⑧"惠连"二句：意谓柳下惠、少连降志辱身以求仕进，非谓"屈"，伯夷、叔齐耻食周粟，饿死首阳山，也非谓"仁"。诗人在此是化用《论语》语意。惠，春秋鲁僖公时人展禽，字季，因食邑柳下，谥

惠，故又称柳下惠。连，少连。《礼记·杂记》："孔子曰：'少连、大连善居丧，三日不怠，三月不解，期悲哀，三年忧，东夷之子也。'"首阳，山名。一称雷首山，在山西永济南。商孤竹君的两个儿子伯夷、叔齐，因周武王灭商而耻食周粟，逃到首阳山隐居，采薇而食，饿死在山里。《论语·微子》："逸民：伯夷、叔齐……柳下惠、少连，子曰：'不降其志，不辱其身，伯夷、叔齐矣。'谓'柳下惠、少连降志辱身矣，言中伦，行中虑，其斯而已矣'。"

⑨"相与"二句：意谓人与人相处，要看所尊崇的人生观是否相同。我还是按自己的生活态度，选择美好的辰光逍遥自乐吧。尚，尊崇。撰(suàn)，通"算"，历数而选择。《周礼·大司马》："群吏撰车徒，读书契。"贾公彦疏："群吏谓军将至伍长，各有部分，皆选择其在车甲士三人步徒七十二人之等。"

【译文】

自当初我来东山茅庐结营，植幼树今已结果仍埋荒荆。
幸可慰蓬门前有寒泉深井，姑且以它作物鉴磨砺我心。
漫山野郁郁葱葱林木茂盛，在此间唯有竹柏四季常青。
桃与李纵然鲜妍不耐霜雪，寒风至花叶凋零逐水难寻。
着官服华美威风难得长久，妍与媸世间之人自有论评。
做官人俗务太多实难酬应，何如挂冠归去拂此俗尘。
不仿效展禽、少连辱身求进，不仿效伯夷、叔齐殒命求仁。
人生在世各有志何必勉强，我行我素且逍遥选取良辰。

陆士衡

见卷第十六《叹逝赋》作者介绍。

招隐诗一首

【题解】

陆机《招隐诗》共二首,《文选》只录其一。诗作大意是说仕途坎坷,富贵难求,与其因此而终日郁郁不欢,不如隐遁山林,去寻求那清静无为的乐趣。

明发心不夷①,振衣聊踯躅②。

踯躅欲安之? 幽人在浚谷③。

朝采南涧藻④,夕息西山足⑤。

轻条象云构⑥,密叶成翠幄⑦。

激楚伫兰林,回芳薄秀木⑧。

山溜何泠泠⑨,飞泉漱鸣玉⑩。

哀音附灵波⑪,颓响赴曾曲⑫。

至乐非有假,安事浇醇朴⑬。

富贵苟难图⑭,税驾从所欲⑮。

【注释】

①明发:黎明。夷:指平静。

②振衣:谓振动衣服,去除尘秽。踯躅(zhí zhú):徘徊不进貌。

③幽人:指隐士。浚谷:深谷。

④朝采南涧藻:语出《诗经·召南·采蘋》:"于以采蘋,南涧之滨。"

⑤西山:指首阳山。《史记》载伯夷、叔齐诗:"登彼西山兮,采其薇
矣。"以上二句中,"南涧""西山"是用成辞,泛指隐士所居之处。

⑥云构:高大壮丽的建筑。

⑦幄:帐。

⑧"激楚"二句：言清风吹拂着秀美的树林。激楚、回芳，吴淇《六朝选诗定论》："'激楚''回芳'，舞名。借以当风。"一说"激楚"为古代曲名。兰、秀，均用以形容林木的秀美。薄，附。

⑨山溜：指山洞水。泠泠（líng）：形容水声清脆。

⑩鸣玉：古人佩带在腰间的玉佩，行走时相击发声，故称。这里比喻被溪水撞击发声的山石。李善注："亦琼瑶也。"

⑪哀音：指低微哀怨的水声。灵波：神异奇妙的水波。

⑫颓响：犹言余响。曾（céng）曲：指山谷层叠盘曲。曾，通"层"。

⑬"至乐"二句：意谓至乐只在清静无为、返归自然中得到，不须凭借荣华富贵，似此，又何苦改变自己淳朴的本性去追求荣华富贵呢？至乐，极乐。《庄子·至乐》讲欲求至乐，惟无为近之。假，借。浇，薄。《淮南子·齐俗训》："衰世之俗……浇天下之淳，析天下之朴，牿服马牛以为牢。"《汉书·黄霸传》张敞奏表："浇淳散朴，并行伪貌，有名无实，倾摇懈怠，甚者为妖。"

⑭苟：诚。图：谋求。

⑮税（tuō）驾：脱驾。李善注："税驾，喻辞荣。"《史记·李斯列传》："物极则衰，吾未知所税驾也。"《索隐》："税驾，犹解驾，言休息也。"税，通"脱"。驾，车驾。

【译文】

一整夜难以入眠心烦意乱，天已亮穿戴整齐徘徊不安。
徘徊不定心中想该去何处？有高士隐居在那幽谷深山。
披晨晖南涧之中捕捞水草，到夜晚西山脚下憩息安眠。
树枝儿轻盈高挑胜似华厦，树叶儿翠绿浓密堪作帐幔。
一阵阵清风送爽轻摇慢荡，夹杂着草木馨香充溢林间。
山涧水击撞山石淙淙鸣响，亮晶晶溅玉飞珠耀人眼帘，
顺谷势宛如游龙浅吟低唱，挟余响跌落曲折流向远山。
悟人生寻求极乐岂凭爵禄，又何苦丧我淳朴折节强攀。

富与贵竟然如此难以求取，倒不如归隐山林地阔天宽。

王康琚

王康琚，晋时人。生平爵里不详。

反招隐诗一首

【题解】

　　魏晋时期，隐逸之风大炽。时风之下，不乏追求时尚、附庸风雅之流。更有甚者，直视隐逸为终南捷径，希图以招隐名求取爵禄荣华。此诗即对那种矫揉造作的行为，给予了揶揄调侃式的嘲讽。

　　　　小隐隐陵薮①，大隐隐朝市。
　　　　伯夷窜首阳，老聃伏柱史②。
　　　　昔在太平时，亦有巢居子③。
　　　　今虽盛明世，能无中林士？
　　　　放神青云外，绝迹穷山里。
　　　　鹍鸡先晨鸣④，哀风迎夜起。
　　　　凝霜凋朱颜，寒泉伤玉趾。
　　　　周才信众人，偏智任诸己⑤。
　　　　推分得天和⑥，矫性失至理⑦。
　　　　归来安所期⑧？与物齐终始⑨。

【注释】

①陵薮（sǒu）：指山陵和湖泽。

②老聃(dān)：即李耳，字伯阳，楚国苦县(今河南鹿邑东)人。做过
　周朝柱下史。相传他即是道家创始人老子。柱史：即柱下史，官
　名。《史记·张丞相列传》："张丞相苍者，阳武人也。好书律历。
　秦时为御史，主柱下方书。"《索隐》："周、秦皆有柱下史，谓御史
　也。所掌及侍立恒在殿柱之下，故老子为周柱下史。今苍在秦
　代亦居斯职。"

③巢居子：相传是尧时隐士。因巢居树上，人称巢父。

④鹍(kūn)鸡：鸟名。《楚辞·九辩》："雁廱廱而南游兮，鹍鸡啁哳
　而悲鸣。"洪兴祖补注："鹍鸡，似鹤，黄白色。"

⑤"周才"二句：周才，考虑问题周详全面之人。偏智，犹今所谓片
　面偏颇。李善注："以出仕为周才，隐居为偏智。"亦可备一说。

⑥分：命。

⑦矫性：改变本性。

⑧安所期：何所望。

⑨终始：指人一生。《荀子·礼论》曰："生，人之始也；死，人之
　终也。"

【译文】

小隐之人需要住进山泽，大隐之人何妨就在朝市。

所以伯夷要逃往首阳山中，老聃则隐伏当个柱下史。

在尧统治的太平时期，也还有隐居之人巢居子。

今天虽也是盛明世道，怎会没有隐居山林之士？

他们寄托精神于青云之外，住进深山不再涉足尘世。

破晓前鹍鸡哀啼总扰人清梦，一夜风声凄厉让人难安寝席。

严霜容易使人颜貌过早衰老，山泉太冷会冻伤你的脚趾。

万事想得周全好与众相处，老钻牛角尖乃是放纵自己。

随遇而安才能享受自然祥和，矫揉造作违反养生至理。

呼唤归来希望你怎样？只望你能像万物一样以终天年。

游览

魏文帝

    魏文帝曹丕(187—226),字子桓,曹操次子。三国时期政治家、文学家。初为五官中郎将,曹操死后,嗣位为丞相魏王。220年,受汉禅即皇帝位。建立魏王朝,谥文帝。素喜文学,《三国志·魏书·文帝纪》载其"以著述为务,自所勒成垂百篇"。所著《典论·论文》,是一篇开文学批评风气的重要论文。诗作《燕歌行》,是现存文人作品最早的七言诗,艺术成就很高,历来为人称引。有《魏文帝集》。

    曹丕与父操、弟植均负文名,号称"三曹",世人亦常相比较而有轩轾。锺嵘《诗品》列曹植于上品,曹丕于中品,谓丕之所作"率皆鄙直如偶语。惟'西北有浮云'十余首,殊美赡可玩,始见其工矣"。刘勰《文心雕龙·才略》则云:"魏文之才,洋洋清绮,旧谈抑之,谓去植千里……遂令文帝以位尊减才,思王以势窘益价,未为笃论也。"刘勰乃是通论才略,对抑丕扬植之论代丕鸣不平,不失公允,但只就诗歌而言,曹丕实不如曹植。沈德潜《古诗源》云:"子桓诗有文士气,一变乃父悲壮之习矣。要其便娟婉约,能移人情。"把曹丕视为文风转变时期的枢纽和肇始人物,颇有见地。

芙蓉池作一首

【题解】

    此诗系记游之作,即刘勰所谓"怜风月,狎池苑,述恩荣,叙酣宴"者

（《文心雕龙·明诗》），江淹《杂体诗》拟魏文帝诗题则曰"游宴"。时曹
丕为五官中郎将。所游之西园，即邺都文昌殿西之铜雀园，曹植、王粲、
刘桢等《公讌》诸诗，皆一时之和作，可见当时饮宴行游之盛况。诗作虽
然流露出及时行乐的消极思想，但写景真切，造语华丽，堪称当时游宴
诗作的代表，肇后来山水诗作之端倪。

乘辇夜行游①，逍遥步西园。
双渠相溉灌，嘉木绕通川②。
卑枝拂羽盖③，修条摩苍天④。
惊风扶轮毂⑤，飞鸟翔我前。
丹霞夹明月，华星出云间。
上天垂光采，五色一何鲜。
寿命非松乔⑥，谁能得神仙？
遨游快心意，保己终百年。

【注释】

①辇：人推挽的车。秦汉后专指君、后乘坐之车。

②嘉：美。通川：谓直贯而过庭园之河流。

③卑枝：低枝。羽盖：用鸟羽装饰的车盖。

④修：长。

⑤轮毂（gǔ）：车轮和车毂。代指车。

⑥松：指赤松子。乔：指王子乔。皆见前注。

【译文】

乘坐车驾夜出游玩，逍遥自在漫步西园。

双渠交错流水潺潺，树木秀美护绕堤岸。

垂条低拂华车羽盖，高枝挺拔上摩苍天。

疾风忽来助我车行,鸟儿翩飞导我向前。

彩霞片片烘托明月,繁星点点时现云间。

浩渺天空降下光彩,五色缤纷多么鲜艳。

人生寿命难比松、乔,试问有谁真能成仙?

姑且遨游赏心悦目,保身养性活到百年。

殷仲文

　　殷仲文(? —407),陈郡(治今河南淮阳)人。东晋文学家。曾官骠骑行参军。他是桓玄的姊夫,桓玄称帝,擢为长史,桓玄事败,晋安帝复就帝位,迁为东阳太守。后以谋反罪名,为刘裕所杀。擅文辞,《宋书·谢灵运传论》谓其诗开始改变东晋玄言诗的风尚,"至谢混而大变"。《南齐书·文学传论》谓"仲文玄气,犹不尽除"。其诗今仅存两首。原有集,今已佚。《晋书》有传。

南州桓公九井作一首

【题解】

　　南州,今安徽当涂。九井,李善注引庾仲雍《江图》曰:"姑熟至直渎十里,东通丹阳湖,南有铜山,一名九井山,山有九井,井与江通。"桓玄于九井山大筑府第。此诗是殷仲文随桓玄游九井山时作,观诗中语气,当在桓玄执掌朝柄而未称帝时。

四运虽鳞次①,理化各有准②。

独有清秋日,能使高兴尽③。

景气多明远,风物自凄紧。

爽籁警幽律④，哀壑叩虚牝⑤。

岁寒无早秀⑥，浮荣甘夙殒⑦。

何以标贞脆？薄言寄松菌⑧。

哲匠感萧晨⑨，肃此尘外轸⑩。

广筵散泛爱⑪，逸爵纡胜引⑫。

伊余乐好仁，惑祛吝亦泯⑬。

猥首阿衡朝，将贻匈奴哂⑭。

【注释】

①四运：即四季。鳞次：像鱼鳞般依次排列。

②理化：物理变化。准：标准，准则。

③高兴：高涨的兴致。

④爽：清。籁：风激物之声。

⑤哀壑叩虚牝(pìn)：此句与上句均谓风吹虚谷而发音哀切。牝，谿谷。

⑥秀：不荣而实谓之秀。诗中指结实。

⑦浮荣：浮花，不结实而早凋之花。夙：早。殒：坠落。

⑧"何以"二句：李善注："松贞菌脆也，松菌殊质，故贞脆异性也。"薄言，发语词。

⑨哲匠：富有智慧才艺之人。诗中指桓玄。萧晨：秋风萧瑟的早晨。

⑩轸(zhěn)：车后横木。这里是用来代指车。

⑪泛爱：博爱。《论语·学而》："泛爱众而亲仁。"故下文言"伊余乐好仁"。

⑫逸爵：即传飞之杯。爵，酒杯。纡：屈。邀请别人赴宴之客套话。胜引：胜友。

⑬"伊余"二句：刘良注："言乐桓玄好仁之怀,使我疑惑鄙吝祛除泯绝也。"伊,句首语助词。祛,通"袪",除,去。

⑭"猥首"二句：意谓以己之平凡而冠首阿衡之朝,恐怕会招致像车千秋贻笑匈奴那样的结果吧。此乃以自谦而褒美桓玄。猥,平凡。此处是作者自谦之辞。阿(ē)衡,商代官名。成汤时名臣伊尹为阿衡,后引申为辅导帝王、主持国政之义。诗中是用来比喻桓玄。匈奴哂(shěn),《汉书·车千秋传》："千秋无他材能术学,又无伐阅功劳,特以一言寤意,旬月取宰相封侯,世未尝有也。后汉使者至匈奴,单于问曰:'闻汉新拜丞相,何用得之?'使者曰:'以上书言事故。'单于曰:'苟如是,汉置丞相,非用贤也,妄一男子上书,即得之矣。'"

【译文】

一年四季鱼鳞一般排列运行,节候变化各依大自然的标准。

四季之中唯有这清秋佳日,最能使人充分骋情尽兴。

天高气爽望眼更加明远,万物感秋呈现几分凄冷。

阵阵疾风从山之深处吹来,哀切之音顿时响遍幽谷峻岭。

天气早寒草木难结硕果,几朵浮花亦已过早凋零。

坚贞与脆弱何物可作比方？正如松与菌自是大异秉性。

贤哲之人有感于这萧瑟秋晨,整肃车驾暂抛世务来此登临。

筵席广设体现一片仁爱之心,酒杯频传高朋满座胜友如云。

我深受您好仁之心感动而高兴,心中的疑虑自卑于是荡然无存。

只惭愧以己凡才妄充您的副手,恐怕会被那异族外邦视为笑柄。

谢叔源

　　谢混(? —412),字叔源,小字益寿,阳夏(今河南太康)人。东晋文学家。东晋政治家谢安之孙。晋孝武帝时官至尚书左仆射,因与刘毅交往密切,刘毅拥江陵一带与刘裕对抗,兵败自缢,谢混亦被杀。《世说新语·文学》注引《续晋阳秋》称玄言诗风"至义熙中,谢混始改",《宋书·谢灵运传论》则谓东晋玄言诗风自殷仲文始改,至谢混而大变。其诗今仅存三首,原有集五卷,已佚失。

游西池一首

【题解】

西池,李善注引沈约《宋书》谓在丹阳。此诗通过记游抒发对友人的思念,写景秀丽,情感真切。结句虽用《庄子》语,却非穷玄究理一流。玄言诗风至谢混而大变,从此诗即可窥豹一斑。

悟彼蟋蟀唱,信此劳者歌①。
有来岂不疾,良游常蹉跎②。
逍遥越城肆,愿言屡经过③。
回阡被陵阙④,高台眺飞霞。
惠风荡繁囿⑤,白云屯曾阿⑥。
景昃鸣禽集⑦,水木湛清华。
褰裳顺兰沚⑧,徙倚引芳柯⑨。
美人愆岁月,迟暮独如何⑩?
无为牵所思,南荣诚其多⑪。

【注释】

①"悟彼"二句:李善注:"《毛诗》曰:'蟋蟀在堂,岁聿云暮。今我不乐,日月其除。'《韩诗》曰:'《伐木》废,朋友之道缺。劳者歌其事,诗人伐木,自苦其事,故以为文。'"李善此处所引,为《诗经·

唐风·蟋蟀》诗句和《小雅·伐木》的《韩诗序》。本诗合《蟋蟀》
《伐木》诗意用之,言时光消逝,岁月又至年底,思与朋友行乐而
不得,故发哀吟。信,的确,实在。劳者,忧愁之人。

②"有来"二句:此二句以下十句是想象与友人在一起出游行乐的
情形。有来,指岁月。陆云《岁暮赋》:"年有来而弃予兮,时无算
而非我。"

③"逍遥"二句:阮籍《咏怀》:"西游咸阳中,赵李相经过。"阮籍此诗
是写自己少年时侠游纵乐之事。本诗用阮籍诗意,言希望与友
人一起行乐于歌楼酒肆。城肆,诗中指城市的歌楼酒肆。

④回阡:曲折的道路。陵:山陵。阙:城阙。

⑤繁囿:草木繁茂的园林。

⑥曾(céng)阿:重叠的山峰。曾,通"层",重叠。

⑦景:同"影",太阳。昃(zè):日斜。《周易·丰》:"日中则昃,月盈
则食。"

⑧褰(qiān):挽起。兰沚:长着兰草的水洲。

⑨徙倚:流连徘徊。《楚辞·九叹·远游》:"步徙倚而遥思兮,怊惝
恍而乖怀。"

⑩"美人"二句:谓友人迟晚不至,自己思念难已,不知如何是好。
屈原《离骚》曰:"惟草木之零落兮,恐美人之迟暮。"愆(qiān),
过期。

⑪"无为"二句:谓不要再牵挂友人了吧,正如庚桑楚告诫南荣趎所
说的,要好好养身延年,不要忧思忡忡。这是强作宽解之语。南
荣趎其多,《庄子·庚桑楚》:"南荣趎蹴然正坐曰:'若趎之年者
已长矣,将恶乎托业以及此言邪?'庚桑楚曰:'全汝形,抱汝生,
无使汝思虑营营。'"

【译文】

蟋蟀声声使人惊悟又到年底,思友之人怎不长歌心中的忧伤。

岁月的流逝是这样迅疾无情,我们误了多少出游的美好时光。

逍遥自在地穿行于城中酒肆,真想经常出入那歌楼舞场。

曲折的道路穿过城池越过山冈,沿着它同登高台把飞霞眺望。

春风吹拂着花草繁茂的园林,白云在重峦叠嶂上空悠悠飘荡。

夕照中鸟儿欢鸣着归聚一起,清澄的碧波下映山色上映天光。

挽起衣裳沿着芳洲涉水而过,攀着树木芬芳的枝条流连徜徉。

可是朋友呵怎么总不见你到来,岁月渐晚我心中充满彷徨。

不要再牵肠挂肚地思念友人吧,庚桑楚告诫南荣趎何等语重心长。

谢惠连

见卷第十三《雪赋》作者介绍。

泛湖归出楼中玩月一首

【题解】

　　诗作初写湖中泛舟,夜归宴饮之后,觉得兴犹未尽,继又出楼赏月,通过鸿鸣、猿啼、山岚、夜露等物象的细腻描写,生动地烘托出了月夜的清幽。湖,李善注引谢灵运《〈山居赋〉注》曰:"大小巫湖。"

　　　　日落泛澄瀛①,星罗游轻桡②。

　　　　憩榭面曲汜③,临流对回潮。

　　　　辍策共骈筵,并坐相招要④。

　　　　哀鸿鸣沙渚,悲猿响山椒⑤。

　　　　亭亭映江月⑥,浏浏出谷飙⑦。

　　　　斐斐气幕岫⑧,泫泫露盈条⑨。

近瞩祛幽蕴，远视荡喧嚣⑩。

悟言不知罢⑪，从夕至清朝。

【注释】

①瀛：池泽之中。这里是指巫湖。

②星罗：天上布满星星。桡（ráo）：船桨。

③汜（sì）：由主流分出而又汇合的河水。《尔雅·释水》："水决之泽为汧，决复入为汜。"郭璞注："水出去复还。"

④"辍策"二句：言自游湖归来，入楼就筵。辍，停止。策，拐杖。骈筵，指筵席上座位两两相并。招要，同"招邀"。

⑤山椒：山顶。椒，山顶。

⑥亭亭：高远之貌。

⑦浏浏：风迅疾貌。飙（biāo）：疾风。

⑧斐斐：轻貌。幂：覆盖。

⑨泫泫：水滴下垂貌。

⑩"近瞩"二句：言近观景物亦清晰可辨，不为夜色所隔，远视则听不到杂乱的声响。

⑪悟言：对言。悟，通"晤"。

【译文】

日落时泛舟游于澄清的湖面，摇荡双桨一直玩到繁星满天。

舍舟归去憩息于湖畔的水榭，凭栏观赏潮起潮落流水弯弯。

放下拐杖登上楼台同入酒筵，你招我呼彬彬有礼并坐席间。

水洲之上传来哀鸿声声鸣叫，又闻阵阵清猿悲啼发自山巅。

月色皎洁映照湖水波光粼粼，山风忽起疾速迅猛其势喧喧。

轻烟薄霭朦朦胧胧笼罩山峰，枝头露珠晶莹欲滴惹人爱怜。

月下山水近观远视各有佳处，或明或暗似真似幻清幽淡远。

如此良夜举酒晤对妙趣无穷，亲朋好友言欢语笑通宵达旦。

谢灵运

见卷第十九《述祖德诗》作者介绍。

从游京口北固应诏一首

【题解】

　　420 年，刘裕代晋称帝，建立南朝宋王朝，在位三年。此诗是谢灵运跟从刘裕游京口北固山时所作。因为是应诏之作，所以一开始便是颂扬之词，中间写景，最后以愧食君禄为由而言有隐归之意，实际上反映了谢灵运以东晋士族入侍刘宋新王朝的疑惧心理。京口，今江苏镇江。北固，山名。在镇江东侧江边，古时"三面临江"。

> 玉玺戒诚信，黄屋示崇高①。
> 事为名教用，道以神理超②。
> 昔闻汾水游，今见尘外镳③。
> 鸣笳发春渚，税銮登山椒④。
> 张组眺倒景⑤，列筵瞩归潮。
> 远岩映兰薄⑥，白日丽江皋⑦。
> 原隰荑绿柳⑧，墟囿散红桃。
> 皇心美阳泽，万象咸光昭⑨。
> 顾己枉维絷，抚志惭场苗⑩。
> 工拙各所宜，终以反林巢⑪。
> 曾是萦旧想，览物奏长谣⑫。

【注释】

①"玉玺"二句：谓君主以玉玺徵诚臣民，使之诚信敬于上，以黄屋标志地位的崇高，以区别尊卑。玉玺，皇帝的玉印。黄屋，古代帝王以黄缯为车盖，因称帝王车为黄屋。

②"事为"二句：李善注："言上二事（指玉玺、黄屋）乃为名教之所用，而其至道，实神理而超然也。"名教，指以正定名分为主的封建礼教。超，远。

③"昔闻"二句：借尧之故事喻宋高祖之出游，是颂扬之词。汾水游，《庄子·逍遥游》曰："尧治天下之民，平海内之政，往见四子藐姑射之山、汾水之阳。"镳（biāo），马衔。在此以言马而代指车驾。

④税銮：犹脱驾。见前注。

⑤组：帷帐。景：同"影"。

⑥兰薄：李善注："兰薄，即兰林也。"兰草丛生处。

⑦江皋：江边。皋，近水处之高地。

⑧隰（xí）：低矮的湿地。荑（tí）：草木初生的嫩芽。此处用作动词，谓柳树抽芽。

⑨"皇心"二句：吕向注："言宋高美此阳春而布德泽，故万象皆光照也。"皇，指宋高祖刘裕。

⑩"顾己"二句：化用《诗经·小雅·白驹》："皎皎白驹，食我场苗。絷之维之，以永今朝。"此二句以"白驹"喻贤才，"场苗"喻食禄，"维絷"喻君主羁挽贤才入仕。谢灵运自谦己非贤才而入仕，故食禄而感惭愧。

⑪"工拙"二句：言人有工巧、笨拙之别，当各守本分取其所宜，以己之拙宜归隐山林。巢，巢居。指隐居。

⑫"曾是"二句：是说自己很早就有退归隐居之志，今睹山水之美，牵动旧怀，故发此长歌。

【译文】

洁白玉玺儆诫臣民忠诚守信,金黄车盖赫赫标志身份崇高。

二物之用乃是出于名教礼仪,大道化人妙处正在心灵熏陶。

昔日曾闻尧帝出游汾水之南,今日又见圣君车驾尘外扬镳。

笳声悠扬响彻春日水洲之上,跨下车驾紧随圣君迈步登高。

大张帷幕凭高俯眺江中倒影,广设筵席极目遥送天边归潮。

淡淡远山映衬兰林如含烟雾,皎皎白日照耀江岸明丽多娇。

平畴低地杨柳依依初吐新绿,村落田园灼灼其华桃之夭夭。

圣君心悦赞美阳春广布德泽,恰似骄阳光华万里普天同照。

顾念自己深受君恩占据高位,才志平庸枉食俸禄愧为臣僚。

聪明笨拙应守本分各取所宜,守拙归隐于我为宜当返林巢。

我于平素萦怀山水常思自退,今观美景勾起旧念发此长谣。

晚出西射堂一首

【题解】

射堂,在永嘉郡(今浙江温州)西。刘宋永初三年(422)七月,谢灵运因"构扇异同,非毁执政,司徒徐羡之等患之,出为永嘉太守"(《宋书》本传),在永嘉任上一年,称疾去职。此诗当作于永初三年深秋。诗作前半写景,后半发泄被迁出都,与友人相离的牢骚。

步出西城门,遥望城西岑①。

连障叠巘崿②,青翠杳深沉。

晓霜枫叶丹,夕曛岚气阴③。

节往戚不浅,感来念已深。

羁雌恋旧侣④,迷鸟怀故林。

含情尚劳爱，如何离赏心⑤？

抚镜华缁鬓，揽带缓促衿⑥。

安排徒空言，幽独赖鸣琴⑦。

【注释】

①岑：小而高的山。

②障：通"嶂"，连绵不绝如屏障的山。𪩘(yǎn)：大小成两截的山。崿(è)：山崖。

③夕曛(xūn)：谓日落天色变得昏暗。

④羁雌：失群无伴的雌鸟。枚乘《七发》："朝则鹂黄鸧鹒鸣焉，暮则羁雌迷鸟宿焉。"

⑤赏心：指知心的友人。

⑥"抚镜"二句：言对镜发现黑发已变白，人消瘦而觉衣服宽缓，故收束襟带。缁，黑。衿，古代衣服的交领。

⑦"安排"二句：旧日与友人安排之事，而今已成空言，自己在幽独中只依赖鸣琴排解寂寞而已。

【译文】

漫步走出西城门，遥望城西山岭横。

大山小山连绵起，青翠幽深色沉沉。

晨霜尽染枫叶红，夕岚渐起景色昏。

时光流逝愁更重，忧思袭人念转深。

雌鸟失偶思旧侣，孤鸟迷途怀故林。

鸟儿尚且多情义，怎能使人独离群？

对镜但伤白发生，憔悴不堪缩衣襟。

昔日安排成空话，为解孤寂只鸣琴。

登池上楼一首

【题解】

池上楼,在永嘉郡。此诗作于刘宋景平元年(423)初春,上年秋七月谢灵运遭排挤,出为永嘉太守(见上篇题解)。诗作前半部分发泄官场失意的牢骚;中间写久病初起,乍见满园春色的欣喜;最后触景伤情,决意归隐。其中"池塘生春草,园柳变鸣禽"二句,历来为人称引。

潜虬媚幽姿①,飞鸿响远音。

薄霄愧云浮②,栖川怍渊沉③。

进德智所拙,退耕力不任④。

徇禄反穷海⑤,卧疴对空林⑥。

倾耳聆波澜,举目眺岖嵚⑦。

初景革绪风⑧,新阳改故阴⑨。

池塘生春草,园柳变鸣禽⑩。

祁祁伤豳歌,萋萋感楚吟⑪。

索居易永久,离群难处心⑫。

持操岂独古,无闷征在今⑬。

【注释】

①潜虬(qiú):深藏于水底的小龙。此处借指隐士。虬,有角的小龙。

②薄:迫近。

③怍(zuò):惭愧。

④"进德"二句:连上四句,李善注:"虬以深潜而保真,鸿以高飞而远害。今已婴俗网,故有愧虬、鸿也。"刘履曰:"言虬以深潜而自

媚,鸿能奋飞而扬音。二者出处虽殊,亦各得其所矣。今我近希薄霄,则拙于施德,无能为用,故有愧于飞鸿。退效栖川,则不任力耕,无以自养,故有惭于潜虬也。"(《选诗补注》)刘说为长。进德,《周易·乾》:"子曰:'君子进德修业。忠信,所以进德也;修辞立其诚,所以居业也。'"指出仕。

⑤徇(xùn)禄:指做官。禄,从,求。穷海:边远的海滨。指永嘉。

⑥疴(kē):病。空林:指秋冬叶子凋落的树林。

⑦岖嵚(qīn):山高险貌。按,以上二句上当有"衾枕昧节候,褰帷暂窥临"二句,各本皆有,意谓卧病在床,不知节候变化,今直拉开帷幕看看。

⑧初景:初春的阳光。景,同"影"。革:改变。绪风:余风。《楚辞·九章·涉江》:"乘鄂渚而反顾兮,欸秋冬之绪风。"

⑨故阴:指逝去的阴沉冬天。

⑩园柳变鸣禽:谓园中柳树上鸣叫的禽鸟已不是去冬之鸟。

⑪"祁祁"二句:谓看见采蘩之人众多,春草茂盛,于是想起了《七月》和《招隐士》这两首诗。言下之意是说自己久病初起,乍见春天景况,不禁感伤时光的流逝。祁祁,众多貌。《诗经·豳风·七月》:"春日迟迟,采蘩祁祁。"萋萋,草茂盛貌。《楚辞·招隐士》:"王孙游兮不归,春草生兮萋萋。"

⑫"索居"二句:谓离群索居容易使人感到岁月漫长难以打发,心情烦躁不安。索居、离群,《礼记·檀弓》:子夏曰:"吾离群而索居,亦已久矣!"

⑬"持操"二句:此二句针对上两句而言,说尽管离群索居的日子漫长难挨,但是自己却能坚守节操,"遁世无闷"的品德在自己身上即可得到征验,并非只有古人才能做到。持操,坚持节操。无闷,《周易·乾》:"龙德而隐者也,不易乎世,不成乎名,遁世无闷,不见是而无闷。"谓有德而隐者,不因世俗而改变志向,也不

　　追求名誉,避世隐居而无所烦闷。

【译文】

虬龙潜居深潭得以风流自赏,鸿鹄高翔云天扬起悠远鸣声。
不能凌空高举有愧长空浮云,不能栖川潜居有愧碧波幽深。
想建功业唯叹笨拙缺少才智,思归田园只怕力弱难以躬耕。
追求爵禄却来到这遥远海边,卧病在床成天面对凋残荒林。
倾耳细听远处传来海天喧响,放眼远眺连绵起伏崇山峻岭。
新春阳光驱逐退了冬日余风,春光明媚不再是那寒冬阴沉。
池塘边上生长起来嫩绿春草,园柳枝头啁啾鸣叫南归飞禽。
采蘩人多使我想起忧伤幽歌,春草茂盛使我想起惆怅楚吟。
幽居独处日子漫长不好排遣,远离朋友心境难以获得安宁。
看来非独古人才能坚守节操,遁世无闷在我身上就是证明。

游南亭一首

【题解】

　　南亭,《太平寰宇记》谓在永嘉郡。此诗作于景平元年(423)初夏。
方东树说:"自病起登池上楼,遂游南亭,继之以赤石帆海,又继以登江
中孤屿,皆一时渐历之迹。故此数诗必合诵之,乃见其一时情事及语言
之次第。"(《昭昧詹言》)诗作写久雨初霁时的欣悦,继而抒发岁月流逝,
老病侵寻的感伤和归隐之志。是年秋,谢灵运即"称疾去职"。

　　　　时竟夕澄霁①,云归日西驰②。
　　　　密林含余清,远峰隐半规③。
　　　　久痗昏垫苦④,旅馆眺郊歧⑤。
　　　　泽兰渐被径⑥,芙蓉始发池⑦。

未厌青春好⑧,已睹朱明移⑨。
戚戚感物叹,星星白发垂⑩。
药饵情所止⑪,衰疾忽在斯。
逝将候秋水,息景偃旧崖⑫。
我志谁与亮⑬?赏心惟良知⑭。

【注释】

①时竟:吕延济注为"日暮之时",黄节注为"四时中一时之终也",
　　谓春尽。从黄说。夕澄霁(jì):黄昏雨后天晴,天空澄碧如洗。

②云归:李善注:"曹子建诗曰:'朝云不归山,霖雨成川泽。'然雨则
　　云出,晴则云归也。"古人认为云出于山,归于山。

③远峰隐半规:此句谓太阳已沉没一半于山后。半规,半圆。

④痗(mèi):病。此处用作动词,犹言厌恶。昏垫:迷惘沉溺。指困
　　于水灾。《尚书·益稷》:"洪水滔天,浩浩怀山襄陵,下民昏垫。"
　　孔传:"下民昏瞀垫溺,皆困水灾。"这里是说长时间淫雨连绵,使
　　人早已厌恶。

⑤郊歧:郊外的岔路。

⑥泽兰:多年生草本菊科植物,又名虎兰、龙枣。被:覆盖。

⑦芙蓉:莲花。

⑧厌:满足。青春:春天草木苍翠,故称青春。《楚辞·大招》:"青
　　春受谢,白日昭只。"

⑨朱明:古代称夏季为朱明。《尔雅·释天》:"春为青阳,夏为朱
　　明,秋为白藏,冬为玄英。"

⑩星星:斑斑点点。左思《白发赋》:"星星白发,生于鬓垂。"

⑪药饵情所止:李善注:"药饵既止,故有衰病。"黄节引姚范曰:"药
　　饵,当作'乐饵',用《老子》指官禄世味言。作'药'误。"黄节按

云："《老子》曰'乐与饵,过客止',言声与食,能止人之往也。当从姚氏说,作'乐饵'。盖谓止于声歌饮食,忽已衰老矣。"以姚、黄说为是。

⑫"逝将"二句:张铣注:"言将往候秋水至,随流而归,息形影于旧居之山崖。"逝,语助词。景,同"影"。偃,息。

⑬亮:信。

⑭赏心:知心。良知:犹言良友。

【译文】

连日绵雨终于停在春末黄昏,云收天开露出斜斜西去的日轮。

浓密的树林雨后显得格外清爽,远山衔日半隐半现景色多么诱人。

长时间阴雨绵绵使人厌恶透顶,身在客舍每朝郊外道路眺望频频。

繁茂的泽兰渐渐覆盖住路径,池塘中的荷花刚刚冒出嫩芽。

还未能领略美好春日的情趣,就看见夏季的脚步匆匆来临。

时节消逝之快常令人感伤不已,感伤中斑斑白发已悄悄爬上双鬓。

且凭歌舞宴乐暂慰寂寥不作他想,宦游中老病就已经侵寻。

不如待到秋水涨时乘舟归去,归去那旧日的山崖下养性修身。

我这苦苦思归的心事有谁了解? 知心者只有那志趣相投的故人。

游赤石进帆海一首

【题解】

谢灵运《游名山志》:"永宁、安固二县中,路东南,便是赤石,又枕海。"永宁即今浙江永嘉,安固即今浙江瑞安。赤石当在二县之间。帆海,《读史方舆纪要》引《永嘉记》载:"地昔为海,多过舟,故山以帆名。"帆游山在瑞安北五十里与永嘉接界处,或即诗中帆海。诗作写海上泛舟遨游的乐趣,结尾几句,在谈玄说理中也反映出谢灵运与刘宋王朝不相融洽,但又惮惧祸患的心理。

首夏犹清和^①,芳草亦未歇。

水宿淹晨暮^②,阴霞屡兴没^③。

周览倦瀛壖^④,况乃陵穷发^⑤。

川后时安流^⑥,天吴静不发^⑦。

扬帆采石华^⑧,挂席拾海月^⑨。

溟涨无端倪^⑩,虚舟有超越^⑪。

仲连轻齐组,子牟眷魏阙^⑫。

矜名道不足,适己物可忽^⑬。

请附任公言,终然谢天伐^⑭。

【注释】

① 首夏:初夏。清和:清凉和煦。

② 水宿:谓宿于舟中。淹:久留。

③ 阴霞:李善注引《河图》曰:"昆仑山有五色水,赤水之气,上蒸为霞,阴而赫然。"此谓阴霞为无阳光映照而自呈红色之云霞。黄节曰:"阴霞兴没,言阴晴屡变。"则以阴霞谓阴晴。兹从黄注。

④ 瀛壖(ruán):指海岸。壖,水边的空地。

⑤ 穷发:不毛之地。《庄子·逍遥游》:"穷发之北有冥海者,天池也。"成玄英疏:"地以草为毛发,北方寒冱之地,草木不生,故名穷发,所谓不毛之地。"诗中指临海的永嘉郡。

⑥ 川后:波神。曹植《洛神赋》曰:"于是屏翳收风,川后静波。冯夷鸣鼓,女娲清歌。"

⑦ 天吴:水神。《山海经·海外东经》曰:"朝阳之谷神曰天吴,是为水伯,在蚩蚩北,两水间。其为兽也,八首人面、八足八尾,皆背青黄。"

⑧ 石华:李善注引《临海志》曰:"石华附石,肉可啖。"

⑨海月：李善注引《临海志》："海月，大如镜，白色。"

⑩溟涨无端倪：海水波涛汹涌，没有边际。溟，海。端倪，边际。

⑪虚舟：空舟。超越：遥远。

⑫"仲连"二句：谢灵运因泛舟海上而联想到与海有关的鲁仲连和公子牟。前者借以自喻，言弃官归隐之志，后者则借以讥刺那些身虽隐居却心想利禄之人。李善注："言仲连轻齐组而之海上，明海上可悦。既悦海上，恐有轻朝廷之讥，故曰'子牟眷魏阙'。"亦通。仲连轻齐组，战国时齐人鲁仲连，助田单收复聊城，以计杀燕军守将，于齐有功，但却不受齐国封爵，逃隐于海上。组，系印之绳，代印，指官爵。子牟眷魏阙，《庄子·让王》记载中山公子牟(魏公子，名牟，封于中山)曾对瞻子说："身在江海之上，心居乎魏阙之下，奈何？"魏阙，古代官门上有巍然高出的楼观，其下两旁为悬布法令之处，因用为朝廷的代称。

⑬"矜名"二句：意谓崇尚功名，则于悦己养生之道有所欠缺；只要自己内心感到满足，那么功名利禄等俱属身外之物，皆可忘却。刘良注："矜名则必危身，故于道未足；适己则不济于代(世)，故于物有忘。"矜名道不足，崇尚功名则道行不足。《庄子·人间世》郭象注曰："德之所以流荡，矜名故也。"适己，适于自己的本性。

⑭"请附"二句：意谓要记取太公任向孔子告诫的话，不要去追求名声，出人头地，免得遭到"直木先伐"的结果。任公，太公任。《庄子·山木》中说孔子困于陈时，任公曾向孔子说："直木先伐，甘井先竭。子其意者，饰知以惊愚，修身以明污，昭昭乎如揭日月而行，故不免也。"谢，去。夭伐，指树木过早就遭砍伐，即所谓"直木先伐"者。

【译文】

初夏时节气候仍然清爽和煦，芳草萋萋也还是那么充满生气。

我乘舟宿于海上已经淹留数日,看见阴天晴天多次变化交替。

遍观海岸景致已使我颇生厌倦,更何况是来到这荒远的边地。

波神川后不时稳住汹涌海流,水伯天吴也安静下来波平浪息。

我扬起船帆出海去采摘石华,高挂篷席一路上拾取海月。

辽阔的大海一片汪洋没有边际,轻舟如飞远离海岸尽情游弋。

鲁仲连看轻那齐国的封爵,公子牟身在江海却心念王室。

崇尚功名势必导致道行有亏,自我适意身外之物皆可忘记。

请记取任公说过的那番言语,不要像那早成材的树木先遭斧锯。

石壁精舍还湖中作一首

【题解】

　　谢灵运在始宁县(今浙江上虞)有庄园,名始宁墅,傍巫湖,石壁精舍即在附近。李善曰:"精舍,今读书斋是也。谢灵运《游名山志》曰:'湖三面悉高山,枕水渚山。溪涧凡有五处,南第一谷,今在所谓石壁精舍。'"近人黄节说:"儒者授生徒之处,本称精舍……今人皆以佛寺为精舍。"张玉谷《古诗赏析》分析此诗说:"前六,先叙石壁之景,游壁之乐,而以'出谷'二句点清竟日,落到还湖;中六,则叙湖中所见晚景,趋径、偃扉,又透后题;后四,总上两层,约指其趣,自悟悟人,咏叹作结。"

昏旦变气候,山水含清晖。

清晖能娱人,游子憺忘归①。

出谷日尚早,入舟阳已微②。

林壑敛暝色③,云霞收夕霏④。

芰荷迭映蔚⑤,蒲稗相因依⑥。

披拂趋南径⑦,愉悦偃东扉⑧。

虑澹物自轻⑨，意惬理无违⑩。
寄言摄生客⑪，试用此道推。

【注释】

①"清晖"二句：化用《楚辞·九歌·东君》："羌声色兮娱人，观者憺兮忘归。"憺(dàn)，安适。

②阳已微：日光已经微弱。

③敛：收聚。暝(míng)色：暮色。

④夕霏：傍晚天空中云霞之余氛。

⑤芰(jì)：菱。迭映蔚：言芰荷互相映衬而生色。

⑥蒲：菖蒲。稗(bài)：形状类稻的一种水草。相因依：互相依靠。

⑦披拂：用手拨开路边的草木。

⑧偃：息。扉：门。

⑨虑澹物自轻：意谓思虑淡泊，自然不以外物为重。

⑩意惬理无违：此句意谓因为心中常常感到满足，因此觉得自然万物总合于自己的心愿。意惬，心里满足。理，大自然万物之理，即老、庄之所谓道。

⑪摄生客：注重养生之人。

【译文】

一早一晚气候这么富于变幻，山山水水多姿多彩清朗澄亮。

灵秀的山水能够使人心境欢畅，游赏之人沉迷美景乐而忘返。

初出谷时太阳刚刚升起不久，踏上归舟已经是日落西山。

密林幽谷间暮色渐渐加重，飞动的晚霞慢慢消逝在西天。

莲叶田田碧绿鲜亮相互辉映，菖蒲稗草紧密相依环绕湖岸。

拨开草丛寻路南行步履轻快，偃息于东轩回味此游心悦意安。

思虑淡泊自然不把外物看重，心满意足物理与我融洽无间。

有句话说给养生之人听取，试用此理修身养性以求永年。

登石门最高顶—首

【题解】

石门,山名。在今浙江嵊州崿山的南面。谢灵运《游名山志》曰:"石门涧六处,石门遡水上,入两山口,两边石壁,右边石岩,下临涧水。"又谢灵运有《石门新营所住,四面高山,回溪石濑,茂林修竹》诗,知其在石门山建有别业。此诗通过别业周围环境的描写,抒发了远离尘世的自得之趣。

晨策寻绝壁①,夕息在山栖。
疏峰抗高馆②,对岭临回溪③。
长林罗户穴,积石拥基阶④。
连岩觉路塞,密竹使径迷。
来人忘新术⑤,去子惑故蹊。
活活夕流驶⑥,噭噭夜猿啼⑦。
沉冥岂别理,守道自不携⑧。
心契九秋干,目玩三春荑⑨。
居常以待终,处顺故安排⑩。
惜无同怀客⑪,共登青云梯⑫。

【注释】

①策:手杖。此处用作动词,谓持杖。

②疏:平整治理。抗:举。张衡《西京赋》:"疏龙首以抗殿,状巍峨以岌嶪。"

③回溪:曲折的溪谷。

④"长林"二句:描写高馆附近的环境,言门前庭外长林排列,屋基

阶梯之下乱石簇拥。户穴，房屋，即指高馆。基阶，指馆舍的基
脚和阶梯。

⑤来人：指进山之人。下文"去子"，指出山之人。术：城邑中的道
路。此指山路。

⑥活活(guō)：水流声。

⑦嗷嗷(jiào)：猿啼声。

⑧"沉冥"二句：言自己幽居深山，自甘淡泊非有别理，只是一心向
道而已。沉冥，玄默无欲貌。诗中指山居生活的淡泊、清幽。
携，离。《春秋左传·僖公七年》："招携以礼，怀远以德。"怀有二
心亦称"携贰"。

⑨"心契"二句：此二句以松柏之坚贞比喻自己守道的志向，以目玩
春草状自己山居生活的高雅。契，契合。九秋干、三春荑，张铣
注："九秋干，松之类；三春荑，草之类。"九秋，秋季九十天。三
春，春季三个月。荑，草木初生的嫩芽。

⑩"居常"二句：意谓要以顺乎自然的生活态度，一直到生命终结，
在生活中也按照同样的生活态度处理世事，不矫作强求，这样就
不会妄生忧乐而自扰。《高士传》荣启期曰："贫者士之常，死者
人之终。居常以待终，何不乐也！"又《庄子·养生主》曰："老聃
死，秦失吊之……曰：'适来，夫子时也；适去，夫子顺也。安时而
处顺，哀乐不能入也，古者谓是帝之县解。'"吕向注："居常道以
待终天年，处顺理而安排代(世)事，将使忧乐不能入于我也。"

⑪同怀客：志趣相同的友人。

⑫青云梯：高峻入云的山路。代指走隐逸的道路。

【译文】

我于清晨扶杖进山攀登绝壁，直到夜晚就在山中歇足憩息。
平整峰顶建起这座高山别墅，遥对崇山峻岭下临曲折深溪。
门庭前面密林排列苍翠郁葱，屋阶之下乱石簇拥争险斗奇。

山连岭接放眼长望不觉有路,竹林浓密深掩小径使人眼迷。

进山之人初来乍到焉知路径,出山之人峰回路转也难辨识。

夕照之下山溪淙淙奔流不止,沉沉深夜耳畔只闻哀哀猿啼。

幽居深山清淡寡欲别无他理,处心守道甘此寂寞坚贞不移。

心志坚定如同老松能耐风霜,把玩春草也觉充满高情雅致。

顺乎自然一任生死心态平和,随缘任化不以己悲不以物喜。

只可惜没有志同道合的挚友,和我一起携手同登入云天梯。

于南山往北山经湖中瞻眺一首

【题解】

　　湖是巫湖,南、北两山,隔湖相望,"水通陆阻"(谢灵运《山居赋》)。今浙江嵊州崝山又名南山。北山,一名院山,或即是。诗作由观景而羡万物之得时,抒发了物我合一,眷恋流连的感受。

朝旦发阳崖①,景落憩阴峰②。

舍舟眺迥渚③,停策倚茂松。

侧径既窈窕④,环洲亦玲珑⑤。

俯视乔木杪⑥,仰聆大壑灇⑦。

石横水分流,林密蹊绝踪。

解作竟何感⑧?升长皆丰容⑨。

初篁苞绿箨⑩,新蒲含紫茸⑪。

海鸥戏春岸,天鸡弄和风⑫。

抚化心无厌,览物眷弥重⑬。

不惜去人远,但恨莫与同⑭。

孤游非情叹，赏废理谁通⑮？

【注释】

①阳崖：朝南的山崖。此指南山。

②景落：日落。阴峰：北向的山峰。指北山。

③迥渚：远处的水洲。

④窈窕：深远貌。

⑤玲珑：空明貌。

⑥杪（miǎo）：树梢。

⑦灇（cóng）：水声。

⑧解作：谓春雷响而春雨降。《周易·解》曰："天地解而雷雨作，雷
　雨作而百果草木皆甲坼。"

⑨丰容：草繁茂貌。

⑩篁：竹。箨（tuò）：笋壳。

⑪紫茸：指蒲花。

⑫天鸡：《尔雅·释鸟》："鶾（hán），天鸡。"即今之山鸡或野鸡。和
　风：春风。

⑬"抚化"二句：意思是说看见大自然变化无穷，自己的思想意识渗
　透交融其中，获得一种物我合一的美妙感受。这种感受是永远
　不会使人感到满足的，因此益发觉得对大自然的眷念之情更加
　深切了。《庄子·大宗师》郭象注曰："夫圣人游于变化之途，放
　于日新之流。万物万化，亦与之万化，化者无极，亦与之无极，谁
　得遁之哉？"厌，满足。

⑭"不惜"二句：李善注："言独在山中，无人共游。人，谓古人也。"

⑮"孤游"二句：李善注："言己孤游，非情所叹，而赏心若废，兹理谁
　为通乎？"赏废，谓观赏美景的心情丧失。

【译文】

太阳初生时从南山出发,太阳西落时憩息于北峰。

弃舟登岸眺望远处的水洲,暂且放下手杖倚靠郁郁苍松。

偏僻小道一直通向幽深之处,回环的湖岸上一派明丽空濛。

低头俯瞰山下乔木只露出树梢,抬头细听巨大沟壑水声淙淙。

大石横亘把溪水分为两道,树林浓密把山路隐没其中。

老天是受什么感动普降甘霖?使草木生长得如此茂盛葱茏。

雨后新笋在绿壳中生机勃勃,菖蒲才吐紫花显得纤毛茸茸。

海鸥在春日的湖岸自由嬉戏,山鸡翩翩飞舞迎着融融春风。

大自然变幻无穷令人永不生厌,遍观景物之美更使我眷念加重。

不叹惜那古代的先哲已经远逝,只遗憾这眼前美景无人与共。

并非只为独自游览而无端感叹,赏景之心丧失有谁能够想通?

从斤竹涧越岭溪行一首

【题解】

斤竹涧,在今浙江乐清东。溪,指神子溪。谢灵运《游名山志》曰:"神子溪,南山与七里山分流,去斤竹涧数里。"诗作先写清晨缘溪而行所见之美景,然后抒发由此引出的对友人的思念之情。

猿鸣诚知曙,谷幽光未显①。

岩下云方合②,花上露犹泫③。

逶迤傍隈隩④,苕递陟陉岘⑤。

过涧既厉急⑥,登栈亦陵缅⑦。

川渚屡径复⑧,乘流玩回转⑨。

蘋萍泛沉深⑩,菰蒲冒清浅⑪。

企石挹飞泉⑫，攀林摘叶卷⑬。

想见山阿人，薜萝若在眼⑭。

握兰勤徒结，折麻心莫展⑮。

情用赏为美，事昧竟谁辨⑯？

观此遗物虑⑰，一悟得所遣⑱。

【注释】

①"猿鸣"二句：是说听到猿啼声，才知天已破晓，因为山谷幽深，曙色不容易照入，谷中还显得阴暗。

②云方合：云正聚集。

③泫：露珠流转欲滴貌。

④隈隩（wēi yù）：山边转角和水涯弯曲处。

⑤苕（tiáo）递：同"迢递"，绵邈高远貌。陟（zhì）：登。陉（xíng）岘（xiàn）：连接着的山脉中间忽而中断之处叫陉，山岭小而高叫岘。

⑥厉：提起衣裳过水。急：指急流。

⑦栈：栈道，在山路险峻处支架木板做成的道路。陵：越。缅：远。

⑧径复："径"是直，"复"是曲折。

⑨乘流：随着溪流。

⑩蘋（pín）：大萍，浮生水面。一名田字草。萍：浮萍。泛沉深：漂浮在深水沉沉的水面上。

⑪菰（gū）：菰菜，俗称茭白。冒清浅：在溪流清浅处冒出来。

⑫企石：踮脚站在石上。挹：合手掬水。

⑬摘（zhāi）：同"摘"。叶卷：还没有展开的初生嫩叶。

⑭"想见"二句：袭用《楚辞·九歌·山鬼》"若有人兮山之阿，被薜荔兮带女萝"之意，薜萝是隐居的象征。作者在此借用来形容自

己所怀念的友人。山阿，山边。薜(bì)萝，薜荔和女萝。

⑮"握兰"二句：谓自己采摘香兰、疏麻，欲赠无由，因此心情郁结莫展。握兰，手握香兰。勤徒结，殷勤之意徒然郁结于心中。折麻，麻是疏麻，花白而香。常折以赠别。《楚辞·九歌·大司命》："折疏麻兮瑶华，将以遗兮离居。"

⑯"情用"二句：人对自己所钟爱的事物(或人)总视为美，其中奥妙谁能说得清楚呢？用，因。

⑰遗物虑：抛开对世俗事物的思虑。

⑱一悟：一下子懂得。得所遣：得到排遣忧思的方法。

【译文】

声声猿啼告知我天已破晓，晨光熹微还难以透进幽深的山谷。

高岩下正聚集着层层浓云迷雾，花瓣上还凝着晶莹欲滴的露珠。

沿着这条依山傍水的曲折小路，穿过山坳翻越山岭时起时伏。

撩起衣襟涉过水流湍急的山涧，登上栈道一步步走向幽深之处。

小路沿着溪岸时直时弯，缘溪而行风景如画赏心悦目。

深水潭上浮萍悠悠漂于水面，清浅之处时见冒出新生的菰蒲。

踮立石上掬起一捧飞泻的山泉，攀过树枝采摘一把初吐的新绿。

遥想在那山边有我怀念之人，穿戴着薜荔和女萝装饰的衣服。

我采摘了香草想赠你以表问候，但投赠不成心中难免抑郁。

情人眼里出西施实在说得不错，其中奥妙又有谁能辨析清楚？

观望美景使人忘却俗事之忧，顿然醒悟一切烦恼统统消除。

颜延年

见卷第十四《赭白马赋》作者介绍。

应诏观北湖田收一首

【题解】

　　李善注引《丹阳郡图经》曰："乐游苑，晋时药园。元嘉中，筑堤壅水，名为北湖。"又引《集》曰："元嘉十年也。"诗作写宋文帝率领百官前往北湖观望农业丰收的情景。前半部分写出行中的声势气派，后半部分写农事景物，以及抒发随行的感受。因为是应诏之作，故诗中多歌功颂德和祝福吉祥之辞。

周御穷辙迹①，夏载历山川②。

蓄轸岂明懋，善游皆圣仙③。

帝晖膺顺动④，清跸巡广廛⑤。

楼观眺丰颖⑥，金驾映松山。

飞奔互流缀⑦，缇毂代回环⑧。

神行埒浮景，争光溢中天⑨。

开冬眷徂物，残悴盈化先⑩。

阳陆团精气⑪，阴谷曳寒烟。

攒素既森蔼，积翠亦葱仟⑫。

息飧报嘉岁⑬，通急戒无年⑭。

温渥浃舆隶⑮，和惠属后筵⑯。

观风久有作，陈诗愧未妍⑰。

疲弱谢凌遽，取累非缨牵⑱。

【注释】

　　①周御：指周穆王的车驾。传说周穆王曾驾八骏周游天下。《春秋

左传·昭公十二年》:"子革……对曰:'昔周穆王欲肆其心,周行天下,将皆必有车辙马迹焉。'"

②夏载:指夏禹的交通工具。《尚书·益稷》:"禹曰:'予乘四载,随山刊木。'"孔传:"所载者四,谓水乘舟,陆乘车,泥乘辀,山乘樏。"

③"蓄轸(zhěn)"二句:意谓蓄车不用,哪能显示出帝王堂皇盛大的气派,善游的国君,不正是像夏禹、周穆王那样的圣人神仙吗?李善注:"蓄轸不行,岂是钦明懋德之后;善游天下,皆是睿圣神仙之君。"轸,车后横木。代指车。懋(mào),盛大。

④帝晖膺(yīng)顺动:这句意思是颂美宋文帝的出游是上应天时、下顺民心的举动。帝,指宋文帝。晖,光。膺,受。顺动,顺时而动。《周易·豫》:"圣人以顺动,则刑罚清而民服。"

⑤清跸(bì):帝王出行时开路清道,止人通行。廛(chán):土地丈量单位。代指田土。

⑥丰颖:指颗粒饱满的谷穗。

⑦流缀:流散和连缀。形容车驾行进中间隔或松或紧。

⑧缇毂(tí gòu):"缇"是古代达官贵人的前导和随从骑士,"毂"是使用弓弩的骑兵。代回环:更替着来回跑动。

⑨"神行"二句:谓帝王出游之气派显赫,声势浩大,真可与日争辉。埒(liè),等同。浮景,指高悬空中的太阳。景,同"影"。

⑩"开冬"二句:谓在此初冬季节,顾视万物虽已徂落残悴,但其中却呈现出万物化生的先兆。按,古人认为秋季阴盛阳绝,进入冬季,阳气始生,阴气日减,是万物萌生的孕育阶段。徂物,凋零之万物。盈,逞。化先,万物化生之先兆。

⑪阳陆:向阳的原野。团:聚。精气:指日光之暖气。刘良注:"阳陆,天道也。精气谓太阳精也。"亦一说。

⑫"攒素"二句:写严霜中松柏仍然一派青翠。张铣注:"言木叶既落,霜封其枝,故云攒素。森霭,霜盛貌。松柏重布,故云积翠。

葱芊,郁茂貌。"

⑬息饟(xiǎng):岁终休息宴饗。嘉岁:好年成。

⑭通:流通,交换。此指粮食贸易。急:《礼记·王制》曰:"国无九年之畜(蓄)曰不足,无六年之畜(蓄)曰急。"戒:备。无年:饥年。

⑮温渥:谓仁厚。浃:沾润。舆隶:指车夫、侍从等随行人员。

⑯和惠:春风又称"和风""惠风",和惠犹仁厚之意。属:及于。后筵:诗人自谓与己一类臣僚。

⑰"观风"二句:古代有采诗以观民风之制,这里上句即指此而言,下句是颜延年自谦之辞。

⑱"疲弱"二句:谓颜延年谦称不能在短时间内写出好的诗作,乃因自己才智疲弱的缘故,不敢推诿于其他原因。凌遽,敏捷疾速。缰(mò),马缰。《战国策·韩策》中记载王良弟子驾千里之马而不能取千里,造父弟子给他说是因为马缰过长而受牵累了。

【译文】

周穆天子曾驾八骏遍游天下,大禹也曾乘坐舟车尽阅山川。
有车不用焉能显示皇家气派,善于巡游古有先例今传美谈。
我皇英明上应天命下顺民心,喝道出游巡行视察广袤田原。
登临城楼遥遥眺望稻谷丰收,华美车驾金碧辉煌映照松山。
文武百官随行车辆络绎不绝,侍卫骑兵前呼后拥来往翩翩。
天子出巡正如红日中天运行,光华万里上下交辉映衬长天。
初冬季节顾念万物虽然凋零,残悴之中却已呈现化生绪端。
向阳原野承受日光蓄满暖气,背阴山谷长长拖曳缕缕寒烟。
树木枝头寒霜凝聚白光闪闪,松柏傲霜依然青葱色彩鲜妍。
农家宴会展现一派丰年景象,粟谷籴米往来贸易以备灾年。
我皇恩泽如同雨露滋润下民,又如春风柔和温暖施于百官。
蒐采诗歌以观民风由来已久,我今献诗文词欠佳实有愧赧。
才智疲弱不能及时写出好诗,驽马迟钝怎可推诿缰绳缠牵。

车驾幸京口侍游蒜山作一首

【题解】

此诗作于宋文帝元嘉二十六年（449）。蒜山，李善注谓"在润州西二里"，又引刘桢《京口记》曰："蒜山，无峰岭，北临江。"京口，今江苏镇江。张铣、吕向均以此诗后半用司马谈事，认为颜延年未能从游，而疑诗题有误（见六臣注《文选》）。近人黄侃则认为颜延年曾从游，诗作中是以司马谈反喻自己之有幸。按，诗中叙写具体细腻，当以黄说为近是。

元天高北列①，日观临东溟②。
入河起阳峡，践华因削成③。
岩险去汉宇，衿卫徙吴京④。
流池自化造⑤，山关固神营⑥。
园县极方望，邑社总地灵⑦。
宅道炳星纬⑧，诞曜应神明⑨。
睿思缠故里⑩，巡驾匝旧坰⑪。
陟峰腾辇路，寻云抗瑶甍⑫。
春江壮风涛，兰野茂稊英⑬。
宣游弘下济，穷远凝圣情⑭。
岳滨有和会⑮，祥习在卜征⑯。
周南悲昔老，留滞感遗氓⑰。
空食疲廊肆，反税事岩耕⑱。

【注释】

①元天：山名。《困学纪闻》卷十："阕弈之隶与殷翼之孙、遏氏之

子,三士相与谋,致人于造物,共之元天之上。元天者,其高四见
列星。"北列:北方。

②日观:泰山日观峰。东溟:东海。

③"入河"二句:以秦修筑长城、据华山为城的故实,来比喻刘宋都
城四周地势的坚固险峻。河,指黄河。阳峡,阳山之峡。《史
记·蒙恬列传》曰:"秦已并天下,乃使蒙恬……筑长城,因地形,
用制险塞,起临洮,至辽东,延袤万余里,于是度河,据阳山,逶蛇
而北。"践华,贾谊《过秦论》曰:"然后践华为城,因河为池,据亿
丈之高,临不测之渊以为固。"是指秦始皇时在华山筑城驻兵以
为都城东边的屏障。华,指华山。

④"岩险"二句:谓当年曾经是汉朝边防的险峻山岭,而今却是刘宋
王朝的边防屏障了。汉宇,指汉代的都城。衿卫,如襟带环绕护
卫。吴京,刘宋国都即孙吴故都,故称。按,汉都系今西安,吴都
系今南京,一西北,一东南,中间地带作为边防,不同朝代则护卫
方向随之而异,故以"去""徙"称之。

⑤流池:江河湖泊。化造:大自然造就。

⑥神营:神灵营造。

⑦"园县"二句:园县、邑社,古代帝王的墓地称"园"或"园陵",其旁
置守墓人居住区,称"园邑","邑社"即谓祭祀之所。方望,《春秋
公羊传·僖公三十一年》曰:"天子有方望之事,无所不通。"何休
注:"方望,谓郊时所望祭四方群神、日月星辰、风伯雨师、五岳四
渎及余山川,凡三十六所。"意思是说封建帝王希望以祭祀天上
地下的神明获得佑护。总地灵,汇集了大地的灵气。

⑧宅道炳星纬:意思是说京都因帝王所居,所以与之相应配的星空
也光明璀璨。宅,居。道,经界。炳,光。星纬,星纪之纬。古人
把星空划分为若干部分,与地上的区域划分相配,"星纪"为黄道
带十二个部分之一,按二十八宿则为牛、斗。吴都"上当星纪"

（左思《吴都赋》）。

⑨诞曜（yào）：日、月与金、木、水、火、土五星总称"曜"，也称"七曜"。我国古代阴阳家用金、木、水、火、土五种物质德性相生相克来说明王朝兴替的原因，刘宋属水德，与辰星（即水星）相配，故云"诞曜"。

⑩睿（ruì）：神圣，明智。旧时用于颂扬帝王之语。缠：萦怀。故里：《宋书》中记载宋文帝于晋安帝义熙三年（407）出生于京口，故云。

⑪匝：遍。坰（jiōng）：遥远的郊野。

⑫"陟峰"二句：谓沿着上升的车道登上山峰，玉石装饰屋檐的楼阁坐落在峰顶，高高的山峰托举起它，显得十分雄伟壮观。抗，举。瑶甍（méng），玉石装饰的屋檐。

⑬兰野：长满香草的原野。稊（tí）英：指初生的草。稊，植物的嫩芽。

⑭"宣游"二句：谓皇帝出游将大有利于下民，边远偏僻的地方也得到帝王的关怀与恩惠。宣游，广游。弘，大。下济，对下民有利。

⑮岳滨：五岳、海滨，犹今所谓五湖四海。和会：气氛祥和的聚会。

⑯祥习在卜征：古时帝王五年一巡行，出巡前要卜问凶吉，五年五卜，都是吉兆才能出巡。《春秋左传·襄公十三年》："先王卜征五年，而岁习其祥，祥习则行，不习则增修德而改卜。"祥习，即指吉祥的卦象接连出现。习，重叠。征，帝王巡狩曰征。

⑰"周南"二句：《汉书》中记载汉武帝封禅泰山，司马谈因出使南阳未能随行，至周南，逢其子司马迁，他很感慨地对司马迁说："我不登封者，命也。"李善注说这是颜延年自谓像司马谈一样未能随同皇上出游，徒有羡慕和感慨之情而已。黄侃则云："此反喻也，言己幸于周南留滞之人也。"（《文选平点》）兹从黄说。周南，洛阳。昔老，指司马谈。遗甿，当作"遗萌"（胡克家《文选考异》），即谓遗留之人。指司马谈。萌，人。

⑱"空食"二句：谓自己白受朝廷俸禄，心中有愧，觉得不如退耕山

岩,还可向朝廷上缴租税有点贡献。空食,犹素餐。廊肆,指朝廷。反税,缴纳租税。岩耕,谓退归耕于山岩之下。

【译文】

元天山巍巍耸立在北方大地,日观峰高高俯临于东海之滨。
昔日秦军渡过黄河修筑长城,又曾据守陡峭华山作为护屏。
崇山峻岭而今已非汉都屏障,江山一如襟带护卫我朝京城。
江河湖泊本是造物天工开就,雄山险关固然也是神明造营。
皇上前来先王陵园祭祀诸神,祭祀之处大地灵气汇集充盈。
皇皇京都祥瑞之气上映牛斗,水星放光正应我朝国运兴盛。
圣明君主深深萦怀昔日居所,乘坐车驾前来故地视察巡行。
沿着车道渐渐上行登上高峰,峰顶楼阁玉石飞檐高翘凌云。
下眺春江风卷波涛无比壮丽,辽阔原野萋萋芳草欣欣向荣。
圣上广游充分体现关心百姓,穷乡僻壤也凝结着皇家恩情。
四面八方文武百官来此欢聚,吉祥征兆预卜屡现才有此行。
昔有司马谈氏未能随行出游,心中大为悲伤只好抱怨运命。
我今尸位素餐心中深感惭愧,最好退归山岩之下从事农耕。

车驾幸京口三月三日
侍游曲阿后湖作一首

【题解】

曲阿后湖,李善注引《水经注》曰:"晋陵郡之曲阿县下,陈敏引水为湖,湖水周四十里,号曰曲阿后湖。"此诗为元嘉二十六年(449)作。本诗描写宋文帝游湖,歌舞作乐的盛况,铺陈藻饰,文字颇华丽,思想内容则比较空泛。

虞风载帝狩,夏谚颂王游①。

春方动辰驾②,望幸倾五州③。

山祇跸峤路,水若警沧流④。

神御出瑶轸⑤,天仪降藻舟⑥。

万轴胤行卫⑦,千翼泛飞浮⑧。

雕云丽琁盖⑨,祥飙被彩斿⑩。

江南进荆艳,河激献赵讴⑪。

金练照海浦⑫,筎鼓震溟洲⑬。

藐盼觌青崖⑭,衍漾观绿畴⑮。

人灵骞都野⑯,鳞翰耸渊丘⑰。

德礼既普洽,川岳遍怀柔⑱。

【注释】

①"虞凤"二句:以虞舜、夏禹比拟宋文帝。狩,帝王出巡曰狩。《尚书·舜典》载:"岁二月,东巡狩。"夏谚颂王游,《孟子·梁惠王》载:"夏谚曰:'吾王不游,吾何以休。'"

②春方:东方。《礼记·乡饮酒义》:"东方者春,春之为言蠢也。"辰:李善注:"《论语》子曰:'为政以德,譬如北辰。'故谓天子为辰也。"吕延济注:"宸驾,天子驾也。"意同。

③望幸:盼望帝王临幸。倾:倾动。五州:吕延济注:"九州之地,宋得其五。"

④"山祇(qí)"二句:意谓帝王出游,神明也佑护。山祇,山神。跸(bì),清道止人通行。峤,山锐而高。水若,水神名若。沧流,青碧色的河流。

⑤神御:指宋文帝。瑶轸:用玉石装饰的车后横木。代指车。

⑥天仪:天子的容颜。藻舟:画船。

⑦万轴:与下文"千翼",形容车、船之多。胤:前后连续不断。行

（háng）卫：随行的卫队。

⑧泛飞浮：船在水面疾驶。

⑨雕云：据文义当作"彤云"，红云。雕（彫）、彤形近而混。璇
　　（xuán）盖：用美玉装饰的车盖。

⑩祥飙：祥风。旒（liú）同"斿"，古代旌旗上下垂饰物。

⑪"江南"二句：意谓各地进献来的歌女所唱的歌各有风格。荆艳，
　　指楚歌。左思《吴都赋》："荆艳楚舞，吴愉越吟。"河激，《列女
　　传•赵津女娟》记载，赵简子伐楚，将渡河，赵河津吏之女名娟，
　　为之攘袂操楫，中流发河激之歌。

⑫金练：金甲。

⑬溟洲：水洲。

⑭藐盼：远望。藐，通"邈"。觏（gòu）：见。

⑮衍漾：荡漾。

⑯人灵：人和神灵。骞：惊。都野：城市、郊野。

⑰鳞翰：指鱼、鸟。渊丘：指湖泽、山陵。

⑱"德礼"二句：言皇上以德礼施行教化，而使天下四方之民归附。
　　普洽，普遍得到沾润。怀柔，《诗经•周颂•时迈》："怀柔百神，
　　及河乔岳。"毛传："怀，来；柔，安。"

【译文】

《虞书》上明白记载着舜帝巡狩，夏朝也有谚语歌颂帝王出游。

我皇巡游的车驾从东方出发，盼望圣驾光临的心情遍及五州。

山神在峻峭的山路上负责警戒，水神也安稳住了碧蓝的江流。

我皇迈步走出玉石装饰的车辇，威严庄重稳步登上华美的彩舟。

万车随行络绎不绝排成长行，千船竞发轻盈快捷水面漂浮。

片片红云辉映美玉装饰的车盖，阵阵祥风习习吹拂旌旗上的彩旒。

江南歌女唱起楚歌柔和悦耳，北方歌女中流高歌激越清悠。

随行侍卫金甲辉煌映照湖滨，笳鼓齐鸣声音嘹亮响彻长洲。

放眼眺望只见远山一派青葱,随水荡舟沿岸遍观翠绿田畴。
天子出游城乡振奋人神同乐,鱼出深渊鸟出山林共睹盛游。
道德礼仪教化下民普天同受,五湖四海安居乐业天长地久。

鲍明远

见卷第十一《芜城赋》作者介绍。

行药至城东桥一首

【题解】

　　行药,魏晋人喜服食五石散,服后须出门散步调度宣导,以散发药性,即为行药,也叫行散。城东桥,指建康(今江苏南京)城东桥。此诗写城东桥所见游宦、市井之人凌晨早起,纷扰忙碌,均各有希图追求,而感慨自己虽怀抱英才,然终不免因出身寒门而长期隐没沉沦。

鸡鸣关吏起,伐鼓早通晨①。
严车临迥陌②,延眺历城闉③。
蔓草缘高隅④,修杨夹广津。
迅风首旦发,平路塞飞尘。
扰扰游宦子⑤,营营市井人⑥。
怀金近从利,抚剑远辞亲⑦。
争先万里涂,各事百年身⑧。
开芳及稚节⑨,含采吝惊春⑩。
尊贤永昭灼⑪,孤贱长隐沦⑫。

容华坐消歇^⑬,端为谁苦辛^⑭?

【注释】

①"鸡鸣"二句:古代夜间关闭城门,鸡鸣开关放人通行。伐鼓,击
　　鼓。通晨,通告天已亮。

②严车:认真整治好的车。迥陌:远路。

③延瞰(kàn):长望。闉(yīn):古代城门外层的曲城的重门。

④隅:角。此指城角。

⑤扰扰:纷乱貌。

⑥营营:往来不绝貌。

⑦"怀金"二人:怀金从利,以写市井商贾。抚剑辞亲,以写游宦之
　　人。此二句合下二句皆状写其为利禄不惜背井离乡、奔走忙碌
　　之貌。

⑧百年身:谓人有形之躯,同时也指人一生。

⑨开芳:与下句"含彩",均指草开花。稚节:春是一年最早的季节,
　　犹人之年少,故云"稚节"。

⑩吝惊春:李善注:"草之惊春,花叶必盛,盛必有衰,固所当惜也。"
　　吝,惜。惊春,谓春天草木繁茂。

⑪尊贤:地位尊贵之人。诗中指豪门贵族。昭灼:光耀显赫。

⑫孤贱长隐沦:魏晋时期门阀士族长期占据高位。"上品无寒门,
　　下品无势族"(《晋书·刘毅传》),鲍照出身寒门,故发此叹。隐
　　沦,埋没沉沦。

⑬容华:年华。坐:空,徒然。

⑭端:端的,究竟。

【译文】

清晨鸡鸣守城官吏连忙起床,击鼓咚咚告知人们已经天亮。

整治好的车辆就要驶向远路,早就盼望穿出城门直奔目标。

蔓生的草沿着城墙朝高处生长,高大的杨树整齐排在河岸两旁。
阵阵疾风在这清晨便吹拂不止,平坦的大道上到处是尘土飞扬。
外出做官之人往来忙忙碌碌,追求利润的商贾不断来来往往。
怀揣本钱是为了利钱而奔趋,为做官仗剑远行辞别了年老爹娘。
他们在遥远的道路上争先恐后,每个人在追求各自的人生欲望。
芳草开花在刚长出不久的时节,光彩难久盛理当珍惜美好春光。
高门豪族永远光耀显赫,寒门穷士则长期名不显扬。
眼见得青春年华徒然消逝,此生到底为谁奔忙?

谢玄晖

见卷第二十《新亭渚别范零陵诗》作者介绍。

游东田一首

【题解】

东田,《南史·齐本纪》载:"文惠太子立楼馆于钟山下,号曰'东田'。"李善注云:"(谢)朓有庄在钟山东,游还作。"钟山,即今江苏南京紫金山。此诗写春末夏初东田的风光,描景生动,造语清新。山水之作至谢朓,遂彻底摆脱了玄言诗的影响,此诗即为一例。

戚戚苦无悰①,携手共行乐。
寻云陟累榭②,随山望菌阁③。
远树暖仟仟④,生烟纷漠漠⑤。
鱼戏新荷动,鸟散余花落。
不对芳春酒,还望青山郭⑥。

【注释】

①悰（cóng）：乐，愉悦。

②寻云：谓登高。陟：登。累榭：指沿山而建的重重亭台。

③菌阁：《楚辞·九怀·匡机》：“菌阁兮蕙楼，观道兮从横。”以菌、蕙等形容楼阁之华美。

④暧：不明貌。仟仟：草木茂盛貌。

⑤漠漠：散布貌。

⑥“不对”二句：意思是说不必在美好的春天饮酒作乐，来此郊外眺望景致更佳。郭，通“廓”，轮廓。

【译文】

忧忧戚戚没有一点儿乐趣，邀约朋友携手出游寻欢。

步步登上高峰越过重重亭台，随山远望只见层层华美的楼阁。

雾气中树木一派郁郁葱葱，袅袅轻烟随风四散纷纷漠漠。

池塘中鱼儿嬉戏荷叶轻轻晃动，鸟儿忽然惊飞花瓣儿阵阵飘落。

不必在这美好的春天饮酒遣闷，郊外展望青山更令人心中快活。

江文通

见卷第十六《恨赋》作者介绍。

从冠军建平王登庐山香炉峰一首

【题解】

李善注引刘璠《梁典》曰：“江淹年二十，以五经授宋建平王景素，待以客礼。”按，刘景素，宋文帝刘义隆长孙，袭父刘宏封建平王，为冠军将军湘州刺史。李善又引远法师《庐山记》曰：“山东南有香炉山，孤峰秀起,游气笼其上,即樊蕴若烟气。"观此诗末二句,刘景素当有诗在先,此诗盖为奉和之作。此诗主要描写了恍若仙境的香炉峰景色。

> 广成爱神鼎①,淮南好《丹经》②。
> 此山具鸾鹤③,往来尽仙灵。
> 瑶草正翕𫄸④,玉树信葱青⑤。
> 绛气下萦薄,白云上杳冥⑥。
> 中坐瞰蜿虹,俯伏视流星⑦。
> 不寻遐怪极,则知耳目惊⑧。
> 日落长沙渚,曾阴万里生⑨。
> 藉兰素多意,临风默含情⑩。
> 方学松柏隐⑪,羞逐市井名。
> 幸承光诵末⑫,伏思托后旍⑬。

【注释】

①广成:广成子,古代传说中的仙人。《神仙传》曰:"广成子者,古之仙人也,居崆峒山石室之中。"神鼎:指道士炼丹的炉鼎。

②淮南:汉代淮南王刘安。《神仙传》曰:"淮南王安,好神仙之道,海内方士从其游者多矣。"以上二句均因咏香炉峰而言及丹、鼎。

③鸾:传说中凤凰一类的鸟,常为仙人坐骑。

④瑶草:谓仙草。也泛指珍异之草。翕𫄸(xì):色彩鲜丽貌。

⑤玉树:仙树。也指用珍宝玉石装饰之树。扬雄《甘泉赋》:"翠玉树之青葱兮,璧马犀之瞵珬。"李善注:"《汉武帝故事》曰:'上起神屋,前庭植玉树,珊瑚为枝,碧玉为叶。'"

⑥"绛气"二句:上句谓在日光映照下呈紫红色,犹李白"日照香炉生紫烟"之谓;下句写烟气上升为云。绛气,赤霞气。薄,草木丛

生日薄。杳冥，深远貌。写香炉峰的烟气。

⑦"中坐"二句：中坐，谓坐于山腰。蜿虹，虹呈弧形，故云"蜿虹"。流星，谓瀑布水飞溅貌。按，此二句当系写庐山瀑布景色。《水经注·庐江水》引远法师《庐山记》曰："（庐山）西南有石门山，其形似双阙，壁立千余仞，而瀑布流焉。"正与香炉峰遥遥相对，日照瀑布，水气中即现蜿虹。

⑧"不寻"二句：李善注："言未尽寻遐怪，则知其至此耳目必惊也。"遐，远。极，尽。

⑨"日落"二句：以庐山之高而言望眼之远。长沙，即今湖南长沙，因在庐山西面，故云"日落长沙渚"。曾，通"层"，重。

⑩"藉（jiè）兰"二句：藉兰，谓以兰垫地而坐。兰在古代诗文中常作为隐居的象征。李善注："多意，多佳意也；含情，情未申也。隐显交虑，所以未申。"此二句中的"意"与"情"，系下文所言欲隐居与欲显耀的心理矛盾，即李善说的"隐显交虑"。

⑪方：正要，将。松柏隐：谓隐居犹如松柏生于深山。

⑫光诵：犹言华章。指建平王的诗作。

⑬后旌（jīng）：旗插于车上。此以旗代车，犹后车。旌，同"旌"。

【译文】

古代有仙人广成子珍爱神鼎，汉朝也曾有淮南王喜好《丹经》。

此山中频频出现鸾鸟和白鹤，那是仙人乘鸾驾鹤时常光临。

仙草长得正茂盛光彩夺目，玉树永远是那样翠色青青。

红云瑞气从天而降辉映丛林，香炉生烟直上云天化为白云。

坐在山腰平视可见彩虹飞跨，低头下视即能观赏空中流星。

不必远行苦苦搜寻险奇怪异，来此山中即能使人耳目一新。

西望红日沉没长沙水洲之外，万里山川沉沉夜幕逐渐降临。

遍地幽兰使我顿生山林之念，迎风沉吟心中充满复杂感情。

有心学那长青松柏隐居深山，羞于追逐庸俗尘世利禄浮名。

今日有幸奉和贤王华美诗篇，暗忖自当亦步亦趋紧随后尘。

沈休文

见卷第二十《应诏乐游苑饯吕僧珍诗》作者介绍。

钟山诗应西阳王教一首

【题解】

钟山，即今南京钟山。西阳王，宋孝武帝之子刘子尚，封西阳王。应教，魏晋六朝时，奉太子、诸王之令写作诗文，称应教。诗作先写钟山的险胜雄奇；接着写山中四时景色之美，以僧侣禅院突出其幽雅静谧的氛围；最后才落笔于本次行游，抒发在这样的环境氛围中赏游的高情雅致。

灵山纪地德①，地险资岳灵②。终南表秦观③，少室迩王城④。
翠凤翔淮海，衿带绕神坰⑤。北阜何其峻⑥，林薄杳葱青。
发地多奇岭⑦，干云非一状。合沓共隐天⑧，参差互相望。
郁律构丹巘⑨，峻嶒起青嶂⑩。势随九疑高⑪，气与三山壮⑫。
即事既多美，临眺殊复奇⑬。南瞻储胥观，西望昆明池⑭。
山中咸可悦，赏逐四时移⑮。春光发垄首，秋风生桂枝⑯。
多值息心侣⑰，结架山之足⑱。八解鸣涧流⑲，四禅隐岩曲⑳。
窈冥终不见，萧条无可欲㉑。所愿从之游㉒，寸心于此足。
君王挺逸趣㉓，羽斾临崇基。白云随玉趾，青霞杂桂旗㉔。
淹留访五药，顾步伫三芝㉕。于焉仰镳驾㉖，岁暮以为期。

【注释】

①灵山:神奇灵秀的山。指钟山。纪:标志。地德:古时认为土地
　生长谷物以养人,有德于人。

②岳灵:山岳的灵气。

③终南:终南山,在陕西南部。秦观:秦朝的关阙。李善注:"《史
　记》曰:'始皇表南山巅以为关。'南山则终南也。"

④少室:山名。河南嵩山东为太室,西为少室。王城:古城名。西
　周时为东都,后周平王东迁定为都城,故址在今河南洛阳。

⑤"翠凤"二句:吕向注:"凤翔喻宋兴于淮海之地,衿带之固,乃在
　建业焉。"坰(jiōng),郊野。

⑥北阜:钟山在南京北面,故称北阜。

⑦发地:起发于地,犹拔地。

⑧合杳:高大貌。

⑨郁律:山高而直上貌。丹巘(yǎn):红色的山崖。

⑩峻嶒(líng céng):山高峻貌。青嶂:青翠的山峦连绵如屏障。

⑪九疑:山名。即湖南九嶷山。

⑫三山:神话传说中的蓬莱、方丈、瀛洲三山,在海上,为仙人所居
　之处。

⑬"即事"二句:谓山中的事物已经很美了,眺望山外还有胜迹,引
　发下文。即事,即此山中之事。

⑭"南瞻"二句:储胥观、昆明池,均汉长安建筑。此是假借之言。

⑮"山中"二句:言山中的事物都使人感到愉悦,一年中可按不同季
　节观赏不同的景致。

⑯"春光"二句:举春秋以概上文所谓"四时"。垄首,田土中分界的
　土堆曰垄,垄首犹言地头。

⑰值:逢。息心侣:僧侣。李善注引《大灌顶经》云:"息心达本源,
　故号为沙门。"

⑱结架山之足：言山脚下是僧侣建造的寺庙。

⑲八解：佛经中的池名。《维摩诘经·观众生品》云："八解之浴池，定水湛然满；布以七净华，浴此无垢人。"

⑳四禅：佛教用以治惑、生诸功德的四种基本禅定，也叫"四禅定"或"四静虑"。"八解""四禅"在此均用以指寺庙。

㉑"窈冥"二句：《老子》二十章："窈兮冥兮，其中有精。"王弼注："窈冥，深远之貌。深远不可得而见，然而万物由之。不可得见，以定其真。故曰'窈兮冥兮，其中有精'。"又，《老子》三章曰："不见可欲，使民心不乱。"此二句用《老子》意，言山中幽深萧条，可以使人清心寡欲，是修道的好地方。可欲，谓能引起人欲念的事物。

㉒从之游：承上文而言愿于此山中从道者游。

㉓君王：指西阳王。挺逸趣：大发高雅的兴趣。

㉔桂旗：以桂枝为旗。《楚辞·九歌·山鬼》："乘赤豹兮从文狸，辛夷车兮结桂旗。"这里"桂旗"与上句"玉趾"均系美饰之词。

㉕"淹留"二句：五药，草、木、虫、石、谷称五药。三芝，《抱朴子·仙药》载，参成芝、木渠芝、建木芝，"此三芝得服之，白日升天也"。吕向注谓"石芝、灵芝、肉芝"为三芝。这里"五药""三芝"是泛称山林中的草木之盛美。

㉖于焉：在这里。镳驾：车驾。

【译文】

神奇的钟山是大地德行的标志，地势的险要更资助了山岳的灵气。秦始皇把终南山当作关隘的代表，少室山靠近周王朝神圣的都城。

五彩凤凰翩翩飞翔在这淮海一带，江河山川犹如襟带环绕我朝京城。京城北面巍巍钟山显得多么雄峻，浓密的树林无边无际一派葱青。

众多的山岭拔地而起奇险异常，各有姿态挺拔耸立上接浮云。高大的山峦连成一片遮蔽了青天，参差不齐此起彼伏遥相观望。

突兀直立耸起一座赤色的山崖,群山重叠犹如一道青翠的屏障。气势雄伟可与九嶷山一争高下,也可以和海上三仙山同称豪壮。

山中的景色已经是这般美丽多姿,朝山外眺望还有更多的胜迹。往南面眺望有壮丽的储胥观,朝西面望去有浩渺的昆明池。

山中的一切都是这样的令人愉悦,一年四季均可欣赏不同的景致。春光来临田间地头吐露点点新绿,秋风起时桂子飘香充满秋的情趣。

山中常可碰到来来往往的僧侣,一座座寺庙就建筑在山的脚底。山泉水淙淙流进寺庙中的清池,山坳里深深隐藏着清幽的禅院。

幽深的山林中没有尘世的搅扰,萧条冷清正好摒绝世俗的欲念。我真期望能在这里与僧侣们为伍,这点心愿能够实现我就心满意足。

今日君王超逸的兴趣大为高涨,旌旗辉煌团团簇拥前来登临钟山。白云伴随着您的脚步悠悠上升,满天彩霞和旌旗的光彩融成一片。

淹留于山中细细品察众多的物类,徜徉于林间搜采三芝意态悠闲。我于此地得以瞻仰君王的风采,此情此景铭记在心直到终年。

宿东园一首

【题解】

吕延济注谓东园是"休文家园"。诗作描写了东园郊野一带萧索凄冷的况味,抒发时光消逝、人生易老的感叹。

陈王斗鸡道①,安仁采樵路②。

东郊岂异昔,聊可闲余步③。

野径既盘纡④,荒阡亦交互⑤。

槿篱疏复密⑥,荆扉新且故。

树顶鸣风飙,草根积霜露。

惊麕去不息⑦，征鸟时相顾⑧。

茅栋啸愁鸱⑨，平岗走寒兔。

夕阴带曾阜⑩，长烟引轻素⑪。

飞光忽我遒⑫，宁止岁云暮⑬。

若蒙西山药⑭，颓龄倘能度⑮。

【注释】

①陈王：曹植封陈思王，此省称。斗鸡道：曹植《名都篇》："斗鸡东郊道，走马长楸间。"

②安仁：潘岳字安仁。采樵路：潘岳《东郊诗》："出自东郊，忧心摇摇。遵彼莱田，言采其樵。"以上二句以曹、潘所咏之路借喻自己所咏之东郊。

③聊可闲余步："余聊可闲步"之倒文。

④盘纡：曲折。

⑤交互：互相交错。

⑥槿（jǐn）篱：木槿围成的篱笆。

⑦麕（jūn）：同"麏"，即獐。

⑧征鸟：犹飞鸟。《吕氏春秋·季冬纪》："征鸟厉疾，乃毕行山川之祀，及帝之大臣、天地之神祇。"高诱注："征，犹飞也。"

⑨鸱（chī）：鹞鹰。

⑩带曾阜：谓夕岚像带子一般缠绕重山。曾，通"层"，重。阜，山。

⑪轻素：轻薄的白绢。

⑫飞光：飞泻的月光。遒：迫。

⑬岁云暮：谓一年将终。

⑭西山药：古代神话传说中，昆仑山西王母有不死之药，后羿得之，其妻嫦娥偷服过量，身体变轻而飞升月中。

⑮颓龄：犹言余年。傥能度：或许也还能飞度月中。

【译文】

东郊道上是陈思王斗鸡的所在,潘安仁则沿着它前去砍柴。

今日的东郊和往日也没什么不同,我且在这里悠闲漫步消遣情怀。

郊野的道路盘旋往复弯弯曲曲,田间的小道纵横交错显得荒芜。

木槿的篱笆有的细密有的稀疏,农家的柴门有的崭新有的残破。

树顶上疾风吹过发出阵阵喧响,草根上还积留着点点清霜冷露。

受惊的獐鹿急匆匆奔跑不停,翩飞的鸟儿时时回首互相看顾。

茅屋顶上传来鸱鸟悲愁的叫声,平岗上疾速奔跑着瑟缩的野兔。

夕岚如同长带缠绕在高山,长长的薄雾就像牵引开轻盈的白素。

月光如水飞泻在我的身上,这岂止意味一年的时光已近晚幕。

如果我能得到西山上的不死之药,这垂老之年也许能望月飞度。

游沈道士馆一首

【题解】

诗作前半部分借秦皇、汉武故事发端,抒发自己诚心向道的思想感情;后半部分想象自己从道后神仙般的逍遥自在生活。何焯《义门读书记》说:"休文五言,此篇是压卷。"

秦皇御宇宙①,汉帝恢武功②。

欢娱人事尽,情性犹未充③。

锐意三山上,托慕九霄中④。

既表祈年观,复立望仙宫⑤。

宁为心好道,直由意无穷⑥!

曰余知止足,是愿不须丰⑦。

遇可淹留处,便欲息微躬⑧。

山嶂远重叠,竹树近蒙笼。

开衿濯寒水,解带临清风。

所累非外物,为念在玄空⑨。

朋来握石髓⑩,宾至驾轻鸿。

都令人径绝,唯使云路通⑪。

一举陵倒景⑫,无事适华嵩⑬。

寄言赏心客⑭,岁暮尔来同⑮。

【注释】

①秦皇:秦始皇。御宇宙:统治天下。

②汉帝恢武功:言汉武帝恢宏武力,征伐四方。《汉书·礼乐志》曰:"上方征讨四夷,锐志武功。"

③"欢娱"二句:言秦皇和汉武享尽了人间的欢乐,但他们心中还是不能感到满足。

④"锐意"二句:此指秦皇、汉武企慕神仙长生不死,派人到处寻仙访药之事。三山、九霄,泛指神仙居处。"三山"注见沈约《钟山诗应西阳王教》。

⑤"既表"二句:祈年观、望仙宫,李善注引《庙记》曰:"祈年观在城外,秦穆公所造。望仙宫在华阴,汉武帝所造。"

⑥"宁为"二句:总上而言,说秦皇、汉武寻仙访道的诸般行为岂是出于好道,实是贪图人间享受的欲望没有穷止的表现。

⑦"日余"二句:此二句沈约自言心志,下文便转入写自己。日余,即余日。丰,多。《老子》四十四章曰:"知足不辱,知止不殆(危),可以长久。"

⑧微躬:渺小的身躯。诗人自谓。

⑨玄空：玄，道。道是无形的，故曰空。

⑩石髓：石钟乳，可入药。李善注引袁彦伯《竹林名士传》曰："王烈服食养性，嵇康甚敬信之。随入山，烈尝得石髓，柔滑如饴，即自服半，余半取以与康，皆凝而为石。"

⑪"都令"二句：言不从人行走的道路上往来，只在空中飞来飞去，承上"驾轻鸿"而言。

⑫陵倒景：凌空飞度于日月之上，日月反从下照，故称"倒景"。景，同"影"。

⑬华嵩：华山、嵩山，传说中是仙人出没之处。

⑭赏心客：指与自己志同道合之人。

⑮岁暮：指年老。

【译文】

秦始皇当年统一了神州大地，汉武帝恢宏武力创下显赫功绩。

他们身为帝王享尽了人间欢乐，但是心中仍然感到不能满意。

一心向往海上三山仙人的生活，羡慕九天上的神仙长生不死。

建起了祈年观向神明祈求长寿，又修起望仙宫希望仙人佑庇。

他们的这些行为哪里是出于好道，而是追求享乐的欲望无休无止！

我说人要知足才能够无忧无虑，在我心中从不希求更多的东西。

当我遇到认为可以停留的地方，便想长住久安不再去劳碌奔波。

远处的山峦横亘如屏重叠起伏，近处的树林竹丛似烟雾朦胧。

解开衣襟洗濯在清凉的山泉之中，敞开胸怀承迎清风徐徐吹拂。

身外之物岂能使我萦怀牵挂，一番心念唯在大道崇尚空无。

好友到来我奉献上珍贵的石髓，嘉宾光临我们遨游翩翩共乘鸿鹄。

全然不走那俗人往来的道路，只从这白云飘缈的空中进进出出。

飘摇高举凌空飞度于日月之上，逍遥无事时往华、嵩休憩驻足。

志同道合的朋友啊你且听我说，年老时你也不妨前来此处同住。

徐敬业

　　徐悱（约 495—524），字敬业，东海郯（今山东郯城西南）人。南朝梁诗人。曾官著作佐郎、太子中舍人，掌书记，后出为湘东王友，迁晋安内史。其父徐勉、妻刘令娴均有文名。徐悱诗今存《赠内》《白马篇》《对房前桃树咏佳期赠内》及本诗等数首，载《文选》《玉台新咏》。传附《梁书·徐勉传》。

古意酬到长史溉登琅邪城诗一首

【题解】

　　"古意"是六朝以来诗歌中常见主题，乃托言古事以抒今情。溉，指到溉，字茂灌，为司徒长史。琅邪，郡名。东晋时治所在金城（今江苏句容北），刘宋时改南琅邪郡，南齐迁治于白下（今南京北幕府山西南）。诗中系指后者。诗作借言汉代之事，抒发自己投笔从戎，收取北地的雄心壮志。结束处以李广故事慨叹壮志难酬，风格高古悲凉。

甘泉警烽候，上谷拒楼兰①。
此江称豁险②，兹山复郁盘③。
表里穷形胜，襟带尽岩峦④。
修篁壮下属⑤，危楼峻上干⑥。
登陴起遐望⑦，回首见长安⑧。
金沟朝灂潏⑨，甬道入鸳鸾⑩。
鲜车驽华毂⑪，汗马跃银鞍⑫。

少年负壮气，耿介立冲冠^⑬。

怀纪燕山石^⑭，思开函谷丸^⑮。

岂如霸上戏，羞取路傍观^⑯。

寄言封侯者，数奇良可叹^⑰。

【注释】

①"甘泉"二句：甘泉，陕西淳化西北有甘泉山，秦始皇建宫于其上，名甘泉宫，汉武帝时又增扩。烽候，"烽"指烽火，"候"指斥候，是巡逻侦察的骑兵。《汉书·匈奴传》扬雄上疏曰："及孝文时，匈奴侵暴北边，候骑至雍甘泉，京师大骇，发三将军屯细柳、棘门、霸上以备之，数月乃罢。"上谷，郡名。在今河北怀来东南。楼兰，汉西域国名（今新疆鄯善东南）。上谷与楼兰并不接壤，此二句但以古代边防之严密而喻琅邪也。

②豀险：谓江流开阔而称天险。左思《蜀都赋》写岷江"长城豀险，吞若巨防。一人守隘，万夫莫向"。

③郁盘：重叠迂回貌。

④"表里"二句：言琅邪城内外尽是险峻的地形，被起伏的群山环绕着。

⑤修篁壮下属：言茂密的竹林从山顶直长到山下，十分壮观。修篁，高大茂密的竹子。

⑥危楼：高楼。峻上干：高峻而上干云天。

⑦陴（pí）：城墙外围的短墙。

⑧长安：借指国都建康。

⑨金沟：指长安御城河。朝灞浐（bà chǎn）：灞水在陕西中部，源出秦岭，从西安东经过。浐水亦源出秦岭，至西安东入灞水。御城河引金谷水，又入灞水。小水入大水曰朝。

⑩甬道：两侧筑墙的通道。鸳鸯：汉宫殿名。在长安（今陕西西

安）。

⑪骛(wù)：交错奔驰。华毂(gǔ)：华丽的车辆。

⑫汗马：汗血马，古代西域骏马名。流汗如血，故称。后多指骏马。《史记·大宛列传》："初……得乌孙马，好，名曰天马。及得大宛汗血马，益壮，更名乌孙马曰西极，名大宛马曰天马云。"

⑬耿介：正直。冲冠："怒发冲冠"之省语。形容盛怒之貌。《史记·廉颇蔺相如列传》曰："相如因持璧却立，倚柱，怒发上冲冠。"

⑭怀纪燕山石：《后汉书·窦宪传》载窦宪"与北单于战于稽落山，大破之，虏众崩溃，单于遁走，追击诸部……遂登燕然山，去塞三千余里，刻石勒功，纪汉威德"。

⑮思开函谷丸：《后汉书·隗嚣传》：隗嚣占据天水，王元说嚣曰："请以一丸泥，为大王东封函谷关，此万世一时也。"是说函谷关地势险要，以少量军队阻塞，即可阻拒敌人。"一丸泥"喻少量军队。本诗这里是反用其意，说自己领兵可攻克这样的险关。

⑯"岂如"二句：霸上戏，《汉书·周亚夫传》载："匈奴大入边，遣宗正刘礼为将军军霸上……以备胡。上自劳军，至霸上及棘门军，直驰入，将以下骑出入送迎。已而之细柳军，军士吏被甲，锐兵刃，彀弓弩，持满。天子先驱至，不得入……有顷，上至，又不得入……文帝曰：'嗟乎，此真将军矣！乡者霸上、棘门如儿戏耳，其将固可袭而虏也。'"徐悱用此故事言如使自己治军，岂如刘礼之儿戏，徒使路旁观者笑。

⑰数奇(jī)：命运不顺。《史记·李将军列传》上记载，和李广一起的许多将领均得封侯，李广屡立战功却不能封，汉武帝说他"数奇"。诗人借李广故事以自慨。

【译文】

在甘泉宫望见烽火即知敌人进犯，上谷郡地处边防抗阻着楼兰。

这条波浪宽阔的大江堪称天险,此地群山起伏重重叠叠逶迤连绵。
从里到外地形都是这样的险要,如襟带环绕四周尽是险峻的山峦。
茂密的竹林延伸至山脚颇为壮观,山顶的城楼高高耸立直指云天。
登上城墙凭高远望视野十分开阔,回过头来就能看见都城长安。
御河连通着灞水、浐水长流不断,长长的甬道一直通往鸳鸯宫殿。
鲜艳华丽的车辆交错疾驰不停,名贵的宝马配着银鞍奔跑正欢。
少年时代我就热血满腔气壮河山,报效国家的豪情壮志凛凛然然。
古人勒石记功我当作典范,常常想着率领军队攻取险要边关。
治军决不像霸上军那样如同儿戏,让路旁观者见笑我将不胜羞惭。
有句话说与那些身封侯爵之人听取,命运不顺呵我只能深深长叹。

咏怀

阮嗣宗

　　阮籍(210—263)，字嗣宗，陈留尉氏(今属河南)人。三国魏著名诗人，"竹林七贤"之一。曾为步兵校尉，世称阮步兵。他生活在魏晋易代之际。迫于司马氏的黑暗统治，因此纵酒谈玄，不问世事以避祸。主要作品是五言《咏怀诗》八十二首，作品内容暴露了当时社会政治的黑暗恐怖，抨击了虚伪的礼教和伪君子，抒写了自己抱负无法施展的苦闷，也流露出人生无常、消极避世的思想。由于处于高压政治之下，所以他的作品多用比兴、寄托和象征手法，使诗意显得隐晦曲折。阮籍继承了《诗经》《楚辞》和建安文学的优良传统，对五言诗的发展颇有贡献，是"正始文学"的代表作家之一。陶渊明的《饮酒》、陈子昂的《感遇》、李白的《古风》都明显受他《咏怀诗》的影响。其散文《大人先生传》也很著名。原有集十卷，已佚。明人辑有《阮步兵集》。传载《晋书》。

咏怀诗十七首

【题解】

　　阮籍《咏怀诗》共八十二首。"咏怀"是阮籍生平诗作的总题，并非一时所作。他另有四言诗四首,也叫"咏怀"(见丁福保辑《全汉三国晋南北朝诗》)。《文选》只载十七首。这些诗作的内容主要表现诗人在生活中的各种感慨,李善曰:"咏怀者谓人情怀,籍于魏末晋文之代,常虑祸患及己,故有此诗。多刺时人无故旧之情,逐势利而已。观其体趣,实谓幽深,非夫作者不可探测之。"又说:"虽志在刺讥,而文多隐避,百代之下,难以情测,故粗明大意,略其幽旨也。"

"夜中"一首,方东树说:"此是八十一首发端,不过总言所以咏怀不能已于言之故。"

> 夜中不能寐,起坐弹鸣琴。
> 薄帷鉴明月①,清风吹我衿。
> 孤鸿号外野,朔鸟鸣北林②。
> 徘徊将何见,忧思独伤心③。

【注释】

①帷:帐幔。鉴:照。

②朔鸟:北方的鸟。

③"徘徊"二句:言徘徊不停,仍不见得到任何慰藉,所以独自伤心。

【译文】

时间已是半夜仍然不能入眠,为了排遣烦闷起坐弹奏弦琴。

皎皎月光从薄薄的帷幔透进,徐徐清风轻轻吹拂我的衣襟。

孤独的鸿雁声声悲号在郊野之外,北地的鸟儿阵阵啼鸣于北面的树林。

久久徘徊究竟想看见什么? 忧思纷乱孤独寂寞倍感伤心。

> 二妃游江滨,逍遥顺风翔。
> 交甫怀环佩,婉娈有芬芳①。

猗靡情欢爱^②,千载不相忘。

倾城迷下蔡^③,容好结中肠^④。

感激生忧思,谖草树兰房^⑤。

膏沐为谁施^⑥,其雨怨朝阳^⑦。

如何金石交,一旦更离伤^⑧。

【注释】

①“二妃”几句:《列仙传》载郑交甫于江、汉之滨逢江妃二女,不知
　是神人,心生爱慕。请求其环佩,二妃解而赠之。交甫怀之,行
　数十步,视佩,则已不见。回视二妃,亦不见。诗作借二妃故事
　乃是反用其意,借以抒发交而不忠,始好终弃之叹。婉娈,年少
　貌美。

②猗靡:缠绵。

③倾城、迷下蔡:均谓美貌绝伦之意。《汉书·外戚传》载李延年
　歌:“北方有佳人,绝世而独立,一顾倾人城,再顾倾人国。”宋玉
　《登徒子好色赋》:“臣东家之子,嫣然一笑,惑阳城,迷下蔡。”

④中肠:犹衷心。

⑤谖草:即萱草,相传是忘忧草。《诗经·卫风·伯兮》:“焉得谖
　草,言树之背(北)。”这里即用此意,以表忧思之深。

⑥膏沐为谁施:《诗经·卫风·伯兮》:“自伯之东,首如飞蓬。岂无
　膏沐,谁适为容。”说妇女思夫而懒于梳妆。此句即用此意喻二
　妃思念郑交甫。膏沐,妇女润发用的化妆品。

⑦其雨怨朝阳:化用《诗经·卫风·伯兮》“其雨其雨,杲杲出日”之
　意,言二妃盼望郑交甫,而他却不再来了,正如盼下雨却出了
　太阳。

⑧“如何”二句:此二句是就郑交甫与二妃故事写来,拟二妃口吻而

怨郑,当然也是诗人借故事发挥出来的感叹。金石交,喻情谊如金石般牢固。旧说认为"金石交"是用《汉书》成语,指君臣之交。《汉书·韩信传》:"(楚王)使盱台人武涉往说信曰:'今足下虽自以为与汉王为金石交,终终为汉王所禽矣。'"故沈约说:"婉娈则千载不忘,金石之交一旦轻绝,未见好德如好色。"

【译文】

江妃二女漫步游于江汉之滨,逍遥自在顺着江风缓缓飘行。
解下环佩赠送交甫以示相爱,妙龄少女美貌多情初动芳心。
缠绵悱恻盼与郎君情欢意好,千年万载彼此相爱永远不忘。
倾城美貌绝世稀少万人仰慕,郎君之爱想来应是发自衷肠。
感君情意遂生相思徒惹烦忧,为解忧思种植萱草在我闺房。
不见郎君精神倦怠无心梳洗,就像期望下雨却盼来了太阳。
谁能料想情谊如同金石之固,片刻之间竟然断绝令人感伤。

嘉树下成蹊,东园桃与李①。
秋风吹飞藿,零落从此始②。
繁华有憔悴,堂上生荆杞③。
驱马舍之去,去上西山趾④。
一身不自保,何况恋妻子。
凝霜被野草,岁暮亦云已⑤。

【注释】

①"嘉树"二句:《汉书·李广传赞》:"桃李不言,下自成蹊。"此二句即用此意以喻盛时之热烈情景。

②"秋风"二句:此二句喻衰盛。吕延济注:"言晋当魏盛时则尽忠,及微弱则陵之,使魏室零落,自此始也。"藿,豆叶。

③"繁华"二句：此二句言繁华也终有衰落的一天，当初歌舞晏乐的
　　殿堂上也会荆棘丛生，一片荒芜。荆、杞，二种灌木名。

④"驱马"二句：此二句言自己要避离乱世，像伯夷、叔齐那样去隐
　　居。西山，即首阳山，伯夷、叔齐隐居之处。

⑤"凝霜"二句：李善注："繁霜已凝，岁已暮止，野草残悴，身亦当
　　然。"已，止。

【译文】

佳树果实累累下自成路，当初东园桃李就是这样。

但当秋风吹起豆叶纷飞，从此桃李飘零满目凄凉。

繁华终有衰败的一天，荆棘丛生于荒芜的殿堂。

不如乘马疾速归去，在那西山脚下避世隐居。

自己一身尚且无法自保，哪里还能顾念妻室儿女？

浓霜严严覆盖住野草，年关将近可以休矣。

昔日繁华子，安陵与龙阳①。

夭夭桃李花，灼灼有辉光②。

悦怿若九春③，磬折似秋霜④。

流眄发姿媚，言笑吐芬芳⑤。

携手等欢爱，宿昔同衣裳⑥。

愿为双飞鸟，比翼共翱翔。

丹青著明誓⑦，永世不相忘。

【注释】

①"昔日"二句：吕延济注："安陵、龙阳以色事楚、魏之主，尚犹尽心
　　如此。而晋文王蒙厚恩于魏，不能竭其股肱，而将行篡夺。籍恨
　　之甚，故以刺也。"繁华，吕延济注："喻人美盛如春华之繁。"安

陵,即安陵君,名缠。战国时楚恭王的宠臣。龙阳,战国时魏王
的宠臣。

②"夭夭"二句:此二句以艳丽的桃李比喻安陵、龙阳之美。夭夭,
美貌。灼灼,明丽貌。《诗经·周南·桃夭》:"桃之夭夭,灼灼
其华。"

③悦怿(yì):欢愉。九春:春天九十日,故称九春。

④磬折似秋霜:谓安陵、龙阳能屈曲侍奉君王,似秋霜下万物摧折。
磬折,犹屈折。磬,乐器名。其形曲折。

⑤"流眄"二句:此二句写安陵、龙阳言笑神态之妁好,以悦君王之
心。流眄,眼波流动顾盼。

⑥宿昔:往昔夜晚。昔,夜晚。

⑦丹青著明誓:此句谓安陵、龙阳虽以色事君,其誓约犹如著于丹
青之分明。以此讥晋文王为魏臣不能竭尽忠心,反行篡夺。丹
青,图画。

【译文】

想往昔有两位美如繁花之人,那就是楚之安陵和魏之龙阳。
像春天里的桃李花竞相开放,闪闪灼灼放射出绚丽的光芒。
笑脸事君恰似春天一般温暖,屈身逢迎驯服如同百草遇霜。
眼波顾盼流动显得千娇百媚,欢声笑语中充满了温馨芳香。
常与君王携手行游欢乐与共,夜间同披一件衣裳共御寒凉。
愿与君王像那飞鸟成双成对,互相伴随比翼齐飞翩翩翱翔。
誓约就像图画一样鲜明不爽,永生永世牢记心头定不相忘。

天马出西北,由来从东道①。
春秋非有托,富贵焉常保②?
清露被皋兰,凝霜沾野草③。
朝为媚少年,夕暮成丑老。

自非王子晋④，谁能常美好？

【注释】

①"天马"二句:《汉书·礼乐志》载汉伐大宛得骏马,乃作天马歌:
"天马徕,从西极,涉流沙,九夷服……天马徕,历无草,径千里,
循东道。"此二句借言天马本出自西北,却来东道,以喻下文人生
无定。此诗是抒发人生短促的感叹。

②"春秋"二句:沈约注:"春秋相代,若环之无端,天道常也。譬如
天马本出西北,忽由东道。况富之与贫,贵之与贱,易至乎!"托,
五臣本作"讫",止。意谓春与秋互相循环替代,永远没有止境,
人又有谁能够常保富贵呢?

③"清露"二句:此二句意谓才是春天清露凝于兰草上,忽又到了凝
霜摧残野草的秋天,以言时光迅疾,比喻下文二句。皋兰,池泽
中所生的兰草。

④王子晋:即王子乔。传说中的仙人。

【译文】

天马本来生长在西北地方,却来到这东边的大道奔劳。

繁春年年总是被悲秋替代,富与贵又怎能够永世长保?

才是春天清露滋润泽畔幽兰,忽又到秋天严霜摧残百草。

早上还是容貌娇美的少年,黄昏时却已变得丑陋衰老。

人自然不是王子晋那种仙人,有谁能够永远保持容颜美好!

　　　　登高临四野①，北望青山阿②。

　　　　松柏翳冈岑③，飞鸟鸣相过。

　　　　感慨怀辛酸,怨毒常苦多④。

　　　　李公悲东门,苏子狭三河⑤。

求仁自得仁，岂复叹咨嗟^⑥？

【注释】

①临：从高往下看。

②山阿：山曲处。古代安葬死者一般在城北面。这里"北望青山阿"意谓望见山曲处的累累坟茔，而引起下文的感慨。参见下注。

③松柏：古代在坟墓旁种植松柏梧桐，用作标志。翳（yì）：遮蔽。冈岑：山脊叫冈，山小而高叫岑。

④怨毒：悲怨沉痛。

⑤"李公"二句：此二句以李斯、苏秦的故事，言二人为追求富贵权势，终罹惨祸，留下临死时的悲叹。李公悲东门，秦王用李斯计策并天下，任为丞相。秦二世时，郎中令赵高忌李斯，诬其谋反，将李斯腰斩于咸阳。临刑前李斯对他的儿子说："我想和你同牵着黄犬出上蔡东门，哪里还能呢？"苏子狭三河，苏秦游说诸侯合纵抗秦，佩六国相印，为纵约之长。后纵约为张仪所破，苏秦遂至齐为客卿。因与齐大夫争宠被刺死。沈约注："河南、河东、河北，秦之三川郡。古人呼水皆为河耳。苏子以两周之狭小，不足逞其志力，故去佩六国相印也。"

⑥"求仁"二句：《论语·述而》："（子贡）曰：'伯夷、叔齐何人也？'曰：'古之贤人也。'曰：'怨乎？'曰：'求仁而得仁，又何怨？'"伯夷和叔齐是商孤竹君的两个儿子，因周武王灭商而耻食周粟，饿死于首阳山中。这里以伯夷、叔齐的故事反衬李斯、苏秦，意谓如果像伯夷、叔齐那样为求仁而殒命，哪里会在临终时留下哀叹呢？

【译文】

登上高处俯瞰四野，朝北遥见坟茔累累的山弯。

　　墓畔松柏的浓荫遮蔽了山冈,群鸟相继飞过悲鸣之声接连不断。

　　见此情景我感慨不已胸怀辛酸,悲怨沉痛有如重负压在心田。

　　李斯临刑前曾悲叹难再出入故里,苏秦嫌弃三河之地狭小也为贪禄求官。

　　如果像伯夷、叔齐那样为求仁捐命,哪会在临终时发出深深的悲叹!

开秋兆凉气,蟋蟀鸣床帷①。

感物怀殷忧②,悄悄令心悲③。

多言焉所告? 繁辞将诉谁④?

微风吹罗袂,明月耀清晖。

晨鸡鸣高树,命驾起旋归⑤。

【注释】

①“开秋”二句:吕向注:“《诗》云:‘十月蟋蟀,入我床下。’今言初秋始凉已鸣床帷者,伤时政迫促。”开秋,秋初开。指七月。

②殷忧:深忧。

③悄悄:忧愁貌。《诗经·邶风·柏舟》:“忧心悄悄,愠于群小。”

④“多言”二句:上下句意思相同,谓自己心中有很多想说的话,却不知向谁说。

⑤“晨鸡”二句:此二句字面上的意思是说在鸡鸣天亮时,就要命令车驾起程还归故里了。寓意是,晨鸡知时而鸣,自己也应知时而返归故里,隐居避世为宜。旋归,归乡。《诗经·小雅·黄鸟》:“言旋言归,复我邦族。”

【译文】

刚到初秋就已经透露出凉寒,蟋蟀悲鸣着钻入床帷之间。

由感伤此物进而深忧世事,莫名的悲伤一阵阵袭上心田。

千言万语不知怎样说起,满腹话儿又能向谁倾谈?
微风吹拂着我的袍袖飘动不止,明月的清光冷冷地照耀着尘寰。
晨鸡已在高树上发出鸣唱,还是命令车驾起程回归故园。

　　　　平生少年时,轻薄好弦歌①。
　　　　西游咸阳中,赵李相经过②。
　　　　娱乐未终极,白日忽蹉跎③。
　　　　驱马复来归,反顾望三河④。
　　　　黄金百溢尽,资用常苦多。
　　　　北临太行道,失路将如何⑤?

【注释】

①"平生"二句:说自己少年时轻薄不自重,沉迷于歌舞晏乐之中。

②"西游"二句:此二句是说自己少年时在咸阳冶游,常和善歌妙舞
　的乐伎往来。咸阳,秦都,故城在今陕西咸阳东。赵李,颜延年
　注:"赵,汉成帝赵后飞燕也;李,武帝李夫人也。并以善歌妙舞
　幸于二帝也。"关于"赵李"的解释,前人颇多分歧,可参阅《文选
　旁证》或《阮步兵咏怀诗注》,此处以文繁不录。以颜注为近是。

③"娱乐"二句:此二句言娱乐还没有尽兴,而时光已经很快地消逝
　了。蹉跎,岁月消逝。

④"驱马"二句:此二句言在咸阳将驱马归乡,先回头望望故乡所在
　的三河之地。三河,沈约以为,此指秦之三川郡,治河南、河东、
　河北(又称河内),故称三河。郡治在今河南荥阳东北。阮籍故
　乡陈留(今属河南),旧属三川郡。

⑤"黄金"几句:《战国策·魏策》:"魏王欲攻邯郸,季梁闻之,中道
　而反,衣焦不申,头尘不浴,往见王曰:'今者臣来,见人于太行,

方北面而持其驾，告臣曰："我欲之楚。"臣曰："君之楚，将奚为北面?"曰："吾马良。"臣曰："马虽良，此非楚之路也。"曰："吾用多。"臣曰："虽多，此非楚之路也。"曰："吾御者善。"此数者愈善，而离楚愈远耳。今王动欲成霸王，举欲信于天下。恃王国之大，兵之精锐，而欲攻邯郸，以广地尊名，王之动愈数，而离王愈远耳，犹至楚而北行也。'"这几句意思是说纵有黄金百镒也容易耗尽，资财常苦于花费得太多。就像那个"南辕北辙"的人一样，走错了道路，车愈好马愈良，离开他要去的楚国也就愈远了。溢，五臣本作"镒"。一镒是二十四两。"百镒"是极言其多。资用，财货。失路，走错道路。

【译文】

想往昔青春年少的时候，性情轻浮沉迷于舞榭歌楼。

曾经西行冶游于咸阳市中，经常来往的是那些红伎名优。

寻欢作乐还不曾尽兴，岁月则已匆匆消逝何尝稍留!

驱赶马儿又踏上回归的道路，回头遥望三河故园我心生悔尤。

黄金百镒是这样容易挥霍耗尽，资财常苦于耗费得太多。

想往南去却北上太行道，迷路之人不知应该怎么办。

昔闻东陵瓜①，近在青门外②。

连轸距阡陌，子母相拘带③。

五色曜朝日，嘉宾四面会④。

膏火自煎熬⑤，多财为患害。

布衣可终身⑥，宠禄岂足赖⑦。

【注释】

①东陵瓜:《史记·萧相国世家》载:"邵平者，故秦东陵侯。秦破，

为布衣,贫,种瓜于长安城东。瓜美,故世俗谓之'东陵瓜'。"

②青门:汉代长安城东面南头第一门叫霸城门,门色青,俗称青门。此诗咏邵平失侯种瓜事,表现了作者对布衣生活的羡慕。刘履注:"嗣宗知魏亡有日,不乐久仕,思得如秦故侯种瓜于青门,则志愿毕矣。故咏其事以自见。"

③"连畛"二句:此二句意谓瓜蔓长得茂盛,越过田土界限蔓延到了小路上,大大小小的瓜缀满了瓜藤。畛,李善注:"当为畛(zhěn)。"界限。距,至。子母,指大大小小的瓜。拘带,串连。

④"五色"二句:此二句言五色缤纷的瓜在朝阳照耀下显得更美,吸引着嘉宾从四面八方前来。五色,指瓜的颜色。

⑤膏火自煎熬:《庄子·人间世》有"山木自寇也,膏火自煎也"的成语,意思是说山木溢出的油脂可以燃烧,但燃烧起来却是自己煎熬自己。这里即用《庄子》语义比喻下句所云"多财为患害"。

⑥布衣:古代百姓除老人可穿丝织品外,都得穿布衣,"布衣"即代称平民百姓。

⑦宠禄:皇帝所赐予的恩宠和爵禄。赖:依靠。

【译文】

早就听说过东陵侯失侯种瓜,故事就发生在城东青门之外。
瓜蔓茂盛爬过田垅直到路边,大瓜小瓜结满藤蔓互相牵带。
朝阳映照灼灼闪现缤纷色彩,吸引嘉宾四面八方纷纷前来。
松树多脂终被人作松明燃烧,多聚财富实难避免引祸招灾。
清贫百姓最能安度一生,恩宠爵禄一时热烈岂可依赖?

步出上东门①,北望首阳岑②。
下有采薇士,上有嘉树林③。
良辰在何许? 凝霜沾衣襟。
寒风振山冈,玄云起重阴④。

鸣雁飞南征，鶗鴂发哀音⑤。
素质游商声，凄怆伤我心⑥。

【注释】

①上东门：洛阳城门。

②首阳岑：即首阳山。黄节注谓此诗所指的是洛阳东北的首阳山，而夷、齐饿死的首阳山当在陇西。

③"下有"二句：此二句是赞美伯夷、叔齐。采薇士，指伯夷、叔齐耻食周粟，隐居首阳山采薇而食，最后饿死。嘉树林，美好的树林。又，《史记·龟策列传》："嘉林者兽无虎狼，鸟无鸱枭，草无毒螫，野火不及，斧斤不至，是为嘉林。"

④"良辰"几句：这是说自己想效伯夷、叔齐隐居采薇，但环境恶劣，使自己空有心志。沈约注："良辰何许，言世路险薄，非良辰也；风霜交至，凋陨非一；玄云重阴，多所拥蔽。是以寄言夷齐，望首阳而叹息。"刘良注："良辰谓和平也，凝霜沾衣衿喻衰代。言和平之时今在何处？而使衰代及人。"何许，何处。玄云，黑云。张铣注："风振云阴，喻晋王专权而冒上。"

⑤鶗鴂(tí jué)：鸟名。沈约注："此鸟鸣则芳歇也……所存者虻腐耳。"

⑥"素质"二句：此二句言以己单薄的身体游于萧瑟的秋天，而生凄怆之情。又一说，"素质"指秋天凋零之景象，"游"通"由"，则谓凋零残败之景象是由于秋风肃杀之故。亦通。素质，谓自己单薄的体质。商声，即秋声。旧以商为五音中的金音，声凄厉，与肃杀的秋气相应，故称秋为"商秋"。

【译文】

我缓缓漫步走出上东门，朝北遥望可见首阳山的峰岭。

下有伯夷、叔齐曾在那里隐居采薇，上有一片美丽的树林。

美好的时辰究竟在哪里？严霜浓浓地沾湿了我的衣襟。

寒冷的秋风摇撼着山冈,满天重重密布浓厚的黑云。

大雁啼叫着纷纷往南飞去,鹎鸠发出凄厉悲切的哀鸣。

我单薄的躯体在肃杀的秋风之中,怎不令人感到凄凉伤心。

　　　　昔年十四五,志尚好《书》《诗》①。

　　　　被褐怀珠玉②,颜闵相与期③。

　　　　开轩临四野④,登高望所思⑤。

　　　　丘墓蔽山冈⑥,万代同一时⑦。

　　　　千秋万岁后,荣名安所之⑧。

　　　　乃误羡门子,嗷嗷今自蚩⑨。

【注释】

①志尚:志趣爱好。此诗言己少年时笃好儒学,有心追效颜回、闵子骞等孔门弟子的行为。但今日见坟墓而悟古今圣贤终同归一死,慕虚名岂如羡门子之得长生。诗作有菲薄孔学名教的意味。

②被褐(hè)怀珠玉:《孔子家语·三恕》:"子路问于孔子曰:'有人于此被褐而怀玉,何如?'曰:'国无道,隐之可也;国有道,则衮冕而执玉。'"被褐,代指寒士。褐,兽毛或粗麻织成的短衣,古时贫贱人所服。珠玉,喻指高尚的道德情操。

③颜闵:指颜回和闵子骞,俱孔子弟子。相与期:指自己希望能成为像颜回、闵子骞那样有品行的人。

④开轩:打开窗户。

⑤望:五臣本作"有"。

⑥丘墓蔽山冈:言坟墓多,遮蔽了山冈。

⑦万代同一时：指坟墓中的死者，虽逝世的时间或古或今，然于此
　　时俱同为一土丘。

⑧“千秋”二句：言随着时间的推移，那荣耀的名声又在哪里呢？意
　　谓虚名是不足以羡慕追求的。

⑨“乃误”二句：此二句言忽然想到羡门子，乃破涕为笑。误，五臣
　　本作“悟”。羡门子，古代的仙人。嗷嗷（jiào），笑声。蚩，通
　　“嗤”。

【译文】

往昔当我十四五岁时，深爱《诗》《书》心中充满美好的理想。

身着布衣却怀有珠玉一般的资质，立志追效颜回与闵子骞。

打开窗户面对着无边的原野，登上高处凭空遥吊往昔的偶像。

眼前只见累累坟茔遮蔽了山冈，古往今来人人皆要归于坟场。

在千年万载之后，谁知虚名儿它在何方。

我忽然想到羡门子那样的仙人，不禁自嘲先前的徒然悲伤。

徘徊蓬池上①，还顾望大梁②。

绿水扬洪波，旷野莽茫茫。

走兽交横驰，飞鸟相随翔③。

是时鹑火中，日月正相望④。

朔风厉严寒，阴气下微霜⑤。

羁旅无畴匹，俯仰怀哀伤⑥。

小人计其功，君子道其常⑦。

岂惜终憔悴，咏言著斯章⑧。

【注释】

①蓬池：地名。战国时属魏，在大梁（今河南开封）东北面，是沼

泽地。

②大梁:战国时魏都,今河南开封。此诗表达了作者对时局混乱、士人无节的幽愤和哀伤。曹魏高贵乡公元年(254)九、十月之间,司马师废魏主曹芳为齐王,立高贵乡公曹髦。何焯认为此诗即因此事而发,借战国时魏地以指曹魏王室。

③"绿水"几句:此几句写还顾所见景象:绿水扬起巨大的波涛,旷野上荒草茫茫,野兽纵横奔驰,鸟儿成群纷飞。以此悲凉纷乱的景象象征时局。莽,草的统称。交横,纵横纷乱。

④"是时"二句:此二句谓九月十五日。《春秋左传·僖公五年》:"晋侯围上阳。问于卜偃曰:'吾其济乎?'对曰:'克之。'公曰:'何时?'对曰:'……其九月、十月之交乎!……鹑火中,必是时也。'"旧解多以为诗中用此事暗喻司马师废立之事。鹑火中,指鹑火星的位置移到南方正中,时当夏历九、十月之交。鹑火,二十八宿中的南方七宿称朱鸟,其第三、四、五宿叫柳宿、星宿、张宿,三宿又合称"鹑火"。日月正相望,指每月十五日。

⑤"朔风"二句:此二句以猛烈的北风和阴气凝而为霜喻权臣威逼的形势。朔风,北风。厉,猛烈。

⑥"羁旅"二句:此二句说自己宦途上没有伴侣,动辄引起心中的哀伤。李周翰注:"代多邪佞,故我无畴匹,而俯仰悲伤。"羁旅,寄居在外。此指自己的仕宦生涯。畴匹,一作"俦匹",伴侣。俯仰,抬头和低头。这里代指自己的行动。

⑦"小人"二句:用《荀子·天论》成句:"君子道其常,而小人计其功。"意谓小人计较功利得失,而君子却守常道不变。

⑧"岂惜"二句:承上文言自己将坚守心中的信念,即使抑郁埋没也并不感到愧惜,有感于此,就写下此诗。

【译文】

来往徘徊于蓬池之上,回头遥望昔日的魏都大梁。

只见绿水扬起巨大的波涛,空旷的原野上一派衰草茫茫。

野兽交错纵横奔跑不止,鸟儿相互追随纷纷飞翔。

此时鹑火星运行于南天中间,正值九月十五日。

北风猛烈使人感到严寒无比,阴气凛凛大地已结微霜。

我在这宦途上没有一个伴侣,行动孤独心中常常感到哀伤。

小人总以利害得失来决定去从,君子却自始至终守道如常。

我不惋惜为守信仰而埋没终身,为述心志特地写下这篇诗章。

　　　　　炎暑惟兹夏,三旬将欲移①。

　　　　　芳树垂绿叶,清云自逶迤②。

　　　　　四时更代谢,日月递差驰③。

　　　　　徘徊空堂上,忉怛莫我知④。

　　　　　愿睹卒欢好,不见悲别离⑤。

【注释】

①三旬:张铣注:"三旬,谓六月之旬,欲入于秋也。"此诗意旨,刘履说:"此篇忧魏祚将移于晋,犹四时之代谢,日月之递驰,恐终不能遏耳。是时众人惟事奔竞,谁复顾虑? 而我独于空堂徘徊而忧惧,曾莫之知者焉。篇末复谓愿见君臣终于欢好,不致篡夺,而有乖离之伤。其忠爱恳切,至于如此。"旬,十天为一旬。

②"芳树"二句:这二句中的绿叶、清云俱是炎暑中能遮阴之物。逶迤,曲折连绵貌。

③递:依次。差驰:李周翰注:"差驰,言相次而奔驰也。"黄节:"差驰,一作'参差'。疑'驰'当作'池'。参差、差驰,同为不齐之貌,言日月出没不齐也。五臣谓'差驰,言相次而奔驰也',恐非是。"

④忉怛(dāo dá):哀伤貌。

⑤"愿睹"二句：此二句意谓希望司马氏与魏王室欢好以终，不要行篡夺而迁王室。李善注："言四时代移，日月递运，年寿将尽，而人莫己知。恐被谗邪，横遭摈斥，故云愿卒欢好而不见别离。"录以备考。卒，终。

【译文】

炎热的酷暑就要算这六月，三旬以后就将进入秋天。

嘉美的树木绿荫垂垂带来凉爽，片片清云在蓝天中连绵不断。

一年四季总是这样依次替代，太阳月亮此起彼落往复循环。

徘徊走动在这空堂之上，有谁知我心中充满了忧伤不安？

我希望看见的是君臣永远欢好，不忍目睹你驱我逐流徙播迁。

　　　　灼灼西隤日，余光照我衣。

　　　　回风吹四壁，寒鸟相因依①。

　　　　周周尚衔羽，蛩蛩亦念饥②。

　　　　如何当路子③，磬折忘所归④。

　　　　岂为夸誉名⑤，憔悴使心悲⑥。

　　　　宁与燕雀翔，不随黄鹄飞。

　　　　黄鹄游四海，中路将安归⑦？

【注释】

①"灼灼"几句：张铣注："颓日，喻魏也，尚有余德及人。回风喻晋武，四壁喻大臣，寒鸟喻小臣也。"从诗人于诗末抒发的宁愿沉埋居于下位，也不愿趋炎附势而求腾达来看，前四句的确有象征意味。

②"周周"二句：这二句是说周周那种鸟也知道衔住另一鸟的羽毛，使之能饮水而不至颠仆；蛩蛩这种兽也知道在危急时，背负着帮助他啃食甘草的蟨逃跑。意谓鸟兽尚知互相扶助，而人（指下文

"当路子")却有不如鸟兽的。周周尚衔羽,《韩非子·说林》:"鸟有周周者,首重而屈尾。将欲饮于河则必颠。乃衔其羽而饮之。人之所有饮不足者,不可不索其羽也。"蛩(qióng)蛩亦念饥,李善注引《尔雅·释地》:"西方有比肩兽焉,与邛邛(即蛩蛩)岠虚比。为邛邛岠虚啮甘草。即有难,邛邛岠虚负而走。其名谓之蟨。"

③当路子:指居高位有权势的大臣。《孟子·公孙丑》:"公孙丑问曰:'夫子当路于齐……'"綦毋邃注:"当路,当仕路也。"李周翰注:"当路子,喻大臣,皆磬折曲从,以媚晋氏,而忘致君之道。"

④所归:吴淇注:"所归者何? 乃生人安身立命之处也。"

⑤夸誉名:虚浮和名声,即虚名。誉,五臣本作"与"。《吕氏春秋·本生》:"古之人有不肯贵富者矣,由重生故也。非夸以(通"与")名也,为其实也。"又阮籍《咏怀诗》"驱车出门去"一首有"背弃夸与名,夸名不在己"句。

⑥憔悴使心悲:谓何必为追求虚名而煞费苦心,使自己陷于可悲的境地呢。"悲"或作"非",亦通。黄节:"曹植《箜篌引》曰:'谦谦君子德,磬折欲何求。'《左传》:'虽有丝麻,无弃菅蒯;虽有姬姜,无弃蕉萃(憔悴)。'诗盖言易姓之际,当仕路者虽磬折忘归,而终不免被弃之悲耳。"亦一说。

⑦"宁与"几句:沈约注:"若斯人者不念己之短翮,不随燕雀为侣,而欲与黄鹄比游。黄鹄一举冲天,翱翔四海,短翮追而不逮,将安归乎? 为其计者,宜与燕雀相随,不宜与黄鹄齐举。"黄节云:"刘履、吴淇皆以末四句为嗣宗自谓,何焯从之。曰'末言己宁没身下位,不敢附司马,取尊显也'……则与沈约说异。"以刘履、吴淇说为长。

【译文】

西下的太阳依然闪烁明亮,余光照耀着我的衣裳。

回旋的疾风吹拂着四壁,鸟儿畏寒相互紧紧依傍。

周周鸟尚能衔羽相助饮水,蛩蛩兽也知把寻草之恩报偿。

为什么那些身居高位的人物,竟然折节攀附而把操行遗忘?

难道仅仅为了那虚浮的名位,就值得煞费苦心而抛弃信仰?

我宁愿与燕雀安然相处,也不愿追随黄鹄腾达飞扬。

尽管黄鹄能够翩翩翱翔四海,半途上追附不上又要归依何方?

独坐空堂上,谁可与欢者①。

出门临永路②,不见行车马。

登高望九州,悠悠分旷野。

孤鸟西北飞,离兽东南下③。

日暮思亲友,晤言用自写④。

【注释】

①与欢:或作"与亲"。此诗乃写己孤独寂寞之情状。张铣注:"言人皆趋权臣,无与己同。"

②永路:长路。

③离兽:失群之兽。吕向注:"孤鸟离兽,东南西北,喻下人值乱代皆分散而去。"

④"日暮"二句:言日暮时思念亲友,很想相对晤谈,但因无缘见面,所以现在只能靠写此诗来抒发苦闷了。晤,遇,见面。

【译文】

孤零零坐在这空空厅堂之上,没有谁人能够与我略解惆怅。

步出门去面临着漫漫长路,不见有行人车马来来往往。

登上高处遥遥眺望九州大地,茫茫原野一派空旷。

孤飞的鸟儿盲目投向西北,失群的走兽惊惶奔往东南方向。

在这日暮时分我更加怀念亲友,无法会晤但写此诗诉我衷肠。

　　　　《北里》多奇舞,濮上有微音[①]。
　　　　轻薄闲游子,俯仰乍浮沉。
　　　　捷径从狭路,僶俛趣荒淫[②]。
　　　　焉见王子乔,乘云翔邓林。
　　　　独有延年术,可以慰我心[③]。

【注释】

①"《北里》"二句:黄节引蒋师爚(yuè)语:"按《三国志·魏少帝芳纪》,何晏有'放郑声而弗听'之奏。司马懿废帝撰太后令亦云'不亲万几,日延倡优',是必有闲游子导以荒淫歌舞者,故起便戒以亡国之音。又结出好吹笙之王子乔,其登仙亦何可遽信,只延年之术或有可采,荒淫则岂所以延年者。"兹从蒋说。诗作表现了对荒淫失政的曹魏王室的失望。《北里》,古舞曲名。《史记·殷本纪》:"(商纣)于是使师涓作新淫声,北里之舞,靡靡之乐。"濮上,春秋时濮水之上以侈靡之乐闻名于世,后世因此以"濮上"作为淫靡之音的代称,并认为这是亡国之音。微音,指微弱的音乐声。《淮南子·泰族训》:"师延为平公鼓朝歌北鄙之音。"高诱注:"卫灵公宿于濮水之上,闻琴音,召师涓而写之。"商纣、卫灵公俱荒淫之君。

②"轻薄"几句:李善注:"轻薄之辈,随俗沉浮;弃彼大道,好从狭路;不尊恬淡,竞赴荒淫。言可悲甚也。"俯仰,指行为。僶俛(mǐn miǎn),努力。趣,趋向。

③"焉见"几句:李善注:"子乔离俗以轻举,全性以保真。其人已远,故云'焉见';其法不灭,故曰'可慰心'。"黄节引何焯语:"焉

见云云,言轻薄闲游者不足以见之也。"亦通。邓林,古代神话传说中的树林。《山海经·海外北经》载夸父逐日,渴死于路途,"弃其杖,化为邓林"。

【译文】

商纣喜欢新奇的《北里》之舞,卫灵公沉迷濮上的靡靡之音。
轻浮浪荡游手好闲纨绔子弟,只爱追随世俗好尚不求上进。
放弃正道不走专走狭邪小路,所作所为只在追求腐朽荒淫。
哪里能见王子乔那种神仙,乘驾彩云飞翔在美丽的邓林。
只有延年益寿的方术,聊慰我这充满失望的心灵。

湛湛长江水,上有枫树林①。
皋兰被径路,青骊逝骎骎②。
远望令人悲,春气感我心③。
三楚多秀士,朝云进荒淫④。
朱华振芬芳,高蔡相追寻。
一为黄雀哀,涕下谁能禁⑤。

【注释】

①"湛湛"二句:此二句是由《楚辞·招魂》中的"湛湛江水兮上有枫"变化而来。关于此诗的意旨,刘履说:"正元元年,魏主芳幸平乐观。大将军司马师以其荒淫无度,亵近倡优,乃废为齐王,迁之河内。群臣送者皆为流涕。嗣宗此诗其亦哀齐王之废乎?盖不敢直陈游幸平乐之事,乃借楚地而言。"湛湛,水平涨貌。

②"皋兰"二句:这二句是由《楚辞·招魂》中的句子"皋兰被径兮斯路渐"和"青骊结驷兮齐千乘"变化而来。青骊,青马和黑马。逝,奔驰。骎骎(qīn),马急驰貌。

③"远望"二句:此二句由《楚辞·招魂》中的句子"目极千里兮伤春
　　心"变化而来。春气,指春天的景色。

④"三楚"二句:这二句是说楚国有许多有才华的人,但他们却都像
　　宋玉一样,只是写些巫山神女之类的荒淫故事去取悦于君王。
　　三楚,《汉书·高帝纪》:"羽自立为西楚霸王。"颜师古注引孟康
　　《音义》,以江陵为南楚,吴为东楚,彭城为西楚。秀士,指宋玉等
　　有文才的人。(用李周翰注。)朝云,宋玉有《高唐赋》,写巫山神
　　女与楚襄王欢会之事。其中神女语曰:"妾在巫山之阳,高丘之
　　岨,旦为朝云,暮为行雨,朝朝暮暮,阳台之下。"

⑤"朱华"几句:用《战国策·楚策》中庄辛谏楚襄王语:"(黄雀)俯
　　啄白粒,仰栖茂树,鼓翅奋翼,自以为无患,与人无争也。不知夫
　　公子王孙,左挟弹,右摄丸,将加己乎十仞之上,以其颈为招。昼
　　游乎茂树,夕调乎酸咸……蔡圣侯之事因是以。南游乎高陂,北
　　陵乎巫山,饮茹溪之流,食湘波之鱼,左抱幼妾,右拥嬖女,与之
　　驰骋乎高蔡之中,而不以国家为事。不知夫子发方受命乎宣王,
　　系己以朱丝而见之也……君王之事因是以。左州侯,右夏侯,辇
　　从鄢陵君与寿陵君,饭封禄之粟,而载方府之金,与之驰骋乎云
　　梦之中,而不以天下国家为事。不知乎穰侯方受命乎秦王,填黾
　　塞之内,而投己乎黾塞之外。"庄辛是说楚襄王寻欢作乐,就像蔡
　　圣侯在高蔡时那样荒淫,却不知有人正在乘机暗算他,正如树上
　　逍遥自在的黄雀不知少年公子在暗暗持弓弹击它。诗作这里借
　　以指斥魏主荒淫,不知后患。朱华,红花。振,散发。高蔡,地
　　名。今河南上蔡。

【译文】

浩浩荡荡的长江水奔流不停,江岸上长有一片苍翠的枫林。

水边的兰草已经覆盖了路径,青马黑马如飞一般地奔驰不停。

放眼远望真是令人悲伤顿生,春天的景象震撼着我的心灵。

三楚之地虽然有众多的才士,却只会怂恿君王沉溺于荒淫。
娇艳的红花散发出阵阵芬芳,蔡圣侯在花丛中把欢乐追寻。
真是为不知危险的黄雀悲哀呀,止不住的热泪滚滚流下。

谢惠连

见卷第十三《雪赋》作者介绍。

秋怀一首

【题解】

　　诗作因秋感怀,前半部分先通过寒蝉、唳雁、秋风、孤灯等景物的描写,渲染悲秋气氛,借以烘托自己对世事险恶、人生艰难的感慨。后半部分表明自己放达的人生态度,是本诗题旨所在。

平生无志意,少小婴忧患①。
如何乘苦心②,矧复值秋晏③。
皎皎天月明,奕奕河宿烂④。
萧瑟含风蝉⑤,寥唳度云雁⑥。
寒商动清闺⑦,孤灯暖幽幔⑧。
耿介繁虑积,展转长宵半⑨。
夷险难豫谋⑩,倚伏昧前算⑪。
虽好相如达⑫,不同长卿慢。
颇悦郑生偃,无取白衣宦⑬。
未知古人心,且从性所玩⑭。

宾至可命觞⑮，朋来当染翰⑯。

高台骤登践⑰，清浅时陵乱⑱。

颓魄不再圆，倾羲无两旦⑲。

金石终消毁，丹青暂雕焕⑳。

各勉玄发欢㉑，无贻白首叹㉒。

因歌遂成赋，聊用布亲串㉓。

【注释】

① 婴：绕，围。

② 乘苦心：怀苦心。

③ 矧（shěn）：何况。秋晏：晚秋。晏，晚。

④ 奕奕：明亮貌。河宿：指银河。烂：灿烂。

⑤ 含风蝉：秋风中悲鸣的寒蝉。

⑥ 寥唳：指高空中大雁的唳叫声。

⑦ 寒商：即寒秋。古人以五音中的商音声凄厉，与秋天的肃杀相应，故称秋为"商秋"。

⑧ 暧：暗。幽幔：指深闺中的帐幔。

⑨ "耿介"二句：此二句说自己正直不肯随同流俗，因此显得孤独，心中充满了很多忧虑，常常辗转难眠，直至半夜。耿介，正直而不随流俗。

⑩ 豫谋：犹预谋，预测。

⑪ 倚伏：指祸福关系。《老子》五十八章："祸兮福之所倚，福兮祸之所伏。"前算：事前计算。

⑫ 相如：即司马相如，字长卿。西汉辞赋家。嵇康《高士传赞》："长卿慢世，越礼自放。"

⑬ "颇悦"二句：《后汉书·郑均传》："郑均，字仲虞，东平任城人

也……公车特征,再迁尚书……后以病乞骸骨,拜议郎,告归。因称病笃,帝赐以衣冠。"并赐尚书禄以终其身,时人称为"白衣尚书"。

⑭"未知"二句:乃承上文而言,说自己毕竟不能了解司马相如、郑均等古人的内心想法,还是按照符合自己性情、爱好的方式生活吧。

⑮命觞:举杯。觞,酒杯。

⑯染翰:染笔于墨。指写作文章。翰,笔。

⑰骤:多次。

⑱陵:同"凌"。乱:水正中主流。

⑲"颓魄"二句:此二句意谓一月之中,缺月不会再圆;一日之中,落日不复重升。比喻人年老不会再年轻。颓魄,缺月。倾羲,落日。神话中说羲和是太阳的御者,故古代诗文中常以羲和代指日。

⑳"金石"二句:此二句意谓即使建立了丰功伟业,把事迹铸文于钟鼎、刻于石碑,把容貌画于图形,但金石也有销毁的一天,画图也不过一时鲜丽而已。金石,古代常在钟、鼎等金属器物上铸文,和在石碑上刻文,用以纪功。丹青,均为绘画颜料。此处代指图画。雕焕,鲜丽光彩。

㉑玄发:黑发。

㉒贻:遗留,致使。

㉓亲串(guàn):亲近之人。

【译文】

我这一生从未有何志趣,从小便被浓厚的忧患感纠缠。

为什么像我这样心怀愁苦之人,偏偏又面对这凋残冷落的晚秋?

一轮明月清光皎皎照耀着尘寰,深秋的夜空中银河分外璀璨。

萧瑟的秋风里蝉声更加凄切,高空云层中鸣叫着南迁的大雁。

寒秋的气息侵入清冷的闺房,孤灯一盏昏暗地映照着幽深的帐幔。

不随流俗总难免孤独而忧虑重重,常常因此辗转难眠直到夜半。

平安和危险难以预测，福分祸分有谁能于事前计算？

我虽然喜好司马相如那种放达，却不赞同他对世人态度的傲慢。

我也很欣赏郑均的弃官归隐，却并不是艳美他"白衣尚书"的恩眷。

毕竟不能尽知古人的内心想法，还是按照自己的性情好尚生活吧。

嘉宾到来我们共同举杯畅饮，朋友到来我们挥毫写作互相传观。

高台之上我曾经多次登临展望，清澈的江流中我不时泛舟游玩。

残缺的月亮一月之中不会再圆，落日在一天中不会再在东方重现。

纪功的钟鼎石刻也终有磨灭的时候，功臣的画像也不过一时绚丽光鲜。

愿我们在年轻之时尽情欢娱，不要在年老时徒然留下许多遗憾。

想到这一切我写下这首诗篇，姑且把它传布给亲朋好友观看。

欧阳坚石

欧阳建(约270—300)，字坚石，渤海南皮(今河北南皮)人。西晋文学家、哲学家。颇有才名，时称"渤海赫赫，欧阳坚石"。历任山阳令、尚书郎、冯翊太守。赵王司马伦专权，欧阳建每匡正，由是有隙。及司马伦篡立，欧阳建欲密谋诛伦，事未成而被发觉，司马伦收其全家尽斩之。

临终诗一首

【题解】

此诗为欧阳建临刑前所作。反映了当时官场政治的险恶和统治者的凶暴残忍。诗作情辞哀楚，凄惋动人。

伯阳适西戎①，子欲居九蛮②。

苟怀四方志③，所在可游盘④。

况乃遭屯蹇⑤,颠沛遇灾患⑥。

古人达机兆⑦,策马游近关⑧。

咨余冲且暗⑨,抱责守微官。

潜图密已构⑩,成此祸福端⑪。

恢恢六合间⑫,四海一何宽。

天网布纮纲⑬,投足不获安。

松柏隆冬悴,然后知岁寒⑭。

不涉太行险,谁知斯路难。

真伪因事显,人情难豫观。

穷达有定分⑮,慷慨复何叹。

上负慈母恩,痛酷摧心肝⑯。

下顾所怜女,恻恻心中酸。

二子弃若遗⑰,念皆遭凶残⑱。

不惜一身死,惟此如循环⑲。

执纸五情塞⑳,挥笔涕汍澜㉑。

【注释】

①伯阳:即老子,名李耳,字伯阳。传说他因见周朝无道,遂出函谷
　关往居胡地。戎:古代对西北少数民族的称呼。

②子欲居九蛮:《论语·子罕》:"子欲居九夷。""九蛮""九夷"都是
　古代对南方各少数民族的称呼。

③苟:如果。

④游盘:漫游、盘桓。

⑤屯(zhūn)蹇:均为易卦名。指处于困境,不顺利。

⑥颠沛:倾覆。

⑦机兆：细微的预兆。

⑧策马游近关：《春秋左传·襄公二十六年》中记载卫大夫孙林父将作乱，蘧伯玉有所察觉，于是从最近的关口逃离了卫国。

⑨咨：嗟叹。冲：幼稚。

⑩潜图：暗中的图谋。此指赵王司马伦篡立事。

⑪祸福端："祸福"在此是偏义复词，用"祸"的意思。

⑫恢恢：阔大貌。六合：上下四方曰六合，指天地之间。

⑬纮（hóng）纲：网索。

⑭"松柏"二句：这二句是化用《论语·子罕》中"岁寒然后知松柏之后凋"句意，以岁寒喻时势险恶，松柏残悴喻忠良遇害。悴，凋残。

⑮穷达：通常用来说仕途。《孟子·尽心》："穷则独善其身，达则兼善天下。"穷，是路途不通。达，是路途通畅。定分：注定的命运。

⑯痛酷：悲痛到极点。

⑰弃若遗：犹言"若弃遗"。这里是指自己无法顾及两个儿子。

⑱遘（gòu）：遭到。

⑲"不惜"二句：这二句是说自己一人遇害并不足惜，只是想到老母和幼小的子女也受株连遇害，悲痛之情就连绵不绝难以抑制了。循环，犹言连绵不绝。

⑳五情：泛指人的感情。

㉑汍（wán）澜：泪水纵横貌。

【译文】

老子见周朝无道而往西戎出走，孔子也曾想去九蛮之地居留。

如果一个人心中存有四方之志，天下何处不可盘桓浪游？

何况像我这样处于困境之中，在艰难困顿之际又灾患临头。

古人能在事前就察觉细微的先兆，于是驱马从最近的关口出走。

只叹我过于幼稚和愚昧，认定自己身为官吏把职责死守。

叛逆者暗中已策划好阴谋，这便是我遭此大祸的根由。

虽然宇宙是这样的广大恢宏,四海之内是这样的辽阔无边。

可是叛逆者布下了天罗地网,忠良之臣走投无路难保安全。

松柏在这隆冬季节都已凋残,由此可知气候是多么严寒。

没走过太行山上的羊肠小道,便不知道路竟有如此的艰难。

真诚与虚伪在事实中方能显现,险恶的人心有谁能在事前看穿?

困厄和顺利乃是各人命中注定,又何必在此慷慨悲歌感叹再三。

只深深惭愧辜负了慈母的恩养,牵连老母遭此大祸我痛彻心肝。

回头顾望素日十分疼爱的女儿,让她同受株连我心中难忍辛酸。

两个儿子同遭杀害也无法顾及,痛心他们也都遭遇凶残。

我并不痛惜自己一人捐命身死,亲人遇害却叫我悲痛无际无边。

感情的潮水在心中奔腾翻卷,执纸挥笔实在难禁泪水涟涟。

哀伤

嵇叔夜

见卷第十八《琴赋》作者介绍。

幽愤诗一首

【题解】

嵇康与吕巽、吕安兄弟为友。吕安妻美,吕巽使人灌醉吕安妻而淫之。丑恶发露,吕巽反诬吕安诽谤和不孝等罪名,因吕巽有宠于正得势的锺会,故吕安反被下狱。起初,嵇康欲使吕氏兄弟和解,轻信了吕巽许和之言而慰解吕安,康与安皆无备,吕巽却在暗中密构吕安罪名;及吕安下狱,嵇康自赴狱为之辩解。曾当面被嵇康奚落而衔恨的锺会趁机在司马昭前大进谗言,说"康、安等言论放荡,非毁典谟,帝王者所不宜容"。二人遂一并遇害。《幽愤诗》即嵇康下狱后所作,诗作抒写自己对交友不慎的责悔和深沉的怨愤。嵇康素对当时黑暗的政治深为不满,反对虚伪的礼教和礼法之士,公开发表过离经叛道、非薄圣人的言论,因此触犯了利用礼教图谋篡夺的司马昭及其帮凶。吕氏兄弟事件不过是导火绳而已。

嗟余薄祜,少遭不造①。哀茕靡识②,越在襁褓③。
母兄鞠育④,有慈无威。恃爱肆姐,不训不师⑤。

爱及冠带，冯宠自放⑥。抗心希古，任其所尚⑦。

托好老庄，贱物贵身⑧。志在守朴，养素全真。

曰余不敏，好善暗人⑨。子玉之败，屡增惟尘⑩。

大人含弘，藏垢怀耻。民之多僻，政不由己⑪。

惟此褊心，显明臧否⑫。感悟思愆，怛若创痏⑬。

欲寡其过，谤议沸腾⑭。性不伤物，频致怨憎⑮。

昔惭柳惠，今愧孙登⑯。内负宿心，外恶良朋⑰。

仰慕严郑⑱，乐道闲居。与世无营，神气晏如⑲。

咨予不淑，婴累多虞。匪降自天，寔由顽疏⑳。

理弊患结㉑，卒致囹圄㉒。对答鄙讯㉓，萦此幽阻㉔。

实耻讼免㉕，时不我与㉖。虽曰义直，神辱志沮㉗。

澡身沧浪，岂云能补㉘。噰噰鸣雁，奋翼北游。

顺时而动，得意忘忧㉙。嗟我愤叹，曾莫能俦㉚。

事与愿违，遘兹淹留㉛。穷达有命，亦又何求。

古人有言："善莫近名。"㉜奉时恭默，咎悔不生㉝。

万石周慎，安亲保荣㉞。世务纷纭，只搅予情㉟。

安乐必诫㊱，乃终利贞㊲。煌煌灵芝，一年三秀。

予独何为，有志不就㊳。惩难思复㊴，心焉内疚。

庶勖将来㊵，无馨无臭㊶。采薇山阿㊷，散发岩岫㊸。

永啸长吟，颐性养寿㊹。

【注释】

①"嗟余"二句：这二句意谓自己幼时丧父，家庭没有主宰而不成其家。薄祜(hù)，通常用来指幼时丧父。祜，或作"祐"。不造，《诗经·周颂·闵予小子》："闵予小子，遭家不造。"郑玄注："造，成

也。言家道未成也。"

②哀茕(qióng):哀苦孤独。靡识:无知。

③越:于。

④鞠育:养育。

⑤"恃爱"二句:这二句说自己仗着母兄的慈爱,撒娇任性,不听训教,也不愿有老师来管束。肆姐(jù),放肆,撒娇。

⑥"爱及"二句:这二句说自己到了成年,仍然凭借母兄的宠爱,自放行迹,未曾收敛。爱,于是。冠带,古人二十岁即加冠束带,以示成年。冯(píng),"凭"的古字,凭借。

⑦"抗心"二句:这二句说自己一心追慕崇尚古人,即下文所云的老庄。抗,举。希,慕。

⑧"托好"二句:说自己好老庄之道,以物为轻,以身为贵。李善注引《淮南子·要略》:"原道者……欲一言而寤,则尊天而保真;欲再言而通,则贱物而贵身。"

⑨"曰余"二句:这二句是嵇康自责之辞,说自己不聪明,只知与人为善,却不懂得人心的险恶。此指吕巽构陷吕安事,详见题解。暗,昏昧不知。

⑩"子玉"二句:嵇康在此乃承上文"好善暗人",意思是说自己择友不慎,与吕巽那种邪恶小人相交,且信其许和之言,使自己和吕安均遭蒙蔽而受制于人,正犹如子文之荐子玉而致败。参见题解。子玉,春秋时楚国大夫,令尹子文推荐以自代,率军与晋作战,大败。屡增惟尘,《诗经·小雅·无将大车》:"无将大车,维尘冥冥。"以大车后面尘土飞扬为喻,诫人勿与小人相处,以免被其蒙蔽。《荀子·大略》:"取友善人,不可不慎,是德之基也。诗曰:'无将大车,维尘冥冥。'言无与小人处也。"

⑪"大人"几句:张铣注:"大人,天子也。言天子能含其大道,包藏垢秽,怀纳诸耻,为不察臣下之过,致使左右多邪臣,政不由天

子,而使无辜获罪。"大人,指国君。含弘,涵量宏大。民之多僻,政不由己,《春秋左传》中记载陈灵公和佞臣孔宁、仪行父同与夏姬通淫,而且公然穿着内衣嬉戏于朝廷。大夫洩冶劝谏,陈灵公反告诉孔宁、仪行父。二臣请杀洩冶,陈灵公不禁。洩冶遂遭杀害。孔子评论此事说:"诗云:'民之多僻,无自立辟。'其洩冶之谓乎?"

⑫"惟此"二句:这二句是说自己因为想为朋友辩冤,所以才急于明辨善恶是非。惟,发语词。褊心,急躁的性情。臧否(pǐ),善恶。

⑬"感悟"二句:这二句说现在明白了自己的失误,回想起来就像触动了伤口一般的痛苦。"失误"指不该对一群奸邪小人辩论是非善恶。愆(qiān),失误。怛(dá),痛苦。创痏(wěi),创伤。

⑭"欲寡"二句:是说虽然自己总想尽量减少过错,但诽谤自己的议论却沸沸扬扬。

⑮"性不"二句:这二句是说自己待人接物,并不曾怀伤害之心,却每每招致怨恨憎恶。物,与"己"相对,指自己以外的人和事。

⑯"昔惭"二句:这二句是说自己既不能像柳下惠那样遭到三次黜退而无怨,又不能像孙登那样遁世隐居,沉默自守而远祸,故有所惭愧。柳惠,即柳下惠。《论语·微子》:"柳下惠为士师,三黜。人曰:'子未可以去乎?'曰:'直道而事人,焉往而不三黜?'"孙登,嵇康同时人,隐者。

⑰"内负"二句:嵇康好老庄之道,希望能够延年益寿,但在吕氏兄弟事件中自己既遭害,又未能有助于朋友,故云"内负宿心,外恧良朋。"宿心,平素的心愿。恧(nù),惭愧。

⑱严郑:指严君平和郑子真。《汉书·王吉传》:"谷口有郑子真,蜀有严君平,皆修身自保……成帝时,元舅大将军王凤以礼聘子真,子真遂不诎而终。君平卜筮于成都市,以为卜筮者贱业,而可以惠众人……日阅数人,得百钱足自养,则闭肆下簾而授《老

子》……年九十余,遂以其业终。"

⑲"与世"二句:这二句承上而言严、郑二人与世无争,终能养性修身。晏如,无事安详貌。

⑳"咨予"几句:这几句是说自己遭祸,非从天而降,实由自己固执、大意的性情所致。咨,嗟叹。不淑,不善。指考虑事情不周。婴累,遭受。虞,灾患。顽疏,固执、大意。

㉑理弊患结:道理被淹没,祸患形成。

㉒卒:终于。囹圄:牢狱。

㉓鄙讯:鄙俗的审讯。

㉔絷:拘囚。幽阻:谓牢狱幽深。

㉕实耻讼免:以讼冤获免为耻。言外有不屑对质之意。

㉖时不我与:意思是说自己没遇上一个政治清明的时代。

㉗"虽曰"二句:李周翰注:"沮,乱也。言虽义理平直而自明无辜,而为狱吏辱其神气,志亦乱也。"

㉘"澡身"二句:说自己神志受到沮辱,虽澡身于沧浪之水,又岂能补救。沧浪,水青苍色。代指江河。

㉙"噰噰(yōng)"几句:这几句是说大雁在春天往北飞翔,它们是那样无忧无虑,在空中互相应和,发出一阵阵欢乐的鸣叫。诗人以大雁来反衬自己不遇时且遭受冤屈的处境。噰噰,指雁相和鸣叫的声音。

㉚"嗟我"二句:这二句说自己忧愤感叹,是不能与欢乐的大雁相比的。曾(zēng),乃。俦,比。

㉛遘兹淹留:说自己遭到这场灾祸,身困牢狱。

㉜"古人"二句:《庄子·养生主》:"为善无近名。"意思是说不要以做善事来获取名声。

㉝"奉时"二句:《尚书·说命》:"恭默思道。"《周易·系辞》:"悔吝者,忧虞之象也。"这二句意思是说应该随时保持谨慎沉默的态

度,如果这样,自己就不会遭到灾祸和咎责了。

㉞"万石"二句:汉代石奋,与子四人皆俸二千石,合为万石,人称
　　"万石君"。一家人都以谨慎小心著称。长子石建为郎中令,在
　　奏书中将"馬"字少写了一点,石奋发现后惊恐地说:"书'馬'者,
　　与尾而五,今乃四,不足一,获谴死矣。"他对其他事也这样小心
　　谨慎。事见《汉书·石奋传》。

㉟"世务"二句:世事纷繁复杂,只觉得它们搅扰了自己希求安宁闲
　　适的心境。

㊱安乐必诫:《孔子家语·观周》:"孔子之周,观于太庙。右陛之
　　前,有金人焉……而铭其背曰:'……安乐必戒,无行所悔。'"是
　　说在安乐之中也要时时警诫自己想到危险,不要做出使自己悔
　　恨的事情来。

㊲利贞:语出《周易·乾》:"乾,元亨利贞。"表示吉祥。

㊳"煌煌"几句:这几句意思是说那茂盛鲜嫩的灵芝能够在一年之
　　中开三次花,可是为什么自己的志向总是难以实现呢? 煌煌,形
　　容灵芝茂盛鲜嫩的样子。三秀,一岁三次开花。吕延济注:"灵
　　芝草药,一年三开花秀。"

㊴惩难:以过去的祸难为鉴戒。思复:思考再三。

㊵庶:副词。表示希望。勖:勉励。

㊶无馨无臭(xiù):没有馨香,也没有任何气味。这里是指自己希望
　　将来默默无闻地生活。

㊷采薇:用伯夷、叔齐隐居首阳山采薇而食的典故。

㊸散发:不以冠冕束发。指不入仕途的隐居生活。

㊹颐:养。这最后四句是诗人对将来隐居生活的想象。大约作此
　　诗时诗人还未想到自己会遭杀害。

【译文】

嗟叹我这一生命浅福薄,过早就失去了严父。那时我不懂得孤独

哀苦,尚在襁褓之中嗷嗷待哺。

　　是母亲和兄长把我抚育,对我只有慈爱而不加威怒。我于是倚仗慈爱撒娇任性,不听训教也不愿有老师管束。

　　到了我长大成人之后,仍然凭仗宠爱而疏狂旷放。倾心仰慕古人的风格好尚,以此作为一心追求的理想。

　　我所崇尚的就是老庄之道,轻视万物只看重自身的保养。志趣全在于归朴返真的观念,遵循顺应自然养性修身的思想。

　　说起来真也算是自己愚蠢,只知与人为善却不懂世道人心。昔日子文误荐子玉带兵而致败,岂料今日我也步其后尘。

　　天子心胸极宽宏,垢秽耻辱都能包容。臣民之中多小人,政令全不由天子。

　　但我却不能按捺急躁的性情,总想把是非善恶说个分明。现在才明白这实在是一种错误,回想起来痛悔如同利刃剜心。

　　自己本想尽量少犯过失错误,但诽谤非议却反而沸沸腾腾。我的本性并不对谁有何伤害,但是却多次招致憎恶和怨恨。

　　愧不能像柳下惠那样一任屈辱,也未能像孙登那样远祸隐遁。实在辜负了自己平素的心愿,也愧对好友殷切盼望的心情。

　　我真仰慕严君平和郑子真,他们安贫乐道意态悠闲。身居尘世却与世无争,始终能养性修身神足气完。

　　只感叹自己考虑事情太欠周全,所以才遭受到这么多的灾难。灾难也并非是从天而降,实在是出于自己的固执粗疏。

　　正义不得伸张结成了冤案,自己最终反遭银铛入狱。每日里面对那鄙俗的审讯,身居大牢不能与亲人会晤。

　　遭此不白之冤我深感耻辱,只叹没遇上一个好的世道。虽说是正义在我不可侵犯,但身处囚牢总叫人意乱心烦。

　　即使跳进清澈的江河中洗浴,也无补于蒙受的不白之冤。天空中高飞的大雁相和鸣叫,展开双翅朝着北方奋飞远游。

　　它们按照时令而飞动,显得那么欢欣快乐无虑无忧。可是我却在这里充满愤怨哀叹,哪里比得上大雁那样欢快自由!

　　事情的结果与最初的愿望完全相反,遭遇祸患在这牢房之中被困栖留。困厄和顺利真是各人命中注定,事已至此我还能有什么希求?

　　古人就曾经这样说过:"做了好事也万勿获得名声。"随时都应该保持沉默和谨慎,这样才不会遭到灾祸而生悔恨。

　　"万石君"石奋一生就慎于言行,故能保住荣华长久亲人太平。世间的事情是这样纷繁复杂,我只觉得搅乱了我的心情。

　　在安乐之中须得时时警诫自己,才能够平平安安度过一生。那茂盛鲜艳的灵芝仙草呵,尚能在一年之内三次绽放鲜花。

　　可我却究竟因为什么,抱朴养身的夙愿总难以实现?我反复地思索这次的教训,心中充满了痛苦和不安。

　　我勉励自己在今后的岁月,一定要默默无闻地幽居独处。在那深山之中采薇而食,在崖岩之下安闲自在地隐居,

　　或长啸吟咏,养性修身安详地打发日子。

曹子建

见卷第十九《洛神赋》作者介绍。

七哀诗一首

【题解】

　　七哀,是魏晋乐府诗题之一。除本篇外,王粲、张载皆有《七哀诗》,内容都是反映社会动乱,抒发悲伤的感情。关于七哀之义,吕向说:"七哀谓痛而哀,义而哀,感而哀,耳闻而哀,目见而哀,口叹而哀,鼻酸而

哀。"李冶说："人之七情有喜、怒、哀、乐、爱、恶、欲之殊,今而哀感太甚,喜、怒、乐、爱、恶、欲皆无有,情之所系唯有一哀而已,故谓之七哀也。"（《敬斋古今黈》）

明月照高楼,流光正徘徊①。
上有愁思妇,悲叹有余哀。
借问叹者谁,言是客子妻②。
君行逾十年,孤妾常独栖。
君若清路尘,妾若浊水泥③。
浮沉各异势,会合何时谐?
愿为西南风,长逝入君怀。
君怀良不开,贱妾当何依?

【注释】

①流光:谓月光如水一般倾泻。徘徊:谓月终夜运行,前后从不同的方向照临高楼。

②客子:客居在外之人。此句以下为思妇之言。

③"君若"二句:吕延济注:"清路尘,谓风上尘也。妾,妇人之谦称也。言尘随风之飘扬,比夫从征不息;泥在浊水之下,以自比幽思不通。"

【译文】

明月照耀着这座高楼,月光如水整夜倾泻不休。
楼上有位满腹愁绪的妇人,一声声悲叹充满了哀愁。
借问:悲叹者你是何人? 答云:我是游子的妻子。
我的夫君出门已逾十载,只留下我一人把空房独守。
他好比路上的尘土随风飞扬,我好比水中浊泥深深沉没。

一浮一沉情形自是天差地别,要见面谁能知道是在何时?

我愿意变成那西南长风,远远吹拂直到我夫君怀中。

假如夫君未曾把襟怀敞开,贱妾我当向何处依存?

王仲宣

见卷第十一《登楼赋》作者介绍。

七哀诗二首

【题解】

　　王粲《七哀诗》共三首,并非同时所作。《文选》选录二首。第一首作于汉献帝初平三年(192),是时董卓专权,屠戮朝臣,王粲离开长安,往投荆州刘表处避乱。诗作描写了路途所见。由于战乱,白骨蔽野,饿殍遍地,难民成群,亲人离散。尤其令人触目惊心的是,母亲不忍见孩子饿死在怀中,不得不强忍悲痛,将嗷嗷待哺的婴儿弃置草丛。深刻地反映了当时人民所遭受到的灾难和痛苦。

　　第二首作于客居荆州之时,主要抒写思念乡井之情。这种乡井之思与作者在荆州遭到的冷遇、漠视有十分密切的联系,王粲同时所作的《登楼赋》对此有明显的反映,可以参看。

西京乱无象①,豺虎方遘患②。

复弃中国去③,远身适荆蛮④。

亲戚对我悲,朋友相追攀⑤。

出门无所见,白骨蔽平原。

路有饥妇人,抱子弃草间。

顾闻号泣声⑥,挥涕独不还。

"未知身死处,何能两相完⑦?"

驱马弃之去,不忍听此言。

南登霸陵岸⑧,回首望长安。

悟彼《下泉》人,喟然伤心肝⑨。

【注释】

①西京:指长安。东汉时建都洛阳,长安在西,故称长安为西京。
　无象:无道。

②豺虎:指董卓部将李傕、郭汜等人,当时二人在长安作乱。遘:通
　"构"。

③中国:古时称北方中原地区为"中国"。

④适:往。荆蛮:指荆州。荆州是古楚国地,楚国本称荆,周人称南
　方民族为蛮。

⑤追攀:谓牵挽送行。

⑥顾:回头看。

⑦"未知"二句:这是妇人所说的话。言自身还不知死于何处,怎么
　能两相保全呢? 不得已才弃子逃生。

⑧霸陵:汉文帝陵墓所在之地,在今陕西西安东。岸:高地。

⑨"悟彼"二句:此二句是说自己登霸陵回望长安,思念文帝时的太
　平治世,明白了《下泉》诗作者思念贤君治世的心情,也更加深了
　对眼前时事的忧伤。《下泉》,《诗经·曹风》有《下泉》篇,毛序云:
　"《下泉》,思治也,曹人……思明王贤伯也。"喟(kuì)然,叹息貌。

【译文】

西京混乱得简直无法无道,豺狼虎豹恣意横行造成祸患。

我只好离开这京都繁华之地,远远地投奔荆州躲避灾难。

亲戚为我远走他乡悲伤不已,朋友送行依依难舍手相牵挽。
出了都门放眼望去别无所见,只见白骨成堆遮蔽了平原。
路途中又见一位饥饿的妇人,抱着孩子丢弃在荒草丛间。
几番回首听着孩子号啼不止,却也只得狠心离去泪水涟涟。
她说:"不知自己将死何处,怎么能够母子二人都得保全。"
我急忙驱赶马儿匆匆离开,实在不忍听到这样凄惨的语言。
往南行我登上了霸陵高地,回头再望一望西京长安。
我懂得了《下泉》诗作者的心情,不禁大发长叹而摧心伤肝。

> 荆蛮非我乡,何为久滞淫①。
> 方舟溯大江②,日暮愁我心。
> 山岗有余暎③,岩阿增重阴④。
> 狐狸驰赴穴,飞鸟翔故林⑤。
> 流波激清响,猴猿临岸吟。
> 迅风拂裳袂,白露沾衣衿。
> 独夜不能寐,摄衣起抚琴⑥。
> 丝桐感人情⑦,为我发悲音。
> 羁旅无终极,忧思壮难任⑧。

【注释】

①滞淫:久留。

②方舟:两条船并排连结叫"方舟"。溯:逆流而上。

③余暎(yìng):余光。暎,同"映"。

④岩阿:山曲处。

⑤"狐狸"二句:《楚辞·九章·哀郢》:"鸟飞反故乡兮,狐死必首
丘。"这里即用此意,以抒发怀念故土之情。

⑥摄:整顿。

⑦丝桐:指琴。丝用来作琴弦,桐木是制琴的上等木料。

⑧壮:盛。

【译文】

荆州并不是我的故乡,为什么我要在此久久淹留?

两条船并结起我沿江而上,日落时分更增添了我的乡愁。

山岗上尚可见一抹落日余光,山凹处暮色则愈加浓厚。

狐狸奔驰忙着赶回它的洞穴,鸟儿归飞向着栖居的树林。

滔滔江流发出激越的喧响,临江悬崖上传来猿猴的鸣声。

疾风阵阵吹拂着我的衣裳,夜露正浓浸湿了我的衣襟。

在这孤独的夜晚难以入眠,穿戴好衣裳我起来抚弄弦琴。

心爱的弦琴是这样善解人意,它为我发出思念乡土的悲音。

客居异土无穷期,忧思浓得叫人无法担承。

张孟阳

张载,生卒年不详,字孟阳,安平武邑(今属河北)人。西晋文学家。曾任著作郎、弘农太守、中书侍郎掌著作。后因世乱托病告归,卒于家。其文以《剑阁铭》为代表。其诗甚重辞藻,成就不及其文。与其弟张华、张协号称"三张"。原有集七卷,已散佚,明人辑有《张孟阳集》。《晋书》有传。

七哀诗二首

【题解】

这两首诗,前一首描写汉代帝王陵墓的毁坏和荒废,抒发了对帝室衰微的感慨。后一首写时光易逝,令人触景伤情。李周翰曰:"此诗哀人事迁化,后诗哀帝室渐衰。"观此语,两诗次序原来可能正好相反。

北芒何垒垒①,高陵有四五②。
借问谁家坟,皆云汉世主。
恭文遥相望③,原陵郁朊朊④。
季世丧乱起⑤,贼盗如豺虎。
毁坏过一抔,便房启幽户⑥。
珠柙离玉体⑦,珍宝见剽虏。
园寝化为墟,周墉无遗堵⑧。
蒙笼荆棘生⑨,蹊径登童竖⑩。
狐兔窟其中,芜秽不复扫。
颓陇并垦发⑪,萌隶营农圃⑫。
昔为万乘君,今为丘山土。
感彼雍门言⑬,凄怆哀往古。

【注释】

①北芒:山名。一作"北邙"。在今河南洛阳东北。汉魏时,王侯公卿多葬于此,后世因以"北邙"泛称墓地。垒垒:坟墓相次貌。

②高陵:高大的陵墓。

③恭文:恭陵和文陵,东汉安帝刘祜葬恭陵,灵帝刘宏葬文陵。

④原陵:东汉光武帝刘秀葬所。朊(wǔ):肥美。这里形容陵墓高大,草木茂盛。

⑤季世:末世。

⑥"毁坏"二句:此二句言现在对汉代帝王坟墓的毁坏已非常严重,甚至连墓室中的门户都已被盗墓者打开了。一抔(póu),一捧。

喻其少。汉武帝时,有贼盗汉高祖刘邦祭所高庙中的玉环,为廷
尉捕获,处刑弃市。汉武帝怒其轻,认为当灭族。张释之进谏,
说:"假令愚民取长陵(汉高祖墓)一抔土,陛下何以加其法乎?"
便房,古代帝王贵族坟墓中象征生人卧居之处的建筑。幽户,指
墓室幽暗的门户。

⑦珠柙(xiá):装珠宝的匣子。此指随葬品。

⑧"园寝"二句:此二句言陵墓上的庙寝已遭到严重破坏,变成一片
废墟,连庙墙也毁坏存留不多了。园寝,古代帝王的墓地称"园"
或"园陵",旁边立庙称"寝"。墉,墙。堵,墙一丈为板,五丈
为堵。

⑨蒙笼:草木茂盛状。

⑩童竖:儿童。在此指砍柴放牧的小孩。

⑪颓陇:此指被毁坏了的帝王坟墓。陇,土堆。

⑫萌隶:百姓。萌,通"氓"。

⑬雍门言:指雍门子周用言辞向孟尝君陈说国家危亡以及危亡以
后高台倾颓的惨状,又弹琴抒发悲情,使孟尝君有感而落泪
之事。

【译文】

北芒山上一座座坟茔遍布,有四五座高坟尤其触人眼目。

若要问那是何人的坟墓,都说是那里安葬着汉代的君主。

恭陵和文陵遥遥相望,原陵上长满了郁葱的草木。

汉代末年祸乱迭起,盗墓的贼人肆无忌惮如狼似虎。

墓土遭到毁坏已非常严重,还掘开了墓室中幽暗的门户。

帝王遗体旁的珠宝匣已被盗走,陪葬的珍宝通通都遭劫掳。

陵园中的庙堂已化为一片废墟,就连庙堂的围墙也残存无多。

废墟上到处长满了芜杂的荆棘,孩童踏出小路在上面砍柴放牧。

狐兔在陵墓中营巢藏身,一派肮脏早已经无人扫除。

颓坏的坟头已被开垦成土地,老百姓在上面种上了蔬菜谷物。

往昔威风尊严的万乘之君啊,如今变成了丘山中的泥土。

我想起雍门周所说的那一番话,抚今伤昔实在难禁满怀凄楚。

秋风吐商气①,萧瑟扫前林。

阳鸟收和响②,寒蝉无余音。

白露中夜结,木落柯条森。

朱光驰北陆③,浮景忽西沉④。

顾望无所见,惟睹松柏阴。

肃肃高桐枝,翩翩栖孤禽⑤。

仰听离鸿鸣⑥,俯闻蜻蛚吟⑦。

哀人易感伤,触物增悲心。

丘陇日已远⑧,缠绵弥思深。

忧来令发白,谁云愁可任。

徘徊向长风,泪下沾衣衿。

【注释】

①商气:即秋气。

②阳鸟:鸿雁之类候鸟。和响:指柔和悦耳的鸣叫。

③朱光:日光。北陆:二十八宿之一,位在北方。太阳在北陆,指农历十二月。

④浮景:指太阳。景,"影"的古字。此句谓冬天白昼短促。

⑤"顾望"几句:皆写墓地景象。

⑥离鸿:迁飞的鸿雁。

⑦蜻蛚(jīng liè):蟋蟀的俗名。

⑧丘陇:谓坟茔。

【译文】

寒冷的秋风带着阵阵肃杀之气,萧萧瑟瑟横扫过眼前这片树林。

候鸟已不复在林中清脆啼叫,寒蝉也消逝了它最后一丝哀鸣。

晶莹的露珠在半夜凝而为霜,树叶凋落了的秃枝一派冷清。

太阳北移隆冬到,日影匆匆忽西沉。

四下遥望眼中别无他见,只见坟头的松柏透出阴森。

光秃秃的桐树高高肃立,来栖的只有翩翩孤禽。

仰听高天传来南飞鸿雁的鸣叫,俯闻草丛间蟋蟀一声声的低吟。

充满哀愁的人容易感怀伤心,受到事物感触更增添悲伤的感情。

坟茔中的先人离我们越去越远,可我缠绵不已的思念却益发深沉。

忧思太甚会使人头发早白,谁能说哀愁是那么容易担承?

我在吹拂不止的长风中徘徊不定,忍不住泪水纵横浸湿了衣襟。

潘安仁

见卷第七《藉田赋》作者介绍。

悼亡诗三首

【题解】

　　这三首诗是潘岳为悼念亡妻而作。根据古代礼制,妻死,丈夫服丧一年。何焯云:"悼亡之作,盖在终制之后,荏苒冬春谢,寒暑忽流易,是一期已周也。古人未有有丧而赋诗者。"(《义门读书记》)这三首诗写得哀婉缠绵,有较高的艺术价值。后世悼念亡妻之作便专以"悼亡"为题。

荏苒冬春谢,寒暑忽流易①。

之子归穷泉②,重壤永幽隔③。

私怀谁克从,淹留亦何益④。

俛俛恭朝命⑤,回心反初役⑥。

望庐思其人⑦,入室想所历⑧。

帷屏无仿佛,翰墨有余迹⑨。

流芳未及歇⑩,遗挂犹在壁。

怅恍如或存⑪,周遑忡惊惕⑫。

如彼翰林鸟⑬,双栖一朝只。

如彼游川鱼,比目中路析⑭。

春风缘隙来⑮,晨溜承檐滴⑯。

寝息何时忘⑰,沉忧日盈积⑱。

庶几有时衰,庄缶犹可击⑲。

【注释】

①"荏苒"二句:这二句是说时间逐渐消逝,季节变换,转眼已是一年。谢,去。流易,消逝、变换。

②之子:犹言伊人、那人。这里指亡妻。穷泉:深泉。指地下。

③幽隔:谓被阻隔在深深的地下。

④"私怀"二句:这二句说自己心中哀伤,想留在家中,但得不到朝廷允许,也不为世情理解,而且长久滞留家中也无益处。私怀,谓自己对亡妻的哀伤怀念之情。克,能够。从,随,顺。吕延济注:"哀伤私情,欲不从仕。"

⑤俛俛(mǐn miǎn):勉力。恭:从。朝命:朝廷的任命。

⑥回心:转念。反:后多作"返"。初役:原任官职。此指在妻子亡故返家前所任官职。

⑦庐:住宅。

⑧室:内屋。历:经历。指亡妻过去的生活。

⑨"帷屏"二句:这二句说帷屏间已见不到亡妻的形影,她只留下生前书写的文字。帷屏,帐幔和屏风。仿佛,相似的形影。翰墨,笔墨。

⑩流芳:同下文"遗挂",吕延济注:"芳谓衣余香今犹未歇,遗挂谓平生玩用之物尚在于壁。"今人余冠英则认为:"'流芳''遗挂'都承翰墨而言,言亡妻笔墨遗迹,挂在墙上,还有余芳(近人以遗挂为影像,未审是否)。"(见《汉魏六朝诗选》)

⑪怅恍(huǎng):神志恍惚。

⑫周遑:彷徨,犹疑不定。忡(chōng):忧。惕:惧。

⑬翰林:李周翰注为"鸟栖之林"。翰,泛指禽鸟。

⑭比目:鱼名。《尔雅·释地》:"东方有比目鱼焉,不比不行。"析:分离。

⑮隟:同"隙"。

⑯溜(liù):屋檐水。

⑰寝息:安寝休息。

⑱沉忧:深沉的忧思。

⑲"庶几"二句:这二句乃承上二句说自己不能忘掉妻亡的哀伤,而且日益加深;但愿这种哀伤能减弱,自己能像庄周那样达观才好。庶几,但愿。庄缶,《庄子·至乐》载:"庄子妻死,惠子吊之,庄子则方箕踞鼓盆而歌。"庄指庄周。缶是瓦盆。

【译文】

寒来暑往季节逐渐变换,时光匆匆转眼已是一年。

亡妻长辞魂归九泉之下,重重黄土隔断了两人因缘。

心中的悲哀有谁能够体恤?滞留家中也难排解满腹忧伤。

只好勉力听从朝廷的命令,强忍悲哀返回原来的任上。

看着这屋子便想起亡妻的倩影,进入室中更加思念昔日的景况。

帐幔屏风间虽不见了她的身影,书案上却留下了她的锦文华章。
字里行间还散发着她的芳泽,书法墨迹也仍然悬挂在墙上。
恍惚中我觉得她仿佛还活着,清醒过来只感到不胜惊惶忧伤。
正如那树林中双栖双飞的鸟儿,如今只剩一只景况何等凄凉。
又如那比目鱼并游于河中,忽然中途分离孤游独翔。
春风轻寒从缝隙间阵阵透入,屋檐水声声滴滴直到天亮。
睡梦中也难把亡妻忘怀,忧思一天比一天更加深沉。
但愿有朝一日哀愁能够减轻,像庄子那样达观不再伤情。

皎皎窗中月,照我室南端。
清商应秋至①,溽暑随节阑②。
凛凛凉风升,始觉夏衾单。
岂曰无重纩,谁与同岁寒③?
岁寒无与同,朗月何胧胧④。
展转眄枕席⑤,长簟竟床空⑥。
床空委清尘⑦,室虚来悲风。
独无李氏灵,仿佛睹尔容⑧。
抚衿长叹息,不觉涕沾胸。
沾胸安能已,悲怀从中起。
寝兴目存形⑨,遗音犹在耳。
上惭东门吴,下愧蒙庄子⑩。
赋诗欲言志⑪,此志难具纪⑫。
命也可奈何,长戚自令鄙⑬。

【注释】

①清商：借指肃杀凄清的秋风。

②溽暑：夏天湿热，故称"溽暑"。溽，湿。阑：尽。

③"凛凛"几句：这几句说秋至寒凉渐重，自己开始感觉到夏天用的被子单薄了。也并不是没有厚的衣被用于御寒，只因妻子亡故，只留自己孤单一人，倍感凄凉寒冷。重纩（kuàng），在此指厚丝绵被。

④胧胧：吕延济注："胧胧，月光临牖也。"

⑤眄（miǎn）：视。

⑥簟（diàn）：席。竟：尽，犹言"整个"。

⑦床空委清尘：这句说轻微的飞尘积于空床之上，极言冷清悲凉状。委，积。

⑧"独无"二句：这二句是诗人感叹亡妻不能像李夫人那样有灵，使自己再见她的容貌。李氏灵，桓谭《新论·道赋》："汉武帝所幸李夫人死……方士李少君言能致其神魂，乃夜设烛张幄……遥望见好女似夫人之状，还帐坐。"

⑨寝兴：睡着和醒时。

⑩"上惭"二句：这二句是以东门吴、庄子作对衬，说自己不能像他们那样旷达无哀。东门吴，《列子·力命》："魏人有东门吴者，其子死而不忧。"蒙庄子，庄子是战国时宋国蒙（今河南商丘东北）人，故称。庄子妻死，他并不哀哭，反而箕踞鼓盆而歌。

⑪志：指情志。

⑫难具纪：难以书写记录下来。吕向注："悲情不可具纪者，言多也。"

⑬"命也"二句：这二句说妻子之死，乃命中注定，无可奈何之事，但自己却久久忧伤不已，是使自己陷于琐屑的儿女私情之中。戚，忧伤。

【译文】

皎洁的月光从窗户中透进,照耀着我这卧室的南端。

清冷的秋风应时而到,送走了潮湿闷热的夏天。

秋风中寒意一天天加重,我开始感到夏天被子的单薄。

哪里是说没有厚被可用? 只为无人与我共度岁寒。

岁寒既是无人与共,明月却偏偏朗照帘栊。

辗转难眠凝视身旁的枕席,长席虚设何尝见伊人影踪。

冷清清的床上只有飞尘光顾,空荡荡的卧室拂动着悲凉秋风。

为何你不能像李夫人那样有灵? 哪怕是依稀迷离稍现你的身影。

手抚衣襟我不禁放声长叹,不知不觉中泪水湿透了衣襟。

泪水滂沱也难平息激动的感情,心中的悲伤是何等的深沉。

无论睡着醒来眼前都有你的身影,耳畔也总是萦绕着你的声音。

只惭愧我不是东门吴那种硬汉,只惭愧我不能像庄子那样达观。

挥笔赋诗想尽吐心中的情愫,千头万绪呵恐怕诗歌不足以言传。

命运如此实在无可奈何,但我却久久哀伤总难释然。

曜灵运天机,四节代迁逝①。

凄凄朝露凝,烈烈夕风厉。

奈何悼淑俪②,仪容永潜翳③。

念此如昨日,谁知已卒岁。

改服从朝政④,哀心寄私制⑤。

茵帱张故房,朔望临尔祭⑥。

尔祭讵几时? 朔望忽复尽⑦。

衾裳一毁撤⑧,千载不复引⑨。

亹亹期月周⑩,戚戚弥相愍⑪。

悲怀感物来,泣涕应情陨⑫。

驾言陟东皋⑬,望坟思纡轸⑭。

徘徊墟墓间,欲去复不忍。

徘徊不忍去,徙倚步踟蹰⑮。

落叶委埏侧⑯,枯荄带坟隅⑰。

孤魂独茕茕,安知灵与无⑱?

投心遵朝命,挥涕强就车。

谁谓帝宫远,路极悲有余⑲。

【注释】

①"曜灵"二句:这二句说太阳运行不止,四季依次替代。谓时光流逝。曜灵,指太阳。天机,张铣注:"言天运动有机关也。"

②淑俪:美丽的妻子。淑,美。俪,配偶。

③潜翳:谓长埋地下不可见。

④改服:指自己脱下哀服,换上朝服去上任。朝政:朝廷的政令。

⑤私制:按古代礼制,妻死,丈夫服丧一年。但潘岳丧期已满,这里意谓自己虽然已脱下了哀服,但心中仍在为亡妻守哀,故云"私制",是相对于礼制而言。

⑥"茵帱"二句:此二句承上"私制"而言,说自己逾时仍不忍拆除灵堂,每逢初一、十五仍然祭吊亡妻。茵帱,指悼念死者时设的帐幔。《仪礼·既夕礼》:"加茵,用疏布。"郑玄注:"茵,所以藉棺者。"朔望,月初和十五。

⑦"尔祭"二句:这二句说这种逾礼制一年期的祭祀也没有多久,初一、十五祭就没有了。大约潘岳逾期一月便不得不赴朝命了,故有此言。讵,曾。

⑧衾裳:指守丧期陈设的帷帐和穿的丧服等。

⑨引:陈设。

⑩韡韡(wěi)：行进貌。

⑪戚戚：忧伤。愍(mǐn)：忧伤。

⑫陨：落。

⑬驾言：乘车。

⑭纡轸：忧痛郁结在心间。

⑮徙倚：时走时立，徘徊貌。踟蹰(chí chú)：停步不进貌。

⑯埏(yán)：墓道。

⑰荄(gāi)：草根。

⑱"孤魂"二句：是说妻子的亡灵孤孤单单的，但自己又不知人的灵
　　魂到底有没有。

⑲"谁谓"二句：这二句意为谁说都城远呢，路走完了而自己的悲伤
　　还没有止住。帝宫，指都城。

【译文】

日起日落每天不停地运转，一年四季依次相随替代循环。

凄清的朝露已渐渐凝而为霜，晚风一天比一天变得凌厉严寒。

深深思念我美丽贤淑的妻子，怎奈她的倩影已经长埋黄泉。

回想往昔的情景仿佛就在昨天，谁知岁月匆匆转眼已是一年。

脱下哀服换上朝服将赴王命，难舍哀情在心中将你祭吊。

吊丧的屏帏仍然挂在你的旧居，初一、十五在你灵前遥致祭奠。

悼你祭你还不曾有多少时光，转眼又已经过了一月的时间。

这丧服孝帏一旦撤除销毁，以后便再也不会穿戴张悬。

光阴不肯停留一月之期又到，我的哀伤益发沉重。

心中的悲伤每每触物而升涌，悲情升涌总难自禁泪水涟涟。

驾上马车一步步登上东山，遥遥望见坟墓顿觉痛彻心肝。

徘徊于亡妻的坟墓旁，想要离去竟觉得是何等艰难。

徘徊走动实难忍心撒手分离，走走停停脚步沉重思绪万千。

落叶儿堆积在墓道两侧，枯草根布满了坟茔旁边。

孤寂的芳魂这样独处荒郊，人到底有无灵魂我长问苍天！

无可奈何我只得遵从王命，擦干眼泪勉强登车命驾起程。

谁说这去都城的道路遥远，路走到头我尚未忍住悲痛之情。

谢灵运

见卷第十九《述祖德诗》作者介绍。

庐陵王墓下作—首

【题解】

　　宋武帝刘裕次子刘义真，封庐陵王。刘裕死后少帝即位，庐陵王与谢灵运、颜延之等友善，曾说：得志之日，当以谢、颜为宰相。少帝失德，徐羡之等密谋废立，按次序当立庐陵王。徐羡之因嫌以前劝庐陵王疏远谢、颜未听，认为他不能担当社稷重任，遂先奏废为庶人，徙新安郡。后徐羡之等派人杀庐陵王于徙所。谢灵运因为此事亦被谗为欲立庐陵王而迁永嘉太守。宋文帝即位，诛徐羡之等，征灵运为秘书监。此诗即召还途中过庐陵王墓作。

晓月发云阳①，落日次朱方②。

含凄泛广川③，洒泪眺连岗④。

眷言怀君子⑤，沉痛结中肠。

道消结愤懑⑥，运开申悲凉⑦。

神期恒若在⑧，德音初不忘⑨。

徂谢易永久⑩，松柏森已行。

延州协心许⑪，楚老惜兰芳⑫。

解剑竟何及，抚坟徒自伤⑬。

平生疑若人⑭，通蔽互相妨。

理感深情恸，定非识所将⑮。

脆促良可哀⑯，夭枉特兼常⑰。

一随往化灭⑱，安用空名扬⑲。

举声泣已洒，长叹不成章。

【注释】

①云阳：在今江苏丹阳。

②次：止歇。朱方：春秋时吴国邑名。后改名丹徒，在今江苏镇江。

③广川：广阔的大江。

④连岗：连绵不断的小山岗。李善注引青乌子《相冢书》："天子葬高山，诸侯葬连岗。"刘宋宗室葬地在丹徒。

⑤眷言：回顾。言，语助词，无义。

⑥道消：《周易·否》："小人道长，君子道消。"是说小人的势力压倒了君子的道义。这是指少帝时。

⑦运开申悲凉：指宋文帝即位后，拨乱反正，为庐陵王平反昭雪。

⑧神期恒若在：李善注谓指死者英灵长存。恒，常。

⑨德音：指死者以前的事迹和音容笑貌。

⑩俎谢易永久：谓人死后，以往之事很快就成了陈迹。

⑪延州协心许：春秋时，吴国王子季札封于延陵（今江苏常州武进区）。他有一次出使晋国，带了一把宝剑。路过徐国，徐君很想要这把剑，但并未开口。季札看出了他的意思，因为还未完成使命，所以没有立即解赠。待他从晋归来，徐君已亡。于是季札将剑挂在徐君墓前的树上，致悼而去。

⑫楚老惜兰芳：龚胜，彭城人，因不肯做王莽新朝的官，绝食自杀。

有一同乡老父来吊丧,哭得很悲哀,他说:"嗟乎! 薰以香自烧,膏以明自销。龚先生竟夭天年,非吾徒也。"吊罢而去,无人知道他是谁。李善注:"楚老者,彭城之隐人也。"

⑬"解剑"二句:参见上注。"解剑"谓季札事,"抚坟"谓楚老事。

⑭若人:这人。李善注谓"若人"指季札和楚老,二人识见高远,是"通",但"解剑""抚坟"的行为则与他们的识见不协调,是"蔽"。吕向则谓"若人"指庐陵王,说他聪明好古,是"通",但他在群邪当朝时却不能善处,终致祸,这就是"蔽"。从上下文看,李善说为优。

⑮"理感"二句:此二句乃承上文而言,意思是说自己今日来墓前,感到深情悲怆,才领悟到感情并不是识见所能左右的。这是对上文所云平生之疑的解答。识所将,见识所及。

⑯脆促:与下文"夭枉"均为短命之意。庐陵王死时年十九岁。

⑰特兼常:特别倍于一般人。

⑱一随往化灭:犹言一旦身死形灭。

⑲空名扬:指宋文帝元嘉三年(426),追赠刘义真侍中、大将军,封庐陵王如故而言。

【译文】

从云阳出发时晨月还在天上,日落时分驻足歇息于朱方。

心怀悲凉乘船渡过宽广的江面,热泪纵横遥遥眺望连绵的山岗。

回首往事不胜怀念我的良友,深沉的悲痛久久郁结于我的愁肠。

那小人得势的时代多么令人愤懑,国运新开方能抒吐心中的悲凉。

你的英灵长存于天地之间,你的音容笑貌我永远不会遗忘。

人一旦辞世往事就变得那么久远,坟墓前已经浓荫森森松柏成行。

当年季札有心赠送宝剑给徐君,楚老也曾凭灵痛悼龚胜的夭亡。

徐君已死墓前赠剑于事又有何补? 龚胜既殁抚坟痛惜岂非徒然哀伤?

我以往始终对此迷惑不解,季札、楚老怎会如此气短情长?

现在我才深悟人心中感情的悲恸,绝非理性所能把持而不奔放。
你年少遇害多么令人悲哀,比一般人更加死得冤枉凄凉。
一旦在尘世间消失了你的身影,所有的追赠追封又有何用场!
发一声长叹热泪已夺眶而出,情伤心乱再也写不下致哀的诗章。

颜延年

见卷第十四《赭白马赋》作者介绍。

拜陵庙作一首

【题解】

　　宋武帝刘裕葬初宁陵,在今江苏南京。这是颜延年随宋文帝拜谒陵庙时所作。

周德恭明祀,汉道尊光灵①。
哀敬隆祖庙,崇树加园茔②。
逮事休命始,投迹阶王庭③。
陪厕回天顾,朝宴流圣情④。
早服身义重,晚达生戒轻⑤。
否来王泽竭⑥,泰往人悔形⑦。
敕躬惭积素,复与昌运并⑧。
恩合非渐渍,荣会在逢迎⑨。
夙御严清制,朝驾守禁城⑩。
束绅入西寝⑪,伏轸出东坰⑫。

衣冠终冥漠⑬，陵邑转葱青⑭。

松风遵路急，山烟冒垅生⑮。

皇心凭容物，民思被歌声⑯。

万纪载弦吹，千载托旒旌⑰。

未殊帝世远，已同沦化萌⑱。

幼牡困孤介，末暮谢幽贞⑲。

发轫丧夷易，归轸慎崎倾⑳。

【注释】

①"周德"二句：这二句说自周、汉以来，祭祀祖宗之礼就十分隆重。
言礼制其来有自。明祀，堂皇的祭祀。光灵，光辉的祖宗之灵。

②"哀敬"二句：此二句是说哀敬的祭礼、增添设施等使先人的陵庙
更显得高大庄严。隆，高起。崇，尊。树，竖立，建立。诗中当指
在陵园树碑或增添设施等。加，增加。

③"逮事"二句：这二句是颜延年说自己在宋武帝即位之初，即投身
效力于王朝。逮，及。休命，美善的命令。诗中指宋武帝即帝王
位。投迹，犹投身。

④"陪厕"二句：这二句是说自己奉陪天子，深得皇恩眷顾，朝廷宴
会中，皇家恩泽流布众人。陪厕，指奉陪在天子身边。朝宴，朝
会、宴集。

⑤"早服"二句：是颜延年自谓其君臣际遇，一见倾心，便以身相许，
效命王朝。早服，早年服事君王。身义，以身事君之义。晚达，
晚年仕途通达。生戒，养生避祸之戒。

⑥否(pǐ)来：与下文中的"泰往"皆为《周易》中的卦名。泰谓"天地
交而万物通"，否谓"天地不交而万物不通"。后来常以"否泰"指
世道盛衰。这里"否来""泰往"指宋少帝失德，小人擅政，世道

衰败。

⑦人悔形:指君子多忧。李善注:"王之德泽既竭,人之悔吝形见。"《周易·系辞》:"悔吝者,忧虞之象也。"

⑧"敕躬"二句:这二句意谓眼见宋少帝时朝政败坏,自己无能为力,有惭于宋武帝平素对自己的厚恩,只能戒慎其身。幸好又逢宋文帝时国运重兴,又得君臣契合。敕,诚。躬,身,颜延年自谓。积素,积平素知遇之恩,是指宋武帝对自己厚遇。昌运,昌盛的国运。指宋文帝朝。并,合。

⑨"恩合"二句:这二句说自己受到天子特别的恩遇,不是点滴常恩,而是君王以礼逢迎。恩合、荣会,指天子特别的恩遇。渐(jiān)渍,浸润,沾染。

⑩"凤御"二句:这二句写的是从京城出发谒陵时的情景。凤,早。御,此指传令清道的使者。清制,天子出行前先清道的礼制。

⑪束绅:指整束好衣着。绅,大带。西寝:在西边的寝庙。古代帝王陵旁设寝庙,庙供祭祀用,寝供放置衣冠等物用,以象征生时临朝寝息。

⑫伏轸:五臣本作"伏轼",这是颜延年说自己陪侍天子于车中的表敬意的写法。东坰:在东边的郊野,指陵墓所在。

⑬衣冠:指置于寝庙中的宋武帝生前衣冠。见上注。这里也有代指宋武帝生前形象的意思。冥漠:模糊不清。

⑭陵邑:指陵地一带。

⑮冒:覆盖。垅:陵墓。

⑯"皇心"二句:这二句说文帝凭吊先皇,心存哀敬。祭祀时的礼颂之声中表现了臣民对先帝的思慕之情。凭,凭吊。容物,仪容衣物。

⑰"万纪"二句:这二句意谓宋武帝的功绩,将永久为人传唱和铭记。纪,十二年为一纪。弦吹,弦管。指乐曲。旒旌,饰有流苏的旗帜。吕延济注:"有功者铭书于旒旌之上。"

⑱"未殊"二句：李善注："言帝泽被天下，威灵若存，故未殊其远。而已质虽存，其神已谢，故同乎沦化之萌也。"吕向注："伦（按，五臣本'沦'作'伦'），犹大也。言先帝之德，歌讴不歇，何殊古先帝？道年代既远而芬芳不息矣。同大化流行之萌始也。"兹从吕向注。

⑲"幼牡"二句：这二句是作者自谓幼壮时不肯随同流俗，故未显达。到后来遇逢盛世，恋文帝之明德，不再隐退了。幼牡，当作"幼壮"（胡克家《文选考异》）。孤介，正直耿介，不随流俗。末暮，犹言晚年。谢，辞谢。幽贞，幽静贞吉。

⑳"发轨"二句：此二句是以行车为喻，感叹自己正当年时遭少帝之乱朝，而今年老了，如车将归，须谨慎以防倾覆。发轨，犹发车。夷易，指道路平坦易行。归轸，犹回车。慎崎倾，要谨防道路崎岖而颠覆。

【译文】

周代设礼便恭敬于堂皇的祭祀，汉代也十分尊崇祖先的英灵。
哀敬的祭礼使祖庙更显得庄严，敬立碑亭设施使园陵更显得高大。
先皇即位之初我就在朝廷任职，奔走于朝廷之上誓愿投身效命。
陪侍于先皇身边每得天恩眷顾，朝会宴集席间流布着圣上恩情。
早年服事先皇看重君臣大义；晚年仕途通达，看轻养生避祸之戒。
谁知少帝即位不修德行败坏朝政，国运衰微小人擅权使我忧虑丛生。
不能劝谏少帝我真愧对先帝厚遇，得今日又逢明君国运重新振兴。
我身受皇家恩典非同于点滴沾润，君臣际遇鱼水相洽使我备感殊荣。
今皇谒陵前使喝道朝廷制度肃正，清晨候驾群臣恭立于森严皇城。
衣冠楚楚先到西边寝庙拜谒祭祀，又随圣驾驱车前往东边的园陵。
先皇的衣冠已经变得模糊不清，园陵上的树木已长得一派葱青。
风从松林间吹来沿着道路急进，山间烟岚升起笼罩住了园陵。
皇上凭吊先帝的仪容衣物，礼颂之歌唱出臣民思慕先帝的深情。
先帝的业绩千年万载永远传唱，先帝的功勋永载旌旗辉煌彪炳。

就像古代的帝王一样流芳百世，如同春风送暖孕育了万物滋生。

少壮时我耿介正直而遭群小排斥，现在又逢盛世我不再归隐。

正如车辆初发却没遇上坦途，而今年老如车将归要谨防颠倾。

谢玄晖

见卷第二十《新亭渚别范零陵诗》作者介绍。

同谢谘议铜雀台诗一首

【题解】

依别人诗题和作叫"同"。谢谘议，名璟，任谘议大夫。谢璟诗今已不传。铜雀台，汉末建安十五年(210)曹操所建。故址在今河北临漳西南。曹操临终遗命曰："吾死……葬于邺之西岗上……吾婢妾与伎人皆勤苦，使着铜雀台，善待之。于台堂上安六尺床，施繐帐，朝晡上脯糒之属(早上和黄昏时献上干肉、干粮之类祭品)，月旦十五日，自朝至午，辄向帐中作伎乐。汝等时时登铜雀台，望吾西陵墓田。"

> 繐帷飘井幹①，樽酒若平生②。
> 郁郁西陵树③，讵闻歌吹声④？
> 芳襟染泪迹，婵媛空复情⑤。
> 玉座犹寂漠⑥，况乃妾身轻。

【注释】

①繐(suì)帷：纱帐。布细而疏叫"繐"。帷，帷帐。井幹(hán)：井上的栏圈。这里指台上的护栏。又，李周翰注："铜雀台一名井

干楼。"

②樽酒若平生:谓设酒祭于台上,若曹操生前。

③西陵:指曹操陵墓。

④讵:岂。歌吹声:指伎乐声。参见题解。

⑤婵媛:牵持貌。

⑥玉座:指台上曹操的灵座。寂漠:犹寂寞。

【译文】

纱帐飘荡在高高的铜雀台上,斟满祭酒一如曹公生前情形。

在那树木森森的西陵墓地,哪里能听到台上的器乐歌声?

芳香的衣襟上沾满点点泪痕,牵衣拭泪悲泣不已空有哀情。

君王的灵座尚且是这般寂寞,何况我辈婵妾乐伎有谁可怜!

任彦昇

任昉(460—508),字彦昇,乐安博昌(今山东寿光)人。南朝梁文学家。仕宋、齐、梁三朝。齐时为中书侍郎、司徒右长史。入梁,历任吏部郎中掌著作、义兴太守、秘书监等职,位终新安太守。任昉以善作书、奏、表、启著称,起草命笔,不加点窜。当时沈约以诗闻名,故世有"沈诗任笔"之誉。晚年好诗,然用典过多,《诗品》讥其"动辄用事,所以诗不得奇"。有明人所辑《任彦昇集》。《梁书》《南史》均有传。

出郡传舍哭范仆射一首

【题解】

出郡,谓出义兴郡。传舍,客舍。范仆射,即范云(451—503),仕齐时曾任零陵内史、广州刺史等职。后与沈约等助萧衍称帝建立梁朝。

官至尚书右仆射,封霄城县侯。本诗叙述与范云三十年的交情,抒发老友辞世的哀痛,直抒胸臆,情辞深宛。

平生礼数绝①,式瞻在国桢②。
一朝万化尽③,犹我故人情。
待时属兴运④,王佐俟民英⑤。
结欢三十载,生死一交情。
携手遁衰孽⑥,接景事休明⑦。
运阻衡言革⑧,时泰玉阶平⑨。
濬冲得茂彦,夫子值狂生⑩。
伊人有泾渭,非余扬浊清⑪。
将乖不忍别,欲以遣离情⑫。
不忍一辰意,千龄万恨生⑬。
已矣平生事,咏歌盈箧笥⑭。
兼复相嘲谑⑮,常与虚舟值⑯。
何时见范侯,还叙平生意。
与子别几辰,经涂不盈旬⑰。
弗睹朱颜改,徒想平生人⑱。
宁知安歌日,非君撤瑟晨⑲?
已矣余何叹,辍春哀国均⑳。

【注释】

①平生礼数绝:谓己一生礼敬有加之人而今逝世。绝,灭。

②式瞻:为人崇仰的榜样。国桢:国家栋梁。桢,主干。

③万化尽:谓人逝世。《庄子·大宗师》:"若人之形者,万化而未始

有极也。"

④待时属兴运:指范云助萧衍成帝业事。兴运,指梁朝。

⑤王佐:帝王的辅佐。俟:等待。民英:人中精英。

⑥遁:避。衰孽:衰世的灾祸。指齐东昏侯。

⑦接景事休明:意谓携手事于梁。接景,影子相接。休明,美好英明。此指梁武帝。

⑧运阻衡言革:国运艰难,人们都说需要变革。此句指齐。衡言,平常之言。

⑨时泰玉阶平:国运兴盛,时局安宁,天下太平。此句指梁。

⑩"濬冲"二句:吕向注:"王戎,字濬冲,为吏部尚书。得李茂彦为吏部郎,戎以礼待之。范云时为吏部尚书,彦昇亦为吏部郎,与濬冲、茂彦相类,故云。'夫子值狂生',自比,谦也,'夫子'谓云也。"

⑪"伊人"二句:这二句是赞美范云为吏部尚书,自能品评识别人物之高下,不是自己所能及的。伊人,指范云。泾渭,泾水和渭水。泾浊渭清。扬浊清,"激浊扬清"的省文。

⑫"将乖"二句:这二句言在此前不久自己曾与范云见过面,将离之时,不忍遽去,欲多留一些时间,以排遣自己惜别之情。乖,离。

⑬"不忍"二句:此承上二句,言己与范不忍有一辰的分离,何况现今永远分离,真令人万恨俱生。

⑭咏歌:指范云平生著述。箧笥(sì):装书籍的箱匣。

⑮嘲谑:开玩笑,打趣。

⑯虚舟值:空船来碰撞。《庄子·山木》:"方舟而济于河,有虚船来触舟,虽有褊心之人,不怒。"空船触方舟,于方舟无妨碍。这里用来比喻自己和范云的互相调笑而不生怒,形容二人关系密切。

⑰"与子"二句:这二句说自己与范云最近一次见面后,分手还不到十天。旬,十天为一旬。涂,同"途"。

⑱"弗睹"二句:此二句言未见范云疾病时之容貌,但想平时他健康的样子。

⑲"宁知"二句:此二句言岂知分手时他尚安歌,竟是他疾病初生之时呢? 宁,岂。撤瑟,《礼记·丧大记》:"疾病,外内皆扫。君、大夫撤悬,士去琴瑟。"

⑳辍春:《史记·商君列传》:"赵良曰:'五羖大夫死,秦国男女流涕,童子不歌谣,春者不相杵。'"国均:执掌国家大权的人。此指范云。《诗经·小雅·节南山》:"尹氏太师,维周之氏,秉国之均,四方是维。"均,均衡、调度之意。

【译文】

我失去了平生礼敬崇钦的对象,人们失去了效法瞻仰的国家栋梁。
您虽然撒手长辞大千世界,可我怎能把故人的深情厚谊遗忘?
您明察时局托身于兴盛的国朝,帝王辅佐正等待您这样的精英。
我与您结交相好已经三十个年头,结交之情生死不渝源远流长。
我们携手远避那衰朽多灾的齐朝,紧跟又共同侍奉伟大英明的圣上。
国运不通的朝代人人皆言需要变革,兴盛的朝代天下太平一派吉祥。
当年王濬冲喜得李茂彦作为副手,您以我为副手只得到一个疏狂书生。
您自有品评人物裁定高下的才能,我哪有分辨贤愚激浊扬清的本领。
几天前我将离开您时实不忍分别,心想多逗留几时以排遣惜别之情。
片刻的离别已使我觉得那么难忍,而今永别怎不更令人万恨丛生!
罢了! 平生事迹都已成过去,唯有充箱盈箧的著述永远传存。
我更回忆和您相处时的调笑打趣,您总是那样不愠不怒雅量宏深。
范公啊,何时还能与您再见一面,我要倾吐对您的一片深情。
与您分别这才不过几天的时间,辞别您我踏上行程还不到一旬。
当时并未见您容颜有什么改变,此刻我只能想见您健康时的身影。
怎知就在那安详地酬唱告别之日,疾病已经在您身上暗暗滋生。
罢了! 我在此哀伤叹息又有何用,全国举哀都在痛惜国家失去了元勋。

赠答一

王仲宣

见卷第十一《登楼赋》作者介绍。

赠蔡子笃诗一首

【题解】

吕向曰:"蔡子笃为尚书,仲宣与之为友。同避难荆州。子笃还会稽,仲宣故赠之。"然观诗意,子笃此行,乃归济、岱旧邦。李善注引《晋官名》:"蔡睦,字子笃。"又引《蔡氏谱》:"睦,济阳人。"又曰:"济、岱近兖州,子笃所往。"张铣曰:"旧国,谓子笃本居济阳也。"当以济阳为是。济阳,在今河南兰考东北。诗中所说的"东路",或当时中原方乱,先取道江南,然后北上。

翼翼飞鸾①,载飞载东②。我友云徂③,言戾旧邦④。
舫舟翩翩⑤,以溯大江⑥。蔚矣荒涂,时行靡通⑦。
慨我怀慕⑧,君子所同⑨。悠悠世路,乱离多阻。
济岱江行⑩,邈焉异处⑪。风流云散,一别如雨⑫。
人生实难,愿其弗与⑬。瞻望遐路,允企伊仁⑭。
烈烈冬日,肃肃凄风。潜鳞在渊,归雁载轩⑮。
苟非鸿雕⑯,孰能飞翻⑰?虽则追慕,予思罔宣⑱。

瞻望东路,惨怆增叹。率彼江流,爰逝靡期⑲。

君子信誓,不迁于时⑳。及子同寮㉑,生死固之。

何以赠行,言授斯诗。中心孔悼㉒,涕泪涟洏㉓。

嗟尔君子,如何勿思。

【注释】

①翼翼:鸟飞貌。

②载:语助词,无义。

③徂:往。

④戾:到达。旧邦:指故乡。

⑤舫:船。

⑥溯:谓溯游,顺流而下。《诗经·秦风·蒹葭》:"溯游从之,宛在
水中央。"毛传:"顺流而涉曰溯游。"

⑦"蔚矣"二句:李周翰注:"荒涂以喻时乱,言时既荒乱,时行故无
通也。"蔚,草木茂盛貌。靡,无。

⑧慨:叹。怀慕:怀念思慕。

⑨君子所同:君子指蔡,言怀念朋友的心情两人相同。

⑩济岱江行:李善注:"济、岱近兖州,子笃所往;江、行近荆州,仲宣
所居也。"济,济水。岱,泰山别名。江,长江。行,五臣本作
"衡",衡山。

⑪邈焉异处:言北边的济、岱与南边的江、行各在一边,相距遥远。
邈,远。

⑫"风流"二句:吕延济注:"言此别离,各恨时乱,如风流云散,无所
定止,如雨之降,不还云中也。"

⑬愿其弗与:人的愿望不能够实现。弗与,不遂。

⑭"瞻望"二句:此二句言朋友远去,身影渐小,自己踮脚瞻望,久久
伫立未去。遐路,远路。允,信。企,踮脚。伊,语助词。伫,伫立。

⑮"潜鳞"二句:《诗经·小雅·鹤鸣》:"鱼潜在渊。"郑玄注:"寒则逃于渊。"轩,飞。

⑯苟:且。

⑰飞翻:高飞远举。

⑱予思罔宣:谓自己的思念想见之情得不到实现。宣,通。

⑲"率彼"二句:此二句意谓蔡子笃乘船远去,想再见将遥遥无期。率,循着。爰,引。

⑳"君子"二句:谓君子当有诚信的誓约,不因时间的迁移而改变。

㉑同寮:同僚,同在一起做官。

㉒孔悼:非常沉痛。

㉓涟洏(ér):流涕貌。

【译文】

　　鸾鸟振翅翩翩飞翔,它要飞往那遥远的东方。我的朋友呵也说将要远行,归去到他那熟悉的故乡。

　　船儿在江面上轻盈飘荡,将要沿着江水顺流下航。此一去沿途荒草不生,乱世远行路上恐不顺畅。

　　感叹我心中思念友人,想来你与我同怀此心。生逢乱世人生之路漫长悠远,一旦离别要想见面多么艰难。

　　济水、岱岳远离长江、衡山,遥遥相距各在地北天南。你我从此风吹云散,一别如同雨离云端。

　　人生实在是充满艰难,心中的愿望总是难以实现。我遥望着友人远去的道路,踮足翘首久久伫立不忍回还。

　　冬日的气候是如此严寒,疾厉凄冷的寒风如刀一般。鱼儿也深深潜入水底,归雁纷纷朝着南方飞迁。

　　人并非是那鸿雁大雕,有谁能飞避乱世危难?我虽然追慕我的良友,思念不能实现终也枉然。

　　遥遥眺望东边的道路,心中惨切更增加了哀叹。朋友已沿着江流远逝而去,此一去不知何时才能再见。

　　君子立下了诚信的誓约,永远也不会时过情迁。我和你同在朝廷为官,生死之交终生也不改变。

　　用什么来赠送你这次远行? 赠送你的就是这首诗篇。我内心的感情是如此沉痛,实在难禁涕泪涟涟。

　　嗟叹不已呵我的朋友,怎么不叫我充满思念。

赠士孙文始一首

【题解】

　　李善注引《三辅决录》赵岐曰:"士孙孺子名萌,字文始。少有才学,年十五能属文。初,董卓之诛也,父瑞,知王允必败,京师不可居,乃命萌将家属至荆州依刘表。去无几,果为李傕等所杀。及天子都许昌,追论诛董卓之功,封萌为澹津亭侯。与山阳王粲善。萌当就国,粲等各作诗以赠萌。于今诗犹存也。"

天降丧乱,靡国不夷①。我暨我友,自彼京师②。
宗守荡失,越用遁违③。迁于荆楚,在漳之湄④。
在漳之湄,亦克宴处⑤。和通箎埙,比德车辅⑥。
既度礼义⑦,卒获笑语。庶兹永日,无愆厥绪⑧。
虽曰无愆,时不我已⑨。同心离事⑩,乃有逝止⑪。
横此大江,淹彼南汜⑫。我思弗及,载坐载起⑬。
惟彼南汜,君子居之⑭。悠悠我心⑮,薄言慕之⑯。
人亦有言,靡日不思⑰。矧伊嬿婉,胡不凄而⑱。
晨风夕逝⑲,托与之期。瞻仰王室,慨其永叹⑳。
良人在外㉑,谁佐天官㉒? 四国方阻,俾尔归蕃㉓。

尔之归蕃,作式下国㉔。无曰蛮裔,不虔汝德㉕。
慎尔所主,率由嘉则㉖。龙虽勿用㉗,志亦靡忒㉘。
悠悠澹澧㉙,郁彼唐林㉚。虽则同域,邈其迥深㉛。
白驹远志,古人所箴㉜。允矣君子,不遏厥心㉝。
既往既来,无密尔音㉞。

【注释】

①"天降"二句:此二句意谓老天降下祸乱,国不成国,祸乱得不到平定。夷,灭。

②"我暨"二句:此二句言自己和友人士孙文始,都是从京城来到荆州避难。暨,与。

③"宗守"二句:此二句意谓国家政权颠覆,所以远离京师以避祸乱。宗守,指京城。皇室宗庙在京城,故称宗守。越,远。遁违,逃离躲避。

④漳:漳水。湄:河岸。

⑤亦克宴处:也能安居。克,能。宴处,安居。

⑥"和通"二句:此二句是王粲说自己和士孙文始情同兄弟。篪(chí),古代一种竹制的管乐器。埙(xūn),古代一种陶制的吹奏乐器,形状如壶。埙和篪合奏,声音谐和。《诗经·大雅·板》:"如埙如篪。"毛传:"如埙如篪,言相和也。"后世因用为赞美兄弟和睦之辞。车辅,《春秋左传·僖公五年》载晋国想借道虞国以伐虢国,宫之奇谏虞君:"虢,虞之表也。虢亡,虞必从之……谚所谓辅车相依,唇亡齿寒者,其虞虢之谓也。"辅是颊骨,车是齿床,二者互相依存,后世因用以比喻互相依存的事物。

⑦既度礼义:言自己与士孙文始的往来合于礼义的标准。

⑧"庶兹"二句:此二句言自己希望能和士孙文始长期亲密地交往

下去,而又不至于妨碍他的功名事业。庶,希望。兹,此。愆,错失。厥,其。绪,业。

⑨"虽曰"二句:承上言虽说对士孙文始的功名事业没有什么妨碍,但时不我与,自己还是不得不与良友离别。已,与,给予。

⑩同心离事:言二人对于离别,同怀一样的心情。

⑪逝:往。止:住。

⑫"横此"二句:此二句言士孙文始将横渡长江,去澹津居留。南汜,指南方的水滨之地。士孙文始所封澹津在荆州南面,故谓。

⑬"我思"二句:言自己虽思念友人,却不能同在一起,所以坐立不宁。

⑭君子:指士孙文始。

⑮悠悠:长远而不断之意。《诗经·郑风·子衿》:"青青子衿,悠悠我心。"是指对学子的思慕。此处用《诗经》成句表示对士孙文始的思慕。

⑯薄言:语首助词。

⑰"人亦"二句:《诗经·大雅·抑》:"人亦有言,靡哲不愚。"《诗经·邶风·泉水》:"有怀于卫,靡日不思。"这是借用《诗经》成句,言己思念士孙文始。

⑱"矧(shěn)伊"二句:此二句承上言贤智之人,人皆思之,何况自己和士孙文始有很深厚的感情,怎不叫人因离别思念而充满凄怆呢。矧,况且。伊,此。指示代词。嬿(yàn)婉,美好貌。形容自己与士孙文始感情相好。而,语尾助词。

⑲晨风:鸟名。即鹯。李周翰注:"离别之后,愿因晨风之鸟,夕往托附远情,以为期信也。"

⑳"瞻仰"二句:言见王室衰微,不禁感慨长叹。

㉑良人:谓贤才。此指士孙文始。

㉒天官:《周礼》分设六官,以冢宰为天官,为百官之长。

㉓"四国"二句:《诗经·大雅·崧高》:"四国于蕃,四方于宣。"谓四

方诸侯是中央王朝的屏障。这里化用《诗经》句子,意谓当时豪
强割据,希望士孙文始安居澹津,治理好封国,起到作为中央王
朝藩屏的作用。

㉔"尔之"二句:这二句谓士孙文始在其封地,将成为人们仿效的榜
样。式,犹榜样。下国,指士孙文始的封国。

㉕"无曰"二句:不要说澹津是蛮荒之地,不敬慕你的德行。这是勉
励士孙文始的话。

㉖"慎尔"二句:要谨慎小心地治理澹津,遵循运用那些好的法令。
率,循。由,用。嘉则,好的法令。

㉗龙虽勿用:《周易·乾·文言》:"初九曰'潜龙勿用',何谓也?子
曰:'龙德而隐者也。不易乎世,不成乎名,遁世无闷,不见是而
无闷。乐则行之,忧则违之,确乎其不可拔,潜龙也。'"多用以比
喻有大德而未为世用的人。

㉘志亦靡忒:志向也没有任何差误。忒,差误。

㉙澹澧:澹水和澧水。

㉚唐林:唐地之林。

㉛"虽则"二句:言澹津虽与荆州同界,但山水阻隔,路途遥远。

㉜"白驹"二句:《诗经·小雅·白驹》刺宣王不能留用贤者,贤者乘
白驹远去,表现了对贤者的思慕。这里化用《诗经》语义,言己思
慕文始。并勉励他坚守志趣。箴,规诫。

㉝"允矣"二句:此二句言士孙文始乃诚信君子,不会产生疏远朋友
之心。允矣君子,语出《诗经·小雅·车攻》,郑笺:"允,信。"遐,
远。厥,其。

㉞"既往"二句:此二句言荆州和澹津人来人往,希望文始与自己常
通信息。密,闭藏。

【译文】

老天降下了这场祸乱,国不成国没有一点儿安宁。我和我的朋友

一起,同是来自遥远的京城。

京城陷落形势一片动荡,为避祸乱我们才远远逃遁。长途迁徙来到荆楚之地,最后落脚在漳水之滨。

在这漳水的岸边,也还能够安宁地居住。你我相处像簴埙合奏般和谐,感情深厚像唇和齿互相依存。

你来我往合于礼义的标准,交往中总是充满笑语欢声。多希望这样的交往长期下去,不至于影响你的事业前程。

虽说并不曾给你带来妨碍,但时光却也不肯多给我几分。虽说我们同怀不忍分离之情,但也只能一往一留就此离分。

你就要横渡这滔滔长江,长期淹留在那南国水乡。我虽思念却不能与你同往,坐立难安心中甚感凄惶。

想那荒凉的南国水乡,有君子居住也会焕彩生光。我心中充满了绵绵不断的思念,对你永远是这么心驰神往。

古代的诗人这样说过:没有哪一天不充满思念。更何况我俩有着美好的感情,怎不教我更加感到凄凉忧伤?

我愿晨风鸟黄昏时飞往你处,带上我与你相见的约言。眼见王室衰微时局混乱,我不禁慨然发一声浩叹。

贤良之士远在蛮荒之地,有谁辅助宰相治国平乱?四面八方正处于艰难险阻之中,又希望你安居澹津治理好外蕃。

想来你也定能安居封地,为你的僚属做出良好的榜样。不要说那里是蛮夷之邦,不会对你的德行敬慕效仿。

你须要谨慎地主持政务,遵循运用美好的法令制度。有德之人即使不被启用,他的志趣也不会出现差误。

澹水和澧水是这样长流不断,唐县树林一派苍莽蓊郁。荆州和澹津虽然相接邻界,却也路途遥远山隔水阻。

贤臣见弃虽乘白驹远远离去,不改其志古人早已有所规诫。你当然是那诚信的有德君子,不会对我产生疏远之心。

荆州和澹津常常有往来之人，希望能与你常通音信。

赠文叔良一首

【题解】

　　文颖，字叔良。为荆州牧刘表从事，出使益州，王粲作此诗以赠。李善曰："详其诗意，似聘蜀结好刘璋也。"聘，礼节性外交访问。

　　翙翙者鸿①，率彼江滨②。君子于征③，爰聘西邻④。
　　临此洪渚⑤，伊思梁岷⑥。尔往孔邈⑦，如何勿勤。
　　君子敬始⑧，慎尔所主⑨。谋言必贤⑩，错说申辅⑪。
　　延陵有作，侨肹是与⑫。先民遗迹，来世之矩⑬。
　　既慎尔主，亦迪知几⑭。探情以华，睹著知微⑮。
　　视明听聪，靡事不惟⑯。董褐荷名，胡宁不师⑰。
　　众不可盖，无尚我言⑱。梧宫致辩，齐楚构患⑲。
　　成功有要，在众思欢⑳。人之多忌，掩之实难㉑。
　　瞻彼黑水㉒，滔滔其流。江汉有卷，允来厥休㉓。
　　二邦若否，职汝之由㉔。缅彼行人㉕，鲜克弗留㉖。
　　尚哉君子，于异他仇㉗。人谁不勤？无厚我忧㉘。
　　惟诗作赠，敢咏在舟㉙。

【注释】

　　①鸿：鸿雁。

　　②率：循。

　　③君子：谓叔良。征：远行。

④西邻:益州在荆州西,故称。

⑤洪渚:大江。洪,大。渚,水洲。此代指江。

⑥伊:语首助词。梁岷:梁山和岷山,均在益州境内。

⑦孔邈:非常遥远。孔,大。邈,远。

⑧敬始:重视事情的开头。

⑨慎尔所主:谨慎地办好你负责的事。

⑩谋言必贤:考虑所说的话,一定要妥善。贤,善。

⑪错说申辅:措辞应当表达出匡辅君主的意思。错,通"措"。说,言词。

⑫"延陵"二句:《春秋左传·襄公二十九年》载季札出使郑,和子产一见如故,赠以缟带,子产回赠纻衣。后去晋,又对叔向说,晋国的大夫过于豪富,恐怕将来晋国的大权将移于大夫手中,要叔向考虑躲避祸乱。王粲诗中以此故事告诫文叔良,意为希望他像季札那样结交贤者。吴公子季札封于延陵。侨,即公孙侨,字子产,春秋时郑大夫。肸(xī),即羊舌肸,字叔向,春秋时晋大夫。

⑬"先民"二句:意谓季札留下的事迹,是后世可以仿效的规矩。

⑭"既慎"二句:此二句意谓以先贤事例为榜样,既可使自己谨慎于事,也可以启发自己看出事情的先兆。迪,启发。几,细微之处。

⑮"探情"二句:此二句言从事物的表面现象可以探测其中的情理,从其明显的一面可以知道不易察觉的一面。华,李善注:"华,喻貌。"著,明显。微,指事物不易被察觉的一面。

⑯"视明"二句:此二句言要眼明耳聪,遇事须思考好再去做。聪,听觉灵敏。惟,思。

⑰"董褐"二句:此二句言董褐既负重名,为何不向他学习呢?这是勉励文叔良要像董褐那样当好使臣之语。董褐荷名,《国语·吴语》载吴王夫差与晋定公会盟,吴王欲以武力劫持而盟。晋使大夫董褐游说吴王,吴遂退兵与晋会盟。荷,负。

⑱"众不"二句:意谓天下之事众多,不能言尽,故不必太看重我所说的。

⑲"梧宫"二句:《说苑·奉使》载:"楚使使聘于齐,齐王飨之梧宫。使者曰:'大哉梧乎!'王曰:'江汉之鱼吞舟,大国之树必巨。使何怪焉!'使者曰:'昔燕攻齐……饮马于淄渑,定获于琅邪,王与太后奔于莒,逃于城阳之山。当此之时,则梧之大何如乎?'王曰:'陈先生对之。'陈子曰:'臣不如貂勃。'王曰:'貂先生应之。'貂勃曰:'使者问梧之年邪?昔者,荆平王为无道加诸申氏,杀子胥父与其兄,子胥被发乞食于吴,阖闾以为将相,三年,将吴兵,复仇乎楚……引师入郢……子胥亲射宫门,掘平王冢……当若此时,梧可以为其树矣。'"齐楚于是构怨。王粲以此告诫文叔良不要揭人之短,以防影响邦交。故下文有"人之多忌,掩之实难"之语。

⑳"成功"二句:谓外交成功的关键,在于大家都感到高兴。

㉑"人之"二句:意谓人有许多忌讳,言谈中要做到掩人之短,不拂逆别人,这实在是很难的。

㉒黑水:说法不一,有澜沧江、怒江、金沙江等说。《尚书·禹贡》:"华阳黑水惟梁州。"

㉓"江汉"二句:这里以长江、汉水波浪翻卷终汇为一喻益、荆结好,倘能如此,确实是一桩美事。江,指长江,以代益州。汉,指汉水,以代荆州。允,信。厥,其。休,美。

㉔"二邦"二句:二邦邦交顺利与否,这就看您尽职的情形了。若,顺。

㉕缅:犹言遥想。行人:谓以往出使之人。

㉖鲜:少。克:能。

㉗"尚哉"二句:此二句连上二句,是说遥想以往出使益州之人,很少有不被刘璋挽留下来的,您是个高尚的君子,应当有异于那些人吧。尚,高尚。于异,五臣本作"异于"。仇(qiú),匹,类。

㉘"人谁"二句：此二句意谓当今之世谁不愁苦，望好自为之，不要
增添我的忧虑。勤，愁苦。

㉙"惟诗"二句：李善注："言为诗以赠者，有在舟之义，忧患同也。
邓析子曰：'同舟渡海，中流遇风，救患若一。'"

【译文】

翩翩飞翔的鸿雁呵，沿着江流的方向。君子即将要上路远行，出使
前往西边的邻邦。

面对着这宽广的大江，已想起梁山、岷山的身影。你此行路途是那
么遥远，怎不历尽艰难吃尽苦辛。

君子均重视事情的开头，你要谨慎地对待你的重任。考虑好谈吐
应当周全妥善，措辞须表明志在匡辅国君。

古时季札出使每有作为，子产和叔向与他结交相欢。先人遗留下
的事迹，为后世提供了仿效的典范。

既能使你谨慎于你的使命，又可启发你觉察细微的先兆。看脸色
便可探察人内心情绪，从显著之处便可推知细微之处。

要做到眼光明亮听力敏锐，任何事都得要多动心思。古代的董褐
身负外交盛名，何不把他看成是你的老师。

天下之事又谁能一一道尽，也不必过分看重我的言语。古代齐国
梧宫的口舌之辩，竟导致齐楚两国兵戎相见。

外交成功的关键，就在两国人众皆大欢喜。人总有许许多多的忌
讳，毫不触犯的确是相当困难。

遥遥瞻望那黑水河呵，水流湍急波浪滔天。长江和汉水扬波而下，
汇集在一起更为壮观。

二国邦交顺利与否，职责重大全靠你承担。遥想以往那些出使之
人，很少有人不被挽留不归。

你是品德高尚的君子，自然不会同那样的人相类。当今之世谁不
愁苦，不要增添我对你的担忧。

写下这首诗为你赠行,表一表我与你风雨同舟。

刘公幹

见卷第二十《公宴诗》作者介绍。

赠五官中郎将四首

【题解】

　　曹丕初为五官中郎将、副丞相,刘桢染疾,前往看视。去后,刘桢赋诗以赠。(据吕延济注。)诗作叙述与曹丕初识,以及蒙曹氏父子厚遇的情形,感激之情溢于字里行间。

> 昔我从元后①,整驾至南乡②。
> 过彼丰沛都③,与君共翱翔④。
> 四节相推斥⑤,季冬风且凉。
> 众宾会广坐,明镫熺炎光⑥。
> 清歌制妙声,万舞在中堂。
> 金罍含甘醴⑦,羽觞行无方⑧。
> 长夜忘归来,聊且为大康⑨。
> 四牡向路驰⑩,叹悦诚未央⑪。

【注释】

①元后:天子。此指曹操。

②南乡:南方。

③丰沛都:汉高祖刘邦是沛之丰邑人,后因以"丰沛"指帝王的故乡。谯郡原属沛郡,故以刘邦荣归故里以喻曹氏返乡。

④君:指曹丕。

⑤四节:四季。推斥:依次替代推移。

⑥镫:同"灯"。熺(xī):同"熹",放光明。

⑦罍(léi):古代盛酒的器物。甘醴:甘甜的酒。

⑧羽觞:雀形的酒杯。无方:犹言无数。

⑨大康:安乐。

⑩牡:公马。此处泛指马。

⑪未央:未尽。

【译文】

想当年我跟随着曹公,整肃车驾去南方。

就在经过丰沛故都之时,我和您结下了深厚的友情。

一年四季依次推移互相替代,季冬的风仍然是那么寒冷。

众多宾客聚于盛大的宴会,华灯高照熠熠生辉放射光明。

清脆的歌喉唱出美妙的歌声,中堂上舞蹈十分壮观迷人。

金色的酒杯盛满甘甜的美酒,酒杯飞传一巡紧接着一巡。

漫漫长夜忘记了归来,姑且沉耽在安乐之中。

驾起四马之车在大路上奔驰,抒发满怀欣喜总觉尚未尽兴。

余婴沉痼疾①,窜身清漳滨②。

自夏涉玄冬,弥旷十余旬③。

常恐游岱宗④,不复见故人。

所亲一何笃⑤,步趾慰我身⑥。

清谈同日夕,情昒叙忧勤⑦。

便复为别辞,游车归西邻⑧。

素叶随风起⑨，广路扬埃尘。

逝者如流水⑩，哀此遂离分。

追问何时会，要我以阳春⑪。

望慕结不解⑫，贻尔新诗文。

勉哉修令德⑬，北面自宠珍⑭。

【注释】

①婴：缠。痼疾：积久难治的病。

②清漳滨：漳河有清漳河、浊漳河两源，邺城在漳河边。这里指邺城。

③"自夏"二句：此二句言己染病自夏至冬，已十余旬未与曹丕相

　　见。玄冬，李周翰注："冬日其神玄冥，故云玄冬。"弥旷，久远。

④岱宗：泰山。旧说认为人死后，魂归泰山。

⑤笃：深厚。

⑥步趾：动步前来之意。

⑦眄：看望。

⑧西邻：指洛阳。因在邺城之西，故称。

⑨素叶：即秋叶。引为落叶。

⑩逝者如流水：比喻时间像流水一样一去不回。《论语·子罕》：

　　"子在川上曰：'逝者如斯夫，不舍昼夜。'"

⑪要：邀约。

⑫望慕：犹言相思。

⑬令德：美德。

⑭北面：国君面南而坐，臣北面事君。自宠珍：自珍自重。

【译文】

我被沉重的疾病纠缠，离群索居来到清漳河边。

从炎夏直到阴沉的寒冬，抱病在身竟长达一百余天。

我常常担心魂归泰山，再也不能和亲朋好友见面。

您对我的感情是何等深厚，亲自前来对我慰问抚安。

我们清谈闲聊从早到晚，您深情地对我问暖嘘寒。

最后您对我说了道别的话，车驾悠悠归回西边的洛阳。

树木的枯叶随风飘零，宽广的路上扬起阵阵灰尘。

时光如流水一般流逝不已，岁月无情令人生悲况对离分。

我追问什么时候才能再见，您约我相会于明年阳春。

我的思慕郁结在心难以排解，只能作此新诗赠您聊慰我心。

但愿您勤于政事威德日增，奉侍君主为了国家您要自珍。

秋日多悲怀，感慨以长叹。

终夜不遑寐，叙意于濡翰①。

明镜曜闺中，清风凄已寒。

白露涂前庭，应门重其关②。

四节相推斥，岁月忽欲殚③。

壮士远出征，戎事将独难④。

涕泣洒衣裳，能不怀所欢。

【注释】

①"终夜"二句：此二句言终夜写作而无暇睡觉。遑，暇。濡翰，沾墨之笔。濡，沾。翰，笔。

②应门：正门。

③殚：尽。

④"壮士"二句：李善注："壮士，谓五官也……《魏志》曰：'建安十六年，文帝立为五官中郎将。'《典略》曰：'建安二十二年，魏郡大疫。'徐幹、刘桢等俱逝。然其间唯有镇孟津及黎阳，而无所征

伐。故疑出征谓在孟津也。以在邺，故曰'出征'，以有兵卫，故
曰'戎事'也。"录以备考。

【译文】

秋天每每使人情怀悲凉，不胜感慨大发长叹。

一整夜没有时间顾及睡眠，把满腹意绪尽寄于笔墨之间。

明亮的灯光照耀着卧室，凄清秋风已透出阵阵夜寒。

白露已凝于前庭的路上，大门已须要严闭紧关。

四季互相衔接依次推移，岁月匆匆又将度过一年。

壮士远远出行从事征战，军事您独自支撑何等艰难。

我忍不住热泪涌流沾湿衣襟，情深谊长之友叫我怎不思念？

　　　　　　凉风吹沙砾，霜气何皑皑。
　　　　　　明月照缇幕①，华灯散炎辉。
　　　　　　赋诗连篇章，极夜不知归②。
　　　　　　君侯多壮思，文雅纵横飞。
　　　　　　小臣信顽卤，僶俛安能追③？

【注释】

①缇(tí)幕：丹黄色的帐幕。指曹丕军幕。

②"赋诗"二句：谓曹丕与幕下文人互相赋诗唱和，终夜忘归。

③"小臣"二句：意谓自己不管怎样做都赶不上曹丕的才气。信，的
　确。卤，通"鲁"，钝。僶俛(mǐn miǎn)，努力，勉力。

【译文】

寒风劲吹卷起飞沙碎石，浓霜凝聚野外白光茫茫。

明月照耀着丹黄色的军幕，华灯放射出温和明亮的灯光。

您和文友欢聚一起赋诗唱和，一整夜竟忘了各归营帐。

君侯您充满豪情思绪联翩,妙语华章抒发壮志意气飞扬。

我辈小臣实在是冥顽鲁钝,无论怎样努力也赶您不上。

赠徐幹一首

【题解】

徐幹,字伟长。与刘桢同为"建安七子"之一。吕延济曰:"是时徐在西掖,刘在禁省,故有此诗。"诗作抒写虽与友人近在咫尺,却无由相见的感叹。

谁谓相去远,隔此西掖垣①。

拘限清切禁②,中情无由宣。

思子沉心曲③,长叹不能言。

起坐失次第,一日三四迁。

步出北寺门④,遥望西苑园。

细柳夹道生,方塘含清源⑤。

轻叶随风转,飞鸟何翩翩。

乖人易感动⑥,涕下与衿连。

仰视白日光,皦皦高且悬⑦。

兼烛八纮内,物类无颇偏⑧。

我独抱深感,不得与比焉⑨。

【注释】

①西掖垣:李善注引《洛阳故宫铭》:"洛阳宫有东掖门、西掖门。"垣,墙。

②清切:犹严切。禁:皇帝所居之处曰禁。

③思子沉心曲:思念你使我心情沉重。

④北寺:吕向注:"寺,司也。谓桢主司之地。"

⑤清源:清澈的水源。

⑥乖人:离人。乖,离。

⑦皦皦(jiǎo):明亮。

⑧"兼烛"二句:此二句意谓太阳普照环宇,对万物都是公平的。烛,照。八纮(hóng),古代神话认为天地的边远处有八条绳索维系天地。此指宇宙。纮,维系。

⑨与比:相比。

【译文】

谁说我们之间相距遥远,彼此只隔着西掖一道宫墙。

只因拘限于清肃严切的宫禁,我心中的感情无法向你表白。

想念你使我感到心情沉重,唯有长叹却说不出话来。

坐立不安行动失去常态,一天内三四次走动徘徊。

漫步走出这北寺门,遥遥远望西苑园林。

柔嫩的杨柳夹道生长,池塘中清泉流注水色澄清。

树叶轻飏随风飘转,飞鸟自由翩飞多么轻盈。

离人总容易触物伤感,热泪涌流沾湿了我的衣襟。

抬头仰望天空中一轮白日,高高悬挂在中天大放光明。

阳光普照着整个环宇,施惠于万物没有一点偏心。

可是我却独自深怀伤感,不像万物一样遇时欢欣。

赠从弟三首

【题解】

从弟,指堂弟。诗作以蘋藻、青松、凤凰喻其从弟,有赞美和勉励之意,其实也是作者自况。三首诗全用比兴,造语清新自然,毫无当时赠答诗客套做作之弊。

泛泛东流水，磷磷水中石^①。

蘋藻生其涯^②，华纷何扰弱^③。

采之荐宗庙，可以羞嘉客^④。

岂无园中葵，懿此出深泽^⑤。

【注释】

①"泛泛"二句：此二句言蘋藻生长地的清澄洁净。泛泛，水畅流貌。磷磷，水中见石貌。喻水之清澈。

②蘋：水草名。藻：隐花植物，淡水和海水中均生长。涯：水边。

③华纷何扰弱：五臣本作"华叶纷扰溺"，言花叶繁茂，在水中漂动。

④"采之"二句：李善注："《左氏传》：君子曰：'苟有明信，涧豀沼沚之毛，蘋繁蕴藻之菜，可荐于鬼神，可羞于王公。'"君子意谓如果有诚意，虽是山涧水泽的草和蘋藻等物，也可用来祭祀鬼神，进献王公。此二句喻其从弟虽出身贫寒，品质却很高洁。蘋藻，喻从弟。荐，进奉，献。羞，进献食品。

⑤"岂无"二句：李周翰注："此言岂更无珍美之物以羞进宗庙王公，盖美此出于幽深也。"葵，蔬类植物。懿，美。

【译文】

河水悠悠向东流逝不停，清澈澄净露出水中石影。

蘋藻就生长在这河边，花繁叶茂漫漫清涟荡起波纹。

可以采摘它来进奉于宗庙，可以采摘它来款待嘉宾。

并不是没有园中葵菜可供取用，只为欣赏蘋和藻出自幽深。

亭亭山上松，瑟瑟谷中风^①。

风声一何盛,松枝一何劲。

冰霜正惨怆,终岁常端正②。

岂不罗凝寒③,松柏有本性。

【注释】

①瑟瑟:风声。

②"冰霜"二句:谓冰霜正凛冽寒冷,但松树挺拔的姿态一年到头都
那么端正美好。

③罗:通"罹",遭受。凝寒:严寒。

【译文】

山上生长着挺拔的青松,山谷中吹动着瑟瑟寒风。

风声呼啸显得那样的猛烈,松枝仍然是那样的坚定。

冰霜凛冽气候严酷寒冷,松树一年四季总是挺拔常青。

难道是它不曾遭受过严寒? 松柏自有耐寒的本性。

凤凰集南岳,徘徊孤竹根①。

于心有不厌②,奋翅凌紫氛③。

岂不常勤苦,羞与黄雀群④。

何时当来仪⑤? 将须圣明君⑥。

【注释】

①"凤凰"二句:此二句以凤凰栖居丹穴山上,徘徊孤竹根旁,喻其
从弟不仕于朝的高蹈生活。南岳,指丹穴山。《山海经·南山
经》:"又东五百里,曰丹穴之山……有鸟焉,其状如鸡,五采而
文,名曰凤凰。"《诗经·大雅·卷阿》郑笺:"凤凰之性,非梧桐不
栖,非竹实不食。"

②厌:满足。

③紫氛:天高而色深,故称天空为"紫氛"或"紫虚"。

④"岂不"二句:李善注:"黄雀喻俗士也。"谓凤凰不辞辛苦而奋翅
　高飞,是因为羞与黄雀同处。喻其从弟羞与俗士同处。

⑤来仪:谓凤凰来舞而有容仪。《尚书·益稷》:"箫韶九成,凤凰来
　仪。"古人认为凤凰出现是一种祥瑞的征兆。

⑥须:等待。

【译文】

凤凰栖集于南方的丹穴山上,徘徊漫步于亭亭独立的修竹之旁。

它心存远志不满足平庸的生活,奋展双翅在云天中高飞远翔。

高飞远翔岂不是要多历辛苦,但它耻与黄雀一起群栖共处。

要待何时你才飞来大展风采? 那将等到天下有了圣明的君主。

赠答二

曹子建

见卷第十九《洛神赋》作者介绍。

赠徐幹一首

【题解】

史载徐幹性恬淡,不慕官禄。此诗以友人的角度,劝勉他不要弃才不用,自甘寂寞,而应该积极出仕。

惊风飘白日①,忽然归西山。
圆景光未满②,众星粲以繁③。
志士营世业④,小人亦不闲⑤。
聊且夜行游,游彼双阙间⑥。
文昌郁云兴⑦,迎风高中天⑧。
春鸠鸣飞栋⑨,流猋激棂轩⑩。
顾念蓬室士⑪,贫贱诚足怜。

薇藿弗充虚⑫，皮褐犹不全⑬。

慷慨有悲心，兴文自成篇⑭。

宝弃怨何人？和氏有其愆⑮。

弹冠俟知己，知己谁不然⑯？

良田无晚岁，膏泽多丰年⑰。

亮怀玙璠美，积久德逾宣⑱。

亲交义在敦⑲，申章复何言⑳。

【注释】

①惊风：突起之疾风。飘白日：言白日运行快速如飘，指时光消逝得很快。

②圆景：指月亮。光未满：谓月还未圆。

③粲以繁：亮而且多。

④志士：谓徐幹。世业：传世的功业。诗中指徐幹闭门著书。

⑤小人：曹植自己戏称，或谓指一般人，亦通。不闲：指下文所谓"夜行游"。

⑥阙：皇宫前的望楼。

⑦文昌：魏都邺宫正殿名。郁云兴：云气勃郁升起。

⑧迎风：邺城迎风观。

⑨鸠：鸟名。

⑩焱（biāo）：旋风。棂（líng）：窗格。轩：有窗的长廊。以上四句描写宫阙的壮观，反衬下文徐幹的贫贱和寂寞。黄节注："王粲《杂诗》曰：'鸷鸟化为鸠，远窜江汉边。遭遇风云会，托身鸾凤间。'当时建安诸子作诗，往往互相摹拟。子建'春鸠''流焱'二句，盖有仲宣诗意。谓鸠居殿观，际会风云，喻人才杂出，而幹独甘贫贱也。"（《曹子建诗注》）

⑪蓬室:茅屋。《全三国文·中论序》载徐幹晚年"疾稍沉笃,不堪王事。潜身穷巷,颐志保真……环堵之墙,以庇妻子。并日而食,不以为戚。"

⑫薇:羊齿类植物,野生,可食。藿:豆叶。虚:指腹中空虚。

⑬褐:粗布衣。

⑭兴文:感情激发而为文。兴,发。

⑮"宝弃"二句:《韩非子·和氏》载,楚国人卞和几次把所发现的璞玉献给楚厉王和楚武王,玉工却说是一般的石头,卞和因此受刖足之刑。直到楚文王时才终于认识这是真正的宝玉,遂称之为"和氏之璧"。诗中是反用此典,说徐幹不求仕进,无意功名乃是弃才不用,认为这就如同和氏丢弃宝玉一样,是一种错误。愆,过错。

⑯"弹冠"二句:此二句意谓徐幹如果准备出仕而待知己援引,那么谁不愿意作为你的知己,推荐像你这样的人才呢? 弹冠,弹去冠上的灰尘,喻准备出仕。《汉书·王吉传》载:"吉与贡禹为友,世称王阳(吉字子阳)在位,贡公弹冠。"言朋友互相援引。

⑰"良田"二句:此二句言肥沃的田土一定会有好收成。言外之意是说像徐幹那样有才德之人一定有出头之日。晚岁,收获迟。膏泽,肥沃润泽的土地。

⑱"亮怀"二句:此二句谓确实怀有美德,时间越久德行也越为人们所了解。亮,确实。玙璠(yú fán),美玉。喻美德。宣,显著。

⑲亲交:亲密的知交。敦:勉励。

⑳申:陈述。章:即指本诗。

【译文】

疾风阵阵催送着白日,转眼之间就已沉没西山。

月亮还没有变成满月,夜空上布满繁星一片璀璨。

有志之士忙于著书传世,碌碌小人夜中也未空闲。

姑且乘此良宵徐行漫游，游于皇宫两重门楼之间。

文昌殿上云气勃郁升腾而起，迎风楼高高矗立直入云天。

春鸠鸣叫在高挑梁栋之上，旋风疾速震荡着回廊窗栏。

我心怀念茅屋中的文友，生活贫困的确令人可怜。

野菜豆叶都还未能果腹，粗皮麻衣尚且添置不全。

心潮起伏悲凉心中升起，感情激奋慨然发为诗篇。

假如丢弃宝玉能怨何人？和氏自己也该把责任承担。

你如有心出仕只待知己援引，谁不愿意作为知己把你推荐？

良田从来不会收获太晚，土肥水美大多总是丰年。

确实怀抱美玉般的品德，积时逾久名声逾是远传。

密友知交勉励规劝义之所在，作诗相赠别无他言。

赠丁仪一首

【题解】

　　丁仪(？—220)，字正礼，沛郡(治今安徽濉溪北)人。曹操辟为掾，与曹植亲善。曹操原打算立曹植为太子，丁仪竭力赞助，故被曹丕忌恨。曹丕即位后就杀了丁仪。此诗大约写在曹丕即位后不久。诗中安慰丁仪，让他不要因为没有得到封赏而不安。

初秋凉气发，庭树微销落。

凝霜依玉除①，清风飘飞阁。

朝云不归山，霖雨成川泽②。

黍稷委畴陇③，农夫安所获。

在贵多忘贱，为恩谁能博④。

狐白足御冬，焉念无衣客⑤。

思慕延陵子，宝剑非所惜。

子其宁尔心⑥，亲交义不薄。

【注释】

①玉除：玉石的宫殿台阶。

②霖：连下三天以上的雨。

③委：通"萎"。言庄稼被淹而萎死在田里。

④"在贵"二句：谓富贵之人大多不会想到贫贱之人的处境，也就不会遍施恩泽。这是曹植对丁仪没得到曹丕封赏所作的安慰。

⑤"狐白"二句：《晏子春秋·内篇谏上》："（齐）景公之时，雨雪三日而不霁。公被狐白之裘，坐于堂侧阶。晏子入见，立有间。公曰：'怪哉！雨雪三日而天不寒。'晏子对曰：'天不寒乎？'公笑。晏子曰：'臣闻古之贤君，饱而知人之饥，温而知人之寒，逸而知人之劳。今君不知也。'"这里用此典故来说明上文所言"在贵多忘贱"。

⑥宁：安。

【译文】

初秋时节气候渐渐变得寒冷，庭前树木已经开始微微凋零。

秋霜凝聚于殿前的玉阶之上，清风飘过高高耸立的楼亭。

朝云密布空中再也不肯消散，地上已成河流久雨仍然不停。

庄稼受涝已经萎死在田中，农夫怎望能有收成！

富贵者哪知贫贱人的处境，谁能够毫无遗漏地遍施洪恩？

身穿狐裘大衣足以抵御冬寒，又怎会想到那些无衣挨冻之人？

我仰慕古代延陵季札的人品，不惜将心爱的宝剑赠送给徐君。

请你放心吧我的朋友，我和你乃是密友谊厚情深。

赠王粲一首

【题解】

吴淇认为此诗作于王粲投奔曹氏后,曹操欲易换储君之际,曹植此诗"有罗致群彦以为羽翼之意"。黄节则认为王粲有《杂诗》一首,或为曹植所发,诗曰:"日暮游西园,冀写忧思情。曲池扬素波,列树敷丹荣。上有特栖鸟,怀春向我鸣。褰衽欲从之,路险不得征。徘徊不能去,伫立望尔形。风飙扬尘起,白日忽已冥。回身入空房,托梦多精诚。人欲天不违,何惧不合并。"曹植此诗就是对王粲诗的回赠之作。故诗中多模拟王粲诗句(《曹子建诗注》)。

> 端坐苦愁思,揽衣起西游。
> 树木发春华,清池激长流。
> 中有孤鸳鸯,哀鸣求匹俦①。
> 我愿执此鸟,惜哉无轻舟②。
> 欲归忘故道,顾望但怀愁③。
> 悲风鸣我侧,羲和逝不留④。
> 重阴润万物,何惧泽不周⑤。
> 谁令君多念,自使怀百忧⑥?

【注释】

①匹俦:配偶。诗中喻友人。

②"我愿"二句:李善注:"言愿执鸟而无轻舟,以喻己之思粲而无良会也。"

③"欲归"二句:谓王粲。王粲在荆州依附刘表时,曾作《登楼赋》抒发思念故乡的忧愁。黄节认为这二句是拟王粲赋中"情眷而怀

归兮,孰忧思之可任。凭轩槛以遥望兮,向北风而开襟"等句意,
"就粲之身世立言"而为赠(见《曹子建诗注》)。

④羲和:神话中太阳的御者。此以喻时光。

⑤"重阴"二句:此二句意为主上的恩泽就像雨露滋润万物一样遍
及于人,不必担心恩不及己。重阴,谓雨露。李善注:"重阴,以
喻太祖(曹操)。蔡邕《月令章句》曰:'阴者,密云也。'"

⑥"谁令"二句:此二句是就王粲诗意而言,表达了自己对王粲思念
朋友而忧愁的心情的理解。多念,多有思念。自使,五臣本作
"遂使"。

【译文】

呆呆闷坐思念朋友充满忧愁,整理好衣裳往西信步闲游。

树木已经吐露出春花,清池涟漪泛动着清泉长流。

池中有一只孤独的鸳鸯,凄婉地鸣叫着寻求配偶。

我多想抓获这只鸳鸯,只可惜没有渡水的轻舟。

想归去却忘记了来时的道路,回头遥望心中充满了忧愁。

风声悲鸣着从我身边吹过,白日匆匆消逝不肯稍留。

浓云密雨滋润着万物生长,不必担心好雨遍撒会有遗漏。

是谁使你如此思念不已,心中充满无穷的忧愁?

又赠丁仪王粲一首

【题解】

丁仪因位卑禄薄,而对朝廷有怨。王粲崇尚恬淡清玄、避世无争的
生活。曹植认为二人均有所偏失,故作此诗,赞颂帝业弘美,劝勉二人
当持中和的态度,努力效命王业。

从军度函谷①,驱马过西京②。

山岑高无极③,泾渭扬浊清。

壮哉帝王居,佳丽殊百城④。

员阙出浮云⑤,承露概泰清⑥。

皇佐扬天惠⑦,四海无交兵。

权家虽爱胜⑧,全国为令名⑨。

君子在末位,不能歌德声⑩。

丁生怨在朝,王子欢自营⑪。

欢怨非贞则⑫,中和诚可经⑬。

【注释】

①函谷:关名。地势险要,在今河南灵宝东北。

②西京:指长安。诗中说的这次出征指建安二十年(215),曹操西
　征汉中张鲁事。据黄节考证,曹植未参加这次出征,诗当作于军
　还归邺城之后。诗作以这次征战极赞曹操威德,而劝勉丁、王二
　人应积极效力于朝廷。

③山岑:山岗。

④"壮哉"二句:此二句言西京长安壮丽宏伟,不同于天下众多的城
　市。殊,不同。

⑤员阙:汉武帝所建楼名。在建章宫北,高二十五丈。

⑥承露:汉武帝在建章宫前建神明台,上铸铜仙人,手托承露盘以
　储露水,认为和玉屑服之可求长生。概:通"扢",摩擦。泰清:指
　青天。

⑦皇佐:皇帝的辅佐。此指曹操,当时汉帝尚在。扬天惠:阐扬天
　子的威德。

⑧权家:兵家。

⑨全国为令名:完整地降服一个国家,就能获得最好的名声。《孙

子兵法·谋攻》:"全国为上,破国次之。"

⑩"君子"二句:指丁仪、王粲官职卑微,不能以相当的身份奉命执笔歌颂曹操的威德。

⑪"丁生"二句:参见题解。

⑫贞则:不偏不倚的法则。贞,正。则,法则。

⑬中和:中正平和。诚:确实。经:常。

【译文】

参加军队度越函谷险关,驱赶战马经过西京长安。

高峻的山峰望不到顶,泾浊渭清各自扬起波澜。

雄壮呵帝王居住的都城,美丽远胜诸城非同一般。

员阙高耸超出浮云之外,铜柱上仙人托盘上接青天。

皇帝辅臣阐扬天子威德,四海之内再无你征我战。

兵家虽然喜欢战斗的胜利,保全敌国使之屈服则最受称赞。

只可惜你们二人身居低位,未能奉命执笔为文歌功颂德。

丁君因此而对朝廷多有抱怨,王君则崇尚虚无与世无争。

抱怨朝廷和淡于世情各有偏失,中和之道最值得人奉守终身。

赠白马王彪一首

【题解】

据李善注,本集中此篇原题作《于圈城作》,并有序曰:"黄初四年五月,白马王、任城王与余俱朝京师,会节气。到洛阳,任城王薨。至七月,与白马王还国。后有司以二王归藩,道路宜异宿止。意毒恨之。盖以大别在数日,是用自剖,与王辞焉,愤而成篇。"白马王,曹彪,字朱虎,曹植异母弟。白马在今河南滑县东。任城王,曹彰,字子文,曹植同母兄。任城在今山东济宁。当时曹植为鄄城王,鄄城在今山东。

谒帝承明庐①,逝将归旧疆②。
清晨发皇邑③,日夕过首阳④。
伊洛广且深⑤,欲济川无梁⑥。
泛舟越洪涛,怨彼东路长⑦。
顾瞻恋城阙⑧,引领情内伤⑨。
太谷何寥廓⑩,山树郁苍苍。
霖雨泥我涂,流潦浩纵横⑪。
中逵绝无轨⑫,改辙登高岗⑬。
修坂造云日⑭,我马玄以黄⑮。
玄黄犹能进,我思郁以纡。
郁纡将难进,亲爱在离居⑯。
本图相与偕⑰,中更不克俱⑱。
鸱枭鸣衡扼,豺狼当路衢⑲。
苍蝇间白黑,谗巧令亲疏⑳。
欲还绝无蹊㉑,揽辔止踟蹰㉒。
踟蹰亦何留? 相思无终极㉓。
秋风发微凉,寒蝉鸣我侧。
原野何萧条,白日忽西匿㉔。
归鸟赴乔林㉕,翩翩厉羽翼㉖。
孤兽走索群㉗,衔草不遑食㉘。
感物伤我怀,抚心长太息㉙。
太息将何为? 天命与我违㉚。
奈何念同生㉛,一往形不归㉜。
孤魂翔故城,灵柩寄京师㉝。

存者忽复过，亡没身自衰㉞。

人生处一世，去若朝露晞㉟。

年在桑榆间，影响不能追㊱。

自顾非金石，咄唶令心悲㊲。

心悲动我神，弃置莫复陈㊳。

丈夫志四海㊴，万里犹比邻㊵。

恩爱苟不亏，在远分日亲㊶。

何必同衾帱，然后展殷勤㊷。

忧思成疾疢，无乃儿女仁㊸。

仓卒骨肉情，能不怀苦辛㊹？

苦辛何虑思㊺？天命信可疑。

虚无求列仙，松子久吾欺㊻。

变故在斯须，百年谁能持㊼？

离别永无会，执手将何时㊽？

王其爱玉体㊾，俱享黄发期㊿。

收泪即长路[51]，援笔从此辞[52]。

【注释】

①谒（yè）：朝见。承明庐：汉代长安宫中有承明庐，此处是借用汉事，非实指。

②逝：语助词，无义。旧疆：指自己的封地鄄城。

③皇邑：皇城。此指都城洛阳。

④首阳：指在洛阳东北的首阳山。

⑤伊洛：伊水和洛水。伊水源出河南熊耳山，至偃师入洛水。洛水源出陕西冢岭山，至河南巩义入黄河。

⑥济:渡。

⑦东路:指自洛阳归鄄城之路。

⑧顾瞻:回头眺望。城阙:指京都洛阳。

⑨引领:伸长脖子遥望貌。

⑩太谷:山谷名。在洛阳东南五十里,旧名通谷。一说为关名。寥廓:空阔广远貌。

⑪流潦:路上积水乱流。

⑫中逵:犹中途。绝:断然。轨:迹。

⑬改辙:改道。

⑭修坂:长长的斜坡。造:到。

⑮玄以黄:《诗经·周南·卷耳》:"陟彼高冈,我马玄黄。"毛传:"玄马病则黄。"

⑯"郁纡"二句:心情郁结是因为思念什么呢?就是因为与亲人分离异处。难进,五臣本作"何念"。亲爱,指白马王。

⑰偕:同。

⑱中更:中途更改。克:能。俱:一起。

⑲"鸱枭(chī xiāo)"二句:李善注:"鸱枭、豺狼,以喻小人也。"鸱枭,猛禽,似黄雀而小。衡,车辕前的横木。扼,通"轭",衡两旁下面用以扼住马颈的曲木。

⑳"苍蝇"二句:此二句连上二句,皆喻邪恶小人包围君主,搬弄口舌,颠倒黑白,离间兄弟间的感情。《诗经·小雅·青蝇》:"营营青蝇,止于樊。"郑笺:"蝇之为虫,污白使黑,污黑使白。"李善注:"喻佞人变乱善恶也。"间,毁。谗巧,谗言巧语。

㉑绝无蹊:断然无路。

㉒揽辔:拿着缰绳。踟蹰:徘徊不进。

㉓"踟蹰"二句:谓相思之情是这样没有终极,又何必老是徘徊逗留不前呢。

㉔匿：隐藏。此谓太阳西下。

㉕乔林：乔木林。高大的树木叫乔木。

㉖厉：振（翅），奋起。

㉗走索群：奔跑着寻求同群。

㉘不遑：没有工夫。遑，闲暇。

㉙"感物"二句：谓看见飞鸟归林，走兽索群，更加感到离别的痛苦，于是伤心、叹息起来。

㉚"太息"二句：此二句言何必叹息不已，命运总是与自己的心愿相违背。天命，老天注定的命运。

㉛同生：谓同胞兄弟。此指任城王曹彰。彰与植皆卞皇后所生。

㉜一往形不归：指曹彰已死。

㉝"孤魂"二句：此二句谓曹彰的孤魂已飞回自己的封地，灵柩仍寄放在洛阳。故城，指曹彰封地任城。灵柩，装着尸体的棺材。

㉞"存者"二句：此二句谓自己与白马王目前虽还活着，但很快也会死去。黄节注："存者，谓己与白马（王）也。忽复过，谓须臾亦与任城（王）同一往耳。""亡殁身自衰句，倒文，谓身由衰而殁耳，指存者也。"刘履认为"存者"和"亡没"应互换，意为：死者已成过去，存者身体渐衰，也难久长。亦通。

㉟"人生"二句：此二句言人生短促，如朝露很快就干了。晞，干。

㊱"年在"二句：此二句谓人到晚年，时光流逝极快，就如光和声一般不可追及。李善注："日在桑榆，以喻人之将老。"影响，指日光和声音。

㊲"自顾"二句：此二句言自念人生非如金石之坚，所以悲伤惊叹。顾，念。咄唶（duō jiè），惊叹声。

㊳"心悲"二句：言心中的悲伤影响自己的精神，把悲痛抛开吧，不要再提它了。

㊴志四海：谓志在四方。

㊵万里犹比邻：相距万里，却感到就像近邻一样。

㊶“恩爱”二句：此二句谓如果兄弟间的友爱没有减弱，即使远离，情分也会与日俱增。苟，如果。亏，减损。分(fèn)，情分。

㊷“何必”二句：此二句谓不一定非要生活在一起，然后才能互表深情。衾，被子。帱，床帐。殷勤，深切的情意。

㊸“忧思”二句：此二句谓如果因为忧思成病，那恐怕就有失大丈夫的气概而系儿女之情了。疢，同“疢(chèn)”，无乃，恐怕，大概。儿女仁，儿女之情。

㊹“仓卒”二句：意谓任城王之死太出人意料，兄弟骨肉突然死别，岂能不心怀痛苦悲伤？

㊺何虑思：想到什么。这里自为设问，引出对下文所说的“天命”“列仙”的怀疑。

㊻松子：即赤松子，古代传说中的仙人。

㊼“变故”二句：此二句言祸福无常，灾祸顷刻间就会发生，谁也不能保证平安长寿。变故，灾祸。斯须，顷刻。

㊽执手：谓相见。

㊾王：指白马王彪。

㊿黄发：谓老人，人老发黄，故称。

(51)即：就。

(52)援笔：谓提笔作此诗。

【译文】

在承明庐朝见过皇上，即将返回自己的封疆。

清晨从皇城出发，黄昏时经过了首阳。

伊水、洛水宽广而又幽深，想过渡河上没有桥梁。

只得驾舟渡越惊涛骇浪，我怨恨这东归之路过于漫长。

回头瞻望皇城心中充满留恋，引颈长望使我内情悲伤。

太谷是那样空阔广远，山上树木一派郁郁苍苍。

久雨使道路变得泥泞不堪,路上积水乱流一片汪洋。
中途已全然不见踪迹,我只好改道攀登高高的山岗。
长长的斜坡远接天际,马儿也累病了黑毛萎黄。
这病马尚且能缓缓而行,我的忧思却郁结难申。
这郁结的忧思因何而生? 就因为亲爱的人两下离分。
我和你原准备结伴东归,中途却被命令不准同行。
鸱枭在车辕上发出鸣叫,豺狼阻拦在道路中间。
苍蝇污物把黑白颠倒,小人搬弄口舌使亲人疏远。
我想回到朝廷却无路可通,手执车缰踌躇徘徊不前。
徒然徘徊留连又有何用? 相思之情绵绵不绝没有终端。
秋风已送来轻微的寒意,寒蝉的哀鸣响在我的耳畔。
茫茫原野多么萧条冷落,白日匆匆已沉没于西边。
归巢的鸟儿朝着乔木深林,不停地扇动羽翅疾飞翩翩。
孤兽奔跑着寻找同伴,口衔青草也顾不上吞咽。
目睹此景我心更觉伤感,不禁抚胸发出一阵阵长叹。
其实叹息也无济于事,命运总是不合于我的心愿。
怎奈心中思念同胞兄弟,长辞人世有形之身再不能相见。
孤魂已经飞回故地,灵柩仍然寄放在京城。
我辈目前虽然还活在世间,很快也会年老体衰命归黄泉。
人生一世不过就是如此,正像朝露一样转眼就被晒干。
人到晚年就像日薄西山,其去之速什么也不能追赶。
自念不能像金石一般长存,心怀悲伤不禁发出大声惊叹。
心怀悲伤影响我的精神,姑且抛开它不再重谈。
大丈夫应当有四方之志,远隔万里也好像就在近邻。
友爱之情如果没有减损,即使远离感情也会与日俱增。
何必定要朝夕生活在一起,然后才能互相表露深情?
因为忧思而生成疾病,恐非丈夫气概而是儿女之情。

骨肉同胞竟匆匆去世,怎能不令人痛苦伤心?

痛苦伤心使人想到什么? 命运实在是叫人怀疑。

求仙之事完全不可凭信,赤松子之类的仙人只是一种诓骗。

灾祸变异常在顷刻之间发生,谁能保证长寿平安不出差池?

你我今日离别永难会面,执手相逢将在何时?

侯王你要珍爱身体,但愿你我共享耄耋。

停止悲泣各自踏上漫长归路,提笔写下此诗就此告辞。

赠丁翼一首

【题解】

　　丁翼,《三国志·魏书·武帝纪》作"丁廙(yì)",字敬礼。丁仪之弟,官黄门侍郎。兄弟俱与曹植友善,后与兄仪同被曹丕所杀。本诗勉励丁廙不要拘于时俗,做那为礼教束缚的腐儒。

嘉宾填城阙①,丰膳出中厨②。

吾与二三子,曲宴此城隅③。

秦筝发西气,齐瑟扬东讴④。

肴来不虚归,觞至反无余⑤。

我岂狎异人⑥,朋友与我俱。

大国多良材,譬海出明珠⑦。

君子义休偫,小人德无储⑧。

积善有余庆⑨,荣枯立可须⑩。

滔荡固大节⑪,世俗多所拘。

君子通大道,无愿为世儒⑫。

【注释】

①填:充满。城阙:城楼。

②丰膳:丰美的膳食。中厨:皇宫御厨。

③曲宴:犹私宴。城隅:城角。诗中指城角上的望楼。

④"秦筝"二句:谓秦筝、齐瑟奏出的曲调分别表现出西部、东部不同的风格。

⑤"肴来"二句:此二句写酒肴均食尽不剩,谓宴会气氛之热烈酣畅。反,后多作"返"。

⑥狎:亲热。异人:犹他人。

⑦"大国"二句:言大国多有人才,犹如海中多出明珠。

⑧"君子"二句:此二句言君子有美好的品德储备于身,小人即使有小德,也不能储蓄养成大德。休,美。偫(zhì),储备。

⑨余庆:祖先的遗泽。《周易·坤·文言》:"积善之家,必有余庆。"

⑩荣枯:本义指草木的茂盛和枯萎,喻为人生家业的繁荣和衰败。须:待。

⑪滔荡:广大貌。此处指潇洒放达、不受拘束的生活态度。固:本来。

⑫世儒:李善注引《论衡》曰:"说经者为世儒。"

【译文】

嘉宾满坐在这城上的角楼,丰盛膳食出自宫廷御厨的巧手。

我和二三位情投意合的友人,设下私宴相聚于城角望楼。

秦筝奏出西部的曲调,齐瑟扬起东部的乐声。

菜肴上来不会空作摆设,杯中美酒一饮而尽点滴不留。

我怎会与他人亲热相处,在座的是平素亲朋好友。

泱泱大国多出优秀人才,犹如大海明珠满斛盈斗。

君子富有美德储备于身,小人则不能把美德蓄留。

积善人家德泽施及后世,繁荣衰败很快便见征候。

潇洒不羁本是人之大节,世俗之见只把小节拘守。

君子应当通晓大道至理,但愿你不要做腐儒穷经皓首。

嵇叔夜

见卷第十八《琴赋》作者介绍。

赠秀才入军五首

【题解】

　　嵇康之兄嵇喜,字公穆,曾举秀才。李善认为此诗是嵇喜从军,康为诗以赠。按,秀才究系何人,历来众说不一。张铣谓是嵇康从弟,葛立方《韵语阳秋》认为"兄弟皆非"。从诗中语气看,以葛说于义为安。

　　良马既闲①,丽服有晖②。左揽繁弱③,右接忘归④。
　　风驰电逝,蹑景追飞⑤。凌厉中原⑥,顾盼生姿。
　　携我好仇,载我轻车⑦。南凌长阜⑧,北厉清渠⑨。
　　仰落惊鸿⑩,俯引渊鱼⑪。盘于游田⑫,其乐只且⑬。

【注释】

①闲:熟习。

②丽服:指军服。此篇是作者想象其友在军中游猎的情形。

③繁弱:古代良弓名。《荀子·性恶》:"繁弱、钜黍,古之良弓也。"

④忘归:箭矢名。

⑤蹑(niè):追。景:"影"的古字。

⑥凌厉:奔驰奋进貌。

⑦"携我"二句:此二句是以从军者的语气,言其在军中和好友乘轻

车出猎。好仇,好朋友。轻车,古代的战车。

⑧长阜:长长的山坡。

⑨厉:渡。渠:指河。

⑩惊鸿:飞雁。

⑪引:取。

⑫盘于游田:盘桓游乐于畋猎中。田,狩猎。

⑬只且(jū):语助词。

【译文】

骑着训练有素的良马,身上的军服漂亮光艳。左手执着繁弱良弓,右手搭上忘归之箭。

骏马奔驰如风如电,可以把飞鸟掠影追赶。在这中原大地跃马翩翩,左顾右盼英姿大展。

携带上情意相投的好友,同乘轻车驰驱向前。南边登上长长的山坡,北边渡过清澈的河流。

仰射长空惊飞的大雁,俯钓深渊嬉戏的游鱼。盘桓游乐在田猎之中,其乐无穷啊不思回还。

　　轻车迅迈①,息彼长林②。春木载荣③,布叶垂阴。
　　习习谷风④,吹我素琴⑤。咬咬黄鸟⑥,顾畴弄音⑦。
　　感悟驰情,思我所钦⑧。心之忧矣,永啸长吟⑨。

【注释】

①迅迈:迅疾前行。

②长林:大片树林。

③荣:花。

④习习:和煦舒缓貌。

⑤素琴:不加装饰之琴。

⑥咬咬：鸟鸣声。

⑦顾：念。畴：同类。

⑧钦：吕延济注："钦，敬也。思我所敬，谓秀才也。"

⑨永啸：长啸。

【译文】

驾着轻车迅疾前行，休息在那葱郁的长林。春天的树木正绽放花朵，绿叶舒展垂下一片凉荫。

山谷的和风徐徐吹来，轻拂着我素雅的弦琴。黄鸟发出一声声鸣唱，思念伴侣唱得十分动听。

触景生情我难禁感情激动，想起了我所钦敬的友人。思之不见难免心中郁闷，只好寄情于这高啸长吟。

浩浩洪流，带我邦畿①。萋萋绿林②，奋荣扬晖③。
鱼龙瀺灂④，山鸟群飞。驾言出游⑤，日夕忘归。
思我良朋，如渴如饥。愿言不获，怆矣其悲⑥。

【注释】

①畿（jī）：古代称都城所在的千里地面为"畿"，后指京都周围的辖地。

②萋萋：茂盛貌。

③奋荣：怒绽花朵。

④瀺灂（chán zhuó）：鱼类出没水中时激水发出的声音。

⑤驾言：驾车。言，语助词，无义。

⑥"愿言"二句：此二句说思念良朋而不能相会，心中悲怆。愿言，思念。愿，念。

【译文】

浩浩荡荡的大河，如襟带一般环绕京城。茂盛葱茏的树林，怒绽繁花放射出一派光辉。

　　鱼龙出没水中发出喧响,山鸟一群群结伴高飞。我的朋友驾车出游,黄昏时仍然忘记回归。

　　多么思念我的良友呵,如同饥渴的人盼望饮食。我思念良朋而不能相会,心中充满了无限的伤悲。

　　息徒兰圃,秣马华山①。流磻平皋②,垂纶长川③。
　　目送归鸿,手挥五弦④。俯仰自得,游心泰玄⑤。
　　嘉彼钓叟⑥,得鱼忘筌⑦。郢人逝矣⑧,谁与尽言?

【注释】

①"息徒"二句:这二句以"兰圃""华山"言己与徒众休息之处的美丽。徒,徒众。兰圃,种着兰草的花圃。秣马,喂马。华山,长满鲜花的山。

②流磻(bō):指射箭。磻,用作箭镞的石块。这里代指箭。皋:水边的高地。

③垂纶:犹垂钓。纶,指钓鱼用的丝线。

④"目送"二句:此二句写弹琴作乐于旷野,在大自然中游目骋怀,怡然自得的情趣。归鸿,归飞的鸿雁。五弦,指琴。

⑤"俯仰"二句:此二句意谓在大自然中,一举一动都使人身心感到愉悦,沉醉于道家哲学崇奉自然的理趣中。泰玄,即太玄,指老庄之道。

⑥嘉:美。

⑦得鱼忘筌:《庄子·外物》:"筌者所以在鱼,得鱼而忘筌。"筌,捕鱼的工具。

⑧郢人:《庄子·徐无鬼》中说楚国郢都有位巧匠,能够运斤成风,斫去涂在郢人鼻尖上的一小点白粉。后来那位郢人死了,郢匠

没有了配合之人，就不能再表演这种技巧了。后世因以"郢人"喻知己。诗作前八句回忆往昔与友人在一起时游乐的情形，后四句感叹朋友远离，无可倾谈者。

【译文】

徒众休息在长满兰草的花园，放牧马匹于开满鲜花的山间。或在水边的平地上仰射飞禽，或俯临长河悠闲地垂下钓竿。

或目送鸿雁归飞，或张开素琴抚动琴弦。一举一动都是那样适意自得，陶醉在大自然中令人心神超然。

我真美美那河边的渔翁，得到了鱼就忘了捕鱼的竹筌。知己远远地离开了我的身边，满腹的话儿能够向谁倾谈？

闲夜肃清①，朗月照轩②。微风动袿③，组帐高褰④。
旨酒盈樽，莫与交欢⑤。鸣琴在御，谁与鼓弹⑥？
仰慕同趣⑦，其馨若兰⑧。佳人不在，能不永叹⑨！

【注释】

①肃清：静谧凄清。

②轩：有窗的长廊。

③袿（guī）：衣袖。

④组：系帷帐的绳子。褰（qiān）：揭起。

⑤"旨酒"二句：此二句说虽然樽中盛满了美酒，但知己不在，无人相伴对饮。旨酒，美酒。

⑥"鸣琴"二句：此二句说琴本该抚弄，但没有知己一起弹奏。御，用。

⑦同趣：志趣相同之人。

⑧其馨若兰：《周易·系辞》："同心之言，其臭如兰。"

⑨永叹：长叹。

【译文】

安闲的夜晚静谧凄清，朗朗明月从长廊的窗中照临。微风吹来拂动我的衣袖，帐幔高挽室中更显得冷清。

美酒徒然充盈酒樽，又有谁与我开怀畅饮？鸣琴如今也虚设不用，有谁能与我相和奏鸣？

多么思慕志趣相投的朋友，那时生活就像幽兰般的温馨。如今您不在我的身边，叫我怎能不哀叹伤心？

司马绍统

司马彪(约 246—约 306)，字绍统，河内温县(今属河南)人。西晋史学家。晋王室宗族，魏末任骑都尉，入晋历秘书郎、秘书丞、散骑侍郎。曾著《续汉书》，记述东汉史事，纪、传、志均备，后纪、传散佚，仅存八志三十卷。北宋后配合范晔《后汉书》刊行。又著《庄子注》《九州春秋》等。原有集四卷，已佚。《晋书》有传。

赠山涛一首

【题解】

山涛(205—283)，字巨源，"竹林七贤"之一。热衷名利，攀附司马氏集团。魏时曾任尚书吏部郎。入晋，任吏部尚书，官至司徒。此篇是一首干谒诗。张铣曰："山涛为吏部侍郎，而绍统未仕，故赠以此诗，欲涛荐也。"

苕苕椅桐树①，寄生于南岳②。

上凌青云霓③，下临千仞谷④。

处身孤且危，于何托余足⑤？

昔也植朝阳,倾枝俟鸾鷟⑥。

今者绝世用,倥偬见迫束⑦。

班匠不我顾,牙旷不我录⑧。

焉得成琴瑟,何由扬妙曲⑨?

冉冉三光驰⑩,逝者一何速⑪?

中夜不能寐,抚剑起踯躅⑫。

感彼孔圣叹⑬,哀此年命促。

卞和潜幽冥,谁能证奇璞⑭?

冀愿神龙来,扬光以见烛⑮。

【注释】

①苕苕(tiáo):高貌。椅(yī)桐:山桐。桐是制琴的良材,作者以此
　自喻。

②南岳:衡山。

③青云霓:高空中淡青色的云雾。

④仞:长度单位。

⑤"处身"二句:吕延济注:"孤危,谓生幽远,无平居寄足之地。"

⑥"昔也"二句:此二句喻往昔人才得到重视、任用。《诗经·大
　雅·卷阿》:"凤凰鸣矣,于彼高冈。梧桐生矣,于彼朝阳。"郑笺:
　"凤凰之性,非梧桐不栖,非竹实不食。"鸾鷟(zhuó),凤凰一类的
　神鸟。

⑦倥偬(kǒng zǒng):困苦。迫束:窘迫拘束。

⑧"班匠"二句:李善注:"班匠及牙旷,皆喻执政也。"班,指战国时
　著名的能工巧匠公输般。匠,指《庄子》中记载的一位名石的巧
　匠。牙旷,伯牙和师旷,伯牙善鼓琴,师旷善知音。

⑨"焉得"二句:连上二句,言椅桐良材不为人知,怎么会制成琴瑟

而发出美妙的乐声? 喻己怀才不遇。

⑩三光:指日月星。

⑪逝者:指时光。《论语·子罕》:"子在川上曰:'逝者如斯夫。'"

⑫踟蹰(chí chú):徘徊貌。

⑬孔圣叹:指孔子感叹时光流逝之快。

⑭"卞和"二句:此二句言卞和已死,有谁能识珍奇的璞玉呢? 以喻无人赏识自己。卞和是和氏璧的发现者。

⑮"冀愿"二句:李周翰注:"假托神龙以喻山涛,欲使荐而用之,故云愿神龙扬其光晖,以相烛照。"神龙,古代神话中的神兽,在西北无日之处,人面龙身,衔烛以照幽阴。

【译文】

高大笔直的椅桐树,生长在苍苍的南岳衡山。

上凌青云霞霓,下临千仞深渊。

处身在这孤立危险的境地,靠什么立住脚跟保全平安?

往昔生长在向阳平地,枝条舒展等待凤凰栖息。

如今却被世人弃置不用,处于困境心中感到抑郁。

能工巧匠不肯看我一眼,乐工琴师不肯将我选取。

怎能将我制成优良的琴瑟? 怎能发出音色美妙的乐曲?

日月星辰运行不止,光阴消逝何等迅疾。

半夜里不能够安然入眠,起来手抚长剑徘徊不已。

深悟孔圣人感叹时光消逝,也哀叹人的生命实在短促。

识玉的卞和已经长没地下,谁具慧眼指证珍异的玉璞?

多么希望能有神龙来临,明辉光照使我脱颖而出。

张茂先

见卷第十三《鹪鹩赋》作者介绍。

答何劭二首

【题解】

张华与何劭友善,二人俱登高位。张华生活俭朴,何劭尚奢华。何劭赠诗给张华,约其春游,诗中流露出年老退归之意,同时也劝张不必自苦其身,张华作诗以答。参见下篇何劭《赠张华》。

> 吏道何其迫①,窘然坐自拘②。
> 缨緌为徽纆③,文宪焉可逾④?
> 恬旷苦不足⑤,烦促每有余⑥。
> 良朋贻新诗⑦,示我以游娱。
> 穆如洒清风,奂若春华敷⑧。
> 自昔同寮寀⑨,于今比园庐⑩。
> 衰夕近辱殆⑪,庶几并悬舆⑫。
> 散发重阴下,抱杖临清渠⑬。
> 属耳听莺鸣,流目玩鯈鱼⑭。
> 从容养余日,取乐于桑榆。

【注释】

①吏道:指为官的事务。

②窘:急。坐:因。

③缨緌(ruí):系于颔下的冠带。喻做官。徽纆(mò):绳索。

④文宪:条文法律。

⑤恬旷:清静空闲。

⑥烦促:烦琐急迫。

⑦良朋:指何劭。贻新诗:赠送新写的诗作,即下篇《赠张华》。

⑧"穆如"二句：此二句是用何劭诗中句意，来赞美何劭的诗作。穆，和。奂，光彩鲜明。

⑨寮寀(cài)：官舍。引为官的代称。李善注："臧荣绪《晋书》曰：'惠帝即位，劭为太子太师。'又曰：'武帝崩，华为太子少傅。'然考乎其时，事正相接。故曰'同寮'也。"

⑩比园庐：谓比邻而居。

⑪衰夕近辱殆：《老子》四十四章："知足不辱，知止不殆。"此句说自己年老体衰仍担任官职，近乎不知止足。意思是说官务繁忙，于身心不利，故云"近辱殆"。殆，危。

⑫庶几：表希冀之词。悬舆：亦作"悬车"，谓辞官家居。《汉书·叙传》："身修国治，致仕县车。"此句说自己希望和何劭一起辞官家居。

⑬"散发"二句：此二句及下文是想象辞官归家后的生活情形。散发，不束冠冕，不做官之意。抱杖，拿着拐杖。

⑭玩：赏玩。鲦(tiáo)：鱼名。

【译文】

身为官吏是多么繁忙，自我束缚没有丝毫空闲。

系冠之带就像一条绳索，国家条文法律怎么敢违反？

常常苦于清静闲暇不足，烦琐急迫之事总是接二连三。

好友赠送给我这首新诗，邀约我春日出游遣闷释烦。

友情如同春风一般和煦，词章如同春花一般光灿。

往昔我们同在一起为官，今日比邻而居相距不远。

年老居官近辱殆，希望一并退隐家居不再为官。

脱去冠冕休息在那山林之下，手持拐杖漫游在那清溪之畔。

侧耳聆听黄莺清脆的鸣唱，游目观赏鱼儿嬉戏于清涟。

从容不迫安度剩余的日子，高高兴兴享受生命的晚年。

洪钧陶万类①，大块禀群生②。

明暗信异姿③,静躁亦殊形④。

自予及有识⑤,志不在功名。

虚恬窃所好,文学少所经⑥。

忝荷既过任⑦,白日已西倾⑧。

道长苦智短⑨,责重困才轻。

周任有遗规,其言明且清⑩。

负乘为我戒⑪,夕惕坐自惊⑫。

是用感嘉贶⑬,写心出中诚⑭。

发篇虽温丽,无乃违其情⑮。

【注释】

①洪钧:指天。陶:化。

②大块:指地。禀:承受。群生:众生。

③信:的确。

④躁:动。

⑤有识:吕延济注:"有识,自三十成立之后。"

⑥"虚恬"二句:这二句是对何劭诗中"逍遥综琴书"的答词。虚恬,清静闲适。窃,私自。经,经营。

⑦忝:谦辞。荷(hè):担任。

⑧白日已西倾:喻年老。

⑨道长:道远。

⑩"周任"二句:这二句言下之意是说自己居于高位,力不从心,应当辞职退休了。周任有遗规,《论语·季氏》:"周任有言曰:'陈力就列,不能者止。'"谓如果能施展自己的才力,就接受职位;如果不能,就该辞职。周任,古代史官。

⑪负乘为我戒:李周翰注:"负,负担也,小人之事;乘,乘车也,君子

之事。使小人为君子之事，难以安之。故华自谦比小人居重位，为我戒也。"

⑫惕：惧。坐：因。

⑬嘉贶（kuàng）：美好的赐予。此指赠诗。

⑭中诚：发自内心的诚意。

⑮无乃：恐怕，大概。表委婉之辞。

【译文】

苍天化育了世间万物，大地赋予万物以生命。

或明或暗真是千姿百态，或动或静各具不同的外形。

我自从初有知识以来，本身志向就不在于获取功名。

空明恬静是我内心的喜爱，年轻时也曾对文学研习留心。

愧承重任已超过我的能力，何况现已年老力不从心。

常常有感于任重而道远，只叹才智不足难担重任。

周任曾说不能尽力就当辞职，此言清楚明白须当遵循。

勉承重任使我必然小心谨慎，夜里思忖总因此而胆战心惊。

感念老友赐予我美好的诗篇，答写此诗倾吐我内心的赤诚。

您的诗篇虽然充满雅丽温情，但我恐怕有违美意不能遵循。

何敬祖

见卷第二十一《游仙诗》作者介绍。

赠张华一首

【题解】

诗作借有感于暮春发端，劝张华要珍惜身体，不要过度勤苦，并约同张华一起退休安享晚年。参阅上篇张华《答何劭》。

四时更代谢①，悬象迭卷舒②。
暮春忽复来，和风与节俱③。
俯临清泉涌，仰观嘉木敷④。
周旋我陋圃⑤，西瞻广武庐⑥。
既贵不忘俭，处有能存无⑦。
镇俗在简约，树塞焉足摹⑧？
在昔同班司，今者并园墟。
私愿偕黄发⑨，逍遥综琴书⑩。
举爵茂阴下⑪，携手共踌躇⑫。
奚用遗形骸？忘筌在得鱼⑬。

【注释】

①四时：四季。

②悬象：指日月。《周易·系辞》："悬象著明，莫大乎日月。"卷舒：
　来往貌。

③与节俱：和时节一同来到。

④敷：布。谓树木开花。

⑤周旋：指来回漫步。

⑥广武庐：指张华的住处。张华封广武县侯，故称。

⑦有：富有。无：贫穷。

⑧树塞：《论语·八佾》："邦君树塞门，管氏亦树塞门。"说国君建造
　照壁，管仲也建造照壁。树，建造。塞，即塞门，照壁。

⑨偕：同。黄发：指年老。

⑩综：理。

⑪爵：雀形酒杯。

⑫蹢躅：犹豫徘徊貌。此指漫步。

⑬"奚用"二句：此二句意谓"心"的愉悦要通过"身"的愉悦才能达到，表达了作者与张华的不同生活态度。形骸，指有形之身，常与"心"(精神)对言。

【译文】

一年四季依次交替，日月运行此起彼伏。

暮春时节匆匆来到，春风相伴煦煦吹拂。

俯看河水清泉涌流，仰观林木鲜花绽吐。

徘徊在简陋的花圃，朝西瞻望广武侯府。

身已富贵不忘节俭，生活仍然清淡朴素。

抑制奢侈在简约，管仲的奢侈不值得效摹。

以往同在一起为官，现在又挨房接屋。

愿和您一起年老告退，逍遥自在地品琴论书。

举杯对饮浓荫之下，携手一起闲游漫步。

何必不顾惜自己身体，形之不存怎有精神的满足？

陆士衡

见卷第十六《叹逝赋》作者介绍。

赠冯文罴迁斥丘令一首

【题解】

李善曰："《晋百官名》曰：'外兵郎，冯文罴。'《集》云：'文罴为太子洗马。迁斥丘令，赠以此诗。'阚骃《十三州记》曰：'斥丘县，在魏郡东八十里。'"陆机曾与冯同为太子洗马,冯迁斥丘令时,陆免官在家,所以在这首诗的末尾,也表达了对自己仕途不顺的感叹。

於皇圣世,时文惟晋①。受命自天,奄有黎献②。
阊阖既辟③,承华再建④。明明在上,有集惟彦⑤。
奕奕冯生⑥,哲问允迪⑦。天保定子,靡德不铄⑧。
迈心玄旷⑨,矫志崇邈⑩。遵彼承华⑪,其容灼灼⑫。
嗟我人斯⑬,戢翼江潭⑭。有命集止,翻飞自南⑮。
出自幽谷,及尔同林⑯。双情交映,遗物识心⑰。
人亦有言,交道实难⑱。有颀者弁⑲,千载一弹⑳。
今我与子,旷世齐欢㉑。利断金石,气惠秋兰㉒。
群黎未绥㉓,帝用勤止㉔。我求明德㉕,肆于百里㉖。
金曰尔谐㉗,俾民是纪㉘。乃眷北徂㉙,对扬帝祉㉚。
畴昔之游㉛,好合缠绵㉜。借曰未洽,亦既三年㉝。
居陪华幄,出从朱轮㉞。方骥齐镳,比迹同尘㉟。
之子既命㊱,四牡项领㊲。遵涂远蹈,腾轨高骋。
庆云扶质㊳,清风承景㊴。嗟我怀人,其迈惟永㊵。
否泰苟殊,穷达有违㊶。及子春华,后尔秋晖㊷。
逝将去我,陟彼朔垂㊸。非子之念,心孰为悲㊹。

【注释】

①"於(wū)皇"二句:李善注:"《毛诗》曰:'於皇时周。'《周礼·栗氏量铭》曰:'时文思索。'郑玄曰:'言是文德之君,思求可以为人立法也。'"於,叹美声。皇,大。

②奄:大。黎献:众贤人。李善注引《尚书·益稷》:"万邦黎献,共

惟帝臣。"孔传:"黎,众也;献,贤也。"

③阊阖既辟:李善说此句指惠帝在位。阊阖,皇宫正门。

④承华再建:李善说此句指"立愍怀太子,国储以对阊阖,故谓之再也。"承华,太子宫门名。

⑤"明明"二句:吕向注:"明明,美称;在上,谓天子。能集用俊彦在于左右。"彦,旧时对士子的美称。

⑥奕奕:光彩焕发貌。冯生:指冯文罴。

⑦哲问:谓聪明好学。允:诚信。迪:蹈。李善注:"言信蹈行古人之德。"

⑧靡:无。铄(shuò):光辉美盛貌。

⑨迈:行。玄旷:玄远空旷。

⑩矫:举。崇邈:高大深远。

⑪遵:奉。承华:谓太子。

⑫灼灼:光彩闪动貌。

⑬斯:语尾助词。

⑭戢(jí):收敛。江潭:指江南水乡。

⑮"有命"二句:李周翰注:"天子有命,集止于帝京,翻飞往南而来。"谓应天子征召,从吴地往京城洛阳。

⑯及尔同林:此句以鸟同林喻己和冯文罴同为太子洗马。

⑰"双情"二句:言己与冯情投意合,肝胆相照,不分彼此,心神融通。遗物识心,谓可超越有形之身及语言等的局限而心灵沟通。

⑱"人亦"二句:《汉书》载萧育与朱博为友,著闻当世,后有隙,故世以交为难。

⑲頍(kuǐ):古代用以固冠的发饰。弁(biàn):冠。

⑳一弹:谓"弹冠",《汉书》中载王阳与禹贡友善,王阳做官后,禹贡就弹去冠上灰尘,准备出仕了。这里用来喻己与冯交情亦如此。

㉑"今我"二句:李善注:"言我及子,虽与王、贡旷世(谓相去年代久

远),而实齐其欢也。"

㉒"利断"二句:《周易·系辞》:"二人同心,其利断金;同心之言,其臭如兰。"说二人友情之坚利,可割金石;情投意合言谈中也好像充满了兰花的芳香。

㉓群黎:百姓。绥:安。

㉔用:因。勤:勤劳。止:语尾助词,表确定语气。

㉕我:犹言我皇。明德:美德。

㉖肆:陈置。百里:一县之地,大约百里。这里是指冯文罴迁任斥丘县令。

㉗佥:众人。

㉘俾(bǐ):使。纪:纲纪。

㉙眷:回顾。徂:往。

㉚对扬:对答称扬。指受王命。祉(zhǐ):福。

㉛畴昔:往昔。游:交游。

㉜好合缠绵:谓己与冯情意投合,感情密切。

㉝"借日"二句:李周翰注:"借日,暇日也;洽,犹足也。言王事无暇,常假日而游,尚未为足,亦已三年也。"借日,五臣本作"借日"。

㉞"居陪"二句:这二句写奉陪太子的情形。华幄,华丽的帷帐。朱轮,指朱轮车。"华幄""朱轮"均指太子所用之物。

㉟"方骥"二句:这二句说自己和冯常并驾齐驱。方,并。镳(biāo),马辔。

㊱之子:此人。此指冯文罴。既命:谓受帝命。

㊲四牡:谓四马。项领:车轭驾于马颈上。

㊳庆云:祥云。质:躯。

㊴景:"影"的古字。

㊵"嗟我"二句:这二句说与冯此别,将会历时长久,使自己嗟叹思念不已。迈,行。永,长。

㊶"否泰"二句:这二句意思是说冯文黑官运亨通,自己则仕途不
　　顺。刘良注:"时陆公免官居家,故云殊违也。"否、泰,《周易》二
　　卦名。"否"谓阻塞,"泰"谓通畅。违,异。

㊷"及子"二句:李善注:"言否泰殊流,穷达异辙,今虽及尔春华之
　　美,终当后尔秋晖之盛也。"春华,春花。喻少年时。秋晖,秋天
　　的光华。喻老成时。

㊸陟:登。朔:北方。垂:边地。

㊹"非子"二句:不是因为怀念你,还能为思念谁而如此悲伤呢?

【译文】

　　啊! 伟大圣明的世道,文德教化天下惟我晋朝。自从武帝受命于
上天,广有贤才英豪。

　　皇宫正门既已建立,又建立了太子宫殿承华门。我皇如同日月经
天大放光明,天下俊杰贤士聚集如云。

　　神采焕发的冯生,敏而好学仿效古人德行。上天也会祐护这样的
君子,你的美德定能弘扬光照他人。

　　你思想深刻胸怀开放,具有远大崇高的志向。侍奉太子任职于东
宫,形象光彩照人。

　　嗟叹我自己啊,当年敛翅于江南水乡。朝廷有令征招天下贤才,展
翅飞翔来自南边。

　　出自深幽的山谷,有幸和你同在东宫为官。我们情投意合肝胆相
照,心心相印无需形于语言。

　　古人曾说过这样的话:人生得一知己实在困难。汉朝王阳在位禹
贡弹冠,知友互相引荐千载传为美谈。

　　现在也有你我之交,情谊欢好也可追比前贤。二人同心情谊坚利
可断金石,同心之言气息芳香如同秋兰。

　　天下百姓还未能完全安居,皇上因此忧勤于治理。我皇选取了德
行高尚之人,委为县令去管理百里之地。

群臣都说你能协调好政务,使庶民百姓遵守国家法纪。于是你朝着北方踏上行程,受王命颂扬皇上的恩泽。

回顾往昔我们两人的交往,意趣相投情谊深厚缠绵。常常邀约在假日里同游,意犹未尽时光就过了三年。

华帐中我们一同侍奉太子,外出时我们同随于朱车后面。经常是这样并驾齐驱,飞尘中形影相随跃马翩翩。

现在你又禀受了王命,驾起四马之车赶赴新任。沿着大道远远逝去,意气风发骏马奔跑欢腾。

祥云托护起你的身影,丽日清风伴随着你远行。我思念良友嗟叹不已,此别将使我们长久离分。

命运好坏人人各自不同,坎坷和顺畅也会因人而异。我俩年轻时同在东宫做官,到老来我将会远不及你。

现在你远远离我而去,踏上那遥远的北方边地。如果不是对你深怀思念,我还会因为何人如此悲切?

答贾长渊一首

【题解】

贾谧,字长渊。贾充女贾午之子,本姓韩,入嗣贾充改姓贾,袭封鲁公。贾充长女南风为惠帝皇后,谧倍受宠信,威福过人。又广延宾客,潘岳、陆机等同为谧"二十四友"之一。后与贾后同被司马伦所杀。史载谧对太子实为无礼,《晋书·陆机传》载:"(陆机)好游权门,与贾谧亲善,以进趣获讥。"诗作中的颂美之言实为谀辞。

余昔为太子洗马①,贾长渊以散骑常侍东宫②。积年③,余出补吴王郎中令④。元康六年⑤,入为尚书郎,鲁公赠诗一篇,作此诗答之云尔。

伊昔有皇⑥,肇济黎蒸⑦。先天创物⑧,景命是膺⑨。
降及群后⑩,迭毁迭兴。邈矣终古,崇替有征⑪。
在汉之季⑫,皇纲幅裂⑬。大辰匿耀,金虎习质⑭。
雄臣驰骛⑮,义夫赴节⑯。释位挥戈,言谋王室⑰。
王室之乱,靡邦不泯⑱。如彼坠景⑲,曾不可振⑳。
乃眷三哲㉑,俾乂斯民㉒。启土虽难㉓,改物承天㉔。
爰兹有魏㉕,即宫天邑㉖。吴实龙飞㉗,刘亦岳立㉘。
干戈载扬,俎豆载戢㉙。民劳师兴,国玩凯入㉚。
天厌霸德㉛,黄祚告衅㉜。狱讼违魏,讴歌适晋㉝。
陈留归蕃,我皇登禅㉞。庸岷稽颡㉟,三江改献㊱。
赫矣隆晋㊲,奄宅率土㊳。对扬天人,有秩斯祜㊴。
惟公太宰,光翼二祖㊵。诞育洪胄,纂戎于鲁㊶。
东朝既建㊷,淑问峨峨㊸。我求明德㊹,济同以和㊺。
鲁公戾止㊻,衮服委蛇㊼。思媚皇储,高步承华㊽。
昔我逮兹,时惟下僚㊾。及子栖迟㊿,同林异条[51]。
年殊志比,服舛义稠[52]。游跨三春,情固二秋[53]。
祗承皇命[54],出纳无违[55]。往践蕃朝[56],来步紫微[57]。
升降秘阁,我服载晖[58]。孰云匪惧,仰肃明威[59]。
分索则易[60],携手实难[61]。念昔良游,兹焉永叹[62]。
公之云感,贻此音翰[63]。蔚彼高藻[64],如玉之阑。
惟汉有木,曾不逾境[65]。惟南有金,万邦作咏[66]。
民之胥好[67],狂狷厉圣[68]。仪形在昔[69],予闻子命。

【注释】

①太子洗马:太子属官名。

②贾长渊以散骑常侍东官:六臣本"贾长渊"前有"鲁公"二字,"常
　侍"后有"侍"字。

③积年:据诗中所述,陆机与贾谧同在东官历三个年头。

④吴王:指吴王司马晏,字平度。武帝第二十三子,封吴。

⑤元康六年:296 年。元康,晋惠帝年号(291—299)。

⑥伊:语首助词。有皇:李周翰注:"谓三皇。"

⑦肇:始。黎蒸:黎民百姓。

⑧先:犹尊。

⑨景:大。膺:当。

⑩群后:群君。后,指国君。

⑪崇替:犹兴亡。征:证。

⑫季:末。

⑬幅裂:像布匹被撕裂一样。吕延济注:"皇家纲纪如帛幅分裂,谓
　其群雄分其土地。"

⑭"大辰"二句:六臣本"大"作"火","习"作"曜"。"火辰"即心星。
　金,指金星。虎,指西方白虎七宿中的昴宿。古人认为火星隐匿
　光辉,金星进入昴宿,金昴相迫,则生兵乱。

⑮骛(wù):交驰。

⑯赴节:谓赴其忠节,拯救汉朝。

⑰"释位"二句:张铣注:"天子有难,则诸侯释去其守位,动用干戈,
　以谋匡救王室也。"

⑱"王室"二句:是说王室发生动乱,下属各邦国没有不灭亡的。

⑲坠景:落日。

⑳曾:乃,表强调语气。

㉑眷:顾念。三哲:李善注:"刘备、孙权、曹操也。"

㉒俾:使。乂(yì):治理。

㉓启土:开启疆土。指开国。

㉔改物承天:谓改朝换代乃是上承天命。

㉕爰:于是。

㉖即:就。天邑:国都。

㉗吴:指孙吴。龙飞:如龙飞腾。

㉘岳立:如山岳耸立。贾谧赠诗中有"南吴伊何,僭号称王"句。陆机这里的答句则有尊吴之意。

㉙俎(zǔ)豆:都是古代祭祀时用盛祭品的礼器。此借指礼。戢(jí):收敛。

㉚玩:赏。凯入:奏凯歌而返。

㉛霸德:指以武力征服别人的思想行为。

㉜黄祚:指曹魏的国运。阴阳家用五德终始说来解释王朝兴替的原因,曹魏属土德、色黄,故称其为"黄祚"。釁:同"衅",征兆。

㉝"狱讼"二句:这二句说官司案件都不找曹魏裁决,一片讴歌之声都朝向晋室。意思是指魏王室不得民心,人心都归向司马氏。典出《孟子·万章》述舜得天下事。违,离去。适,到。

㉞"陈留"二句:魏元帝曹奂于咸熙二年(265)禅位于晋武帝司马炎,晋封曹奂为陈留王。归蕃,指曹奂离京去其封国。

㉟庸岷:代指蜀。庸,古国名。三国时地属蜀国。岷,岷山,也在蜀境。稽颡(qǐ sǎng):古代额触及地的跪拜礼,用于居丧答拜或请罪投降,表示极度悲伤惶恐之意。

㊱三江:指吴地。改献:改变奉献的对象。此指吴地归晋。

㊲赫、隆:皆盛美貌。

㊳奄:大。宅:居。率土:犹言四海之内。《诗经·小雅·北山》:"率土之滨,莫非王臣。"

㊴"对扬"二句:这二句意思是说从晋朝建立以来,贾家就深受皇

恩,贵盛无比。所以下文紧接着就追述贾谧先人的勋业。天人,指天子。秩,官吏的职位和品级。祜,福。

㊵"惟公"二句:贾充曹魏时亲附司马氏,参与了司马氏篡夺权力的密谋,为晋太祖司马昭、世祖司马炎宠信,官至尚书令。太宰,指贾充。翼,羽翼。引为辅佐之意。

㊶"诞育"二句:刘良注:"洪胄,谓长子,即谧也。纂,继;戎,大也。"按,贾谧是贾充小女儿嫁河南尹韩寿所生,贾充子名黎民,幼时即亡,后来生子亦未养成,遂无胤嗣。充死后,其妻郭槐奏请晋武帝,说充遗意是以韩谧作为黎民之子入嗣袭封,遂封为鲁公。这二句即是说贾(韩)谧是以贾充长支的身份继承爵位的。

㊷东朝既建:指立太子。东朝,东宫。

㊸淑问:美好的名声。峨峨:比喻声望崇高。

㊹我:指太子。明德:指德行美好之人。

㊺济同以和:同心同德,和睦相处。

㊻戾止:到来。

㊼衮服:古代皇帝和上公的礼服。委蛇(yí):庄重从容之貌。

㊽"思媚"二句:这二句说贾谧很爱皇太子,经常出入于承华门。按,贾谧之母贾午,是惠帝皇后之妹。媚,喜爱。

㊾"昔我"二句:这二句说自己那时正是太子的部下。逮,及。下僚,部下。

㊿及:和。子:指贾谧。栖迟:游息。

(51)同林异条:李善注:"俱在东宫,故曰'同林'。而贵贱殊隔,故曰'异条'。"

(52)"年殊"二句:吕延济注:"谧少机老,故曰'年殊'。相与为友,故曰'志比'。爵秩各异,故曰'服殊'。志相善,故曰'义稠'。"舛(chuǎn),差异。五臣本作"殊"。

(53)"游跨"二句:说自己和贾谧相处已历三个春天,情谊牢固已两年了。

㉤祗(zhī)：敬。

㉕出纳：出入。

㉖往践蕃朝：指自己出补吴王郎中令。

㉗来步紫微：指自己元康六年(296)回京任尚书郎。古人以紫微星垣比喻皇宫。

㉘"升降"二句：这二句说自己任职于尚书省，穿着很有光彩的官服。升降，谓上下出入。秘阁，指尚书省。

㉙仰肃：仰敬。

⑥索：散。

⑥携手：谓相聚。

⑥"念昔"二句：这二句是重述出补吴王郎中令时的相思之情。兹焉永叹，这就令人长叹。

⑥贻：赠。音翰：指贾谧的赠诗。

⑥蔚：谓文采华美。高藻：高妙的文辞。

⑥"惟汉"二句：李善注："贾谧赠诗云：'在南称柑，度北则橙。'故答以此言。"《周礼·考工记》："橘逾淮而北为枳。"与下注互参。

⑥"惟南"二句：李善注："木度北而变质，故不可以逾境。金百炼而不销，故万邦作咏。贾戒之以木，陆自勖以金也。"按，陆机以南人入北，颇遭歧视，故贾诗云"在南称柑，度北则橙"。陆答以"惟南有金"二句，兀傲之气可见。

⑥胥(xū)：相。

⑥狂狷：《论语·子路》："不得中行而与之，必也狂狷乎？狂者进取，狷者有所不为也。"包咸注："狂者进取于善道，狷者守节无为。"狂狷谓激进与拘谨保守，俱各有所偏失。厉：砥砺。

⑥仪形在昔：谓古代圣贤已有表率。仪形，犹仪表。

【译文】

从前，我任太子洗马时，鲁公贾长渊以散骑常侍的身份也在东宫侍奉太子。过了几年,我补任吴王的郎中令离开了京城。元康六年,又回到京城担任尚书郎的职务,鲁公赠我诗作一篇,我写作这首诗酬答他。

还是在那远古的三皇时代,就已开始拯救黎民苍生。浩浩上天创造了世间万物,奉天承命承担了治民重任。

可是到了后世历代君主,帝王基业有的毁亡有的兴盛。从远古一直算到当今天,王朝的更迭替代皆史有明证。

就在刘汉王朝的末年,皇家纲纪败坏疆土裂分。心星的光辉渐渐消隐,金虎相迫则生兵乱。

英雄豪杰跃马翩翩纵横驰骋,义夫节士勇赴国难赤胆忠心。纷纷离开职守而兵戎相见,都说是为匡救王室重振乾坤。

在朝廷之内发生了祸乱,没有哪个邦国能够生存。就像那西沉的太阳,任谁也不能够使它回升。

于是人们寄希望于三哲,望他们能够拯救天下众生。开国安邦虽说是十分困难,也只得改朝换代顺天应民。

于是先有了魏国建立,定都于中原即位登基。孙吴也像那巨龙飞腾,刘备也如同山岳耸峙。

三国之间你征我伐刀兵高举,忙于军事谁还讲究文德礼仪。不惜劳动黎民大举兴师,最爱听胜利归来凯歌声起。

老天也厌弃这种霸道作风,魏国国运渐渐露出衰败迹象。人心再也不肯朝向曹魏,一片歌声都是把晋王颂扬。

魏帝让位去了陈留封国,我皇登践大位接受了禅让。蜀地岷山低头跪拜臣服,吴地三江纳贡称臣归降。

伟大光辉的大晋王朝啊!一统天下拥有辽阔的领土。禀受王命称扬天子的恩德,您身居高位享受齐天洪福。

您的先人贾公身为太宰,地位显赫辅助了太祖和世祖。他养育了您这样杰出的后代,继承前人事业袭封为公爵。

自从太子议立居住在东宫,美好的名声如同山岳高耸。太子希望求取具有美德之人，以便融洽相处休戚与共。

　　鲁公奉命侍奉太子来到东宫，朝服端正礼节具备恭敬稳重。全心全意与太子亲密相处，出入于承华门中仪态从容。

　　当年我也在东宫侍奉太子，担任的是太子洗马一职。我和您好像飞鸟同宿一林，只是我处低条您在高枝。

　　我们年龄悬殊却志趣相投，职位不同却有深厚的情义。我们交游时跨三个春天，感情牢固中经两个秋季。

　　对于皇命我向来谨慎遵循，进进出出从不违犯半分。当年受命前往藩国任职，今又应诏重新返回京城。

　　任职为尚书郎出入于内廷，身着漂亮的朝服光彩照人。谁说我不是心存敬畏，仰视天子威严怎不肃然起敬。

　　感慨分手离别那么容易，要想重逢携手相欢多么困难。回忆往昔在一起美好的交游，不禁感慨不已大发长叹。

　　贾公您也说有感于此，所以赠送给我这首诗篇。文辞是这样的高雅华美，如同纯洁的白玉。

　　美丽的橘树生长在江汉，移植北方就不再结出橘柑。但我们南国也出产黄金，千锤百炼永不变质谁不赞叹！

　　好朋友本当有劝勉之责，互相砥砺纠正偏失追效圣贤。古代先贤已经做出了表率，聆听您的指教使我获益匪浅。

于承明作与士龙一首

【题解】

　　陆云，字士龙，陆机之弟。刘良曰："承明，亭名。机从吴入洛，与弟士龙别于长林亭。作诗与士龙述相思之意。"陆机与陆云入洛阳是在太康（280—289）末年。

牵世婴时网①，驾言远徂征。

饮饯岂异族②，亲戚弟与兄。

婉娈居人思③，纡郁游子情④。

明发遗安寐⑤，寤言涕交缨⑥。

分涂长林侧，挥袂万始亭。

伫盼要遐景⑦，倾耳玩余声⑧。

南归憩永安⑨，北迈顿承明⑩。

永安有昨轨⑪，承明子弃予。

俯仰悲林薄⑫，慷慨含辛楚⑬。

怀往欢绝端⑭，悼来忧成绪。

感别惨舒翮⑮，思归乐遵渚。

【注释】

①婴：缠。时网：时俗的罗网。此指仕途。

②饮饯：饮宴饯别。

③婉娈：眷念貌。居人：居家之人。指家中亲人。

④纡郁：盘屈郁结。以上六句是写从家乡出发时的情景。

⑤明发：拂晓。

⑥寤：醒。缨：系在颔下的冠带。

⑦伫盼：伫立瞻望。要（yāo）：邀。遐景：远影。

⑧玩：品味。

⑨憩：休息。永安：亭名。

⑩迈：行。顿：停止。

⑪昨轨：昨天的车辙。

⑫俯仰：低头仰头貌。形容伤心悲泣的样子。林薄：草木丛生处。

⑬辛楚：辛酸痛苦。

⑭端：头绪。

⑮舒翮(hé)：舒展翅膀。

【译文】

被出仕做官的俗念纠缠，所以才乘车离家远行。

设宴饯别的哪里是外人，都是自己的亲人和弟兄。

家中亲人心里常常眷念牵挂，游子在外胸中郁结思乡深情。

天刚拂晓就再不能安然沉睡，醒来告别热泪滂沱沾湿衣襟。

长林之旁就是分手的路口，万始亭边挥手言别两下离分。

久久伫立凝望着你远去的身影，倾耳细听你从远处传来的余音。

你在南归的路上憩息于永安，我在北行的路上投宿于承明。

永安道上还留有昨日的车迹，承明道上你却已经把我抛弃。

草茂林深更觉凄凉俯仰悲泣，痛苦辛酸不堪忍受浩然叹息。

怀念往事相处之乐今已断绝，遥想将来形单影只忧思如织。

伤感离别我心惨然难展双翅，你却像那归飞之鸟充满欣喜。

赠尚书郎顾彦先二首

【题解】

顾荣，字彦先，吴人。与陆机兄弟同入洛，时人号为"三俊"。曾官尚书郎。此诗其一写久雨与顾不能见面的思念，其二写思虑故乡的心情。

> 大火贞朱光，积阳熙自南①。
> 望舒离金虎②，屏翳吐重阴③。
> 凄风迕时序④，苦雨遂成霖⑤。
> 朝游忘轻羽⑥，夕息忆重衾⑦。
> 感物百忧生，缠绵自相寻⑧。

与子隔萧墙⑨,萧墙隔且深。

形影旷不接⑩,所托声与音。

音声日夜阔⑪,何用慰吾心?

【注释】

①"大火"二句:这二句意思是,仲夏季节,正是酷热的时候。大火,星名。心宿中央的红色大星。古代以之标志节候。贞,正。朱光,犹朱明,夏天的别称。大火运行于正中,是仲夏季节。积阳,积蓄的阳气。熙,兴。

②望舒:月的别称。离:遭。金虎:西方属金,白虎星在西方,故称"金虎"。

③屏翳:雨师名。重阴:重云。

④迕:逆。

⑤霖:雨三日以上称霖,谓久雨。

⑥轻羽:指羽毛做成的扇子。

⑦重衾:厚被。

⑧缠绵:形容愁思不断的样子。

⑨萧墙:照壁。后引申为宫墙。

⑩旷:长久。

⑪音声日夜阔:谓书信也已经好久不曾往来。阔,久别。

【译文】

在大火星运行至中天的夏季,南方蓄积的热气最为旺盛。

月亮与西方白虎星互相遭遇,预示久雨天上开始密布浓云。

凄风吹拂真是不合时令,苦雨连绵不断下个不停。

白天外出全然毋需带扇,晚上睡眠尚需厚被御寒。

有感于此令我心生忧虑,愁思绵绵真是把烦恼自寻。

我和你虽然只隔一道宫墙,一道宫墙竟然是这样幽深。

我和你已经是好久未能见面,只好将思念之情寄托于书信。
书信往来也已经许久未通,用什么才能慰藉我思念之情?

朝游游层城^①,夕息旋直庐^②。

迅雷中宵激^③,惊电光夜舒^④。

玄云拖朱阁^⑤,振风薄绮疏^⑥。

丰注溢修溜^⑦,黄潦浸阶除^⑧。

停阴结不解^⑨,通衢化为渠^⑩。

沉稼湮梁颍^⑪,流民溯荆徐^⑫。

眷言怀桑梓^⑬,无乃将为鱼^⑭?

【注释】

①层城:相传昆仑山上有层城,为天帝所居。此指京都。

②旋:回。直庐:值班的房屋。

③中宵:半夜。激:震动。

④舒:布。

⑤玄云:黑云。拖:曳。

⑥振风:风振物而动,故称振风。薄:迫近。绮疏:窗。

⑦丰注:大雨。丰,多。修:长。溜(liù):屋檐下接水的水槽。

⑧黄潦:地上乱流的积水。阶除:台阶。

⑨停阴:凝云。

⑩通衢:大街。

⑪沉稼:被水淹没的庄稼。湮:淹没。梁:指梁国。治今河南商丘睢阳区。颍:指颍川郡。今河南许昌。

⑫溯:逆流而上。荆:荆州,今属湖北。徐:徐州,今属江苏。

⑬眷言:犹眷然,心向往貌。桑梓:故乡。

⑭无乃:恐怕,大概。

【译文】

白天出游于皇皇京都,晚上回到值班房中歇宿。

半夜里忽然惊雷大震,一道道闪电光芒四布。

长长的黑云压在楼顶,狂风扑窗发出阵阵响声。

大雨如注溢出了檐槽,地上积水漫上了台阶。

浓云凝聚空中久不消散,大街如同渠道流水纵横。

梁、颍一带庄稼均遭淹没,荆州、徐州充满逃难灾民。

见此情景我心怀念故乡,恐怕那里已是一片汪洋。

赠顾交阯公真一首

【题解】

顾秘,字公真,任交州刺史。交阯,即交州旧名。相当于现在广东、广西大部,以及越南北部。

顾侯体明德①,清风肃已迈②。

发迹翼藩后③,改授抚南裔④。

伐鼓五岭表,扬旌万里外⑤。

远绩不辞小,立德不在大⑥。

高山安足凌⑦,巨海犹萦带⑧。

惆怅瞻飞驾⑨,引领望归斾⑩。

【注释】

①体:包含,具有。明德:美德。

②迈:远。

③发迹翼藩后：李善注引《顾氏谱》："秘为吴王郎中令。"翼，辅佐。
　　藩后，指吴王。

④改授：改任。南裔：指交州。

⑤"伐鼓"二句：此二句以"伐鼓""扬旌"形容顾秘镇抚交州。五岭，
　　山脉名。在今湖南、江西与两广交界处。表，外。旌，旗。

⑥"远绩"二句：吕延济注："绩，功也。言远有功绩，不辞小位；立德
　　成理，亦不在大国，小亦可为之。"按，交州是边地，故称其为小。

⑦凌：逾越。

⑧萦：绕。

⑨飞驾：指迅速远去的车驾。

⑩引领：伸长脖子眺望貌。归旆(pèi)：归来的旗帜。

【译文】

顾侯您具有美好的品德，风范清高，严正而远大。

您起先奉命辅助吴王，现在改任镇抚南疆边民。

五岭之外响起威严的鼓声，万里外的南疆旗帜飘扬。

建立功绩不在乎地方僻远，树立德行不追求厚禄高官。

逾越高山峻岭您视若等闲，把大海视作衣带一般。

遥望您车驾飞逝我充满惆怅，引颈长望期待着您回还。

赠从兄车骑一首

【题解】

　　这首诗是陆机写给他的堂兄陆士光的。李善曰："《集》云陆士光。"
陆士光事迹不详。《晋书·顾荣传》载顾荣推荐吴士光语："陆士光贞正
清贵，金玉其质。"或即是。车骑，官名。

孤兽思故薮①，离鸟悲旧林。

翩翩游宦子②,辛苦谁为心?

仿佛谷水阳,婉娈昆山阴③。

营魄怀兹土④,精爽若飞沉⑤。

寤寐靡安豫⑥,愿言思所钦⑦。

感彼归涂艰,使我怨慕深⑧。

安得忘归草⑨,言树背与衿⑩。

斯言岂虚作,思鸟有悲音⑪。

【注释】

①薮(sǒu):沼泽少水草茂称薮。

②翩翩:形容在外游旅的样子。游宦子:离乡做官之人。

③"仿佛"二句:李善注引陆道瞻《吴地记》:"海盐县东北二百里,有长谷。昔陆逊、陆凯居此。谷东二十里,有昆山,父、祖葬焉。"阳,山南水北谓之阳。阴,山北水南谓之阴。

④营魄:魂魄,精神。《老子》十章:"载营魄抱一,能无离乎?"河上公注:"营魄,魂魄也。"

⑤精爽:魂魄。若飞沉:若飞若沉。心神不宁状。

⑥靡:无。安豫:安宁。

⑦所钦:指陆士光。

⑧怨慕:怨恨而又思慕。

⑨忘归草:即萱草,又名忘忧草。

⑩言:语助词。树:栽种。背与衿:背后和前面。

⑪"斯言"二句:此话哪里有假:思伴之鸟也有悲切的哀鸣。意谓鸟犹如此,何况于人?

【译文】

孤独的野兽会思念故土,离群之鸟悲念旧日的树林。

做官之人长期离乡在外奔走,究竟为谁而如此苦心劳神?
谷水北的故乡常浮现眼前,昆山北边的美景多么迷人。
心怀故土呵使我魂牵梦绕,心念家乡啊使我心神不宁。
无论睡着和醒来都不安稳,心中总想着我所钦敬之人。
回归之路充满艰难令人感慨,使我怨恨而思念却更加深沉。
怎能得到那忘忧的萱草? 栽种在房前屋后以慰我心。
此话真是说得一点不假:思伴之鸟也会发出悲哀的鸣声。

答张士然一首

【题解】

　　李善注引孙盛《晋阳秋》:"张悛,字士然。少以文章与陆机友善。"
刘良曰:"(陆)机从驾出游,士然赠诗,故有此答。"诗作写自己终日埋头
文案,未得闲暇,幸从驾出游,见农田风光,不觉引起怀乡之情。

洁身跻秘阁^①,秘阁峻且玄^②。
终朝理文案^③,薄暮不遑瞑^④。
驾言巡明祀^⑤,致敬在祈年^⑥。
逍遥春王圃^⑦,踯躅千亩田^⑧。
回渠绕曲陌^⑨,通波扶直阡^⑩。
嘉谷垂重颖^⑪,芳树发华颠^⑫。
余固水乡士,总辔临清渊^⑬。
戚戚多远念,行行遂成篇。

【注释】

　　① 洁身:谓端正品行。跻:升。秘阁:指尚书省。陆机于元康六年

（296）任尚书郎。

②峻且玄：高峻而幽远。形容尚书省威严肃穆之状。

③终朝：早晨。与下文"薄暮"相对，表示从早到晚。

④遑：暇。瞑：眠。

⑤巡：巡游。旧时用于帝王出游。明祀：对神明的祭祀。

⑥祈年：祈祷年成丰收。

⑦春王圃：园林名。

⑧踯躅（zhí zhú）：慢行貌。千亩田：《礼记·祭义》："昔者天子为藉千亩。"藉田是古代天子、诸侯征用民力耕种的田。这里是代指晋皇巡游之处。

⑨回渠：曲折的水渠。曲陌：田间弯曲的小道。

⑩通波：谓水渠直通貌。直阡：田间直道。

⑪重颖：沉甸甸的谷穗。

⑫华颠：指树梢开着花朵。颠，梢。

⑬总辔：握住马缰，谓乘马。

【译文】

洁身处世得以升迁尚书省，尚书省官署多么威严幽深。

整天忙于处理公文卷宗，直到傍晚也没时间休息安寝。

喜随皇上乘车出游祭祀神明，恭敬祈祷天地赐予丰收年成。

在春王圃逍遥自在地游览，缓行于郊外田间视察农情。

弯渠环绕着田间曲折的小路，通渠沿着直道而流波光粼粼。

谷子垂下沉甸甸的谷穗，树梢上繁花绽开美丽迷人。

我本是来自那江南水乡，乘马面临清流触动思乡之情。

远思乡土忧愁从心中升起，行走中吟成此诗回赠故人。

为顾彦先赠妇二首

【题解】

　　本诗诗题,李善曰:"《集》云'为全彦先'作,今云'顾彦先',误也。且此上篇赠妇,下篇答,而俱云'赠妇',又误也。"梁章钜《文选旁证》云:"陆士龙亦有此作,而二陆又别有赠顾彦先诗,则'顾'字似不误。又按《玉台新咏》载士龙此诗题'赠妇'下有'往反'二字,度士衡此题亦必尔。当由传写误脱耳。"

　　　　　　　辞家远行游,悠悠三千里。
　　　　　　　京洛多风尘,素衣化为缁①。
　　　　　　　修身悼忧苦②,感念同怀子③。
　　　　　　　隆思辞心曲④,沉欢滞不起⑤。
　　　　　　　欢沉难克兴⑥,心乱谁为理?
　　　　　　　愿假归鸿翼⑦,翻飞浙江汜⑧。

【注释】

①素衣:白绢做成的衣服。缁:黑。

②修身:努力提高自己的品德修养。诗中指追求仕进。李善注:"《孟子》曰:'古之人不得志,修身见于世。'"悼:伤。

③同怀子:同怀抱之人。此指其妇。

④隆思:多思。辞:六臣本作"乱"。心曲:犹心中。

⑤滞:沉重。

⑥兴:张铣注:"兴,起也。"

⑦假:借。

⑧汜(sì):水边。顾荣是江南人,故以"江汜"称其故里。

【译文】

离家远游做官客居异地,和故乡隔着三千里的距离。

京城洛阳多有风沙灰尘,白衣也被染成了黑衣。

宦游离乡使人感到忧伤苦闷,常常怀念感情笃深的亲人。

纷繁的思念扰乱了我的心绪,心情沉重再也体会不到欢欣。

欢乐消失情绪难以振起,心如乱麻谁能为我理清?

多想借那飞鸿的双翅,翩翩飞翔于故乡的水滨。

东南有思妇,长叹充幽闼①。

借问叹何为,佳人眇天末②。

游官久不归,山川修且阔③。

形影参商乖④,音息旷不达⑤。

离合非有常,譬彼弦与括⑥。

愿保金石躯⑦,慰妾长饥渴⑧。

【注释】

①幽闼(tà):深闺。

②眇(miǎo):遥远。天末:天边。

③修:长。

④参(shēn)商:二星名。参星和商星此起彼没,两不相见。乖:离。

⑤旷:长久。

⑥括:箭的末端。

⑦金石躯:用金石的坚固来比喻身体健康。

⑧饥渴:喻相思。

【译文】

东南有位充满愁思的妇人,在深闺中一声接一声长叹。

要问她因为什么叹息不已,丈夫离别家乡远在天边。

在外做官已经长久未归,山高水阔道路十分遥远。

夫妻竟如参商两不相见,音信也已经长久未传。

叹人生离合这样变化无常,如同羽箭转眼间就已离弦。

但愿您能保养身体健康长寿,不辜负我殷切的挂念。

赠冯文罴一首

【题解】

参阅前《赠冯文罴迁斥丘令》。从诗意看,大约是冯赴任后,捎信给陆机,陆机于是写诗为赠,表达思念友人的心情。

> 昔与二三子,游息承华南。
>
> 拊翼同枝条①,翻飞各异寻②。
>
> 苟无凌风翮③,徘徊守故林。
>
> 慷慨谁为感? 愿言怀所钦④。
>
> 发轸清洛汭⑤,驱马大河阴⑥。
>
> 伫立望朔涂⑦,悠悠迥且深⑧。
>
> 分索古所悲⑨,志士多苦心。
>
> 悲情临川结,苦言随风吟。
>
> 愧无杂佩赠⑩,良讯代兼金⑪。
>
> 夫子茂远猷⑫,款诚寄惠音⑬。

【注释】

①拊(fǔ)翼:拍打着翅膀。

②异寻:不同的方向。

③翮(hé):翅膀上的硬羽。代指翅膀。

④所钦:指冯文罴。

⑤发轸(zhěn):发车。清洛汭(ruì):指洛水北面的洛阳。汭,水北
　为汭。

⑥大河阴:指黄河南面的斥丘县。阴,水南为阴。

⑦朔涂:北方的道路。

⑧迥(jiǒng):远。

⑨分索:分离。

⑩杂佩:由多种佩玉构成的玉佩。

⑪兼金:美金,因其价兼倍于普通金,故称兼金。

⑫猷(yóu):谋略。

⑬款诚:真诚的心意。

【译文】

往昔我和二三个朋友,共同侍奉太子于东宫。

就像鸟儿同栖于一树,后来却分飞各自西东。

如果没有迎风高翔的双翅,就只能困守在旧林之中。

问有谁人能使我心情激动? 那就是您我所尊敬的良朋。

当初您乘车从洛阳出发,驱赶马儿前往斥丘上任。

我伫立长望您北去之路,道路是那样的漫长幽深。

分离从来就令人感到悲伤,有志之士总难免操心劳神。

面对河水只觉悲伤郁结,苦苦思念的诗句随风长吟。

只惭愧没有佩玉相送给您,只能以好消息聊表深情。

您在远方施展雄才大略,也未忘记捎信给我表达问讯。

赠弟士龙一首

【题解】

参阅前《于承明作与士龙》诗。

> 行矣怨路长,怒焉伤别促①。
> 指途悲有余,临觞欢不足。
> 我若西流水,子为东跱岳。
> 慷慨逝言感,徘徊居情育②。
> 安得携手俱,契阔成骓服③。

【注释】

①怒(nì):忧思伤痛之意。促:仓促。

②"慷慨"二句:上句言己离乡远游,别言中充满了激动的感情。下句言士龙家居,恋乡之情更生。育,生。

③契阔:聚合。骓(fēi)服:古代驾车的马,在中间的叫服,两旁的叫骓或骖。

【译文】

离乡远行我怨恨道路漫长,离别匆匆我心中充满忧伤。

遥指长路悲伤之情不尽,面对酒杯总嫌不够欢畅。

我像那西边的流水流转不止,你像那东边的山岳长守故乡。

离人之言感情十分激动,家居之人眷念乡土情更深长。

什么时候我们才能携手同行,就像那驾车之马齐驱于路上?

潘安仁

见卷第七《藉田赋》作者介绍。

为贾谧作赠陆机一首

【题解】

参阅前陆士衡《答贾长渊》诗。

肇自初创，二仪烟熅①。粤有生民②，伏羲始君③。
结绳阐化④，八象成文⑤。芒芒九有，区域以分⑥。
神农更王⑦，轩辕承纪⑧。画野离疆，爰封众子⑨。
夏殷既袭，宗周继祀⑩。绵绵瓜瓞⑪，六国互峙⑫。
强秦兼并，吞灭四隅⑬。子婴面榇⑭，汉祖膺图⑮。
灵、献微弱⑯，在涅则渝⑰。三雄鼎足⑱，孙启南吴。
南吴伊何⑲？僭号称王⑳。大晋统天，仁风遐扬㉑。
伪孙衔璧㉒，奉土归疆。婉婉长离㉓，凌江而翔。
长离云谁？咨尔陆生㉔。鹤鸣九皋㉕，犹载厥声㉖。
况乃海隅㉗，播名上京㉘。爰应旌招㉙，抚翼宰庭㉚。
储皇之选㉛，实简惟良㉜。英英朱鸾㉝，来自南冈。
曜藻崇正㉞，玄冕丹裳㉟。如彼兰蕙，载采其芳㊱。
藩岳作镇㊲，辅我京室。旋反桑梓㊳，帝弟作弼㊴。
或云国宦㊵，清涂攸失㊶。吾子洗然㊷，恬淡自逸㊸。
廊庙惟清㊹，俊乂是延㊺。擢应嘉举㊻，自国而迁㊼。
齐辔群龙㊽，光赞纳言㊾。优游省闼㊿，珥笔华轩(51)。
昔余与子，缱绻东朝。虽礼以宾，情同友僚。
嬉娱丝竹，抚鞞舞韶(52)。修日朗月(53)，携手逍遥。
自我离群，二周于今(54)。虽简其面(55)，分著情深(56)。
子其超矣(57)，实慰我心。发言为诗，俟望好音。

欲崇其高，必重其层⑱。立德之柄⑲，莫匪安恒⑳？
在南称甘，度北则橙。崇子锋颖㉑，不颓不崩。

【注释】

①“肇自”二句：这二句说世界初创时，天地间充满了元气。肇，始。
　　二仪，指天地。《周易·系辞》：“是故易有太极，是生两仪。”烟煴
　　(yīn yūn)，元气。

②粤：语首助词。

③伏羲：神话传说的人类始祖，古三皇之一。

④结绳：用绳子打结以记事。《周易·系辞》：“上古结绳而治，后世
　　圣人易之以书契。”阐化：阐扬教化。

⑤八象：八卦。相传为伏羲所创。成文：谓成其文德教化。

⑥“芒芒”二句：《淮南子·览冥训》载女娲补天故事，曰：“往古之
　　时，四极废，九州裂。”女娲亦为古代神话中的三皇之一（《风俗通
　　义·皇霸》引《春秋纬运斗枢》）。九有，九州。

⑦神农：传说中的三皇之一。或云即炎帝。

⑧轩辕：即黄帝。《史记·五帝本纪》：“轩辕为天子，代神农氏，是
　　为黄帝。”

⑨“画野”二句：说黄帝划分疆土，分封他的儿子。画，划分。
　　离，分。

⑩“夏殷”二句：说夏、商、周三个朝代相继。

⑪绵绵：不绝貌。瓞(dié)：小瓜。

⑫六国：指战国时楚、齐、韩、燕、赵、魏国。互峙：并立。

⑬“强秦”二句：强大的秦国吞并六国，统一天下。四隅，犹四方。

⑭子婴：秦始皇孙，秦二世兄子。赵高杀二世，立他为秦王。他设
　　计杀赵高，降刘邦，旋为项羽所杀。面榇(chèn)：指出降时将棺
　　材抬在前面，自己随于后，表示必死无疑。这是投降的仪式。

　　椟,棺材。

⑮汉祖:汉高祖刘邦。膺图:合于符图。意谓刘邦做皇帝是符合天
　　意的。

⑯灵、献:指汉灵帝和汉献帝。汉末的两位皇帝。

⑰涅:矿物名。古代用作黑色染料。渝:变。

⑱三雄:指曹操、刘备、孙权。

⑲南吴伊何:南方的孙吴算得了什么。

⑳僭(jiàn)号:旧时指超越本分称帝。晋朝上受魏禅登位,故以孙
　　吴为僭越。

㉑遐扬:远扬。

㉒伪孙:指东吴末帝孙皓。衔璧:《春秋左传·僖公六年》:"许男面
　　缚衔璧。"杜预注:"缚手于后,惟见其面,以璧为贽,手缚故衔
　　之。"后因称国君投降为"衔璧"。吴末帝天纪四年(280),晋攻
　　吴,孙皓投降称臣,封归命侯。

㉓婉婉:美好貌。长离:灵鸟名。或云即凤凰。

㉔咨:嗟叹声。尔:你。

㉕九皋:深泽。《诗经·小雅·鹤鸣》:"鹤鸣于九皋,声闻于天。"毛
　　传:"皋,泽也。"郑笺:"皋,泽中水溢出所为坎,自外数至九,喻深
　　远也。"

㉖厥:其。

㉗海隅:海角。此指吴地。

㉘上京:指京城洛阳。

㉙爰:于是。旌招:以旗饰车招贤。

㉚抚翼宰庭:指陆机为太傅杨骏推荐任祭酒。抚翼,是以鸟起飞喻
　　陆机受任。宰,指杨骏。

㉛储皇:储君,太子。

㉜简:选择。

㉝英英:鲜明貌。朱鸢:传说中的鸢鸟。喻陆机。

㉞曜藻:谓陆机大展文采。崇正:李善注:"太子之宫也。"《晋书·潘尼传》:"上以皇太子富于春秋,而人道之始莫先于孝悌,初命讲《孝经》于崇正殿。"

㉟玄冕:黑色的帽子。丹裳:红衣。

㊱"如彼"二句:李周翰注:"言陆机如兰蕙,太子则取其道德之芳也。"

㊲藩岳:指吴王司马晏。他是惠帝之弟,故下文称"帝弟"。

㊳桑梓:故乡。陆机吴人,故云返乡。

㊴弼:辅佐。此指陆机任吴王郎中令事。

㊵国宾:朝官。

㊶清涂:地位尊显,事务不繁的仕途。此指太子洗马的官职。攸:所。

㊷洗然:肃敬貌。

㊸恬淡自逸:安然无事,泰然处之。

㊹廊庙:指朝廷。

㊺俊乂:才干杰出、善于治理政务之人。乂,治理。延:进用。

㊻擢:提拔。举:升迁。

㊼国:指吴王封国。

㊽齐辔:齐驱并驾。群龙:喻朝中群臣。

㊾赞:辅佐。纳言:古代官名。掌出纳王命。与晋时尚书令相当。陆机为尚书中兵郎,故曰"光赞"。

㊿优游:悠闲自得。省闼:指省中,禁中。闼,门。

(51)珥笔:古代史官、谏官,或近臣侍从,把笔插在帽子上,以便随时记录、撰述。此处谓执笔。华轩:宫殿上的栏杆。代指宫殿。

(52)鼙(pí):同"鼙",小鼓。韶:虞舜乐曲名。这里代指美好的音乐。执鼙而舞是汉魏晋时用于宴享的一种舞蹈。

(53)修日:谓阳光美好的晴天。

(54)"自我"二句:说陆机出为吴王郎中令,于今已历整整两年。

(55)简:略。

(56)分著:分明。

(57)超:高升之意。

(58)重:增加。

(59)柄:根本。

(60)恒:常。

(61)崇:崇敬。锋颖:锋芒。指陆机崇高的品德。

【译文】

在那世界初创的洪荒远古,天地间充满了浑茫的元气。于是渐渐有了人类出现,最早的人君就是伏羲。

他结绳而治弘扬教化,创造了八卦以成文德。茫茫大地划分成九州,区域界限从此得以划分。

在神农氏的时代之后,是轩辕氏把帝位接替。他把辽阔的疆土划分开来,分封给他众多的儿子。

夏朝之后是殷商承袭,殷商之后又是周朝相继。就像结满大瓜小瓜的瓜藤蔓延,到了东周时候有六国并立。

强大的秦国以武力兼并,吞灭了六国四海统一。秦王子婴开门投降,汉高祖符合天命做了皇帝。

灵帝、献帝衰微政权渐移,正如白色之物渐渐变成黑色。曹、刘、孙三雄鼎足而立,孙权开辟江南拥兵割据。

南吴算得上什么东西!竟也敢不安本分妄称皇帝。我大晋王朝一统天下,把仁惠之风远远地布扬。

孙吴伪朝终于衔璧出降,江南大地归入我大晋国疆。江南有只美丽的长离鸟,越过长江朝京都翩翩飞翔。

"长离"说的是谁人?说的就是您呀——陆生!仙鹤鸣叫在深泽,

而远近都能听到它的声音。

何况您身处边远的海滨，名声却远远传播于京城。于是您应朝廷旌车招贤，展翅腾飞于宰相门庭。

对于给太子选择师友，的确要选取优秀的精英。您犹如那艳丽非凡的朱鸾，高飞远翔来自南方的山冈。

您在崇正殿大展文才，身着朝服仪态庄重大方。如同那幽兰和蕙草，散发出馥郁的芬芳。

吴王如同山岳坐镇，辅卫着皇皇京城。您不久又回到家乡，在吴王手下担任辅佐之臣。

有人说您本是朝廷京官，丢弃尊显官职去接受外任。但您对此却泰然处之，安详自得丝毫不乱方寸。

朝廷用人总是选贤授能，杰出的人才终会得到举进。您又被提拔委以新任，从吴国升迁回到了京城。

您和朝中群贤并驾齐驱，大展才华辅助尚书令。从容不迫供职于尚书省，执笔宫中代皇上草写诏令。

想当年我和您同在东宫，互相间结下了深厚的友情。虽然以礼相待如同宾客，感情上却既是同僚又是友人。

我们一起陶醉在音乐声中，击起小鼓跳舞多么欢欣。或趁阳光明媚或踏朗月清光，我们携手同游共享美好时辰。

自从您离开我们赴任江南，到现在已经整整两个周年。虽说是因为离别未曾见面，情义却与日俱增不曾衰减。

您现在又蒙提拔回到京都，实在使我感到欣慰乐上心田。心中之喜按捺不住发而为诗，同时期待着您回赠美妙诗篇。

要想使某种事物变得高峻，必须一层一层递加累增。树立高尚品德的根本，难道不正在于安常守恒？

橘树生在南方称之为橘，移栽到北方就化而为橙。而您崇高的品德啊，如同巍巍山岳永不颓崩。

潘正叔

　　潘尼(约250—约311),字正叔,荥阳中牟(今属河南)人。西晋文学家。太康中,举秀才。官至太常卿。与叔父潘岳同以文学著名,世称"两潘"。其诗注重文采,多为应酬赠答之作。原有集十卷,已散佚。明人辑有《潘太常集》。传附《晋书·潘岳传》。

赠陆机出为吴王郎中令一首

【题解】

　　潘尼于元康(291—299)初拜为太子舍人,陆机时为太子洗马,二人同在东宫。约在元康四年左右,机出为吴王郎中令,尼以此诗赠之。

东南之美,曩惟延州①。显允陆生②,于今鲜俦③。
振鳞南海,濯翼清流④。婆娑翰林⑤,容与"坟""丘"⑥。
玉以瑜润⑦,随以光融⑧。乃渐上京⑨,乃仪储宫⑩。
玩尔清藻⑪,味尔芳风⑫。泳之弥广⑬,挹之弥冲⑭。
昆山何有?有瑶有珉⑮。及尔同僚,具惟近臣⑯。
予涉素秋⑰,子登青春⑱。愧无老成,厕彼日新⑲。
祁祁大邦⑳,惟桑惟梓㉑。穆穆伊人㉒,南国之纪㉓。
帝曰"尔谐"㉔,惟王卿士㉕。俯偻从命㉖,爰恤爰喜㉗。
我车既巾㉘,我马既秣㉙。星陈凤驾㉚,载脂载辖㉛。
婉娈二宫㉜,徘徊殿闼。醪澄莫飨㉝,孰慰饥渴㉞?
昔子忝私,贻我蕙兰㉟。今子徂东,何以赠旃㊱?

寸晷惟宝^㊲，岂无玙璠？彼美陆生，可与晤言。

【注释】

①曩：往昔。延州：指季札。春秋时吴国贵族，多次推让君位，以贤
　　著称。封于延陵(今江苏常州)，称延陵季子。

②显：明。允：诚信。

③鲜俦：少有能比得上的人。

④"振鳞"二句：李周翰注："凡言鳞翼者，皆龙凤也，君子比之。"

⑤婆娑：盘旋，徘徊。翰林：谓儒林。

⑥容与：闲暇自得貌。"坟""丘"：传说中的古书。《春秋左传·昭
　　公十二年》："是能读'三坟''五典''八索''九丘'。"

⑦瑜：玉的光彩。润：温润。

⑧随：指随侯珠。随是周初小国，相传随侯用药敷治了一条受伤大
　　蛇，后来此蛇于夜间衔来一珠以报恩，故称随侯珠。融：朗。

⑨渐：进。

⑩乃仪：《周易·渐》："鸿渐于陆，其羽可以为仪。"朱熹注释说是鸿
　　的羽毛可以作为旌旗的仪饰。引申为表率之意。储宫：储君
　　之官。

⑪玩：赏。清藻：清丽的辞藻。

⑫味：品味。芳风：芬芳的风。喻陆机的美德。

⑬弥：越。

⑭挹：酌。冲：深。

⑮瑶：美玉。珉：美石。

⑯"及尔"二句：说自己和陆机同在东宫为官。

⑰素秋：秋天草木凋零，故曰素秋。喻年老。

⑱青春：春天草木青葱，故曰青春。喻年少。

⑲厕：厕身，言同列。日新：一天不同于一天。

⑳祁祁：众多貌。大邦：指吴。

㉑惟桑惟梓：即桑梓。惟，语助词。

㉒穆穆：仪表美好，容止端庄恭敬。伊人：此人。此指吴王。

㉓纪：纲纪，人伦。

㉔谐：和。

㉕卿士：古代官名。这里代指陆机为吴王郎中令。

㉖俯偻：谓鞠躬。

㉗爰恤奚喜：何忧何喜。言陆机谨奉王命，不以外放为意。

㉘巾：车上的围幔。这里用作动词。

㉙秣：喂养。

㉚夙：早。

㉛脂：指润车轴的油。辖：车键。

㉜婉娈：思慕貌。二宫：指帝宫和太子宫。

㉝醪：醇酒。飨（xiǎng）：用酒食款待人。

㉞饥渴：这里表示思慕贤臣、求得人才的迫切心情。李善注引《孔丛子·公仪》："子思对曰：'君若饥渴待贤。'"

㉟"昔子"二句：张铣注："陆先赠潘诗，故云忝私情于我，而遗我蕙兰也。蕙兰，香草，以喻文章之美。"

㊱旃（zhān）：犹之。

㊲晷（guǐ）：日影。引申为时光。

【译文】

在东南称得上贤才的人，往昔要算延陵季子。当今又有陆生超群拔萃，东南还有谁能与您相比。

蛟龙总是在大海中遨游，凤凰只爱在清流中嬉戏。您常与儒生们切磋学问，潜心致志熟览古代典籍。

正如美玉闪烁出温润光彩，随侯之珠放射出耀眼光泽。于是您的声名传扬京城，皇上选您在东宫教习储君。

您清丽的文辞令人欣赏,您美好的德行令人起敬。游于大江越使人感到大江宽广,掬水于大江越使人感到大江深沉。

您的家乡昆山有何物产?我以美玉来比您兄弟二人。我和您同在东宫为官,都是朝廷信任的亲近之臣。

我已如同残秋步入老年,您却像那草木繁茂的阳春。我只惭愧徒然年长难为表率,怎比您年少有为声誉日增。

吴国也堪称地大物博,那是生长养育您的故乡。吴王为人庄重和蔼礼贤下士,坐镇江南以身作则振我朝纲。

皇上说您出任吴国颇为合适,任命您辅佐吴王治国安邦。您恭敬地接受了皇上任命,不因外放出京而心怀忧伤。

车驾已经装上了顶盖帷帐,马匹已经喂养。晨星未落车驾已列于道路,车轴润满了油脂无声无响。

我抬眼瞻望皇宫和东宫,在宫门前徘徊走动不胜彷徨。从今后宫中宴集无有您在,有谁能安慰皇上思贤的忧伤?

先前我承蒙您青眼看待,赠我兰蕙般的美好诗章。今天您即将前往东边,应该赠送什么以表我衷肠?

世间唯有光阴最为珍贵,纵然赠以美玉也比之不上。陆生您乃是高雅的君子,可以和您心心相印互吐衷肠。

赠河阳一首

【题解】

潘岳出为河阳令,潘尼为诗赠之。河阳,故地在今河南孟州。《晋书·潘岳传》载:"岳才名冠世,为众所疾,遂栖迟十年,出为河阳令,负其才而郁郁不得志。"此诗以古代著有政声的贤才喻潘岳,言但求德声美誉流播,何必希求高官厚禄,表达安慰之意。

宓生化单父①,子奇莅东阿②。

桐乡建遗烈③,武城播弦歌④。

逸骥腾夷路,潜龙跃洪波⑤。

弱冠步鼎铉⑥,既立宰三河⑦。

流声馥秋兰⑧,摛藻艳春华⑨。

徒美天姿茂,岂谓人爵多⑩。

【注释】

①宓生化单父:《吕氏春秋·察贤》载,宓子贱治单父,弹鸣琴,身不下堂就治理好了。而巫马期则白天黑夜都不曾安居,也治理好了。巫马期问宓生缘故。宓生说:"我之任人,子之任力。任力者固劳,任人者固逸。"

②子奇莅东阿:《说苑》上说,子奇年十八,齐君派他治理东阿。他在东阿把库藏的武器销铸为农具。魏国听说后兴兵进攻东阿,东阿人父率子、兄率弟以家藏兵器迎战,战胜了魏军。

③桐乡建遗烈:《汉书》载朱邑为舒桐乡啬夫,宽厚廉洁。后来官至大司农,临死时吩咐儿子把自己葬于桐乡,桐乡人为之立祠祭祀。遗烈,指祠庙。

④武城播弦歌:《论语·阳货》:"(孔)子之武城,闻弦歌之声。"孔安国注:"子游为武城宰。"这是说子游以礼乐教化百姓。

⑤"逸骥"二句:吕延济注:"纵良马于平路,跃潜龙于大波,喻得途也。"逸骥,奔跑的骏马。夷路,坦途。

⑥弱冠:古代男子二十岁束发戴冠。后因称二十岁为弱冠之年。鼎铉:鼎侧用以提举的耳环。此指潘岳被举荐为司空府的属官。

⑦既立:而立之年。《论语·为政》:"三十而立。"宰三河:指担任河阳县令。宰,主持。晋时河阳县属三河郡。

⑧流声：传扬的名声。

⑨摛（chī）藻：铺陈辞藻。指写作诗文。

⑩"徒美"二句：《孟子·告子》："有天爵者，有人爵者。仁义忠信，乐善不倦，此天爵也；公卿大夫，此人爵也。古之人，修其天爵而人爵从之；今之人，修其天爵以要人爵。既得人爵，而弃其天爵，则惑之甚者也。终亦必亡而已矣。"天姿，即谓孟子所云"天爵"。茂，盛。多，即谓官高禄厚。

【译文】

宓生从容不迫就治理了单父，子奇治理东阿深深赢得民心。

桐乡人为朱邑建造祠庙祭祀，子游治理武城一派尔雅温文。

骏马在坦途上奔跑更加疾速，潜龙在洪波中才会矫健纵横。

您于弱冠之年身为宰辅属官，而立之年奉命担任河阳县令。

您的名声远扬芬芳胜似秋兰，执笔为文美如春花艳丽缤纷。

人们只赞美德行的弘盛，怎会称道官高禄厚之人？

赠侍御史王元贶一首

【题解】

王元贶（kuàng），生平未详。侍御史，官名。负责举劾非法，督察郡县等职务。王元贶从尚书郎转任侍御史，均系卑官，潘尼此诗以为慰勉。

昆山积琼玉①，广厦构众材②。

游鳞萃灵沼③，抚翼希天阶④。

膏兰孰为销⑤？济治由贤能⑥。

王侯厌崇礼⑦，回迹清宪台⑧。

蠖屈固小往,龙翔乃大来^⑨。

协心毗圣世^⑩,毕力赞康哉^⑪。

【注释】

①昆山积琼玉:言昆仑山是由美玉积成。昆仑山以产美玉著名,故云。

②广厦构众材:言高大的楼房是由许多木材建构而成。

③游鳞:谓龙。萃:聚集。灵沼:有灵气的湖泽。

④抚翼:扇动翅膀。谓凤。希:望。天阶:天庭台阶。谓朝廷。

⑤膏兰:谓烛和香。油脂和兰是制作烛和香的原料。

⑥济治:拯救、治理世道。

⑦王侯:指王元昶。厌:弃。诗中是离开之意。崇礼:殿门名。张铣注:"崇礼,门名。王前为尚书郎,朝奏皆在此门。"

⑧回迹:犹言回身来到。宪台:御史台的别称。

⑨"蠖(huò)屈"二句:《周易·系辞》:"尺蠖之屈,以求信也。龙蛇之蛰以存身也。"意谓尺蠖之所以弯曲它的身体,是为了向前伸展。龙蛇冬眠,是为了存身的需要。诗中以"蠖屈"喻担任尚书郎、侍御史等小官,"龙翔"句为预祝之辞。

⑩毗(pí):辅助。

⑪毕力:尽力。赞:赞颂。康哉:颂扬时势安宁之词。《尚书·益稷》:"元首明哉! 股肱良哉! 庶事康哉!"

【译文】

昆仑山由美玉积成,大厦是由若干良材构成。

游龙荟萃于灵秀的湖泽,凤凰展翅飞向神圣的天庭。

烛和香燃烧自身以利他人,正像贤士协助政事报效朝廷。

王侯您厌弃了尚书郎之职,转身来到御史台走马上任。

尺蠖屈身本属于权宜之计,如龙飞腾才显出拔萃超群。

忠心耿耿辅助我朝圣明天子,竭智尽力赞颂盛世风清俗淳。

赠答三

傅长虞

　　傅咸(249—294),字长虞,北地泥阳(今陕西耀州东南)人。西晋文学家。傅咸是傅玄之子,咸宁四年(278)袭父爵,拜太子洗马,历太子中庶子,御史中丞,官至司隶校尉。性刚正,敢直谏,不畏权贵。善为奏议谏疏,文多规诫。《文心雕龙·奏启》曰:"傅咸劲直,而按辞坚深。"原有集三十卷,已散佚。明人辑有《傅中丞集》。

赠何劭王济一首

【题解】

　　何劭,字敬祖,西晋陈郡阳夏(今河南太康)人。袭封朗陵郡公。雅有姿望,博学,善属文,陈说近代事,若指诸掌。薨赠司徒,谥曰康。王济,字武子。弱冠拜中书郎,迁侍中,因触怒武帝,降为国子祭酒,数年后又为侍中,位终太仆。此诗以赞美何、王的口吻,表达了希望得到提携的心情。

　　朗陵公何敬祖,咸之从内兄①。国子祭酒王武子,咸从姑之外孙也②,并以明德见重于世③。咸亲之重之,情犹同生④,义则师友。何公既登侍中,武子俄而亦作⑤。二贤相得甚欢,咸亦庆之。然自恨暗劣⑥,虽愿其缱绻⑦,而从之末由⑧。历试无效,且有家艰⑨,赋诗申怀以贻之云尔。

【注释】

①从内兄:妻子的堂兄。

②从姑:堂姑。

③明德:美德。

④同生:同胞兄弟。

⑤俄而:不久。亦作:指也做了侍中。

⑥暗劣:愚昧,鄙劣。

⑦缱绻(qiǎn quǎn):固结不解之意,后用来形容情意深厚,犹言缠绵。

⑧从之末由:言己无缘得与何、王二人同为朝官。从,跟随。由,因缘。

⑨家艰:父母逝世。

【译文】

朗陵公何敬祖,是我的堂内兄,国子祭酒王武子,是我堂姑的外孙,都以美德为世人所尊重。我也亲近他们尊重他们,感情犹如同胞兄弟,道义上则如良师益友。何公升为侍中后,武子不久也当了侍中。二人相处十分融洽愉快,我也为此而称善。但是我自恨愚昧鄙劣,虽然很愿和他们密切相处,但却无缘与他们同为朝官。多次尝试均无效果,再说又遭遇父母逝世,只好赋诗抒怀来赠给他们了。

日月光太清①,列宿曜紫微②。赫赫大晋朝,明明辟皇闱③。

吾兄既凤翔,王子亦龙飞④。双鸾游兰渚,二离扬清晖⑤。
携手升玉阶⑥,并坐侍丹帷。金珰缀惠文⑦,煌煌发令姿⑧。
斯荣非攸庶⑨,缱绻情所希。岂不企高踪⑩,麟趾邈难追⑪。
临川靡芳饵⑫,何为空守坻⑬。槁叶待风飘⑭,逝将与君违。
违君能无恋? 尸素当言归⑮。归身蓬荜庐⑯,乐道以忘饥。
进则无云补,退则恤其私⑰。但愿隆弘美,王度日清夷⑱。

【注释】

①太清:天空。

②紫微:紫微垣,星区名。以北极星为中枢。古人以为群星环绕北
极转动,故以北极为帝星,以紫微垣喻皇帝居处。

③辟:开。皇闱:宫门。

④"吾兄"二句:谓何劭、王济先后登侍中。

⑤离:传说中的灵鸟。

⑥玉阶:与下句"丹帷"皆指皇帝殿庭。

⑦金珰缀惠文:《后汉书·舆服志》:"侍中、中常侍加黄金珰,附蝉
为文,貂尾为饰,谓之'赵惠文冠'。"珰,汉代武官冠饰。惠文,
冠名。

⑧令姿:美姿。

⑨攸:所。庶:希望。

⑩企:慕。

⑪麟趾:《诗经·周南·麟之趾》,旧谓赞美文王子孙繁衍而多贤。
这里用来喻何、王的贤能。邈:远。

⑫靡:无。芳饵:芳香的鱼饵。

⑬坻(chí):河岸。

⑭槁叶:枯叶。吕延济注:"咸时出为冀州刺史,将发,如枯槁之叶

待风之飘也。"

⑮尸素:尸位素餐的省语。

⑯蓬荜庐:草庐。

⑰"进则"二句:言己在官之日虽无补于王事,退归家中犹可忧恤家庭。

⑱"但愿"二句:刘良注:"但愿二子盛大美之道,为王之法度,日益清平。"隆,盛。弘美,大美。王度,朝廷法度。清夷,清平。

【译文】

日月放射光辉照耀太空,群星璀璨闪烁辉映紫微。繁荣昌盛的大晋王朝啊,堂堂皇皇大开朝门延揽贤臣。

吾兄已如凤凰高高翱翔,王济也似长龙矫健飞腾。鸾鸟双双遨游于芬芳兰渚,两只灵离高扬起清光祥云。

手携手共同登上玉石台阶,肩并肩端坐着陪侍国君。金珠缀满在惠文冠上,映衬着美好的姿容光彩照人。

如此的荣耀非我所敢希冀,只希望能与你们朝夕亲近。岂不仰慕你们崇高的身影,但是凡兽又怎能追及麒麟?

没有香饵徒有临川美鱼之叹,为什么要空空守在河岸?我如同枯叶将随风飘逝,就要远远地离开你们身边。

离开你们怎能不充满思念?只因尸位素餐倒不如回归田园。回归田园栖身于简陋的茅庐,乐道安贫不复有别的企盼。

在朝之日虽不能补益王事,回归家中尚能分忧排难。只愿你们弘扬美好的大道,朝廷法度清肃有序平平安安。

郭泰机

郭泰机,生卒年不详,河南(今河南洛阳东北)人。与傅咸相识,约生活于西晋前期。出身寒门,终身未仕。

答傅咸一首

【题解】

李善注引《傅咸集》云："河南郭泰机,寒素后门之士。不知余无能为益,以诗见激切可施用之才,而况沉沦不能自拔于世。余虽心知之,而末如之何。此屈非复文辞所了,故直戏以答其诗云。"郭泰机此诗乃再答傅咸,诗作以寒女自喻,抒发怀才不遇之怨。故《诗品》云："泰机寒女之制,孤怨宜恨。"

> 皦皦白素丝,织为寒女衣①。
> 寒女虽妙巧,不得秉杼机。
> 天寒知运速②,况复雁南飞。
> 衣工秉刀尺,弃我忽若遗。
> 人不取诸身,世士焉所希③?
> 况复已朝餐④,曷由知我饥?

【注释】

①"皦皦"二句:李善注:"傅咸赠诗曰:'素丝岂不洁,寒女难为容。'"此为答傅咸诗意。张铣注:"皦皦,洁白也。素丝,喻才也。寒女衣者,谓己贱而负美才。"

②运速:时令变易迅速。李善注:"言岁之方晏,以喻年之将老也。"

③"人不"二句:意思是说,人没有切身之感,则不能推己及人,人皆如此,自己怎可抱有希望得到引荐呢?

④朝餐:谓食朝廷俸禄。

【译文】

光洁鲜亮的白色丝,织成贫寒女儿身上衣衫。

贫寒女儿虽然织工巧妙,却不能把持杼机一展手段。

天寒即知时令速变,何况空中雁阵南迁。

裁缝把持着尺子刀剪,把我这身怀巧技之人丢弃一边。

人若是不曾有过相同的经历,怎能盼望他和自己抱有同感?

更不用提那些领取俸禄的朝官,怎么知道贫贱之士忍饥受寒?

陆士龙

见卷第二十《大将军宴会被命作诗》作者介绍。

为顾彦先赠妇二首

【题解】

据胡克家《文选考异》,顾彦先当作"全彦先",此误与上卷陆士衡《为顾彦先赠妇》相同,可参见士衡诗题解。二陆诗乃同时所作。又李善曰:"此二篇并是妇答,而云赠妇,误也。"

悠悠君行迈,茕茕妾独止①。

山河安可逾,永路隔万里。

京室多妖冶②,粲粲都人子③。

雅步擢纤腰④,巧笑发皓齿。

佳丽良可美,衰贱焉足纪⑤。

远蒙眷顾言,衔恩非望始⑥。

【注释】

①茕茕(qióng):孤独貌。

②妖冶:美貌。

③粲粲:形容衣服鲜洁貌。都人子:犹言城市女子。

④雅步:闲雅漫步。擢(zhuó):引。

⑤纪,录,谓记取。

⑥"远蒙"二句:意谓得到丈夫的书信,觉得丈夫对自己的恩爱远远超过起初所希望的,是以感激不已。

【译文】

夫君您远远地离家在外,留下贱妾孤零零独守空房。

山隔水阻怎么能够度越,远隔万里道路多么漫长。

京城自有众多美女,城市女子姿容美好服饰漂亮。

步态闲雅扭动着纤细的腰肢,美妙的笑容中露出贝齿洁白发光。

这样的佳人的确令人赞赏,我年老色衰怎配记挂心上。

承蒙您老远寄来书信表示顾念,真使我感激不已大出所望。

浮海难为水,游林难为观①。

容色贵及时,朝华忌日晏②。

皎皎彼姝子③,灼灼怀春粲④。

西城善雅儛⑤,总章饶清弹⑥。

鸣簧发丹唇⑦,朱弦绕素腕⑧。

轻裾犹电挥⑨,双袂如雾散。

华容溢藻幄⑩,哀响入云汉。

知音世所希,非君谁能赞?

弃置北辰星,问此玄龙焕⑪。

时暮复何言,华落理必贱。

【注释】

①"浮海"二句:意思是说,曾浮游大海之人,见到江、湖等,便不以为意了,曾经游览过森林之人,见到其他树木,也觉得无足观了。李善注:"林、海,以喻上京也。言游上京,难为容色。"

②朝华:早上之花。

③姝子:美丽的女子。

④灼灼:光彩貌。怀春粲:具有春花般的美色。

⑤西城:此指住在金墉城中善舞的宫女。李善注引陆机《洛阳记》曰:"金墉城在宫之西北角,魏故宫人皆在中。"儛(wǔ):同"舞"。

⑥总章:女乐之别名。

⑦簧:指笙。

⑧朱弦:指琴、筝等弦乐器。

⑨裾:衣袖。

⑩藻幄:饰有花纹的帐幔。

⑪"弃置"二句:言放弃不移之心而问美色。北辰星在天空中的位置固定不动,以喻不移动之心。陆云《为顾彦先赠妇往返》诗曰:"何用结中款,仰指北辰星。"此为答诗,故仍就"北辰星"为词。玄龙焕,谓龙体颜色黑红而有光彩,以喻美色。

【译文】

曾浮游大海便不以江河为意,曾游览广林便不以林木为然。
美丽的姿容也贵在正当年华,早晨开放之花也怕挨到天晚。
那容光焕发的美丽女子,光彩照人如春花一般鲜艳。
西城宫女妙善高雅的舞蹈,总章乐伎擅长抚弄琴弦。
红唇吹动笙簧旋律十分动听,素手拨动朱弦乐声悠悠频传。
长袖轻盈挥动如同电光闪闪,衣襟飘扬则似云雾缓缓消散。
玉貌花容映照绣花宝帐,激越的乐声阵阵上达云天。
知音之人世间并非多有,除了您还有谁能由衷赞叹?

66666666666666

您却把不移之心抛弃一边,见色心喜道不尽情意缠绵。

岁月迟暮我还有何言可说? 花残色衰自难免被人看贱。

答兄机一首

【题解】

李善曰:"士衡前为太子洗马时赠别,士龙今答之。"参见上卷陆机《赠弟士龙》。又,吕向曰:"机自吴王郎中寄诗与云,故有此答。"录以备考。

> 悠远涂可极,别促怨会长①。
> 衔恩恋行迈,兴言在临觞②。
> 南津有绝济,北渚无河梁③。
> 神往同逝感,形留悲参商④。
> 衡轨若殊迹,牵牛非服箱⑤。

【注释】

①"悠远"二句:谓道路再悠远也有终极,而仓促的离别则使人哀怨深长无有休止。上卷陆机《赠弟士龙》:"行矣怨路长,怒焉伤别促。"此就赠诗语意作答。极,终点。别促,仓促离别。会,正。

②"衔恩"二句:言心怀兄弟之情,恋恋不舍于远行,故举杯告别之际发言惜别。此是就陆机赠诗中"指途悲有余,临觞欢不足"句意作答。衔恩,犹怀情。迈,行。兴言,发言。

③"南津"二句:南津,南边渡口。绝济,直渡。北渚,指北边渡河处。"南津"谓己南行归途,"北渚"谓陆机北行路途。

④"神往"二句:李善注:"言己形虽留,而神实往。故曰神往同逝言

之感,形留参商之隔。"参商,二星名。此出则彼没,两不相见,因以喻人分离不得相见。

⑤"衡轨"二句:此是就陆机赠诗中"安得携手俱,契阔成𫘧服"句意作答。意谓兄弟二人行程各异,有如车上的衡轨分离,就像牵牛星徒有其名而不用以驾车一样,二人也徒有兄弟之名而不能相处。衡轨,衡是车辕头上的横木,轨是车轴头。牵牛,星名。服箱,犹言驾车。《诗经·小雅·大东》:"睆彼牵牛,不以服箱。"朱熹《诗集传》:"睆,明星貌。牵牛,星名。服,驾也。箱,车箱也。"

【译文】

道路再遥远也有终极,仓促离别却令人哀怨不已。

心怀兄恩难舍您远行,千言万语说在这举杯告别之时。

南边的渡口尚可以直渡而过,北边的河岸上不见有桥梁跨越。

我觉得心神已经随您同去,只悲叹形骸却仍然相隔异地。

就像车上的衡与轨各自分离,牵牛星徒有其名不能驾车。

答张士然一首

【题解】

张悛,字士然,吴人。少以文章与陆机友善。刘良曰:"张士然,平吴后入洛,有赠云,云故答之。"诗作设想友人行途中的陌生不适感,反衬行人怀乡之情,在赠别诗中显得别具风味。

行迈越长川,飘飖冒风尘。

通波激枉渚①,悲风薄丘榛②。

修路无穷迹,井邑自相循③。

百城各异俗,千室非良邻④。

欢旧难假合，风土岂虚亲[5]？

感念桑梓城，仿佛眼中人[6]。

靡靡日夜远[7]，眷眷怀苦辛[8]。

【注释】

①枉渚：曲折的水洲。枉，曲。

②薄：迫。丘榛：废墟上的荆棘。

③井邑：指人聚居处。《周礼·小司徒》曰："九夫为井，四井为邑。"
　相循：相从。

④千室非良邻：谓人口密集的大城市，风俗浇薄，邻里关系不好。

⑤"欢旧"二句：言沿途见风俗殊异，人情淡薄，使人感到与以往在
　故乡时那种融洽的人际关系大不相同，由此感叹人对乡土的依
　恋之情，并非凭空而生。假合，谓有所凭借得以相合。假，借也。

⑥"感念"二句：言路途感受，使人更加思念故乡，眼前常常浮现出
　故乡之人的身影。

⑦靡靡：行走迟缓貌。

⑧眷眷：怀念貌。

【译文】

离乡远行涉过长长的江河，身影飘摇冒着一路风尘。

道道波浪冲激着曲折的水洲，阵阵悲风吹拂着废墟上的荆榛。

漫漫长路似乎永远没有尽头，沿途坐落着一个个村落城镇。

不同的城市风俗也各不相同，大城市邻里之间恐难相善相亲。

路途上不能寻求到旧时的欢情，怀乡之情哪里是凭空而生？

由此愈发思念故乡的土地，眼前常浮现出故人的身影。

缓慢前行啊一天天越走越远，怀乡不已啊心中充满苦辛。

刘越石

　　刘琨(271—318)，字越石，中山魏昌(今河北定州东南)人。晋著名诗人。早年好老庄之学，尚清谈。与潘岳、石崇、陆机等以文章事权贵贾谧，为"二十四友"之一。历任著作郎、尚书左丞、司徒左长史等职。永嘉元年(307)，任并州刺史，招抚流亡，抗击匈奴刘渊、刘聪。兵败，父母遇害。愍帝时任大将军，都督并、冀、幽三州军事。又败于石勒。遂投奔幽州刺史鲜卑人段匹磾，商定共扶晋室，后为段所杀。刘琨在"永嘉之乱"以后，面对尖锐的民族矛盾和严重的亡国危机，激发了爱国主义热情，积极投入了艰苦的卫国斗争，在他至今仅存的《扶风歌》《答卢谌诗》《重赠卢谌》三首诗中，洋溢着忧国伤时的感情，表现了对腐败统治集团的强烈不满，抒发了效忠祖国、抗敌御侮的豪迈气概和壮志不酬、英雄末路的满腔悲愤。诗风慷慨悲壮，继承了"建安风骨"的优良传统。《诗品》称其"善为凄戾之词，自有清拔之气"。原有集十卷，已散佚，明人辑有《刘越石集》(一名《刘中山集》)。《晋书》有传。

答卢谌诗一首并书

【题解】

　　卢谌，字子谅，与刘琨为姻亲。先依刘琨，后在段匹磾处任别驾。诗作叙述国恨家仇，并对自己败于敌手，深引自责，充满了慷慨悲凉之气。对卢谌之投段匹磾，一方面表达了留恋之情，一方面也予以鼓励，表现了磊落坦荡的情怀。

　　琨顿首。损书及诗^①，备辛酸之苦言，畅经通之远旨^②。

执玩反覆,不能释手,慨然以悲,欢然以喜。昔在少壮,未尝检括③,远慕老庄之齐物④,近嘉阮生之放旷⑤,怪厚薄何从而生,哀乐何由而至⑥。自顷辀张⑦,困于逆乱,国破家亡,亲友凋残,负杖行吟,则百忧俱至,块然独坐⑧,则哀愤两集。时复相与,举觞对膝,破涕为笑,排终身之积惨,求数刻之暂欢,譬由疾疢弥年⑨,而欲一丸销之⑩,其可得乎?夫才生于世,世实须才。和氏之璧,焉得独曜于郢握⑪?夜光之珠,何得专玩于随掌⑫?天下之宝,当与天下共之。但分析之日⑬,不能不怅恨耳。然后知聃周之为虚诞⑭,嗣宗之为妄作也。昔骐骥倚辀于吴坂,长鸣于良乐,知与不知也⑮;百里奚愚于虞而智于秦⑯,遇与不遇也。今君遇之矣,勖之而已⑰。不复属意于文,二十余年矣。久废则无次⑱,想必欲其一反⑲,故称指送一篇⑳,适足以彰来诗之益美耳。琨顿首顿首。

【注释】

①损书:对别人来信的敬辞。意谓对方是贬损身份给自己来信。

②经通之远旨:指天地古今之间固定不变的道理。

③检括:检点,约束。

④老庄之齐物:庄子著有《齐物论》,内容以齐是非、齐彼此、齐物我、齐寿夭为主,否定万物的界限差异,是一种相对主义的观点。此处老子、庄子并提,概言道家。

⑤阮生:阮籍。放旷:豪放旷达,不拘礼俗。李善注引臧荣绪《晋书》曰:"阮籍放诞,不拘礼教。"

⑥"怪厚薄"二句:此二句乃是承上文慕老庄之齐物而言,说自己从前奇怪人们对自身的厚薄观念及哀乐之情何由而产生,以衬下文所云今日之忧愤萦于心怀。李善注引《列子》曰:"身非爱之所

能厚,身亦非轻之所能薄。爱之或不厚,轻之或不薄,此似反也,
自厚自薄。或爱之而厚,或轻之而薄,此似非顺也,亦自厚自薄。
信命者亡寿夭,信理者亡是非,信心者亡逆顺,信性者亡安危。
则谓都亡所信,亡不信。真矣悫矣。奚去奚就,奚哀奚乐之
谓也。”

⑦ 自顷辀(zhōu)张:自从被惊惧之情摧残击溃以来。顷,倒也。辀
　张,惊惧貌。

⑧ 块然:独居貌。

⑨ 疢(chèn):热病。引申即谓病。

⑩ 一丸:谓一丸药。

⑪ 郢握:楚人手中。郢,战国时楚国都。

⑫ 随:古国名。西周初分封的诸侯国,姬姓。在今湖北随县。夜光
　之珠:传说随侯曾治好一条受伤的大蛇,后来此蛇衔一明月珠来
　报恩,世称随侯珠。此句之夜光珠与上文之和氏璧皆喻卢谌,言
　其不得专留于刘琨之处。

⑬ 分析:分别离析。

⑭ 聃周:老子、庄周。老子又称老聃。

⑮ “昔骐骥”几句:此用伯乐识千里马故事。李善注引《战国策》:
　“楚客谓春申君曰:‘昔骐骥驾盐车,上吴坂,迁延负辕,而不能
　进。遭伯乐,仰而鸣之,知伯乐知己也。今仆屈厄日久,君独无
　意使仆为君长鸣乎?’”辀,小车之中的弯曲车杠。吴坂,吴地的
　山坡。良乐,王良、伯乐。王良是春秋时期晋国人,以善御车著
　称。王良无逢骏马事,此处与伯乐连言之。

⑯ 百里奚:春秋时秦国大夫。原为虞国大夫,不受重用。晋国灭虞
　时被俘,作为陪嫁之臣送入秦国。后出走到楚,为楚人养牛。秦
　穆公闻其贤,以五张黑羊皮赎回,用为大夫,授以国政,与蹇叔、
　由余等共助秦穆公成就霸业。

⑰勖(xù):勉励。

⑱次:次第。

⑲反:同"返"。此谓回信答诗。

⑳称(chèn)指:称对方之意旨。指,意旨,意向。

【译文】

　　刘琨顿首。收到您惠赐的书信和诗作,其中充满了辛酸悲苦之言,畅述了天经地义的深远意旨。我捧信反复品味,不能释手,一则感慨悲叹,一则欢慰欣喜。想往昔少壮之时,不曾检点约束自己,远慕老子、庄子齐物的观念,近好阮籍放旷的行为,奇怪人们怎么会对自身的爱与不爱那么注重,并由此而生哀乐之情。自从自己被惊惧之情击溃,困于敌寇挑起的战乱以来,目睹国破家亡,亲友凋残,扶着手杖边走边咏诗句,则百种忧虑一齐涌上心头,孤零零独自默坐,则充满了哀伤和愤恨。有时与朋友相处,举杯对坐,破涕为笑,借此排解终身积蓄的惨切之情,以求得到片刻短暂的欢娱,也不过犹如染病逾年,而想以一丸药驱除病情,这哪里办得到呢?人才出生在世间,世间确也需要人才。就像那和氏璧,怎么能够独独焕发光彩于楚人手中?像那夜光珠,怎么能够专门玩赏于随人之掌?天下的宝物,应该与天下人共享。但是在分手离析之日,又不能不充满怅恨啊。似此我就知道了老聃、庄周之谈的虚诞,阮籍行为的矫揉造作。从前有骏马在吴坂拉着小车,逢王良、伯乐而发出长鸣,这就是知不知己的差别;百里奚在虞国显得无用而在秦国才智大展,这就是君臣际遇与否的不同。现在您已遇知己了,我唯有勉励而已。我不再留心于为文,已有二十多年了。长时间荒废则不会为文有序,想您一定希望我回信,因此遵照您的意旨呈送一篇,只足以显扬您赠诗的盛美罢了。刘琨顿首顿首。

厄运初遭①,阳爻在六②。乾象栋倾,坤仪舟覆③。横厉纠纷,群妖竞逐④。火燎神州,洪流华域。

彼黍离离，彼稷育育⑤。哀我皇晋，痛心在目。
天地无心，万物同涂⑥。祸淫莫验，福善则虚⑦。
逆有全邑，义无完都。英蕊夏落，毒卉冬敷⑧。
如彼龟玉，韫椟毁诸⑨。刍狗之谈⑩，其最得乎？
咨余软弱⑪，弗克负荷⑫。愆疐仍彰⑬，荣宠屡加⑭。
威之不建，祸延凶播⑮。忠陨于国，孝愆于家。
斯罪之积，如彼山河。斯疐之深，终莫能磨⑯。

【注释】

①遘：据胡克家《文选考异》，当作"构"，构成也。

②阳爻在六：《周易》卦符，从下往上数，在第六位的阳爻叫上九。
　《周易·乾》："亢龙有悔。"意味着国运由盛而衰。此用其意。

③"乾象栋倾"二句：犹言天塌地沉。喻晋朝崩乱。

④"横厉纠纷"二句：此指刘聪攻破洛阳、长安之事。李善注："言刘
　聪之构逆也。横厉，纵横猛厉也。纠纷，乱貌也。"

⑤"彼黍离离"二句：《诗经·王风·黍离》："彼黍离离，彼稷之苗。"
　毛序："《黍离》，闵宗周也。周大夫行役至于宗周，过故宗庙宫
　室，尽为禾黍。闵周室之颠覆，彷徨不忍去而作是诗也。"此二句
　是用《黍离》诗意而哀晋室颠覆。离离，茂盛貌。育育，生长貌。

⑥"天地无心"二句：言天地无仁爱之心，使万物同陷于困境。涂，
　泥淖。

⑦"祸淫莫验"二句：言老天降祸于坏人之言没有应验，降福于善人
　之言也成了空话。祸淫，降祸于坏人。福善，降福于善人。《尚
　书·汤诰》："天道福善祸淫。"

⑧"逆有全邑"几句：李善注："逆谓刘聪，义谓晋室，英蕊以喻晋朝，
　毒卉以比胡寇也。"

⑨"如彼龟玉"二句:《论语·季氏》载孔子曰:"虎兕出于柙,龟玉毁于椟中,是谁之过与?"意思是说虎兕跑出了木笼,龟板和美玉毁坏在匣中,应是监护人的过失。这是孔子指斥冉求、子路身为季康子的家臣,却不能制止季氏征伐颛臾说的话。作者在此引用,谓自己身为辅佐大臣,未能抵御匈奴,保全晋朝。

⑩刍狗之谈:《老子》五章:"天地不仁,以万物为刍狗。圣人不仁,以百姓为刍狗。"刍狗,草和狗,喻轻贱之物。

⑪咨:嗟叹。

⑫弗克负荷:谓不能承担保卫家国的责任。克,能。

⑬愆:过错。衅(xìn):同"舋",瑕隙,破绽。仍:重。彰:明。

⑭荣宠屡加:谓自己多次身受朝廷恩宠,担任重职。

⑮"威之不建"二句:李善注:"谓为聪所败,而父母遇害也。凶播,琨自谓也,言遭凶祸而迁。"

⑯"斯衅之深"二句:言自己的过失如玉上瑕隙,因为太深而不能磨去。

【译文】

厄运初初构成,占卦得着"亢龙有悔"的上九。老天如同房屋折了栋梁,大地如同波中翻了行舟。

胡寇纵横猛厉纷乱成群,群妖竞赛般追逐奔走。大火熊熊燃烧着神州,华夏大地淹没于滚滚洪流。

当年成周宫室化为废墟,上面长满了茂盛的黍稷。而今我也哀叹我的大晋,痛心之事一一映入眼底。

天地没有了仁爱之心,使万物一起趋于毁灭。降祸于恶人之言无应验,降福于善人之言也成虚语。

胡逆占据了整个的城池,正义者却没有完整的城邑。美丽的花朵在夏天飘落,毒花却在冬天遍布大地。

如同那龟板和玉石,藏于匣中竟也被毁坏。古人说百姓有时如同草、畜,以今观之岂不十分贴切?

　　只嗟叹我实在软弱,未能承担起重大的责任。过错失误如此严重、明显,朝廷却屡次加以荣恩。

　　我未能建立起军威,战败逃亡灾祸临门。忠心旁落有愧于国家,孝道闪失有愧于家庭。

　　这样的罪过积累起来,正如那山一样高河一样深。这样的斑痕多么深重,始终不能够磨去抹平。

　　郁穆旧姻,嬿婉新婚①。不虑其败,唯义是敦②。
　　裹粮携弱,匍匐星奔③。未辍尔驾,已隳我门④。
　　二族偕覆⑤,三孽并根⑥。长惭旧孤,永负冤魂。
　　亭亭孤干⑦,独生无伴。绿叶繁缛⑧,柔条修罕⑨。
　　朝采尔实,夕捋尔竿。竿翠丰寻⑩,逸珠盈碗⑪。
　　寔消我忧,忧急用缓⑫。逝将去乎?庭虚情满⑬。
　　虚满伊何?兰桂移植。茂彼春林,瘁此秋棘⑭。
　　有鸟翻飞,不遑休息⑮。匪桐不栖,匪竹不食⑯。
　　永戢东羽,翰抚西翼⑰。我之敬之,废欢辍职。

【注释】

①"郁穆旧姻"二句:李善注引臧荣绪《晋书》曰:"琨妻即谌之从母也。新婚未详。"按,卢谌《赠刘琨》"申以婚姻"句吕向注:"婚姻,谌妹嫁琨弟也。"或即是此处"新婚"所指。郁穆、嬿婉,皆和美貌。

②"不虑其败"二句:刘良注:"谓谌昔不忧败乱,勉力于义,提携父母投于琨。"按,今传李善注本无此二句,胡克家《文选考异》谓是传写之误,今据以补。

③匍匐:尽力。星奔:如流星一般奔驰。

④"未辍尔驾"二句:言卢谌车驾未至,自己和卢谌的亲人均已遇害。辍,停止。隳(huī),毁坏。

⑤二族偕覆:谓刘琨父母与卢谌父母皆遇害。

⑥三蘖并根:指匈奴首领刘聪、刘曜、刘粲。因其同宗,故称三蘖。蘖,树木斩断后又生出的枝条。

⑦孤干:李善注:"孤生之竹。以喻谌。"

⑧繁缛(rù):繁密的彩饰。

⑨修罕:谓枝节修长疏朗。

⑩丰寻:李善注:"言节长盈寻也。"寻,古代长度单位,八尺曰寻。

⑪逸珠盈碗:李善注:"珠,即以喻德也。逸,谓过于众类。盈碗,言多也。"

⑫"寔消我忧"二句:言以卢谌之才德,实可消我之忧,使我急迫之忧因得卢谌之用而缓解。寔,同"实"。

⑬"逝将去乎"二句:言卢谌已投段匹磾,使自己满腔期待之情徒对空庭。李善注:"去,谓之匹磾之所也。"

⑭"茂彼春林"二句:李善注:"春林,以喻匹磾。秋棘,琨自喻也。"

⑮不遑:无闲暇。

⑯"匪桐不栖"二句:《诗经·大雅·卷阿》郑笺:"凤皇之性,非梧桐不栖,非竹实不食。"

⑰"永戢(jí)东羽"二句:谓卢谌自西边投往东边。东边谓段匹磾的幽州,西边谓刘琨的并州。戢,收敛。翰抚西翼,从西边展开高飞的翅膀。

【译文】

　　我们是感情深厚的旧姻亲,又加上新的联姻和美倍增。您不忧虑失利战败,唯以情义作为精神的支撑。

　　带着干粮携着一家老小,尽力朝我如流星一般急奔。谁知您的车驾还未赶到，贼寇已毁坏了我的家门。

您与我的亲人皆遭杀害，三个贼首同出一宗并根而生。我真长抱愧色难对旧友遗孤，永远辜负了他枉死的冤魂。

亭亭孤生的翠竹啊，独自生长没有侣伴。叶儿翠绿有如繁彩修饰，枝条柔软修长少有枝蔓。

早晨可以采摘你的果实，傍晚可以收取你的长竿。竿儿翠绿而又修长，果实赛过珍珠充盈碗盏。

如此美竹实在可以消我忧虑，急迫之忧也得以用它舒缓。您已决心往东而去，使我面对空庭而徒怀企盼。

空怀深情是因为什么？只为幽兰芳桂移植到了别处。使那春林更加显得茂盛，使这秋丛更加变得落寞。

有只灵鸟翩翩飞翔，没有闲暇稍事休息。不是梧桐不肯栖止，不是竹实不肯啄食。

永留东方不再展翅，举翼高飞长辞西地。我十分敬慕这只灵鸟，为此失去欢乐无心理事。

音以赏奏①，味以殊珍②。文以明言，言以畅神③。
之子之往④，四美不臻⑤。澄醪覆觞⑥，丝竹生尘。
素卷莫启⑦，幄无谈宾。既孤我德，又阙我邻⑧。
光光段生⑨，出幽迁乔⑩。资忠履信，武烈文昭⑪。
旐弓骍骍，轝马翘翘⑫。乃奋长縻，是辔是镳⑬。
何以赠子？竭心公朝。何以叙怀？引领长谣⑭。

【注释】

①音以赏奏：音乐是为知音者而奏。

②味以殊珍：味道以殊异者为珍贵。

③"文以明言"二句:作文是为了表明要说的话,说话是为了使自己精神畅快。

④之子:这个人。谓卢谌。

⑤四美:指上四句所言。臻:至。

⑥澄醥:酒因为没动而沉澄。覆觞:酒杯倒置未用。

⑦素卷:指书。

⑧阙:同"缺"。

⑨光光:犹光荣、光辉。段生:指段匹碑。

⑩出幽迁乔:《诗经·小雅·伐木》:"伐木丁丁,鸟鸣嘤嘤。出自幽谷,迁于乔木。嘤其鸣矣,求其友声。"为求友之诗。此处概用其语词以谓段匹碑招用卢谌。

⑪"资忠履信"二句:意谓段以其忠信招揽贤士,文武人才齐备。资,用。履,履行。

⑫"旌(jīng)弓骍骍(xīng)"二句:古代在车上悬旗挂弓以招贤士。此二句即谓段匹碑以礼招卢谌。旌,旗。骍骍,调和貌。翘翘,远貌。

⑬"乃奋长縻"二句:以骏马喻卢谌,言其为段匹碑所用。长縻,长索。辔,马缰绳。镳(biāo),马勒。

⑭引领:引颈。

【译文】

音乐是为知音之人演奏,滋味是以殊异之味为珍品。作文是为了表明心中之言,发言是为了畅快精神。

而今您已经离我远去,这四般美事也与我离分。醇酒静置酒杯倒放未曾启用,弦琴竹管也蒙上一层灰尘。

书卷再也无心去翻动,帐幄内从此没有晤谈的佳宾。我的品德修行失去了鉴照,又缺少了可以往来的芳邻。

无上荣光的段大将军,发出了招纳贤才的呼声。他以他的忠诚和信用，使文武之才济济盈门。

招贤之车上旌旗良弓辉映，为了招贤车驾不辞远行。您如同骏马高振长缰，装备齐全如飞一般奔腾。

我用什么来相赠于您，唯有尽心竭力报效朝廷。我用什么来倾诉情怀？唯有引吭高歌发此长吟。

重赠卢谌一首

【题解】

《晋书·刘琨传》载，琨为段匹磾所拘，"自知必死，神色怡如也。为五言诗赠其别驾卢谌……琨诗托意非常，摅畅幽愤，远想张、陈，感鸿门、白登之事，用以激谌。谌素无奇略，以常词酬和，殊乖琨心"。诗作借古代英雄抒发振兴晋室之志，同时也流露希望卢谌斡旋解救之意。正如沈德潜《古诗源》云："越石英雄失路，万绪悲凉，故其诗随笔倾吐，哀音无次，读者乌得于语句间求之。"

握中有悬璧①，本自荆山璆②。惟彼太公望，昔在渭滨叟③。
邓生何感激，千里来相求④。白登幸曲逆⑤，鸿门赖留侯⑥。
重耳任五贤⑦，小白相射钩⑧。苟能隆二伯⑨，安问党与仇。
中夜抚枕叹，想与数子游⑩。吾衰久矣夫，何其不梦周⑪？
谁云圣达节，知命故不忧⑫？宣尼悲获麟，西狩涕孔丘⑬。
功业未及建，夕阳忽西流。时哉不我与，去乎若云浮。
朱实陨劲风⑭，繁英落素秋⑮。狭路倾华盖⑯，骇驷摧双辀⑰。
何意百炼刚，化为绕指柔⑱。

【注释】

①悬璧：美玉名。又名玄璧、悬黎。

②璆（qiú）：美玉。

③"惟彼"二句：太公望即吕尚。姜姓，吕氏，名望。一说字子牙。相传他七十二岁时垂钓于渭水之滨才遇文王，遂受重用，任为太师，后辅佐武王灭商兴周，因功封于齐，有太公之称。

④"邓生"二句：邓生指邓禹。《东观汉记》载，刘玄至洛阳后，以刘秀为大司马，使招抚河北。邓禹闻之，从南阳出发，北渡黄河，追至邺（今河北临漳）谒见刘秀。

⑤白登幸曲逆：前200年，汉高帝亲率大军北进，抗击匈奴南侵，被匈奴冒顿单于围困于白登山。后用陈平奇计解围得出，南过曲逆（今河北顺平东南），诏御史封陈平为曲逆侯。白登，山名。在今山西大同东北。

⑥鸿门赖留侯：楚汉之际，项羽在鸿门设宴请刘邦，范增想于席间杀之。幸赖张良谋划防备，使刘邦得以幸免。鸿门，古地名。在今陕西临潼东北。留侯，张良。

⑦重耳任五贤：晋文公重耳为公子时因其父宠信骊姬立幼子为嗣，出奔避难。狐偃、赵衰、颠颉、魏犨、胥臣等追随，流亡十九年。后返国即位，重用五人。

⑧小白相（xiàng）射钩：齐桓公名小白。管仲初事公子纠。小白与公子纠争位时，管仲于战斗中曾射中小白腰带上的带钩。后小白即位，得管仲，不记射钩之仇，任用为相。

⑨二伯：谓齐桓公、晋文公。二人位列春秋五霸。伯，通"霸"。

⑩数子：这几个人。谓上文提到的姜尚等人。

⑪"吾衰"二句：孔子想恢复周礼，故时时梦见周公。后来年老体衰，曾十分感慨地说："甚矣吾衰也，久矣吾不复梦见周公。"（《论语·述而》）

⑫"谁云"二句:《春秋左传·成公十五年》载,曹子臧曰:"前志有之曰:'圣达节,次守节,下失节。'"节,分,谓已应得之本分。

⑬"宣尼"二句:《春秋·哀公十四年》载:"春,西狩获麟。"孔子认为麟是仁兽,是圣王的嘉瑞,而时无明王出而遇获,故孔子为之悲泣。其修《春秋》亦止于获麟。宣尼,即孔子。汉平帝时追谥孔子为褒成宣尼公。

⑭朱实:红色的果实。

⑮繁英:繁茂的花朵。素秋:犹言萧条的秋天。

⑯华盖:车盖。

⑰骇驷摧双辀(zhōu):驷马遇惊致使两车辕木摧折。辀,车辕。

⑱"何意"二句:言想不到百炼之铁,本来非常坚刚,而今竟变得柔弱可绕指间了。喻己本来久经锻炼,意志坚强,而今也变得感情柔弱了。百炼刚,李善注引应劭《汉书》注曰:"说者以金取坚刚,百炼不耗。"

【译文】

这握于手中的悬璧,本是出自荆山的美玉。想那功名赫赫的姜太公,原是垂钓于渭水之滨的老叟。

邓禹多么感奋激发,不远千里追寻汉光武帝。白登之围幸亏陈平奇谋解除,鸿门宴上全靠张良周旋用计。

晋文公重用五位亲信大臣,齐桓公以管仲为相不记仇隙。如果有谁能使晋文齐桓称霸,何必追问他以前是同党还是仇敌。

半夜里我常常抚枕长叹,希望与这几人能于梦中交游。竟如孔子哀叹衰老已久,再不能见周公前来梦中一游。

有谁说圣人深知本分,就能够乐天知命不生忧愁?孔圣也曾为麒麟被猎获而伤悲,在狩猎的西苑涕泗长流。

功业还没来得及建立,夕阳已匆匆沉没西边。时光无情不会为我停留,流逝之快有如过眼云烟。

红色的果实被劲风吹落，繁盛的花朵凋残在萧条秋天。狭路上车辆遭到颠覆，四马受惊折断了两车车辕。

真想不到以百炼之金的坚刚，竟变得柔弱到可以缠绕指间。

卢子谅

见卷第二十一《览古》作者介绍。

赠刘琨一首并书

【题解】

卢谌先依刘琨任从事中郎，后在段匹䃅处任别驾，因忆刘琨前恩，故作诗并书赠之。作品叙述国恨家仇，同时倾诉了对琨的感激、怀念之情，情意真切、文辞凄婉，具有一定的艺术感染力。刘勰《文心雕龙·才略》曰："刘琨雅壮而多风，卢谌情发而理昭，亦遇之于时势也。"

　　故吏从事中郎卢谌，死罪死罪。谌禀性短弱，当世罕任，因其自然，用安静退①。在木阙不材之资，处雁乏善鸣之分②。卷异蘧子，愚殊甯生③。匠者时眄，不免膪宾④。尝自思惟，因缘运会，得蒙接事，自奉清尘，于今五稔⑤。谟明之效不著⑥，候人之讥以彰⑦。大雅含弘，量苞山薮⑧。加以待接弥优，款眷逾昵⑨。与运筹之谋，厕宴私之欢⑩。绸缪之旨⑪，有同骨肉。其为知己，古人罔喻⑫。昔聂政殉严遂之顾⑬，荆轲慕燕丹之义⑭。意气之间，糜躯不悔⑮。虽微达节，谓之可庶⑯。然苟曰有情，孰能不怀⑰？故委身之日，夷险已之^⑱。事与愿违,当忝外役^⑲。遂去左右,收迹府朝^⑳。盖本同末异,杨朱兴哀^㉑;始素终玄,墨翟垂涕^㉒。分乖之际^㉓,咸可叹慨。致感之途,或迫乎兹^㉔。亦奚必临路而后长号^㉕,睹丝而后歔欷哉^㉖?是以仰惟先情,俯览今遇,感存念亡,触物眷恋^㉗。《易》曰:"书不尽言,言不尽意。"然则书非尽言之器,言非尽意之具矣。况言有不得至于尽意,书有不得至于尽言邪!不胜猥懑^㉘,谨贡诗一篇。抑不足以揄扬弘美^㉙,亦以摅其所抱而已。若公肆大惠^㉚,遂其厚恩^㉛,锡以咳唾之音^㉜,慰其违离之意,则所谓《咸池》酬于《北里》,夜光报于鱼目^㉝,谌之愿也,非所敢望也。谌死罪死罪。

【注释】

①"谌秉性"几句:谓自己生就资质不高,当世少有任用者,所以也就顺其自然,甘于寂寞不求进取的处境。

②"在木"二句:意谓自己既不像山中不材之木那样不为人所用以终天年,又不像善鸣之雁那样能避害。阙,缺失。李善注:"庄子行于山中,见大木枝叶盛茂,伐木者止其傍而不取也。问其故,曰:'无所可用。'庄子曰:'此木以不材得终其天年。'夫子出于山,舍故人之家,故人喜,令竖子杀雁烹。竖子请曰:'其一能鸣,其一不能鸣,请奚杀?'主人曰:'杀不能鸣者。'明日,弟子问于庄子曰:'昨山中之木,以不材得终其天年,主人之雁,以不材死,先生将何处?'庄子笑曰:'周将处夫材与不材之间矣。材与不材之间,似之而非也,故未免乎累。'"

③"卷异蘧(qú)子"二句:意谓自己没有蘧伯玉和甯武子那样在乱世中保全自身的智慧。李善注:"《论语》曰:'蘧伯玉,邦无道可卷而怀之。'又曰:'甯武子,邦无道则愚。'"蘧子,蘧瑗,春秋卫

人,字伯玉。以贤称。卫大夫史鳔屡荐于灵公,皆不用。甯
(nìng)生,甯俞。春秋卫大夫,谥武。

④"匠者时眄(miǎn)"二句:李善注:"言在木阙不材,故匠者时眄。
在雁乏善鸣,故不免膎宾也。"眄,顾。膎(zhuàn),同"馔",进食。

⑤"尝自思惟"几句:常自思量,因为有缘得遇刘琨,充其部属,自追
随刘琨以来,已经五年了。稔,庄稼成熟收获曰稔,代指年。

⑥谟明:智谋,通达。

⑦候人:在道路上迎送宾客的官吏。《诗经·曹风》中有《候人》篇,
毛序曰:"《候人》刺近小人也。"后即以候人喻小人。

⑧"大雅含弘"二句:谓刘琨这样的大雅君子器量宏大,可以包括山
陵渊薮。

⑨款眷:爱眷。昵:亲近。

⑩"与运筹"二句:参预帷幄之计谋,厕身私宴之乐。

⑪绸缪:相亲。旨:意。

⑫"其为知己"二句:刘良注:"言知己之道,古人无有比也。"罔,无。
喻,比喻。

⑬聂政殉严遂之顾:聂政是战国时韩国人。因避仇居齐地,以屠为
业。韩烈侯时,严遂与相国侠累争权结怨,为报复侠累而结交聂
政,重金求其代为报仇。聂政待母死姊嫁,遂入相府刺死侠累后
自杀。

⑭荆轲慕燕丹之义:荆轲是战国末卫国人,为燕太子丹尊为上卿,
派他去刺秦王政。燕王喜二十八年(前227),他带着秦逃亡将军
樊於期的头和夹有匕首的地图,作为进献秦王的礼物。献图时,
图穷而匕首见,刺秦王不中,被杀死。

⑮靡躯不悔:粉身碎骨也不后悔。

⑯"虽微达节"二句:刘良注:"虽无上圣达节,可谓不失法度。"微,
非。达节,至上之节操。

⑰"然苟日"二句:张铣注:"言且日有情之人,谁能不思恩也。" 苟,且。

⑱夷险已之:平安和危险均共之。已,与。

⑲忝:辱。谦辞。外役:外任的职事。

⑳"遂去左右"二句:谓离开刘琨身边,在其府朝没有了自己的行 迹。时刘琨为司空,故曰府朝。

㉑"盖本同"二句:《淮南子·说林训》:"杨子见逵路而哭之,为其可 以南,可以北。"这里用此典故,以言离别。

㉒"始素终玄"二句:《淮南子·说林训》:"墨子见练丝而泣之,为其 可以黄,可以黑。"这里用墨子典故,以言卢谌离开刘琨而事段匹 䃅始终不一。素,白色。玄,黑色。

㉓分乖:分离。

㉔"致感之途"二句:言使感慨生出之缘由,或更急于墨子见练丝之 落泪。

㉕奚:何。

㉖歔欷:哭泣貌。

㉗"是以"几句:谓往上想起先人的情谊,往下再看二人的交往,不 禁使人有感于存者,追念亡人,触物而更增眷恋之情。李善注: "先,谓谌父也。今,谓琨也。"

㉘猥懑(wěi mèn):烦怨。

㉙抑:或。弘美:大美。

㉚肆:显示。

㉛遂:行。

㉜锡:赐予。咳唾之音:喻答诗。

㉝"则所谓"二句:李善注:"《乐动声仪》曰:'黄帝乐曰《咸池》。'《史 记》曰:'纣使师涓作新淫声,《北里》之舞,靡靡之乐。'"这里以 《咸池》、夜光珠喻刘琨之答诗,《北里》、鱼目喻己诗。

【译文】

　　以前您的官吏从事中郎卢谌,死罪死罪。谌生来才短气弱,不为当世任用,也就顺其自然,安心于寂寞退避了。比之于木则缺少不成材而免遭砍伐的资性,比之于雁则缺少善于鸣叫而避害的本事。又不像蘧伯玉那样能够收拾心迹,也不像宁俞那样能够韬光养晦。所以匠人时来光顾,也不免会像雁一样被杀来款待客人。我曾暗自思忖,我因为有缘与您幸遇,承蒙委以职事,自追随您以来,于今已五年了。但还未收取出谋划策的功效,攻击您近小人的讥议却传扬开来。您这样的大雅君子包涵宏大,器量能够包括山陵渊薮。对我更加接待优厚,眷爱之情愈发亲密。让我参与运筹谋划,还让我厕身于家宴的欢乐。亲密缠绵的情意,真有如骨肉至亲。像您我这样的知己之情,古人也不能比拟。从前聂政以身殉严遂知遇之恩,荆轲敬慕燕太子丹的义气。因为互相意气相投,就是粉身碎骨也不后悔。虽然说不上是至高的操行,但也可说是符合道义法度的。何况人是有感情的,谁能不怀念别人的恩情呢?所以我委身于您之日,就已和您安危共之了。可是事与愿违,被选任担当外地的职事。于是离开您身边,在您的府朝上不见了我的行迹。正像杨朱见歧路而哀哭,墨翟见染素绢而垂泪。分离之际,皆使人生出慨叹。导致人感慨的缘由,或有更急于此者。又何必面临歧路之后才发出长号,看见素绢之后才嘘唏流涕呢?于是仰思先人之情,俯览今日之交往,有感于存者及怀念亡人,触物更增眷恋。《周易》说:"书信表达不尽要说的话,语言表达不尽心中之意。"似此,书信并不是能完全表达语言之物,语言也并不是能完全表达思想的工具。何况语言有不能达到完全表达意思之处,书信有不能达到完全表达语言之处呢! 不胜烦怨,谨献上诗作一篇。或者不足以颂扬您的盛美,也借以抒发我自己的怀抱而已。如果您能施大惠,行厚恩,赐以回复答诗,安慰我久违离别之意,那就是所谓用《咸池》雅乐来酬答《北里》俗曲,用夜光珠来回报鱼目了。这只是我的心愿,并非所敢期望的。谌死罪死罪。

浚哲惟皇①,绍熙有晋②。振厥弛维,光阐远韵③。

有来斯雍,至止伊顺④。三台摛朗⑤,四岳增峻⑥。

伊陟佐商⑦,山甫翼周⑧。弘济艰难⑨,对扬王休⑩。

苟非异德,旷世同流⑪。加其忠贞,宣其徽猷⑫。

伊谌陋宗⑬,昔遘嘉惠⑭。申以婚姻,著以累世⑮。

义等休戚,好同兴废⑯。孰云匪谐?如乐之契⑰。

王室丧师⑱,私门播迁⑲。望公归之,视险忽艰⑳。

兹愿不遂,中路阻颠㉑。仰悲先意,俯思身愆㉒。

大钧载运㉓,良辰遂往。瞻彼日月,迅过俯仰㉔。

感今惟昔㉕,口存心想。借曰如昨,忽为畴曩㉖。

【注释】

①浚哲:深沉而有智。皇:此指晋怀帝。

②绍:继承。熙:兴。

③"振厥弛维"二句:谓怀帝能重振废弛之朝纲,光大发扬先帝之远
　风。振,举。厥,其。弛,松懈。维,纲维。

④"有来斯雍"二句:谓来至者皆能雍和顺从于晋朝。雍,和。

⑤三台:星名。古人认为其色齐明,则君臣相和。摛:舒。

⑥四岳:古称四方诸侯之长。此喻大臣。

⑦伊陟:商代伊尹之子。太戊时为相。

⑧山甫:仲山甫,周宣王时为卿士,是著名贤臣。翼:弼辅。

⑨弘济:大济。

⑩对扬:答谢、颂扬君赐。《尚书·说命》:"敢对扬天子之休命。"孔
　传:"对,答也。答受美命而称扬之。"王休:指国君之美命。
　休,美。

⑪"苟非异德"二句:谓刘琨之美德不异于昔贤,虽与他们隔世久

远,也是同一流人物。

⑫徽:美。猷(yóu):道。

⑬陋宗:卑陋之姓。

⑭遘:遇。嘉惠:美好的恩惠。

⑮"申以婚姻"二句:刘琨的妻子是卢谌的姨母,卢谌的妹妹又嫁给了刘琨的弟弟。两代联姻,故称"累世"。

⑯"义等休戚"二句:言休戚兴废皆共之。

⑰如乐之契:如同乐声之相合。

⑱王室丧师:指刘聪攻破洛阳事。

⑲私门播迁:谓家庭流散迁移投奔刘琨。

⑳视险忽艰:不顾艰险之意。

㉑中路阻颠:谓卢谌之父为刘粲所害。

㉒"仰悲先意"二句:谓仰悲父母遇害,俯思自身之过。愆,过失。

㉓大钧载运:大自然运行。载,行。

㉔俯仰:一俯一仰之间,喻时间短促。

㉕惟:思。

㉖"借日如昨"二句:刘良注:"言日月假如昨时,忽成昔远。"

【译文】

深沉多智的怀帝,继承振兴大晋王朝。重振那废弛的朝纲,光大发扬先皇的风韵。

来归者呈现一派祥和,来则安之多么逊顺。三台星发出朗朗光辉,四岳更加显得高峻。

当年伊陟辅佐殷商,仲山甫辅助周朝。大济了艰难的岁月,报答弘扬了国君的美命。

您与他们美德并无二致,时代虽异却有相同的人品。您更加显得忠贞,光大了君子盛美的德行。

想我卢谌这卑陋的宗姓,往昔就得到您的厚恩。再加二姓结为秦晋,两世联姻关系亲近。

道义上已是休戚与共,关系上同有兴废荣损。谁说这样还不谐和?这正如和谐的美妙乐声。

王室军队惨遭失败,我的家庭流离逃奔。朝着您的所在奔趋归依,不顾路途的艰难苦辛。

谁知此愿未能得遂,半途遇贼父母殒命。仰悲父母情意惨切,俯思己过充满悔恨。

天地匆匆运行不停,美好的日子一去不返。看那日月此出彼入,迅疾如同穿梭一般。

有感于今思念往昔,口常提您心常想您。说起来似乎就在昨天,转眼间就成了遥遥往事。

　　畴曩伊何? 逝者弥疏①。温温恭人②,慎终如初③。
　　览彼遗音,恤此穷孤④。譬彼樛木,蔓葛以敷⑤。
　　妙哉蔓葛,得托樛木。叶不云布,华不星烛⑥。
　　承伴卞和⑦,质非荆璞⑧。眷同尤良⑨,用乏骥骧⑩。
　　承亦既笃,眷亦既亲。饰奖驽狠⑪,方驾骏珍⑫。
　　弼谐靡成⑬,良谋莫陈。无觊狐赵,有与五臣⑭。
　　五臣奚与? 契阔百罹⑮。身经险阻,足蹈幽遐⑯。
　　义由恩深,分随昵加。绸缪委心,自同匪他⑰。
　　昔在暇日,妙寻通理。尤彼意气,使是节士⑱。
　　情以体生,感以情起。趣舍罔要,穷达斯已⑲。
　　由余片言,秦人是惮⑳。日磾效忠㉑,飞声有汉。
　　桓桓抚军㉒,古贤作冠㉓。来牧幽都,济厥涂炭㉔。
　　涂炭既济,寇挫民阜㉕。谬其疲隶㉖,授之朝右㉗。

上惧任大，下欣施厚㉘。实祗高明，敢忘所守㉙？

【注释】

①逝者弥疏：谓生者对死者的印象越来越淡。《吕氏春秋·节丧》："死者弥久，生者弥疏。"

②恭人：宽和谦恭之人。此指刘琨。

③慎终如初：对事情的后来也像开始时一样谨慎。语出《老子》六十四章："慎终如始，则无败事。"

④"览彼遗音"二句：李善注："遗音，谓谌父之言也。穷孤，谌自谓也。"李周翰注："遗音，谓琨先遗谌诗，有忧恤之意。"亦一说。

⑤"譬彼樛(jiū)木"二句：《诗经·周南·樛木》："南有樛木，葛藟(lěi)累之。"此以樛木喻刘琨，蔓葛喻己。樛木，树木向下弯曲。敷，布。

⑥"叶不云布"二句：言叶不像云一样满布，花不能像星星那样光彩闪烁。自谦自己之微弱。烛，照亮。

⑦侔：等同。卞和：和氏璧的发现者。此以人名谓美玉。

⑧荆璞：楚国的璞玉。荆，楚也。

⑨尤良：又名邮无恤、王良。春秋时期晋国人，善御。

⑩骥𬴂：骏马。

⑪饰奖：装饰。《方言》曰："凡相被饰亦曰奖。"驽猥：劣马。

⑫方：并。骏珍：骏马，宝马。

⑬弼：辅佐。靡：无。

⑭"无觊(jì)狐赵"二句：觊，冀望。狐赵，狐偃、赵衰。五臣，指春秋时晋国的狐偃、赵衰、颠颉、魏犨、胥臣。皆随晋公子重耳避难流亡达十九年，游历各国，后助重耳回国即位。晋文公建立霸业，尤以狐偃、赵衰建功为著。李善注："五臣之从晋文，犹谌之事刘氏。无敢望同狐、赵之立大功，有志与彼五臣之履危厄。"

⑮契阔：聚合离别。契，合。阔，离。百罹：谓遭遇多种忧苦。罹，
遭遇。

⑯幽遐：深远。

⑰"绸缪委心"二句：言感情亲近，委心于刘琨，等同兄弟，非比
他人。

⑱"昔在暇日"几句：言从前在闲暇之时，寻求通达之理，于是否定
了以前的意气用事，使自己成为有理有节之士。尤，非。

⑲"趣舍罔要"二句：李善注："言既感厚恩，而吉凶惟命。故云趣舍
无所要求，穷达任其所止也。"趣舍，取舍。趣，通"取"。

⑳"由余片言"二句：由余为戎臣时使秦，怪秦穆公宫室壮大，穆公
为西戎有这样的人而忧虑。由余，春秋时人，一作"繇余"。其祖
先为晋人，逃亡入戎。秦穆公爱其才，设计延揽入秦，加以重用，
任上卿，为穆公谋伐西戎。灭国十二，遂霸西戎。

㉑日磾(mì dī)：金日磾，本匈奴休屠王的太子，武帝时从昆邪王归
汉。曾擒缚谋反的莽河罗，救了武帝，后武帝遗诏封他为秺侯，
与霍光、桑弘羊等辅佐昭帝。

㉒桓桓：威武貌。抚军：指段匹磾，时为抚军将军，幽州牧。

㉓古贤作冠：谓段匹磾如古代贤人，为众人之首领。

㉔"来牧幽都"二句：谓段匹磾为幽州牧，拯救生民于涂炭之中。

㉕寇挫民阜：敌寇被挫败，人民兴盛。

㉖谬：误。疲隶：无能、低劣之人。此是卢谌自谓。

㉗朝右：李善注："朝右，谓别驾也。"别驾一官，汉置，魏晋仍之。为
刺史的佐吏，刺史巡视辖境时，别驾乘驿车随行，故名。别驾为
刺史总理总务，职权甚重，时论称其职居刺史之半，故又称"朝
右"，其字面义为居朝臣之右。

㉘施厚：施以厚恩之意。

㉙"实祇(zhī)高明"二句：谓敬重段匹磾，岂敢忘其职守。祇，恭敬。

高明,指段匹碑。

【译文】

遥遥岁月意味着什么?意味着死者的影子日趋淡薄。但像您这样的宽和谦恭之人,情感始终如一不随岁月消磨。

您常记挂着我父亲的遗言,体恤我这失父之人凄苦孤单。正如像树木弯曲下它的枝干,以便让蔓葛向上伸展攀缘。

蔓葛为此要放声赞叹,得以托附于大树的枝干。尽管纤弱的蔓葛叶不丰满,花儿也不如星光灿烂。

承蒙您把我视同和氏之璧,我深知资质并非楚国璞玉。您眷爱我如同名御尤良,我自知才用并非骏马良骧。

领受您的恩情已很深厚,承蒙您的眷爱十分亲近。正如精心装饰了一匹劣马,让它与宝马名驹并驾齐进。

配合辅助您不见有成,也没有良谋向您奉呈。我不望像狐偃、赵衰般建树大功,只敢希求能够等同于五臣。

为什么说敢望等同于五臣?只为他们遭逢百难也紧随国君。身经无数的艰难险阻,跋涉深山走过遥远的途程。

情义是由领受恩德而加深,情分随着亲密程度而递增。感情浓郁我已委心于您,情如手足自是非同他人。

想往昔我在那闲暇之日,曾经认真地探求通达至理。否定了以前的意气用事,使自己成为有理有节之士。

感情是由亲近而生出,感激是由感情激发而兴起。我对于得失已是无所计较,人生穷达唯凭所遇而已。

由余使秦不过说了寥寥数语,秦穆公为此而心怀畏惧。金日磾效忠于汉武,有汉一代传扬着他的美誉。

我们威武的抚军将军,如同古贤率领着众人。来到这幽州担任州牧,于泥洿火坑之中拯救黎民。

泥洿火坑中的黎民既已得救,击退敌人百姓重又兴盛。错把我这无能低劣之人，授以别驾这样的重任。

　　我上担心责任之重大，下欣慰得以蒙受厚恩。心中实在崇敬尊贵的明主，岂敢忘记所守的责任？

　　　相彼反哺，尚在翔禽。孰是人斯，而忍斯心①？
　　　每凭山海，庶觊高深②。遐眺存亡，缅成飞沉③。
　　　长徽已缨④，逝将徙举⑤。收迹西践，衔哀东顾⑥。
　　　曷云涂辽？曾不恩步⑦。岂不夙夜？谓行多露⑧。
　　　绵绵女萝，施于松标⑨。禀泽洪干，晞阳丰条⑩。
　　　根浅难固，茎弱易凋。操彼纤质⑪，承此冲飙⑫。
　　　纤质寔微⑬，冲飙斯值⑭！谁谓言精？致在赏意⑮。
　　　不见得鱼，亦忘厥饵⑯。遗其形骸，寄之深识⑰。
　　　先民颐意⑱，潜山隐机⑲。仰熙丹崖⑳，俯澡绿水。
　　　无求于和，自附众美㉑。慷慨遐踪，有愧高旨㉒。
　　　爰造异论，肝胆楚越㉓。惟同大观，万殊一辙㉔。
　　　死生既齐，荣辱奚别？处其玄根，廓焉靡结㉕。
　　　福为祸始，祸作福阶。天地盈虚，寒暑周回。
　　　夫差不祀，衅在胜齐。勾践作伯，祚自会稽㉖。
　　　邈矣达度㉗，唯道是杖㉘。形有未泰㉙，神无不畅。
　　　如川之流，如渊之量。上弘栋隆㉚，下塞民望㉛。

【注释】

①"相彼反哺"几句：言乌鸟尚知反哺，自己怎能忘却报恩。相，视。
　　反哺，乌雏长大，衔食哺其母，喻子女奉养父母。
②"每凭山海"二句：此以山高海深喻刘琨恩义。凭，依。庶，希望。

觌,见。

③"遐眺存亡"二句:言自己对于刘琨,只能远视存亡,一片关心如飞如沉,徒然无助。所以下文即解释离开刘琨的原委。缅,犹"邈",远。

④长徽已缨:李善注:"谓被匹磾所辟,类乎徽缠之系于己也。"徽,绳索。缨,绕也。

⑤逝将徙举:不得不迁徙了。从下文看当指"东顾"而言。

⑥"收迹西践"二句:收迹西践,踪迹不再西行。西践,谓奔刘琨。东顾,谓投匹磾。

⑦"曷云涂辽"二句:意谓何尝是因为"西践"路途遥远,在我心中不过仅如咫尺之间。

⑧"岂不夙夜"二句:《诗经·召南·行露》:"岂不夙夜,谓行多露。"言岂不可以早夜而行? 畏露多而不往。此二句借《诗经》成句喻己惧匹磾之威而不敢往投刘琨。

⑨"绵绵女萝"二句:女萝,卢谌自谓。松标,松树之颠。此指刘琨。

⑩"禀泽洪干"二句:言女萝附着于松标,得受雨泽于高大枝干之上,承阳光于繁茂枝条之间。晞,晒。

⑪纤质:纤弱之体质。此指女萝。

⑫冲飙:疾风。比喻世乱。

⑬寔:同"实"。

⑭斯:是。值:逢。

⑮"谁谓言精"二句:此谓自己寄书与刘琨,非在言词精妙,而在心意相知。故下文用得鱼忘筌的典故。《庄子·秋水》:"可以言论者,物之粗也;可以意致者,物之精也。"

⑯"不见得鱼"二句:李善注:"饵,犹筌也。《庄子》曰:'筌者,所以得鱼也,得鱼而忘筌。言者,所以在意也,得意而忘言。'"

⑰"遗其形骸"二句:意谓忘却有形之身的阻隔,而将精神寄托于具

有高识远见之人。深识,犹高见。此指刘琨。

⑱颐:养。

⑲隐机:倚着几案。机,通"几"。李善注引《庄子》曰:"南郭子綦隐机而坐,嗒焉似丧其偶。"

⑳熙:曝晒。

㉑"无求于和"二句:是承上四句而言,意谓倘能如此,虽不有意追求融洽于自然,众美却自附于己。

㉒"慷慨遐踪"二句:李善注:"言心慷慨慕古贤之远踪,而事与愿违,故有愧高旨。"此以古贤喻刘琨。

㉓"爰造异论"二句:言有人进谗言,离间刘琨与段匹䃅的关系。爰造异论,李善注:"谓琨被谤也。臧荣绪《晋书》曰:'众人谓琨诗怀帝王大志。'"肝胆楚越,肝胆喻近;楚越为二国名,喻远。

㉔"惟同大观"二句:言刘琨心胸开阔,把各种不同事物视为等同。按,此处之"同大观",即下文所谓把生死荣辱视为等同的道家思想。

㉕"处其玄根"二句:谓刘琨立于道之根本,故能使心中保持空虚纯净的境界,而无怨结。玄根,道根。廓,空。靡结,无怨结。

㉖"夫差不祀"几句:言夫差灭国无祀,其先兆起于胜齐而骄。勾践被周元王封为伯,其福祚起于会稽卧薪尝胆之时。夫差,春秋末年吴国君,初大败越兵,迫使越王勾践求和称臣。后又大败齐国于艾陵。前482年,在黄池与诸侯会盟,与晋争霸。勾践遂乘机攻入吴都,几年后灭吴国,夫差自杀,勾践于是称霸。衅,兆。祚,福。会稽,越国都,今浙江绍兴。

㉗邈:远。达度:豁达大度。

㉘唯道是杖:谓以道为己之依凭。

㉙泰:通。

㉚弘:弘扬。栋隆:栋梁之高起。比喻大臣之声誉。

㉛塞：满。

【译文】

　　看那乌鸟也知反哺报恩，乌鸟它仅仅是一只飞禽。哪里有此生身为人形，能够忍心抛弃报恩之心？

　　我每每依凭高山大海远望，希望得见高山大海般的恩人。但却只能远远坐视您的存亡，一番心意徒然化作消逝的烟尘。

　　我就像被那长索束缚，不得不迁居移往他处。西行道上再不能见我的踪迹，心中充满悲哀踏上东路。

　　何尝说是西边道路遥远？它不过有如咫尺寸步。怎不可以早夜起行？只好说是早行多露。

　　女萝的蔓藤长长绵延，高高爬上松树之颠。承受雨露于粗壮的树干，沐浴阳光于丰茂枝条之间。

　　根柢肤浅难以牢固，苗茎柔弱容易凋残。以那纤细之资质，承受着这样迅疾的狂风。

　　纤细的资质实在太微弱，却与这迅疾狂风偏偏遭逢！谁说语言是精妙之物？最精致的该是心意的沟通。

　　虽然还未钓起鱼来，却先忘记了鱼饵的功用。抛却这有形之身的拘限，把精神寄予卓有识见之人。

　　古代先民为了颐养神志，潜入深山冥然倚靠几案。仰承阳光于丹崖之下，俯身沐浴于碧波绿水之间。

　　虽不刻意追求和谐，众美自来依附逍遥怡然。我虽情志慷慨倾慕古贤远踪，却叹其意旨高雅愧难追攀。

　　竟有那无耻小人造下谣言，致使肝胆之交关系变得疏远。幸赖您心胸开阔豁达大度，把千殊万异等量齐观。

　　死和生视之为同一回事，荣与辱二者又有什么差异？处心于深厚的道行根基，心境空澄不存任何芥蒂。

　　福常常是灾祸的开始，祸也每每是福运的阶梯。天地总是盈虚循环变化不已,寒与暑此来彼去互相交替。

夫差之所以国灭无继,其先兆便起于战胜强齐。勾践最终做了霸主,其福祚乃是起于兵败会稽。

您的豁达大度真是深不可测,就在于以大道作为立身之据。形骸上虽然有时尚欠通泰,精神上却从来没有任何不畅。

就像那大江之水滔滔长流,就像那无底深渊宏大器量。上则弘扬栋梁大臣之美誉,下则满足庶民百姓之所望。

赠崔温一首

【题解】

崔温:指崔悦和温峤。二人和卢谌以前都是刘琨的属吏。卢谌被段匹磾召用为别驾后,崔悦、温峤仍在刘琨处,此诗即作于这一段时间。诗中写登楼远眺,引发出对友人的怀念,同时通过对李牧、赵奢、倪宽、何武等古人事迹的追叙,向友人倾诉了自己的抱负和对施政的看法。

逍遥步城隅,暇日聊游豫①。北眺沙漠垂②,南望旧京路③。
平陆引长流,岗峦挺茂树。中原厉迅飙,山阿起云雾。
游子恒悲怀,举目增永慕④。良俦不获偕⑤,舒情将焉诉?
远念贤士风,遂存往古务⑥。朔鄙多侠气⑦,岂惟地所固⑧。
李牧镇边城,荒夷怀南惧⑨。赵奢正疆场,秦人折北虑⑩。
羁旅及宽政,委质与时遇⑪。恨以驽蹇姿,徒烦飞子御⑫。
亦既弛负担,忝位宰黔庶⑬。苟云免罪戾,何暇收民誉⑭?
倪宽以殿黜,终乃最众赋⑮。何武不赫赫,遗爱常在去⑯。
古人非所希,短弱自有素⑰。何以敷斯辞,惟以二子故⑱。

【注释】

① 游豫：游乐。

② 垂：边。

③ 旧京：谓洛阳。

④ 永慕：长思。

⑤ 良俦：好友。

⑥ 往古务：犹言往古事。

⑦ 朔：北方。鄙：边地。

⑧ 地所固：言地势险固。

⑨ "李牧"二句：李牧是战国时赵国良将，在北部边境抵御匈奴。他优待士卒，选兵备战，后诱杀匈奴骑兵十余万骑。灭襜褴，破东胡，降林胡。十余年间匈奴不敢近赵边城。荒夷，古代对边陲地区居民或民族的泛称。此指匈奴、东胡等北方部族。

⑩ "赵奢"二句：赵奢是战国时赵国田部吏，后为将。秦伐阏与，赵奢往救，大败秦军。折北虑，打消了秦北侵赵国的念头。

⑪ "羁旅"二句：言自己以羁旅之身客居段匹磾处，得蒙宽容之政，委身事之，是与时遇。

⑫ "恨以"二句：谓以自己劣马之资质，徒烦非子驾驭。非子喻段匹磾。驽蹇，劣马曰驽，跛足曰蹇。飞子，即非子。秦人祖先，善养马。

⑬ "亦既"二句：自己担负的职责已然废弃，却忝居治民的官位。担，原作"檐"，据五臣本校改。弛，废。黔庶，百姓。

⑭ "苟云"二句：意谓自己在位，仅能做到不犯过失，免遭罪罚而已，哪里还有闲暇去赢得政绩美誉呢。

⑮ "倪宽"二句：谓倪宽因为缴纳租税最差，当遭黜免，但后来完成赋税却在众人之上。意指倪宽仁厚爱民，虽无赫赫之功，却深得民心。下文所云何武亦然，皆用以自况。倪宽，西汉人。武帝时

　　任左内史，劝农桑，缓刑罚，理讼狱，为吏民信爱。

⑯"何武"二句：李善注引《汉书》曰："何武为大司空，其所居亦无赫
　　赫名，去后常见思。"何武，西汉大臣，为人仁厚。

⑰"古人"二句：言倪宽、何武等古人的德才成就非自己所敢企望，
　　然而虽然自己才智短弱，但也素持仁厚待民。

⑱二子：谓崔悦、温峤。

【译文】

　　逍遥漫步登临城上角楼，闲暇之日姑且出游漫步。朝北远眺沙漠
边陲，朝南遥望故都旧途。

　　平原上长河缓缓流过，山岗上挺立着茂密的大树。平原之上骤起
疾风，山阿之间布满云雾。

　　游子常常心怀悲凉，举目远眺更增添悠长思慕。良友不能够相处
一起，想舒展情怀又将向谁倾诉？

　　遥想古代贤士的风采，心中浮现往古英雄人物。北方边地自古多
有豪侠，哪里只是地形险要坚固？

　　当年李牧镇守边城，匈奴虽欲南侵而心怀畏惧。赵奢大扬军威于
疆场，秦人再不敢打北侵的主意。

　　我以羁旅之身逢着宽和仁政，委身侍奉得到了机遇。只恨自己犹
如一匹劣马，徒劳非子这样的人来驾驭。

　　废毁了自己承担的职责，忝居高位来把百姓统治。只好说仅能免
除罪过而已，哪有闲暇赢得政声美誉。

　　倪宽因为完税最差当遭黜免，后来完成租税却是第一。何武在位
也没有赫赫名声，离去后却使人们怀念不已。

　　这些古人不是我所敢企望，我虽才智短弱却待人仁慈。为什么敢
说如此之言，只因您二位原是知己。

答魏子悌一首

【题解】

　　吕向曰:"魏子悌,亦为刘琨从事,与谌同官。"此诗是卢谌到段匹磾
处任别驾时所作。诗作前半部分追叙以前在刘琨手下共事,同经风险
患难的情形,后半部分倾吐离别后的思念。

崇台非一干①,珍裘非一腋②。多士成大业,群贤济弘绩③。
遇蒙时来会,聊齐朝彦迹④。顾此腹背羽,愧彼排虚翮⑤。
寄身荫四岳⑥,托好凭三益⑦。倾盖虽终朝,大分迈畴昔⑧。
在危每同险,处安不异易⑨。俱涉晋昌艰,共更飞狐厄⑩。
恩由契阔生⑪,义随周旋积⑫。岂谓乡曲誉,谬充本州役⑬。
乖离令我感,悲欣使情惕⑭。理以精神通,匪曰形骸隔。
妙诗申笃好⑮,清义贯幽赜⑯。恨无随侯珠⑰,以酬荆文璧⑱。

【注释】

①崇台:高台。一干:一棵树。

②珍裘非一腋:此言珍贵的裘衣非一狐腋下皮所能制成。狐腋下
　皮白而柔软,堪作裘。

③"多士"二句:言伟大的业绩需众多贤士相助而成。弘,大。

④"遇蒙"二句:言当年有幸得与魏子悌同在刘琨手下共事。朝,指
　刘琨府中。彦,美士。此指魏子悌。

⑤"顾此"二句:意谓自视如鸟腹背上无用之羽毛空排鸟身,愧对犹
　如六翮飞羽之魏子悌。李善注引《韩诗外传》曰:"晋平公游于河
　而叹曰:'安得贤士与之乐此也!'船人盍胥跪而对曰:'主君亦不
　好士耳,何患无士乎!'平公曰:'吾食客,门左千人,右千人,何谓

不好士乎?'对曰:'夫鸿鹄一举千里,所恃者六翮耳。背上之毛,腹下之毳,益一把,飞不为加高,损一把,飞不为加下。今君之食客,门左右各千人,亦有六翮在其中矣。'"翮(hé),羽毛。按,李善注文中的六翮指翅膀上的正羽。

⑥四岳:喻诸侯,此谓刘琨。

⑦三益:《论语·季氏》:"孔子曰:'益者三友……友直,友谅,友多闻,益矣。'"谓应结交正直、守信、知识多之人为友,才于己有益。诗中指魏子悌。

⑧"倾盖"二句:意谓己与魏子悌情谊深厚,临车交谈,倾盖终朝,值此长别之时,更觉情胜往常。刘良注:"昔孔子遇程子于途,虽倾盖而语终朝,至于大论分义,我与悌过于昔人。"倾盖,谓各坐车中交谈款洽,身体倾往一边而致使车身倾斜。大分,长久分手。迈,超过。

⑨处安不异易:在平安时也不因此而有不同。

⑩"俱涉"二句:晋昌,郡名。辖境约当今甘肃安西至玉门西部一带。更,经历。飞狐,关塞名。在今河北蔚县东南恒山峡谷口之北口。《晋书·刘琨传》载,石勒攻乐平(今山西昔阳),太守韩据请救于刘琨。刘琨率众往救,为石勒据险设伏袭击,全军覆没。遂从飞狐口入河北,投奔段匹磾。按,此役距晋昌郡甚远,李善注引王隐《晋书》曰:"晋昌护匈奴中郎将别领户。然时段匹磾为此职,谌在磾所,难斥言之,故曰晋昌也。"则以晋昌指段匹磾。如是,"俱涉晋昌艰"则谓往投段匹磾,其时段亦在艰难之中。《晋书·刘琨传》:"幽州刺史鲜卑段匹磾数遣信要琨,欲与同奖王室,琨由是率众赴之,从飞狐入蓟。"

⑪契(qiè)阔:聚合分离。此处系偏义复词,指聚合。

⑫周旋:相处。

⑬本州役:卢谌是涿郡人,涿郡属幽州,段匹磾辟谌为幽州别驾,故

称"本州役"。

⑭悲欣使情惕:吕延济注:"悲今别离,欣昔同聚,令我情之惊惧也。"惕,忧惧。

⑮妙诗:谓魏子悌赠诗。申:述。笃好:深厚友好之情。

⑯幽赜(zé):幽深玄妙。

⑰随侯珠:随侯曾救一蛇,蛇赠予江中明月珠。为著名的珍宝。

⑱荆文璧:即和氏璧。卞和得璞玉于荆山之中,楚文王即位,使玉工琢磨而成。

【译文】

高高的楼台不是一棵树木构成,珍贵的皮裘并非一张狐狸腋皮缝制。众多的贤士才能够成就大业,群贤相助才能创建丰功伟绩。

承蒙垂青我碰上了好时机,与您这俊杰之士并肩共事。自视只如同飞鸟腹背上的羽毛,相对您之如健翮实有愧色。

寄身于高峻四岳的荫庇之下,结交上您这样的良友多获教益。登车话别已经整整一个早上,长别之时更觉得感情倍胜昔日。

危难时我们常常一起同经风险,平安时也不分彼此共享清闲。我们一起奔走过晋昌之危艰,我们一起经历过飞狐关的厄难。

感情是在这患难与共中产生,情义是在朝夕相处中不断增添。哪里说是因为我有乡里的美名,不过滥竽充数姑且在本州做官。

离别是如此令我不胜感慨,悲今喜昔使人感情翻卷波澜。照理说来只要精神上互相沟通,何必提这有形之身相隔遥远。

您美妙的诗作倾诉了深情厚谊,诗作中充满了清雅幽深的意义。只遗憾我没有随侯之珠,用来报答您赠送的和氏之璧。

谢宣远

谢瞻(387—421),字宣远。一名檐,字通远。陈郡阳夏(今河南太康)人。南朝宋诗人。曾任参军、中书侍郎、豫章太守等职。善诗文,有盛名,曾作《喜霁诗》,由谢灵运手书,谢混吟咏,时人称为"三绝"。原有集三卷。已佚。今仅存《答灵运》《九日从宋公戏马台集送孔令》《张子房》等五首诗。《宋书》有传。

答灵运一首

【题解】

吕向曰:"灵运先寄《愁霖诗》于瞻,故有此答。"诗作写在久雨初晴之夜,接到灵运诗作,从友人的深情眷恋中感到极大的安慰,表现对羁旅行役生活的厌倦和对友人的怀念之情。

> 夕霁风气凉①,闲房有余清。
> 开轩灭华烛②,月露皓已盈。
> 独夜无物役③,寝者亦云宁。
> 忽获《愁霖》唱④,怀劳奏所成⑤。
> 叹彼行旅艰,深兹眷言情⑥。
> 伊余虽寡慰⑦,殷忧暂为轻⑧。
> 牵率酬嘉藻⑨,长揖愧吾生。

【注释】

①霁:雨停初晴。

②轩:窗。

③无物役:言无杂事缠扰。

④《愁霖》唱:指谢灵运寄给谢瞻的《愁霖诗》。

⑤怀劳:心念人之劳碌。

⑥"叹彼"二句:吕延济注:"灵运既叹行旅,复深眷念于瞻。"

⑦寡慰:少有安慰。

⑧殷忧:深忧。

⑨牵率:勉强。嘉藻:美好的辞藻。此谓灵运《秋霖诗》。

【译文】

夜晚间久雨初晴天气仍带寒意,空房中犹显得空气清冷。

打开窗户灭掉明亮的烛光,月色皎洁充满空空的户庭。

在这孤独的夜晚没有杂事缠身,人们都已安睡四周十分宁静。

忽然接到您寄来的《愁霖》诗作,有劳您奔波之中而将诗作写成。

诗中您感叹羁旅行役的艰辛,又表达对我眷恋不已的深情。

我在此虽然孤独寂寞少有安慰,接您诗作深沉忧思也暂时减轻。

才力不足勉强酬答您美好的诗章,长作一揖只惭愧自己少有才情。

于安城答灵运一首

【题解】

李善曰:"谢灵运《赠宣远序》曰:'从兄宣远,义熙十一年(415)正月,作守安城。其年夏,赠以此诗,到其年冬,有答。'"安城,据胡克家《文选考异》当作"安成",郡名,治所在平都(今江西安福)。诗作以族兄的亲切口吻,盛赞灵运具有美好的资材,和远大的前程、志向,并以自己作为对衬,既是烘托灵运,也是自我情怀的抒发。

条繁林弥蔚①,波清源愈浚②。华宗诞吾秀,之子绍前胤③。
绸缪结风徽④,烟煴吐芳讯⑤。鸿渐随事变,云台与年峻⑥。
华萼相光饰⑦,嘤嘤悦同响⑧。亲亲子敦予⑨,贤贤吾尔赏⑩。
比景后鲜辉,方年一日长⑪。萎叶爱荣条,涸流好河广⑫。

殉业谢成操，复礼愧贫乐⑬。　幸会果代耕⑭，符守江南曲⑮。
履运伤荏苒，遵涂叹缅邈⑯。　布怀存所钦⑰，我劳一何笃⑱！
肇允虽同规，翻飞各异概⑲。　迢递封畿外⑳，窈窕承明内㉑。
寻涂涂既暌，即理理已对㉒。　丝路有恒悲，矧乃在吾爱㉓。
跬行安步武，铢翮周数仞㉔。　岂不识高远？违方往有吝㉕。
岁寒霜雪严，过半路愈峻㉖。　量己畏友朋，勇退不敢进㉗。
行矣励令猷㉘，写诚酬来讯。

【注释】

①弥：逾。蔚：茂盛。

②浚：深。

③“华宗”二句：言尊贵的宗族诞育了谢灵运这样的秀美之才，能够继承前人的业绩。吾秀，犹言吾家之秀。绍，继。胤，绪。

④绸缪：缠绵。风徽：犹风雅。徽，美好。

⑤烟煴（yīn yūn）：同“细缊”，谓元气调和貌。此处用来形容谢灵运温和的君子风度。芳讯：指灵运来诗。

⑥“鸿渐”二句：意谓谢灵运的官禄随着时事的发展而升迁，其德行名望也与年俱增。鸿渐，《周易·渐》“鸿渐于陆，其羽可用为仪”，孔疏：“处高而能不以位自累，则其羽可用为物之仪表。”后因用来比喻官位。云台，高耸入云的楼台。李周翰注：“云台，喻德也。”

⑦华萼相光饰：《诗经·小雅·常棣》：“常棣之华，鄂不韡韡（wěi）。”韡，光明貌。言萼无花则无光彩。毛传：“兴也。”郑笺：“兴者，喻弟以敬事兄，兄以荣覆弟也。”此句用《常棣》诗意，言自己与灵运如花与萼，互相依托映衬，愈见焕发光彩。

⑧嘤嘤悦同响：《诗经·小雅·伐木》：“伐木丁丁，鸟鸣嘤嘤。”郑

笺："其鸣之志,似于有友道然。"此用《伐木》诗意,言自己与灵运
　　正如同声相应,和谐悦耳。

⑨亲亲:亲近亲族中的人。前一亲字用作动词。敦:亲密。

⑩贤贤:谓礼敬贤者。前一贤字用作动词。吾尔赏:"吾赏尔"之
　　倒文。

⑪"比景"二句:言自己与灵运比较景况,鲜辉则在灵运之后;比较
　　年龄,自己则稍长一些。方,犹比。一日长,谦辞,谓稍长一些。

⑫"萎叶"二句:枯萎的树叶也爱茂盛的枝条,干涸的溪流也喜好宽
　　广的大河。萎叶、涸流,喻自己;荣条、河广,喻灵运。

⑬"殉业"二句:意谓自己经营事业无成,是因为自己的德行操守仍
　　有缺憾,想要追求实现礼制的理想境界,又惭愧自己不能做到安
　　贫乐道。殉,营。谢,歉疚之意。成操,完整的操守。复礼,克制
　　个人私欲而达到恢复周礼是孔子追求的最高目标,这里即用来
　　指封建礼制的理想境界。贫乐,安贫乐道之省语。

⑭果:成。代耕:指自己的官禄。李善注:"《礼记》曰:诸侯下士,视上
　　农夫,禄足以代耕。"按,谢瞻为安成守,非"下士",这是谦逊的说法。

⑮符守:古代太守一类官员,由朝廷将符节剖开,各执一半以为凭
　　信,故称"符守。"江南曲:江南边的江湾。曲,湾。安成临江,故云。

⑯"履运"二句:言见四季运行,但伤时光流逝。每天按常规处理事
　　务,则又觉时光漫长难捱。履运,谓处于四季运行中。遵涂,谓
　　沿常规处理事务。缅邈,悠远。

⑰布怀:布达情怀。所钦:所钦敬之人,谓灵运。

⑱劳:忧愁。笃:深厚。

⑲"肇允"二句:意谓仕途之始,自己与灵运等同,后来则如鸟之翻
　　飞,各有高低了。肇,开始。允,诚然。同规,在相同范围内。规
　　为校正圆形的工具。引申为一定范围。异概,李善注:"谓异量
　　也。凡概以平量,故言概而显量焉。"

⑳迢递封畿外：谓自己远出为安成太守。迢递，遥远。封畿外，指安城。封畿，属于京城管辖的地区。

㉑窈窕承明内：谓谢灵运为朝官。窈窕，幽深貌。承明，曹魏时洛阳宫门名。此借京洛指建康。

㉒"寻涂"二句：意谓灵运任朝官，自己则外放，道路各相违离。从道理上说，灵运贤而己愚，应该如此。暌(kuí)，违背。

㉓"丝路"二句：《淮南子·说林训》载："杨子见逵路而哭之，为其可以南，可以北。墨子见练丝而泣之，为其可以黄，可以黑。"矧(shěn)，况且。

㉔"跬(kuǐ)行"二句：言自己发足而行，安于一步之内；铩羽而飞，不过数仞而已。言下之意是说自己志向很小。跬行，古时称人行走，举足一次为跬，举足两次为步，故半步叫"跬"。武，足迹。铩(shā)翮，鸟羽毛摧落。比喻失意、受挫。周数仞，周游于数仞之内。这是用《庄子·逍遥游》上的寓言，斥鷃对鹍鹏说："我腾跃而上，不过数仞而下，翱翔蓬蒿之间，此亦飞之至也。"

㉕违方：意谓越出自己的范围。吝：谓悔吝，犹悔恨也。

㉖过半路愈峻：言下之意是说后半生道路更加艰难。

㉗"量己"二句：意谓衡量自己，自觉才能低下，而畏友朋之高材，故勇退不敢进。

㉘励：勉励。猷：道。

【译文】

　　枝条繁茂森林益发显得葱郁，碧波清澈更加显出源头幽深。尊贵的宗族养育了您这样的秀士，您继承了我族先辈光荣的业勋。

　　我与您感情密切结下风雅之好，瑞气氤氲您带来了温馨的问讯。您像那鸿鹄展翅越飞越高，像那云台一年比一年更加高峻。

　　花朵和花萼衬托辉映相得益彰，求友之鸟总爱寻求和谐的鸣声。您出于亲近亲人对我如此敬重，我因为礼敬贤才对您充满赞赏。

　　比较光景光彩辉煌我在您之后,比较年纪我不过徒然稍长。枯萎的叶儿也爱那繁茂的枝条,干涸的溪流也爱那大河的宽广。

　　事业无成我自责操行尚有缺憾,不能克己复礼自愧守道之志不坚。只庆幸得到一份微薄的俸禄,奉命执符分守在这江南水湾。

　　眼见四季交替我哀叹时光流逝,遵照常规生活又感叹岁月漫漫。布达情怀心念我所钦敬的友人,我心中的忧愁真是无际无边!

　　开始时我们确实属于同一范围,展翅翩飞后则各有高低。我来到这远离京城的边地,您任职于幽深的承明宫里。

　　从道路上看自是大不相同,就理而论贤愚之分理当如此。面对离别总引起人莫大的悲伤,何况您是我最倾慕的知己。

　　只能迈开半步的人安于一步之内,羽毛摧落的鸟儿周游于数仞之间。哪里是不知道高飞远游的壮美,只恐怕超越自己的范围会生悔恨。

　　天气寒冷霜雪多么严酷,人生到了晚年道路更加险峻。衡量自己才能低下畏惧友朋高材,急流勇退再也不敢前进。

　　还是往前走吧您的德行激励着我,抒写心中的真诚酬答您的来信。

谢惠连

见卷第十三《雪赋》作者介绍。

西陵遇风献康乐一首

【题解】

　　康乐,谢灵运袭封康乐侯。诗作前半部分是以回忆的口吻,写与谢灵运离别时难舍难分的情景,后半部分写在钱塘江边遇风受阻,进而反衬别情,烘托出对友人的思念。

我行指孟春，春仲尚未发。趣途远有期，念离情无歇①。
成装候良辰，漾舟陶嘉月②。瞻涂意少惊③，还顾情多阙。
哲兄感仳别④，相送越坰林⑤。饮饯野亭馆，分袂澄湖阴⑥。
凄凄留子言⑦，眷眷浮客心⑧。回塘隐舻枻⑨，远望绝形音。
靡靡即长路⑩，戚戚抱遥悲。悲遥但自弭⑪，路长当语谁？
行行道转远，去去情弥迟⑫。昨发浦阳汭⑬，今宿浙江湄⑭。
屯云蔽曾岭⑮，惊风涌飞流。零雨润坟泽⑯，落雪洒林丘。
浮氛晦崖巘⑰，积素惑原畴⑱。曲汜薄停旅⑲，通川绝行舟。
临津不得济，伫楫阻风波。萧条洲渚际，气色少谐和⑳。
西瞻兴游叹，东睇起凄歌㉑。积愤成疢痗，无萱将如何㉒！

【注释】

①"我行"几句：谓不忍离别，故久而未发。趣，趋，赴。

②"成装"二句：此言乐，盖与灵运先同舟而行。陶，欣喜。嘉月，美
　好的月份，谓春月。

③惊（cóng）：乐趣。

④哲兄：睿智的兄长，敬称。仳（pǐ）：别。

⑤坰（jiōng）林：远郊，野外。《诗经·鲁颂·駉》毛传："野外曰林，
　林外曰坰。"

⑥分袂：分手。袂，袖。澄湖阴：澄湖之南。水南为阴。

⑦留子：留住之人。谓谢灵运。

⑧浮客：浮游之人。谢惠连自谓。

⑨回塘：曲折的池塘。舻：船。枻（yì）：短桨。

⑩靡靡：行走迟缓貌。

⑪弭（mǐ）：消除。

⑫迟：谓栖迟不忍离去。

⑬浦阳:水名。源出今浙江浦江县,北流经诸暨,至萧山闻堰附近
　　入钱塘江。汭(ruì):李善注引《尚书》孔传:"水北曰汭。"

⑭浙江:即今钱塘江。湄:水岸。

⑮屯云:积云。曾岭:通"层岭"。

⑯零雨:持续不止之雨。坟:水边高地。泽:水泽。

⑰浮氛:雾气。晦:暗。崖巘(yǎn):险峻的崖壁。

⑱积素:谓积雪。原畴:原野田畴。

⑲曲汜:河弯曲处。薄:通"泊",停泊。停旅:指停泊的船。

⑳气色:谓气候、天色。

㉑睇:凝视。

㉒"积愤"二句:言忧愤蓄积,遂成疾病,没有萱草借以忘忧,不知如
　　何是好。疢痗(chèn mèi),疾病。萱,萱草,又名忘忧草。

【译文】

　　我出发的日期原来定在孟春,到了仲春之月仍然未能成行。启程
路途虽远也有到达之时,悲念离别之情却总不能消停。

　　准备好行装等到了良辰,荡开行舟陶醉在美好的月份。瞻望前途
却感到少有乐趣,回顾来路总觉得情趣欠缺几分。

　　睿智的兄长也感伤这次离别,相送越过了郊野外的树林。饯行之
宴设在野外的亭馆,我们分手于清澄湖水的南岸。

　　留居之人言谈充满凄凉,行游之人内心充满眷念。曲折的塘渠渐
渐隐去您的舟船,远望中您的音容已不能看见。

　　我缓缓踏上漫长的旅途,心中悲切空怀悠长的思念。悲思悠长也
只有自我消除,漫漫长路上一腔愁绪向谁倾谈?

　　越走越觉得道路遥远,越走越感到情系魂牵。昨天从浦阳江北面
出发,今晚投宿在钱塘江岸边。

　　积云遮蔽了重山层岭,疾风吹卷得波涌浪翻。连绵细雨滋润着高
地水泽,落雪漫洒在树林丘山。

　　浮动的雾气使崖壁显得阴暗,积雪覆盖分不清原野田园。河湾处停泊着只只航船,大江上看不见一片风帆。

　　面对渡口却不能渡过,风波险恶阻住了来往舟船。水洲河岸之间一派萧条,老天阴阴沉沉少有和颜。

　　朝西瞻望我大发游子之叹,朝东凝视我吟咏出这首诗篇。忧愤蓄积心中成了疾病,没有萱草解忧不知怎么办!

谢灵运

见卷第十九《述祖德诗》作者介绍。

还旧园作见颜范二中书—首

【题解】

　　颜范二中书指颜延之、范泰。《宋书·谢灵运传》载,谢灵运召为秘书监,因为不满意自己只以文才见用,多称疾不朝直,只一意游山玩水,被宋文帝讽旨令自解,遂上表陈疾。文帝赐假许其东归,不久又将其免官。是岁元嘉五年(428)。诗作前半部分写自己被文帝召用前的经历,后半部分即写此次东归。

辞满岂多秩①,谢病不待年②。偶与张、邴合③,久欲还东山④。
圣灵昔回眷,微尚不及宣⑤。何意冲飙激,烈火纵炎烟⑥。
焚玉发昆峰,余燎遂见迁⑦。投沙理既迫⑧,如邛愿亦愆⑨。
长与欢爱别,永绝平生缘。浮舟千仞壑,总辔万寻巅⑩。
流沫不足险,石林岂为艰。闽中安可处⑪? 日夜念归旋。
事踬两如直⑫,心惬三避贤⑬。托身青云上,栖岩挹飞泉⑭。

盛明荡氛昏,贞休康屯邅^⑮。殊方咸成贷^⑯,微物豫采甄^⑰。
感深操不固,质弱易版缠^⑱。曾是反昔园^⑲,语往实款然^⑳。
曩基即先筑^㉑,故池不更穿^㉒。果木有旧行,壤石无远延^㉓。
虽非休憩地,聊取永日闲。卫生自有经^㉔,息阴谢所牵^㉕。
夫子照情素,探怀授往篇^㉖。

【注释】

①辞满岂多秩:言因为满足而辞官,但自己并非秩禄很多的官。这是化用汉代张良的典故。《史记·留侯世家》载张良曰:"今以三寸舌为帝者师,封万户,位列侯,此布衣之极,于良足矣。愿弃人间事,从赤松子游耳。"

②谢病不待年:言以病为由辞官,不待年老。

③张、邴(bǐng):指张良和邴曼容。李善注引《汉书》曰:"琅邪邴汉,亦有清行。兄子曼容,亦养志自修。为官不肯过六百石,辄自免去。"

④东山:指会稽始宁东山,昔谢安隐居处。

⑤"圣灵"二句:言往昔蒙宋高祖看顾之恩,但自己微不足道,不及宣用。圣灵,指宋高祖刘裕。回眷,回顾。

⑥"何意"二句:冲飙、烈火均喻徐羡之等权臣。冲飙,狂风。

⑦"焚玉"二句:喻自己被排挤,出为永嘉太守。昆峰,昆仑山。按,谢灵运在刘宋少帝时,被徐羡之等排挤,出为永嘉太守,不久辞官,隐居会稽。

⑧投沙理既迫:用汉初贾谊事。贾谊初为汉文帝赏识,后因周勃、灌婴等谗毁,被贬为长沙王太傅。此处以喻自己被贬为永嘉太守。

⑨如邛愿亦愆:用西汉司马相如和卓文君事。司马相如与卓文君

相恋私奔成都。家贫，无以为生。卓文君劝司马相如和她一起返回临邛。这里只用还乡之意，言自己还乡之愿也不得遂。邛，临邛，今四川邛崃。愍，失。

⑩"浮舟"二句：以浮舟于深谷，策马于险峰喻自己所经历的危险。寻，古代长度单位，八尺为寻。

⑪闽中：秦代郡名。辖境相当于今福建北部和浙江南部，永嘉也包括在其中。

⑫事踬（zhì）两如直：言虽遇事每遭挫折，但自己仍如箭矢直行，以忠直事君。踬，颠扑。两如直，语本《论语·卫灵公》："子曰：'直哉史鱼，邦有道如矢，邦无道如矢。'"史鱼是春秋卫国大夫，以正直敢谏著称。

⑬心惬（qiè）三避贤：李善注："《史记》曰：孙叔敖相楚，三去相而不悔，知其非己罪也。三避，三黜也。"又，吕延济注："三避贤，谓太祖三征不就也。"按，《宋书·谢灵运传》："太祖登祚，诛徐羡之等，征为祕书监，再召不起。上使光禄大夫范泰与灵运书敦奖之，乃出就职。"据此，诗意似以吕延济注为安。

⑭"托身"二句：言己登高位。抯，掬起。

⑮"盛明"二句：李善注："盛明、贞休，谓太祖也。言以盛明之德，而荡氛昏之徒。又以正美之道，以康屯邅之俗也。"贞，正。休，美。屯邅（zhūn zhān），谓处困境之中。《周易·屯》"屯如，邅如，乘马班如"，孔疏："屯是屯难，邅是邅回。"后多指艰难。

⑯殊方：犹言四面八方。咸：都。贷：施也。

⑰豫：通"与"，参与。采甄：采用，选取。

⑱"感深"二句：意谓自己虽蒙征召，感荷情深，但却不能坚守操行，以自己低弱的资质，容易被别的事物影响。版缠，牵扯。意谓操行易受影响而移易。

⑲曾（zēng）：乃。反：同"返"。

⑳语往:指谈到返回。款然:恳切。

㉑襄基:旧居。

㉒穿:挖掘。

㉓壤石无远延:土石用不着从远处搬来。

㉔卫生自有经:养生自有常规。

㉕息阴:犹息影,停止活动。喻隐居退职。谢所牵:辞去牵累自己的杂务。

㉖"夫子"二句:谓颜、范二人照知自己心中情愫,所以倾吐心怀写诗往赠。

【译文】

我以满足辞官哪是因为官秩甚高,我以疾病退归也没有等到老年。这只是偶然与张良、邴曼容相似,心中实在是早就想回归东山。

高祖皇帝往昔对我垂青照看,只因自己轻微尚不及委以重担。怎能意料到狂风是那样猛烈,燃烧起熊熊烈火腾起滚滚浓烟。

一时间昆仑山上玉石俱焚,我这劫余之人遂遭到黜迁。如同贾谊被谪长沙迫不得已,像卓文君那样还乡我也难以如愿。

长久与自己欢爱之人分离,永远断绝了平生因缘。就像行舟于峡壁千仞的河谷,就像策马行走于万寻悬崖的峰巅。

流动的浪涛已说不上是风险,山石如林又哪里称得上是危艰! 这闽中之地怎么可以安居? 日日夜夜挂念着能把家还。

虽然每遭挫折我仍怀忠直之心,蒙朝廷三次征召我志得心安。托身于青云身居高位,立足在高峰掬饮着飞泻的清泉。

盛明之世扫荡了昏晦的妖氛,英明君主使国家摆脱了困境。四面八方都沐浴着皇上的恩泽,卑微如我也得到采录任命。

我虽感念至深却未能坚守操行,资质纤弱容易为事物牵引。我因此而返回故园,谈及回归我总十分诚恳。

故园旧居早就已经筑成,池塘也无须重新挖掘疏浚。果树成行还是旧时模样,土石也不用从远处搬运。

　　虽然说不上是休养胜地,聊可获得整日的闲静。养生之道自有常规,退职归隐免除了杂务缠身。

　　二位先生明鉴我内心情怀,吐露心曲作此诗篇特为奉赠。

登临海峤,初发彊中,作与
从弟惠连,见羊何共和之一首

【题解】

　　临海,即今浙江临海一带。峤(qiáo),山峰。彊中,地名。羊何,羊璿之、何长瑜,俱灵运好友。与谢惠连、荀雍以文章赏会,共为山泽之游,时人谓之“四友”。诗题的意思是说,自己要去临海登山,从彊中出发时,作此诗以赠惠连,今遇羊璿之、何长瑜,亦一并以此诗为赠。

杪秋寻远山①,山远行不近。与子别山阿,含酸赴修轸②。
中流袂就判③,欲去情不忍。顾望脰未悁④,汀曲舟已隐⑤。
隐汀绝望舟,骛棹逐惊流⑥。欲抑一生欢,并奔千里游⑦。
日落当栖薄⑧,系缆临江楼。岂惟夕情敛⑨,忆尔共淹留。
淹留昔时欢,复增今日叹。兹情已分虑⑩,况乃协悲端⑪。
秋泉鸣北涧,哀猿响南峦。戚戚新别心,凄凄久念攒⑫。
攒念攻别心,旦发清溪阴⑬。暝投剡中宿⑭,明登天姥岑⑮。
高高入云霓,还期那可寻⑯。傥遇浮丘公,长绝子徽音⑰。

【注释】

　　①杪(miǎo)秋:秋末。树梢曰杪。引申为季节之末尾。

②修畛：长路。李善注："畛，当为畛。《说文》曰：'畛，井田间陌。'"

③中流袂就判：舟行至中途分手。袂，袖。判，分。

④胆(dòu)未悁(yuān)：言颈未疲，谓相望未久。胆，颈项。悁，疲。

⑤汀：水边平地。

⑥骛：疾速。棹：船桨。

⑦"欲抑"二句：谓愿放弃平生所好，与朋友千里相伴共游。

⑧栖薄：栖止，停泊。薄，通"泊"。

⑨敛：收。

⑩兹情已分虑：谓怀友之情使自己思想纷乱。

⑪悲端：谓秋天。

⑫攒：聚集。

⑬清溪阴：清溪之南。水南曰阴。

⑭剡(shàn)中：剡县，即今浙江嵊州。

⑮天姥(mǔ)：山名。在今浙江新昌东。

⑯那可寻：谓迷旧路。

⑰"傥遇"二句：意谓如果遇上浮丘公，自己将追随他学道，再得不到你的音讯了。浮丘公，传说黄帝时的仙人。徽音，美好的音讯。

【译文】

我在这深秋季节探寻远山，山在远处行程并非短近。我和你一同离开了山湾，含着心酸踏上细长的小径。

舟行至中途我们分手告别，即将离去总觉得不忍离分。遥相顾望还未感到脖颈酸软，水岸弯弯已经把行船遮隐。

不见行船遮断了我的望眼，桨橹迅疾追逐着奔腾的急流。我真想放弃这平生的爱好，和你相随与共千里浪游。

日落时候船儿停泊靠岸，系好船缆登上临江的高楼。难道因为晚景渐没而中断思念之情,正是为了好把相处时的情形回首。

我回忆起往昔相处的欢乐,更增添了今日的悲叹。这种情绪已使我思绪纷乱,何况又处于这悲凉的秋天。

秋水淙淙响于北面的山涧,猿声哀哀鸣叫在南面的山峦。才告别友人心上笼着愁绪,凄凉之感浓凝心头久久不散。

浓凝的悲愁袭击着离别之心,早上又出发于清溪南面。晚上将在剡中投宿,第二天将去攀登天姥山。

天姥山高高耸入云端,山高路迷恐难寻路归还。如果遇上仙人浮丘公,我将永远得不到你的佳音。

酬从弟惠连一首

【题解】

谢惠连告别灵运西游,至钱塘江遇风波受阻,作《西陵遇风献康乐》诗以赠,此诗即为酬答之作。诗作叙写二人共处时的欢乐和幽居独处时的忧伤,末尾处以美丽的春色山景和自己梦中的期待呼唤游子归来。全诗悲喜虚实交错穿插,颇具情韵。

寝瘵谢人徒①,灭迹入云峰②。岩壑寓耳目,欢爱隔音容③。
永绝赏心望④,长怀莫与同。末路值令弟⑤,开颜披心胸。
心胸既云披,意得咸在斯⑥。凌涧寻我室⑦,散帙问所知⑧。
夕虑晓月流,朝忌曛日驰⑨。悟对无厌歇⑩,聚散成分离⑪。
分离别西川⑫,回景归东山⑬。别时悲已甚,别后情更延。
倾想迟嘉音⑭,果枉济江篇⑮。辛勤风波事,款曲洲渚言⑯。
洲渚既淹时,风波子行迟。务协华京想⑰,讵存空谷期⑱?
犹复惠来章⑲,只足搅余思。傥若果归言⑳,共陶暮春时㉑。

暮春虽未交,仲春善游遨㉒。山桃发红萼,野蕨渐紫苞。
鸣嘤已悦豫,幽居犹郁陶㉓。梦寐伫归舟㉔,释我吝与劳㉕。

【注释】

①寝瘵(zhài):卧病。谢:辞。人徒:人众。

②灭迹:谓隐居。

③"岩壑"二句:谓虽得山岭溪涧之景以悦耳目,却与欢爱之人两相隔离。

④赏心:知心。

⑤末路:谓年老。值:逢。

⑥意得咸在斯:意趣所得皆在此披露心胸之中。咸,皆。斯,此。

⑦凌:越过。

⑧散帙:打开书籍。散,开。

⑨曛日:落日。

⑩悟对:聚会,对言。悟,通"晤"。

⑪聚散成分离:言人生有聚有散,遂成分离。

⑫西川:西边的河流。指与谢惠连分别处。

⑬回景:指自己返回的身影。景,同"影"。

⑭迟(zhì):等待。

⑮枉:屈。敬辞。济江篇:谓赠诗给自己。江篇指《西陵遇风献康乐》,因作于钱塘江边,故称。

⑯"辛勤"二句:风波事、洲渚言,谢惠连《西陵遇风献康乐》诗中有"临津不得济,伫楫阻风波。萧条洲渚际,气色少谐和"之语。款曲,犹衷情。

⑰务:必定。协:合。华京:犹京华。

⑱讵:岂。空谷期:指自己在山谷的期待。

⑲惠来章:指惠赠诗章。

⑳果归言：使回归之言成为事实。

㉑陶：乐。

㉒"暮春"二句：暮春虽然还未到来，但仲春正好适于游遨。按，谢惠连于仲春与灵运告别而西游，故上句约以"共陶暮春时"。此处又言"仲春善游遨"，是愿其早归，下文即渲染仲春山景之乐以招惠连。

㉓"鸣嘤"二句：鸟儿已发出欢乐的鸣叫，而我却仍然幽居哀思未已。鸣嘤，暗用《诗经·小雅·伐木》"伐木丁丁，鸟鸣嘤嘤"诗意，《伐木》为求友之诗。豫，欢悦。郁陶，哀思。

㉔伫：久立而等待。

㉕吝：恨。劳：忧愁。

【译文】

因为卧病辞谢了人们来往，收藏行迹隐居在入云高峰。山岭沟壑虽可取悦耳目，却与欢爱之人两隔音容。

永远断绝了对知己的盼望，长久怀抱无人与共的苦衷。时至老年欣逢尊贵的兄弟，我才得以开颜欢笑一吐心胸。

心胸既然已经得到吐露，意趣所得便全然寄托于此。跨越山涧去找寻栖居之处，开卷请教于你无有不知。

黄昏时便担心晓月消逝，清晨便畏惧落日西驰。相对言谈总觉得无倦无休，人生相聚却终于难免分离。

我和你分手在西边的河畔，形单影只独自返回东山。分手之时我已经十分悲伤，分手之后更觉得悲情无边。

一门心思等待着你的佳音，果然劳你惠赠江畔的吟篇。路途辛劳偏又遇上风波阻路，洲渚萧条你发出内心的哀叹。

洲渚萧条已使你淹留耽误，风波大起已使你行期拖延。你却定要实现那京华之想，哪里还会想起我在山谷的期盼？

况复你又惠赠你的诗作，这只能激起我更深的思念。如果能使归来之言成为事实，我将和你共同欢享暮春时光。

　　暮春时光虽然还未来到，仲春二月也很宜于游遨。山桃绽开了一朵朵红花，野蕨正渐渐吐露紫色的嫩苞。

　　鸟儿鸣叫已显得十分欢悦，我却幽居独处充满忧思。梦寐中也在等待你的归舟，盼你归来以消我遗恨和忧愁。

赠答四

颜延年

见卷第二十《应诏宴曲水作诗》作者介绍。

赠王太常一首

【题解】

王太常,指王僧达,南朝宋文学家。王僧达比颜延年小三十九岁,因擅长诗文,颜延年与他为忘年交,感情甚厚,时以诗文相唱和。这是王僧达初任太常时,颜延年赠给他的一首诗。

颜延年在刘宋时期诗名甚高,与谢灵运比肩,世称颜谢。但他喜爱堆砌典故,刻意雕琢,使不少诗篇板重晦涩,为后世所诟病。清代对"选学"造诣颇深的何焯、孙月峰等学者,对此诗就颇有微词。何焯曰:"方流、圆折、九泉、丹穴、国华、朝列、邦懋、乡耋,拉杂而至,亦复何趣?"孙月峰曰:"是雕琢语,未入自然。"还说:"玉泉、龙凤等语,尽工丽,第太严重,非诗家本色。"都中肯地指出其堆砌雕琢之弊。但有的语句,如"庭昏见野阴,山明望松雪",近野先晦,远峰独明,写出郊野夜雪的特色,堪称独绝。

玉水记方流^①，琁源载圆折^②。蓄宝每希声^③，虽祕犹彰彻^④。
聆龙瞭九泉^⑤，闻凤窥丹穴^⑥。历听岂多工^⑦，唯然觏世哲^⑧。
舒文广国华^⑨，敷言远朝列^⑩。德辉灼邦懋^⑪，芳风被乡蓥^⑫。
侧同幽人居^⑬，郊扉常昼闭^⑭。林间时晏开^⑮，亟回长者辙^⑯。
庭昏见野阴，山明望松雪。静惟浃群化^⑰，徂生入穷节^⑱。
豫往诚欢歇^⑲，悲来非乐阕^⑳。属美谢繁翰^㉑，遥怀具短札^㉒。

【注释】

①玉水记方流：意为古人以为藏玉之水，其转弯处多成折角。玉水，蕴藏碧玉之水。方流，转弯处成折角往下流。

②琁（xuán）源：藏有珍珠的流水。琁，同"璇"，美玉名。此指珍珠。圆折：转弯处成弧形。李善注引《尸子》曰："凡水，其方折者有玉，其圆折者有珠也。"

③希声：极细微的声音。

④虽祕犹彰彻：李周翰注："喻君子之道暗而彰也。"

⑤聆龙：听到龙吟。瞭（qì）：视，察。九泉：犹九渊。泛指深潭。又李善注引《庄子》曰："夫千金之珠，必在九重之泉，骊龙颔下。"

⑥闻凤：听到凤鸣。丹穴：山名。《山海经·南山经》："丹穴之山，其上多金玉，丹水出焉而南流，注于渤海。有鸟焉，其状如鸡，五采而文，名曰凤皇。"

⑦历听：普遍倾听。工：巧妙。

⑧觏（gòu）：遇见。世哲：当世之圣哲。

⑨舒文：舒展文词，从事著作。国华：国之精华。

⑩敷言：铺叙语言。远朝列：远播国朝的伟业。列，李善注引《尔雅》曰："列，业也。"

⑪德辉：品德的光辉。灼（zhuó）：鲜明，光盛貌。懋（mào）：盛大。

⑫芳风:道德的清芬。被:覆盖。耋(dié):老。

⑬幽人:隐士。

⑭郊扉:此指颜延年在郊外别墅的门。扉,门扇。

⑮林间:野外的里门。林,此指野外。《尔雅·释地》:"野外谓之林。"间,里巷的大门。

⑯亟(qì):屡次。辙:车轮痕迹。此代指车。

⑰惟:思想。浃(jiá):深入沾润。

⑱徂(cú):往,到。穷节:晚节。一说暮年。

⑲豫往:乐往,以回忆往事为乐。豫,快乐,安适。欢歇:欢乐已结束。

⑳乐阕:乐终。阕,止息,终了。

㉑属美:连属叙述其美。谢:拒,不能。繁翰:丰富的辞藻。

㉒遥怀:遥远的怀念。具短札:详细写入短书中。指此诗中。

【译文】

河中有玉水流转角成方,河中有珠水流转角为圆。怀宝人虽常是沉默寡言,再深隐依然会誉满人间。

听龙吟人们将察看深潭,闻凤鸣会窥探丹穴之山。普遍听俗人言岂能多智,唯有去请教那睿哲英贤。

你撰文极宣扬国之精华,将朝廷的业绩传广播远。你品德的光辉耀遍大邦,布清芬上闻于里老乡贤。

我忝居于朝列形同隐居,别墅门如虚设昼也常关。再加上乡里门开得也晚,来访者常常是不见而还。

入夜后田野间一片昏暗,望远处却明亮松立雪山。宁静中只想到深入教化,保晚节一直到垂暮之年。

乐往事只说明欢乐已尽,悲目前不因为乐曲奏完。赞君美我不能笔下生花,将远念详写进短诗中间。

夏夜呈从兄散骑车长沙一首

【题解】

从兄散骑,颜延年的一位同族兄长,字敬宗;车长沙,字仲远。颜延年与他们的亲情友谊均颇深厚。此为其在夏末之夜怀念二人所写的一首诗。

这首诗的最大特点是将怀念之情寄寓在对自然景物和生活细节的描绘上。如"侧听风薄木,遥睇月开云",从听风声、看月移表现出当时幽静孤寂的情景。从"夜蝉当夏急,阴虫先秋闻"的物候变化,引起诗人"岁候初过半,荃蕙岂久芬"的迟暮之感。既含蓄深沉,也明晓易懂,较之他那些堆砌典故,雕琢晦涩之作颇不相同。

炎天方埃郁①,暑晏阒尘纷②。
独静阙偶坐③,临堂对星分④。
侧听风薄木⑤,遥睇月开云⑥。
夜蝉当夏急⑦,阴虫先秋闻⑧。
岁候初过半⑨,荃蕙岂久芬⑩?
屏居恻物变⑪,慕类抱情殷⑫。
九逝非空思⑬,七襄无成文⑭。

【注释】

①炎天:夏日。又,李善注引《淮南子》曰:"南方曰炎天。"方:正值。
　埃郁:尘埃弥漫。
②暑晏:夏末。晏,晚,末。阒:停息,静止。尘纷:灰尘纷纷。
③阙偶坐:无人与己对坐。偶,相对。
④星分:观星象来判断夜晚的时辰。于光华注:"所对者惟星,则无

侣可知,引起怀人之意。"

⑤薄:李善注引《尚书》孔传曰:"薄,迫也;亦激之意也。"

⑥睇(dì):流盼,斜视。

⑦夜蝉当夏急:李善注引《礼记》曰:"仲夏之月,蝉始鸣。"

⑧阴虫:指蟋蟀。李善注引《易通·系卦》曰:"蟋蟀之虫,随阴迎阳。"

⑨初过半:刚过去一半。

⑩荃蕙:皆香草。

⑪屏(bǐng)居:隐居。恻(cè):凄怆,伤感。物变:景物变化。

⑫慕类:思念亲朋。类,同类,指志同道合的亲属友人。此指颜敬宗、车仲远二人。殷:深。

⑬九逝:指梦魂一夜往返九次,极言思念之深。《楚辞·九章·抽思》:"惟郢路之辽远兮,魂一夕而九逝。"

⑭七襄:谓七次移动位置。《诗经·小雅·大东》:"跂彼织女,终日七襄;虽则七襄,不成报章。"郑笺:"襄,驾也;驾,谓更其肆也。从旦至莫七辰,辰一移,因谓之七襄。"引申为反复推敲。颜延年在此反用《大东》"七襄"句意,言自己思亲念友,心魂往返两地,无法反复推敲,故著作"无成文"。

【译文】

盛夏时处处飞浓埃厚尘,到夏末才不见尘埃纷纷。

静夜中我独坐相伴无人,临堂前只看见闪烁明星。

侧耳听清凉风吹响树林,举目望天边月冲开幕云。

夏夜中蝉在噪调高声急,秋未到已传来蟋蟀鸣声。

年光流四季转将近一半,荃与蕙怎么能久播清芬?

隐居中有感于景物变化,想亲人念友朋忧思深沉。

昼夜间我心魂往返多次,成天里再难以推敲诗文。

直东宫答郑尚书一首

【题解】

　　郑尚书,即郑鲜之,字道子。仕晋为御史中丞。性刚直不阿,且通达坦率,在帝坐前言无所隐,人甚敬惮。入宋后,武帝任为太常、都官尚书,此时颜延年为太子舍人,两人情好笃密,时以诗相唱和。这是颜延年在东宫值宿时,接到郑鲜之赠诗后作答的一首诗。

　　全诗分三部分:先写对郑鲜之的思念,次写值宿东宫时的情景,末写读罢郑诗后的感受。感情真挚,词语晓畅,且能将深切感情寄寓于对自然景物和自己行动的细节描写之中,与其他典重繁缛之作有所不同,故颇为人称道。

皇居体寰极^①,设险祗天工^②。
两闱阻通轨^③,对禁限清风^④。
跂予旅东馆^⑤,徒歌属南墉^⑥。
寝兴郁无已^⑦,起观辰汉中^⑧。
流云蔼青阙^⑨,皓月鉴丹宫^⑩。
踟蹰清防密^⑪,徙倚恒漏穷^⑫。
君子吐芳讯^⑬,感物恻余衷^⑭。
惜无丘园秀,景行彼高松^⑮。
知言有诚贯,美价难克充^⑯。
何以铭嘉贶^⑰?言树丝与桐^⑱。

【注释】

①皇居:帝王所居,即皇宫。体:象。寰极:指众星环绕北极。寰,周匝,环绕。

②设险:谓禁卫。祇:敬。工:官。

③闱:皇宫内后妃及太子居处。通轨:通道。

④对禁:宫殿门户皆设禁,故称禁中。因各有禁守,故曰对禁。

⑤跂(qǐ):踮起脚尖盼望。东馆:东宫值宿之馆。

⑥徒歌:民谣。属:专注,关心。南墉:李善注:“尚书为中台,在南,故曰南墉。”

⑦寝兴:睡与起。郁:内心郁结,不舒散貌。

⑧辰:星辰。汉:银河。

⑨蔼:此用为动词,笼罩。阙:古代宫殿、祠庙和陵墓前的高建筑物,通常左右各一,建成高台,台上起楼观。以两阙之间有空阙,故名阙或双阙。

⑩鉴:照耀。

⑪清防:屏风。密:静。

⑫徙倚:站立。恒漏:指漏壶。古代计时器。

⑬芳讯:指郑鲜之赠给颜延年的诗。

⑭物:指郑鲜之诗中之内容。

⑮“惜无”二句:可惜山林中缺乏秀士,他人难以学到你那高松般的节操。丘园秀,隐居山林田园的秀士。秀,秀士。德行道艺出众者。景行,原意为远路。此用为动词,遵行,学习。

⑯“知言”二句:意为你诗中所贯穿的诚意无比珍贵,愧我不能承当诗中之赞美。知言,知你诗中之言。诚贯,诚意所贯。克充,抵偿。

⑰铭:铭记。贶(kuàng):赐予,馈赠。

⑱言树丝与桐:播之于琴瑟之类的乐器。

【译文】

宫廷像群星绕北极星辰,禁卫敬若百官北面朝圣。

从东宫去中台道路不通,门相对禁卫严清风难进。

值宿于东馆中举踵难望，口唱谣心思念南墉之人。

睡也罢起也罢都很郁闷，只能看天空中银河星辰。

观流云笼罩着青色双阙，望皓月照耀着红色宫廷。

徘徊在屏风边无比寂静，伫立着直听到漏壶滴尽。

在白天接到你寄的诗篇，诗中情感动了我的衷心。

只可惜山林中缺乏秀士，难学到高山松节操凌云。

我深知赤诚意贯注全篇，对于我好比那无价奇珍。

将怎样铭记这美好馈赠？我决定播之于清幽弦琴。

和谢监灵运一首

【题解】

此诗是颜延年在宋文帝元嘉三年(426)为和谢灵运《还旧园》之诗而作。

宋武帝刘裕于永初元年(420)代晋为帝，仅三年就因病去世。少帝刘义符即位后因年轻无知，佞臣徐羡之等乘机专权乱政，将才能卓越的颜延年、谢灵运等排挤出朝，远守外郡；擅杀聪颖有才的卢陵王刘义真，并废少帝为庶人而弑之，使刘宋王朝陷于混乱之中。元嘉元年(424)宋文帝刘义隆即位，并于元嘉三年(426)诛杀徐羡之、徐晦等乱臣，召回颜延年任中书侍郎，谢灵运为秘书监，国家重新稳定。颜延年在此诗中叙述了这次政治危机和个人遭遇，并表达了对与自己命运相同的谢灵运的怀念。由于内容充实，感情真挚，语言也较其他典重雕琢之诗为明晓，故何焯评为"颜诗中最清新之作"。

弱植慕端操①，窘步惧先迷②。寡立非择方③，刻意藉穷栖④。伊昔遘多幸⑤，秉笔侍两闱⑥。虽惭丹腠施⑦，未谓玄素睽⑧。

徒遭良时诐⑨，王道奄昏霾⑩。人神幽明绝⑪，朋好云雨乖⑫。
吊屈汀洲浦⑬，谒帝苍山蹊⑭。倚岩听绪风⑮，攀林结留荑⑯。
跋予间衡峤⑰，曷月瞻秦稽⑱？皇圣昭天德⑲，丰泽振沉泥⑳。
惜无爵雉化，何用充海淮㉑。去国还故里㉒，幽门树蓬藜㉓。
采茨葺昔宇㉔，翦棘开旧畦。物谢时既晏㉕，年往志不偕㉖。
亲仁敷情昵㉗，兴赋究词凄㉘。芬馥歇兰若㉙，清越夺琳珪㉚。
尽言非报章㉛，聊用布所怀。

【注释】

①弱植：少年，体质尚弱时。一说，意志薄弱。《楚辞补注》："植，志
　也。"端操：操行端方正直。

②窘步：步履窘迫、缓慢。迷：指迷路。

③方：道，常道。

④刻意：克制意欲。

⑤迈：遭，逢。幸：恩幸。

⑥两闱：李善注："谓上台及东宫。"即指宋武帝刘裕及其太子刘
　义符。

⑦丹腠（huò）：红色的涂漆。此喻君恩。

⑧玄素：黑白。睽（kuí）：违背，不合。

⑨诐（bì）：偏颇，邪僻。又，李善注引《苍颉篇》曰："诐，谄佞也。"

⑩奄：急遽，忽然。昏霾（mái）：天昏地暗。此喻乱世，指宋少帝之
　时。霾，飞沙蔽天，日色无光貌。

⑪人神幽明绝：李善注："言时乱不获祭享也。"

⑫云雨乖：云分雨散。此喻好友分离。乖，分离。

⑬吊屈汀洲浦：颜延年出任始安（今广西桂林）太守，路过汨罗，有
　感而作《祭屈原文》。吊屈，凭吊屈原。汀，水边或水中平地。

⑭谒帝苍山蹊：颜延年出守途经九嶷山曾拜祭帝舜。谒帝，祭拜帝舜。苍山，苍梧之山，即九嶷山。

⑮绪风：冬天余寒未尽之风。

⑯留黄：香草名。

⑰跂：翘踵而视貌。衡：衡山。在今湖南。峤（qiáo）：尖而高的山。

⑱秦稽：即会稽山。在今浙江绍兴东南。相传禹会诸侯于江南计功，故名。秦始皇曾登此山望南海，故曰秦稽。因谢灵运虽被召为秘书监尚未就任，仍在会稽始宁隐居，故此处以会稽山代指灵运。

⑲皇圣昭天德：谓宋文帝刘义隆平乱登基为帝。《荀子·不苟》："变化代兴，谓之天德。"

⑳丰泽振沉泥：指自己重新被征用。丰泽，大泽。振，李周翰注："振，起也。起沉泥，谓诛徐而征己也。"

㉑"惜无"二句：指自己虽被起用却无才能，没有贡献。爵雉化，《国语·晋语》："雀入于海为蛤，雉入于淮为蜃。"爵，通"雀"。

㉒去国：离开始安。国，作城邑解。此指始安城。

㉓藜：草名。又名莱。初生可食，茎老可作杖。

㉔茨（cí）：用来盖屋顶的芦苇、茅草。葺：修整。

㉕晏：晚。

㉖年往志不偕：李善注："言年既日往，志意已衰，不与子偕也。"

㉗亲仁：指谢灵运。

㉘兴：玩赏，欣赏。李善注："《说文》曰：兴，悦也，玩爱也。"词凄：谓灵运所赠之诗情辞凄切。原作"辞栖"，从汲古阁本校改。

㉙芬馥：言香气浓郁。歇：停歇。兰若：兰草和杜若，皆为香草。

㉚清越：言声音清脆悠永。琳珪：皆美玉。

㉛报章：酬答别人的诗文或书信。

【译文】

少年时就钦美节操不凡，怕迷路我前进步履缓慢。孤独处并非我立身之道，为克制意与欲才栖穷山。

入仕初我曾经多蒙恩幸，手执笔侍候于两宫之间。虽惭愧君恩重难以回报，未料到黑与白颠倒错乱。

清明世竟遭到谄佞破坏，王道土忽变得天昏地暗。无祭祀人与神幽明隔断，世道乱众友好云分雨散。

我外放过汩罗凭吊屈原，又行经九嶷山把舜祭奠。倚危岩倾听那秋冬烈风，攀密林采留荑结于襟前。

登上那衡山尖翘踵遥望，何年月才能见会稽名山？圣明主昭示了变革天意，把沉泥翻起于大泽深潭。

可惜我不会像雀雉幻化，入大海投淮河一无贡献。离始安回到了旧日家园，将蓬蒿和蒹藜种于门边。

采茅草和芦苇修补老屋，斩荆棘重开垦荒芜旧田。花已谢草已枯时序已晚，年岁老壮志消不同往年。

亲密的仁智士抒写衷情，细品味深鉴赏情词凄然。诗清芬使兰若失去浓香，诗高韵使琳珪消逝清响。

我所写算不得酬和诗章，仅仅是表达我深切怀想。

王僧达

王僧达(423—458)，琅玡临沂(今属山东)人。南朝宋文学家。少好学，善诗文。文帝时，历任始兴王后军参军、太子舍人、宣城太守。太子刘劭作乱，他奔赴浔阳。孝武帝即位，任他为尚书右仆射，加征虏将军，后出为吴郡太守，又入为太常。但他仍感不得志，上表求解职，其言不逊，遂免官。大明元年(457)迁左卫将军，领太子中庶子，二年(458)，迁中书令。王僧达自负才气，以不得宰相为恨；加以狂傲不羁，屡忤上意,终因高阇谋反事,被诬下狱赐死。其诗雕琢藻饰,典故较多,与颜延年诗相似,时人颇为赞赏。作品以《答颜延年》《和琅玡王依古》《祭颜光禄文》较为著名。锺嵘《诗品》评曰:"征虏卓卓,殆欲度骅骝前。"原有集十卷,已佚。

答颜延年一首

【题解】

刘宋孝武帝建元年间,王僧达由吴郡太守入朝为太常,主管祭祀礼乐。颜延年曾作《赠王太常》一诗,他作此诗以答。

诗中首先盛赞颜延年的道德文章,接着叙述彼此间的真诚友谊。颜延年长于王僧达三十九岁,但友情深厚,世所罕见。诗中赞颜"结游略年义,笃顾弃浮沉",实属难得;回忆他们"寒荣共偃曝,春酝时献斟",更亲切而有风趣;在春游时的写景句如"轻云出东岑""杨园流好音",也清新明丽。较之王僧达其他铺排典故、刻意雕饰的作品来看,这首诗不愧为其代表作品。

长卿冠华阳①,仲连擅海阴②。珪璋既文府③,精理亦道心④。
君子耸高驾⑤,尘轨实为林⑥。崇情符远迹⑦,清气溢素襟⑧。
结游略年义⑨,笃顾弃浮沉⑩。寒荣共偃曝⑪,春酝时献斟⑫。
聿来岁序暄⑬,轻云出东岑⑭。麦垄多秀色⑮,杨园流好音⑯。
欢此乘日暇⑰,忽忘逝景侵⑱。幽衷何用慰⑲,翰墨久谣吟⑳。
栖凤难为条㉑,淑觌非所临㉒。诵以永周旋㉓,匪以代兼金㉔。

【注释】

①长卿:司马相如,字长卿。华(huà)阳:古地区名。因在今陕西华

山之阳得名。相当于今陕西秦岭以南及川、滇、黔一带。李善注引《华阳国志》曰:"益州地称天府,原曰华阳。"

②仲连:鲁仲连。战国时齐人。高蹈不仕,喜为人排难解纷,功成不受酬。海阴:水南称阴。此指渤海之南。

③珪璋:喻美德、佳文。

④精理:精微之道理。道心:至道之心。

⑤君子:此指颜延年。耸高驾:纵驰大车高马。

⑥尘轨:世俗的道路。尘,世俗。轨,道路。

⑦崇情:崇高的情怀。远迹:指昔贤之行为举止。

⑧清气溢素襟:谓颜延年清淑之气自盈于本心。素襟,犹言本心。

⑨结游:结交。略年义:指颜延年老而王僧达年少,结为好友。

⑩笃(dǔ):深厚。浮沉:喻得志和失意。

⑪寒荣:寒冷的屋南檐下。荣,屋南檐。偃曝(yǎn pù):伏卧晒太阳。曝,晒。

⑫春酝(yùn):春酒。

⑬聿(yù)来:语助词,无义。暄(xuān):暖和。

⑭岑(cén):小而高的山。

⑮垄(lǒng):田埂。秀:此指麦苗青翠美好貌。

⑯杨园:杨柳园。好音:指黄莺一类雀鸟叫声。

⑰暇:闲暇。

⑱侵:李善注:"言人寿不留,与景俱逝,而寿损侵,谓之侵。"一说,通"骎",骎骎,马行疾貌。喻日光迅速逝去。

⑲幽衷:幽寂的心情。

⑳翰墨:笔墨。指文辞。翰,毛笔。

㉑栖凤:凤非梧桐不栖,暗喻人才与职位应相称。难为条:言桐枝不易得。以凤栖寻常树,喻人才处下位。王僧达志在为宰相,对为太常有任非其位之感。

㉒淑贶(kuàng)：美好的赠言。贶，赐予，赠予。非所临：不是自己
　　办得到的。认为只有宰相才能使自己品德的光辉普耀全国，使
　　自己操行的清芬遍及老少，作为太常，只管礼乐祭祀，是起不到
　　这种作用的。

㉓周旋：接触，打交道。此谓吟诵品味。

㉔匣：作动词，珍藏于匣中。兼金：价值倍于寻常的精金。

【译文】

　　像长卿文章美华阳称冠，像仲连风格高渤海之南。您诗文如珪璋
光耀文坛，精事理堪称为道德规范。

　　更敬您行程远马高车大，在俗世与昔贤同行结伴。情操高志向远
璧合珠联，有清芬洋溢于胸怀之间。

　　您与我结成了忘年之交，眷顾深且不论富贵贫贱。寒冷的南檐下
共晒太阳，春酿熟时常就举杯同干。

　　岁月流又已经花开春暖，有轻云飘出于东方高山。田埂下麦苗秀
一片青翠，黄莺声流出了杨柳芳园。

　　乘暇日赏春景极乐尽欢，忘记了流光去永不回还。用什么安慰我
幽寂心灵？久久地吟诵您所赠诗篇。

　　栖凤的并非那佳枝美干，好赠言也非我所能实现。我将会永远地
吟诵品味，如精金珍藏于锦匣中间。

谢玄晖

　　见卷第二十《新亭渚别范零陵诗》作者介绍。

郡内高斋闲坐答吕法曹一首

【题解】

这是谢朓任宣城太守时写给吕僧珍的一首诗。吕僧珍此时为齐王府法曹,与谢朓交谊颇深,曾致函问候谢朓,谢作此诗回答。

诗中描绘了宣城景色和自己在此的生活情趣,表示对吕僧珍的怀念,还流露了一同归隐的愿望。其中景色描绘萧疏淡远,富有情致。清人邵子湘读此篇后曰:"宣城得康乐之灵秀,而变以轻清,令人心怡神旷。"

> 结构何迢递①,旷望极高深②。
> 窗中列远岫③,庭际俯乔林④。
> 日出众鸟散,山暝孤猿吟。
> 已有池上酌⑤,复此风中琴⑥。
> 非君美无度⑦,孰为劳寸心⑧。
> 惠而能好我⑨,问以瑶华音⑩。
> 若遗金门步⑪,见就玉山岑⑫。

【注释】

①结构:李善注:"谓结连构架,以成屋宇也。"此指屋宇。迢递:高貌。

②旷望:远望。极:尽。高深:高山深水。指江山。

③岫(xiù):峰峦。

④乔林:高深的树林。

⑤池上酌:饮于池上。

⑥风中琴:风拂物声如琴。

⑦美无度:美极。

⑧劳寸心:指深切想念。

⑨惠而能好我:语本《诗经·邶风·北风》:"惠而好我,携手同行。"
惠,爱。

⑩问:馈赠。瑶华音:玉花般美好的声音。指吕法曹赠谢朓的诗
篇。瑶,美玉。华,花。

⑪遗:离开。金门:金马门。代指朝堂。

⑫玉山:李善注引郭璞曰:"即《山海经》玉山,西王母所居者。"岑:
山峰,山顶。

【译文】

这屋宇地势高难与比并,放眼望可看遍山高水深。

窗口中排列着遥远峰峦,前庭边可俯瞰深广树林。

日出时看云际众鸟飞散,黄昏后听深山孤猿哀鸣。

独坐在池塘边自酌自饮,静听着风吹树响若鸣琴。

不因您内心美无言可喻,怎会让长思念萦绕我心。

感谢您对于我情深意厚,远送来珍贵的问候之音。

有一天如果能离开金门,相见处将是那玉山之顶。

在郡卧病呈沈尚书一首

【题解】

这是谢朓在任宣城太守时写给尚书令沈约的一首诗。

诗中主要是写其在宣城郡高卧而治,政绩斐然的情况,以突出自己
的政治才能,并抒发对沈约的深切怀念。作为赠答诗,其思想性一般;
但对生活状况的描述,却写得清畅自然,富有情致。何焯评此诗说:"出
笔清迥,一洗板重之气,故佳。"

淮阳股肱守①,高卧犹在兹②。

况复南山曲③,何异幽栖时④?

连阴盛农节⑤,簦笠聚东菑⑥。

高阁常昼掩,荒阶少诤辞⑦。

珍簟清夏室⑧,轻扇动凉飔⑨。

嘉鲂聊可荐⑩,渌蚁方独持⑪。

夏李沉朱实,秋藕折轻丝。

良辰竟何许?夙昔梦佳期。

坐啸徒可积⑫,为邦岁已期⑬。

弦歌终莫取⑭,抚机令自嗤⑮。

【注释】

①淮阳股肱(gōng)守:此为谢朓自称。谢朓是陈郡人,陈郡历史上
也称淮阳郡。股肱守,重要的太守。股肱,大腿和胳膊。比喻左
右辅佐之臣。

②高卧:高卧而治。

③南山曲:指宣城郡。以郡在山曲。

④幽栖:隐居。

⑤盛农节:农忙季节。

⑥簦(tái):笠的一种,古作"臺"。《诗经·小雅·都人士》"彼都人
士,臺笠缁撮",毛传:"臺所以御暑,笠所以御雨也。"菑(zī):初耕
的田地。《尔雅·释地》:"田一岁曰菑。"

⑦诤(zhēng)辞:诉讼之词。诤,通"争",争讼,纷争。

⑧簟(diàn):竹席。

⑨飔(sī):凉风。

⑩鲂(fáng):鱼名。一名鳊鱼,味美。聊:略。荐:进。

⑪渌蚁:酒的别称。渌,同"醁"。方:且。

⑫坐啸:闲坐吟啸。

⑬期:一周年。

⑭弦歌:指百姓安居乐业,教化有成。

⑮抚机:抚摸小桌。机,通"几",古代供人依凭的小桌。嗤(chī):嗤
　　笑,讥笑。

【译文】

来自那淮阳的股肱太守,高卧着理政事留在宣城。

更何况宣城郡水曲山弯,何异于当隐士幽栖山林?

连绵的阴雨天农忙季节,满田是戴笠人忙于春耕。

州府门大白昼经常掩闭,衙庭荒很少闻诉讼之声。

爱竹席只因为夏天已至,轻摇扇顿觉得凉风渐生。

鲂鱼味都称美略为进用,渌蚁酒皆言香姑且独斟。

清溪中洗夏李朱果浮沉,荷塘边折秋藕白丝轻盈。

相见的好日子何时可至? 思念深早梦到佳期来临。

闲坐堂吟诗章日复一日,为太守到今朝一周年整。

满郡的弦歌声无人珍视,独倚着小凭桌讥笑自身。

暂使下都,夜发新林,
至京邑,赠西府同僚一首

【题解】

　　南朝齐武帝时,随王萧子隆镇荆州。由于萧子隆爱好辞赋,任谢朓
为随王府文学,对谢非常器重,但因长史王秀之的忌恨,向齐武帝进谗
言,于是谢朓被召还都。谢朓对此极为愤懑,虽回京城,但心怀下都,写
此诗寄给西府同僚,诗中表达了留恋不舍的情意,最后部分表现了对王
秀之之流的强烈愤慨。全诗沉郁慷慨,音韵铿锵,脍炙人口。孙月峰

云:"此玄晖最有名诗,音调最响,造语最精峭。然而气格亦渐近唐。首二句昔人谓压千古,信然。"何焯也说:"如此沉郁顿挫,故是压卷之作。"题中"暂使下都",是指奉命在随王府短期任文学之事。下都,指荆州,因其是藩国都城,故称。新林,在建康(今江苏南京)西南。此诗是写从新林到建康最后一段行程中的所见和所感。

大江流日夜,客心悲未央①。
徒念关山近②,终知反路长③。
秋河曙耿耿④,寒渚夜苍苍⑤。
引领见京室⑥,宫雉正相望⑦。
金波丽鳷鹊⑧,玉绳低建章⑨。
驱车鼎门外⑩,思见昭丘阳⑪。
驰晖不可接⑫,何况隔两乡⑬。
风云有鸟路⑭,江汉限无梁⑮。
常恐鹰隼击⑯,时菊委严霜⑰。
寄言蕲罗者⑱,寥廓已高翔⑲。

【注释】

①"大江"二句:这两句是倒喻,"大江流日夜"是喻体,"客心悲未央"是本体。意思是说,自己心中的悲愤像江水那样奔流不止。大江,指长江。未央,不尽,不止。央,尽。

②关山:这里指建康(今江苏南京)的城郊。

③反路:指回荆州的路。反,同"返"。

④秋河:指秋天的银河,此代秋空。耿耿:天微明貌。

⑤苍苍:深青色。

⑥引领:伸颈,举首远望。引,伸。领,颈。原作"引顾",今从汲古

阁本校改。京室:指建康。

⑦宫雉:宫墙。雉,雉堞,即城上排列如齿状的矮墙。

⑧金波:指月光。丽:附丽。此意为"照在……之上。鸱(zhī)鹊:汉代观名。在云阳甘泉宫外。此借指齐都建康的台观。

⑨玉绳:星名。李善注引《春秋元命苞》曰:"玉衡北两星为玉绳星。"低:使动用法。使玉绳低,极言建章高。建章:汉代宫名。此借指建康的宫殿。

⑩鼎门:指建康的南门。李善注引《帝王世纪》:"成王定鼎于郏鄏,其南门名定鼎门,盖九鼎所从入也。"因此后世以鼎门称南门。

⑪昭丘阳:昭丘的南面。昭丘,楚昭王墓。李善注引《荆州图记》曰:"当阳东有楚昭王墓。"在今湖北当阳东南,地近荆州。

⑫驰晖:此指日光。接:近。

⑬两乡:指荆州和建康两地。

⑭风云有鸟路:意为风云拦不断飞鸟道路。

⑮江汉限无梁:江水、汉水无桥梁不能通行。喻自己无飞鸟那样自由,不能回到荆州。

⑯常恐鹰隼(sǔn)击:于光华释此句曰:"喻己被谗也。"何焯曰:鹰隼,"谓王秀之辈"。隼,鸟名。凶猛善飞。即鹞。

⑰委:枯萎。委,通"萎"。严霜:喻迫害者王秀之等人。

⑱罻(wèi)罗者:设置网罗的人。喻设计害人的王秀之辈。罻,捕鸟网。此用为动词,作设置捕鸟网解。

⑲寥廓已高翔:意谓自己已远走高飞,别人进谗无用了。寥廓,空阔,高远。

【译文】

日与夜涌流的滔滔长江,像心中无尽的愤懑悲伤。

空看见京都的郊区临近,越觉得返荆州道路漫长。

秋空中曙色已透露微光,清寒的洲渚仍夜色苍茫。

抬起头能看见建康京城，密密的雉堞在城墙之上。
高空中月溶溶照亮鸱鹊，玉绳星光闪烁低于建章。
车已到京城的南门之外，心仍在楚昭王陵墓近旁。
荆州的太阳光难照我身，更何况荆州人隔在远方。
长空里有风云仍过飞鸟，江汉水阻行人因无桥梁。
曾顾虑鹰与隼突然袭击，也担心重阳菊枯于严霜。
到如今寄语那张网之人，枝头鸟已展翅凌云飞翔。

酬王晋安一首

【题解】

这首诗是作者在朝廷为吏部郎时，怀念友人王德元而作。时王德元在海边任晋安（今福建福州）太守。

诗的开始通过丰富的想象，将晋安的秋色描写得清丽生动，从中寄寓了作者对友人的深挚怀念，在融情于景上别具匠心；诗的结尾以"缁尘染素衣"表示对仕途的厌倦，侧面流露归隐的愿望，也颇为蕴藉含蓄。孙月峰以"奇秀"二字评此诗不为过誉。

梢梢枝早劲①，涂涂露晚晞②。
南中荣橘柚③，宁知鸿雁飞④。
拂雾朝青阁⑤，日旰坐彤闱⑥。
怅望一涂阻，参差百虑依⑦。
春草秋更绿，公子未西归⑧。
谁能久京洛⑨，缁尘染素衣⑩。

【注释】

①梢梢:劲挺貌。

②涂涂:厚密貌。晞:干。

③南中:指晋安(今福建福州)。荣:茂盛。

④宁知鸿雁飞:李善注:"鸿雁南栖衡阳,不至晋安之境,故曰宁知也。"

⑤拂雾:言早也。青阁:朝堂。

⑥旰(gàn):日晚。彤闱:李周翰注:"官门,谓尚书处也。"

⑦参差:纷乱貌。

⑧"春草"二句:李善注:"言春草萋萋,故王孙乐之而不反,今春草秋而更绿,公子尚未西归。"

⑨京洛:京都。此指建康(今江苏南京)。

⑩缁尘:黑色的尘埃。喻世俗的污垢。素衣:洁白的衣裳。

【译文】

早发的青树枝劲挺高昂,晚干的白露珠密集闪光。

南国的橘柚林依然茂盛,你怎知碧空中雁已南翔。

我凌晨拂朝露来到朝堂,到黄昏仍坐在彤闱穷忙。

被长路隔两处空劳怅望,纷乱的愁思绪积满胸膛。

春草密至秋来绿意更浓,公子他仍远游未还故乡。

谁能够久住于京都城内,黑尘埃染污了洁白衣裳。

陆韩卿

陆厥(472—499),字韩卿,吴郡吴(今江苏苏州)人。南朝齐文学家。少有丰采气度,博览群书,好为诗文。永明九年(491),州举秀才,继任王晏少傅主簿,迁后军行参军。永元元年(499),始安王萧遥光起兵谋反,战败被杀,陆厥之父受牵连被处死,陆厥也被系下狱。不久赦令下,陆厥痛惜父亲未及大赦,悲伤过度而亡。他亦精通音律,曾撰《与沈约书》,与沈约探讨音律方面的问题,颇有价值。原有集,已佚。今存诗十一首,以《奉答内兄希叔》《临江王节士歌》较著名。

奉答内兄希叔一首

【题解】

顾胤(xī),字希叔,为邵陵王国常侍,曾作诗赠予陆厥,陆厥作此诗以答。

陆厥在这首诗中,首先简叙自己出仕与归田的经历,接着赞颂顾胤辅佐邵陵王,广纳贤士,成绩卓著,最后表示自己对顾胤的深切怀念之情。全诗章法谨严,感情真切,词语清雅,其中如"杜门清三径,坐槛临曲池","虽无田田叶,及尔泛涟漪",描写罢归后的生活,颇饶清趣。再如"王门所以贵,自古多俊民。离宫收杞梓,华屋富徐陈",勉励顾胤做好王府家臣,含意亦深刻。孙月峰评曰:"摛词既雅胰,风度亦逸荡。"不愧为陆厥遗诗中之代表篇章。

嘉惠承帝子①,蹑履奉王孙②。属叨金马署③,又点铜龙门④。
出入平津邸⑤,一见孟尝尊⑥。归来翳桑柘,朝夕异凉温⑦。
徂落固云是⑧,寂蔑终如斯⑨。杜门清三径⑩,坐槛临曲池⑪。
凫鹄啸俦侣⑫,荷芰始参差⑬。虽无田田叶⑭,及尔泛涟漪⑮。
春华与秋实,庶子及家臣⑯。王门所以贵⑰,自古多俊民⑱。
离宫收杞梓⑲,华屋富徐陈⑳。平旦上林苑㉑,日入伊水滨㉒。
书记既翩翩㉓,赋歌能妙绝㉔。相如恶温丽,子云惭笔札㉕。
骏足思长阪㉖,柴车畏危辙㉗。愧兹山阳谶㉘,空此河阳别㉙。
平原十日饮㉚,中散千里游㉛。渤海方淫滞㉜,宣城谁献酬㉝?

屏居南山下^㉞,临此岁方秋^㉟。惜哉时不与^㊱,日暮无轻舟^㊲。

【注释】

①嘉惠承帝子:此指受竟陵王的恩泽被举为秀才。据《南齐书·陆
　厥传》,表荐陆厥的顾暠之是司徒竟陵王萧子良的属官,故陆厥
　举秀才是受竟陵王之惠。帝子,指竟陵王。

②蹝(xǐ)履:穿鞋不提上鞋跟。形容行走急遽。王孙:此指竟陵王
　萧子良。

③属:新近。叨金马署:此指被竟陵王举为秀才。金马署,西汉时
　国家藏书处名。后借指集书省、翰林院等机构。

④点铜龙门:此指为少傅主簿。铜龙门,因门楼上有铜龙故名。

⑤平津邸:《汉书》载,丞相公孙弘被封为平津侯。此以平津侯邸喻
　太傅王晏府第。

⑥孟尝:孟尝君,即田文。战国时齐贵族,齐湣王任为相国,门下有
　食客数千,曾联合韩、魏先后打败楚、秦、燕等国。在齐国功高望
　重。此喻王晏。

⑦"归来"二句:指自己出仕又罢归的经历。何焯曰:"言中间罢归,
　又历温凉。"柘(zhè),柘树,落叶乔木,叶卵形,可喂蚕,皮可染黄
　色。凉温,李善注:"喻贵贱也。"

⑧徂落:凋落。

⑨寂蔑:寂寞,空虚。终如斯:原作"终始斯",从汲古阁本校改。

⑩杜门:谓闭门不出。三径:西汉末,王莽专权,兖州刺史蒋诩告病
　辞官,隐居乡里,于院中辟三径,唯与求仲、羊仲来往。后以三径
　指家园。

⑪坐槛(jiàn):坐于栏杆旁。槛,此指池边栏杆。

⑫凫(fú):野鸭。鹄(hú):水鸟名。即天鹅。

⑬芰(jì):菱。

⑭田田：叶浮水上貌。

⑮及尔：与你。

⑯"春华"二句：李善注引《魏志》曰："邢颙，字子昂，为平原侯植家
丞。颙防闲以礼，无所屈挠，由是不合。庶子刘桢书谏植曰：'家
丞邢颙，北土之彦。而桢礼遇殊特，颙反疏简。私惧观者将谓君
侯习近不肖，礼贤不足。采庶子之春花，忘家丞之秋实。'"此二
句为对喻，以春花喻庶子，以秋实喻家丞。当时顾胤为邵陵王常
侍，上述庶子、家丞、常侍，均属家臣，故言此。春华，春天花朵。
此喻仅供观赏之物。秋实，秋天果实。此喻可以吃、有实用之物。

⑰王门：谓邵陵王门。

⑱俊民：贤明的人。

⑲离宫：指邵陵王宫。下句中"华屋"同。杞梓：杞和梓为两种优质
木材。用以比喻优秀人才。

⑳徐陈：徐幹、陈琳。此指如徐幹、陈琳一样的人才。

㉑上林苑：秦旧苑，汉武帝时扩建，周围三百里，有离宫七十所，苑
中养禽兽，供皇帝游猎之用。此代邵陵王的猎苑。

㉒伊水滨：伊水、洛水之间。周灵王太子晋曾在此游览。此代邵陵
王府诸人所游之水滨。

㉓书记既翩翩（piān）：此喻文辞美好。语本曹丕《与吴质书》："元瑜
书记翩翩，致足乐也。"

㉔赋歌：赋歌与上句"书记"为对文，指四种文体。一说赋为动词，
赋歌指作歌。

㉕"相如"二句：言邵陵王府诸才俊所作辞赋之温丽、所撰笔札之精
妙，令司马相如和扬雄都感到惭愧。怒（nù），惭愧。笔札，公文
和书信。

㉖骏足：骏马。喻顾胤。阪（bǎn）：山坡。

㉗柴车：陋车。喻作者自己。辙：车轮的痕迹。

㉘山阳谯：李善注引《魏氏春秋》曰："嵇康寓居山阳县，与向秀游于竹林，号曰七贤。"山阳，在今河南焦作东。谯，聚谈。

㉙河阳别：指顾胤河阳（今湖北宜城）别业。

㉚平原十日饮：指自己曾与顾胤一起饮酒为乐。平原，平原君赵胜，战国四公子之一。秦昭王曾邀其至秦为十日之饮。此指顾胤。

㉛中散千里游：亦指自己曾追随顾胤交游。中散，嵇康曾为中散大夫，世以"中散"称之。此指顾胤。李善注引干宝《晋纪》曰："初吕安友嵇康，相思则命驾，千里从之。"

㉜渤海方淫滞：据《汉书》载，渤海郡有南皮县，即徐幹、吴质所游之处。此代邵陵王府人所游之处。淫滞，长期逗留。淫，久。

㉝宜城：故城在今湖北宜城南。出产美酒。献酬：饮酒时相酬劝。

㉞屏居：隐居。

㉟方秋：正值秋季。

㊱惜：哀伤，痛惜。与：等待。

㊲日暮无轻舟：李善注："言无轻舟以相从也。"

【译文】

身受到帝子的嘉惠厚恩，我忠诚侍奉着贤明王孙。前不久举秀才入金马署，接着又为主簿进铜龙门。

出入于"平津侯"壮丽府第，亲见到"孟尝君"德高位尊。归田园又立于桑柘荫下，晨温暖忽变为冷落黄昏。

从开花到凋谢本是常态，有热闹有寂寞也属人情。闭大门院落中小径清静，坐栏边临曲池绿水澄清。

有野鸭和天鹅呼朋引伴，荷茎高菱角低参差纷呈。虽然无田田叶飘浮水面，但与您可放舟荡波漾纹。

春花放秋果熟各有所用，像王府的庶子和那家丞。王府门之所以高贵可钦，自古来都因有俊杰才人。

您协助邵陵王广招贤能，王宫中充满了"徐幹""陈琳"。平明时共驰入猎苑"上林"，黄昏后又同游"伊水"之滨。

书和记皆擅长举重若轻，诗与赋能兼善妙绝时人。作辞赋极温丽胜过相如，撰文章最精妙超越子云。

像骏马您想在长坡奔驰，似柴车我畏于险途前行。您未到宴会停使我惶愧，您不在别墅空令我凄清。

曾与您平原君十日对酒，曾与您崧中散千里长游。到如今您仍在"渤海"逗留，谁斟满宜城酒向您献酬？

我独自隐居在南山之麓，岁月流转瞬间又到金秋。痛惜那年光去不稍停留，看天色日已暮又无轻舟。

范彦龙

范云（451—503），字彦龙，南乡舞阴（今河南泌阳北）人。南朝梁诗人。年八岁即能赋诗属文。齐高帝时，在竟陵王萧子良府任文学，继而仕齐，历任零陵内史、建武将军、广州刺史等职；后与沈约等助萧衍称帝。入梁后官至尚书右仆射，封霄城县侯，深为梁武帝所重。卒于官，武帝亲临其殡，诏赠侍中、卫将军。

范云才思敏捷，落笔辄就。其诗风格清新，词语流转，锺嵘《诗品》评曰："清便宛转，如流风回雪。"原有集三十卷，已佚。现存诗四十余首，以《赠张徐州谡》《巫山高》《别诗》等为其代表作品。

赠张徐州谡一首

【题解】

此诗为范云未入仕时所作。其好友张谡受命为徐州太守，赴任时至范云家告别,适范云入山采樵,归来听说后作此诗寄赠。全诗共二十句,四句一转:首言采樵归家,闻有客人来访;次知来客随从甚众,裘马轻肥;三叙猜是张谡,又疑可能不是;四恨未能早归,不能与之畅谈;五写内心感动,作诗遥寄衷情。婉转流畅,摇曳生姿。清人邵子湘评此诗曰:"字字流转,质而不野,自成一格。"孙月峰则说:"磊落恣肆,如半空掷下,此等风调,须待一时意兴凑和,非可强作。"分别在章法、词语及诗的意兴上,予以充分肯定。

田家樵采去①,薄暮方来归②。

还闻稚子说:有客款柴扉③。

傧从皆珠玑④,裘马悉轻肥⑤。

轩盖照墟落⑥,传瑞生光辉⑦。

疑是徐方牧⑧,既是复疑非。

思旧昔言有⑨,此道今已微⑩。

物情弃疵贱⑪,何独顾衡闱⑫?

恨不具鸡黍⑬,得与故人挥⑭。

怀情徒草草⑮,泪下空霏霏⑯。

寄书云间雁⑰,为我西北飞⑱。

【注释】

①田家:作者自称。当时范云尚未出仕。樵采:采樵。

②来归:归来。

③款:叩,敲。

④傧(bìn)从:侍从的人。傧,导引于前者。从,侍从于后者。珠玑:珠玉和玑瑁。

⑤轻肥:指轻裘肥马。

⑥轩：车的通称。盖：车盖。墟落：村落。

⑦传：驿站或驿站的车马。此指传车。瑞：节信。皆为玉制的信物。若后世的符玺。

⑧徐方牧：指徐州刺史张谡。

⑨思旧：怀念故人友谊，不计其卑微贫贱。

⑩微：稀少，衰微。

⑪物情：世情，人情。疵(cī)：小病。引申为缺点。

⑫衡闱：衡门，横木为门。即茅屋陋室。

⑬具鸡黍：李善注引谢承《后汉书》载，山阳范式，字巨卿，与汝南张元伯为友，春于京师相别，约于秋在张元伯家相见。至九月十五日，元伯杀鸡作黍。父母笑曰："山阳去此几千里，何必至？"元伯曰："巨卿信士，不失期者。"言未毕而巨卿至。

⑭挥：李善注引韩康伯《周易》注："挥，散也。"

⑮草草：忧貌。

⑯霏霏：雨大而急之状。此指泪下如雨貌。

⑰云间雁：《汉书·苏武传》载，昭帝思苏武，使使谓单于，说天子射于上林中，得雁，足系有帛书，言苏武在某泽畔。单于闻之而惊，送苏武归。后世遂以雁为信使。

⑱西北飞：张谡时为徐州刺史，徐州在扬州之西北。

【译文】

为田家我自去入山采樵，挑柴薪回到家已经黄昏。

放下担听幼子详细述说：在今天有客人叩我家门。

随从人佩珠玑还有玳瑁，穿轻裘乘肥马奔驰如云。

华车盖极辉煌照亮村落，捧符节执瑞信光耀行人。

我猜想来客是徐州刺史，先肯定后怀疑无此可能。

曾经有访故交不计贫贱，此美德今天已荡然无存。

目前的世情是爱富嫌贫，为什么车骑来访我蓬门？

恨未能烹肥鸡蒸熟小米，茅屋中与故人畅叙衷情。

满胸怀聚深情忧思不已，洒泪珠密如雨沾湿衣襟。

把书信交与那云间鸿雁，请为我向西北迅速飞行。

古意赠王中书一首

【题解】

这是范云写给好友王融的一首赠言诗。题中"古意"是说此诗乃拟古诗之意而作，无现实意义；实际上是针对王融的思想性格而写的一首暗含讽谏意义的诗篇。

王融为著名诗人王僧达之孙，少而聪慧，博涉多才，且文思敏捷，仓促所作皆工，当时被称为贾谊、终军一流人物。为竟陵王萧子良所恩宠，后齐武帝擢为中书郎。会武帝有疾，融先欲立竟陵王，被下廷尉赐死。范云作此诗时，王融正在中书郎任上。

诗中先盛赞王融才华出众，世所罕及；次言其得到明主器重，担任中书郎要职；最后劝其应珍重目前地位，安分知足。重点在最后部分。全诗生动秀逸，含意深刻。方伯海言："有秀逸之气，虽体质之厚不如灵运、延年，而生动则过之。"

摄官青琐闼①，遥望凤皇池②。

谁云相去远，脉脉阻光仪③。

岱山饶灵异④，沂水富英奇⑤。

逸翮凌北海，抟飞出南皮⑥。

遭逢圣明后⑦，来栖桐树枝⑧。

竹花何莫莫⑨，桐叶何离离⑩。

可栖复可食，此外亦何为？

岂如鹪鹩者⑪，一粒有余赀⑫。

【注释】

①摄：代理。范云此时为通直散骑常侍，不敢正言，故曰摄官。青琐闼（tà）：以青漆涂饰之门，上画连琐花纹，称为青琐闼。

②凤皇池：亦称凤池。禁苑中池沼。魏晋南北朝设中书省于禁苑，掌管机要，接近皇帝，故称中书省为凤凰池。权重在尚书之上。故晋荀勖由中书监迁尚书令，人有贺之者，勖曰："夺我凤皇池，诸君贺我邪？"此指王融任职处。皇，同"凰"。

③脉脉：相视貌。光仪：指王融之丰采容仪。

④岱山：即泰山。在山东中部，主峰玉皇顶在泰安城北。

⑤沂（yí）水：源出山东曲阜东南的尼丘，西流经曲阜、兖州合于泗水。岱山、沂水代指琅玡郡，为王融祖籍，琅邪王氏为世家大族，人才辈出，故称"饶灵异""富英奇"。

⑥"逸翮（hé）"二句：言王融之才华超过徐幹、吴质。因徐幹居北海，吴质居南皮，故云。翮，羽茎，代指鸟翼。凌，逾越，超过。北海，郡名。汉景帝时置。治所在营陵，今山东昌乐东南。抟，盘旋。南皮，县名。今属河北。秦置，汉属渤海郡。

⑦圣明：指齐武帝。

⑧来栖桐树枝：喻被擢为中书郎。因中书省设于禁苑中之凤凰池，桐树枝乃凤凰所栖之处。

⑨竹花：为凤凰所食之物。莫莫：茂盛繁密貌。

⑩离离：繁茂貌。

⑪鹪（jiāo）鹩：一种小鸟。俗称黄脰鸟。全身灰色，有斑，常取茅苇、毛毳为巢，大如鸡蛋，系以麻发，极精巧。《庄子·逍遥游》："鹪鹩巢于深林，不过一枝。"岂如：原作"岂如"，从汲古阁本校改。

⑫赀(zī)：通"资"，财货。

【译文】

代侍郎理事于青琐门里，遥望见凤凰池水清色碧。
谁说我与知交相去甚远，看不见焕发的丰采容仪。
泰山麓出高士才华卓异，沂水岸育英杰智慧神奇。
展羽翼将飞临北海之上，乘疾风可越过南皮边际。
幸得到圣明主深心眷顾，高居于梧桐树枝叶丛里。
绿竹花开放得多么茂盛，翠桐叶滋长得多么繁密。
在此处既可食又可栖息，除此外还有啥值得希冀？
岂知道有种鸟名为鹪鹩，一粒米吃饱后还有节余。

任彦昇

见卷第二十三《出郡传舍哭范仆射》作者介绍。

赠郭桐庐出溪口见候，余既未至，
郭仍进村，维舟久之，郭生方至一首

【题解】

这首诗是任昉从富春返新安郡路过桐庐时写赠郭峙的。当时任昉任
新安郡太守，郭峙为桐庐县令，二人有师生之谊，相从甚得。由富春至新安，
必经桐庐，故预约于途中相晤。届时郭生曾候于溪口，见任尚未至，又复进
村。任昉乘船到时，未见郭生，与众官员系舟岸边，等候良久，郭生才到。随
后任昉作此诗以赠。诗的内容一般，但婉转起伏，曲折多姿。孙月峰评此
诗曰："篇不长而转意多，自觉态浓，此由笔力能驱遣故。"道出此诗之长。

朝发富春渚①，蓄意忍相思②。

涿令行春反③，冠盖溢川坻④。

望久方来萃⑤，悲欢不自持⑥。

沧江路穷此⑦，湍险方自兹⑧。

叠嶂易成响⑨，重以夜猿悲⑩。

客心幸自弭⑪，中道遇心期⑫。

亲好自斯绝⑬，孤游从此辞⑭。

【注释】

①富春渚：富春城外的江边沙洲。

②蓄意：聚集心头的情意。

③涿令：《后汉书·滕抚传》载，滕抚为涿令，有文武才，太守委任郡职，兼理六县，流爱于民。此喻桐庐令郭峙。行春反：汉制，太守于春季时巡视所管州县，督促耕作，曰行春。此指郭峙出候溪头因任昉未至而复进村。反，同"返"。

④冠盖：帽子和车盖，指随行官员。溢：满。坻(chí)：山的倾斜面，侧坡。

⑤萃：聚会。

⑥不自持：不能自我控制。

⑦穷此：尽于此。

⑧湍险：险恶的急流。

⑨嶂：似屏障的山峰。

⑩重以：加上。

⑪客：作者自指。弭(mǐ)：停止。

⑫心期：内心期望之人。此指郭峙。

⑬自斯绝：从此断绝。

⑭孤游：孤独的游客。

【译文】

早上离富春渚欲晓相知，怀旧情积蓄久难忍相思。

郭桐庐候溪口又进村去，众官员立岸上苦等不至。

盼望久才见他姗姗来迟，悲与欢相交织难以控制。

平缓的清江水尽于此地，险恶的急湍流从此开始。

叠嶂里风吹树声音萧瑟，再加上夜猿啼更增忧思。

旅客愁能够从内心消逝，因途中遇上了期望之士。

亲密的友情啊从今隔绝，孤游人从此啊向你告辞。

行旅上

潘安仁

见卷第七《藉田赋》作者介绍。

河阳县作二首

【题解】

潘岳二十岁左右即受知于贾充。贾充作为司空、太尉,其女南风又为晋惠帝皇后,故位高权重。潘岳经贾充举为秀才,又举为郎,在贾充幕任太尉掾、太尉舍人等职。后曾一度归隐天陵东山。太康三年(282),出任河阳(今河南孟州)县令。这两首诗是他任县令不久时所作。

第一首诗描述他从出仕到归田,又从归田到出仕的生活经历。追述中流露出对贾充知遇的感激,对归田生活的怀念,但主要是描写初任河阳令时的心情。据《晋书》载,潘岳被任命为河阳令时,"负其才而郁郁不得志",甚至还作歌谣讽刺主管吏部的山涛等人。但他知道这样做不解决问题,决心把河阳治好再谋调京任要职。故在此诗中勉励自己要关心百姓,树立政声。何焯评曰:"此从历仕及河阳,以令名自勖,不失雅正之义。"

第二首诗继前首进一步描绘河阳的山川秋色,进一步表现如何治民这一主题。从具体内容看,所描写的山川更雄伟险峻,秋光也极为清丽自然,体现了作者对河山风物的观察更细,了解更深,感情也更浓。

在为政治民方面,他以形象的语言"依水类浮萍,寄松似悬萝",阐明官是浮萍民是水,官是悬萝民是松的依存关系,以说明他"政成在民和""民和俗自化"的深刻而正确的思想。何焯评此诗说:"先言山河风物,次及民俗政治,次第有法;归到自勖,与前相映。"通过《河阳县作》这两首诗,他总的看法是:"安仁气质,高于士衡数倍。陆芜潘净,故是定论也。"

微身轻蝉翼①,弱冠忝嘉招②。　在疚妨贤路③,再升上宰朝④。
猥荷公叔举⑤,连陪侧王寮⑥。　长啸归东山⑦,拥耒耨时苗⑧。
幽谷茂纤葛⑨,峻岩敷荣条⑩。　落英陨林趾⑪,飞茎秀陵乔⑫。
卑高亦何常⑬,升降在一朝⑭。　徒恨良时泰,小人道遂消⑮。
譬如野田蓬⑯,斡流随风飘⑰。　昔倦都邑游,今掌河朔徭⑱。
登城眷南顾,凯风扬微绡⑲。　洪流何浩荡,修芒郁岧峣⑳。
谁谓晋京远,室迩身实辽㉑。　谁谓邑宰轻㉒,令名患不劭㉓。
人生天地间,百岁孰能要㉔。　颎如槁石火㉕,瞥若截道飙㉖。
齐都无遗声㉗,桐乡有余谣㉘。　福谦在纯约㉙,害盈犹矜骄㉚。
虽无君人德㉛,视民庶不恌㉜。

【注释】

①轻蝉翼:轻如蝉翼。

②弱冠:古代男子二十岁称弱冠。忝嘉招:指被贾充举荐为秀才事。

③疚(jiù):病。

④再升:指贾充举潘岳为秀才后,再举为郎。上宰朝:此指贾充司空太尉府。

⑤猥(wěi):谦辞,犹言辱。一说,指卑劣。公叔举:此指被举荐为

河阳令。李善注引《论语》："公叔文子之臣大夫僎,与文子同升
　诸公,子闻之,曰:'可以为文矣。'"

⑥连:连续。陪:陪臣。诸侯之大夫,对天子自称陪臣。亦指大夫
　之家臣。此言自己连任皇亲贾充之家臣。潘岳曾任太尉掾、舍
　人,均为贾充府中之家臣。寮:同"僚"。

⑦东山:李善注引《岳天陵诗序》曰:"岳屏居天陵东山下。"

⑧耒(lěi):古代耕地翻土的工具。耨(nòu):除草。

⑨纤葛:细小的葛藤。

⑩敷:散布。

⑪落英:此指落花。林趾:树根。趾,底。

⑫陵:大土山。乔:高。

⑬卑高亦何常:言卑贱与高贵没有一定。

⑭升降在一朝:升与降在一天之内。李善注:"二者升降在于倏忽。
　以喻人之荣辱,亦在须臾,言不足叹也。"

⑮"徒恨"二句:《汉书·楚元王传》:"君子道长,小人道消。小人道
　消,则政日治,故为泰。泰,通而治也。"泰,通达,通畅。

⑯蓬:蓬蒿。秋枯根拔,风卷而飞,故又名飞蓬。

⑰斡(wò):旋转。

⑱徭:徭役。

⑲凯风:和风,南风。绡(xiāo):生丝织品。此指帷幕。

⑳修芒:此指北芒岭。岧(tiáo)峣:山高峻貌。原作"苕峣",从于光
　华本校改。

㉑"谁谓"二句:意为只要心与京城近,不怕住处离京远。否则,即使
　住处离京近,而心灵离京却遥远。晋京,此指洛阳。迩,近。辽,远。

㉒邑宰:县令。

㉓令名:好名声。劭(shào):美好。

㉔要:求。

㉕颎(jiǒng)：火光明亮，光明。槁：通"考"，敲击。

㉖暼：暂现，突然出现一下。飙(biāo)：疾风。

㉗齐都无遗声：《论语·季氏》："齐景公有马千驷，死之日，民无德而称焉。"此处借以比喻不施德政则得不到人民的称颂。

㉘桐乡有余谣：李善注引《汉书》："朱邑为桐乡啬夫，廉平不苛，及死，子葬之桐乡，邑人为之起冢立祠也。"此处借以比喻施行德政而百姓感恩纪念。

㉙福谦：赐福给谦逊者。纯约：纯粹约束自己。纯，纯粹。约，约束，检束。

㉚害盈：危害自满的人。

㉛君人：治理百姓。

㉜视民庶不恌(tiāo)：意为对百姓之事不马虎敷衍，应认真负责，息息相关。恌，苟且，轻薄。

【译文】

叹自身卑微如蝉翼般轻，二十岁就承蒙太尉荐引。因久病曾妨碍贤人仕进，再擢升进入了宰府门庭。

深惭愧贤太尉一再推举，使我能连续任皇亲家臣。不久又归东山长啸烟云，持耒耜种禾苗田间躬耕。

细葛藤茂生于幽谷曲径，青树枝遍布在巉岩峻岭。落花瓣积满了丛林树根，细飞茎长遍了高低丘陵。

低官职高爵位哪能固定，升青云降尘埃只是一瞬。所遗憾清明世久未来临，如来临小人的邪气难存。

他们像田野间无根蓬草，只能够顺疾风旋转飞行。我过去游京都曾感厌倦，到今朝又出仕河阳县城。

站在这城墙上向南观看，轻绡幕随和风飘荡翻卷。黄河水奔腾急波涛浩瀚，北芒山林深郁高入云天。

谁能说河阳城离京遥远，有的人身虽近心在天边。谁能说县令是职轻官小,怕的是无美名才感羞惭。

千万人生活在天地之间,有几许寿命长活满百年? 敲石头溅火花光辉短暂,卷地风势强劲转瞬不见。

齐景公只爱马身后寂寞,朱丧夫因清廉传颂百年。谦受福全在于约束自己,盈招害都因为骄矜自满。

我虽然不具备治民德才,对百姓定做到息息相关。

日夕阴云起,登城望洪河①。川气冒山岭,惊湍激岩阿②。
归雁映兰畤③,游鱼动圆波。鸣蝉厉寒音④,时菊耀秋华。
引领望京室,南路在伐柯⑤。大夏缅无觌⑥,崇芒郁嵯峨⑦。
总总都邑人⑧,扰扰俗化讹⑨。依水类浮萍,寄松似悬萝。
朱博纠舒慢,楚风被琅邪⑩。曲蓬何以直,托身依丛麻⑪。
黔黎竟何常⑫,政成在民和⑬。位同单父邑,愧无子贱歌⑭。
岂敢陋微官,但恐忝所荷⑮。

【注释】

①洪河:指黄河。

②岩阿:岩边。阿,山岩边。

③畤(zhì):通"沚",水中的小片陆地。

④厉:高。

⑤南路:指南去京洛的道路。因洛阳在河阳的西南方。伐柯:《诗经·豳风·伐柯》:"伐柯伐柯,其则不远。"此取"不远"之意。

⑥大夏:大夏门。李善注引陆机《洛阳记》:"大夏门,魏明帝所造,有三层,高百尺。"缅:遥远。觌(dí):看见。

⑦芒:指北芒山。李善注引郭缘生《述征记》:"北芒,去大夏门不盈一里。"郁:林木繁盛貌。嵯峨:山高峻貌。

⑧总总:聚集,众多。

⑨扰扰:纷扰。讹(é):改变。

⑩"朱博"二句:李善注引《汉书》:"朱博……迁琅玡太守,齐部舒缓。敕功曹官属:'多襃衣大袑,不中节度,自今掾吏衣皆去地三寸。'视事数年,大改其俗,掾吏礼节皆如楚赵。"

⑪"曲蓬"二句:《荀子·劝学》:"蓬生麻中,不扶而直。"

⑫黔黎:黔首黎民,均指百姓。

⑬政成在民和:何焯曰:"晋初纪纲不立,豪贵奢僭,论政者欲纠之以猛,安仁则谓民和而俗自化。终前篇'视民不恌'之义也。"

⑭"位同"二句:《吕氏春秋·察贤》:"宓子贱治单父,弹鸣琴,身不下堂而单父治。"

⑮忝(tiǎn)所荷:有愧于所负的重任。忝,有愧于。

【译文】

黄昏时阴云在天末出现,登城楼望黄河浩荡蜿蜒。白色的水蒸气飘浮山顶,汹涌的惊浪涛激荡岩岸。

南归雁投影于兰芷水边,水中鱼涌微波鲊鲊起圈。树梢头寒蝉鸣声急响远,篱畔菊绽黄花金光璀璨。

抬起头远眺那京都皇室,川原上路蜿蜒相去不远。大夏门在远方不能看见,北芒山林深郁高峰凌天。

都邑中聚居的众多百姓,纷乱的旧习俗应当改变。官于民似浮萍依附水面,又好似女萝藤绕于松干。

朱博曾纠正过散漫齐俗,楚良风在齐地形成发展。弯曲的蓬蒿草何以能直?都因为生长于丛麻中间。

百姓的陋习俗如何改变?要成功须官民和谐无间。地位与单父县主管相等,惭愧无宓子贱弦歌其间。

哪里敢轻视这县令职位,只恐怕挑不起这副重担。

在怀县作二首

【题解】

这两首诗是潘岳在太康六年(285)初任怀县(今河南武陟西南)令时所作。

潘岳于太康三年(282)任河阳令,他是怀着"郁郁不得志"的心情去赴任的,但还想做出政绩后调京担任与自己才能相称的职务,不料三年以后,又调他去离京更远的怀县为令,这使他大失所望,因而诗中情绪低沉,牢骚颇深。第二首诗情绪更低、牢骚更甚。诗中一再出现怀归语句,如"怀归志""顾巩洛""旋旧乡",以及第一首中的"想南枝",实质上都是"思京洛",言在此而意在彼。孙月峰指出:"总是思入京一意,殆无深致。"可谓深得作者之心。但描写怀县盛夏景物部分,却生动自然,颇有风趣;"白水过庭激,绿槐夹门植"这样的语句也清新明快,仍不失为佳句。故孙月峰评曰:"常意,卑意,写来却自有风致。"

南陆迎修景①,朱明送末垂②。初伏启新节③,隆暑方赫羲④。
朝想庆云兴⑤,夕迟白日移⑥。挥汗辞中宇,登城临清池。
凉飙自远集⑦,轻襟随风吹。灵圃耀华果⑧,通衢列高椅⑨。
瓜瓞蔓长苞⑩,姜芋纷广畦⑪。稻栽肃仟仟⑫,黍苗何离离⑬。
虚薄乏时用⑭,位微名日卑。驱役宰两邑⑮,政绩竟无施。
自我违京辇⑯,四载迄于斯。器非廊庙姿⑰,屡出固其宜⑱。
徒怀越鸟志⑲,眷恋想南枝。春秋代迁逝⑳,四运纷可喜㉑。
宠辱易不惊,恋本难为思㉒。

【注释】

①南陆:指夏季。修景:言夏季白日长。

②朱明：夏季。末垂：末尾。

③初伏：农历夏至后第三庚日起为初伏，第四庚日起为中伏，立秋后第一庚日起为末伏。又，李善注："崔寔《四民月令》曰：六月初伏，荐麦瓜于祖祢。"

④隆暑：盛夏。赫羲：光明炎盛貌。

⑤庆云：一种彩云，古人认为是祥瑞之气。

⑥迟：盼望，思念。

⑦凉飙(biāo)：凉风。

⑧灵圃：此指植花木的林苑。华果：花果。

⑨通衢：大道。椅(yī)：树名。李善注："梓属。"

⑩瓞(dié)：小瓜。苞：草名。茎坚韧，可织席、鞋。

⑪畦：李善注引刘熙《孟子》注："今俗以五十亩为大畦也。"

⑫仟仟(qiān)：茂盛貌。

⑬离离：茂盛貌。

⑭虚薄：空虚浅薄。

⑮两邑：指河阳县与怀县。

⑯京辇：此指京城之中。

⑰廊庙姿：指栋梁材。

⑱固：本来。

⑲越鸟志：《古诗十九首》："越鸟巢南枝。"喻人不忘故土。

⑳代：迭代，轮番。迁逝：消逝。

㉑四运：四季运行。

㉒恋本：怀念本土。此指怀念京师。难为思：不胜思念之情。

【译文】

白日长黑夜短夏季来临，夏天的太阳光送走残春。初伏时开始了新的季节，到盛夏大地上炎热光明。

早上想彩云起遮蔽烈日，黄昏盼炎阳光迅速西沉。挥热汗走出了屋宇之中,登城楼临清池河水清清。

凉爽风从远方阵阵吹来,吹拂着我身上轻薄衣襟。园林中花与果光辉耀眼,大道上排列着梓树入云。

大小瓜藤蔓像长长苣草,姜和芋在畦田绿叶纷呈。田里禾已长得整齐繁密,土中黍也长得那样茂盛。

我缺乏合时的品德才干,论地位谈名声日益卑贱。驱使我连续为两县县令,理政才治民术无从施展。

我自从离开了京都洛阳,一弹指到今天已经四年。本来就不是那栋梁之材,只适合在外地长期辗转。

空怀着越鸟的拳拳之心,日夜对南边树深深眷恋。春天去秋天来时序更换,四季节忙运转令人喜欢。

受恩宠蒙耻辱不足惊异,怀故乡才叫人苦痛思念。

我来冰未泮^①,时暑忽隆炽^②。
感此还期淹^③,叹彼年往驶。
登城望郊甸^④,游目历朝寺^⑤。
小国寡民务^⑥,终日寂无事。
白水过庭激,绿槐夹门植。
信美非吾土^⑦,只搅怀归志。
眷然顾巩洛^⑧,山川邈离异^⑨。
愿言旋旧乡^⑩,畏此简书忌^⑪。
只奉社稷守^⑫,恪居处职司^⑬。

【注释】

①泮(pàn):融解。

②隆炽:炎热。

③淹:淹留,停滞。此指迟迟不至。

④甸(diàn):此指郊原,古时郭外称郊,郊外称甸。《周礼·大宰》"三日邦甸之赋",贾公彦疏:"郊外曰甸,百里之外,二百里之内。"

⑤游目:放眼观看。寺:衙属,官舍。李善注引《风俗通义》:"今尚书御史所止,皆曰寺也。"

⑥国:此指城邑,即怀县。

⑦信美:真美,的确美。

⑧眷:回顾,恋慕。原作"卷",据汲古阁本改。巩洛:指河南巩义、洛水。是潘岳之父坟墓所在地。

⑨邈:指遥远。离异:离开。

⑩言:语助词,无义。旋:返回。

⑪简书:文书。《诗经·小雅·出车》:"王事多难,不遑启居。岂不怀归,畏此简书。"简书指有征役时临行告诫的文书。此指朝廷对为官者告诫的文书。

⑫社稷:土、谷之神。古代以社稷代国家。

⑬恪(kè):恭敬,谨慎。

【译文】

我来时冰与雪尚未溶解,转眼间又面临夏日炎炎。

有感于回故乡遥遥无期,看韶光如流水令人浩叹。

登城墙遥望那郊外平原,流览到朝官来所住地点。

小县城百姓少事务有限,整日在寂寞中虚度华年。

白流水势湍急绕过庭前,绿槐树两长行列门两边。

怀县城虽美好非我故土,无尽的思乡情把心搅乱。

依恋地回头望巩、洛那边,故乡的山与水相距遥远。

我衷心想回到旧日家园,又想起官诫书使我忌惮。

只能够奉君命为国守土,谨慎地尽职守不敢怠慢。

潘正叔

见卷第二十四《赠陆机出为吴王郎中令》作者介绍。

迎大驾一首

【题解】

　　潘尼此诗约写于晋惠帝光熙元年(306)。"大驾"指晋惠帝司马衷。当时是"八王之乱"的后期。河间王司马颙劫惠帝西奔长安,后来司马越率军击败司马颙,攻进长安,派潘尼迎惠帝返洛阳。由于司马越攻陷长安,大肆抢劫,滥杀无辜,给百姓带来严重灾难,深为作者所憎恨;加以干戈未息,时局动荡,也使作者忧心忡忡。故这首《迎大驾》诗既无半点隆重欢庆的气氛,也无一句歌功颂德的词语,全系抒发对时局的忧虑、对掌权者的愤恨和自己对仕途的厌倦,体现了潘尼对现实的清醒认识和爱憎分明的思想感情。在艺术技巧上,景物描写既体现田园寥落百姓逃亡的景象,也寄寓了作者感伤动乱,忧深虑远的情怀。诗中借"深识士"之语以表达自己对统治者的反感,特别是以象征手法表现其对统治者的鞭挞,都体现了作者构思这首诗的艺术匠心。

南山郁岑崟①,洛川迅且急②。
青松荫修岭③,绿蘩被广隰④。
朝日顺长涂⑤,夕暮无所集⑥。
归云乘幰浮⑦,凄风寻帷入⑧。
道逢深识士⑨,举手对吾揖:
"世故尚未夷⑩,崤函方崄涩⑪。

狐狸夹两辕⑫，豺狼当路立⑬。

翔凤婴笼槛⑭，骐骥见维絷⑮。

俎豆昔尝闻，军旅素未习⑯。

且少停君驾⑰，徐待干戈戢⑱。"

【注释】

①南山：长安城南的终南山。又名南山。郁：林木葱郁。岑崟(cén yín)：山险峻貌。

②洛川：即洛水，源出陕西洛南西北部。东入河南，经卢氏、洛宁、宜阳、洛阳，至偃师纳伊河后，称伊洛河，到巩义的洛口流入黄河。

③修岭：绵延而长的山岭。

④绿蘩(fán)被广隰(xí)：意为宽广的新垦田都长遍了绿蘩。表现农民逃亡，田地荒芜。蘩，植物名。即白蒿。春夏间蒿草初生时为绿色，秋天草衰，渐变白色。蒿草在古诗中多表现人迹罕至，田园荒芜之貌。隰，此指新开垦的田地。

⑤顺长涂：沿着漫长的道路前进。涂，道路。

⑥无所集：没有住宿之处。集，群鸟栖止树上。此指旅客住宿。

⑦幰(xiǎn)：车前的帷幔。

⑧帷：帐幔。

⑨深识士：见识深远之士。

⑩世故：人世间的灾难变故。

⑪崤(xiáo)函：崤山与函谷。崤，也作"殽"。在今河南洛宁北，西北接陕州界，东接渑池界。山分东西二崤。相传周文王曾在东崤避雨，夏帝桀之祖皋的墓在西崤。前627年晋败秦师于殽，即在此。函谷东起崤山，故并称。此地自古为险要关隘。崄(xiǎn)涩：艰险难行。

⑫狐狸：此指与作者一同迎大驾的司马越的党徒。辕：驾车用的直

木或曲木,压在车轴上,伸出车舆的前端。商周的车都是独辕,
辕在正中,汉以后多用双辕,左右各一。

⑬豺狼:此喻司马越。他战败司马颙,攻破长安时,纵容鲜卑军队
在长安奸淫掳掠,杀死两万余人,百姓对他无不切齿痛恨。

⑭翔凤:指有德有才之人,也暗喻自己。婴:羁绊。

⑮维絷:维与絷皆羁绊束缚之意。引申为牢笼或使人就范。

⑯"俎豆"二句:《论语·卫灵公》:"卫灵公问阵于孔子,孔子对曰:
'俎豆之事,则尝闻之矣;军旅之事,未之学也。'"作者暗引孔子
的话,表示对统治集团长期混战的反对。俎豆,俎与豆都是古代
祭祀用的器具。引申为祭祀、崇奉或礼仪。此指礼乐教化。

⑰少停:稍停。

⑱徐待:慢慢等待。干戈戢(jí):战争停止。戢,收藏。以收藏武器
表示战争停止。

【译文】

终南山高又险林木深密,洛河水波汹涌水流湍急。
青松树荫蔽着绵延山岭,绿野蒿长遍了新垦田地。
从清晨沿着这长途旅行,到黄昏无人家可以憩息。
暮云在车帷前往来浮游,凄风从帷帐缝吹进车里。
道途中逢一位有识之士,来车前举双手向我拱揖。
说"人间战乱事方兴未已,函谷关与崤山艰险崎岖。
众狐狸夹侍在车辕两边,野心狼呲利齿当路而立。
高飞的鸾凤鸟关进牢笼,优良的千里驹也被羁系。
听说你只知道礼乐教化,率甲兵攻城池从未研习。
我劝你暂且把车驾停下,安心地等待那烽烟全熄。"

陆士衡

见卷第十六《叹逝赋》作者介绍。

赴洛二首

【题解】

李善在此诗篇首加注道:"《集》云:此篇赴太子洗马时作,下篇云东宫作,而此同云赴洛,误也。"陆侃如经过多方考证,在《中古文学系年》中说:下篇确作于东宫,上篇则应召赴洛时作,不过并非就洗马之职。根据此诗内容,陆侃如的意见是对的。

第一首作于太康十年(289)。此时晋武帝司马炎统一三国已经十年了,为了收罗人才,巩固统治,在全国范围内,"令内外群官举清能,拔寒素"(《晋书·武帝纪》)。陆机为州郡所举,被迫北赴洛阳。他自感世受孙吴厚恩,吴亡未能死节,也未深隐,内心已感惭愧,此次被迫仕晋,内心更觉痛苦,但迫于形势,不去不行,在离家上路时,内心无限凄楚,写下这感情真挚的诗篇。

第二首是陆机入洛后二年任太子洗马时所作。洗马为东宫官名,亦称先马。秦时已置,汉沿袭之,职掌如谒者,太子出行,则为前导。晋以后改为掌管东宫图籍,需博学多识者充任。陆机于太康十年(289)到洛阳后,由于在东吴文名甚高,为晋名士所重,据《晋书·陆机传》载,永熙元年(290)四月,"张华荐之诸公,后太傅杨骏辟为祭酒"。到元康元年(291)三月后,迁为太子洗马,本诗当是在任太子洗马不久后所作。萧统编时未能细察,以为作于离家之初,误编为《赴洛》之续篇。

希世无高符①,营道无烈心②。靖端肃有命③,假楫越江潭④。
亲友赠予迈⑤,挥泪广川阴⑥。抚膺解携手,永叹结遗音⑦。
无迹有所匿,寂漠声必沉⑧。肆目眇不及⑨,缅然若双潜⑩。
南望泣玄渚⑪,北迈涉长林⑫。谷风拂修薄⑬,油云翳高岑⑭。
蕈蕈孤兽骋⑮,嘤嘤思鸟吟⑯。感物恋堂室⑰,离思一何深⑱。

伫立恃我叹⑲，寤寐涕盈衿⑳。惜无怀归志，辛苦谁为心㉑！

【注释】

①希世：迎合世俗。李善注引《汉书音义》："希世，随世也。"高符：高蹈，隐居。

②营道：求道，学道。烈心：节烈之心。

③靖端：恭敬端正。靖，恭敬。端，端正。

④假楫：凭借舟船。楫，船桨。指代船。江潭（xún）：江边。潭，水边。《汉书·扬雄传》"或横江潭而渔"，颜师古注："潭音寻"。

⑤赠：送。迈：远行。

⑥川阴：江河的南岸。

⑦"抚膺（yīng）"二句：意为携着的手分开各自抚摩苦闷的胸膛，以深长的叹息来结束他们谈话的声音。抚膺，抚胸。膺，胸。永叹，长叹。

⑧"无迹"二句：李善注："言分诀之后，形声俱没，视之无迹，而形有所匿，听之寂寞，而其声必沉也。"

⑨肆目：纵目远望。

⑩缅然若双潜：意谓彼此相隔已远，互相都看不见，好像双方都潜隐了。缅，遥远。

⑪玄渚：北方的洲渚。玄，北方。

⑫北迈：向北前进。

⑬修薄：长广而密的丛林。

⑭油云：聚集的云层。岑（cén）：小而高的山。

⑮亹亹（wěi）：行进貌。

⑯嘤嘤：鸟鸣声。思鸟：思归之鸟。

⑰堂室：指家庭。

⑱一何：多么。

⑲忾(kài)：叹息。

⑳衿：衣襟。

㉑辛苦谁为心：究竟是为了谁而辛苦呢？意思是辛苦奔波非己所愿。

【译文】

随世俗未能够高蹈远隐，学大道又缺乏节烈之心。既恭敬又端肃对待诏令，我于是乘舟船越过江滨。

亲友们为送我向北远行，洒热泪就在那广川之阴。携着手又分开各抚胸膛，最后的话语是长叹之声。

亲友望远行人形影模糊，远行人听亲友声音消沉。极目望都渺茫毫无所见，送行者被送者两相潜隐。

我回头向南望泪滴洲渚，朝北走穿过了漫长树林。长广的草木丛吹过山风，高高的山岭上遮盖云层。

孤独的野兽在仓皇奔跑，思归的飞鸟在嘤嘤悲吟。受景物所感动怀念家庭，离别的愁思啊多么深沉。

时而走时而立一再叹息，或清醒或入睡泪都沾襟。不敢抱回乡志令人憾恨，究竟是为了谁如此艰辛？

　　　　羁旅远游宦①，托身承华侧②。
　　　　抚剑遵铜辇③，振缨尽祗肃④。
　　　　岁月一何易，寒暑忽已革⑤。
　　　　载离多悲心⑥，感物情凄恻。
　　　　慷慨遗安愈⑦，永叹废寝食⑧。
　　　　思乐乐难诱⑨，曰归归未克⑩。
　　　　忧苦欲何为？缠绵胸与臆。
　　　　仰瞻陵霄鸟⑪，羡尔归飞翼⑫。

【注释】

①游宦：原指春秋战国时，士人离开本国到他国求官谋职，后泛指离家在外做官。

②托身承华侧：托身于承华门侧。即指任太子洗马官职一事。承华侧，承华门旁。李善注引陆机《洛阳记》："太子宫有承华门。"

③铜辇：李善注："太子车饰。"

④缨：以丝线做成的穗状饰物。以作冠饰。祗（zhī）肃：恭敬严肃。祗，恭敬。

⑤革：变。

⑥载：句首助词，无义。

⑦慷慨：情绪激昂。安愈：安宁。

⑧寝食：原作"餐食"，从五臣本校改。

⑨难诱：难以吸引。

⑩未克：未成。

⑪陵霄：凌空。陵，超越，越过。

⑫归飞翼：往回飞的羽翼。

【译文】

旅居在洛阳城谋职求官，在今天托身于承华门边。

抚宝剑紧跟着太子铜辇，同行的众随员恭敬庄严。

岁月逝如流水多么迅速，从严寒转瞬间又到暑天。

别离情深似海令我悲伤，观景物心感动凄恻愁惨。

心慷慨情激昂失掉安宁，一声声长叹息废寝忘餐。

思游乐游乐遍难移情怀，说还乡还乡梦永难实现。

满心忧满腹愁其状如何？日与夜在胸臆悱恻缠绵。

抬起头仰望那凌空飞鸟，羡慕你有双翼能返家园。

赴洛道中作二首

【题解】

　　陆机出身于东吴的士族显宦,祖父陆逊、父亲陆抗,都是东吴名将。他二十九岁时,与其弟陆云一同被迫北上洛阳。作为东吴名门之后,本身也曾出仕吴国,吴亡仕晋,纯系出于无奈;此去山高路远,不能没有故国之思,故园之恋。加以自己以亡国臣民之身份,入晋求仕干禄,晋君与权臣究竟如何对待,吉凶难料,前途未卜,故而百感交集,情绪低落,忧心忡忡。但这些原因是完全不能明言的,作者在诗中一句也未提及,只是通过对旅途景物和自己行为的细节描写,来表现其复杂的心情。比如"夕息抱影寐,朝徂衔思往","抚枕不能寐,振衣独长想",将其孤寂难安、坐卧不宁的心情表现得细致入微;特别是对"顿辔倚嵩岩,侧听悲风响"这一下意识动作的描写,将他忧念前途,忐忑不安的心态更是刻画得入木三分。由于作者把深情的表述寄寓在形象的描写之中,所以写得含蓄而深刻,取得了状难状之景如在目前,含不尽之意见于言外的艺术效果。第一首写离家上道,沿途所见,无不渗透其悲凉凄恻之情。第二首则进一步述说旅途之艰辛和内心的哀伤,将孤寂忧郁的感情推向更高层次。对陆机诗颇多贬词的沈德潜,对此诗也不得不肯定"二章稍见凄切"(《古诗源》)。可见此诗的感染力是谁也无法否认的。

总辔登长路①,呜咽辞密亲②。

借问子何之③,世网婴我身④。

永叹遵北渚⑤,遗思结南津⑥。

行行遂已远⑦,野途旷无人。

山泽纷纡余⑧,林薄杳阡眠⑨。

虎啸深谷底,鸡鸣高树巅。

哀风中夜流⑩,孤兽更我前⑪。

悲情触物感,沉思郁缠绵。

伫立望故乡,顾影凄自怜。

【注释】

①总辔:控制缰绳。总,结系。辔,马缰绳。

②密亲:亲密的亲友。

③借问:此为固定词组,其意同"请问"。

④世网婴我身:世间之事缠绕着我,使我无法脱身。婴,缠绕,羁绊。陆机《赠弟士龙诗序》中说:"会逼王命。"姜亮夫《陆平原年谱》对此阐述道:"上年诏内外群官举清能,拔寒素,则所谓逼王命者,州郡催逼上道之命,势非得已。"

⑤永叹:长叹。遵:循,沿着。

⑥南津:南面的渡口。

⑦行行:行而又行。

⑧纷纡余:纷乱而迂回曲折。

⑨林薄:树林茂盛。杳阡眠:因林木茂盛深密,什么也分不清,只见一片青绿颜色。吕延济注:"阡眠,原野之色。"一说,阡眠,同"芊眠""阡绵",茂密貌。

⑩中夜:夜半。

⑪更我前:经过我面前。更,经过。

【译文】

握马缰即将要离家远行,心悲切声鸣咽告别亲人。

请问你为什么要去远方? 人世网缠着我不得不行。

长叹息沿洲渚向北前进,我思绪仍留在南方水滨。

一天天行复行越去越远,空旷的原野上杳无人影。

山重山夹沼泽纷乱纡曲,树杂草极茂盛一片碧青。

有猛虎咆哮于深谷之底,有雄鸡啼叫在高树之巅。

半夜里悲风起吹过荒原,失群兽落荒走经我面前。

重重悲满胸间触物兴感,深深忧积怀中郁结缠绵。

伫立久望故乡地迥天远,形孤独心凄楚顾影自怜。

　　　　远游越山川,山川修且广①。
　　　　振策陟崇丘②,案辔遵平莽③。
　　　　夕息抱影寐④,朝徂衔思往⑤。
　　　　顿辔倚嵩岩⑥,侧听悲风响⑦。
　　　　清露坠素辉⑧,明月一何朗。
　　　　抚枕不能寐⑨,振衣独长想⑩。

【注释】

①修且广:绵长而且宽广。

②振策:挥动马鞭,策马前进。陟(zhì):登上。崇丘:高岗。

③案辔:拉紧马缰绳,任马慢慢走。案,通"按"。遵:循,沿着。平莽:平坦的原野。

④夕息:夜晚休息。抱影寐:入睡时只有孤影做伴。

⑤朝徂:早上启程。徂,往。此指启程。衔思:衔悲。思,悲思。

⑥顿辔:扣住缰绳,驻马不进。一说,放松缰绳。倚嵩(sōng)岩:倚傍着高高岩壁。

⑦侧听悲风响:侧耳倾听悲风响声,探究前面的动静。此处体现旅途的险恶情景和作者对前程凶吉难料、提心吊胆的心情。

⑧清露坠素辉:坠落的露珠在月光映照下银辉闪烁。极言月光之明朗。

⑨抚枕:原作"抚几",从汲古阁本校改。

⑩振衣:抖衣去尘。长想:深思。

【译文】

越山岭过江河游历远方,山连水水连山绵长宽广。

挥马鞭登上了高高山岗,按马辔循平原走向前方。

至夜晚就寝时孤影相伴,到清晨启程时衔悲前往。

勒马缰倚傍着高高岩壁,倾听那郊原上悲风回响。

月色中清露坠闪耀银辉,天空里一轮月多么明朗。

抚摸着床上枕不能成寐,披衣起又独自深深怀想。

吴王郎中时从梁陈作一首

【题解】

此诗为陆机在赴任吴王郎中令时,于梁(今河南开封)陈(今河南淮阳)途中所作。陆机在元康四年(294)秋天由太子洗马迁任吴王司马晏的郎中令。郎中令为秦时所置官名,汉沿袭之。掌管宫殿、掖庭门户,汉武帝以后,更名为光禄勋,下属有大夫、郎、谒者等。吴国为晋藩属,也设此职。

陆机于太康十年(289)入洛后,颇为晋朝掌权者器重,尤其是在文坛上地位更高,这些都使他引以为慰;这次又是去吴(现江苏苏州)任职,吴地离他故乡极近。这一切因素,使他写此诗时,内心充满欢欣鼓舞甚至志得意满的感情,这感情洋溢在字里行间。

在昔蒙嘉运①,矫迹入崇贤②。

假翼鸣凤条③,濯足升龙渊④。

玄冕无丑士⑤,冶服使我妍⑥。

轻剑拂鞶厉⑦,长缨丽且鲜⑧。

谁谓伏事浅⑨？契阔逾三年⑩。

薄言肃后命⑪，改服就藩臣⑫。

夙驾寻清轨⑬，远游越梁陈。

感物多远念⑭，慷慨怀古人⑮。

【注释】

①嘉运：好运。

②骄(jiǎo)：高举。崇贤：官门名。为太子洗马须入此门。

③假翼：凭借羽翼。凤条：梧桐树枝，为凤所栖之枝条。

④濯(zhuó)：洗去污垢。龙渊：藏龙之渊。渊，深潭。

⑤玄冕：赤黑色的帽子。又为卿大夫之命服。

⑥冶服：艳服。冶，艳丽，妖艳。

⑦鞶(pán)厉：束腰革带与革带下垂的部分。《春秋左传·桓公二年》：“鞶、厉、游、缨，昭其数也。”杜注：“鞶，绅带也。一名大带。厉，大带之垂者。”孔疏：“大带之垂者名之为绅，而复名为厉者，绅是带之名，厉是垂之貌。”

⑧缨：结冠的带子。

⑨伏事：指在朝廷或官员属下任职。伏，通“服”。

⑩契阔：聚散，合离。契，投合。阔，别离。偏义复词，偏用阔的意思，谓久别。

⑪薄、言：均语助词，无义。肃后命：恭肃地遵照后来诏命。

⑫藩臣：此指吴王司马晏。

⑬夙驾：早驾。

⑭感物：感于物，为景物所感动。

⑮慷慨：情绪激昂。

【译文】

在过去我曾经交上好运，迈高步走进了崇贤大门。

展羽翼向梧桐梢头飞升,濯双足往龙宫里面前进。
戴玄冠不会有丑陋之士,穿艳服更使我抖擞精神。
佩挂上轻宝剑腰束大带,既美丽又光鲜飘曳长缨。
谁说我勤国事时间短暂? 从入宫到今天已逾三年。
恭肃地又接受后来诏命,改任为郎中令出仕外藩。
在早晨沿大路驱车向前,越梁国过陈地远去东南。
被景物所感动遐想无限,慨叹地怀念那古圣先贤。

陶渊明

　　陶渊明(365—427),字元亮,东晋亡后更名潜,字渊明。浔阳柴桑(今江西九江)人。东晋至刘宋时期的文学家。他出身于官僚家庭,曾祖父陶侃做过东晋大司马(据萧统《陶渊明传》),祖父陶茂、父亲陶逸都做过太守或县令,至他时家境衰微,故“少而劳苦”。他青年时有“大济苍生”的壮志,先后做过江州祭酒、镇军参军、建威参军、彭泽令等小官。当时政治黑暗,他不愿同流合污,四十一岁时辞去彭泽令,归隐田园,从此一直“躬耕自资”,卒后友朋谥为“靖节先生”。

　　陶渊明是我国最早的田园诗人,其成就最高的是田园诗。诗中抒发了对农村风光和淳朴生活的热爱,表现了鄙夷利禄的感情和洁身守志的情操。诗的风格冲淡自然,意境超远,语言简洁含蓄,在古代诗歌中独树一帜;但他也有“金刚怒目”式的作品,或歌颂坚贞不屈的英雄,或赞扬慷慨牺牲的烈士,说明他并未忘情于世事,体现了他诗歌风格的另一方面。现存有诗歌一百四十多首,散文六篇和辞赋三篇,有《陶渊明集》。

始作镇军参军经曲阿作一首

【题解】

东晋安帝元兴三年(404),刘裕平桓玄,收复京邑,行镇军将军,可能就在这一年任命陶渊明为镇军参军,此时他刚四十岁,在赴任途中路过曲阿(现江苏丹阳)时写了这首诗。

诗中抒写了作者初任军职时的复杂心态。他本来有"达则兼济天下"的宏伟抱负,但因世道黑暗而裹足不前。由于长期生活穷困,他不得不出仕以维持生计,终于因为当时政治异常腐败,门阀制度盛行,加以官场中谄上压下之风极严重,使他无比憎厌仕途生涯,从而陷入出仕与归隐的尖锐矛盾之中。从全诗看,"望云惭高鸟,临水愧游鱼"是他在诗中流露的基本情感,"聊且凭化迁,终反班生庐"是他矛盾思想的主导方面,第二年他于彭泽令任上弃官归隐,并写出《归去来兮辞》,正是这种真实的思想感情进一步发展的体现。清人孙月峰评此诗曰:"俱是真实语,绝无粉饰,有冲然之味。"颇中肯綮。

> 弱龄寄事外①,委怀在琴书②。
> 被褐欣自得③,屡空常晏如④。
> 时来苟冥会⑤,宛辔憩通衢⑥。
> 投策命晨装⑦,暂与园田疏⑧。
> 眇眇孤舟游⑨,绵绵归思纡⑩。
> 我行岂不遥,登降千里余⑪。
> 目倦修涂异⑫,心念山泽居⑬。
> 望云惭高鸟,临水愧游鱼⑭。
> 真想初在衿⑮,谁谓形迹拘⑯。
> 聊且凭化迁⑰,终反班生庐⑱。

【注释】

①弱龄:二十岁。此指年轻时。寄事外:托身于世事之外。此指未入仕途。

②委怀:托心于。

③被(pī)褐:穿粗布衣裳。被,同"披",穿。褐,兽衣或粗麻制成的短衣,古时穷人所穿。自得:自足貌。

④屡空:经常贫穷,一无所有。晏如:安然貌。

⑤时:时运,时机。苟:且也。冥会:默契,暗与相合。原作"宜会",从李公焕《笺注陶渊明集》校改。

⑥宛辔:枉道,走弯路。宛,屈。憩:止息。通衢:大道。此喻仕途。

⑦策:简策。古代编连有文字的竹简以成策叫简策,即今天的书籍。命晨装:令人准备清晨出发的行装。原作"命晨旅",据李公焕《笺注陶渊明集》改。

⑧疏:疏远。

⑨眇眇:遥远貌。

⑩绵绵:不绝貌。纡:缭绕。

⑪登降:跋山涉水。登,登山。降,临水。

⑫目倦:眼睛厌倦,看腻了。修涂异:异乡的漫长道路。

⑬山泽居:所居的山泽。此指旧家园。

⑭"望云"二句:惭高鸟,愧游鱼,对着高飞的鸟、自由的鱼而感到惭愧。

⑮真想:淳真的思想。指原来爱琴书、乐自然的思想。初:原来。衿:胸怀。

⑯形迹:仪容礼貌。此指官场俗套。

⑰化迁:随着时势的变化而改变自己行为。即与时推移之意。

⑱反:同"返"。班生庐:班固《幽通赋》曰:"终保己而贻则兮,里上仁之所庐。"赞颂其父班彪能保持一生廉洁无暇,留给后人以崇

高的典范,并且还告诫自己应择仁者之里而居住。故多以"班生庐"代仁者所居。此指作者自己的家。

【译文】

年轻时不曾想出仕做官,把感情寄托在琴书上面。

身上穿粗布衣欣喜自得,经常在穷困中恬然自安。

时机来且出任镇军参军,只好去仕途中委屈素愿。

抛开书命仆人备好行装,我将要与田园暂时疏远。

驾轻舟凌清波航行远方,望家山难归去思绪绵绵。

在异域行又行谁说不远,登高山逾大河旅程逾千。

他乡的山与水已然看厌,殷切地怀念着旧日家园。

望云端鸟高飞油然生愧,见水中鱼畅游暗自抱惭。

满胸怀本来是淳真思想,怎么能受官场俗套拘管。

我姑且随时势改变素行,有一天终将要重返故园。

辛丑岁七月赴假还江陵夜行涂口一首

【题解】

辛丑岁指东晋隆安五年(401)。此年陶渊明三十七岁,他从荆州请假返家,至七月份假期满后,去江陵桓玄府销假赴任,夜行至涂口时写了这首诗。《舆地纪胜》六十六鄂州涂口下注曰:"在江夏南,水路五十里。一名金口,陶潜有《涂口诗》。"

陶潜在此诗中,抒写了自己对诗书、林园的热爱,对躬耕生活的留恋,和对高官厚禄的淡漠,肯定了在衡门茅屋中修养淳真性情才是美善的人生。清人邵子湘评此诗道:"一起便有尘外之想,结句照应,可见靖节胸中光景。"由于此诗主题集中,写景清新淡远,而且情景交融,故孙月峰说:"比前篇(指《始作镇军参军经曲阿作》)更冲淡。"更体现陶诗的特色。

闲居三十载①,遂与尘事冥②。

诗书敦宿好③,林园无世情④。

如何舍此去⑤,遥遥至西荆⑥。

叩枻新秋月⑦,临流别友生⑧。

凉风起将夕⑨,夜景湛虚明⑩。

昭昭天宇阔⑪,晶晶川上平⑫。

怀役不遑寐⑬,中宵尚孤征⑭。

商歌非吾事⑮,依依在耦耕⑯。

投冠旋旧墟⑰,不为好爵萦⑱。

养真衡茅下⑲,庶以善自名⑳。

【注释】

①闲居三十载:按,此时陶渊明三十七岁,如说"闲居三十载",则七
　岁即闲居在家,不合情理。三十,当是"三二"之误。三二为六,
　闲居六载。因陶渊明二十九岁(393)初次出仕,任州祭酒,不久
　即辞职归田,"躬耕自资";到三十五岁(399)又为桓玄幕僚,其间
　赋闲六年。

②尘事:尘俗之事。此指交往应酬一类事。冥:冥漠,隔绝。

③诗书敦宿好(hào):勤学诗书,是自己一贯爱好。敦,勉励。此指
　勤勉学习。宿,宿昔,一贯。

④世情:指人世间的交往应酬,人情世故。

⑤此:指诗书、林园。

⑥西荆:荆州。当时京都在东,因称荆州为西荆。

⑦枻(yì):船舷。

⑧友生:朋友。

⑨将夕:薄暮。

⑩湛：清新澄澈貌。虚明：空明。指秋月照耀下，天阔川平之状。

⑪昭昭：明亮。

⑫皛皛(jiǎo)：洁白光明貌。

⑬怀役：惦念官家差役。不遑：不暇。

⑭中宵：半夜。孤征：独自行进。

⑮商歌非吾事：意为像甯戚那样商歌自荐，不是我干的。指不愿意出仕。《淮南子·主术训》："甯戚商歌车下，桓公喟然而寤。"李善注引许慎注："甯戚，卫人。闻桓公兴霸，无以自达，将车自往。"商歌，商调之歌。商，乐调名。其声短促激越。

⑯依依：留恋貌。耦(ǒu)耕：并肩耕作。

⑰投冠：指辞官。墟：村落。

⑱好爵：高官厚禄。萦：牵挂。原本为"荣"，据李公焕《笺注陶渊明集》改。

⑲养真：修真养性。衡茅：指茅屋陋室。衡，衡门，横木为门。茅，茅舍。

⑳庶以善自名：差不多可以用"善"这个字来指称自己的一生了。庶，庶几，将近，差不多。名，指称。

【译文】

在故乡闲居了整整六年，长时期与世俗完全隔断。
读诗书本是我一贯爱好，林园中也没有俗事牵连。
为什么要舍弃就此离开，向西行去荆州道路漫漫。
秋月下心激动叩响船舷，流水旁惜别了亲密友伴。
薄暮时秋风起凉意无限，空旷的川原上澄明一片。
明朗的天宇下多么辽阔，皎洁的河岸上非常平坦。
惦记着官家事无暇休息，一个人走不停直到夜半。
入仕途求官做非我所愿，留恋的只是那躬耕田园。
哪一天挂冠去回归故里，高爵位厚俸禄不萦心间。

茅檐下陋室中修真养性，像这样过一生才算至善。

谢灵运

见卷第十九《述祖德诗》作者介绍。

永初三年七月十六日之郡，初发都一首

【题解】

谢灵运生活于统治阶级内部矛盾日趋尖锐的时期。东晋末司马道子和宋初刘裕为了打击士族势力，都曾把斗争矛头指向谢家。谢灵运自宋武帝刘裕时降公爵为侯爵后，朝廷一直未予重用。当时卢陵王刘义真颖悟好文，与灵运情好款密。而谢灵运性情偏傲，自谓才能宜参权要，常怀愤懑。司徒徐羡之等既对谢灵运的才能和倔强性格心怀忌刻，更担心他与卢陵王交往于少帝不利，故当宋武帝晏驾少帝即位之初，即除谢灵运为永嘉（今浙江温州）太守，谢灵运怀着复杂的感情，被迫离开京都前往永嘉，临行时写了这首诗告别卢陵王等人。题中"永初"为宋武帝刘裕年号，刘裕病故，少帝初即位，未立年号，仍沿称"永初三年"。是年为 422 年。

述职期阑暑①，理棹变金素②。　秋岸澄夕阴③，火旻团朝露④。
辛苦谁为情⑤，游子值颓暮⑥。　爱似庄念昔⑦，久敬曾存故⑧。
如何怀土心⑨，持此谢远度⑩。　李牧愧长袖⑪，郄克惭蹒步⑫。
良时不见遗⑬，丑状不成恶⑭。　曰余亦支离⑮，依方早有慕⑯。
生幸休明世⑰，亲蒙英达顾⑱。　空班赵氏璧⑲，徒乖魏王瓠⑳。
从来渐二纪㉑，始得傍归路㉒。　将穷山海迹㉓，永绝赏心晤㉔。

【注释】

①述职:此指作者向君王陈述自已对所司职务的完成情况。期阑
　暑:时间已是溽暑将尽了。阑,尽。

②理棹(zhào):驾舟。棹,船桨。长曰棹,短曰桨。此代指舟。金
　素:指秋季。李善注:"金素,秋也。秋为金而色白,故曰金
　素也。"

③秋岸澄夕阴:秋天的江岸,薄暮时也澄明清爽。

④火:星名。又叫大火,即心宿。夏历五月黄昏时火星在天空当
　中,六月西斜,七月更往西下。《诗经·豳风·七月》:"七月流
　火。"此以大火星指秋季。旻(mín):秋天。

⑤谁为情:谁胜情之意。

⑥游子:作者自称。颓(tuí)暮:指衰老之年。按谢灵运这年三十八
　岁,因体弱心忧,故自称衰老。在其《山居赋》中也说:"弱质难
　恒,颓龄易丧,抚鬓生悲,视颜自伤。"

⑦爱似:爱与自己情趣相似之人。此指卢陵王刘义真。庄念昔:李
　善注:"言游子多悲,触物增恋,爱其似者,若庄生之念畴昔。"《庄
　子·徐无鬼》:"子不闻夫越之流人乎,去国数日,见其所知而喜;
　去国旬月,见所尝见于国中者喜;及期年也,见似人者而喜矣。"

⑧久敬:交谊愈久愈尊敬。曾存故:像曾子那样思念故人。《韩诗
　外传》:"子夏过曾子。曰:'入食'。子夏曰:'不为公费乎?'曾子
　曰:'君子有三费,饮食不在其中。'……子夏曰:'敢问三费。'曾
　子曰:'少而学,长而忘,此一费也;事君有功,而轻负之,此二
　费也;久交友而中绝之,此三费也。'"

⑨怀土:怀念此土。指京都建康(今江苏南京)。

⑩持此:据此。谢远度:以远去为惭。谢,惭愧。

⑪李牧愧长袖:言赵将李牧,身长臂短,故对长袖而有自愧之意。

⑫郤克惭蹒(xǐ)步:言晋郤克脚跛,行走不便,故对别人轻快的步履

而有自惭之心。蹻,轻快的步伐。

⑬良时:此指清明盛世。不见遗:不被遗弃。

⑭恶(wù):厌恶。

⑮支离:形体不全,衰弱。

⑯方:此指世俗常规。有慕:有所向往。

⑰休明:美善旺盛。

⑱英达:英明贤达之人。此指卢陵王刘义真。

⑲班赵氏璧:李善注:"言见珍同乎赵璧。"班,班次,陈列。赵氏璧,即和氏璧。

⑳魏王瓠(hú):比喻大而无用之物。《庄子·逍遥游》:"惠子谓庄子曰:'魏王贻我大瓠之种,我树之成而实五石。以盛水浆,其坚不能自举也;剖之以为瓢,则瓠落无所容,非不呺然大也,吾为其无用而掊之。'"

㉑二纪:十二年为一纪,二纪为二十四年。

㉒傍归路:指作者经过故乡始宁县(今浙江上虞东南)。

㉓穷:尽览。

㉔永绝赏心晤:与卢陵王会晤交游为赏心乐事,从此以后,将永远断绝了。因为不仅为山水阻隔,而且被徐羡之等所忌。故曰:"永绝"。晤,原作"悟",据五臣本校改。

【译文】

向君王述罢职溽暑刚完,驾舟船离京都已是秋天。初秋的江岸上夜色澄明,初秋的朝阳下清露团团。

辛苦中度华年谁不兴感,远游子已进入衰老之年。对旧物庄生最爱慕怀想,对老友曾子更敬重留恋。

怀知音恋京都此情何堪,临别时对远行暗自生惭。赵李牧曾自叹身长臂短,晋郤克也遗憾行走不便。

他们在清明世未遭遗弃,体不全未曾见有谁憎厌。我身体也孱弱近于衰残，早倾慕方外人想与为伴。

幸亏得生活在清明圣朝，蒙英贤对于我青眼相看。虽然像和氏璧深受珍重，但我是魏王瓠大而无用。

入仕途已经历二十四载，到今天才能寻故园旧踪。此一去将穷览山海胜迹，可能会永断绝良友佳朋。

过始宁墅—首

【题解】

始宁墅在始宁县(今浙江上虞东南)，又名西庄，是谢灵运的庄园，灵运的祖父、父亲皆葬于始宁县，并有故宅及别墅在此。

本篇主要是写作者去永嘉任太守时，经过始宁别墅的游观之乐，并表现自己不久就要归来隐居的心愿。诗中写景精工细腻，其中如"白云抱幽石，绿篠媚清涟"等句，更显得清丽自然。鲍照说谢灵运的五言诗，如"初发芙蓉，自然可爱"，应是指这类句子。

何焯评此诗说："前云违志，终云期归，与陶公《经曲阿作》绝相似，而陶气恬有任运之心，谢气傲有凌物之志矣。"恰切地道出两诗的异同。

束发怀耿介①，逐物遂推迁②。
违志似如昨③，二纪及兹年④。
淄磷谢清旷⑤，疲苶惭贞坚⑥。
拙疾相倚薄⑦，还得静者便⑧。
剖竹守沧海⑨，枉帆过旧山⑩。
山行穷登顿⑪，水涉尽洄沿⑫。
岩峭岭稠叠⑬，洲萦渚连绵⑭。

白云抱幽石,绿篠媚清涟⑮。
葺宇临回江⑯,筑观基曾巅⑰。
挥手告乡曲⑱,三载期归旋⑲。
且为树枌槚⑳,无令孤愿言㉑。

【注释】

①束发:古代男孩成童时束发为髻,因以为成童的代称。耿介:守正不阿的节操。

②逐物遂推迁:因为追逐世俗名利,改变了原有的耿介节操。逐物,追逐世俗名利。推迁,变化改易。

③违志:违背守正不阿之志。

④及兹年:到今年。

⑤淄磷:《论语·阳货》:"不曰坚乎,磨而不磷;不曰白乎,涅而不缁。"孔子说自己的意志坚强,磨也磨不薄;自己的品质洁白,染也染不黑。谢灵运反用其意,说自己意志磨得薄,品质染得黑。淄,黑。磷,薄。谢清旷:对于清高旷达的人,自己感到惭愧。谢,此作"愧"解。

⑥荣(nié):同"苶",劣弱。

⑦拙:愚笨。此指不善做官,不会逢迎取巧。相倚薄:互相依附。

⑧静者:指仁义之人。《论语·雍也》:"智者动,仁者静。"

⑨剖竹:古代以竹为符信,剖而为二,封官时一半与之,一半留朝廷。故剖竹为拜官之意。守沧海:灵运任永嘉太守,永嘉郡临海,故曰"守沧海"。

⑩枉帆:行船绕弯。枉,绕弯。旧山:故山,故居。此指始宁墅。

⑪穷:尽。登顿:指上山下谷。

⑫洄沿:逆流而上为洄,顺流而下曰沿。

⑬岩峭:山崖陡峭险峻。岭稠叠:山岭重重叠叠。

⑭洲:水中大块陆地。萦:回绕。渚:水中小块陆地。

⑮篠(xiǎo):细竹。

⑯葺(qì):修整。宇:屋宇。

⑰观:台榭。曾巅:高山顶。曾,通"层",高。

⑱乡曲:乡邻。

⑲三载:古代地方官多以三年为一任,故曰三年后归来。

⑳树:栽种。枌(fén):白榆树。槚(jiǎ):楸树。

㉑孤:辜负。愿言:指三年归来的许愿之言。

【译文】

心正直情淳朴在那童年,追名利求爵禄逐渐变迁。

违初志仿佛才始于昨天,细数来已经有二十四年。

庸碌才与清高相去太远,弱劣质对坚贞自感羞惭。

笨拙心疾病身互相依存,还幸得仁智者教导指点。

圣明主剖符信令守海边,扬轻帆绕海湾途经故园。

登海岸沿山行攀峰降谷,驾扁舟渡清流上溯下沿。

陆上见山与岭陡峭重叠,水上观洲与渚萦回连绵。

白云厚簇拥着深幽山石,绿竹细掩映着清清漪涟。

修屋宇面临那弯弯江水,建台观奠基于高高峰巅。

挥挥手告别了亲友乡邻,去为官满三年定回家园。

请为我种楸树还有白榆,我决不违背这归隐愿言。

富春渚一首

【题解】

此诗为谢灵运在永初三年(422)被迫离京都去永嘉经过富阳(今属浙江)时所作。

被吴均赞为"奇山异水,天下独绝"的富春江,在此诗中,只有云雾、惊浪和险岸,色彩黯淡,景物险恶。它既有作者当时心情的投影,也具有象征意义,象征作者当时所处的险恶政治环境。诗的抒情部分较长,表现了作者在极端苦闷中求解脱、找出路的心境。

　　谢灵运被迫出京的第三年(424),徐羡之等不仅杀害了庐陵王刘义真,还弑杀了少帝刘义符。有人说此诗中的浓雾、惊浪、险岸是徐羡之等凶险政客的拟物写照,也不无道理。

宵济渔浦潭①,且及富春郭②。

定山缅云雾③,赤亭无淹薄④。

溯流触惊急⑤,临圻阻参错⑥。

亮乏伯昏分⑦,险过吕梁壑⑧。

洊至宜便习⑨,兼山贵止托⑩。

平生协幽期⑪,沦踬困微弱⑫。

久露干禄请⑬,始果远游诺⑭。

宿心渐申写⑮,万事俱零落⑯。

怀抱既昭旷,外物徒龙蠖⑰。

【注释】

①宵济:夜渡。济,渡过。渔浦潭:李善注引《吴郡记》:"富春东三十里有渔浦。"

②富春郭:富春的外城。李善注引《吴郡缘海四县记》:"钱唐西南五十里,有定山。去富春又七十里,横出江中,涛迅迈,以游山难。辰发钱唐,已达富春。"富春,县名。秦置。晋太元中因简文帝郑太后名春,为避讳改名富阳,在今浙江杭州西南富春江左岸。

③定山缅云雾:意为定山被云雾遮掩,未能看见秀丽景色。

④赤亭无淹薄：意为赤亭无处停泊行船，因此一晃而过，未能停下观览。赤亭，在定山东十余里。淹薄，滞留，停止。此指停泊。

⑤溯流：顺流下航。触惊急：碰触惊涛急浪。

⑥圻(qí)：通"碕"，曲岸。阻：险阻。参错：参差错落，层出不穷。

⑦亮：明亮。此指明智。伯昏：人名。《列子·黄帝》："列御寇为伯昏无人射，引之盈贯，措杯水其肘上。发之，镝矢复沓，方矢复寓。当是时也，犹象人也。伯昏无人曰：'是射之射，非不射之射也。当与汝登高山，履危石，临百仞之渊，若能射乎？'于是无人遂登高山，履危石，临百仞之渊，背逡巡，足二分垂在外，揖御寇而进之。御寇伏地，汗流至踵。伯昏无人曰：'夫至人者，上窥青天，下潜黄泉，挥斥八极，神气不变。今汝怵然有恂目之志，尔于中也殆矣夫。'"分：此指节度。

⑧吕梁：山名。在今山西西部，黄河与汾河间。北接恒山，南至禹门口。《水经注·河水》："河水左合一水，出善无县故城西南八十里，其水西流，历于吕梁之山而为吕梁洪……盖大禹所辟，以通河也。"李善注引《列子》："孔子观于吕梁，悬水三十仞，流沫三十里，鼋鼍鱼鳖之所不能游也。"壑(hè)：山沟。

⑨洊(jiàn)至宜便习：意谓已经熟悉了坎坷危险。语本《周易·坎》："水洊至，习坎。"洊至，再至，相继而至。便习，熟悉。

⑩兼山贵止托：《周易·艮》卦以静止为贵。借指应安于自己所处的地位，即安分守己的意思。《周易·艮》："兼山，艮，君子以思不出其位。"又《周易·说卦》："艮以止之。"兼山，两山相重。指《艮》卦。

⑪幽期：秘密的期约。此指个人未张扬过的抱负和志愿。

⑫沦踬(zhì)：沦落挫折。踬，困顿，挫折。

⑬干禄：求仕。

⑭始果远游诺：才实现远游的诺言。果，遂，实现。

⑮宿心渐申写：意为素来的心志逐渐申述表达。宿心，素志。申写，申述抒发。写，抒发。

⑯零落：散乱，颓败。

⑰"怀抱"二句：意为只有心存豁达宽宏，外形的屈伸显晦，是无所谓的。昭旷，豁达，宽宏。龙蠖(huò)，《周易·系辞》曰："尺蠖之屈，以求信也；龙蛇之蛰，以存身也。"蠖，即尺蠖。蛾的幼虫，生于树上，颜色如树皮，行动时身体一曲一伸地前进。

【译文】

昨夜晚从渔浦潭边渡过，今早上到达了富春城郭。

望定山被云雾遥遥遮掩，过赤亭无渡口可以停泊。

顺流下冲撞着惊涛急浪，临曲岸危险多参差错落。

谈明智比不上伯昏气度，历艰险超过了吕梁山壑。

我已经熟悉了坎坷危险，安本分守其职知足常乐。

忆平生曾有过幽期密约，长时期受挫折困顿沦落。

早年就流露了守郡心愿，到如今才实现远游许诺。

虽然将平生志逐渐申述，好时光已虚度万事零落。

只要使怀抱中豁达宽宏，哪管得外形如蛰龙屈蠖。

七里濑一首

【题解】

此诗是在宋少帝刘义符刚即位(422)，谢灵运除为永嘉太守路过桐庐县七里濑(lài)时所作。谢灵运是在怀才不遇、遭到贬斥的情况下前往永嘉的，其心情之抑郁苦闷可想而知。全诗十六句，共分四部分。一至四句写旅途中抑郁苦闷的心情，五至八句写七里濑淳朴生动的自然风光，九至十二句写在自然美的启示下获得了心灵的超越，十三至十六句写对隐居生活的向往。全诗的重点是第二部分淳朴景色之美。谢灵运的思想与同时的陶潜和以后的孟浩然、王维都有所不同,但对大自然的热爱,使他终于成为我国第一位山水诗人。七里濑,即七里泷,为浙江桐庐名胜。《甘州记》曰:"桐庐县有七里濑,濑下数里,至严陵濑。"

> 羁心积秋晨①,晨积展游眺②。
> 孤客伤逝湍③,徒旅苦奔峭④。
> 石浅水潺湲⑤,日落山照曜。
> 荒林纷沃若⑥,哀禽相叫啸。
> 遭物悼迁斥⑦,存期得要妙⑧。
> 既秉上皇心⑨,岂屑末代诮⑩。
> 目睹严子濑⑪,想属任公钓⑫。
> 谁谓古今殊⑬,异世可同调⑭。

【注释】

①羁心:行客羁旅时孤独和忧郁的心情。积:指愁苦聚积。

②晨积展游眺:秋晨郁积的愁苦心情,因观览两岸景色而得到舒展。展,舒展。游眺,眺望景物。

③逝湍(tuān):逝去的急流。湍,急流的水。

④徒旅:徒步旅行。奔峭:崩落的峭岸。奔,崩落,崩陷。

⑤潺湲(chán yuán):流水缓慢貌。

⑥沃若:枝叶茂盛貌。

⑦遭物:遭物议,被谗毁。迁斥:被斥逐,贬谪。谢灵运袭祖父谢玄爵位为康乐公,宋武帝刘裕因故降公爵为侯爵。少帝即位,遭司徒徐羡之等人谗毁,除为永嘉太守。

⑧存期:想念,期望。存,想念。要妙:精要微妙。

⑨秉:秉承,具有。上皇心:上古帝王淳厚诚朴的思想感情。

⑩岂屑:难道介意。屑,介意。末代:后世。此指作者当时的人世。诮:讥诮。

⑪严子濑:地名。在浙江桐庐南。相传东汉严光隐居于富春山,后人因名其垂钓处为严陵濑。《水经注·浙江水》:"(孙权)割富春之地立桐庐县,自县至於潜,凡十有六濑,第二是严陵濑,濑带山,山下有一石室,汉光武帝时,严子陵之所居也。"严子,严光,字子陵,会稽余姚(今属浙江)人,少与光武帝刘秀一同游学,有高名。刘秀称帝,严光变姓隐居,刘秀派人寻访,征召到京,授谏议大夫,不受,退隐于富春山。

⑫想属(zhǔ):联想到。属,接连。任公钓:任公子钓大鱼之事。《庄子·外物》:"任公子为大钩巨缁,五十犗以为饵,蹲乎会稽,投竿东海,旦旦而钓,期年不得鱼。已而大鱼食之,牵巨钩,锚没而下,惊扬而奋鬐,白波若山……任公子得若鱼,离而腊之,自制河以东,苍梧已北,莫不厌若鱼者。"

⑬古今殊:指古人和今人性格不同。

⑭异世:不同时代。同调:同奏一个曲调。意即具有同样的思想,就能有同样的表现。李善注:"调,犹运也。谓音声之和也。"

【译文】

羁旅人在秋晓满怀惆怅,放眼望愁绪消舒展眉梢。

孤身客见水逝心怀感伤,步行遇峭岸崩内心苦恼。

石河床水清浅潺湲流过,日西沉山峦上红光照耀。

荒郊中林木密枝叶茂盛,密林里群鸟飞哀鸣悲叫。

遭物议被贬谪远去永嘉,长思忖久期望终得奥妙。

既具有先王心淳厚诚朴,岂在乎后世人讽刺讥诮。

眼见到严子濑清波滔滔,联想起任公子东海垂钓。

谁能说古今人性格不同,心相通仍可奏同一曲调。

登江中孤屿一首

【题解】

　　孤屿是永嘉(今浙江温州)奇景,据《寰宇记》载,孤屿在温州南四里,是永嘉江中的一个洲渚,长三百丈,宽七十步,有二峰。谢灵运游览登临以后,当地人建亭于其上。

　　此诗所以能被萧统收入《文选》,与作者善于选择景点,并能描绘其特色有关。孤屿山独立江心,在云日辉映水天一色的背景下,呈现出一种幽静的审美境界。谢灵运以精炼的诗句,将景物的特色摄入诗中,使读者如亲临其境,获得幽静异常、超尘脱俗的艺术享受。清人邵子湘评此诗说:"大谢诗无论才高,其所历之处,皆是妙境,焉得不触发。"

江南倦历览①,江北旷周旋②。
怀新道转迥③,寻异景不延④。
乱流趋孤屿⑤,孤屿媚中川⑥。
云日相辉映,空水共澄鲜⑦。
表灵物莫赏⑧,蕴真谁为传⑨?
想像昆山姿⑩,缅邈区中缘⑪。
始信安期术⑫,得尽养生年!

【注释】

①江南:指永嘉江南岸。倦:厌倦,腻烦。历览:游览已遍。

②旷:旷废,荒疏。周旋:即游览之意。

③怀新:怀抱着探寻新景物的心情。原作"怀杂",据五臣本校改。

　道转迥:由于寻新景之心急切,转觉道路变得漫长。又,沈德潜曰:"谓贪寻新景,忘其道之远也。"

④寻异:探寻奇异景色。景不延:时光短暂,不能延长。景,日光。此指时间。

⑤乱流:横渡江流。趋孤屿:趋登孤屿山。屿,江中洲,上有山石。原作"趋正绝",据五臣本校改。

⑥媚:美好。中川:中流,江中间。

⑦空水:天空与江水。澄鲜:清澈明朗。

⑧表:显现。灵:灵秀。物:风物,风光。莫赏:没有谁欣赏。莫,否定性的不定代词,其义为"没有谁"。

⑨蕴:藏。真:指仙人。谁为传:谁又将此事传说于后人呢?

⑩想像昆山姿:从孤屿的姿态想象昆仑山的姿态。昆山,昆仑山。传说中的仙人住处。姿,姿态。

⑪缅邈区中缘:孤屿环境清幽,好像与世隔绝。缅邈,遥远。此用为动词,作远离讲。区中缘,尘世缘分。区中,尘世。

⑫安期术:安期生长生不老之术。安期,安期生。先秦时代方士。《史记·封禅书》记汉武帝以方士李少君言,遣使入海求蓬莱仙人安期之术。又《乐毅列传》称河上丈人以黄老教安期生。数传至盖公,为曹参之师。后代传说愈多,为道教仙人。

【译文】

江南的名胜地已经看厌,江北的大自然久未游览。
探新景总觉得道路漫长,寻奇观又感到时光短暂。
横渡过清江水登上孤屿,孤屿山最幽美在江中间。
五彩云与红日互相辉映,清江水与碧空明净澄鲜。
孤屿的灵秀色无人欣赏,山洞中藏仙人谁为流传。
从孤屿可想象昆山仙境,遥远地隔绝了尘世俗缘。
到此地才相信安期方术,真能够使人们养生延年!

初去郡一首

【题解】

此为谢灵运在景平元年(423)称病辞官,返回故里时所作。

永初三年(422)七月,谢灵运被迫出任永嘉太守,到第二年秋天即称病辞职。沈约《宋书·谢灵运传》曰:"在郡一周,称病去职,从弟晦、曜、弘微等并与书止之,不从。"可见他辞官归隐之志是很坚决的。此诗大约作于返回故里会稽郡始宁县(今浙江上虞)的途中。

谢灵运任太守一年中,永嘉山水,游览殆遍。对大自然观察之细致,对山水美体会之深刻,远胜以往。特别是此时他摆脱了世俗的羁绊,实现了积蓄已久的隐退愿望,心情开朗,情趣盎然,故诗中写景极为清丽生动,清人方伯海曰:"读下半截,幽情逸性,触绪杳来。视在郡时,景物同,心胸眼界不同。凡文字有意趣则生,无意趣则死。"此语确属至评。

彭薛裁知耻①,贡公未遗荣②。或可优贪竞③,岂足称达生④。
伊余秉微尚⑤,拙讷谢浮名⑥。庐园当栖岩⑦,卑位代躬耕⑧。
顾己虽自许⑨,心迹犹未并⑩。无庸妨周任⑪,有疾像长卿⑫。
毕娶类尚子⑬,薄游似邴生⑭。恭承古人意,促装反柴荆。
牵丝及元兴⑮,解龟在景平⑯。负心二十载⑰,于今废将迎⑱。
理棹遄还期⑲,遵渚骛修坰⑳。溯溪终水涉,登岭始山行。
野旷沙岸净,天高秋月明。憩石挹飞泉㉑,攀林搴落英㉒。
战胜臞者肥㉓,止鉴流归停㉔。即是羲唐化㉕,获我击壤声㉖。

【注释】

①彭薛裁知耻:彭,彭宣,字子佩,西汉人。官至御史大夫,转为大

　　司空。王莽秉政专权,宣上书自请退职,归乡里。薛,薛广德,西
　　汉人。为御史大夫,自请退职。班固《汉书·叙传》评二人曰"近
　　于知耻"。裁,通"才"。

②贡公未遗荣:贡公,贡禹,字少卿,西汉人。为光禄大夫,上书自
　　请退职。锺会有《遗荣赋》。但他终为朝廷所留,卒于御史大夫
　　之官,故曰"未遗荣"。遗荣,谓抛弃荣华富贵,超脱尘世。

③优贪竞:优于贪婪竞进者。

④达生:不受世务之牵累的意思。

⑤伊:句首助词,无义。微:卑贱。尚:即尚志,高尚其志。

⑥拙讷(zhuō nè):才疏口拙,不善应付。拙,笨拙,与巧相对。讷,
　　出言迟钝,不善言谈。

⑦栖岩:栖于山岩,指隐居。

⑧卑位:低下之地位。

⑨顾:回顾。自许:自我期许。

⑩心迹:心思与行迹。

⑪无庸:无功。庸,功勋。妨:通"方",比拟。周任:《论语·季氏》:
　　"周任有言曰:'陈力就列,不能者止。'"

⑫有疾像长卿:司马相如,字长卿,西汉著名文学家。有消渴疾,常
　　称疾闲居,不慕官爵。

⑬毕娶类尚子:李善注引嵇康《高士传》云:"尚长,字子平,河内人。
　　隐避不仕。为子嫁娶毕,敕家事断之,勿复相关。"

⑭薄游似邴生:李善注引《汉书》:"邴曼容养志自修,为官不肯过六
　　百石,辄自免去。"

⑮牵丝:初仕。元兴:晋安帝司马德宗年号(402—404),此时谢灵
　　运为琅邪王大司马行军参军。

⑯解龟:去官。因官印为龟纽,故以解龟代指解印。景平:刘宋少
　　帝刘义符年号(423—424)。

⑰负心:指违背归隐的夙愿。二十载:从晋安帝元兴元年(402)到宋少帝景平二年(424),谢灵运出仕二十余年。

⑱废:免去。将迎:官场中的送往迎来。将,送。

⑲遄(chuán):速。

⑳骛(wù):奔驰,急进。垧(jiōng):郊野。

㉑绁(yì):舀。

㉒搴(qiān):采取。落英:初开之花。落,始。

㉓战胜臞(qú)者肥:意为富贵不如仁义。一个人如果倾慕仁义的思想战胜了倾慕富贵的思想,那么他就会心安理得,由瘦变胖。李善注:“战,明贵不如义。”又引《韩子》:“子夏曰:‘吾入见先生之义,则荣之;出见富贵,又荣之。二者战于胸臆,故臞。今见先王之义战胜,故肥也。’”臞,同“癯”,瘦。

㉔止鉴流归停:李善注:“止鉴,明语不如默也。”又引《文子》曰:“莫鉴于流潦,而鉴于止水,以其保心而不外荡也。”止鉴,原作“止监”,据五臣本校改。停,定。

㉕羲唐:伏羲和唐尧。均古代传说中的圣王。

㉖击壤声:《帝王世纪》载,相传尧时,有老人击壤而歌曰:“日出而作,日入而息,凿井而饮,耕田而食,帝力于我何有哉?”击壤,古代游戏名。《太平御览》卷七百五十五引邯郸淳《艺经》:“壤,以木为之,前广后锐,长尺四,阔三寸,其形如履。将戏,先侧一壤于地,遥于三四十步,以手中壤击之,中者为上。”

【译文】

彭子佩、薛广德才算知耻,贡少卿并未能超脱世尘。或可说他高于贪黩钻营,怎能称他已经通达人生?

我秉承微贱者高尚志向,拙于心讷于口谢绝虚名。把家庭权当作山岩隐居,以低位代替那田间躬耕。

虽然我早就想归隐林泉,但行动跟不上心中决定。本无功可比那周任所评，身有病还像那司马长卿。

儿女事已完成有如尚子，也曾经作小官又似邴生。恭谨地秉承那古人心意，及时地整行装返回柴门。

曾记得元兴年开始出仕，一弹指解印时已至景平。违背我隐居志二十余年，到今朝才免去官场送迎。

整归船速确定返乡日期，沿洲渚过长野纵情驰骋。溯溪流终于又徒涉清波，上峰岭重开始攀崖上登。

举目望野空旷沙岸洁净，抬头看天高朗秋月清明。憩息在山石上酌饮飞泉，披树枝过丛林采摘落英。

战胜了名利观瘦躯变胖，照影于平静水内心安宁。这就是羲尧时淳朴风化，我唱出欢乐的击壤歌声。

初发石首城一首

【题解】

石首城即石头城，刘宋王朝的京都。这首诗是作者在元嘉初年第二次离京都去临川任内史时写的。

谢灵运于景平元年(423)辞去永嘉太守，回故乡始宁县隐居。第二年宋文帝刘义隆即位，召他为秘书监，要他修《晋书》。据沈约《宋书·谢灵运传》载，"令灵运撰《晋书》，粗立条流……不见任遇，灵运意不平。"于是"上表陈疾，上赐假东归"。归家以后不久，掌权者又不放心，据李善在篇首叙述："灵运陈疾东归，会稽太守孟顗乃表其异志。灵运驰往京都，诣阙上表，太祖知其见诬，不罪也。不欲使东归，以为临川内史。"在赴临川前夕，他写了这首诗，真实地记录了他这段坎坷的生活经历和当时复杂的思想感情。

白珪尚可磨①，斯言易为缁②。虽抱《中孚》爻③，犹劳贝锦诗④。

寸心若不亮⑤,微命察如丝⑥。日月垂光景⑦,成贷遂兼兹⑧。
出宿薄京畿⑨,晨装抟层飔⑩。重经平生别⑪,再与朋知辞⑫。
故山日已远⑬,风波岂还时⑭。迢迢万里帆⑮,茫茫终何之⑯?
游当罗浮行⑰,息必庐霍期⑱。越海凌三山⑲,游湘历九嶷⑳。
钦圣若旦暮㉑,怀贤亦凄其㉒。皎皎明发心㉓,不为岁寒欺㉔。

【注释】

①白珪尚可磨:白珪被玷污尚可磨掉。语本《诗经·大雅·抑》:
　　"白珪之玷,尚可磨也;斯言之玷,不可为也。"珪,为帝王诸侯所
　　执之长形玉版,上圆或尖,下方,表示符信。

②为缁:染上黑色。缁,黑。

③《中孚》:卦名。《周易》六十四卦之一。《周易·中孚》孔疏:"信
　　发于中,谓之中孚。"后因以"中孚"指诚信。爻(yáo):《周易》中
　　组成卦的符号。

④贝锦诗:比喻诬陷人的谗言。《诗经·小雅·巷伯》"萋兮菲兮,
　　成是贝锦",郑笺:"喻谗人集作己过,以成于罪,犹女工之集采
　　色,以成锦文。"

⑤亮:明。

⑥微命察如丝:微命显然如细丝一样易于断送。察,明白,显然。

⑦日月:比喻宋文帝刘义隆。景:日光。

⑧成贷遂兼兹:成全和宽免的厚意都体现在新的任命上。成,成
　　全。贷,宽免。兹,指任命谢灵运为临川内史一事。

⑨薄:临,抵达。京畿(jī):此指京城附近地区。

⑩抟(tuán):抟风,旋风。层:层风,高空之风。飔(sī):疾风。原作
　　"抟鲁飔",从汲古阁本校改。

⑪重经平生别:第一次于永初三年(422)别京都,此为第二次,故

日重。

⑫再与朋知辞：第一次在京都辞离卢陵王等知交，此为第二次，故
　　曰再。

⑬故山：指故乡的山水。

⑭风波岂还时：风波不已，哪有还乡之时。表现谢灵运对前程难料
　　的不安心情。

⑮迢迢：原作"苕苕"，从五臣本校改。

⑯茫茫终何之：前途茫茫无边，究竟走哪条路。

⑰罗浮：即罗浮山。在广东东江北岸，主峰飞云顶在博罗县城西
　　北，多瀑布、泉水，风景优美，道教称为"第七洞天"，东晋葛洪曾
　　修道于此。

⑱庐霍：二山名。庐，庐山。在今江西九江南。霍，霍山。即今安
　　徽潜山县西之天柱山。汉武帝以霍山为南岳。

⑲三山：传说中海上的三神山，分别是方丈、蓬莱、瀛洲。

⑳九嶷：即九嶷山。在今湖南宁远南。《水经注·湘水》："蟠基苍
　　梧之野，峰秀数郡之间；罗岩九举，各导一溪；岫壑负阻，异岭同
　　势；游者疑焉，故曰九疑山。"传说舜帝葬于此。

㉑圣：指宋文帝。

㉒贤：指所辞别之朋友知交。

㉓皎皎：光明洁白。明发：《诗经·小雅·小宛》"明发不寐，有怀二
　　人"，朱熹《诗集传》："明发，谓将旦而光明开发也。二人，父母
　　也。"后因以"明发"称孝心。此指对宋文帝忠诚之心。

㉔岁寒：比喻谗言的毁谤。

【译文】

　　白玉珪受玷污可磨干净，受谗言被诬陷最难洗清。虽然我秉忠心
怀抱诚信，还是被工谗人巧织罪名。

　　决策者如果是寸心不明，转瞬间就断送如丝微命。圣明主如日月

照耀青天,既宽免又成全授职临川。

昨晚在夜雾中进住京郊,今晨于疾风里整装行远。再一次离京师情思依依,再一次别知交举步不前。

故乡的山与水日益遥远,风正紧浪正高何日回还?面临着万里路荡桨扬帆,水茫茫路迢迢去向哪边?

游历时会去到罗浮名山,憩息处将是那庐山、霍山。越海涛登三山寻仙访道,游湘江经九嶷瞻仰流连。

钦圣主心感激朝朝暮暮,怀良友情凄切月月年年。方寸心对圣朝忠诚热烈,不会因岁时寒稍有改变。

道路忆山中一首

【题解】

这首诗是谢灵运离京赴临川内史任时在途中写的。

谢灵运在永嘉任太守一年,即称病去职。因其父亲、祖父都葬于会稽郡始宁县(今浙江上虞),那里有其故宅和别墅,于是移籍于会稽郡,在始宁县兴修别业,依山带江,尽幽居之美,与隐士王弘之、孔淳之等纵情于山水林泉之间,有终老于此之志。此次去临川任内史,非其所愿,故旅途中回忆起始宁山隐居生活,怀念不已,遂作此诗。

诗中重点描绘山中景色之清新幽美,山居情趣之疏放自由,对比目前身羁仕途,欲归不得,犹如笼鸟池鱼,憾恨兹深。篇首以听《采菱歌》引起愁思,篇末以吹弹《明月曲》《广陵散》而加深愁思,构思巧妙,层层深入,艺术感染力极强。

> 《采菱》调易急①,江南歌不缓②。
> 楚人心昔绝③,越客肠今断④。

断绝虽殊念,俱为归虑款⑤。

存乡尔思积⑥,忆山我愤懑⑦。

追寻栖息时⑧,偃卧任纵诞⑨。

得性非外求⑩,自已为谁纂⑪。

不怨秋夕长,常苦夏日短。

濯流激浮湍⑫,息阴倚密竿⑬。

怀故叵新欢⑭,含悲忘春暖。

凄凄《明月》吹⑮,恻恻《广陵散》⑯。

殷勤诉危柱⑰,慷慨命促管⑱。

【注释】

①《采菱》:楚人歌曲。急:指声音急促。

②歌不缓:歌曲的旋律很轻快。

③楚人:指屈原。一说指锺仪。

④越客:指作者自己。李善注引沈约《宋书》:"灵运本在陈郡,父祖并葬始宁县,并有故宅,遂籍会稽,故称越客焉。"

⑤"断绝"二句:楚人心绝、越客肠断的具体原因虽然不同,但回归故乡的愿望受到阻挡这一点是相同的。款,留止。

⑥存乡:想念家乡。存,想。

⑦愤懑:胡枕泉曰:"按'懑'当作'满'。刘越石答卢谌诗'庭虚愤满',是其义。'满'与上'积'对。"

⑧追寻:追思。

⑨偃卧:仰面卧倒。纵诞:纵放旷达,不受拘束。

⑩得性非外求:禀性天赋,非外求所得。

⑪自已:自止。纂:此指继承。

⑫濯:洗。

⑬密竿：茂密的竹林。

⑭叵（pǒ）：不可。

⑮《明月》：古笛曲。

⑯《广陵散》：古琴曲。

⑰危柱：李善注："谓琴也。"

⑱促管：李善注："谓笛也。"

【译文】

《采菱》歌声调急荡漾耳畔，轻快的江南曲动我心弦。

楚大夫过去曾心伤欲绝，越游子如今也肝肠寸断。

虽说是"断"与"绝"原因有别，但同为还乡梦不能实现。

念故里你心肠忧愁聚积，忆家山我胸膛愤懑填满。

回想起在山中隐居时候，仰面卧随心意旷达放诞。

人之性禀天赋非求于外，自满足自停止与人无关。

没怨过入秋后月夜过长，总苦于夏季里清昼太短。

濯急流常激起朵朵浪花，息清荫曾倚遍密密竹竿。

念故乡无心看沿途风光，含悲情忘记了春阳温暖。

且吹起《明月曲》衷情凄凄，又弹奏《广陵散》忧思绵绵。

殷勤将怀旧意寄于琴弦，慷慨把思乡情注入笛管。

入彭蠡湖口一首

【题解】

彭蠡湖即今江西鄱阳湖。彭蠡湖口在今江西九江湖口西，是湖入长江之口，此诗当是谢灵运往临川途中，自长江入彭蠡口所作。

刘宋统治集团出于削弱士族势力的总目的，一直对有才能、性倔强的谢灵运存着戒心，让他归田，觉得失去控制，不能放心；召他入仕，又不予重用，未尽其才。使谢灵运处于归田不得，出仕不愿的两难境地。

此次赴临川任内史，更非其所愿，但迫于形势，不得不行，以致苦闷忧愁之情，与日俱深。诗中写景叙事，都带上浓厚的忧郁色彩。陈胤倩说："通篇惟'千念'二语言愁，余句不言愁，而愁无极。"吴伯其也说："灵物咨珍怪而不出，异人秘精魂而不见，金膏之明光已灭，水碧之流温久辍，所谓天地闭贤人隐之时也，徒作思归之曲，转令忧念益甚耳。"这些分析，都准确地触及了诗中深沉的忧思愁情。

客游倦水宿①，风潮难具论②。
洲岛骤回合③，圻岸屡崩奔④。
乘月听哀狖⑤，浥露馥芳荪⑥。
春晚绿野秀⑦，岩高白云屯⑧。
千念集日夜⑨，万感盈朝昏⑩。
攀崖照石镜⑪，牵叶入松门⑫。
三江事多往⑬，九派理空存⑭。
灵物吝珍怪⑮，异人祕精魂⑯。
金膏灭明光⑰，水碧辍流温⑱。
徒作《千里》曲⑲，弦绝念弥敦⑳。

【注释】

①客游：出游他乡。倦：厌倦。水宿：指日夜住在船中。

②难具论：难以详尽述说。

③骤：突然，急遽。回合：谓浪潮遇到洲岛，急遽地从两边回旋绕过，流过洲岛后又合在一起。又，吕向注："言人随风潮之急，数见洲岛回曲会合。"回，水回旋而流。

④圻(qí)岸屡崩奔：言浪潮打到岸上使曲折的江岸一次次崩塌下落。圻，通"碕"，曲折的江岸。

⑤乘月：指借着月色游览。狖（yòu）：黑猿。一说为长尾猴。

⑥浥（yì）：沾湿。馥（fù）：香，香气。荪：香草名。

⑦绿野秀：绿色的原野上草木茂盛。秀，茂盛貌。

⑧屯：聚集。

⑨千念集日夜：日日夜夜千万种念头集聚心间。

⑩万感盈朝昏：朝朝暮暮，千万种感想充满心头。

⑪石镜：即石镜山。李善注引张僧鉴《浔阳记》："石镜山东有一圆石，悬崖明净，照人见形。"又《水经注·庐江水》载，庐山东"有一圆石，悬崖明净，照见人形，晨光初散，则延曜入石，豪细必察。故名石镜焉。"由此可知石镜山在江西浔阳一带，是庐山支麓，因山上有石镜得名。

⑫松门：松门山。在今江西都昌南。距彭蠡湖口不远。李善注引顾野王《舆地志》："自入湖三百三十里，穷于松门。东西四十里，青松遍于两岸。"朱珔《文选集释》引《读史方舆纪要》："松门山，在今都昌县南二十里。"又云："鄱阳湖亦在县东南二十里，故入湖口，即近松门山矣。"

⑬三江事多往：由于"三江"后来说法不一，最初何所指无从知晓，故曰已成往事。三江，三条江的合称，古代关于三江的说法很多，主要有：《国语·越语》注以吴江、钱塘江、浦阳江为三江；《水经注·沔水》引郭璞说以岷江、松江、浙江为三江；《尚书·禹贡·释文》引《吴地记》以松江、娄江、东江为三江；《汉书·地理志》注以北江、中江、南江为三江等。

⑭九派理空存：由于对"九派"说法不一，其义难明，故曰九派的地理知识都已成空。九派，一指江西九江北的一段长江。这里江水有九个支流，故称九派。二说指长江。

⑮灵物吝珍怪：通灵之物吝惜其珍奇灵怪之相，不显示给人看。灵物，原作"露物"，从明焦竑本《谢康乐集》校改。灵物，通灵之物。

吝，惜。珍怪，珍奇灵怪之相。

⑯异人祕精魂：水中神仙为了隐秘其精气灵魂，也不向人们显示形象。异人，此指水中仙人。祕，隐秘。精魂，精气灵魂。

⑰金膏：传说中的仙药。李善注引《穆天子传》："河伯示汝黄金之膏。"明光：明亮的光芒。

⑱水碧：玉之一种。水晶一类矿物，又名碧玉。辍：停止。原作"缀"，从五臣本校改。流温：温润。吕向释此二句曰："此江中有之，然皆灭其明光，止其温润而不见。"

⑲《千里》曲：曲名。即《千里别鹤》。李善注引蔡邕《琴操》："商陵牧子娶妻五年，无子，父兄欲为改娶，牧子援琴鼓之，叹别鹤以舒其愤懑。故曰《别鹤操》。鹤一举千里，故名《千里别鹤》也。"

⑳弦绝念弥敦：李善注："言奏曲冀以消忧，弦绝而念逾甚，故曰徒作也。"弦绝，曲终。弥，更，另。敦，深。

【译文】

乘船游已厌倦漫漫航程，江中的风与涛难以细论。
巨浪潮冲洲岛分而后合，打江岸岸崩塌落入江心。
月光下听猿狖声声哀鸣，香草上沾露珠散布清芬。
春已晚原野绿草木茂盛，高峻的山岩上屯聚白云。
日与夜解不开千种思念，早和晚排不去万般愁情。
攀悬崖上高峰对照石镜，穿丛林牵枝叶进入松门。
三条江何所指已经茫然，九支流在何处也难确定。
灵异物与仙人隐秘精魂，不愿意对游人显现形影。
黄金膏泯灭了明亮光芒，水碧玉收敛起它的温润。
徒然地奏起了《千里》名曲，乐曲终我内心思念更深。

入华子岗是麻源第三谷一首

【题解】

此诗为谢灵运在临川内史任上所作。李善在篇首注引灵运《山居图》曰："华子岗,麻山第三谷。故老相传,华子期者,禄(甪)里弟子,翔集此顶,故华子为称也。"又据刘坦之曰:"华子岗,在今建昌南城县。麻源,在麻姑坛西北,见颜真卿《坛记》……灵运既至临川,复得遨游名山,因入华子岗而作是诗。"

诗中描绘了华子岗高峻奇秀的风光,特别是根据"铜陵"地质,突出其景物特色,不仅给人以美的享受,也留下了深刻印象;抒情部分表达他山行纯属欣赏自然,非为寻仙访道。方伯海对此评价颇中肯,他说:"惟不屑屑于神仙,方是达观。求药炼形,总是于死生撇脱不下。诗之体格意想俱高。"

南州实炎德①,桂树凌寒山②。
铜陵映碧涧③,石磴泻红泉④。
既枉隐沦客⑤,亦栖肥遁贤⑥。
险径无测度,天路非术阡⑦。
遂登群峰首,邈若升云烟。
羽人绝仿佛⑧,丹丘徒空筌⑨。
图牒复摩灭⑩,碑版谁闻传⑪?
莫辩百世后⑫,安知千载前。
且申独往意⑬,乘月弄潺湲。
恒充俄顷用,岂为古今然⑭!

【注释】

①南州:此指临川。炎德:指阳光温暖。

②凌:逾越。此作高挺讲。

③铜陵:产铜之山。刘坦之曰:"铜陵,铜山也。在临川县。"碧涧:
　原作"碧润",从五臣本校收。

④石磴:石级,石阶。红泉:灵运自注:"即近山所出。"

⑤枉:枉驾。走访的敬辞。隐沦客:隐居之人。

⑥肥遁:离世隐居。语出《周易·遁》:"肥遁,无不利。"

⑦术:古代城邑中的道路。阡:田间小路。

⑧羽人:神话中的飞仙。

⑨丹丘徒空筌:暗引《庄子·外物》中"得鱼忘筌"的成语,意思是丹
　丘山也像鱼筌一样被忘掉。丹丘,神话中的仙境,昼夜长明。
　筌,即鱼筌。捕鱼用的竹器。一说是捕鱼用具的总称。

⑩牒:谱牒。摩灭:磨损消灭,消亡。摩,磨损,磨灭。

⑪版:邦国之图籍。

⑫辩:通"辨"。

⑬独往:犹言孤往独来。谓超脱万物,独行己志。李善注引淮南王
　《庄子略要》:"江海之士,山谷之人,轻天下,细万物,而独往
　者也。"

⑭"恒充"二句:张铣注:"恒充少时为乐之用,不足为长久之事。"于
　光华释此二句曰:"入是岗不过因其胜地可乐,聊以申独往之意,
　因月下聆水声,自乐其乐而已,即此便可充足俄顷之用,岂为古
　今真有仙人之事往寻之而然乎!"恒充,常供。俄顷用,短时间之
　用。古今,指长久之事。即求仙访道以求长生一类事。

【译文】

南州的太阳光明亮温暖,桂花树枝叶茂挺立寒山。

铜山的丹岩石映照碧涧,石级上声淙淙流泻红泉。

峰秀丽吸引了归隐高士，林幽深栖息着出世名贤。
险径高云缭绕无法测量，天路窄不比那尘世道宽。
历群峦登上了主峰之巅，我仿佛置身于缥缈云端。
寻仙人羽化士杳无踪影，觅仙境丹丘峰也已茫然。
古图籍与谱牒湮灭不存，旧碑文及版册未闻留传。
既无人看得透百代之后，又怎能知晓那千年以前。
姑且按古人的"独往"之意，乘月光入清溪逗弄微澜。
我只为短期间观山玩水，意岂在贯古今得道成仙。

行旅下

颜延年

见卷第十四《赭白马赋》作者介绍。

北使洛一首

【题解】

《宋书·颜延之传》："义熙十二年,高祖北伐,有宋公之授,府遣一使庆殊命,参起居,延之与同府王参军俱奉使至洛阳,道中作诗二首,文辞藻丽,为谢晦、傅亮所赏。"《南史·颜延之传》所载与此略同,唯多"行至洛阳,周视故宫室,尽为禾黍,凄然咏《黍离篇》"数语。但据《宋书·武帝纪》,刘裕于义熙十二年(416)八月率军北伐,九月到达彭城(今江苏徐州)后,派王镇恶、檀道济率军攻向洛阳(今属河南),自己则坐镇彭城指挥。十月,檀道济攻下洛阳(今属河南)。安帝下诏,刘裕进位相国,封十郡为宋公。次年正月,刘裕亲统后续部队北进,于三月到达洛阳。因此刘裕受封宋公时,尚在彭城。自西晋末以来,中原地区迭遭战乱,破坏严重,诗篇描写沿途所见的残破景象,悲歌感慨,充满故国之思和行役之恸。手法和情调颇受陆机《赴洛道中作》影响,但文字较为朴素。锺嵘《诗品》将其列入"五言之警策者"。沈德潜《古诗源》有"黍离之感,行役之悲,情旨畅越"之评。

　　　　　改服饬徒旅①,首路跼险难②。
　　　　　振楫发吴州③,秣马陵楚山④。
　　　　　涂出梁宋郊⑤,道由周郑间⑥。
　　　　　前登阳城路⑦,日夕望三川⑧。
　　　　　在昔辍期运⑨,经始阔圣贤⑩。
　　　　　伊榖绝津济⑪,台馆无尺椽⑫。
　　　　　宫陛多巢穴⑬,城阙生云烟⑭。
　　　　　王猷升八表⑮,嗟行方暮年⑯。
　　　　　阴风振凉野⑰,飞雪瞀穷天⑱。
　　　　　临涂未及引⑲,置酒惨无言。
　　　　　隐悯徒御悲⑳,威迟良马烦㉑。
　　　　　游役去芳时㉒,归来屡徂愆㉓。
　　　　　蓬心既已矣㉔,飞薄殊亦然㉕!

【注释】

①改服:谓换上远行的衣服。饬(chì):告诫,勉励。徒旅:借指随行士卒。徒,步兵。旅,古代军队以五百人为一旅。

②首路:谓出发上路。跼(jú):曲身,弯腰。为小心戒惧之貌。

③振:划动。楫:船桨。吴州:指今江苏一带。作者从京都建康(今江苏南京)出发,故云"发吴州"。

④秣(mò)马:喂饱马匹。陵:升,登上。楚山:楚地的山。战国时楚国原在今湖北、湖南一带,后扩展到今河南、安徽、江苏、浙江、江

西和四川一带。估计作者大体沿着刘裕北伐的路线北上,故这里"楚山"当指今安徽或苏北一带。

⑤涂:同"途"。梁:战国时魏惠王将魏都从安邑(今山西夏县)迁到大梁(今河南开封)后,魏别称梁。宋:周代诸侯国名。在今河南商丘一带。

⑥周郑:这里偏用"郑"义。周,指周朝。郑,周代诸侯国名。在今河南新郑一带。

⑦阳城:县名。故城在今河南登封东南。

⑧三川:指黄河、伊水、洛水三条河流。伊水源出今河南熊耳山,在今河南偃师流入洛水。洛水源出陕西冢岭山,在今河南巩义流入黄河。

⑨辍:停止。期运:运数,气数。

⑩经始:开始创建。阔:稀,缺。古代术数家有五百年间有圣贤产生的说法,而五百年较为漫长,故言"阔"。

⑪穀:水名。源出河南渑池县,经渑池合于涧水,又东合涧水为涧河。津:渡口。济:渡河。

⑫椽(chuán):椽子,为放在檩子上架着屋瓦的木条。曹植《毁鄄城故殿令》:"周之亡也,则伊洛无只椽;秦之灭也,则阿房无尺柱。"

⑬陛(bì):台阶。多巢穴:谓多狐兔洞穴。

⑭城阙:城郭宫阙。阙,宫门前两边的望楼。

⑮王猷(yóu):王道。八表:八方之外。指极远的地方。

⑯暮年:岁末。

⑰振:动。凉野:寒冷郊野。

⑱暓(mào):昏暗。穷天:指一年将尽之时。李善注:"谓季冬之日月穷尽也。"

⑲引:进。

⑳隐悯:隐忍。也作"隐闵"。徒御:泛指随行士卒。徒,步行者。御,驾车者。

㉑威迟(yí):道路迂回遥远貌。也作"倭迟""倭夷""逶迤"。马烦:
　　曹植《洛神赋》:"日既西倾,车殆马烦。"

㉒芳时:美好的时光。此指严冬来临之前。

㉓徂愆(qiān):迁移,变化。愆,差失。

㉔蓬心:飘荡不定之心。蓬,一种菊科植物,末大于本,秋天干枯
　　后,遇风辄拔,随风飞转。

㉕飞薄:犹言飞蓬。薄,草木丛生的地方,代指草木。殊:很,非常。
　　李善注:"言己有蓬心,事既已矣;而身飞薄,亦复同之。"

【译文】

换上行装告勉随行士卒,躬身上路戒惧险阻艰难。

划动船桨即从吴州出发,喂饱马匹登上楚地山峦。

路途穿越梁宋故地郊野,道路经由周地郑地之间。

往前踏上阳城境内道路,傍晚望见黄河伊洛三川。

以前国家突然断了运数,创建大业总是缺少圣贤。

伊水谷水断了过河渡口,台观馆舍没有一尺屋椽。

宫殿台阶出现许多巢穴,城郭宫阙冒出缕缕云烟。

王道传布八方极远之地,感叹此行正当岁末冬天。

阴冷北风吹动寒凉郊野,漫漫飞雪搅得寒冬昏暗。

来到路边未及开路前行,朋友置酒惨然相对无言。

随行士卒强自隐忍悲痛,道路迂远良马显得烦乱。

远行服役荒废美好时光,归来日期一再因故拖延。

寸心如蓬就算这个样了,身如飞草竟然也是这般!

还至梁城作一首

【题解】

本篇为《北使洛》的姊妹篇,即《宋书·颜延之传》所说的"道中作诗

二首"之一,为作者从洛阳(今属河南)东归途经梁城(今河南南阳)时所作。诗中描写北地的荒凉和行役的艰辛,情调与《北使洛》相同。后半吊古伤今,情调较为消沉,但因为残破的现实激发所致,有其不难理解之处。情感真挚深沉,文字朴实无华,无"铺锦列绣""雕缋满眼"(《南史·颜延之传》)的弊病,在颜诗中属上乘之作。

> 眇默轨路长①,憔悴征戍勤②。
> 昔迈先祖师③,今来后归军。
> 振策眷东路④,倾侧不及群⑤。
> 息徒顾将夕⑥,极望梁陈分⑦。
> 故国多乔木⑧,空城凝寒云。
> 丘垄填郛郭⑨,铭志灭无文。
> 木石扃幽闼⑩,黍苗延高坟。
> 惟彼雍门子⑪,吁嗟孟尝君⑫。
> 愚贱同堙灭,尊贵谁独闻!
> 曷为久游客⑬,忧念坐自殷⑭!

【注释】

①眇(miǎo)默:遥远静寂貌。

②勤:劳苦,辛苦。

③迈:行进。指从京城出使。祖师:前往征讨的军队。祖,往。

④振策:挥鞭。眷(juàn):反顾。这里指瞻望。

⑤倾侧:倾斜。身体向前倾,谓欲疾行。不及群:不能赶上众人。
　谓道路险阻,虽欲疾行而不能得。

⑥息徒:让跟随的众人休息。

⑦陈:周代诸侯国名。辖境约相当于今河南开封以东、安徽亳州以

北之地。分:分野。古代星象家把天上十二星辰的位置和地面
上州国的位置相配合,称分野。

⑧乔木:高耸的树木。李善注引《论衡》曰:"观乔木,知旧都。"

⑨丘垄:坟墓。郭(fú)郭:外城。

⑩扃(jiōng):门闩。此为关闭之意。幽闼(tà):指墓穴的门。

⑪惟:思。雍门子:即雍门周,战国齐人。曾携琴见孟尝君,孟尝君
曰:"先生鼓琴,亦能令文悲乎?"雍门周曰:"然臣之所为足下悲
者一事也……千秋万岁之后,庙堂必不血食矣。高台既以坏,曲
池既以渐,坟墓既已平,而青廷矣,婴儿竖子、樵采薪荛者,蹢躅
其足而歌其上,众人见之,无不愀焉为足下悲之,曰:'夫以孟尝
君尊贵,乃可使若此乎?'于是孟尝君不觉下泪。事见刘向《说
苑·善说》。

⑫孟尝君:姓田名文,战国时齐贵族,曾为齐相。

⑬曷:何。久游客:作者自指。

⑭坐:无缘无故。殷:盛。

【译文】

邈远静寂道路长而又长,面容憔悴征戍辛劳万分。
以前出行先于军队动身,今天回来落在归军后行。
挥动马鞭看看东行道路,倾身疾行不能赶上众人。
看看将晚吩咐众人休息,极目远望已近梁陈界分。
北方故土长有许多高树,空城上面凝结团团寒云。
座座高坟已将城外填满,墓志铭文已经磨灭不清。
木头石块关闭幽暗墓门,青青黍苗延伸上了高坟。
遥想起雍门周曾经有言,叹息那位感伤的孟尝君。
愚人贱人一同湮灭埋没,尊贵之士有谁独生留名!
不知为何我这远游之客,无缘无故如此忧思深深!

始安郡还都与张湘州登巴陵城楼作一首

【题解】

　　永初三年(422)五月,宋武帝刘裕病卒,太子刘义符继位,徐羡之等辅政。颜延之因与庐陵王刘义真亲厚,为徐羡之等所疑忌,出为始安太守(郡治在今广西桂林)。元嘉三年(426)初,徐羡之等被诛,颜延之被征为中书侍郎,在返回建康(今江苏南京)途中,与湘州刺史张邵同登巴陵(今湖南岳阳)城楼,有感而作此诗。诗篇描写巴陵一带景色,融入个人人生体验,境界雄阔,情调悲凉,有一定艺术感染力。对偶工整,讲究雕饰,亦为本篇特色。

江汉分楚望①,衡巫奠南服②。
三湘沦洞庭③,七泽蔼荆牧④。
经涂延旧轨⑤,登闉访川陆⑥。
水国周地崄⑦,河山信重复。
却倚云梦林⑧,前瞻京台囿⑨。
清氛霁岳阳⑩,曾晖薄澜澳⑪。
凄矣自远风,伤哉千里目⑫。
万古陈往还⑬,百代劳起伏⑭。
存没竟何人⑮?炯介在明淑⑯。
请从上世人⑰,归来艺桑竹⑱。

【注释】

　　①望:地望。
　　②衡:即南岳衡山,在今湖南境内。巫:巫山,在今重庆东。奠:定。
　　　南服:周制,将国土按距离国都的远近分为五服,南方叫南服。

③三湘：指长江、湘江、沅江三水，三水皆流经今湖南境内。李善注引郭璞《山海经》注曰："巴陵县有洞庭陂，江、湘、沅水皆共会巴陵，故号三江口也。"沦：注入。

④七泽：指古代楚地的诸湖泊。司马相如《子虚赋》："臣闻楚有七泽，尝见其一，未睹其余也。臣之所见，盖特其小小者耳，名曰云梦。"蔼：多貌。此谓满布。荆：即楚。因楚国原建于荆山一带，故称。牧：郊外。

⑤经涂延旧轨：延之回都，系沿原路返回。永初三年(422)延之从建康赴始安途经汨罗时，即曾受张邵之托作"祭屈原文以致其意"（《宋书》本传），今从原路返回，故得再逢张邵。经涂，本指都城中的道路。这里指回都的路途。延，即行进之意。旧轨，旧路，原路。

⑥闉(yīn)：古代城门外另筑的半环形的墙，又称城曲重门。访：探寻，探望。

⑦水国：楚地多河流湖泊，故称。周：环绕。

⑧却倚：后倚。云梦：泽名。《周礼·职方氏》："正南曰荆州，其山镇曰衡山，其泽薮曰云梦。"

⑨京台：即荆台，地名。在今湖北监利北。李善注："《说苑》曰：楚昭王游于荆台，司马子期谏曰：'荆台左洞庭，右彭蠡。'"囿(yòu)：古代帝王畜养禽兽的园林。

⑩清氛：指云气。霁(jì)：云气散开，天放晴。岳：指天岳。山名。又名巴丘山，在今湖南岳阳。延之写此诗时，今湖南岳阳尚称巴陵，岳阳为后起之名。阳：山南。

⑪曾晖：指日光。曾，通"层"。薄：迫近，照临。澜澳：泛指水面。澜，水波。澳，水湾。

⑫千里目：远望千里之目。

⑬往还：与下句"起伏"皆指人事的兴衰变化和人的生老病死。

⑭劳：疲劳，厌倦。

⑮没：通"殁"，死亡。

⑯炯介：同"耿介"，光明正大。明淑：明智贤淑之士。

⑰上世：上古时代。李善注引《论衡》曰："上世之人，质朴易化。"

⑱艺：种植。

【译文】

长江汉水划分楚地山川，衡岳巫山把这南服奠定。

长江湘沅一齐注入洞庭，众多湖泽满布荆郊如云。

回都途中沿着原路行进，登上城郭探访河川原陆。

水国四周环绕险要地形，河山交错确是山重水复。

后面背靠云梦泽边林莽，前面瞻望京台帝王林园。

清气散尽山南一派晴朗，阳光缕缕照临波澜水湾。

凄凉啊这来自远方的风，悲伤啊这远望千城的眼。

万古将无穷的往还陈列，百代对无尽的起伏生厌。

存者殁者究竟何人可法？光明正大只在明智贤淑。

请让我去追随上古之人，归来田园种植桑麻绿竹。

鲍明远

见卷第十一《芜城赋》作者介绍。

还都道中作一首

【题解】

本篇《鲍参军集》题作《上浔阳还都道中》。宋文帝元嘉十七年（440），临川王刘义庆由江州刺史调任南兖州刺史，由浔阳（今江西九江）乘船赴广陵（今江苏扬州）就任。时鲍照在刘义庆幕下任国侍郎之职,随同前往,在途中作了此诗。诗篇描写旅途景色,抒发思念故乡的情绪,境界浑阔,意绪愁惨。用了大量对仗,而能笔力道劲;讲究字句雕琢,但不失其流畅。何焯《义门读书记》评为:"字字清新,句句奇。"方东树《昭昧詹言》云:"此诗及小谢《还都》,各极其情文之盛妙,可谓异曲同工。"

> 昨夜宿南陵①,今旦入芦洲②。
> 客行惜日月③,崩波不可留④。
> 侵星赴早路⑤,毕景逐前俦⑥。
> 鳞鳞夕云起⑦,猎猎晓风遒⑧。
> 腾沙郁黄雾,翻浪扬白鸥⑨。
> 登舻眺淮甸⑩,掩泣望荆流⑪。
> 绝目尽平原⑫,时见远烟浮。
> 倏悲坐还合⑬,俄思甚兼秋⑭。
> 未尝违户庭⑮,安能千里游!
> 谁令乏古节⑯?贻此越乡忧⑰。

【注释】

①南陵:地名。南朝梁置县,故城在今安徽繁昌西北,下临长江。

②芦洲:李善注:"庾仲雍《江图》曰:'芦洲至樊口二十里,伍子胥初所渡处也。樊口至武昌十里。'然此芦州在下,非子胥所渡处也。"黄节《鲍参军诗注》云:"芦洲,谓芦荻之洲耳。起对句不必地名,谢康乐《石门新营所住》诗:'跻跻策幽居,披云卧石门。'岂以幽居亦地名耶?"按春秋时伍子胥所渡的芦洲在今湖北鄂州,非此所言芦洲。黄节之说可从,即指芦苇丛生的沙洲。

③惜日月:吕向注:"务疾还也。"

④崩波:即奔波。

⑤侵星:犹戴星。

⑥毕景:落日。前俦(chóu):指行驶在前面的同伴船只。俦,伴侣。

⑦鳞鳞:云貌,谓其状如鱼鳞之状。

⑧猎猎:风声。遒:刚劲,有力。

⑨鸥:水鸟名。

⑩舻(lú):船头。淮甸:指江淮平原,是诗人将去的地方。甸,上古时,国都百里内称郊,郊外称甸。

⑪掩泣:掩面而泣。荆流:钱仲联《鲍参军集注》:"指浔阳九派之水。《书·禹贡》:'荆及衡阳惟荆州;江、汉朝宗于海,九江孔殷。'照诗语本此。"

⑫绝目:极目。

⑬倏悲:倏然而至的悲思。坐:无缘无故。还(xuán):迅速。

⑭俄思:顷刻兴起的思念。兼:李善注:"犹'三'也。《毛诗》曰:'一日不见,如三秋。'"

⑮违:离开。户庭:犹言家门。

⑯乏古节:为诗人自责之辞。古节,谓古人志在四方的节操。据《礼记·郊特牲》载,古代有家生男儿即于门左挂弓弧一张的习俗,表示男儿志在四方。

⑰贻:遗留。越乡:犹离乡。

【译文】

昨天夜里还在南陵住宿,今天一早船已进入芦洲。

客行在外十分珍惜光阴,水波奔流也不能够停留。

清晨顶着星星去赶早路,日落还在追赶同伴飞舟。

鱼鳞般的夕云冉冉升起,晓风猎猎吹得刚劲急骤。

尘沙升腾弥漫犹如黄雾,波浪翻卷扬起只只白鸥。

登上船头眺望江淮郊野,掩面哭泣怅望荆楚江流。

极尽目力遥望浩渺平原,不时看见远处云烟飘浮。
倏然悲至无故迅速聚合,俄又思乡别绪超过三秋。
从来不曾离开家门外出,哪里能到千里之外宦游!
谁让我缺乏古人的节操,留下这远离故乡的忧愁。

谢玄晖

见卷第二十《新亭渚别范零陵诗》作者介绍。

之宣城出新林浦向版桥一首

【题解】

齐明帝建武二年(495)初夏,谢朓由中书郎出为宣城太守,本诗即
作于赴任途中。宣城郡在今安徽宣城,新林浦和版桥在今江苏南京西
南。版桥,也作“板桥”。李善注引《水经注》曰:“江水经三山,又湘浦出
焉。水上南北结浮桥渡水,故曰版桥。浦江又北经新林浦。”谢朓这次
出任外官,并非其本意,故诗中流露出留恋京都的情绪。但另一方面,
当时政局复杂多变,就在谢朓离京的前一年,南齐一连改了三个年号,
换了三个皇帝,为了脱离政治斗争的漩涡,达到远害避祸的目的,诗中
同时又表达了对于出任外官的欣喜之情,表达了对于远离嚣尘的隐居
生活的向往。诗篇前半写景,后半抒情,笔致轻俊,情味旷逸。“天际”
一联为名句。王夫之《古诗评选》云:“语有全不及情而情自无限者,心
目为政,不特外物故也。‘天际识归舟,云中辨江树’,隐然一含情凝眺
之人,呼之欲出。从此写景,乃为活景。故人胸中无丘壑,眼底无性情,
虽读尽天下书,不能道一句。”

江路西南永①,归流东北骛②。

天际识归舟③,云中辨江树④。

旅思倦摇摇⑤,孤游昔已屡⑥。

既欢怀禄情⑦,复协沧州趣⑧。

嚣尘自兹隔⑨,赏心于此遇⑩。

虽无玄豹姿,终隐南山雾⑪。

【注释】

①永:长。

②归流:指东流入海的江水。骛(wù):奔驰。

③归舟:指驶回建康(今江苏南京)的船。

④云中辨江树:应劭《风俗通义·祀典》:"太山岩石松树,郁郁苍苍如云中。"

⑤摇摇:心神不定貌。

⑥屡:多次。

⑦怀禄:怀恋禄位。

⑧协:符合。沧州趣:谓隐居的乐趣。沧州,水边州渚,为隐者所居,代指宣城一带的幽僻之地。李善注引扬雄《橄灵赋》曰:"世有黄公者,起于苍州,精神养性,与道浮游。"

⑨嚣尘:喧闹而多尘埃的地方。此指建康。

⑩赏心:心所欣赏之事。指隐居。

⑪"虽无"二句:用《列女传》故事。《列女传·陶答子妻》:"答子治陶三年,名誉不兴,家富三倍。其妻数谏,不用。居五年,从车百乘归休,宗人击牛而贺之。其妻独抱儿而泣。姑怒曰:'何其不祥也!'妇曰:'……妾闻南山有玄豹,雾雨七日而不下食,何也?欲以泽其毛而成文章也,故藏而远害。犬彘不择食以肥其身,坐

而须死耳。今夫子治陶,家富国贫,君不敬,民不戴,败亡之征见矣。愿与少子俱脱。'姑怒,遂弃之。处期年,荅子之家果以盗诛。"

【译文】

溯流而上江路长长通向西南,江流归海朝向东北滔滔奔赴。

茫茫天际可以识别片片归舟,云霭之中能够分辨江边绿树。

旅途奔波神情倦怠思绪不定,独自宦游以前曾经有过多次。

此行既可为获得禄位而欢欣,又投合了在沧州隐居的乐趣。

喧闹尘埃从此与我远远隔绝,悦目赏心之事在此同我相遇。

虽然我没有黑豹那样的资质,但终于也隐身进了南山云雾。

敬亭山诗一首

【题解】

李善注引《宣城郡图经》:"敬亭山,宣城县北十里。"诗作于齐明帝建武二年(495)谢朓出守宣城(今属安徽)时,在对山水奇奥的刻画中寄托了既萦心禄位又企想栖隐的矛盾心情。谢朓的山水诗大多写得清新秀逸,而本篇落笔道劲,意境幽峭,气韵凝重,显得别具一格。这主要由于诗人处在出处仕隐的矛盾中,有意识地接近山水,而宣城四周有高山为屏,正是风景奥区,诗人探奇入胜,穷形极致,且将自己企望栖隐的心情旨趣融入其中,故给诗篇涂上了一层清远绵邈、险峭幽深的色彩。诗体逼肖谢灵运,同时也吸取了鲍照的奇峭笔法。全诗随步换形,布局一一有次第,较熟练地运用了永明声律和骈化修辞,"独鹤""缘源"二联,已颇接近律体要求,呈现出崭新的面目。

兹山亘百里①,合沓与云齐②。

隐沦既已托^③，灵异俱然栖^④。

上干蔽白日^⑤，下属带回溪^⑥。

交藤荒且蔓^⑦，樛枝耸复低^⑧。

独鹤方朝唳^⑨，饥鼯此夜啼^⑩。

渫云已漫漫^⑪，多雨亦凄凄^⑫。

我行虽纡组^⑬，兼得寻幽蹊^⑭。

缘源殊未极^⑮，归径窅如迷^⑯。

要欲追奇趣，即此陵丹梯^⑰。

皇恩竟已矣^⑱，兹理庶无睽^⑲。

【注释】

①亘（gèn）：横贯。

②合沓：重叠。

③隐沦：隐士。

④灵异：神灵，神仙。俱：本集作"居"，以作"居"是。

⑤干：触犯。

⑥属：连接。带：环绕。

⑦荒：覆盖。

⑧樛（jiū）枝：向下弯曲的树枝。

⑨唳（lì）：鹤鸣。《晋书·陆机传》："华亭鹤唳，岂可复闻乎？"

⑩鼯（wú）：鼠名。俗称飞鼠。形似蝙蝠，前后肢间有飞膜，能在树林中滑翔。

⑪渫（xiè）云：飘散的云雾。渫，发散。

⑫凄凄：寒凉貌。

⑬纡（yū）组：系佩官印。谓做官。纡，系结。组，佩印的绶带。

⑭幽蹊：幽深的小路。指山径。

⑮缘源:谓沿着山径追寻山溪之源。

⑯窅(yǎo):深远貌。

⑰陵:登。丹梯:谓山。

⑱已:完毕。谢朓是齐高祖、齐武帝二朝诸王的旧僚,齐明帝对他外和而内存戒心,出守宣城可以说是一种不信任的安排,谢朓因而在政治上感到了一种无望,故这里有"皇恩竟已矣"之句。

⑲兹理:谓陵丹梯以追奇趣之理,实即幽栖隐居之理。庶:表期望之词。睽(kuí):违背。

【译文】

此山横贯绵延足有百里,重重叠叠上与浮云等齐。

隐士已在这里把身托付,神灵居然也来这里安身。

山顶触天白日全被遮蔽,山脚下环绕着曲折清溪。

藤萝交错覆盖蔓延山岭,弯弯树木耸起复又低垂。

独鹤正好在这清晨哀鸣,饥鼯恰在这夜深时悲啼。

飘散的云雾已迷漫山间,山间多雨更显寒凉凄冷。

这次出行我虽是为做官,但能兼得探寻幽僻小径。

追寻水源远未达到终点,回去的路却已邈远迷失。

想要追寻到奇妙的意趣,那就从这里往山顶攀登。

皇恩毕竟已是过眼烟云,这个道理望不会有背违。

休沐重还道中一首

【题解】

本篇本集题作《休沐重还丹阳道中》。休沐,官吏休息沐浴,指例假。《初学记·假第六》:"休假亦曰休沐。汉律:吏五日得一下沐,言休息以洗沐也。"诗或作于齐明帝建武二年(495)春在朝任中书郎时,既表达了罢官归田的愿望,同时又表示"霸池不可别,伊川难重违"。展示隐仕思想矛盾,是谢朓这一时期诗作的常见主题,《直中书省》诗云:"兹言翔凤池,鸣佩多清响。信美非吾室,中园思偃仰。"即此。生活在一个充满倾轧和杀戮的社会政治环境中,"常恐鹰隼击,时菊委严霜"(《暂使下都夜发新林至京邑赠西府同僚》),具有这种想法是不难理解的。"汀葭"以下三联描景状物,无论静态动态,均极细致生动,读来历历可见,切切可感,充分显示了诗人敏锐的观察力、感受力和独到的表现力。

薄游第从告①,思闲愿罢归。
还邛歌赋似②,休汝车骑非③。
霸池不可别④,伊川难重违⑤。
汀葭稍靡靡⑥,江菼复依依⑦。
田鹤远相叫,沙鸨忽争飞⑧。
云端楚山见⑨,林表吴岫微⑩。
试与征徒望⑪,乡泪尽沾衣。
赖此盈樽酌⑫,含景望芳菲⑬。
问我劳何事?沾沐仰清徽⑭。
志狭轻轩冕⑮,恩甚恋重闱⑯。
岁华春有酒⑰,初服偃郊扉⑱。

【注释】

①薄游:谓短暂出游。第:且。告:告归,官吏请假回家。

②还邛(qióng)歌赋似:这句用西汉辞赋家司马相如故事。《汉书·司马相如传》载,相如为蜀郡成都(今属四川)人,早年曾客游于梁,居数年,作《子虚赋》。后梁孝王死,回成都,而家贫无以自业,遂往依友人临邛令王吉。临邛富人卓王孙大宴宾客,请相如,相如前往。是时,卓王孙有女文君新寡,好音,相如遂以琴心

挑之,携之私奔归成都。家徒四壁立,又同返临邛,文君当垆卖酒,相如穿犊鼻裈,涤器于市中。这里以临邛比休沐之地。邛,临邛,秦置县名。汉因之,在今四川邛崃。何焯《义门读书记》:"'还邛',义取家徒四壁。言游宦以来,有相如之四壁,无袁绍之兼辆,所以思归耳。"

③休汝车骑非:这句用东汉末袁绍故事。《后汉书·许劭传》:"许劭字子将,汝南平舆人也……初为郡功曹,太守徐璆甚敬之。府中闻子将为吏,莫不改操饰行。同郡袁绍,公族豪侠,去濮阳令归,车徒甚盛,将入郡界,乃谢遣宾客,曰:'吾舆服岂可使许子将见。'遂以单车归家。"汝,汝南,汉置郡名。治平舆(今属河南)。车骑非,谓无袁绍车骑之盛。

④霸池:即霸陵,为汉文帝陵,在长安城(今陕西西安)东七十里。李善注引潘岳《关中记》曰:"霸陵,文帝陵也。上有池,有四出道以写水。"又据李善注,西汉枚乘曾作有《临灞池远诀赋》。这里以"霸池"代指京都、朝廷,下句"伊川"同。

⑤伊川:即伊水,源出今河南熊耳山,流经河南洛阳。重:深。

⑥汀:水中小洲。葭(jiā):芦苇。稍:逐渐。靡靡:草伏相依貌。

⑦菼(tǎn):荻草。依依:轻柔而随风披拂之貌。

⑧鸨(bǎo):鸟名。似雁而大,脚上无后趾。

⑨楚山:亦即吴地的山。因战国时楚国拥有吴地,故称。

⑩表:外。岫(xiù):峰峦。

⑪征徒:谓随行徒从。

⑫赖此:谓凭借上述感情。樽:酒器。酌:斟酒。

⑬含景:谓面对大自然所包含的美景。芳菲:花草。

⑭沾沐:谓蒙受恩泽。仰清徽:谓归隐以洁身自好。清徽,指清正的操守。徽,美。

⑮轩冕:卿大夫的轩车和冕服。代指官职。

⑯重闱：指深宫。

⑰岁华：犹言岁时。即指春时。

⑱初服：当初未仕前的服饰。比喻原有的志趣。偃：卧。郊扉：指在郊野的房子。扉，门扇。

【译文】

短暂出游且把休假来请，想着闲散愿暂罢职回归。

回到临邛歌赋近似相如，休假汝南亦无袁绍车骑。

霸池不可与之长久分别，伊川很难与之深相背违。

小洲芦苇逐渐随风倾倒，江边荻草也正轻轻披拂。

田中野鹤远远引颈鸣叫，沙洲大雁忽地争相翩飞。

云头之上楚山倏地显现，树林之外吴山隐约幽微。

试与随从纵目四野怅望，衣服上落满了思乡之泪。

凭借此情且把酒杯斟满，面对春色凝望花艳草美。

要问我在为了何事辛劳？蒙受恩泽仰慕清正品格。

志向狭小不重轩车冕服，恩重非常眷恋深宫重闱。

正当春时又有酒在身边，穿上旧服躺卧郊野屋内。

晚登三山还望京邑一首

【题解】

本篇写登山所见春天傍晚景色及因瞻望京城而勾起的怀乡愁绪，可能作于齐武帝永明九年(491)春将离京跟着随郡王萧子隆赴荆州(今湖北江陵)之时，一说作于齐明帝建武二年(495)春出任宣城太守之时。三山，在今江苏南京西南长江南岸，上有三峰，南北相连。诗从"登""望"二字落笔，以敏锐细致的观察和高度的艺术概括力，描绘了一幅层次分明、色调缤纷、饶有情趣的春江暮景图。"余霞"二句设喻奇妙而贴切，词语工丽而自然，读之令人悬想不尽，成为谢朓诗中最受推崇的名

句。李白《金陵城西楼月下吟》有："解道澄江静如练,令人长忆谢玄
晖。"《三山望金陵怀殷淑》又说:"三山怀谢朓,水澹望长安。"从这些推
挹中,不难看出谢诗对后世产生的影响。

> 灞涘望长安①,河阳视京县②。
> 白日丽飞甍③,参差皆可见④。
> 余霞散成绮⑤,澄江静如练⑥。
> 喧鸟覆春洲,杂英满芳甸⑦。
> 去矣方滞淫⑧,怀哉罢欢宴⑨。
> 佳期怅何许⑩,泪下如流霰⑪。
> 有情知望乡⑫,谁能鬒不变⑬?

【注释】

①灞涘(sì):犹言灞岸。灞,一作"霸",水名。源出今陕西蓝田,流
　经西安。涘,水边。汉末王粲避乱离开长安时,作《七哀诗》有
　"南登灞陵岸,回首望长安"的诗句。

②河阳:县名。在今河南孟州。京县:即京城,指西晋京城洛阳(今
　属河南)。西晋潘岳在河阳做官时,曾有"引领望京室,南路在伐
　柯"(《河阳县》)的诗句。这里以灞涘、河阳比三山,以王粲、潘岳
　之望长安、洛阳比自己之望建康。

③丽:明丽。此指映照得十分明丽。飞甍(méng):高耸的屋脊。

④参差:高低不齐貌。

⑤绮:锦缎。

⑥澄江:清澈的江水。练:白绸子。

⑦杂英:杂花。芳甸:长满花草的郊野。

⑧方:将。滞淫:淹留,久留。

⑨怀：指怀念家乡。欢宴：此指在故乡的欢宴。

⑩佳期：指还乡之期。何许：何处，哪里。

⑪霰(xiàn)：小雪珠。

⑫有情知望乡：卢谌《赠刘琨》："然苟曰有情，孰能不怀！"

⑬缜(zhěn)：通"鬒"，黑发。

【译文】

站在灞水岸边眺望长安，身居河阳之地远看京县。

夕阳映照着高耸的屋脊，高低错落全都可以看见。

晚霞散开有如匹匹锦缎，江水清澈澄静如同白练。

百鸟喧闹覆盖春天小洲，各色花儿满布芬芳郊野。

离去了将要在外乡久留，怀念啊停止了故乡欢宴。

归期美好怅恨何时到来，泪珠滴落如同流动雪霰。

有情之人都知怅望故乡，谁能保持黑发颜色不变？

京路夜发—首

【题解】

本篇写于齐明帝建武二年(495)初夏出任宣城太守时。前部写天未明时出发情景，后部想象到任后情状，字里行间流露出思乡倦游的心情。"晓星"以下四句摹绘晨光熹微之状，颇为细致传神。

扰扰整夜装①，肃肃戒征两②。

晓星正寥落③，晨光复泱漭④。

犹沾余露团⑤，稍见朝霞上⑥。

故乡邈已夐⑦，山川修且广⑧。

文奏方盈前⑨，怀人去心赏⑩。

敕躬每跼蹐^⑪，瞻恩唯震荡^⑫。

行矣倦路长，无由税归鞅^⑬。

【注释】

①扰扰：纷乱貌。

②肃肃：疾速貌。戒：命令。徂：前往。两：同"辆"，谓远行之车。

③寥落：稀疏貌。

④泱(yǎng)漭：昏暗不明貌。

⑤露团：露珠圆貌。

⑥稍：渐。

⑦逾：远。敻(xiòng)：远。

⑧修：长。

⑨文奏：章表。这里指公文案卷。

⑩怀人：指怀念在京师的友人。心赏：心所欣赏之事。指与友人
　欢会。

⑪敕躬：即"敕身"，谓整饬己身，谨持己身。跼蹐(jú jí)：为行动小
　心谨慎之貌。跼，曲身，弯腰。蹐，小步走路。

⑫震荡：谓内心震动惊惧。

⑬税(tuō)归鞅(yāng)：谓解卸驾车之马而回归故乡。税，解，脱。
　鞅，套在马颈上用以负轭的皮带。代指驾车的马。

【译文】

纷纭扰攘整理夜行服装，疾速匆忙命备远行车辆。

晓星这时正是稀稀落落，晨光又是那样昏暗迷茫。

草上还沾有圆圆的余露，慢慢见到朝霞悬挂天上。

故乡离去越来越觉遥远，山川望去漫长而且宽广。

公文案卷即将堆满眼前，怀念友人舍却心中悦赏。

谨慎持身弯腰小步走路，瞻顾皇恩唯觉心内震荡。

走啊实在厌倦路途漫长，却无办法卸马回归故乡。

江文通

见卷第十六《恨赋》作者介绍。

望荆山一首

【题解】

荆山在今湖北南漳西，《水经注·沮水》称其"高峰霞举，峻竦层云"。《梁书·江淹传》："起家南徐州从事，转奉朝请。宋建平王景素好士，淹随景素在南兖州。广陵令郭彦文得罪，辞连淹，系州狱。淹狱中上书曰……景素览书，即日出之。寻举南徐州秀才，对策上第，转巴陵王国左常侍。"巴陵王即刘休若，于宋明帝泰始二年(466)任雍州刺史，镇襄阳(今属湖北)。本篇约作于泰始三年(467)秋，时到襄阳任巴陵王左常侍(江淹《自序》作"右常侍")不久。由于刚刚蒙受冤狱，现在又远适异乡，举目无亲，前途未卜，因此诗中充满悲苦之情。诗熔古朴遒劲与流丽清新于一炉，显示出从"元嘉体"向"永明体"过渡的痕迹。

奉义至江汉①，始知楚塞长②。

南关绕桐柏③，西岳出鲁阳④。

寒郊无留影⑤，秋日悬清光。

悲风桡重林⑥，云霞肃川涨⑦。

岁晏君如何⑧？零泪沾衣裳⑨。

玉柱空掩露⑩，金樽坐含霜⑪。

一闻《苦寒》奏⑫，更使《艳歌》伤⑬。

【注释】

①奉义:慕义。江汉:代指雍州(治今湖北襄阳)。

②楚塞:即指荆山,因其为古代楚国郢都的北部屏障。李善注引盛
　弘之《荆州记》曰:"鲁阳县,其地重险,楚之北塞也。"

③南关:指荆山南端的关隘。桐柏:山名。在今湖北枣阳、随县和
　河南桐柏之间。

④西岳:指荆山西端的峰峦。鲁阳:山名。在今河南鲁山西南。

⑤无留影:谓深秋树叶落尽,看不到有什么阴影了。

⑥桡(náo):弯曲。重林:层林。

⑦肃:收缩。

⑧岁晏:犹岁暮,谓一年将尽。

⑨零泪:落泪。

⑩玉柱:代指瑟琴筝等弦乐器。柱为弦乐器上支弦的小木柱,以
　"玉"形容其质地的精美。空:徒然。掩:蒙上。

⑪樽:酒器。坐:枉自。

⑫《苦寒》:即《苦寒行》,为乐府清调曲名。《乐府诗集》题解引《乐
　府解题》:"晋乐奏魏武帝《北上篇》(按,即《苦寒行》),备言冰雪
　溪谷之苦。"

⑬《艳歌》:即《艳歌行》,为乐府瑟调曲名。《乐府诗集》题解引《乐
　府解题》:"古辞云'翩翩堂前燕,冬藏夏来见'。言燕尚冬藏夏
　来,兄弟反流宕他县。"

【译文】

仰慕道义来到这江汉流域,这才知道楚国北塞的漫长。

南边的关隘要绕到桐柏山,西边的峰峦要延伸到鲁阳。

寒凉郊野没有了树荫花影,只有秋日散发着清凉辉光。

凄厉北风把层层林木吹弯,云霞收缩河流使不再上涨。

一年将尽不知君心情如何?眼泪纷落浸湿了我的衣裳。

乐器上徒然蒙上一层白露,酒杯中枉自落下一层寒霜。

首先听到演奏的是《苦寒行》,再听《艳歌行》更加使人悲伤。

丘希范

见卷第二十《侍宴乐游苑送张徐州应诏诗》作者介绍。

旦发鱼浦潭一首

【题解】

　　这是一首纪游诗。鱼浦潭,在今浙江杭州富阳区。诗人早晨从鱼浦潭出发,顺富春江东下,沿途村童野老、怪石绝峰、荒树寒沙、藤萝岛屿扑面而来,诗人一一绘诸毫端,遂有了这一幅江上风光图。最后抒发感慨,表达了在此"幽栖"的愿望。谢灵运有《富春渚》诗,首六句点明出游的时间及走向:"宵济渔浦潭,旦及富春郭。定山缅云雾,赤亭无淹薄。溯流触惊急,临圻阻参错。"后半转入直说议论,形象性较差,且带玄理意味。本篇构思或曾受其影响,但刻画工细,辞采丽逸,饶有情趣,有"点缀映媚,似落花依草"(锺嵘《诗品》)的风致,实非灵运所能及。何焯《义门读书记》认为丘诗"步趋康乐而未届精微,所工特模范间矣。体物工矣,兴象不逮"。实未可一概论之。全用对仗而能妥帖自然,亦为本篇特色。

　　　　渔潭雾未开,赤亭风已扬①。
　　　　棹歌发中流②,鸣鞭响沓障③。
　　　　村童忽相聚,野老时一望。
　　　　诡怪石异像④,崭绝峰殊状⑤。
　　　　森森荒树齐⑥,析析寒沙涨⑦。

藤垂岛易陟^⑧,崖倾屿难傍。
信是永幽栖^⑨,岂徒暂清旷^⑩。
坐啸昔有委^⑪,卧治今可尚^⑫。

【注释】

①赤亭:地名。在今浙江杭州东南。

②棹(zhào)歌:划船时唱的歌。

③鼙(pí):同"鞞",小鼓。沓:重叠。障:屏障。此指似屏障的山峰。

④诡怪:奇异。

⑤崭绝:高耸险峻貌。

⑥森森:繁密貌。

⑦析析:沙涨声。涨:谢灵运《山居赋》注:"涨者,沙始起,将成屿。"

⑧陟(zhì):登。

⑨信:的确。幽栖:隐居。

⑩清旷:清静疏旷。

⑪坐啸:闲坐吟啸。谓做官而不亲自处理政事。据卷二十六谢玄晖《在郡卧病呈沈尚书》李善注引张璠《汉记》,后汉弘农(治今河南三门峡市)人成瑨任南阳太守,用岑晊(字公孝)为功曹,政事都交给岑晊办理,岑晊成了实际上的太守,故"时人为之语曰:'南阳太守岑公孝,弘农成瑨但坐啸。'"昔有委:谓以前未这样做。委,放弃。

⑫卧治:躺着处理政务。谓不劳而治。《史记·汲黯列传》:"居数年,会更五铢钱,民多盗铸钱,楚地尤甚。上以为淮阳,楚地之郊,乃召拜黯为淮阳太守。黯伏谢不受印……上曰:'君薄淮阳耶?吾今召君矣。顾淮阳吏民不相得,吾徒得君之重,卧而治之。'"尚:尊崇,实行。

【译文】

渔浦潭的晨雾还没散开,赤亭的江风已经在飞扬。

唱着划船歌从江心出发，鼓声在重峦叠嶂间震响。
江村儿童忽地聚集拢来，乡间老农不时抬头观望。
石头全都长得奇形怪状，山峰高耸绝非通常模样。
荒野树木繁密而又整齐，寒沙析析似在不断上涨。
藤萝悬垂小岛容易攀登，山崖前倾岛畔难以依傍。
真想在此长久隐居下去，哪里只图一时清静疏旷。
闲坐吟啸以前放过机会，躺卧而治现在可以尊尚。

沈休文

见卷第二十《应诏乐游苑饯吕僧珍诗》作者介绍。

早发定山一首

【题解】

本篇写于齐郁林王隆昌元年(494)出任东阳太守时。定山,在今浙江杭州东南。卷第二十六谢灵运《富春渚》李善注引《吴郡缘海四县记》:"钱唐西南五十里有定山,去富春又七十里。横出江中,涛迅迈以避山难。"诗篇描绘了定山奇特迷人的景色,抒写了对于山川灵秀的深相眷恋之情。诗风颇近似于谢灵运,但无大谢的古奥生涩,具有峻洁明丽、圆活自然的特色。沈约提倡"四声八病"之说,为"永明体"的创始人之一。诗篇对仗精整,声调谐和,节奏明快,体现了诗人的创作主张。

夙龄爱远壑①,晚莅见奇山②。
标峰彩虹外③,置岭白云间④。
倾壁忽斜竖⑤,绝顶复孤员⑥。

归海流漫漫⑦,出浦水浅浅⑧。
野棠开未落⑨,山樱发欲然⑩。
忘归属兰杜⑪,怀禄寄芳荃⑫。
眷言采三秀⑬,徘徊望九仙⑭。

【注释】

①夙龄:少年。夙,早。远壑:远僻的山谷。

②莅(lì):到。

③标峰:即"峰标"。标,标举,突出。

④置岭:即"岭置"。

⑤倾壁:指悬崖峭壁。

⑥绝顶:最高峰。员:同"圆"。

⑦归海:指钱塘江水。

⑧浦:河流入海处。浅浅(jiān):水流急速貌。

⑨野棠:即棠梨,俗称野梨,初春开小白花。

⑩山樱:即野樱桃,春季开花,花呈淡红或白色。发:谓盛开。然:
　同"燃"。

⑪属:谓属意,归心。兰杜:即兰草、杜若,皆香草名。

⑫怀禄:留恋禄位。荃(quán):香草名。又称溪荪。

⑬眷言:怀顾貌。言,语助词,无义。三秀:指灵芝草。秀,开花。灵
　芝一年开花三次,故称。

⑭九仙:道教谓天界有九种类型的神仙。《云笈七签·道教本始
　部》载,太清境有九仙:"一上仙,二高仙,三大仙,四玄仙,五天
　仙,六真仙,七神仙,八灵仙,九至仙。"

【译文】

少年时就喜爱远僻的山谷,老来到这里又见到了奇山。

山峰高耸于五色彩虹之外,山岭置身于白云缭绕之间。

陡峻的峭壁忽地好像斜竖,绝高的峰顶又像一个孤圆。
东流入海的大江水势浩渺,奔出浦口的小河波飞浪卷。
野棠花绽苞怒放还未凋落,野樱桃正盛开像火焰烧燃。
流连忘返倾心于兰草杜若,怀禄之情得以寄托于芳荃。
辗转怀顾且把灵芝草采摘,徘徊依恋遥望上天的九仙。

新安江水至清浅深见底贻京邑游好一首

【题解】

本篇作于齐隆昌元年(494)沈约出任东阳太守时。新安江,源于今江西婺源西北,流经安徽休宁、歙县合练江,始称新安江;再东流入浙江省境,在建德东南与兰江合,东北流至浙江桐庐为桐江,至浙江杭州富阳为富春江,至旧钱塘县境为钱塘江。诗篇前部极写江水的澄净清澈,后部展开联想,表示愿以此水为京师友人洗濯冠缨,实即希望京师友人身处嚣尘之中而能洁身自好,可谓写景既有神,立意也高妙。吴淇《六朝选诗定论》评"洞澈"二句云:"凡水浅清易,深清难;冬清易,春清难。一层一层,极得'至'字意。""千仞"二句,与吴均《与朱元思书》"水皆缥碧,千丈见底,游鱼细石,直视无碍"有异曲同工之妙。

眷言访舟客①,兹川信可珍。
洞澈随深浅②,皎镜无冬春③。
千仞写乔树④,百丈见游鳞。
沧浪有时浊⑤,清济涸无津⑥。
岂若乘斯去⑦,俯映石磷磷⑧?
纷吾隔嚣滓⑨,宁假濯衣巾⑩?
愿以潺湲水⑪,沾君缨上尘⑫。

【注释】

①眷言:怀顾貌。访舟客:寻船过河的客人。为诗人自指。

②洞澈:透明。

③皎镜:明洁澄澈。

④仞:古代以七尺或八尺为一仞。写:描摹。这里是映入的意思。
乔树:高树。

⑤沧浪:水名。或云为汉水支流,或云即汉水,旧说颇歧异。还有
解作"青色"者。《孟子·离娄》:"有孺子歌曰:'沧浪之水清兮,
可以濯我缨,沧浪之水浊兮,可以濯我足。'"

⑥济:水名。源出今河南济源王屋山,其故道过黄河而南,东流至
山东,与黄河并行入海。后下游为黄河所夺,惟发源处尚存。涸
(hé):干枯。津:这里借指水。

⑦斯:此指新安江。

⑧磷磷:石在水中很明净的样子。

⑨纷:杂乱貌。嚣滓:犹嚣尘,喧闹而多尘埃。谓京师污浊的环境。
滓,沉淀的杂质。李善注:"谓去京师嚣尘之地以往东阳,自然隔
越,亦不须濯衣巾。"

⑩宁:岂,难道。假:借。

⑪潺湲(chán yuán):水流不断貌。

⑫沾:洗。缨:结冠的带子。

【译文】

我这个寻船客在这不断怀顾,这条江真是值得好好地珍惜。
无论深浅它都那样清晰透明,无论冬春它都那样澄澈明洁。
千仞高的树木影子直映水底,百丈深的水中也能看到游鱼。
沧浪之水也有个浑浊的时候,济水虽清却干枯得没水一滴。
难道要乘着这江流远远离去,在江中磷磷白石上俯映身影?
我已经离开喧闹多尘的京师,难道还须用这江水洗濯衣巾?
我愿用这不断流湲着的江水,为京师诸君洗掉帽带上灰尘。

军戎

王仲宣

见卷第十一《登楼赋》作者介绍。

从军诗五首

【题解】

"军戎"是表现军旅征戍生活的一类作品。《从军诗》一作《从军行》,属乐府《相和歌辞·平调曲》,歌辞以王粲所作五首为最早。据《三国志·魏书·武帝纪》,建安二十年(215)三月曹操率大军西征张鲁,十一月张鲁归降,十二月曹操自南郑(今陕西汉中)还,二十一年(216)春二月回到邺城(今河北临漳),《从军诗》其一即作于此时。同年十月曹操南征孙权,王粲从征,《从军诗》其二、三、四、五即作于此时。郭茂倩《乐府诗集》题解引《乐府解题》曰:"《从军行》皆军旅苦辛之辞。"王粲《从军诗》虽也写了从军之苦,但同时也表达了以苦为乐的情愫。诗的主旨在歌颂曹操的统一业绩,表示"不能效沮溺,相随把锄犁",而要"弃余亲睦恩,输力竭忠贞","虽无铅刀用,庶几奋薄身"。曹操所从事的统一大业符合历史发展的趋势和当时人民的普遍愿望,对之进行歌颂,从其主导面来说是无可非议的。王粲愿为统一大业贡献力量,虽然其动机包含着效忠曹氏的成分,但其主导方面同样值得肯定。诗篇情怀慷慨,气象壮阔,格调苍劲,文质兼美,具有较高的艺术成就。陈祚明《采菽堂古诗选》云:"立言得体,调并苍劲,古质之笔,不及汉而高于晋。"方东树《昭昧詹言》云："紧健处，杜公时效之，《出塞》诸作可见。"

从军有苦乐，但闻所从谁。

所从神且武①，焉得久劳师②。

相公征关右③，赫怒震天威④。

一举灭獯虏⑤，再举服羌夷⑥。

西收边地贼，忽若俯拾遗⑦。

陈赏越丘山，酒肉逾川坻⑧。

军人多饫饶⑨，人马皆溢肥⑩。

徒行兼乘还⑪，空出有余资⑫。

拓地三千里，往返速若飞⑬。

歌舞入邺城⑭，所愿获无违。

尽日处大朝⑮，日暮薄言归⑯。

外参时明政⑰，内不废家私⑱。

禽兽惮为牺⑲，良苗实已挥⑳。

不能效沮溺㉑，相随把锄犁。

孰览夫子诗㉒，信知所言非。

【注释】

①神且武：神明而勇武。

②劳师：使军队很疲劳。

③相公：指曹操。曹操时为丞相，故称。关右：即关西，指函谷关以西之地。古人以西为右。

④赫怒：勃然大怒。天威：本指帝王的威严。这里用以歌颂曹操。

⑤獯（xūn）：即獯鬻，我国古代西北地区的一个少数民族。秦汉时

称匈奴。虏：与下句"夷"皆为古代对异族的贬称。

⑥羌：我国古代西北地区的少数民族之一。

⑦忽：疾貌。拾遗：拾取遗失在地的东西。谓轻而易举。

⑧坁(chí)：水中小洲或高地。

⑨人：六臣本作"中"。饫(yù)：饱。饶：《说文解字》："饱也。"段玉裁注："饶者，甚饱之词也。"

⑩溢：益，增。

⑪徒行：徒步走。兼乘：两乘，两匹战马。

⑫有余资：谓缴获了大量物资。

⑬飞：《诗经·大雅·常武》："王旅啴啴，如飞如翰。"

⑭邺城：在今河北临漳。建安十八年(213)曹操被封魏公，三年后做了魏王，魏公、魏王的王都均在邺城。

⑮大朝：对朝廷的敬称。

⑯薄言：急迫之意。言，语助词。

⑰时明政：合乎时宜的清明政治。

⑱家私：家中私事。

⑲惮(dàn)为牺：谓政治清明，生产发展，禽兽均担心被捕杀，不敢糟蹋庄稼。惮，害怕。牺，牺牲，古代作祭品用的毛色纯一的牲畜。《春秋左传·昭公二十二年》："宾孟适郊，见雄鸡自断其尾。问之，侍者曰：'自惮其牺也。'"

⑳挥：摇动。谓庄稼长势良好。

㉑沮(jǔ)溺：长沮和桀溺，春秋时的两位隐士。《论语·微子》："长沮、桀溺耦而耕，孔子过之，使子路问津焉。"按，此句之上，六臣本《文选》和《乐府诗集》尚有"窃慕负鼎翁，愿厉朽钝姿"二句，中华书局俞绍初校点本《王粲集》已据补。句中的"负鼎翁"指殷相伊尹，传说伊尹善烹调，曾负鼎求见商汤王。《韩诗外传》："伊尹，故有莘氏僮也，负鼎操俎调五味而立为相。"

㉒孰览:细看。孰,同"熟"。夫子:指孔子。李善注:"《孔丛子》曰:
'赵简子使聘夫子。夫子将至,及河,闻鸣犊与窦犨之见杀,回舆
而趣,为操曰:翱翔于卫,复我旧居;从吾所好,其乐只且。'然夫
子欲从所好而隐居,仲宣欲厉节而求仕,有异夫子之志,故以所
言为非也。"

【译文】

参加军旅既有苦也有乐,只看你跟随的主帅是谁。
所跟的主帅神明而勇武,哪会长时间让部队劳苦?
相公征讨关西一带地区,勃然大怒震动上天神威。
一举消灭了西北的獯虏,再举将反叛的羌人降服。
西边擒获了边地的反贼,快得就像弯腰拾起东西。
赏赐陈列起来超过丘山,酒肉多得超过河流高地。
军中大多吃得酒足饭饱,人和战马无不增膘长肥。
步行去的牵回两匹战马,空手走的有了剩余物资。
新开拓的地盘有三千里,往返迅速就像鸟儿翩飞。
载歌载舞凯旋回到邺城,所愿有了收获而无违背。
白日整天都在朝中值班,太阳落山又急忙把家回。
在外参与谋划清明时政,在内也不耽误家中私事。
飞禽走兽害怕成为牺牲,田中良苗已在摇头摆尾。
决不能效法长沮和桀溺,相随隐居手握锄犁种地。
细细观览夫子所吟诗句,确实深知这种说法不对。

凉风厉秋节①,司典告详刑②。
我君顺时发③,桓桓东南征④。
泛舟盖长川⑤,陈卒被隰坰⑥。
征夫怀亲戚⑦,谁能无恋情?

拊襟倚舟樯⑧，眷眷思邺城⑨。

哀彼东山人⑩，喟然感鹳鸣⑪。

日月不安处，人谁获常宁？

昔人从公旦⑫，一徂辄三龄⑬。

今我神武师，暂往必速平。

弃余亲睦恩⑭，输力竭忠贞⑮。

惧无一夫用⑯，报我素餐诚⑰。

夙夜自怲怲⑱，思逝若抽萦⑲。

将秉先登羽⑳，岂敢听金声㉑！

【注释】

①厉：猛烈。

②司典：主管刑法的官员。详刑：用刑详审谨慎。也作"祥刑"。

③顺时：谓到了用兵的季节。《礼记·月令》孟秋之月："凉风至，白露降，寒蝉鸣，鹰乃祭鸟，用始行戮……天子乃命将帅选士厉兵，简练桀俊，专任有功，以征不义，诘诛暴慢，以明好恶，顺彼远方。"

④桓桓：威武貌。东南：指孙吴。

⑤泛舟：行舟。

⑥被：覆盖。隰坰(xí jiōng)：泛指郊野。隰，低洼之地。坰，郊野。

⑦亲戚：亲人。

⑧拊：抚摩。樯：桅杆。

⑨眷眷：依恋貌。

⑩东山人：指士兵。《诗经·豳风》有《东山》诗，是写远征东山的士兵在归途中的思家之情的。其第三章云："我徂东山，慆慆不归。我来自东，零雨其濛。鹳鸣于垤，妇叹于室。"

⑪喟然：叹息貌。鹳(guàn)：水鸟名。

⑫公旦:即周公,为周文王之子,周武王之弟,名姬旦。

⑬徂:往。三龄:三年。李善注引《毛诗序》曰:"周公东征,三年而归。"

⑭亲睦恩:亲人和睦的恩惠。即亲人对自己的恩惠。

⑮输力:贡献力量。

⑯一夫:一个平常人。

⑰报:报效。素餐:白吃饭。谓无功受禄。

⑱夙夜:早晚。即终日。怦(pēng):慷慨。此谓激励而使慷慨。

⑲萦:旋回缠绕。此指旋回缠绕的细丝。

⑳秉:持。先登羽:谓拿着弓箭(泛指武器)在攻城时冲在前面。羽,羽箭。

㉑金声:锣声。古代作战,击鼓则进攻,鸣金则停止进攻收兵。

【译文】

凉风在这秋季猛烈刮起,司典告知用刑详审谨慎。

我君顺应时节率军出发,威武雄壮朝着东南远征。

战船开进满布长长大河,兵士列队覆盖郊野如云。

远征将士怀念家中亲人,有谁能够无此眷恋之情?

抚摸衣襟靠在桅杆上面,情怀依依思念魏都邺城。

可怜那些远征东山的人,唱然叹息感慨鹳鸟啼鸣。

日月不安心处一个地方,人怎能获得长久的安宁?

从前人们跟着周公姬旦,一去就要达整整的三年。

今天我们神武之师出征,去后定能很快将敌平定。

抛弃我亲人和睦的恩惠,贡献力量竭尽我的忠贞。

只怕还不如平常人顶用,要报我无功受禄的诚心。

从早到晚自我激励情性,思绪消逝犹如抽丝难尽。

将要拿着弓箭率先登城,哪愿听下令收兵的锣声!

从军征遐路①,讨彼东南夷②。

方舟顺广川③,薄暮未安坻④。

白日半西山,桑梓有余晖。

蟋蟀夹岸鸣,孤鸟翩翩飞⑤。

征夫心多怀,恻怆令吾悲⑥。

下船登高防⑦,草露沾我衣。

回身赴床寝,此愁当告谁?

身服干戈事⑧,岂得念所私⑨。

即戎有授命⑩,兹理不可违。

【注释】

①遐路:远路。

②东南夷:指孙吴。

③方舟:两船并在一起称方舟。

④薄暮:傍晚。未安坻(chí):谓未靠岸停泊。坻,水中小洲或高地。

⑤翩翩:鸟飞轻疾貌。

⑥恻怆:悲伤。

⑦登高防:这是为了遥望故乡。防,堤岸。

⑧服:从事,担负。干戈事:指战事。

⑨所私:指怀念家乡和亲人的感情。

⑩即戎:奔赴战场作战。授命:献出生命。

【译文】

从军出战迈上遥远征程,讨伐那盘踞东南的敌寇。

战船顺着宽阔河道开进,到了傍晚还未靠岸停泊。

太阳西沉照在西山山腰,桑树梓树上闪耀着余辉。

蟋蟀在两岸不住地鸣叫,孤鸟在暮色中翩翩疾飞。

战士心中颇多怀乡之情,愁苦凄凉使我感到悲伤。
走下战船登上高高堤岸,草上露水浸湿我的衣裳。
转过身来回到床边就寝,这番愁绪能够倾诉给谁?
身上担负着从军的重任,哪能够顾念个人的私情。
上战场要准备献出生命,这个道理决不可以背违。

朝发邺都桥,暮济白马津①。
逍遥河堤上②,左右望我军。
连舫逾万艘③,带甲千万人④。
率彼东南路⑤,将定一举勋⑥。
筹策运帷幄⑦,一由我圣君⑧。
恨我无时谋⑨,譬诸具官臣⑩。
鞠躬中坚内⑪,微画无所陈⑫。
许历为完士⑬,一言独败秦。
我有素餐责⑭,诚愧伐檀人⑮。
虽无铅刀用⑯,庶几奋薄身⑰。

【注释】

①济:渡河。白马津:渡口名。在今河南滑县。

②逍遥:悠然自得貌。

③连舫:两船相连。犹言"方舟"。

④带甲:指全副武装的战士。甲,古代军人所穿的用皮革或金属片
做的护身衣。千万人:极言其多。

⑤率:循,沿着。

⑥一举勋:一举获胜的功勋。

⑦筹策运帷幄:谓在室内筹划。帷幄,军中帐幕。

⑧一由:全靠。圣君:指曹操。

⑨时谋:适时合用的计谋。

⑩具官臣:即具臣,指那些备位充数、不称职的臣子。

⑪鞠躬:谨慎恭敬貌。中坚:古代主将所在的中军部队,为全军主力,称中坚。此指军中重要部门。

⑫微画:小小的计谋。陈:上言,陈述。

⑬许历:战国时赵国军士。据《史记·廉颇蔺相如列传》载,秦国攻打韩国,驻军阏与,赵国派将军赵奢率军往救。赵奢"去阏与五十里而军。军垒成,秦人闻之,悉甲而至。军士许历请以军事谏,赵奢曰:'内之。'许历曰:'秦人不意赵师至此,其来气盛,将军必厚集其阵以待之。不然,必败'……许历复请谏,曰:'先据北山上者胜,后至者败。'赵奢许诺,即发万人趋之。秦兵后至,争山不得上,赵奢纵兵击之,大破秦军。秦军解而走,遂解阏与之围而归"。完士:李善注:"完,谓全具也。言非有奇也。"即普通人之意。俞绍初辑校《建安七子集》:"'完士',孙志祖《文选考异》引何焯说,云:'《史记》云"军士许历请以军事谏","完"当作"军",传写误也。'然《书钞》《史记·索隐》引此句亦作'完',盖唐时萃集已如此。"

⑭素餐责:谓无功受禄的责任。

⑮伐檀人:本指劳动者。这里指建有功勋的人。《诗经·魏风·伐檀》:"坎坎伐檀兮,置之河之干兮,河水清且涟猗。不稼不穑,胡取禾三百廛兮? 不狩不猎,胡瞻尔庭有县貆兮? 彼君子兮,不素餐兮!"

⑯铅刀:铅质的刀,言其不锋利。

⑰庶几:或许可以。为表希望之词。奋薄身:谓贡献微薄的力量。薄身,犹言微躯。

【译文】

早晨军队从邺都桥出发,傍晚时分已渡过白马津。

悠然地漫步在河堤之上,左顾右盼前进中的我军。

相连的战船超过一万艘,披甲的将士足有千万人。

沿着朝东南的道路开进,将建立一举获胜的功勋。

在帷幄之中把良策筹划,全靠我足智多谋的圣君。

只恨我没有适宜的计谋,就像那备位充数的朝臣。

恭谨地在重要部门任职,连个小计谋也不曾上陈。

许历是一个普通的军士,还靠一句话打败了秦军。

我负有无功受禄的责任,确实愧对有功的伐檀人。

虽没有铅刀一割的用处,或还能振奋起微薄之身。

悠悠涉荒路①,靡靡我心愁②。

四望无烟火,但见林与丘。

城郭生榛棘③,蹊径无所由④。

雚蒲竟广泽⑤,葭苇夹长流⑥。

日夕凉风发,翩翩漂吾舟。

寒蝉在树鸣,鹳鹄摩天游⑦。

客子多悲伤⑧,泪下不可收。

朝入谯郡界⑨,旷然消人忧⑩。

鸡鸣达四境⑪,黍稷盈原畴⑫。

馆宅充廛里⑬,女士满庄馗⑭。

自非圣贤国,谁能享斯休⑮?

诗人美乐土⑯,虽客犹愿留。

【注释】

①悠悠:远貌。涉:本指徒步渡水。这里为行进之意。

②靡靡:迟迟,迟缓。

③榛(zhēn)棘:丛生的草木。

④蹊:小路。

⑤萑(huán):草名。为蔓生植物,亦名萝藦、芄兰。蒲:草名。有香蒲和菖蒲两种,均生长于水边。竟:周遍。

⑥葭(jiā)苇:芦苇。

⑦鹳:鸟名。鹄:天鹅。摩天:迫近天。

⑧客子:指远征的战士。

⑨谯郡:东汉末分沛国地置,治谯县(今安徽亳州)。谯为曹操故乡,在当时经济恢复较快。

⑩旷然:开朗貌。

⑪四境:指四方郡界。

⑫畴:已耕作的土地。

⑬馆宅:房舍。廛(chán)里:住宅、市区的通称。

⑭女士:女子和男子。庄馗(kuí):皆指四通八达的大道。

⑮休:幸福。

⑯美:赞美。乐土:安乐幸福的地方。

【译文】

在遥远荒凉的道路行进,步履迟缓我心无比忧愁。
四面望去没有人间烟火,只见无边的树林和荒丘。
城邑丛生出杂木和野草,路径不知经由哪里好走。
萑草蒲草长遍广泽四周,芦苇茂密夹住长长江流。
傍晚时分阵阵凉风吹起,风帆翩翩漂动我的行舟。
寒蝉在林间凄厉地鸣叫,鹳鸟鸿鹄迫近苍天遨游。
远征之人心多悲伤之情,眼泪横流一发而不可收。

早晨进入谯郡所辖地界，豁然开朗令人消去忧愁。
鸡叫之声远传四面边境，高粱小米长满原野田畴。
人烟稠密房舍布满街市，路上满是男男女女在游。
这要不是圣贤所在国度，有谁能把如此幸福享受？
这就是诗人赞美的乐土，虽为客人也愿在此居留。

郊庙

颜延年

见卷第十四《赭白马赋》作者介绍。

宋郊祀歌二首

【题解】

此二首,《乐府诗集》中分别以《夕牲歌》《迎送神歌》为题,收在《郊庙歌辞·宋南郊登歌三首》中。古代帝王祭天地称为"郊祀",郊祀歌即专用于郊祀仪式的歌曲。内容除赞美天神地祇外,还歌咏其他神灵和祥瑞。逯钦立《先秦汉魏晋南北朝诗》云:"《宋书·乐志》曰:文帝元嘉二十二年,诏颜延之造《天地郊夕牲》《迎送神》《飨神》雅乐登歌三篇。"

> 夤威宝命,严恭帝祖①。炳海表岱②,系唐胄楚③。
> 灵监睿文,民属睿武④。奄受敷锡,宅中拓宇⑤。
> 亘地称皇,罄天作主⑥。月竁来宾⑦,日际奉土⑧。
> 开元首正,礼交乐举⑨。六典联事,九官列序⑩。
> 有牷在涤,有絜在俎⑪。荐飨王衷⑫,以答神祜⑬。

【注释】

①"夤(yín)威"二句:意思是说郊祀乃是敬畏天帝和尊敬先祖的表

现。夤威,即敬畏。夤,通"寅",敬。威,畏。宝命,对神命、天命、帝命的美称。严,庄重。恭,恭敬。帝祖,上帝,先祖。

②炳:显。表:彰显。海、岱:指徐州(今属江苏)。说徐州东临大海,北邻泰山(岱),南接淮水。徐州是刘宋王室的祖籍,故言之。

③系唐胄楚:刘良注:"宋承唐尧及楚元王后,故云。"系、胄,承。

④"灵监"二句:这二句是赞美宋高祖刘裕,说神灵明鉴其文德,老百姓寄望于其武功。张铣注:"灵,神;监,察;睿,圣也。"属(zhǔ):同"瞩",注视。

⑤"奄受"二句:吕向注:"敷,大;锡,赐;宅,居也。言宋高祖奄受天之大赐,故居中开拓疆宇。"奄受,犹言广受。奄,包括。按,刘裕受禅前曾率兵北伐,收复了中原广大地区以及陕西一带。

⑥"亘地"二句:言宋高祖遍有土地而称帝主宰天下。亘,遍。罄,尽。

⑦月窜(cuì):月窟。窜,窟。古人认为月的归宿处在西方,故以称极西之地。宾:宾服。

⑧日际:指太阳升起的地方,以称极东之地。

⑨"开元"二句:刘良注:"元、首,皆始也。正者,正月上日。言天子布开政教之始,起于正月上日也。礼交乐举,和之至也。"

⑩"六典"二句:诗中六典、九官,借指刘宋王朝的典章制度和列官。张铣注:"周礼有六典之官以掌万邦,舜命九官以理天下,若斯之官,皆接联而事于此,罗列皆有次序。"六典,六种典制。李善注引《周礼》曰:"太宰之职,掌建邦之六典,以佐王治邦国。一曰治典,二曰礼典,三曰教典,四曰政典,五曰刑典,六曰事典。"九官,据《尚书·舜典》,传说虞舜置九官,即:伯禹作司空,弃为后稷,契作司徒,皋陶作士,禹作共工,益作朕虞,伯夷作秩宗,夔作典乐,龙为纳言。

⑪"有牷(qiān)"二句:言牲牷已关养在涤中,祭器也在清洗了。牷,

牲牷。用作牺牲的牛羊,色纯体完者曰牷。涤,古时指养祭牲之
室。也叫牢。取其荡涤洁清之意。絜,同"洁"。俎,指祭器。

⑫荐飨(xiǎng):祭献。衷:忠诚。

⑬祜(hù):福。

【译文】

敬畏尊严的天命,庄重恭敬上帝、先祖。推崇尊显海岱之地,我皇
乃是继承尧、楚。

神灵明察圣君文治,百姓寄望圣君武功。高祖大受上天恩赐,居于
中土开拓疆宇。

拥有广土登上帝位,普天之下尽归统治。西极之地前来宾服,东极
之地纳贡归依。

布开政教始于正月,礼乐制度融通振起。各种典章联接侍奉,朝廷
众官排列有序。

牲牷已经养在牢中,祭器正在打扫清洗。祭献我皇一片忠诚,报答
神明降福佑庇。

维圣飨帝,维孝飨亲①。皇乎备矣,有事上春②。
礼行宗祀,敬达郊禋③。金枝中树,广乐四陈④。
陟配在京,降德在民⑤。奔精昭夜,高燎炀晨⑥。
阴明浮烁,沉禜深沦⑦。告成大报,受釐元神⑧。
月御案节,星驱扶轮⑨。遥兴远驾,曜曜振振⑩。

【注释】

①"维圣"二句:谓只有圣人(指天子)才能祭供上帝,孝子才能祭供
父母。《礼记·祭义》曰:"唯圣人为能飨帝,孝子为能飨亲。"

②"皇乎"二句:谓皇上尽具圣孝之道,将行祭祀之礼于上春时节。

上春,即孟春,正月。有事,谓有祭祀之事。

③"礼行"二句:此二句言在庙中举行祭祖宗之礼,在郊外举行禋祀
向天布达敬诚。宗祀,祭祀祖宗。宗祀在庙中举行。郊禋(yīn),
郊祀。对天帝的祭祀称禋祀。把祭牲和玉帛置于柴上,烧柴烟
升,表示告天。

④"金枝"二句:吕向注:"金枝谓灯,以金饰之。广乐,天子乐也。"
广乐,传说天上的一种乐曲。诗中借指祭祀中所奏的乐曲。四
陈,谓四下传布。

⑤"陟配"二句:李善注:"《毛诗》曰:三后在天,陟配在京。"李周翰
注:"三后,谓大王、王季、文王。既没,精气在天,武王能配行其
道于镐京。言天子升祖考以配天,下以德及众庶也。"

⑥"奔精"二句:此二句言在祭祀的夜晚,有流星出现,光照夜空。
焚柴升烟,达于清晨。奔精,指流星。昭,照。《史记·乐书》:
"汉家常以正月上辛祠太一、甘泉,以昏时夜祠,到明而终。常有
流星经于祠坛上。"燎,焚柴。炀,烟。

⑦"阴明"二句:古代阴阳家用水、火、木、金、土五种物质德行相生
相克和终而复始的循环变化,来说明王朝兴替的原因。刘宋王
朝属水德,所以这里言水星放光和祭祀水神。阴明,指水星。浮
烁,光上浮貌。沉禜(yǒng),祭水曰沉。禜,祭名。深沦,深水。
深沦在诗中既指所祭祀的深水,也用来比喻祭祀的深沉诚意。

⑧"告成"二句:刘良注:"告其成功以报于天,遂受福于天神矣。"釐
(xī),福。元神,大神。元,大。

⑨"月御"二句:此二句乃承上言天神降临,月为之驾车徐行、星为
之拥驾。月御,月的驾车人,传说名叫望舒。案节,控制车马的
步伐,谓缓行。星驱,星星驰驱。扶轮,谓在车驾两侧簇拥而行。

⑩"遥兴"二句:此二句说天神遥起远驾而降,车驾队伍放射光彩,
十分盛大壮观。兴,起。曜曜,光明貌。振振,盛貌。

【译文】

唯有天子能够祭祀上帝,唯有孝子能够祭祀双亲。皇上已具圣孝之道,将有祭祀之事于孟春。

举行了对祖宗的祭祀,又行禋祀向上天布达敬诚。金色的灯盏设立在中央,四方传扬着典雅的乐声。

同祭列祖和上帝于京城,把德泽降临给百姓。流星的光辉照亮了夜空,高烧柴火升烟直达清晨。

水星渐渐呈现出光芒,在幽深的水边祭祀水神。向上天呈报大功告成,我们受到的福佑来自大神。

月亮的御者放慢了车马步伐,众星驰驱护着大神车驾降临。您遥远地起驾前来,光辉照耀场面多么隆盛。

乐府上

乐府三首　古辞

饮马长城窟行

【题解】

　　"乐府",始于秦朝设立的管理音乐的官署。西汉武帝时大规模扩建,它除了将文人歌功颂德的诗制成曲谱并制作、演奏新的歌舞外,还采集民间的歌辞入乐。后来人们把这些歌辞也叫做乐府。《汉书·艺文志》载:"自孝武立乐府而采歌谣,于是有代、赵之讴,秦、楚之风,皆感于哀乐,缘事而发,亦可以观风俗,知厚薄云。"可见当时采诗范围遍及黄河、长江两大流域,亦可见采诗在社会生活中的意义。据《艺文志》所载篇目,仅西汉时"乐府"收集的民歌,就有三百一十四首之多,但现存的乐府民歌,包括东汉作品在内只有约四十首,大都收录在宋代郭茂倩所编的《乐府诗集》中。

　　《饮马长城窟行》在《乐府诗集》中属《相和歌辞·瑟调曲》,又名《饮马行》。长城窟,指长城之下的泉窟。李善曰:"言征戍之客至于长城,而饮其马,妇思之,故为长城窟行。"诗中细致地描述了思妇苦涩的心情和迫切的盼望。

　　　　青青河边草,绵绵思远道①。
　　　　远道不可思,夙昔梦见之②。
　　　　梦见在我傍,忽觉在佗乡③。

佗乡各异县,展转不可见④。

枯桑知天风,海水知天寒⑤。

入门各自媚,谁肯相为言⑥?

客从远方来,遗我双鲤鱼⑦。

呼儿烹鲤鱼⑧,中有尺素书⑨。

长跪读素书⑩,书上竟何如?

上有加餐食,下有长相忆⑪。

【注释】

①"青青"二句,李善注:"言良人行役,以春为期,期至不来,所以增思。"绵绵,在此有双关义,一状春草细密绵延,一状思念缠绵不断。

②"远道"二句:此二句言良人既在远道,徒然思之无益,只能在梦中相见。夙昔,昨夜。夙,旧。昔,夜。

③"梦见"二句:言忽然醒来,梦中人仍在他乡。觉,醒。佗,同"他"。

④展转:不定。言远道之人行踪不定。一说为反复,言反复思量。

⑤"枯桑"二句:此以枯桑、海水喻征夫。或以枯桑、海水喻妇人,言其孤苦忧思唯自知,故下文即言"入门各自媚"云,似于义较长。

⑥"入门"二句:此二句言从远处归来之邻人,各爱自家之人,有谁肯为我捎个问讯。媚,爱悦。

⑦遗(wèi):赠予。双鲤鱼:指装书信的函,一底一盖,刻为鱼形。

⑧烹鲤鱼:指打开书函。烹,煮。此处乃是涉笔成文以求生动。

⑨尺素书:指书信。素,生绢。古人在绢上写字。

⑩长跪:伸直腰跪着。古人席地而坐,两膝着地,坐在脚后跟上,直起腰来即是长跪的姿势。

⑪"上有"二句:信前面写到要妇人多吃点饭,后面写到自己长长的思念。诗作弦外之音是无有归期。

【译文】

翠色青青长在河岸上的野草,细密绵延引起我对远道之人的思念。
徒然思念远道之人也是无益,昨天夜里睡梦之中与他相见。
梦见他就在我的身旁,忽然醒来他却仍然远在他乡。
他乡各自是另外一县,路途之人行踪不定难以相见。
叶儿枯落的桑树也知天风猛烈,宽广的海水也知天气的严寒。
别人归来都各自回家倾诉爱悦之情。谁肯为我捎带上只语片言?
有位客人从远方来到我家,赠予我刻着双鲤鱼的木函。
呼唤儿子打开双鲤鱼木函,中间有写着书信的一尺白绢。
长跪着读这白绢书信,书信中到底写有何言:
前面写着要我多加餐饭,后面提到他长长的思念。

伤歌行

【题解】

《伤歌行》,在《乐府诗集》中属《杂曲歌辞》。诗作写一位独处深闺的女子,在明月之夜忧思难已,不能成眠,起而徘徊,见春鸟孤飞,哀鸣求偶,更加触动自己怀念心上人的愁肠。郭茂倩题解曰:"《伤歌行》,侧调曲也。古辞伤日月代谢,年命遒尽,绝离知友,伤而作歌也。"谓托男女之情以言思友,亦一解。

昭昭素月明①,晖光烛我床②。
忧人不能寐,耿耿夜何长③!
微风吹闺闼④,罗帷自飘扬。
揽衣曳长带⑤,屣履下高堂⑥。
东西安所之⑦? 徘徊以彷徨。
春鸟翻南飞,翩翩独翱翔。

悲声命俦匹⑧,哀鸣伤我肠。

感物怀所思,泣涕忽沾裳。

伫立吐高吟,舒愤诉穹苍⑨。

【注释】

①昭昭:光明貌。素:白。

②烛:照。

③耿耿:形容心中不能安稳。

④闼:门。

⑤曳(yè):拖。

⑥屣(xǐ)履:拖着鞋子走路。

⑦安所之:去哪里。之,往,去。

⑧命:犹言呼唤。俦匹:伴侣。

⑨舒:抒发。穹苍:天空。

【译文】

明亮洁白的月儿,辉光照临我的眠床。

忧思之人不能入睡,心不安宁总觉得夜太漫长!

微风吹进闺房的门户,吹得帷帐不停飘扬。

揽起衣裳拖着长长衣带,拖着鞋子走下高堂。

不知该走东边还是西边,徘徊走动心中彷徨。

春天一到鸟儿朝着南边飞去,你何故展翅翩翩独自翱翔?

悲凉鸣叫呼唤着伴侣,哀伤的鸣声使我满腹感伤。

感此景物引起我怀念所思之人,泪水顿时流淌沾湿了衣裳。

伫立着发出高声吟唱,抒发忧愤倾诉给浩浩上苍。

长歌行

【题解】

《长歌行》,在《乐府诗集》中属《相和歌辞·平调曲》。"长歌"之义,李善注引崔豹《古今注》曰:"长歌,言寿命长短定分,不妄求也。"此说前人多非之。《乐府解题》曰:"按古诗云'长歌正激烈',魏文帝《燕歌行》云'短歌微吟不能长',晋傅玄《艳歌行》云'咄来长歌续短歌',然则歌声有长短,非言寿命也。"可作参考。本诗言时光易逝,当珍惜少年时日,无遗老来之叹。

青青园中葵①,朝露行日晞②。
阳春布德泽,万物生光晖。
常恐秋节至,焜黄华蕊衰③。
百川东到海,何时复西归?
少壮不努力,老大乃伤悲。

【注释】

①葵:冬葵,是我国古代重要的蔬菜之一。
②晞(xī):晒干。
③焜(hún)黄:色衰貌。华:同"花"。

【译文】

颜色青青的园中葵菜,上有朝露等待着太阳晒干。
阳春普遍布下德泽,万物焕发出光彩。
常常担心秋季到来,花儿叶子枯黄色衰。
百条江河东流入海,何时见它往西归来?
少壮之时若不努力,老大之时徒然悲哀。

班婕妤

　　班婕妤(前48?—6?),西汉文学家。名不详,婕妤是妃嫔的称号。少有才学,工于诗赋。汉成帝时选入宫,初为少使,不久立为婕妤。后赵飞燕得宠,乘机进谗,班遂失宠,自求退居长信宫侍奉太后。原有集一卷,已佚。今存《自悼赋》《捣素赋》《怨歌行》等,均抒写她在宫中的苦闷和幽怨。传附于《汉书·外戚传》。

怨歌行一首

【题解】

　　《怨歌行》,属《相和歌辞·楚调曲》,一名《团扇歌》。李善曰:"《歌录》曰:'《怨歌行》,古辞。'然言古者有此曲,而班婕妤拟之。"后人则多疑为伪作。诗作以纨扇至秋见弃,喻人之失宠。或云即班失宠后所作。锺嵘《诗品》曰:"婕妤《团扇》短章,辞旨清捷,怨深文绮。"

新裂齐纨素^①,皎洁如霜雪。

裁为合欢扇^②,团团似明月。

出入君怀袖,动摇微风发^③。

常恐秋节至^④,凉风夺炎热^⑤。

弃捐箧笥中^⑥,恩情中道绝^⑦。

【注释】

①裂:截断。指从织机上把纨素截下来。齐纨素:齐国产的白绢。
②合欢扇:即团扇,其形如两扇之合。

③"出入"二句：李善注："此谓蒙恩幸之时也。"

④秋节：秋季。

⑤夺：取代。

⑥箧笥(sì)：匣、盒等。

⑦中道：中途。

【译文】

新织成的齐地白绢，光亮洁白如同霜雪。

裁剪制作成把团扇，圆圆好像一轮明月。

出入君子怀袖之中，摇起发出阵阵凉风。

常常害怕秋季到来，凉爽秋风送走夏日。

把扇弃置于匣盒中，恩情中途就已断绝。

魏武帝

　　曹操(155—220)，三国魏著名政治家、军事家、文学家。字孟德，沛国谯(今安徽亳州)人。少机警，有权数而任侠。二十岁时，举孝廉为郎，历任洛阳北部尉、济南相等。曾参与镇压黄巾起久，后击败袁绍、吕布等割据势力，统一北方。建安十三年(208)进位为丞相。二十一年(216)封魏王。死后其子曹丕称帝，追尊为武帝。现存诗二十余首，较完整的散文四十余篇。其诗虽全为汉乐府旧题，却不因袭古辞古意，而是以旧题写时事，内容深刻，气魄宏伟，慷慨悲壮，苍劲雄浑，代表了"建安风骨"的特色。锺嵘《诗品》说："曹公古直，甚有悲凉之句。"如《蒿里行》《苦寒行》《薤露》等，反映汉末的战乱和人民的苦难，有"汉末实录，真诗史也"的誉称(锺惺《古诗归》)。《观沧海》《龟虽寿》《短歌行》等诗，抒写统一天下的雄心壮志和思贤若渴的情怀。其散文也别具一格，善于以质朴刚健的语言直抒胸臆，而无典雅浮华之弊，代表作如《让县自明本志令》。原有集三十卷，已散佚。现有中华书局辑校的《曹操集》较为完备,近人黄节的《魏武帝诗注》是比较完善的注释本。《三国志·魏书·武帝纪》有本纪。

乐府二首

短歌行

【题解】

《短歌行》是"汉旧歌",古辞已佚。《乐府诗集》中属《相和歌辞·平调曲》。曹操的《短歌行》在《乐府诗集》中载有二首,《文选》只录其一。这首诗先感叹时光易逝,接着抒写求贤若渴的心情,最后说出自己的雄心大志。

对酒当歌①,人生几何?譬如朝露②,去日苦多③。
慨当以慷④,忧思难忘。何以解忧?唯有杜康⑤。
青青子衿,悠悠我心⑥。但为君故⑦,沉吟至今⑧。
呦呦鹿鸣,食野之苹。我有嘉宾,鼓瑟吹笙⑨。
明明如月,何时可掇⑩?忧从中来,不可断绝。
越陌度阡,枉用相存⑪。契阔谈宴,心念旧恩⑫。
月明星稀,乌鹊南飞,绕树三匝,何枝可依⑬?
山不厌高,海不厌深。周公吐哺,天下归心⑭。

【注释】

①对酒当歌:面对着酒筵和歌舞。当,对着。

②譬如朝露:早上的露水,太阳出来不久就被晒干了。用来比喻人

生短促,光阴易逝。

③去日苦多:逝去的岁月苦于太多了。

④慨当以慷:是"慷慨"的间隔用法,如说"慨而有慷"。形容心情不平静。

⑤杜康:相传是最先造酒的人。一说黄帝时人,一说周时人。此处作为酒的代称。

⑥"青青"二句:《诗经·郑风·子衿》:"青青子衿,悠悠我心,纵我不往,子宁不嗣音?"本诗此处用《子衿》成句,借以表示对贤才的思慕。并且兼用"纵我不往"二句诗意,谓己与贤才有故旧之谊,稍含"责其忘己"之意。青衿是周代学子的服装。衿,衣领。悠悠,长远貌。

⑦但:只是。

⑧沉吟:沉思低吟。

⑨"呦呦"几句:这是《诗经·小雅·鹿鸣》中的句子。本诗用《鹿鸣》成句,表示自己如得贤才,将以优礼相待。呦呦,鹿鸣声。苹,艾蒿。

⑩"明明"二句:明洁的月亮,何时才能拾取到呢?喻贤才难得。掇(duō),拾取。

⑪"越陌"二句:此二句是设想贤才越过田间的道路,枉驾前来对自己表示问候。陌、阡,田间小道。东西叫陌,南北叫阡。枉,枉驾,屈就。用,以。存,问。

⑫"契阔"二句:此二句是说久别重逢,宴饮畅谈,心中充满了往昔的情谊。契阔,犹言聚散,合离。这里偏用"阔"的意思,谓久别。谈宴,宴饮谈心。

⑬"月明"几句:以乌鹊比喻贤才,意思是说他们都在寻找依托。匝,周,圈。

⑭"山不厌高"几句:这几句意思是说山不嫌高,海不嫌深,自己要像

周公那样虚心招纳贤才,天下人就会诚心归服。《管子·形势解》:"海不辞水,故能成其大。山不辞土石,故能成其高,明主不厌人,故能成其众。"前二句语本此。李善注引《韩诗外传》曰:"周公践天子之位。七年,成王封伯禽于鲁,周公诫之曰:'无以鲁国骄士,吾,文王之子,武王之弟也,成王叔父也。又相天下。吾于天下亦不轻矣!然一沐三握发,一饭三吐哺,犹恐失天下之士也。'"后二句语本此。哺,咀嚼着的食物。

【译文】

面对着酒筵和歌舞,人生能有多少岁月? 就像那清晨的露水,逝去的日子苦于太多。

心情如此不能平静,忧愁的思念难以遗忘;用什么才能排解忧愁? 只有这杯中浓酒。

穿着青色衣领服装的学子,远远地牵动我的思念之心。只是因为您的缘故,使我沉思低吟直到如今。

鹿发出呦呦鸣叫,召唤同伴共食野草。如果我有美好的宾客,我也要为他们弹琴吹笙。

贤才如同明月皎洁,何时方能揽于手中? 忧愁从内心升起,不绝如缕绵绵无穷。

朋友们度越田间的小道,屈驾前来对我表示慰问。久别重逢设宴畅谈,心中涌起昔日的友情。

月儿明亮星星稀疏,乌鹊朝着南边飞翔,绕树盘旋飞个不止,到底想落在哪一枝上?

山不会嫌峥嵘高峻,海不会嫌阔大幽深,周公虚心礼遇贤才,天下之人诚心归顺。

苦寒行

【题解】

　　《苦寒行》,《乐府诗集》收为《相和歌辞·清调曲》。《乐府解题》曰:"晋乐奏魏武帝《北上篇》,备言冰雪溪谷之苦。其后或谓之《北上行》,盖因武帝辞而拟之也。"何焯《义门读书记》认为此诗大约作于建安十一年(206)春正月征高幹时。《三国志·魏书·武帝纪》载:"(建安十年冬十月)公还邺。初,袁绍以甥高幹领并州牧。公之拔邺,幹降,遂以为刺史。幹闻公讨乌丸,乃以州叛,执上党太守,举兵守壶关口。遣乐进、李典击之。幹还守壶关城。十一年春正月,公征幹……公围壶关,三月拔之。"

北上太行山①,艰哉何巍巍②!
羊肠坂诘屈③,车轮为之摧④。
树木何萧瑟⑤? 北风声正悲。
熊罴对我蹲⑥,虎豹夹路啼⑦。
溪谷少人民,雪落何霏霏⑧!
延颈长叹息⑨,远行多所怀。
我心何怫郁⑩,思欲一东归⑪。
水深桥梁绝,中路正徘徊⑫。
迷惑失故路⑬,薄暮无宿栖⑭。
行行日已远,人马同时饥。
檐囊行取薪⑮,斧冰持作糜⑯。
悲彼《东山》诗,悠悠使我哀⑰。

【注释】

①北上太行山：曹操从邺城（今河北临漳西）西北度太行山攻高幹所在的壶关（今山西长治东南），故云"北上"。

②巍巍：高峻貌。

③羊肠坂：地名。在壶关东南。以其山盘纡如羊肠得名。诘屈：盘纡曲折。

④摧：毁坏。

⑤萧瑟：风吹拂树木发出声响。

⑥罴（pí）：熊中的一种，形体较大，也叫人熊。

⑦啼：号叫。

⑧霏霏：雨雪纷扬貌。

⑨延颈：谓伸长脖颈眺望。

⑩怫（fú）郁：犹悒郁，心情不舒畅。

⑪东归：李善注："言望旧乡也。"刘履《选诗补注》认为是指曹操故乡谯郡。

⑫"水深"二句：言中途遇到深水且桥梁断绝，故徘徊不前。中路，中途。

⑬故路：原有之路。

⑭宿栖：信宿栖身之处。

⑮檐（dàn）囊行取薪：挑着行囊边走边拾取柴禾。檐，负荷。

⑯斧冰持作糜：此句言斫冰来化水煮饭。斧冰，用斧斫冰。斧，用斧砍。糜，粥。

⑰"悲彼"二句：以周公东征归还，反衬自己眼下思归不得，故有深悲。悠悠，深长貌。《东山》，《诗经·豳风》篇名。描写长期征戍的士兵在归还家乡途中对家乡的思念。

【译文】

往北登上太行山，山多么高峻啊充满艰难！

羊肠坂盘纡曲折,车轮在此而毁坏。

树木为何发出阵阵喧响? 北风正劲疾风声悲凉。

熊罴面对着我蹲在路上,虎豹号叫在道路两旁。

溪谷之中少人居住,大雪飘落啊纷纷扬扬。

引颈眺望发出长长叹息,远行之人心中更多怀念。

我心中多么悒郁不畅,真想归返东边的故乡。

河流水深桥梁已断,途中正徘徊惆怅。

迷惑中寻不到原有的道路,临近天黑还没有住宿的地方。

天天行走路途已远,人和马一起感到饥饿。

挑着行李边走边拾柴禾,以斧斫冰化水来煮饭。

悲伤地想起那首《东山》诗,更加深深地引起我的哀叹。

魏文帝

见卷第二十二《芙蓉池作》作者介绍。

乐府二首

燕歌行

【题解】

《燕歌行》,李善曰:"《歌录》曰:'燕,地名。犹楚、宛之类。'此不言
也,佗皆类此。"《乐府诗集》中属《相和歌辞·平调曲》。其题解曰:"《广
题》曰:燕,地名也,言良人从役于燕而为此曲。"《乐府正义》曰:"《燕歌
行》与《齐讴行》《吴趋行》《会吟行》俱以各地声音为主,后世声音失传,
于是但赋风土。而燕自汉末魏初辽东西为慕容所居,地偏势远,征戍不

绝,故为此者往往作离别之辞,与《齐讴》诸行又自不同,庾信所谓'燕歌远别,悲不自胜'者也。"本诗以思妇的口吻,抒发对远行在外的丈夫的思念之情。音节流畅,情辞凄惋,有较高的艺术性。是现在所能见到的最早、最完整的七言诗。

> 秋风萧瑟天气凉,草木摇落露为霜。
> 群燕辞归雁南翔,念君客游思断肠①。
> 慊慊思归恋故乡,何为淹留寄他方②?
> 贱妾茕茕守空房③,忧来思君不敢忘,
> 不觉泪下沾衣裳。
> 援琴鸣弦发清商,短歌微吟不能长④。
> 明月皎皎照我床,星汉西流夜未央⑤。
> 牵牛织女遥相望,尔独何辜限河梁⑥?

【注释】

①"秋风"几句:王尧衢《古唐诗合解》谓为"感时物以起兴,言霜飞木落,鸟亦知归,独我君子,客游不返,令我思之断肠"。萧瑟,风吹动草木发出的声响。摇落,凋残。

②"慊慊"二句:上句是设想之辞,说丈夫也在痛苦地思念归乡。下句是妇人怨艾之辞,说既然如此,为什么又淹留外地而不回来呢? 慊慊,恨貌,不满貌。

③茕茕(qióng):孤单貌。

④"援琴"二句:此二句乃承上言己垂泪哽咽,故奏琴歌唱,只能发出短促微弱的声音,不能唱出舒缓悠长的歌曲。援,取。清商,乐调名。

⑤"明月"二句:言己不能入寐。李善注:"《古诗》曰:'明月何皎皎,

照我罗床帷。'毛传曰:'夜如何其? 夜未央。'"是本诗此二句所
本。星汉,指众星和天河。天河又称河汉。西流,向西流转。夜
未央,夜已深而未尽之时。

⑥"牵牛"二句:传说牵牛和织女是夫妇,只能每年七月七日相会一
次。诗作写妇人借此慨叹自己与夫相离。牵牛,牵牛星,在银河
南。织女,织女星,在银河北。尔,指牵牛、织女。辜,通"故"。
限河梁,谓银河上无桥梁,遂为阻隔。

【译文】

秋风发出喧响天气变得寒凉,草木凋残摇落白露凝而为霜。
群燕告辞南归大雁飞向南方,挂念夫君外游使我思断愁肠。
您也充满怅恨思念返回故乡,却又为何淹留不返寄居他乡?
贱妾孤苦伶仃独自守着空房,忧思袭人记挂着您不敢相忘,
不知不觉泪水已经沾湿衣裳。
取来琴拨弄弦奏起清商曲调,歌声短促微弱不能舒缓悠扬。
明月皎洁清光照耀在我床上,星汉银河朝西流转夜正深长。
牵牛织女只能空自遥相对望,你们何故被阻隔在银河两旁?

善哉行

【题解】

《善哉行》,乐府旧题,《乐府诗集》收入《相和歌辞·瑟调曲》。"善
哉"是叹美之辞。本诗不袭古意,但用旧题而已。刘履《选诗补注》曰:
"此文帝因征行劳苦,感物忧伤而歌以自娱也。托言上山采薇,既不足
以疗饥,而徒为风霜所侵;且物之群动者尚各求其匹侣,我何又远离所
亲而劳于征役乎! 于是还望故乡,则郁然垒垒者,独为隔绝,使不可见,
故其忧感之怀,反复兴叹而不能已焉。"

上山采薇,薄暮苦饥①。溪谷多风,霜露沾衣。

野雉群雊②，猴猿相追。还望故乡，郁何垒垒③！

高山有崖，林木有枝；忧来无方，人莫之知④。

人生如寄⑤，多忧何为⑥？今我不乐，岁月如驰⑦。

汤汤川流，中有行舟；随波回转，有似客游⑧。

策我良马，被我轻裘；载驰载驱，聊以忘忧⑨。

【注释】

① "上山"二句：傍晚时为饥饿所苦，于是上山采薇欲以充饥。薇，野菜名。黄节《汉魏乐府风笺》曰："《诗·小雅》：'采薇采薇，薇亦作止。曰归曰归，岁亦莫止。'又：'忧心烈烈，载饥载渴，'又：'我心悲伤，莫知我哀。'本篇用意用字似出此诗，序所云'遣戍役也'。"

② 野雉(zhì)：野鸡。雊(gòu)：野鸡叫。

③ "还望"二句：意谓回头想望故乡，却被树木郁郁葱葱而又重重叠叠挡住了视线。郁何垒垒，谓山上林木郁郁葱葱而又重重叠叠。垒垒，山重貌。

④ "高山"几句：这几句是用谐音双关手法，崖，谐"涯"；枝，谐"知"。前二句又是承上文"郁何垒垒"句而进言之。忧来无方，忧愁生起无边无涯。无方，犹无边无涯。方，范围。

⑤ 人生如寄：言人生于天地之间，不过暂寓形体而已，终当一死。李善注引《尸子》曰："老莱子曰：'人生天地之间，寄也。寄者，固（归）也。'"归，谓死。

⑥ 多忧何为：多忧多愁是因为什么呢？何为，即"为何"。

⑦ "今我"二句：是对上二句设问的回答。言今我不乐之故，正为岁月如奔驰一般消逝，更增人生如寄之叹。

⑧ "汤汤(shāng)"几句：这几句既以行舟喻客游，又以流水喻时光

消逝,言外之意则是说既然如此,何不且乐眼前? 以兴起下文之良马轻裘,聊以忘忧。汤汤,大水疾流貌。川流,河流。

⑨"策我"几名:这几句即丢开忧虑、及时行乐的形象化说法。策,用鞭抽打马。被,披。轻裘,轻暖的裘衣。载驰载驱,即驰驱。载,语助词,无实义。聊,姑且。成语"肥马轻裘"常用来比喻豪华、放荡不羁的生活。

【译文】

上山去采摘薇菜,傍晚被饥饿困苦。溪谷之中多凉风,霜露沾湿了衣服。

野鸡成群地鸣叫,猴猿不停地追逐。回头遥望那故乡,山峦重叠林葱郁!

高山有陡峭悬崖,林木有纷披树枝;心忧愁无边无涯,悲伤情没有人知。

人生如寄天地间,多忧多愁为什么? 而今我闷闷不乐,因岁月飞驰消逝。

疾逝而去的河流,其中有一艘行舟;随波浪来回打转,恰似离乡人浪游。

扬鞭抽打这良马,披上我轻暖皮裘;飞快地奔驰前行,想以此忘掉忧愁。

曹子建

见卷第十九《洛神赋》作者介绍。

乐府四首

箜篌引

【题解】

《箜篌引》,《古今乐录》据张永《技录》谓为《相和四引》之一,属《瑟调曲》。且云本诗又名《门有车马客行·置酒篇》。而《宋书·乐志》及《乐府诗集》则置本诗于《野田黄雀行》题下,亦属《相和歌辞·瑟调曲》。《文选》则作《箜篌引》。是一诗而有三名者也。《箜篌引》之义,崔豹《古今注》曰:"《箜篌引》者,朝鲜津卒霍里子高妻丽玉所作也。子高晨起刺船,有一白首狂夫,被发提壶,乱流而渡,其妻随而止之,不及,遂堕河而死。于是援箜篌而歌曰:'公无渡河,公竟渡河,堕河而死,将奈公何。'声甚凄怆,曲终亦投河而死。子高还,以语丽玉。丽玉伤之,乃引箜篌而写其声,闻者莫不堕泪饮泣。丽玉以其曲传邻女丽容,名曰《箜篌引》。"朱绪曾《曹子建集考异》说此诗大约作于曹植封平原侯或临淄侯时,在建安十六年(211)至二十一年(216)间。其时太子之位未定,曹植也正是贵盛之时,所以诗中含蓄地表现出建立功业的愿望,并以此勉励亲友。

　　　　置酒高殿上,亲友从我游①。
　　　　中厨办丰膳②,烹羊宰肥牛。
　　　　秦筝何慷慨,齐瑟和且柔③。
　　　　阳阿奏奇舞④,京洛出名讴⑤。
　　　　乐饮过三爵,缓带倾庶羞⑥。
　　　　主称千金寿,宾奉万年酬⑦。
　　　　久要不可忘⑧,薄终义所尤⑨。

谦谦君子德,磬折欲何求⑩?

惊风飘白日,光景驰西流⑪。

盛时不可再⑫,百年忽我遒⑬。

生在华屋处,零落归山丘⑭。

先民谁不死? 知命亦何忧⑮!

【注释】

①亲友:亲近的友人。游:谓宴游。

②中厨:内厨房。

③"秦筝"二句:筝、瑟,皆弦乐器,筝以秦地制造者为佳,瑟以齐地
　人善奏,秦筝、齐瑟用来称乐器优良。慷慨,高昂激越。

④阳阿:地名。今属山西。《汉书·外戚传》曰:"孝成赵皇后……
　及壮,属阳阿主家,学歌舞。"赵皇后即善舞之赵飞燕。诗中用此
　典称扬舞蹈者。

⑤京洛:指东汉都城洛阳(今属河南)。名讴:著名歌曲。

⑥"乐饮"二句:描写酒宴上尽情畅饮、不拘细节的情形。乐饮,欢
　乐地饮酒。过三爵,超过了三杯。爵,雀形酒杯。《礼记·玉藻》
　曰:"君子之饮酒也,受一爵而色洒如也,二爵而言言斯,礼已三
　爵而油油以退。"缓带,宽松衣带。庶羞,众肴,即指各种佳肴。

⑦"主称"二句:写酒宴后宾主酬答的情形。千金寿,《史记·鲁仲
　连邹阳列传》载,鲁仲连为赵国却退秦军后,"平原君欲封鲁连,
　鲁连辞让使者三,终不肯受。平原君乃置酒,酒酣,起前,以千金
　为鲁连寿"。古时赠送人财物称寿。万年酬,祝主人长寿的酬
　答语。

⑧久要:旧约。《论语·宪问》"久要不忘平生之言,亦可以为成人矣。"

⑨薄终义所尤:谓开初交情深厚而后来淡薄,这是道义所谴责的行

为。尤,非难。

⑩"谦谦"二句:言谦卑本是君子的品德,屈身优礼贤士是为了什么呢? 言下之意是说希望朋友们不忘旧约,帮助自己建立功业。磬折,用以形容人弯腰鞠躬之貌,谓谦恭有礼。磬,是古代乐器,玉石制成,中间弯曲,挂起来敲击。

⑪"惊风"二句:言时光流逝之速,如疾风飘送白日西驰一般。惊风,疾风。光景,指白日。

⑫盛时:谓年壮之时。

⑬百年:谓人一生。遒:尽。

⑭"生在华屋"二句:言人活着时住在华美的房屋里,死后则归于山丘。零落,指人事殂落,谓死。

⑮"先民"二句:此二句言外之意是说生死不足忧,所忧的是功业无成。先民,指过去的人。知命,指想通生死之理。

【译文】

设置酒筵在高高殿堂之上,亲近的友人跟随我来此宴游。

内厨办理丰盛的膳食,烹煮羊又宰杀肥牛。

秦筝之声多么高昂激越,齐瑟之声温和而又轻柔。

阳阿舞女跳起优美的舞蹈,著名歌曲出自洛阳京都。

纵情畅饮已经超过三杯,宽缓衣带吃尽各种佳肴。

主人说以千金为大家祝寿,客人酬答祝主人益寿延年。

旧时的约言不能够忘记,厚始薄终为道义所非难。

谦恭虚心是君子的品德,屈身下士想有什么希求?

疾风吹送着白日,白日如奔驰一般西流。

少壮之年不会再来,人的一生倏忽就到了尽头。

生时居住在华美的房中,死后则归于野岭荒丘。

过去之人有谁不死? 想通生死之理又有何忧!

美女篇

【题解】

《美女篇》,无古辞,以首二字为篇名。《乐府诗集》收为《杂曲歌辞·齐瑟行》,其题解云:"美女者,以喻君子。言君子有美行,愿得明君而事之。若不遇时,虽见征求,终不屈也。"刘履《选诗补注》曰:"子建志在辅君匡济、策功垂名,乃不克遂;虽授爵封,而其心犹为不仕,故托处女以寓怨慕之情焉。"

美女妖且闲①,采桑歧路间②。

柔条纷冉冉③,叶落何翩翩。

攘袖见素手④,皓腕约金环⑤。

头上金爵钗⑥,腰佩翠琅玕⑦。

明珠交玉体,珊瑚间木难⑧。

罗衣何飘飘,轻裾随风还⑨。

顾昐遗光采,长啸气若兰⑩。

行徒用息驾,休者以忘餐⑪。

借问女安居⑫?乃在城南端。

青楼临大路,高门结重关⑬。

容华耀朝日⑭,谁不希令颜⑮。

媒氏何所营?玉帛不时安⑯。

佳人慕高义,求贤良独难⑰。

众人何嗷嗷,安知彼所观⑱。

盛年处房室⑲,中夜起长叹。

【注释】

①妖:艳丽。闲:娴静。

②歧路:岔路。

③冉冉:形容树枝拂动的样子。

④攘袖:捋起袖子。素:白。

⑤皓:洁白。约:束。

⑥金爵钗:雀形的金钗。爵,通"雀"。

⑦琅玕(láng gān):一种似玉的石。

⑧"明珠"二句:写美女身上穿着有明珠、珊瑚、木难间杂络串为饰的服装。交,络。间(jiàn),隔。木难,李善注引《南越志》曰:"木难,金翅鸟沫所成碧色珠也,大秦国珍之。"

⑨裾:衣襟。还(xuán):转动。

⑩啸:撮口发出长而激越的声音。古人好长啸以抒情。气若兰:谓吐气芬芳如兰。

⑪"行徒"二句:言行路之人因为看见美女而停下车驾,休息之人也因此忘了吃饭。汉乐府《陌上桑》:"行者见罗敷,下担捋髭须……耕者忘其犁,锄者忘其锄。"此二句即本此变化而成。行徒,行路之人。用,因。息驾,停下车驾。休者,休息的人。

⑫安居:居住在哪里。

⑬"青楼"二句:言美女住在大路旁高门重关的青楼里,意谓其为豪贵人家之女。青楼,涂饰青漆的楼房。此指显贵之家。非后世以青楼称倡女居处。重关,两道门杠。

⑭容华:容颜。

⑮希:慕。令颜:美丽的容貌。令,善。

⑯"媒氏"二句:意谓媒人在干些什么呢?为什么不及时来下聘定婚。媒氏,指做媒之人。营,指营媒。玉帛,指圭璋和束帛,是古代定婚所用的聘礼。不时安,不及时定下。安,定。

⑰"佳人"二句：谓美女敬慕品德高尚之人,但要寻求贤德之人实在
　　困难。良,诚,实在。

⑱"众人"二句：意谓不理解美女的众人只对她乱说一通,却不知道
　　她看得上的是什么样的人。嗷嗷,乱叫。

⑲盛年处房室：谓美女正当青春年盛却家居未嫁。处,指未嫁。

【译文】

美女艳丽而又娴静,采摘桑叶于岔路之间。

桑树柔嫩的枝条纷纷拂动,摘下的桑叶飞动翩翩。

捋起衣袖现出白皙的手臂,洁白的手腕上戴着金色手环。

头上插着雀形的金钗,腰间佩戴着翠绿的琅玕,

明珠络串装饰在身上,间杂着珊瑚珠和木难。

绫罗衣裙飘动不已,轻盈的衣襟随风旋转。

顾盼之间留下光彩,长啸时抒发气息如兰。

行路之人见了你而停车不走,休息之人见了你而忘了吃饭。

借问美女你居住在何处？回答说就住在城市的南端。

青色的楼房面临大路,高大的门户安有两道门栓。

容光焕发有如朝阳照耀,谁能不美叹你美丽的容颜？

媒人不知在干些什么,为何不及时带上聘礼前来议婚？

美女敬慕品德高尚之人,想寻求贤德之人也真困难。

众人乱嚷嚷胡说一通,怎知什么人她才看得上眼。

青春年盛而居于闺中,半夜里发出声声长叹。

白马篇

【题解】

《白马篇》,无古辞,以首二字名篇。《乐府诗集》收在《杂曲歌辞·
齐瑟行》,其题解曰："白马者,见乘白马而为此曲,言人当立功立事,尽
力为国,不可念私也。"诗中描写的武艺高超、勇敢机智、忠勇爱国的幽

并游侠形象,其实是诗人自况。

白马饰金羁①,连翩西北驰②。

借问谁家子? 幽并游侠儿③。

少小去乡邑④,扬声沙漠垂⑤。

宿昔秉良弓⑥,楛矢何参差⑦。

控弦破左的⑧,右发摧月支⑨。

仰手接飞猱⑩,俯身散马蹄⑪。

狡捷过猴猿⑫,勇剽若豹螭⑬。

边城多警急,胡虏数迁移⑭。

羽檄从北来⑮,厉马登高堤⑯。

长驱蹈匈奴⑰,左顾凌鲜卑⑱。

弃身锋刃端,性命安可怀⑲。

父母且不顾,何言子与妻?

名编壮士籍,不得中顾私⑳。

捐躯赴国难㉑,视死忽如归㉒。

【注释】

①羁:马络头。

②连翩:连续奔跑如飞。

③幽并:幽州和并州,相当于现在河北、山西和陕西的一部分。

④去乡邑:离开家乡。

⑤扬声:扬名。垂:通“陲”,边疆。

⑥宿昔:犹言素常。秉:持。

⑦楛(hù)矢:以楛木为杆的箭。

⑧控弦:张弓。左的:左边的目标。

⑨月支:箭靶名。李善注引邯郸淳《艺经》曰:"马射,左边为月支三枚,马蹄二枚。"

⑩接:迎射对面飞来之物曰接。猱(náo):猿类动物,体小,善攀缘树木,轻捷如飞,故称"飞猱"。

⑪散:谓射碎。马蹄:箭靶名。本诗中与"飞猱"对举,又言"俯身",似为双关语,有实指马蹄之义。

⑫狡捷:动作灵活敏捷。过:超。

⑬勇剽:勇猛轻疾。螭(chī):古代传说中的一种动物,若龙而黄。

⑭胡虏:即下文所云匈奴、鲜卑。数:屡次。迁移:此谓入侵。

⑮羽檄(xí):即羽书。《汉书·高帝纪》:"吾以羽檄征天下兵。"颜师古注:"檄者,以木简为书,长尺二寸,用征召也。其有急事,则加以鸟羽插之,示速疾也。"

⑯厉马:犹言催马。

⑰蹈:赴。此是冲进之意。

⑱左顾:回顾。凌:侵。亦冲进之意。

⑲安可怀:岂可顾惜。怀,惜。

⑳"名编"二句:言既然名字编在壮士的簿籍中,就不能顾念个人私事了。中顾私,心中顾念个人私事。

㉑捐躯:献身。国难:国家的危难。

㉒忽:复,又。

【译文】

白马装饰着金色的络头,如飞一般奔往西北方向。

要问那是谁家子弟?就是幽并一带的游侠儿郎。

少年时就离别了家乡,名声传扬于沙漠边疆。

素常总是手持良弓,楛木箭有短有长。

张弓射破左边的目标,右边放箭射断月支箭靶。

抬手能射中迎面而来的飞猱,俯身可以射碎马蹄。

灵活敏捷超过猴猿,勇猛迅疾如同豹螭。

边疆城镇多有紧急军情,敌人屡次兴兵入侵。

征兵的羽书自北而来,催马登上高高的堤岸。

长驱直入冲进匈奴阵地,回头又冲进鲜卑军营。

委身于刀枪锋刃尖上,怎么可以顾惜生命?

父母尚且不能顾及,何况儿子和妻子?

名字既已编入壮士簿籍,就不能心中顾念个人私事。

敢于献身奔赴国家危难,把死亡看成回家一般。

名都篇

【题解】

《名都篇》,无古辞,以首二字名篇。《乐府诗集》收在《杂曲歌辞·齐瑟行》,其题解曰:"名都者,邯郸、临淄之类也。以刺时人骑射之妙,游骋之乐,而无忧国之心也。"吴淇谓此诗是曹植因为被曹丕压抑,"牢骚抑郁,借以消遣岁月,一片雄心无有泄处,其自效之意可谓深切著明矣。"历来解说此诗者,不外就此二说或彼即此。较之,似以前说为妥帖。

名都多妖女,京洛出少年①。

宝剑直千金②,被服光且鲜③。

斗鸡东郊道,走马长楸间④。

驰驰未能半⑤,双兔过我前。

揽弓捷鸣镝,长驱上南山⑥。

左挽因右发,一纵两禽连⑦。

余巧未及展,仰手接飞鸢⑧。

　　　　　观者咸称善，众工归我妍⑨。
　　　　　我归宴平乐⑩，美酒斗十千⑪。
　　　　　脍鲤臇胎鰕⑫，寒鳖炙熊蹯⑬。
　　　　　鸣俦啸匹旅⑭，列坐竟长筵⑮。
　　　　　连翩击鞠壤⑯，巧捷惟万端⑰。
　　　　　白日西南驰，光景不可攀⑱。
　　　　　云散还城邑，清晨复来还⑲。

【注释】

①"名都"二句：沈德潜曰："起句以妖女陪少年，乃客意。"名都，著
　名都市。妖女，艳丽的女子。指乐伎而言。京洛，京城洛阳（今
　属河南）。少年，谓骄奢的游侠少年。

②直：同"值"。

③光且鲜：光洁而新鲜。

④走马：驰马。长楸间：指两旁种有楸树的长道之间。

⑤驰驰：犹行行。

⑥"揽弓"二句：此二句言少年揽弓射兔，并因追赶兔子驱马而上南
　山。捷，引。鸣镝，响箭。南山，黄节《曹子建诗注》注："洛阳南
　山也。潘尼《迎大驾》诗曰：'南山郁岑钝，洛川迅且急。'即指
　此山。"

⑦"左挽"二句：言左手挽弓向右发射，一箭而贯穿两兔。因，沿。
　两禽，即指双兔。禽，鸟兽总称。

⑧"余巧"二句：此二句言少年还未完全施展高超的箭术，抬手一
　箭，就射落了迎面飞来的鹞鹰。展，施展。接，迎射。鸢（yuān），
　鹞鹰。

⑨众工：指众多工于箭术之人。归：许与。妍：精妍。

⑩平乐:观名。汉明帝时建造,在洛阳城西门外。

⑪斗十千:一斗酒值十千钱。乃盛言酒之美。

⑫脍:细切的肉。腼(juǎn):少汁的肉羹。脍、腼在此用作动词。胎
　鰕(xiā):有子的鲅鱼。

⑬寒:酱渍。鳖:甲鱼。熊蹯(fán):熊掌。

⑭鸣俦啸匹旅:谓朋友们互相呼唤。鸣、啸,在此意为呼唤。俦、匹
　旅,均谓朋友。

⑮竟:穷,极。

⑯连翩:谓不停飞跑貌。击鞠壤:踢毛球和作击壤的游戏。鞠,毛
　球,古人踢以为戏,称为蹴鞠。壤,用木块制成,前宽后锐,长一
　尺四寸,阔三寸。玩时将一壤侧放于地,距离三四十步远以手中
　之壤击之,中者为胜。

⑰巧捷惟万端:谓其灵巧多变。惟,语助词。

⑱光景:指时光。景,同"影"。攀:留。

⑲"云散"二句:言少年们如浮云分散,各自入城归家,明天清早又
　将来此取乐。

【译文】

著名的都市多有艳丽女子,京城洛阳自有骄奢少年。

佩戴的宝剑价值千金,穿着的衣服光亮新鲜。

斗鸡于东郊的大道上,跑马于栽满楸树的长道间。

行行走走还未到中途,一对兔子跑过我的眼前。

揽弓引弦射出响箭,逐兔长驱直上南山。

左边挽弓沿着右边射出,一箭把双兔贯穿。

更多的技巧尚未施展,抬手就射中了飞翔的鹞鹰。

观看之人全都叫好,众多善射之人推许我箭术精妙。

归来在平乐观设下酒筵,醇美的酒一斗值钱十千。

细切鲤鱼又用有子鲂鱼做羹,酱渍甲鱼再加烧炙熊掌。

呼喊朋友召唤伙伴，大家入座坐满长长的酒筵。

宴毕又翩翩奔跑踢球击壤，动作灵活敏捷变化多端。

白日朝着西南方向疾驰而去，时光消逝不能攀挽，

如云消散大家分手入城归家，翌日清晨再来此地嬉玩。

石季伦

石崇（249—300），渤海南皮（今属河北）人，字季伦，小名齐奴。石苞幼子。少敏慧。年二十余为修武令，后迁散骑常侍、侍中。元康中，为荆州刺史，曾劫掠远行客商而致富。于河阳置金谷别墅，富丽甲一时，后入为太仆，官至卫尉。与潘岳等谄事贵戚贾谧，为"二十四友"之一。他穷奢极欲，与贵戚王恺、羊琇等以奢靡相尚。及贾谧被诛，以同党免官。时赵王伦专权，崇有妓名绿珠，美艳异常，孙秀使人求之，不与，秀乃劝伦矫诏杀之。绿珠亦堕楼死。崇长于诗，以《王明君词》为最著。原有集六卷，已佚。现存诗十首。传附《晋书·石苞传》。

王明君词一首

【题解】

《王明君词》，《乐府诗集》题为《王昭君》，收在《相和歌辞·吟叹曲》。郭茂倩题解曰："《唐书·乐志》曰：'《明君》，汉曲也。元帝时，匈奴单于入朝，诏以王嫱配之，即昭君也。及将去，入辞，光彩射人，悚动左右，天子悔焉。汉人怜其远嫁，为作此歌。晋石崇妓绿珠善舞，以此曲教之，而自制新歌。'"诗作为代言体，抒写昭君远嫁异邦的遭遇和心中的哀伤。何焯《义门读书记》曰："石季伦《王明君辞》，逼似陈王。此诗可以讽失节之士。"此说乃是引申发挥之论，恐非石崇原诗主旨。

王明君者,本是王昭君,以触文帝讳改焉①。匈奴盛,请婚于汉,元帝以后宫良家子昭君配焉②。昔公主嫁乌孙,令琵琶马上作乐,以慰其道路之思③。其送明君,亦必尔也④。其造新曲⑤,多哀怨之声,故叙之于纸云尔⑥。

> 我本汉家子⑦,将适单于庭⑧。
> 辞诀未及终,前驱已抗旌⑨。
> 仆御涕流离⑩,辕马悲且鸣。
> 哀郁伤五内⑪,泣泪湿朱缨⑫。
> 行行日已远,遂造匈奴城⑬。
> 延我于穹庐⑭,加我阏氏名⑮。
> 殊类非所安,虽贵非所荣⑯。
> 父子见陵辱,对之惭且惊⑰。
> 杀身良不易,默默以苟生⑱。
> 苟生亦何聊? 积思常愤盈⑲。
> 愿假飞鸿翼,乘之以遐征⑳。
> 飞鸿不我顾㉑,伫立以屏营㉒。
> 昔为匣中玉,今为粪上英㉓。
> 朝华不足欢,甘与秋草并㉔。
> 传语后世人,远嫁难为情㉕。

【注释】

①"王明君者"几句:这几句是说因为触犯了晋文帝的名讳"昭"字,故改昭君为明君。触,犯。文帝,指晋文帝司马昭。

②元帝:汉元帝刘奭,前48—前33年在位。良家子:好人家的子女。按,根据汉朝制度,医、巫、商贾、百工均不能列入良家。李

善注引《琴操》曰:"单于遣使请一女子,帝以昭君赐单于。"此事
在汉元帝竟宁元年(前33),匈奴单于是呼韩邪。

③"昔公主"几句:李善注引《汉书》曰:"乌孙使使献马,愿得尚公
　　主。乃遣江都王建女为公主,以妻乌孙焉。"此为汉武帝时事。

④尔:如此。

⑤造:制。

⑥叙之于纸:指以文字写在纸上。此与上文的"曲"抒之于乐器而
　　对言。

⑦汉家子:汉朝的女子。古代女子亦可称为"子"。

⑧适:出嫁。单(chán)于:匈奴最高首领的称号。庭:厅堂。此
　　指家。

⑨"辞诀"二句:言告别还未终结,前面队伍已举起旗帜要出发了。
　　辞诀,告别。抗旌,举起旗帜。

⑩仆御:赶车的人。流离:犹淋漓,流泪貌。

⑪哀郁:哀伤忧郁。五内:指五脏。

⑫缨:系于颔下的冠带。

⑬造:抵达。

⑭延:引进。穹(qióng)庐:古代称游牧民族居住的毡帐。

⑮阏氏(yān zhī):汉时匈奴单于之妻的称号。

⑯"殊类"二句:言因为是异民族,所以感到难以安居。虽然地位尊
　　贵,但自己却并不感觉荣耀。殊类,异类。此指族别不同。

⑰"父子"二句:言己被单于父子凌辱,面对这种情况,自己既惭愧
　　又惊愕。这里所指的事是,呼韩邪死后,其前阏氏之子继为单
　　于,又以王昭君为妻。

⑱"杀身"二句:此二句言自杀实在不是容易之事,只好默默无言,
　　苟且偷生。杀身,谓自杀。良,甚。

⑲"苟生"二句:苟且偷生又有什么意思,心中积满了悲愤的思绪。

⑳"愿假"二句：意谓南归故乡。假，借。遐征，远行。

㉑不我顾：不看我。

㉒屏(bīng)营：犹彷徨。

㉓"昔为"二句：意谓往昔虽不显贵，其质犹为玉，尚清白也；今虽显贵，却为粪土所玷污。英，花。

㉔"朝华"二句：意谓年轻貌美并不值得高兴，而今自己甘心像秋草那样萎落了。言己因貌美而得祸。朝华，春朝之花，喻年轻貌美。秋草，喻年老色衰。

㉕难为情：犹难忍、难堪之意。

【译文】

王明君，本来叫做王昭君，因为触犯了晋文帝的名字而改。匈奴强盛，向汉朝请求通婚，汉元帝把后宫中从好人家选来的女子王昭君许配给他。从前汉王朝将公主嫁到乌孙国去，曾下令弹奏琵琶的人骑在马上奏乐，用来安慰公主在路途上的忧思。他们送明君，也一定如此吧。他们所制作的新曲，多为哀怨的音律，我因此用文字叙述于纸上。

我本来是汉朝的女子，将要出嫁到单于家去。

告别的话还没说完，前面的队伍已举起了旌旗。

赶车的仆人泪水淋漓，驾辕的马也悲伤长嘶。

悲哀忧郁使五内俱伤，泪水沾湿了红色的冠带。

走啊走一天天远离乡土，于是来到匈奴居住的地方。

将我引入毡帐之中，给我加上阏氏的名号。

民族差异使我不能安居，虽然尊贵我却不觉得荣耀。

遭受父子两代人相继凌辱，对此情形使我羞惭而又惊愕。

自杀也实在不是易事，只好默默地苟且偷生。

苟且偷生又有什么意思？思前想后心中充满幽愤。

我愿凭借飞鸿的翅膀，乘着它高飞远行。

可是飞鸿却不看我一眼，只好独自伫立彷徨伤心。

从前我像那匣中的白玉,而今却如粪土上的鲜花。

即如春朝的鲜花也不值得高兴,我甘心与那秋天的枯草为群。

此话要传给后世人听取,远嫁叫人实在难忍。

乐府下

陆士衡

见卷第十六《叹逝赋》作者介绍。

乐府十七首

猛虎行

【题解】

《猛虎行》，乐府古题，属《相和歌·平调曲》，古辞今存，载《乐府诗集》卷三十一。其题解曰："饥不从猛虎食，暮不从野雀栖。野雀安无巢，游子为谁骄？"本篇写志士虽慎于出处，但为时命所迫，不得已而违背初衷，结果既难以成就功业，又难以正直为人，因而有愧平生抱负的苦闷，是诗人入洛后功名无成、进退维谷的艰难处境和一面仕进着、一面却又危惧着的矛盾心态的真实写照，同时也折射了当时社会政治的险恶。虽脱胎于古辞，但已别开生面，不失为一自我表现之作。

渴不饮盗泉水①，热不息恶木阴②。

恶木岂无枝？志士多苦心^③。
整驾肃时命^④，杖策将远寻^⑤。
饥食猛虎窟，寒栖野雀林^⑥。
日归功未建^⑦，时往岁载阴^⑧。
崇云临岸骇^⑨，鸣条随风吟^⑩。
静言幽谷底^⑪，长啸高山岑^⑫。
急弦无懦响^⑬，亮节难为音^⑭。
人生诚未易，曷云开此衿^⑮？
眷我耿介怀^⑯，俯仰愧古今^⑰。

【注释】

①盗泉：水名。在今山东境内，注入洙水。《尸子》："孔子至于胜母，暮矣而不宿；过于盗泉，渴矣而不饮，恶其名也。"

②恶木：指形状丑恶的树，与"嘉树"相对。

③志士：有志气、有操守的人。《论语·卫灵公》："志士仁人，无求生以害人，有杀身以成仁。"多苦心：谓志士坚持操守，爱惜声名，为避免堕入不良环境而煞费苦心。李善注引江邃《文释》："《管子》曰：'夫士怀耿介之心，不荫恶木之枝。恶木尚能耻之，况与恶人同处？'"

④整驾：整理车马。泛指备好行装。肃：恭敬地遵奉。时命：时君之命。

⑤杖策：执鞭。策，古代的一种马鞭，头上有尖刺。

⑥"饥食"二句：《猛虎行》古辞："饥不从猛虎食，暮不从野雀栖。"这里反用其语，谓杖策远寻，环境艰苦，故饥不择食，寒不择栖。

⑦日归：日屡西归。即"时往"。

⑧岁载阴：即岁暮。古代以春夏为阳月，以秋冬为阴月。载，犹"则"。

⑨崇:高。骇:起。

⑩鸣条:因风吹而发声的枝条。

⑪静言:犹静然,静默沉思。言,语助词。幽谷:深谷。

⑫长啸:撮口长呼,并发出一种清越的声音。这是古人抒发抑郁感情的一种方式。岑:山小而高。

⑬急弦:乐器上绷得很紧的弦。懦响:缓弱的声音。

⑭亮节:高尚的节操。难为音:谓执高节的人言必慷慨,不同流俗,而这不容易讨得时君的喜欢。

⑮曷:何。云:语助词。开此衿:谓放弃初衷而产生远行的想法。衿,胸襟,胸怀。

⑯眷:顾。耿介:正直。

⑰俯仰:思忖貌。俯,低头。仰,抬头。古今:指古今贤圣。

【译文】

口渴也不喝盗泉水,天热也不歇恶树荫。

恶树难道没有枝叶? 志士惜名煞费苦心。

驾车谨奉时君之命,执鞭就要远出家门。

饿了在猛虎窟求食,冷了在野雀林栖身。

时光消逝功业未建,转眼之间一年将尽。

岸边高云腾空而起,枝条随风发出悲吟。

静默沉思深谷底下,撮口长啸高山峰顶。

紧弦不发缓弱音声,高节难为慷慨言论。

人生一世实在不易,为何生此行役之心。

回顾平生耿介情怀,愧对古今圣人贤人。

君子行

【题解】

《君子行》,乐府古题,属《相和歌·平调曲》,古辞今存,载《乐府诗集》卷三十二。其题解引《乐府解题》曰："古辞云'君子防未然'，盖言远嫌疑也。"本篇借"远嫌疑"三字生发，写诗人在复杂政治斗争环境中的切身感觉。前部慨叹人生祸福变化多端，情怀感伤；后部寄希望于"君子防未然"，微表乐观。但诗人终不免遭人暗算，受灭顶之祸，说明在那个世道中，"人道崄而难"是绝对的，"人益犹可欢"是相对的。诗意以精整的排偶、反复的比论出之，多用成言，刻意求深，不够显豁，可能即出于"防未然"的考虑，但因此也就形成了沈德潜《古诗源》所说的"意欲逞博""遂开出排偶一家"的特色。

天道夷且简①，人道崄而难②。
休咎相乘蹑③，翻覆若波澜。
去疾苦不远④，疑似实生患⑤。
近火固宜热，履冰岂恶寒⑥。
掇蜂灭天道⑦，拾尘惑孔颜⑧。
逐臣尚何有⑨，弃友焉足叹。
福钟恒有兆⑩，祸集非无端。
天损未易辞⑪，人益犹可欢⑫。
朗鉴岂远假⑬，取之在倾冠⑭。
近情苦自信⑮，君子防未然⑯。

【注释】

①天道：自然界的规律。夷：平坦。简：简易，单纯。

②人道：人类社会的处事原则。崄（xiǎn）：艰险。

③休咎：即善与恶，吉与凶，福与祸。相乘蹑：谓互相追随。乘，登。蹑，踩。

④去疾：去除毒害、灾祸。苦：恨。远：尽。

⑤疑似：谓是非难辨。《吕氏春秋·慎行论》："使人大迷惑者，必物之相似也。玉人之所患，患石之似玉者。相剑者之所患，患剑之似吴干者。贤主之所患，患人之博闻辩言而似通者……疑似之迹，不可不察。"患：灾祸。

⑥履：踩。恶（wù）：讨厌，不喜欢。

⑦掇蜂：把蜂取走。周宣王时，重臣尹吉甫的后妻欲害前妻之子伯奇，以立己子为太子，就把一只去了毒的蜂放在衣领上，让伯奇替她捉走，以便诬其无礼。吉甫远远看见，怒而逐去伯奇。事见刘向《说苑》。灭天道：谓父道不存。

⑧拾尘惑孔颜：孔子被困在陈蔡之间，饿了七天。颜回找了些米回来做饭，快熟时，看见烟尘落在饭甑中，就把不净的饭抓出来吃了。睡醒午觉的孔子刚好看见，以为他偷吃，后经颜回说明，孔子才知自己错怪了弟子，感慨地说："所信者目也，而目犹不可信；所恃者心也，而心犹不足恃。弟子记之，知人固不易矣。"事见《吕氏春秋·审分览》。

⑨逐臣：被朝廷贬谪放逐之臣。

⑩钟：聚集。恒：常。

⑪天损：指自然界带来的损害。

⑫人益：人为所加的。谓通过人的努力去防止祸患的发生。

⑬朗鉴：明亮的镜子。指可供借鉴的实例。假：借，取。

⑭倾冠：谓冠不正。

⑮近情：谓急于名利。近，切近。情，情欲，利欲。苦：恨。

⑯君子：有德行的人。李善注："小人近情，自信而遇祸；君子远虑，防未然而蒙福。"

【译文】

天道运行平直单纯，人类社会危险艰难。

吉凶祸福互相追随，翻来覆去有如波澜。

灾祸只恨去除不尽,是非难辨易生祸患。

近火本来应当发热,踏冰岂能讨厌严寒。

诱人取蜂摧灭天道,误会拾尘迷惑孔颜。

逐臣还能有何追求,被友抛弃又何足叹。

福聚常常显露征兆,祸集并非毫无由端。

老天降罚无从规避,谨慎防祸犹可乐观。

明镜哪用老远去找,随便一照可见倾冠。

急于名利恨其自信,君子虑远防患未然。

从军行

【题解】

　　《从军行》,《乐府诗集》收入《相和歌辞·平调曲》。其题解引《乐府解题》云:"《从军行》皆军旅苦辛之辞。"按此曲始作于王粲,其《从军行》五首开宗明义:"从军有苦乐,但问所从谁",主要写跟随曹操南北转战之"乐",几无"苦辛之辞"。陆机本篇所写,始将"苦辛"二字发挥到极致,为后世同类之作开出轨范。自汉末以来,动乱不断,人们厌战的情绪越来越强烈,本篇写从军"言苦而不及乐"(葛立方《韵语阳秋》),正反映了这种社会心理。

苦哉远征人,飘飘穷四遐①。

南陟五岭巅②,北戍长城阿③。

深谷邈无底④,崇山郁嵯峨⑤。

奋臂攀乔木⑥,振迹涉流沙⑦。

隆暑固已惨⑧,凉风严且苛⑨。

夏条集鲜藻⑩,寒冰结冲波。

胡马如云屯,越旗亦星罗⑪。

飞锋无绝影⑫,鸣镝自相和⑬。

朝食不免胄,夕息常负戈⑭。

苦哉远征人,拊心悲如何!

【注释】

①穷:尽,走到尽头。四遐:四边极远之地。

②陟(zhì):登。五岭:山名。指大庾、骑田、都庞、萌渚、越城五岭,横亘在今江西、湖南、两广交界处。

③阿:边上。

④邈:幽深。

⑤崇:高。郁嵯(cuó)峨:山势高峻貌。

⑥乔木:高耸的树。

⑦流沙:沙漠。

⑧隆暑:盛暑。

⑨苛:严酷。

⑩条:树枝。此指柳条。鲜藻:谓鲜绿色。《诗经·小雅·采薇》:"昔我往矣,杨柳依依。"这句暗用其意。

⑪越:古代民族名。居住在今江苏、浙江、福建、广东一带。星罗:像星星一样罗列、密布。形容敌人众多。

⑫锋:兵器的尖端。借指兵器。

⑬鸣镝(dí):响箭。

⑭戈:古代的一种兵器,盛行于殷周时期。

【译文】

多么苦啊远征军人,漂泊四方何其遥远。

往南登上五岭山顶,往北戍守长城旁边。

俯窥山谷深不见底,仰望高峰直插云天。

刚在林海奋臂攀缘,又来沙漠举足跋涉。

盛夏暑气酷热无比,隆冬寒风恣意肆虐。

夏天柳枝凝聚鲜绿,冬天寒冰冻住长河。

北边胡马如云密布,南边越旗有似星罗。

刀来剑往光影不绝,响箭飕飕声相应和。

早上吃饭不脱头盔,晚上睡觉怀抱干戈。

多么苦啊远征军人,抚心悲恸无可奈何。

豫章行

【题解】

《豫章行》,乐府古辞,属《相和歌·清调曲》,古辞载《乐府诗集》卷三十四,写豫章本深山中良材,结果被山客斧斤加之,遂根株离绝。本篇从"离绝"二字生发,写人间兄弟离别事,抒内心年华早逝之感。《乐府解题》曰:"陆机《泛舟清川渚》,谢灵运《出宿告密亲》,皆伤离别,言寿短景驰,容华不久。"深得诗旨。按陆机系东吴将领陆逊、陆抗之后,陆抗去世,与其兄陆晏、陆景、陆玄及其弟陆云分领父兵,为牙门将。吴亡,晏、景被杀,乃与弟云回吴县华亭(今上海松江)故里,闭门勤学。十年后,与云辞家远宦,北至洛阳(今属河南),常有流离思归之感,抒志不遂、时不我待之慨。本篇所写,即此种情怀之外化,同时也反映了一定的社会现实。

泛舟清川渚①,遥望高山阴。

川陆殊途轨,懿亲将远寻②。

三荆欢同株③,四鸟悲异林④。

乐会良自古⑤,悼别岂独今⑥?

寄世将几何⑦,日昃无停阴⑧。

前路既已多⑨,后涂随年侵⑩。

促促薄暮景^⑪，曶曶鲜克禁^⑫。
曷为复以兹^⑬？曾是怀苦心^⑭。
远节婴物浅^⑮，近情能不深^⑯？
行矣保嘉福^⑰，景绝继以音^⑱。

【注释】

①渚：水中小洲。

②懿亲：至亲。远寻：远行。

③三荆：一株三枝的荆树。用以比喻同胞兄弟。李善注引《古上留田行》："出是上独西门，三荆同一根生，一荆断绝不长。兄弟有两三人，小弟块摧独贫。"同株：喻兄弟相聚。

④四鸟悲异林：《孔子家语·颜回》："孔子在卫，昧旦晨兴，颜回侍侧。闻哭者之声甚哀。子曰：'回，汝知此何所哭乎？'对曰：'回以此哭声，非但为死者而已，又将有生离别者也。'子曰：'何以知之？'对曰：'回闻桓山之鸟，生四子焉，羽翼既成，将分于四海，其母悲鸣而送之，哀声有似于此，谓其往而不返也，回窃以音类知之。'孔子使人问哭者，果曰：'父死家贫，卖子以葬，与之长决。'子曰：'回也，善于识音矣！'"句意本此。异林，喻兄弟别离。

⑤乐会：欢乐的聚会。良：的确。

⑥悼：悲伤。

⑦寄世：谓活在世上。寄，依附。

⑧日昃（zè）：太阳开始偏西，约未时，即下午两点左右。此喻人生开始走下坡路。阴：日影，日光。

⑨前路：谓已获得的寿命。

⑩后涂：谓余下的寿命。涂，同"途"。随年侵：谓一年年减少。即人寿无几之意。侵，渐进。

⑪促促：短促，匆匆。薄暮景：喻人之将老。薄，迫近。景，日光。

⑫亹亹(wěi)：行进不息貌。鲜(xiǎn)克禁：很少有人能将其止住。
　　实际是无法将其止住。鲜，少。克，能够。

⑬曷：何。兹：此，这。指以上所言暮景不留之意。

⑭曾：乃。是：这样。苦心：悲苦之心。

⑮远节：向时。婴物浅：谓年纪尚轻，对人生物态感受尚肤浅。
　　婴，绕。

⑯近情：眼下，目前。能不深：对时光流逝、老之将至岂能感受不深。

⑰嘉福：好福气。

⑱景：同"影"，指身影。音：音讯。

【译文】

船行清江小洲旁边，遥望高山阴阴沉沉。

水中陆上不同路途，至亲就要远出家门。

三荆高兴能得同株，四鸟悲伤不得同林。

欢聚确实自古就有，伤离难道只有如今。

人活世上能有多久，太阳西滑一点不停。

年华逝去既已很多，光阴荏苒摧耗余生。

匆匆暮年已经迫近，哪有良法留住寸阴。

为何想得又这样多，凄凄惶惶好不伤心。

以前年轻感受肤浅，眼下岂能想不深沉。

走吧愿把福气长保，走后还望常传佳音。

苦寒行

【题解】

《苦寒行》，属《相和歌·清调曲》。《乐府诗集》所收无古辞，最早作品为曹操所作，记建安十一年(206)正月北征高幹事，因首句为"北上太行山"，后来也称《北上行》或《北上篇》。《乐府解题》曰："晋乐奏魏武帝《北上篇》，备言冰雪溪谷之苦，其后或谓之《北上行》，盖因武帝辞而拟之也。"陆机所拟,锺嵘《诗品》谓"才高辞赡,举体华美",在遣词造句、形象刻画方面比操诗略胜一筹,但内容缺乏创新,更无操诗那种沉雄顿挫的气韵、慷慨激昂的情绪。盖各处异代,经历不同,感受有别,所以如此。

北游幽朔城①,凉野多崄难②。
俯入穷谷底③,仰陟高山盘④。
凝冰结重涧⑤,积雪被长峦⑥。
阴云兴岩侧,悲风鸣树端。
不睹白日景⑦,但闻寒鸟喧⑧。
猛虎凭林啸⑨,玄猿临岸叹⑩。
夕宿乔木下⑪,惨怆恒鲜欢⑫。
渴饮坚冰浆⑬,饥待零露餐⑭。
离思固已久⑮,寤寐莫与言⑯。
剧哉行役人⑰,慊慊恒苦寒⑱。

【注释】

①幽:州名。其地相当今河北北部及辽宁一带。朔:北方。

②崄:同"险"。

③穷谷:深谷。

④陟(zhì):登,上。盘:谓山路盘旋曲折。

⑤重涧:谓山重涧复,溪流众多。

⑥被:覆盖。

⑦景:日光。

⑧但:只。

⑨凭:依。

⑩玄猿：黑猿。叹：悲啼。

⑪乔木：高树。

⑫恒：常。鲜：少。

⑬浆：水。

⑭零露餐：谓食用带着寒露的冷餐。

⑮离思：离别的悲愁。

⑯寤（wù）：睡醒。寐（mèi）：睡着。

⑰剧：甚。

⑱慊慊（qiàn）：不满、不平之貌。

【译文】

往北远游幽州之城，原野寒凉实多艰难。

俯身走入深谷底下，仰首爬上盘旋高山。

道道溪流坚冰封住，厚厚积雪覆盖长峦。

云团阴冷岩边喷涌，山风凄厉长鸣树巅。

不见太阳放出光彩，只听寒鸟声声鸣喧。

林莽丛中猛虎长啸，黑猿悲啼山崖边缘。

傍晚露宿高树下面，悲凄痛苦久无欢颜。

渴饮坚冰所化凉水，饥食冰冷带露野餐。

离别忧思积郁已久，醒来睡着对谁开言？

实在难啊行役之人，内心怨恨常苦严寒。

饮马长城窟行

【题解】

《饮马长城窟行》，又名《饮马行》，其古辞最早见于《文选》卷第二十七，《玉台新咏》载该诗，则题"蔡邕"作。《乐府诗集》收入《相和歌辞·瑟调曲》，其题解曰："长城，秦所筑以备胡者。其下有泉窟，可以饮马。古辞云：'青青河畔草，绵绵思远道。'言征戍之客，至于长城而饮其马，妇人思念其勤劳,故作是曲也。"从曹魏起,代有拟作。陆机拟作,咏出塞远征之事,既写出了远征之苦,也写出了战士的卫国立功之志,在内容上有所创新,对后来边塞诗作产生了一定影响,故何焯《义门读书记》誉为:"后惟老杜前后《出塞》可以追配之。"

驱马陟阴山①,山高马不前。

往问阴山候②,劲虏在燕然③。

戎车无停轨④,旌斾屡徂迁⑤。

仰凭积雪岩⑥,俯涉坚冰川。

冬来秋未反⑦,去家邈以绵⑧。

猃狁亮未夷⑨,征人岂徒旋?

末德争先鸣⑩,凶器无两全⑪。

师克薄赏行⑫,军没微躯捐⑬。

将遵甘陈迹⑭,收功单于斾⑮。

振旅劳归士⑯,受爵槁街传⑰。

【注释】

①陟:登。阴山:山名。起于河套西北,绵亘于今内蒙古南境一带,为古代边陲。

②候:候官,负责管理斥候即侦察兵的军官。

③燕然:山名。即今蒙古国境内的杭爱山。东汉时,窦宪率军出塞大破北匈奴,登燕然山刻石纪功。

④戎车:战车。轨:本指车两轮间的距离。此指轨道、道路。

⑤旌斾(pèi):旌旗。借指军队。徂(cú)迁:迁移,变化。谓被山阻挡而改变进军路线。

⑥凭:靠着。

⑦反：同“返”。

⑧邈：遥远。绵：长久。

⑨猃狁(xiǎn yǔn)：古代北方少数民族名。这里泛指入侵的敌人。亮：通“谅”，诚然，确实。夷：平，平定。

⑩末德：德之末者，谓道德衰微。指战争。《庄子·天道》：“三军五兵之运，德之末也。”

⑪凶器：古称兵器为凶器。《国语·越语》：“兵者，凶器也；争者，事之末也。”无两全：谓不可能同时保住敌我双方。

⑫克：战胜。行：颁，给予。

⑬没：被消灭。

⑭遵：循，沿着。甘陈：指西汉时的甘延寿和陈汤。甘延寿，字君况，善骑射，有材力。元帝时，任西域都护。陈汤，字子公。博达有文才，多策谋，善建奇功。元帝时出任西域副校尉。时匈奴郅支单于攻掠乌孙、大宛等国，威胁西域，甘延寿和陈汤共率兵至康居(约今巴尔喀什湖、咸海之间)，攻杀郅支单于，甘延寿封义成侯，陈汤封关内侯。迹：业绩。

⑮收功单于旃(zhān)：谓夺得单于的旌旗。收功，获取功绩。单于，匈奴君主的称号。旃，旌旗。

⑯振旅：整顿部队。劳：慰劳。

⑰槁街：汉时长安街名。当时属国邸第皆建于此。

【译文】

鞭驱战马攀登阴山，山峰高峻战马不前。

往前询问阴山候官，回说强敌正在燕然。

战车无路难以停放，部队受阻一再改线。

仰面靠着积雪山岩，低头过河水冻冰坚。

去冬前来今秋未返，离开家乡又久又远。

入侵之敌还没消灭，战士哪能空手而还？

战争之事旨在争胜，干戈一动哪得两全。

打了胜仗赏赐微薄，打了败仗把贱躯献。

将要遵循甘、陈业绩，降服单于立功阵前。

胜利归来慰劳将士，接受封爵扬名长安。

门有车马客行

【题解】

《门有车马客行》，《乐府诗集》收入《相和歌辞·瑟调曲》。题解引《乐府解题》曰："曹植等《门有车马客行》皆言问讯其客，或得故旧乡里，或驾自京师，备叙市朝迁谢，亲友凋丧之意也。"按今本《曹植集》无《门有车马客行》，另有《门有万里客》，其辞云："门有万里客，问君何乡人？褰裳起从之，果得心所亲。挽衣对我泣，太息前自陈。本是朔方士，今为吴越民。行行将复行，去去适西秦。"此后，张华有《门有车马客行》，其辞云："门有车马客，问君何乡士？捷步往相讯，果是旧邻里。语昔有故悲，论今无新喜。清晨相访慰，日暮不能已。词端竟未究，忽唱分途始。前悲尚未弭，后忧方复起。"以上二篇，皆为本篇所本，而张华所作，《乐府诗集》未收。本篇虽有所本，但更注意细节和人物性格的刻画，情景历历，感慨深沉，既反映了战乱时代整个社会的悲哀，也曲折地抒写了诗人自己对于吴国灭亡、二兄被害所怀抱的悲痛心情。语言也较朴素，有建安余风。何焯《义门读书记》评为："悲凉古直。"

门有车马客，驾言发故乡①。

念君久不归，濡迹涉江湘②。

投袂赴门涂③，揽衣不及裳④。

拊膺携客泣⑤，掩泪叙温凉⑥。

借问邦族间⑦，恻怆论存亡⑧。

亲友多零落⑨，旧齿皆凋丧⑩。
市朝互迁易⑪，城阙或丘荒⑫。
坟垄日月多⑬，松柏郁芒芒⑭。
天道信崇替⑮，人生安得长。
慷慨惟平生⑯，俯仰独悲伤⑰。

【注释】

①驾：驾着马车。言：语助词。

②濡：渍湿。江湘：长江、湘江。指今湖北、湖南一带。

③投袂(mèi)：谓奋袖而起。袂，袖子。赴门涂：谓奔向门边。涂，同"途"。

④揽衣：撩起衣摆。不及裳：来不及整理好下面的衣服。古时衣服上面的叫衣，下面的叫裳。

⑤拊膺：抚胸。

⑥掩泪：犹擦泪。叙温凉：犹今之问暖问寒。温凉，指春天和秋天。

⑦邦族：本指故国家乡。这里指家乡的父老亲友。

⑧恻怆：悲伤。

⑨零落：指死亡。

⑩旧齿：耆老，老人。凋丧：死亡。

⑪市朝：市集，市街。

⑫城阙：城楼。借指城市。丘荒：丘墟。

⑬坟垄：坟墓。日月多：随着日月的消逝而一天天增多。

⑭松柏：古代墓地，多种松柏梧桐以作为标志。郁芒芒：茂盛貌。

⑮天道：自然运行的规律。信：诚然。崇替：灭亡。崇，终。替，废。

⑯慷慨：此为感慨叹息之貌。惟：思。

⑰俯仰：低头仰首。

【译文】

门前停有车马之客,驱马驾车来自故乡。

客言:念君久不回乡,特意湿足跋涉江湘。

奋袖而起奔赴门庭,撩起上衣不及下裳。

按住心跳携手呜咽,擦去眼泪问暖问凉。

请问家乡父老亲友,满怀悲伤谈起存亡。

亲友不少已经作古,老的一辈都已死亡。

街市已经面目全非,城镇有的已成丘荒。

郊野坟墓只见增多,坟畔松柏郁郁苍苍。

天道诚有兴盛衰微,人生哪得保住久长。

感慨长吁回味平生,低头抬头独自悲伤。

君子有所思行

【题解】

《君子有所思行》,《乐府诗集》收入《杂曲歌辞》,共七首,本篇列第一首,颇疑这个曲调即始于陆机。《乐府解题》曰:"《君子有所思行》,晋陆机云:'命驾登北山。'宋鲍照云:'西上登雀台。'梁沈约云:'晨策终南首。'其旨言雕室丽色,不足为久欢,宴安鸩毒,满盈所宜敬忌,与《君子行》异也。"何焯《义门读书记》云:"此君子以戒有位者也。"皆颇得诗旨。晋武帝统一中国后,在政治上、经济上实行了一些利国安民的措施,因此呈现出暂时繁荣的景象,"廛里一何盛"数语,可能为陆机太康末入洛时所见的真实情景。而对"膏粱士"的规谏、针砭和嘲讽,则体现了陆机的识见,在当时具有现实意义。

命驾登北山^①,延伫望城郭^②。

廛里一何盛^③,街巷纷漠漠^④。

甲第崇高闼⑤，洞房结阿阁⑥。
曲池何湛湛⑦，清川带华薄⑧。
邃宇列绮窗⑨，兰室接罗幕⑩。
淑貌色斯升⑪，哀音承颜作⑫。
人生诚行迈⑬，容华随年落⑭。
善哉膏粱士⑮，营生奥且博⑯。
宴安消灵根⑰，鸩毒不可恪⑱。
无以肉食资⑲，取笑葵与藿⑳。

【注释】

①命驾：命御者驾驶车马。北山：当即指洛阳（今属河南）城北的北
　邙山。

②延伫：久久地站立。城郭：内城和外城。泛指城邑。

③廛（chán）里：住宅、市肆区域的通称。

④漠漠：密布貌。

⑤甲第：豪门贵族的宅第。崇：高。闼（tà）：门。

⑥洞房：幽深的内室。结：构筑，建成。阿阁：四周有檐的楼阁，是
　古代最考究的宫殿式的建筑。

⑦湛湛：水清貌。

⑧带：环绕。华薄：花草。薄，深密的草地。

⑨邃宇：幽深的屋宇。绮窗：雕画美观的窗户。绮，原是有花纹的
　丝织品。这里引申作"花纹"解。

⑩兰室：芳香高雅的居室。罗幕：用轻软的丝织品做的帷幕。

⑪淑貌：美貌。色斯升：指脸上浮现出动人的表情。色，指脸色。
　升，动。语本《论语·乡党》："色斯举矣，翔而后集。"

⑫颜：容颜。这里指逐渐衰退的容颜。作：响起。

⑬行:走路。迈:行。

⑭容华:容颜。

⑮善哉:赞美感叹之词。这里意含嘲讽。膏粱士:指养尊处优的贵族。膏粱,本指精美的食物。

⑯营生:保养身体。奥且博:即奥博,谓富裕。

⑰宴安:安逸。灵根:指身体。李善注引《老子黄庭经》:"玉池清水灌灵根,灵根坚固老不衰。然灵根谓身也。"

⑱鸩(zhèn)毒:据说鸩羽有剧毒,入酒,饮之立死。恪(kè):恭敬。这里是品尝的意思。

⑲资:本钱。

⑳葵:菜名。藿:豆叶,嫩时可食。葵与藿皆贫贱者所食。这里代指贫贱者。

【译文】

吩咐驾车登上北山,久久站立眺望城郭。

住宅商肆何等繁盛,大街小巷纵横交错。

豪门贵族朱门高竿,内室皆为有檐楼阁。

水池弯曲澄澈明净,清水岸边花草繁多。

幽深屋宇窗雕户镂,芳香居室环绕罗幕。

美女浮现动人表情,便承色衰唱起哀歌。

人生诚如路上过客,容颜随年逐渐衰落。

好啊这些富贵老爷,保养身体钱多物多。

安安逸逸有损健康,鸩酒有毒哪能品啜。

不要因有肉食资本,取笑别人食葵及藿。

齐讴行

【题解】

《齐讴行》,《乐府诗集》收入《杂曲歌辞》。郭茂倩题解:"《汉书》曰:

'汉王至南郑,诸将及士卒皆歌讴思东归。'颜师古曰:'讴,齐歌也。谓齐声而歌。或曰齐地之歌。'《礼乐志》曰:'齐古讴员六人。'梁元帝《纂要》曰,'齐歌曰讴'是也。陆机《齐讴行》,备言齐地之美,亦欲使人推分直进,不可妄所营也。"本篇通过对齐国史事的吟咏,阐述了"天道有迭代,人道无久盈"的哲理,对恋生畏死和不及"至人情"的齐景公进行了批判,明确提出了不营长存的主张,体现出了一种新的生死观和理性精神。

营丘负海曲①,沃野爽且平②。
洪川控河济③,崇山入高冥④。
东被姑尤侧⑤,南界聊摄城⑥。
海物错万类⑦,陆产尚千名⑧。
孟诸吞楚梦⑨,百二侔秦京⑩。
惟师恢东表⑪,桓后定周倾⑫。
天道有迭代⑬,人道无久盈⑭。
鄙哉牛山叹⑮,未及至人情⑯。
爽鸠苟已徂⑰,吾子安得停⑱?
行行将复去,长存非所营⑲。

【注释】

①营丘:地名。在今山东淄博东。西周时,成王封姜尚于齐,建都营丘,授以征讨五侯九伯的特权,地位在各封国之上。负:背靠。

海曲:犹言海隅,谓沿海偏僻的地区。

②爽:明亮,清朗。

③洪川:大河。控:控引,控制。河济:黄河、济水。济水源出河南济源,东流至山东,与黄河并行入海,后下游为黄河所夺。

④高冥:高空。

⑤被:及。姑、尤:二水名。姑,即今大沽河,源出山东招远阜山,南流经山东莱阳西南。尤,即小沽河,源出山东莱州马山,南流注入大姑河。二水合流后南经山东平度为沽河,至山东胶州与胶莱河合流入海。

⑥南:何焯《义门读书记》:"'南'字必为'西'字之误。"聊摄:地名。古聊城在今山东聊城西北,古摄城在今山东茌平西。

⑦错:错杂,谓种类繁多。

⑧尚:超过。千名:千种。

⑨孟诸:古泽名。故地在今河南商丘东北。司马相如《子虚赋》中乌有先生夸齐国之大,谓孟诸为齐所有。楚梦:楚国的云梦泽。

⑩百二:这里用指齐国。侔:相等,匹敌。秦京:秦都咸阳(今属陕西)。这里代指秦国。

⑪惟:发语词。师:官名。又称太师。武王伐纣时,姜尚曾任统兵的师氏(简称为师)。恢:发扬,扩大。表:显扬,表率。

⑫桓后:指齐桓公。古代天子及列国诸侯皆称后。定周倾:安定周朝,使之免于倾危。春秋时,齐桓公曾率诸侯在首止(故址在今河南睢县东南)相会,会见王太子郑,计划安定成周。事见《春秋左传·僖公五年》。

⑬天道:自然运行的法则。迭代:更迭。

⑭人道:指人的命运。盈:满,谓长生久视。

⑮牛山:山名。在今山东淄博东。《晏子春秋·内篇谏上》:"(齐)景公游于牛山,北临其国城而流涕曰:'若何滂滂去此而死乎!'艾孔、梁丘据皆从而泣。晏子独笑于旁,公刷涕而顾晏子曰:'寡人今日之游悲,孔与据皆从寡人而涕泣,子之独笑,何也?'晏子对曰:'使贤者常守之,则太公、桓公将常守之矣;使勇者常守之,则灵公、庄公将常守之矣。数君者将守之,则吾君安得此位而立

焉？以其迭处之，迭去之，至于君也，而独为之流涕，是不仁也。
不仁之君见一，谄谀之臣见二，此臣之所以独窃笑也。’”句意本此。

⑯至人：道德修养达到最高境界的人。

⑰爽鸠：即爽鸠氏，相传为上古少皞时官名。掌刑狱。苟：且，诚。
　殂(cú)：通“殂”，死亡。《晏子春秋·外篇重而异者》：“景公饮酒
　乐，公曰：‘古而无死，其乐如何？’晏子对曰：‘古而无死，则古之
　乐也，君何得焉？昔爽鸠氏始居此地，季荝因之，有逢伯陵因之，
　蒲姑氏因之，而后太公因之。古若无死，爽鸠氏之乐，非君所
　愿也。’”

⑱吾子：你。停：谓长生。

⑲营：谋划，谋求。

【译文】

齐国营丘背靠大海，田野肥沃清朗坦平。

黄河济水横贯东西，崇山峻岭高耸入云。

东边抵达姑尤二水，西边连接聊摄二城。

海物错杂不下万类，陆产丰富超过千名。

孟诸气吞楚国云梦，甲兵可与强秦抗衡。

尚父开国表率东海，桓公安定周之倾沦。

天道总有交替更迭，人道不能长久充盈。

多鄙陋啊牛山之叹，未能具备至人之情。

爽鸠尚且早已死亡，您又怎能得到长生？

走吧走吧还是走吧，不要妄求长生久存。

长安有狭邪行

【题解】

《长安有狭邪行》，即《长安有狭斜行》，一作《相逢行》《相逢狭路间
行》，属《相和歌·清调曲》。《乐府诗集》卷三十四载《相逢行》古辞，卷

三十五又载《长安有狭斜行》古辞,内容俱写富贵人家的声势气派及享受。郭茂倩题解引《乐府解题》曰:"晋陆机《长安狭斜行》云:伊洛有歧路,歧路交朱轮。则言世路险狭邪僻,正直之士无所措手足矣。"按本篇开头写于歧路遇豪贵,对其排场气派作了渲染;中写豪贵之士"欲鸣当及晨"的劝告;末写自己的想法:人生不必遵循一个模式,规行矩步没有出路,自己将按既定的生活方式,与豪贵之士殊途同归。"歧路"语含双关,象征不同的生活道路;"同归津"者,实即同归于死。陆机到洛后,一面有着强烈的政治追求,常常怀抱大志不遂的苦闷,一面又觉得仕途艰险,人生易逝,还是独善其身为好。这首诗,实际是委曲地表达了这种苦闷惶惑的心境。

伊洛有歧路①,歧路交朱轮②。
轻盖承华景③,腾步蹑飞尘④。
鸣玉岂朴儒⑤,凭轼皆俊民⑥。
烈心厉劲秋⑦,丽服鲜芳春。
余本倦游客⑧,豪彦多旧亲⑨。
倾盖承芳讯⑩,欲鸣当及晨⑪。
守一不足矜⑫,歧路良可遵⑬。
规行无旷迹⑭,矩步岂逮人⑮。
投足绪已尔⑯,四时不必循⑰。
将遂殊涂轨⑱,要子同归津⑲。

【注释】

①伊洛:二水名。伊水源出河南卢氏东南,到河南偃师入洛水。洛水源出陕西蓝田,到河南巩义入黄河。歧路:岔道。

②交:接触,碰上。朱轮:古代高官所乘之车,用朱红漆轮,故名。

③盖:车盖。承:承受。华景:日光。

④蹑:踩。

⑤鸣玉:古人佩戴在腰间的玉饰,行走动作时相击发声。朴儒:从事朴学的儒生。朴,朴学,本指上古朴质之学。后泛指汉学中的古文经学派。《汉书·欧阳生传》:"(倪)宽有俊材,初见武帝语经学。上曰:'吾始以《尚书》为朴学,弗好,及闻宽说,可观。'"

⑥轼:车前供乘者扶手的横木。俊民:贤明的人。

⑦烈心:谓胸怀激烈。厉:猛烈。劲秋:秋天。因秋气肃杀,故称。

⑧倦游:指仕宦不如意而思退休。

⑨豪彦:豪放贤达之士。

⑩倾盖:谓途中相遇,停车交谈,因车盖接近,故云。承:接受。芳讯:美好的问讯。

⑪欲鸣当及晨:李善注:"鸡及晨而鸣,以喻人及时而仕也。"

⑫守一:执一,专一。指固守一种信仰。矜:夸耀。

⑬遵:循。

⑭规行:行步端正。含有谨守礼法之意。旷迹:超出常人的功绩。旷,远。

⑮矩步:犹规行。逮:及。

⑯投足:举步。绪:事业。此指前人、别人的事业。已:停止。尔:语气词。

⑰四时:指春夏秋冬四季。

⑱遂:顺利地做到。殊涂:不同的道路。涂,同"途"。轨:本指两轮间的距离。这里指道路。

⑲要(yāo):约,同。子:你。津:渡口。

【译文】

伊洛之间有条岔道,道上碰见驶过朱轮。

车盖顶上日光辉耀，迈步行进脚踏飞尘。

佩玉鸣响岂是朴儒，车轼后边尽是贤人。

胸怀激烈猛似劲秋，欢度芳春丽服鲜明。

我本是个倦游之客，贤豪俊彦多为旧亲。

承蒙停车俯身问讯，想要一鸣应趁早晨。

固守一意不足夸耀，道路多岔实可自行。

走路规矩难有建树，规矩走路难及他人。

亦步亦趋可以休矣，就像四季不相遵循。

将要选择不同道路，与你同向渡口行进。

长歌行

【题解】

《长歌行》，属《相和歌·平调曲》，古辞今存，载《乐府诗集》卷三十。郭茂倩题解云："《乐府解题》曰：'古辞云"青青园中葵，朝露待日晞"，言芳华不久，当努力为乐，无至老大乃伤悲也。'魏改奏文帝所赋曲'西山一何高'，言仙道茫茫不可识，如王乔、赤松，皆空言虚词，迂怪难信，当观圣道而已。若陆机'逝矣经天日，悲哉带地川'，则复言人运短促，当乘间长歌，与古文合也。"按古辞包含珍视年华、及时努力之意，陆机拟作则只及时光易逝、功业未就的苦闷，在情调上趋于消极。陆机《叹逝赋》云："伊天地之运流，纷升降而相袭。日望空以骏驱，节循虚而警立。嗟人生之短期，孰长年之能执！时飘忽其不再，老晼晚其将及。"对日月迁逝之迅疾、人世流转之必然作了颇富诗意的阐发，可与本篇参读。

逝矣经天日①，悲哉带地川②。

寸阴无停晷③，尺波岂徒旋④？

年往迅劲矢^⑤，时来亮急弦^⑥。
远期鲜克及^⑦，盈数固希全^⑧。
容华夙夜零^⑨，体泽坐自捐^⑩。
兹物苟难停^⑪，吾寿安得延？
俯仰逝将过^⑫，倏忽几何间^⑬。
慷慨亦焉诉^⑭，天道良自然^⑮。
但恨功名薄^⑯，竹帛无所宣^⑰。
迨及岁未暮^⑱，长歌承我闲^⑲。

【注释】

①经天：行天。

②带地：行地。川：河流。

③寸阴：短暂的光阴。照应"经天日"。晷（guǐ）：日影。《淮南子·原道训》："故圣人不贵尺之璧，而重寸之阴，时难得而易失也。"

④尺波：照应"带地川"。旋：流转。李善注："言日无停景，川不旋波，以喻年命流行，曾无止息也。"

⑤迅：疾。劲矢：急飞的箭。

⑥亮：的确。急弦：急速发矢的弓弦。

⑦远期：指百岁。百年为人生年数之极，故曰期。鲜（xiǎn）克及：很少有人能达到。

⑧盈数：满此数，指百岁。固：本来。希全：很少有人能实现。希，通"稀"。

⑨容华：容颜。夙夜：犹言日夜。夙，早。零：落，衰老。

⑩体泽：身体的光泽。坐自捐：谓无故自捐。捐，弃，衰退。

⑪兹物：此物，指容华体泽。

⑫俯仰：低头抬头。

⑬倏忽:疾速,指极短的时间。几何:多少。这里是"少"的意思。

⑭慷慨:指内心不平静的情绪。焉:哪里。

⑮天道:指年往时来、日月运行的客观变化。良:诚然。

⑯但恨:只恨。功名:功绩和声名。

⑰竹帛:指史籍。古人在竹简和帛素上书写,故称史籍为竹帛。
　　宣:述,载。

⑱迨(dài):及。岁未暮:指年未老。

⑲承:《乐府诗集》作"乘"。李善注引《楚辞》曰:"愿乘闲而自察。"
　　宜据改。

【译文】

飞速去了天上太阳,让人悲啊地上河川。

寸阴虽短毫不停留,尺波哪肯白白流转?

年华消逝赛过劲矢,光阴流转确如急弦。

百岁高龄世上少有,想活百岁实在太难。

容颜日夜变衰变老,体泽时消不再光鲜。

颜变泽消假如难停,我这寿命哪得久延?

俯仰之间岁月将逝,人生短暂倏忽之间。

不平慷慨无处倾诉,年往时来诚属自然。

只恨自己功名微薄,无法载入史册里边。

还是趁着年纪未老,长歌一曲消此悠闲。

悲哉行

【题解】

　　《悲哉行》,《乐府诗集》收入《杂曲歌辞》。郭茂倩题解引《歌录》曰:"《悲哉行》,魏明帝造。"本诗写客子伤春念远之思,当为入洛后怀念江南故里之作。诗以乐景衬哀情,对春日风光作了鲜丽真切、有声有色的描绘,文采富艳,铿锵悦耳,大量使用骈偶句,呈现出一种精致整炼之美。何焯《义门读书记》评云:"缘情绮丽,斯为不负。"

游客芳春林①,春芳伤客心②。

和风飞清响,鲜云垂薄阴③。

蕙草饶淑气④,时鸟多好音⑤。

翩翩鸣鸠羽⑥,嗈嗈仓庚吟⑦。

幽兰盈通谷⑧,长秀被高岑⑨。

女萝亦有托⑩,蔓葛亦有寻⑪。

伤哉游客士,忧思一何深!

目感随气草⑫,耳悲咏时禽⑬。

寤寐多远念⑭,缅然若飞沉⑮。

愿托归风响⑯,寄言遗所钦⑰。

【注释】

①芳春:春天。

②春芳:指春天的景色。芳,草香。也泛指花卉。

③薄阴:淡淡的云影。

④蕙草:香草名。饶:多。淑气:温馨之气。

⑤时鸟:指春鸟。好音:动听的声音。

⑥翩翩:鸟飞轻疾貌。鸠:鸟名。

⑦嗈嗈(jiē):鸟鸣声。仓庚:即黄莺,善鸣。

⑧幽兰:兰草,因多生于幽僻之处,故称。通谷:整条山谷。

⑨秀:草木之花。被:覆盖。岑(cén):小而高的山。李善注:"幽兰生乎通谷,而长秀被乎高岑,言有托也。"

⑩女萝:即松萝,常寄生于松树上。

⑪蔓葛:即葛,多年生草本植物,茎蔓生,可长二三丈,缠绕他物生

长。寻：依附，攀缘。

⑫随气草：指随淑气而滋生的蕙草、幽兰之类。

⑬咏时禽：指歌唱春天的鸣鸠、黄莺。

⑭寤寐：醒着和睡着。犹言"日夜"。

⑮缅然：远貌。飞沉：一飞上天，一沉入水。谓殊隔。

⑯愿托归风响：李陵《答苏武书》："时因北风，复惠德音。"句意本此。

⑰遗(wèi)：给予。所钦：所钦敬的人。

【译文】

游客游春步入山林，美好春色触伤客心。

和风吹拂传来清响，云彩绚丽投下淡影。

蕙草之气温馨浓郁，春鸟和鸣婉转动听。

鸣鸠翩翩振动毛羽，黄莺嘈嘈叫个不停。

兰草清幽长满山谷，花木芳菲覆盖山岭。

女萝袅娜也有依托，葛藤散漫攀缘前伸。

心伤悲啊客游之士，忧思郁郁何等深沉！

目感花草随气而生，春鸟和鸣耳听生悲。

日思夜想远方亲友，悬隔犹如高飞深沉。

愿把情意托给归风，带给远方所慕之人。

吴趋行

【题解】

《吴趋行》，《乐府诗集》收入《杂曲歌辞》。郭茂倩题解引崔豹《古今注》曰："《吴趋行》，吴人以歌其地。"盖为流行吴地的歌曲。陆机此作，礼赞了吴国的风物和历史，寄托了自己追慕故乡先贤和祖上功德的感情。陆机入洛后，时有行旅之愁，每生怀乡之念，情现乎辞，故有是作。

楚妃且勿叹①，齐娥且莫讴②。四坐并清听③，听我歌《吴趋》。

《吴趋》自有始,请从昌门起④。昌门何峨峨,飞阁跨通波⑤。
重栾承游极⑥,回轩启曲阿⑦。蔼蔼庆云被⑧,泠泠祥风过⑨。
山泽多藏育⑩,土风清且嘉⑪。泰伯导仁风⑫,仲雍扬其波⑬。
穆穆延陵子⑭,灼灼光诸华⑮。王迹陨阳九⑯,帝功兴四遐⑰。
大皇自富春⑱,矫手顿世罗⑲。邦彦应运兴⑳,粲若春林葩㉑。
属城咸有士㉒,吴邑最为多㉓。八族未足侈㉔,四姓实名家。
文德熙淳懿㉕,武功侔山河㉖。礼让何济济㉗,流化自滂沱㉘。
淑美难穷纪㉙,商榷为此歌㉚。

【注释】

①楚妃:楚王之妃。指楚庄王姬樊姬。李善注引《歌录》:“石崇《楚
妃叹》曰:歌辞楚妃叹,莫知其所由。楚之贤妃,能立德著勋,垂
名于后,唯樊姬焉,故今叹咏之声永世不绝。”这里借指歌女。
叹:本指歌尾曳声以相助。

②齐娥:齐王之后。这里也借指歌女。娥,美女。讴:歌唱。

③并:一起。清听:静听。

④昌门:春秋吴国都城的西郭门,也作“阊门”。《吴越春秋》及《越
绝书》均谓为吴王阖闾所建,阖闾欲西破楚,故又名破楚门。

⑤飞阁:架空建筑的阁道。通波:指城壕。谓其与江海相通。

⑥重(chóng):重叠。栾:柱首承梁的曲木。游极:游梁。游,谓凌
空飞架。

⑦回轩:曲折的长窗。启:开。阿:即四阿,是四面有曲檐的建筑。

⑧蔼蔼:密布貌。庆云:五色云。也作“景云”“卿云”,古以为祥瑞
之气。《史记·天官书》:“若烟非烟,若云非云,郁郁纷纷,萧索
轮囷,是谓卿云。卿云,喜气也。”

⑨泠泠(líng):清凉貌。

⑩藏育:埋藏化育。指物产。

⑪土风:乡土的歌谣乐曲。清且嘉:清越美好。

⑫泰伯:一作"太伯",周太王(周文王祖父)长子。太王晚年,欲传位少子季历,泰伯与弟仲雍率部分周人避往荆蛮,改从当地习俗,又传以耕作、筑城等技术,被推戴为君长,号曰"勾吴",建都梅里(今江苏无锡东南)。

⑬仲雍:周太王次子,泰伯之弟。泰伯死后,由他接位。周灭商后,封其曾孙周章为吴王,列为诸侯。后人以他为吴的始祖,称为吴仲。扬其波:谓发扬光大了泰伯的事业。

⑭穆穆:端庄盛美貌。延陵子:即春秋时吴国公子季札,曾受封延陵(今江苏常州、江阴等地),史称延陵季子。贤明博学,多次推让王位。

⑮灼灼:光明貌。诸华:指文化发达的中原各国。《春秋左传·昭公三十年》:"吴,周之胄裔也,而弃在海滨,不与姬通,今而始大,比于诸华。"季札曾北游列国,故云。

⑯王迹:王者创业的功绩。陨:同"殒",败坏,排除。阳九:指灾荒年景和厄运。方以智《通雅》:"阳九百六,有三说:《汉书·律历志》:"九厄:四千五百岁为一元,一元之中,九度阳厄,五阴厄,四阳为旱,阴为水。一说:九、七、五、三,皆阳数也,故曰阳九之厄。刘琨表曰:阳九之会,其数四千六百一十七万为一元,初入元,百六岁有厄,故曰百六之会……《灵宝运度经》:……天厄谓之阳九,地亏谓之百六。"

⑰帝功:帝王的功业。指229年孙权称帝,建立吴国。四遐:四方极远之地。

⑱大皇:指孙权。孙权为吴郡富春(今浙江杭州富阳)人,死后,追尊为吴大帝。

⑲矫手:举手。顿:整理。世罗:犹言皇纲,即帝王统治天下的纪

纲、法度。

⑳邦彦:国之美士、模范。

㉑粲:鲜明,美好。葩:草木之花。

㉒属城:吴郡所管辖的县邑。咸:都。

㉓吴邑:吴县(今江苏苏州)。陆机为吴郡吴县人。

㉔八族:八姓。李善注引张勃《吴录》:"八族,陈、桓、吕、窦、公孙、司马、徐、傅也。四姓,朱、张、顾、陆也。"未足侈:不值得夸口。实际是说值得夸口,但这里不多说。侈,侈言,侈论。

㉕文德:指以礼乐教化治国。常对"武功"而言。李善注:"曹植令曰:相者文德昭,将者武功烈。"熙:兴盛。淳懿:犹纯懿,指高尚完美的德行。

㉖武功:战功。侔:等同。

㉗礼让:指泰伯、季札多次让位于人。《史记·吴太伯世家》:"太伯、仲雍二人乃奔荆蛮,文身断发,示不可用,以避季历。"济济:众多貌。

㉘流化:广布教化。滂沱:多貌。

㉙淑美:美好。纪:录。

㉚商榷:谓举其大概以供商量、讨论。

【译文】

楚妃暂且不要咏叹,齐娥暂且不要高歌。四座宾客都请静听,听我高唱一曲《吴趋》。

《吴趋》自然有个开头,就让我从昌门唱起。昌门高耸何其巍峨,阁道凌空横跨水波。

柱上曲木架起横梁,曲折长窗开于四阿。蔼蔼瑞云当空密布,清凉祥风习习吹过。

山泽之间物产丰饶,乡土歌谣美妙清越。泰伯仁厚首开风气,仲雍继位又扬其波。

延陵季子端庄盛美，北游列国大放光华。创建王业排除灾厄，完成帝功四方归化。

大皇当初来自富春，举手来把皇纲整理。国内美士应运而兴，灿烂有如春林奇葩。

所辖各县都有俊杰，吴县人才最为众多。八族这里不再多说，四姓确实都是名家。

文治出色德行完美，武功杰出齐同山河。礼让之事层出不穷，教化广布似雨滂沱。

美好事迹难以尽述，举其大概作此赞歌。

短歌行

【题解】

《短歌行》为"汉旧歌"，《乐府诗集》收入《相和歌辞·平调曲》，古辞已佚，今存最早作品为曹操所作。郭茂倩题解引《乐府解题》云："《短歌行》，魏武帝'对酒当歌，人生几何'。晋陆机'置酒高堂，悲歌临觞'，皆言当及时为乐也。"按曹操所作既抒写了时光易逝的感慨，又表达了为实现统一大业而广招人才的急切心情，气魄雄伟，音调壮阔，后人拟作多有不及。陆机所作，仅就时光易逝一节加以敷衍，殊少新意，原诗中的"雄气逸响，杳不可寻"(沈德潜《古诗源》)。但由于在一定程度上寄寓了陆机自己对生活的切身感受，仍有其感人之处，故王世贞《艺苑卮言》评云："陆士衡之'来日苦短，去日苦长'……语若卑浅，而亦实境所就，故不忍多读。"

置酒高堂，悲歌临觞①。人寿几何？逝如朝霜。
时无重至，华不再阳②。蘋以春晖③，兰以秋芳④。
来日苦短⑤，去日苦长⑥。今我不乐⑦，蟋蟀在房⑧。

乐以会兴⑨,悲以别章⑩。岂曰无感? 忧为子忘⑪。

我酒既旨⑫,我肴既臧⑬。短歌有咏,长夜无荒⑭。

【注释】

①觞(shāng):酒器。

②华:日华,太阳的光华。代指太阳。阳:阳光。

③晖:光辉。此谓发出光辉。

④芳:芳香。

⑤来日:剩下的日子。

⑥去日:过去了的日子。

⑦不乐:谓不及时行乐。

⑧在房:蟋蟀本在野外,进入房中说明天寒岁暮。这里用以映衬人
　　生迟暮之悲。

⑨会:欢会。兴:产生。

⑩章:明显,显著。

⑪子:你。

⑫旨:醇美。

⑬肴:鱼肉等荤菜。臧(zāng):好。

⑭无荒:勿荒,不要放纵超过限度。荒,荒废,荒淫。

【译文】

　　酒席摆在高堂之上,对着美酒把悲歌唱。人的寿命能有多少? 瞬
息即逝有如朝霜。

　　时间流走不再重来,日头西落不再放光。蘋在春天发出光辉,兰在
秋天发出芳香。

　　剩下日子只恨太少,过去日子只恨太长。今天我不及时行乐,岁暮
蟋蟀已经在房。

　　欢聚使人得到快乐,离别使人更加悲伤。内心难道没有感受? 为

你而把忧愁暂忘。

　　我酒如此浓郁醇美，我菜如此丰盛甘香。短歌一曲正好咏唱，欢乐终夜但不荒唐。

日出东南隅行
或曰《罗敷艳歌》

【题解】

　　《日出东南隅行》，或曰《罗敷艳歌》，又作《陌上桑》《艳歌行》《采桑》《艳歌罗敷行》。其古辞最早著录于《宋书·乐志》，属大曲类，《乐府诗集》收入《相和歌辞·相和曲》。郭茂倩题解："《乐府解题》曰：'古辞言罗敷采桑，为使君所邀，盛夸其夫为侍中郎以拒之。'……若陆机'扶桑升朝晖'，但歌美人好合，与古词始同而末异。"按古辞《陌上桑》揭露了封建官吏的丑恶，塑造了罗敷这样一个美丽、坚贞、勇敢而又具有高度智慧的女性形象，艺术表现也极为出色。相比之下，陆机拟作不免黯然逊色。但陆机着重描写洛水边美女春游情景，反映了当时洛阳（今属河南）表面的繁荣和统治阶级的奢侈。诗篇词语雕琢，举体华美，而缀辞尤繁，颇能体现陆机在创作上的特色。

扶桑升朝晖①，照此高台端②。高台多妖丽③，濬房出清颜④。
淑貌耀皎日⑤，惠心清且闲⑥。美目扬玉泽⑦，蛾眉象翠翰⑧。
鲜肤一何润，秀色若可餐。窈窕多容仪⑨，婉媚巧笑言。
暮春春服成⑩，粲粲绮与纨⑪。金雀垂藻翘⑫，琼佩结瑶璠⑬。
方驾扬清尘⑭，濯足洛水澜⑮。蔼蔼风云会⑯，佳人一何繁！
南崖充罗幕⑰，北渚盈軿轩⑱。清川含藻景⑲，高崖被华丹⑳。
馥馥芳袖挥㉑，泠泠纤指弹㉒。悲歌吐清响，雅舞播《幽兰》㉓。
丹唇含《九秋》㉔，妍迹陵《七盘》㉕。赴曲迅惊鸿㉖，蹈节如集鸾㉗。

绮态随颜变⑳,沉姿无乏源㉔。俯仰纷阿那㉚,顾步咸可欢㉛。
遗芳结飞飙㉜,浮景映清湍。冶容不足咏㉝,春游良可叹㉞。

【注释】

①扶桑:神话中长在东方日出处的大树。《淮南子·天文训》:"日
　出于旸谷,浴于咸池,拂于扶桑,是谓晨明。"朝晖:早晨的阳光。

②台端:犹室端。

③妖丽:美女。妖,艳丽。胡克家《文选考异》:"'妖'当作'姣'。"
　按,妖、姣义同。

④濬(jùn)房:深房。濬,或当作"邃",胡克家《文选考异》:"注引'广
　厦邃房',是善正文作'邃'字。"清颜:清丽的容貌。此指美女。

⑤淑貌:美貌。皎日:白日。

⑥惠心:善良的心地。闲:文静。

⑦泽:光泽,光彩。

⑧蛾眉:蚕蛾的触须,细长而弯,用以比喻女子长而美的眉毛。翠
　翰:翠羽。

⑨窈窕(yǎo tiǎo):容貌美好貌。容仪:容貌仪表。

⑩暮春春服成:《论语·先进》:"莫春者,春服既成,冠者五六人,童
　子六七人,浴乎沂,风乎舞雩,咏而归。"

⑪粲粲:鲜艳华丽貌。绮:有花纹的丝织品。纨:白色细绢。

⑫金雀:一端饰有雀形的金钗。雀,或作"爵"。藻翘:即翠翘。翠
　翘本指翠鸟尾上的长毛。这里指形似翠翘的头饰。

⑬琼:美玉。瑶璠(fán):皆是美玉。

⑭方驾:两车并行。

⑮濯足:洗足。洛水:水名。发源于陕西洛南的冢岭山,向东流经
　河南洛阳,注入黄河。

⑯蔼蔼:盛多貌。犹言"济济"。风云:言其多。

⑰充：满。罗幕：用轻软的丝织品搭的帐幕。

⑱渚：水中小洲。这里指水边。 辇（píng）轩：妇女乘坐的四周有障蔽的车。

⑲藻景：华美的景色。

⑳崖：胡克家《文选考异》："'崖'当作'岸'"。华丹：美艳的红色。

㉑馥馥：香气浓烈貌。挥：指起舞。

㉒泠泠：声音清脆貌。弹：指弹奏乐器。

㉓雅舞：《乐府诗集》作"雅韵"，疑是。雅韵，指高雅的音乐。播：扬。《幽兰》：古琴曲名。

㉔丹唇：朱唇。《九秋》：古乐府曲名。张衡《南都赋》："结《九秋》之增伤，怨《西荆》之折盘。"李善注："古乐府有《历九秋妾薄相行》，歌辞曰：'齐讴楚舞纷纷，歌声上彻青云。'《西荆》，即楚舞也。'折盘'，舞貌。张衡有《七盘舞赋》，或以'折盘'为'七盘'也。"

㉕妍迹：指舞步。妍，美好。陵：升，跳跃。《七盘》：古舞名。

㉖赴曲：谓依乐曲而舞。鸿：水鸟名。是雁中最大者。

㉗蹈节：踩着节拍。集：齐，谓齐舞。鸾：传说中凤凰一类的神鸟。

㉘绮态：美丽的容态。

㉙沉姿：深沉的舞姿。无乏源：谓变化多端，层出不穷。

㉚阿那：同"婀娜"，柔美貌。

㉛咸：都。

㉜芳：香。飙（biāo）：暴风。

㉝冶容：美艳的容态。不足：不值得。

㉞良：诚，确实。

【译文】

东方升起火红太阳，照在这座高台上面。高台上面美女众多，深房中出美色丽颜。

美貌生辉照耀白日，善良心地恬静悠闲。美目顾盼闪耀光彩，蛾眉就像翠羽一般。

肌肤鲜洁多么柔润，秀色宜人好似可餐。容颜俏丽多姿多态，婉媚巧笑开口言谈。

暮春时节春服做成，绮衣纨裳有多华艳。头上悬垂金雀翠翘，身上缠结琼佩瑶璠。

双车并行扬起轻尘，洗足来到洛水岸边。风涌云会好不热闹，美女众多遍布山野。

南崖到处张起罗幕，北渚停满车驾万千。河水清清含映美景，岸边一片耀眼红艳。

芳香四溢长袖挥舞，清曲盈耳纤指轻弹。口唱悲歌发出清响，乐曲高雅播放《幽兰》。

朱唇含怨吟唱《九秋》，蹁跹跳跃舞起《七盘》。闻乐而起快如惊鸿，踏节好似鸾鸟齐舞。

容态万千表情丰富，舞姿深沉变化多端。俯仰之间婀娜多姿，一步一挪令人喜欢。

芳香随舞凝成暴风，美景映入激流中间。美艳容态不足吟咏，如此春游实可慨叹！

前缓声歌

【题解】

《前缓声歌》，《乐府诗集》收入《杂曲歌辞》，古辞今存，是一首讲穷则变、变则通道理的说理诗。陆机所拟，则为游仙诗，曲折表现了企图解脱在短促人生中所遭受的太多压抑和痛苦的心理。《乐府解题》曰："《升天行》，曹植云'日月何肯留'、鲍照云'家世宅关辅'。曹植又有《上仙箓》与《神游》《五游》《龙欲升天》等篇。如陆士衡《缓声歌》，皆伤人世不永，俗情险艰，当求神仙，翱翔六合之外。与《飞龙》《仙人》《远游篇》

《前缓歌》同意。"言及本篇渊源所自及创作动因,不为无见。而曲末受
古辞影响,衍为祝颂之辞,堕入俗套,实属蛇足。

> 游仙聚灵族①,高会曾城阿②。
> 长风万里举③,庆云郁嵯峨④。
> 宓妃兴洛浦⑤,王韩起太华⑥。
> 北征瑶台女⑦,南要湘川娥⑧。
> 肃肃宵驾动⑨,翩翩翠盖罗⑩。
> 羽旗栖琼鸾⑪,玉衡吐鸣和⑫。
> 太容挥高弦⑬,洪崖发清歌⑭。
> 献酬既已周⑮,轻举乘紫霞⑯。
> 总辔扶桑枝⑰,濯足汤谷波⑱。
> 清辉溢天门⑲,垂庆惠皇家⑳。

【注释】

①游仙:脱离尘世,游历仙境。灵族:指众神灵。

②高会:大宴会。曾城:传说中地名。又作"层城""增城"。《淮南子·地形训》:"掘昆仑虚以下地,中有增城九重,其高万一千里百一十四步二尺六寸。"《水经注·河水》:"三成为昆仑丘。《昆仑说》曰:'昆仑之山三级:下曰樊桐,一名板桐;二曰玄圃,一名阆风;上曰层城,一名天庭,是为太帝之居。'"阿:山的转弯处。这里即指山顶。

③举:吹。

④庆云:五色云,古以为祥瑞之气。郁:浓盛貌。嵯(cuó)峨:本为山高峻貌。这里形容庆云的形状。

⑤宓(fú)妃:传说中洛水女神名。为伏羲女,溺死洛水,遂为洛水之

神。洛浦：洛水之滨。

⑥王韩：指王子乔和韩众，皆传说中仙人。王子乔，一作"王乔"。
《列仙传》曰："王子乔者，周灵王太子晋也。好吹笙作凤凰鸣，游
伊、洛之间，道士浮邱公接以上嵩高山。三十余年后，求之于山
上，见桓良，曰：'告我家，七月七日，待我于缑氏山巅。'至时，果
乘白鹤驻山头。望之不得到。举手谢时人，数日而去。"韩众，一
作"韩终"。《楚辞·九叹·远游》："奇傅说之托辰星兮，羡韩众
之得一。"洪兴祖《楚辞补注》："《列仙传》：齐人韩终为王采药，王
不肯服，终自服之，遂得仙也。"太华：即西岳华山，在今陕西华
阴南。

⑦征：召。瑶台女：传说上古有娀氏的美女名简狄，住在高台上，后
来成为帝喾之妃，生子契，是商朝的始祖。瑶台，美玉砌成之台，
极言其华丽。

⑧要（yāo）：邀。湘川娥：指尧之二女娥皇、女英。《水经注·湘
水》："大舜之陟方也，二妃从征，溺于湘江。"传说二女死后成为
湘水之神。

⑨肃肃：疾速貌。宵：夜。驾：车驾。

⑩翩翩：摇曳貌。翠盖：用翠鸟羽毛装饰的车盖。罗：罗列。

⑪羽旗：以羽毛装饰的旌旗。栖琼鸾：将玉做的鸾鸟置于旗上。

⑫玉衡：极言其华美。衡，车辕前端的横木。和：挂在衡上的铃铛。

⑬太容：传说黄帝乐师名。挥：动。

⑭洪崖：一作"洪厓""洪涯"，传说中仙人名。据《洪崖先生传》：洪
崖先生，或曰，黄帝之臣伶伦也。或曰，尧时已三千岁矣。

⑮献：敬酒。酬：劝酒。

⑯轻举：轻身升起。乘：升，登。紫霞：天空。

⑰总辔（pèi）：结上马缰绳。扶桑：神话中长在东方日出处的大树。

⑱濯足：洗脚。此谓去掉世俗的污垢。汤（yáng）谷：一作"旸谷"，

　　传说中的日出之处。

⑲天门:上帝所居紫宫门也。

⑳垂庆:留下幸福。惠:给以好处。

【译文】

　　游历仙境聚集众神,饮酒高会曾城山顶。

　　驾起长风逍遥万里,庆云如山浓密繁盛。

　　洛水之滨宓妃动身,王乔韩众华山起程。

　　北面请来瑶台神女,南面邀来娥皇女英。

　　驾起车马连夜上路,翠盖翩翩列队而行。

　　羽旗上面安着玉鸾,玉衡上面响着和铃。

　　太容挥手拨动琴弦,洪崖唱起清越歌声。

　　觥筹交错既已尽兴,身轻如燕升上天庭。

　　马缰拴在扶桑枝头,洗脚来到汤谷水滨。

　　清辉灿烂照耀天门,带给皇家无限好运。

塘上行

【题解】

　　《塘上行》,《乐府诗集》收入《相和歌辞·清调曲》。李善注引《歌录》云:“或云甄皇后造,或云魏文帝,或云武帝。”以甄皇后作为近是。郭茂倩题解引《邺都故事》:“魏文帝甄皇后……后为郭皇后所谮,文帝赐死后宫。临终为诗曰:‘蒲生我池中,绿叶何离离。岂无兼葭艾,与君生别离。莫以贤豪故,弃捐素所爱。莫以麻枲贱,弃捐菅与蒯。莫以鱼肉贱,弃捐葱与薤。’”又引《乐府解题》:“前志云:晋乐奏魏武帝《蒲生篇》,而诸集录皆言其词文帝甄后所作,叹以谗诉见弃,犹幸得新好,不遗故恶焉。若晋陆机‘江蓠生幽渚’,言妇人衰老失宠,行于塘上而为此歌,与古辞同意。”诗以香草美人为比,寄寓了诗人的人生盛衰之叹,表达了诗人仕进之中的危惧感和对朝政的忧患意识。形象鲜明,情辞委婉,颇见特色。王夫之《古诗评选》评云:"不但末视陈王,且于甄后始制,增其风度矣。以文士而咏衾情,无宁止此。"

江蓠生幽渚①,微芳不足宣②。

被蒙风云会③,移居华池边④。

发藻玉台下⑤,垂影沧浪泉⑥。

沾润既已渥⑦,结根奥且坚⑧。

四节逝不处⑨,华繁难久鲜⑩。

淑气与时殒⑪,余芳随风捐⑫。

天道有迁易⑬,人理无常全⑭。

男欢智倾愚⑮,女爱衰避妍⑯。

不惜微躯退,但惧苍蝇前⑰。

愿君广末光⑱,照妾薄暮年⑲。

【注释】

①江蓠:一作"江离",香草名。

②宣:播扬。

③被:遭遇,碰上。风云会:指好的际遇。风云,李善注引《周易》:"润之以风雨。"

④华池:本为传说中昆仑山上的仙池。这里泛指华美的水池。

⑤发藻:散发光彩。玉台:台观名。

⑥沧浪:水青色。

⑦沾润:沾湿浸润。渥(wò):浓厚。

⑧奥:深。

⑨四节:春夏秋冬四季。不处:不停留。

⑩华:古"花"字。

⑪淑气:温馨之气。殒:消失。

⑫捐:除去,消失。

⑬天道:自然运行的法则。迁易:迁移,变易。

⑭人理:犹"人道",指人与人之间相处的法则、道理。

⑮智:智者。倾:排挤,欺凌。愚:愚者。

⑯妍:美丽。

⑰但:只是。苍蝇:比喻搬弄是非的小人。

⑱末光:日月之余光。喻夫君微末的恩惠。

⑲薄暮年:指年老。

【译文】

江蓠本生幽僻小洲,香气微弱不足播散。

有幸碰上风云际会,移居来到华池旁边。

流光溢彩玉台之下,倩影映入清清水泉。

沾溉浸润既已优厚,扎根地下又深又坚。

四时代序毫不停留,繁花虽美难保久鲜。

温馨之气与时俱逝,余香随风不断飘散。

天道也有迁移变易,人生不能常保周全。

男爱智者欺凌弱者,女爱衰者避让美颜。

微躯退避并不可惜,只怕苍蝇进身君前。

但愿君能稍加余光,照我度过寂寞晚年。

谢灵运

见卷第十九《述祖德诗》作者介绍。

乐府一首

会吟行

【题解】

　　《会吟行》,《乐府诗集》收入《杂曲歌辞》。郭茂倩题解引《乐府解题》:"《会吟行》,其致与《吴趋》同。会谓会稽,谢灵运《会吟行》曰:'咸共聆《会吟》。'"谢灵运祖籍陈郡阳夏(今河南太康),世居会稽(今浙江绍兴)。《会吟行》就是一曲对家乡的赞歌,倾注了诗人对会稽山水风光和历史人物的无限深情。在写作上深受陆机《吴趋行》影响,而详略处置各有不同。何焯《义门读书记》评云:"曩疑《吴趋行》既述泰伯、仲雍之化,复述大帝剙业、四姓夹辅,所谓乐操土风也。灵运此诗,既序大禹及句(勾)践旧迹,当举永嘉南渡名臣将相出于会稽以征邦彦之盛。且文靖常居会稽,而献武又为内史,乃皆略之,未免举典而忘其祖。后细玩诗中,亦故有微旨。首叙禹功及勾践伯业,不敢忘其在上者也。自范蠡以下皆客游之杞梓,则所以增土风之重,固隐然在南渡诸贤矣。不明言近事,恐一群白颈乌张其喙耳。往时于斯艺实粗,致滋妄议。"

六引缓清唱[①],三调伫繁音[②]。列筵皆静寂[③],咸共聆《会吟》[④]。
《会吟》自有初[⑤],请从文命敷[⑥]。敷绩壶冀始[⑦],刊木至江汜[⑧]。
列宿炳天文[⑨],负海横地理[⑩]。连峰竞千仞[⑪],背流各百里[⑫]。
澒池溉粳稻[⑬],轻云暖松杞[⑭]。两京愧佳丽[⑮],三都岂能似[⑯]?
层台指中天[⑰],高墉积崇雉[⑱]。飞燕跃广途[⑲],鹢首戏清沚[⑳]。
肆呈窈窕容[㉑],路曜便娟子[㉒]。自来弥年代[㉓],贤达不可纪[㉔]。
勾践善废兴[㉕],越叟识行止[㉖]。范蠡出江湖[㉗],梅福入城市[㉘]。
东方就旅逸[㉙],梁鸿去桑梓[㉚]。牵缀书土风[㉛],辞殚意未已[㉜]。

【注释】

①六引:古乐调名。李善注引沈约《宋书》:"控揲宫引第一,商引第二,徵引第三,羽引第四,古有六引,其宫引本第二,角引本第四也。并无歌,有弦笛,存声不足,故阙二曲。"《乐府诗集》中《相和歌辞·相和六引》则以箜篌引、宫引、商引、角引、徵引、羽引为六引。清唱:清美的歌唱。

②三调:汉代乐府相和歌的平调、清调、瑟调,合称清商三调。南北朝至隋唐,则以清、平、侧为三调。伫:本为久立。这里犹言"缓",谓演唱时拖长音调,是一种满怀深情的表示。繁音:繁盛的乐音。

③列筵:犹言满座。指满座宾客。

④咸:都。共:一起。聆:听。

⑤初:开头。

⑥文命:文德教命。《尚书·大禹谟》:"曰文命,敷于四海,祗承于帝。"又《史记·夏本纪》:"夏禹,名曰文命。"此用其意。相传会稽因禹会诸侯江南计功而得名,禹死后又葬于会稽,故先从禹说起。敷:陈述。

⑦敷绩:指禹分土治水的功绩。敷,分,布。壶:壶口,山名。在今山西吉县西南。因黄河北来,至此倾泻于西崖,悬注如壶,故名。冀:冀州,为禹所区划的九州之一。相传禹治水首先治理了壶口的水利工程。

⑧刊:砍削。禹治水时砍削木桩,插在山路上以作标记。《尚书·禹贡》:"禹敷土,随山刊木,奠高山大川。"江汜(sì):长江的支流。这里指长江的源头,谓禹从江源开始疏导长江。古以岷山下岷江为长江正源。

⑨列宿:众星宿。这里指越地上空的列宿。古代星象家把天象和地面上州、国的位置相配合,称分野,同时又把十二辰(方位)和二十八宿相结合,形成对应。与越地对应的星次是星纪,二十八宿则为其中的斗、牛、女三星。炳:明亮。天文:日月星辰等天体

在宇宙间分布运行的现象。这里即指日、月、星辰。

⑩负海：靠海。地理：山川土地的环境形势。这里指拥有广袤的地域和多样的土地。李善注引宋衷《易纬》注："地理，谓五土也。"五土，指山林、川泽、丘陵、水边平地、低洼地等五种土地。

⑪仞：长度单位。古以七尺或八尺为一仞。

⑫背流：流向相反的河流。

⑬滮（biāo）池：古水名。在今陕西西安西北。这里泛指越地的水池。粳（jīng）稻：不粘之稻。

⑭曖（ài）：昏暗。这里是遮蔽之意。杞（qǐ）：木名。质地优良。

⑮两京：指西京长安（今陕西西安）、东京洛阳（今属河南）。佳丽：美好。指土地景物的美好。

⑯三都：指三国魏都邺城（在今河北临漳西南），蜀都成都（今属四川），吴都建业（今江苏南京）。

⑰中天：天空之中。

⑱墉（yōng）：城墙。崇雉：高峻的墙。雉，本为计算城墙面积的单位。一雉之墙长三丈，高一丈。这里引申指城墙。

⑲飞燕：良马名。

⑳鹢（yì）首：船头，代指船。鹢，水鸟名。形如鹭而大，羽色苍白，善翔。古人喜画鹢首于船头。

㉑肆：集市。窈窕：容貌美好貌。

㉒便（pián）娟：轻盈美好貌。

㉓弥：长久。

㉔贤达：贤能通达的人。纪：录。

㉕勾践：春秋末越国国君。前496年即位后，在夫椒一役大败于吴，退保会稽山，用范蠡计向吴乞和，卧薪尝胆，十年生聚，十年教训，锐意灭吴雪耻。后乘吴王夫差北上争霸之际，发兵袭吴，终于在前473年一举灭吴。接着乘胜渡淮，大会诸侯成为霸主。周天子使人赐

胙,命为伯。

㉖越叟:当指范蠡、梅福之类的人物。行止:犹言进退。

㉗范蠡:春秋楚人,字少伯。仕越为大夫,辅佐勾践刻苦图强,埋头备战,终于一举灭吴,被擢为上将军。但范蠡认为勾践为人可与同患难、不能共安乐,乃乘扁舟,浮于江湖,去越入齐,改名鸱夷子皮,治产获数十万,受任为齐相。后又弃官散财,到陶(今山东菏泽定陶)称朱公,再度经商致富,并一再散财与贫交和疏远的兄弟。他认为世间一切事物都在变化,时势的盛衰也如此,故须待时而动,顺其自然。事见《史记·越王勾践世家》及《史记·货殖列传》。

㉘梅福:字子真,西汉末九江寿春(今安徽寿县)人。初任郡文学,补南昌尉,后去官归乡。曾多次上书,其言词多犯权臣,不被采纳。元始中,王莽专权,他弃妻、子离九江,隐居不仕,被传为"仙人"。后来有人在会稽看见他,已变换姓名,为吴市门卒。事见《汉书·梅福传》。

㉙东方:指东方朔。东方朔字曼倩,西汉武帝时待诏金马门,官至太中大夫,为武帝弄臣。因其以诙谐滑稽著名,后人传其异闻颇多,方士又附会其为仙人。旅:客。逸:放逸,放纵。

㉚梁鸿:字伯鸾,东汉初扶风平陵(今陕西咸阳)人。家贫好学,不求仕进,与妻孟光同入霸陵山中,以耕织为业。后往吴,寄住皋伯通家,居于廊下,为人舂米。既归,孟光奉上饭食,举案齐眉。事见《后汉书·梁鸿传》。桑梓:桑与梓为古代住宅常栽的树木,后遂以代指家乡。

㉛牵缀:牵连。土风:本乡本土的歌谣乐曲。这里指有关乡土的历史、人物等。

㉜殚:尽。已:止,尽。

【译文】

奏起六引缓缓清唱,三调延宕繁盛乐音。在座各位都请安静,一起听听我唱《会吟》。

《会吟》自要有个开头,请从大禹开始唱起。治水首治冀州壶口,砍木直到长江源头。

天上众星光耀日月,背靠大海土地纵横。山峰连绵竟高千仞,河水背流各有百里。

水池密布灌溉粳稻,轻云荫蔽遍山松杞。两京愧无如此形胜,三都难道能够比拟?

层层楼台直插云空,城墙高笮坚固险峻。大道上面骏马奔驰,扁舟穿梭水中嬉戏。

街上游人颇多佳丽,路上美女光彩照人。从古至今年代久远,贤达众多不可胜记。

勾践亡国终又复国,越叟颇知进退行止。范蠡功成遨游江湖,梅福归隐来到城市。

东方曼倩放逸旅途,梁鸿远游离开乡里。拉杂来把乡土赞颂,文辞已尽意犹未止。

鲍明远

见卷第十一《芜城赋》作者介绍。

乐府八首

东武吟

【题解】

《东武吟》,一作《东武吟行》《代东武吟》,《乐府诗集》收入《相和歌

辞·楚调曲》。郭茂倩题解引《乐府解题》曰:"鲍照云'主人且勿喧',沈
约云'天德深且旷',伤时移事异,荣华徂谢也。"又引左思《齐都赋》注
云:"《东武》《泰山》,皆齐之土风,弦歌讴吟之曲名也。"东武,泰山下小
山名。《东武吟》和《泰山吟》《梁甫吟》同类,都是齐地的土风。诗借一
个百战老兵之口,反映了战士一生的劳苦和暮年废弃归家的悲惨,对统
治集团的刻薄寡恩作了尖锐的揭露。末望君主赐恩,不负有功之人,既
是为老兵代言心声,也表达了因家世贫贱而在仕途上饱受压抑的诗人
自己内心的希冀。其时宋魏两个政权南北对峙,边境一线战争不断,故
鲍照颇多从军之作,开拓了边塞诗的表现领域,对后来边塞诗的发展产
生了深远影响。

主人且勿喧,贱子歌一言①。仆本寒乡士②,出身蒙汉恩。
始随张校尉③,占募到河源④。后逐李轻车⑤,追虏穷塞垣⑥。
密涂亘万里⑦,宁岁犹七奔⑧。肌力尽鞍甲⑨,心思历凉温⑩。
将军既下世⑪,部曲亦罕存⑫。时事一朝异,孤绩谁复论⑬?
少壮辞家去,穷老还入门。腰镰刈葵藿⑭,倚杖牧鸡豚⑮。
昔如鞲上鹰⑯,今似槛中猿⑰。徒结千载恨⑱,空负百年怨⑲。
弃席思君幄⑳,疲马恋君轩㉑。愿垂晋主惠㉒,不愧田子魂㉓。

【注释】

①贱子:老军人自称。下句"仆"同。

②寒乡:贫寒的地区。

③张校尉:指张骞,曾为校尉,随大将军卫青北击匈奴。

④占募:自己估计情况后应募。李善注:"谓自隐度而应募为占募
　　也。"占,本集和《乐府诗集》并作"召"。河源:黄河发源处。张骞
　　曾奉命出使乌孙,有寻河源事。

⑤李轻车:指李蔡,李广的堂弟,武帝元朔(前 128—前 123)中为轻车将军,击匈奴右贤王有功,死后封乐安侯。

⑥虏:对敌人的称呼。此指匈奴。穷:到了尽头。塞垣:本指边境筑以御敌的城墙。此指边境地带。

⑦密涂:近路。涂,同"途"。亘:绵延。

⑧宁岁:安宁的年岁。七奔:七次奔命。《春秋左传·成公七年》:"吴始伐楚、伐巢、伐徐,子重奔命。马陵之会,吴入州来,子重自郑奔命。子重、子反于是乎一岁七奔命。"

⑨尽鞍甲:谓在征敌中耗尽了力气。鞍甲,鞍马铠甲。此指征战。

⑩历凉温:经历了无数寒暑变化。

⑪下世:去世,死亡。

⑫部曲:本为汉代军队编制的名称。这里泛指将军的部下。

⑬孤绩:独有的功绩。

⑭腰镰:腰间插上镰刀。刈(yì):割。葵藿:为贫者所食。葵,蔬菜名。藿,豆叶。

⑮豚:小猪。

⑯鞲(gōu):皮革制的臂衣,打猎时套在臂上以擎猎鹰。

⑰槛:关牲畜野兽的栅栏。

⑱结:郁结。千载恨:谓千百年来人们未曾有过的怨恨,亦即很深的怨恨。

⑲负:承担。

⑳弃席:用晋文公故事。晋公子重耳在多年流浪之后回晋国为君,即晋文公,走到黄河边上,下令将陈旧的器皿和卧席丢弃,让那些手足长了茧子、脸色发黑的人走在最后。其功臣咎犯听了在夜里哭泣,劝谏道:"笾豆所以食也,而君捐之;席蓐所以卧也,而君弃之;手足胼胝,面目黧黑,劳有功者也,而君后之。今臣与后,中不胜其哀,故哭之。"文公听了便收回了成命。事见《韩非

子·外储说左上》）。幄（wò）：用木架成的帐幕。

㉑疲马：用战国魏人田子方故事。《韩诗外传》："昔者田子方出，见老
　　马于道，喟然有志焉，以问于御者曰：'此何马也？'御曰：'故公家畜
　　也，罢而不为用，故出放之也。'田子方曰：'少尽其力，而老弃其身，
　　仁者不为也。'束帛而赎之。穷士闻之，知所归心矣。"轩：车。

㉒晋主：指晋文公。惠：恩惠。

㉓田子：指田子方。魂：魂灵。因田子谢世已久，故云。

【译文】

　　各位主人且勿喧哗，请让我来唱上一曲。我本是个贫寒乡士，在世
深蒙汉朝厚恩。

　　开始跟随校尉张骞，应召从军去到河源。后又跟随将军李蔡，追击
敌人穷尽边塞。

　　近路全程也有万里，安宁年也不得安宁。力气耗尽鞍马之间，心思
经历无数寒温。

　　将军已经告别人世，部下也无几人生存。时事一朝发生变化，谁还
谈论我的功勋？

　　少壮时期辞家远征，又穷又老回到家门。腰插镰刀去割葵藿，挂着
拐杖牧养鸡豚。

　　过去像那鞲上雄鹰，今天就像圈中猴猿。徒然郁积千载之恨，空自
承受百年之怨。

　　席蓐被弃尚思君帐，疲马遭贬还恋君车。但愿垂下晋主恩惠，不愧
田子在天之灵。

出自蓟北门行

【题解】

　　《出自蓟北门行》，一作《代出自蓟北门行》，《乐府诗集》收入《杂曲
歌辞》。郭茂倩题解云："魏曹植《艳歌行》曰：'出自蓟北门，遥望胡地

桑。枝枝自相值,叶叶自相当。'《乐府解题》曰:'《出自蓟北门行》,其致与《从军行》同,而兼言燕蓟风物,及突骑勇悍之状。若鲍照云《羽檄起边亭》,备叙征战苦辛之意。'"诗题出自曹植《艳歌行》(全诗今佚),但内容已自不同。蓟,古燕国都城,在今北京。诗篇既讴歌了战士从军卫国的壮志,又描写了北方边地的风物和从军的艰苦,语言峻健,意境奇伟,感情悲壮,音调高亢,充分体现了诗人如"饥鹰独出,奇矫无前"(敖陶孙《臞翁诗评》),如"高鸿决汉,孤鹗破霜"(郑厚《艺圃折衷》)的创作特色,已大具盛唐边塞诗的气韵。沈德潜《古诗源》评云:"明远能为抗壮之音,颇似孟德。"

> 羽檄起边亭①,烽火入咸阳②。
> 征骑屯广武③,分兵救朔方④。
> 严秋筋竿劲⑤,虏阵精且强⑥。
> 天子按剑怒,使者遥相望⑦。
> 雁行缘石径⑧,鱼贯度飞梁⑨。
> 箫鼓流汉思⑩,旌甲被胡霜⑪。
> 疾风冲塞起,沙砾自飘扬⑫。
> 马毛缩如猬⑬,角弓不可张⑭。
> 时危见臣节,世乱识忠良。
> 投躯报明主,身死为国殇⑮。

【注释】

①羽檄:古代的一种紧急军事公文,因上面插着表示急速的鸟羽,故名。边亭:边境上的亭候,是驻兵监视、防守敌人的建筑。

②烽火:古时边防告警用的烟火。咸阳:战国秦都,在长安(今陕西西安)西北。这里泛指都城。李善注引《风俗通》:"文帝时,匈奴

犯塞,候骑至甘泉,烽火通长安。"

③骑(jì):骑兵。广武:县名。在今山西代县西。

④朔方:郡名。辖有今内蒙古黄河以南地区。

⑤严秋:肃杀的秋天。指深秋。筋:指弓弦。竿:指弓箭。劲:强劲。深秋气候干燥,故弓箭显得强劲有力。

⑥虏阵:敌人的阵容、阵势。

⑦遥相望:谓使者不绝于路。

⑧雁行:形容军队行进时队列整齐。缘:沿。

⑨鱼贯:鱼游前后相贯。形容兵士一个接着一个行进。飞梁:飞跨在两山之间的桥梁。

⑩汉思:指对于国家的思念情绪。思,《诗纪》云:"当作'飔'。"汉飔,即汉地的凉风。

⑪旌甲:旌旗,铠甲。被:覆盖。

⑫砾(lì):小石,碎石。

⑬猬:刺猬。李善注引《西京杂记》,"元封二年,大雪深五尺,野鸟兽皆死,牛马蜷缩如猬。"

⑭角弓:有兽角装饰的弓。不可张:谓天气寒冷,双手冻得拉不开弓。

⑮国殇:为国战死的人。《楚辞·九歌·国殇》:"身既死兮神以灵,子魂魄兮为鬼雄。"

【译文】

羽檄来自边境亭候,烽火飞速传入咸阳。

远征骑兵屯集广武,分出兵力救援朔方。

深秋弓箭强劲有力,敌方阵营精悍坚强。

天子闻讯按剑大怒,传令使臣前后相望。

沿着石路部队开进,鱼贯跨越高山桥梁。

箫鼓流溢家国之思,旌旗铠甲蒙上白霜。

疾风猛刮冲击边关，沙石竟自满天飘扬。

天寒马毛缩如刺猬，手冻强弓无法开张。

国势危急显露节操，社会动乱见出忠良。

舍身赴敌报效明主，为国捐躯战死沙场。

结客少年场行

【题解】

《结客少年场行》，一作《代结客少年场行》，《乐府诗集》收入《杂曲歌辞》。郭茂倩题解云：“《后汉书》曰：‘祭遵尝为部吏所侵，结客杀人。’曹植《结客篇》曰：‘结客少年场，报怨洛北邙。’《乐府解题》曰：‘《结客少年场行》，言轻生重义，慷慨以立功名也。’《广题》曰：‘汉长安少年杀吏，受财报仇，相与探丸为弹，探得赤丸斫武吏，探得黑丸杀文吏。尹赏为长安令，尽捕之。长安中为之歌曰：“何处求子死，桓东少年场。生时谅不谨，枯骨复何葬。”’按《结客少年场》，言少年时结任侠之客，为游乐之场，终而无成，故作此曲也。”诗前受曹植《结客篇》（全诗今佚）启发，后则受古诗《青青陵上柏》影响，借少年口眼对官僚贵族的豪奢生活和热衷名利的蝇营狗苟之风表示了蔑视和嘲讽，同时抒发了自己坎坷不遇的牢骚。此诗一出，后人拟作纷至，影响颇深远。

骢马金络头①，锦带佩吴钩②。

失意杯酒间③，白刃起相仇④。

追兵一旦至⑤，负剑远行游。

去乡三十载⑥，复得还旧丘⑦。

升高临四关⑧，表里望皇州⑨。

九涂平若水⑩，双阙似云浮⑪。

扶宫罗将相⑫，夹道列王侯。

日中市朝满^⑬，车马若川流^⑭。

击钟陈鼎食^⑮，方驾自相求^⑯。

今我独何为？坎壈怀百忧^⑰。

【注释】

①骢马：青白杂毛的马。络头：马笼头。

②吴钩：吴地所产的一种宝刀，似剑而曲。

③失意：不遂心。

④相仇：互相结为仇敌。

⑤追兵：指追捕闯祸少年的官兵。

⑥去：离开。

⑦旧丘：老家。

⑧临：从高处往下看。四关：四个关口。李善注引陆机《洛阳记》：
　"洛阳有四关：东为城皋，南伊阙，北孟津，西函谷。"

⑨表里：犹内外。皇州：指京城。

⑩九涂：指京城中的交通要道。《周礼·考工记》："匠人营国，方九
　里；旁三门，国中九经九纬，经涂九轨。"郑玄注："经纬，谓涂也。"
　涂，同"途"。

⑪双阙：宫门前的两座望楼，也称观。

⑫扶宫：夹宫。李周翰注："扶，亦夹也；罗，亦列也。皆王侯将相
　之宅。"

⑬日中：中午。《周易·系辞》："日中为市，致天下之民，聚天下之
　货。"市朝满：谓在京城中追求利禄的人很多。市朝，代指争名争
　利的场所。市，交易买卖的场所。朝，官府办公的场所。

⑭川：河。

⑮鼎：一种金属制成的三足两耳的锅。古代高官贵族之家列鼎而
　食，食则击钟，十分豪奢。

⑯方驾：并车而行。形容车马拥挤之状。自相求：指官场中的人互相交往干求。

⑰坎壈(lǎn)：穷困不遇貌。

【译文】

青骢白马黄金笼头，锦带上面佩着吴钩。

酒席之间稍不遂意，持刃格斗彼此成仇。

官兵追捕眼看就到，带剑潜逃高飞远走。

离开家乡三十春秋，终又回到老家垸头。

登上高处远眺四关，里里外外端详皇州。

条条大道平坦如水，宫阙高耸如云悬浮。

将相第宅罗列宫旁，道边朱楼尽主王侯。

中午市中人潮爆满，车马穿梭犹如水流。

敲钟而餐列鼎而食，车拥马挤互相追求。

今我独自干些什么？穷困不遇心怀百忧。

东门行

【题解】

《东门行》，一作《代东门行》，《乐府诗集》收入《相和歌辞·瑟调曲》。郭茂倩题解引《乐府解题》曰："古词云：'出东门，不顾归。入门怅欲悲。'言士有贫不安其居者，拔剑将去，妻子牵衣留之，愿共𫗦糜，不求富贵。且曰'今时清，不可为非'也。若宋鲍照'伤禽恶弦惊'，但伤离别而已。"诗篇前半写离别情景，后半写别后愁思，将"行子"之苦写得既足且透。王夫之《古诗评选》评云："空中布意，不堕一解。而往复萦回，兴比宾主，历历不昧。虽声情爽艳，疑于豪宕，乃以视《青青河畔草》，亦相去无三十里矣。"

伤禽恶弦惊①，倦客恶离声②。

离声断客情③,宾御皆涕零④。

涕零心断绝⑤,将去复还诀⑥。

一息不相知⑦,何况异乡别。

遥遥征驾远⑧,杳杳落日晚⑨。

居人掩闺卧⑩,行子夜中饭⑪。

野风吹秋木⑫,行子心肠断。

食梅常苦酸,衣葛常苦寒⑬。

丝竹徒满坐⑭,忧人不解颜⑮。

长歌欲自慰,弥起长恨端⑯。

【注释】

①伤禽:为箭所伤的飞禽。恶(wù):厌恶,害怕。弦惊:放开弓弦时所发出的声响。这里用更羸发虚弓而得鸟的典故。《战国策·楚策》:"(更羸)与魏王处京台之下,仰见飞鸟。更羸谓魏王曰:'臣为王引弓虚发而下鸟。'魏王曰:'然则射可至此乎?'更羸曰:'可'。有间,雁从东方来,更羸以虚发而下之。魏王曰:'然则射可至此乎?'更羸曰:'此孽也。'王曰:'先生何以知之?'对曰:'其飞徐而鸣悲。飞徐者,故疮痛也;鸣悲者,久失群也,故疮未息,而惊心未至也。闻弦音,引而高飞,故疮陨也。'"

②倦客:倦游之人。离声:指离别时亲友所奏的音乐。

③断客情:即伤客心。客,指倦客。

④宾:送别的宾客。御:御者,赶车的人。涕零:落泪。

⑤心断绝:犹言心碎。

⑥诀:别。

⑦一息:指片刻。息,呼吸。不相知:不在一起。

⑧征驾:远行的车子。

⑨杳杳(yǎo)：深远幽暗貌。

⑩居人：与"行子"相对，指留在家中的人。闱：闺门，内室之门。

⑪夜中：夜半。饭：吃饭。

⑫秋：《乐府诗集》《诗纪》并作"草"。

⑬葛：葛布衣服。葛布用葛的纤维织成，布纹粗疏，宜做夏服。

⑭丝竹：弦乐器和管乐器。泛指音乐。满坐：指满座的人演奏乐曲。

⑮解颜：开颜，欢笑。

⑯弥：益，更加。端：头绪，心绪。

【译文】

伤禽怕听弓弦声响，倦客怕听离别乐声。

离别歌声伤透客心，宾客御者一齐泪盈。

泪流满面肠断心碎，临行复又回头话别。

片刻分离尚有悬念，何况远去异地他乡。

车马远行越来越远，落日幽暗时光已晚。

家人早已掩门而卧，行子半夜还在进餐。

野风吹乱深秋林木，行子心悲肝肠寸断。

进食梅子常常苦酸，穿着葛衣常常苦寒。

众人白白演奏音乐，行子心忧总不开颜。

高歌一曲欲以自慰，反更激起愁思万端。

苦热行

【题解】

《苦热行》，一作《代苦热行》，《乐府诗集》收入《杂曲歌辞》。郭茂倩题解引曹植《苦热行》曰："行游到日南，经历交阯乡。苦热但曝露，越夷水中藏。"又引《乐府解题》曰："《苦热行》备言流金烁石、火山炎海之艰难也。若鲍照云：'赤阪横西阻，火山赫南威。'言南方瘴疠之地，尽节征伐，而赏之太薄也。"诗受曹植《苦热行》(全诗今佚)启发，以夸张奇峭的笔墨,竭力描绘南征的艰苦,进而展示将士的不幸遭遇,最后画龙点睛地以"财轻君尚惜,士重安可希"作结,表达了诗人的愤慨。方回《文选颜鲍谢诗评》评云:"热者地之至恶,死者事之至难。蹈至恶之地,责以至难之事,而上之人不察,则天下士有去之而已……此诗连以十六句言苦热。一句用一事,富哉言乎! 毒泾渡泸,始入议论。"

> 赤阪横西阻①,火山赫南威②。
> 身热头且痛,鸟堕魂来归。
> 汤泉发云潭③,焦烟起石圻④。
> 日月有恒昏,雨露未尝晞⑤。
> 丹蛇逾百尺⑥,玄蜂盈十围⑦。
> 含沙射流影⑧,吹蛊痛行晖⑨。
> 郭气昼熏体⑩,茵露夜沾衣⑪。
> 饥猿莫下食,晨禽不敢飞。
> 毒泾尚多死⑫,渡泸宁具腓⑬。
> 生躯蹈死地⑭,昌志登祸机⑮。
> 戈船荣既薄⑯,伏波赏亦微⑰。
> 财轻君尚惜,士重安可希⑱?

【注释】

①赤阪(bǎn):赤山。西阻:西方险阻之地。

②赫:显著,盛。南威:南方险阻之地。威,威严。引申指险阻之地。

③汤:热水,开水。云:指水气蒸腾如云。

④焦烟:指热气。圻(qí):通"碕",曲岸。

⑤晞(xī):晒干。

⑥丹:赤色。逾:超过。

⑦玄:黑色。盈:满。

⑧含沙射流影:蜮又名射工、射影。相传居水中,听到人声,即含沙以射人,被射中者皮肤发疮,中影者也会发病。干宝《搜神记》更云:"所中者头痛发热,剧者至死。"

⑨吹蛊(gǔ):即飞蛊,相传为一种人工培养的毒虫。李善注引顾野王《舆地志》:"江南数郡,有畜蛊者,主人行之以杀人。行食饮中,人不觉也。其家绝灭者,则飞游妄走,中之则毙。"行晖:李善注:"行旅之光晖也。"

⑩鄣气:即瘴气,旧指我国南部和西南部地区山林中湿热蒸腾能使人得病的气体。

⑪莔(wǎng):草名。有毒,据说碰上莔草上的露水,肉即溃烂。

⑫泾:水名。发源于甘肃,东南流入陕西渭水。春秋时诸侯的大夫跟晋侯攻打秦国,军队渡过泾水驻扎下来。秦人在泾水上游放置毒物,诸侯军队死者甚众。事见《春秋左传·襄公十四年》。

⑬泸:水名。三国蜀汉时,诸葛亮率军南征,到达今四川西部泸水一带。诸葛亮《出师表》:"五月渡泸,深入不毛。"腓(féi):病,枯萎。

⑭蹈:踩,踏。死地:必死之地。

⑮昌志:犹壮志。昌,盛壮。祸机:指祸患潜伏,一触即发,有如机括(弩上发箭的机件)。《庄子·齐物论》曰:"其发若机栝,其司是非之谓也。"司马彪曰:"言生以是非臧否交接,则祸败之来,若机栝之发也。"

⑯戈船:汉时将军名号。《汉书·武帝纪》:"归义越侯严为戈船将军,出零陵,下离水。"《史记·东越列传》:"越侯为戈船、下濑将军,出若邪、白沙。"二役戈船皆无功,后封赏不及,故云"荣既薄"。

⑰伏波：汉时将军名号。汉武帝时路博德、后汉光武时马援皆为伏波将军。《后汉书·马援传》："昔伏波将军路博德开置七郡，裁封数百户。"故云"赏亦微"。

⑱士重：指士所看重的生命。希：希求。《韩诗外传》："宋燕相齐见逐，罢归之舍，召门尉陈饶等二十六人，曰：'诸大夫有能与我赴诸侯者乎？'陈饶等皆伏而不对。宋燕曰：'悲乎哉！何士大夫易得而难用也！'……陈饶对曰：'三斗之稷不足于士，而君雁鹜有余粟，是君之一过也。果园梨栗，后宫妇人以相提掷，而士曾不得一尝，是君之二过也。绫纨绮縠，靡丽于堂，从风而弊，而士曾不得以为缘，是君之三过也。且夫财者，君之所轻也。死者，士之所重也。君不能行君之所轻，而欲使士致其所重，譬犹铅刀畜之，而干将用之，不亦难乎？'"吕向注："小臣计倪对越王勾践曰：'爵禄，君之轻也；性命，臣之重也。'"

【译文】

险峻西方横着赤阪，荒僻南方燃着火山。

浑身燥热头痛难忍，鸟儿坠落魂魄飞还。

水潭涌出滚烫泉水，热气蒸腾曲折石岸。

日月长久迷蒙昏沉，雨露从来不曾晒干。

红蛇长长超过百尺，黑蜂硕大足有十围。

鬼蜮含沙喷射人影，飞蛊毒杀行旅中人。

白天瘴气蒸熏人体，夜晚蔺露沾湿人衣。

饥猿不敢窜下觅食，晨鸟不敢纵身高飞。

秦人毒泾尚多死人，诸葛渡泸岂未尽病？

身躯踏入必死之地，壮志陷进莫测祸机。

戈船将军荣宠不厚，伏波将军赏赐轻微。

财为君轻君尚吝惜，士重性命怎可希冀？

白头吟

【题解】

《白头吟》，一作《代白头吟》，《乐府诗集》收入《相和歌辞·楚调曲》。郭茂倩题解引《西京杂记》曰："司马相如将聘茂陵人女为妾，卓文君作《白头吟》以自绝，相如乃止。"又引《乐府解题》曰："古辞云：'皑如山上雪，皎若云间月。'又云：'愿得一心人，白头不相离。'始言良人有两意，故来与之相决绝。次言别于沟水之上，叙其本情。终言男儿重意气，何用于钱刀。若宋鲍照'直如朱丝绳'……皆自伤清直芬馥，而遭铄金玷玉之谤，君恩以薄，与古文近焉。"按《白头吟》古辞本是一首弃妇谴责丈夫变心的诗，鲍照所作，则写君王任用谗佞而疏远正直之士的事，主题有所发展。鲍照曾在朝中任太学博士，兼中书舍人，后被贬出宫廷，诗篇不仅针砭了当时的社会现实，实亦抒写了自己内心的失意不平。刘履《选诗补注》评云："此殆明远为人所间，见弃于君，故借是题以喻所怀。"

直如朱丝绳①，清如玉壶冰。
何惭宿昔意②，猜恨坐相仍③。
人情贱恩旧④，世议逐衰兴⑤。
毫发一为瑕⑥，丘山不可胜⑦。
食苗实硕鼠⑧，玷白信苍蝇⑨。
凫鹄远成美⑩，薪刍前见陵⑪。
申黜褒女进⑫，班去赵姬升⑬。
周王日沦惑⑭，汉帝益嗟称⑮。
心赏犹难恃⑯，貌恭岂易凭⑰？
古来共如此，非君独抚膺⑱。

【注释】

①朱丝：朱弦。古有"直如弦，死道边"之语，因以为喻。

②宿昔：向来，往日。

③相仍：相因，相继。

④贱：轻视。恩旧：旧日情义。

⑤世议：世俗的议论。逐：追逐，趋奉。衰兴：失势得势。

⑥瑕：玉上面的斑点。引申为毛病、过失。

⑦胜：承担，承受。

⑧硕鼠：大老鼠。《诗经·魏风·硕鼠》："硕鼠硕鼠，无食我苗。"

⑨玷（diàn）：弄脏，玷污。白：指白璧。《诗经·小雅·青蝇》："营营青蝇，止于樊。"郑笺："蝇之为虫，污白使黑，污黑使白，喻佞人变乱善恶也。"信：确实。

⑩凫（fú）鹄：这里偏指天鹅。凫，野鸭。鹄，天鹅。《韩诗外传》："田饶事鲁哀公而不见察，谓哀公曰：'臣将去君，黄鹄举矣。'哀公曰：'何谓也？'田饶曰：'君独不见夫鸡乎？头戴冠者文也，足傅距者武也，敌在前敢斗者勇也，见食相呼者仁也，守夜不失时者信也。鸡虽有此五德，君犹日瀹而食之者何也？则以其所从来者近也。夫黄鹄一举千里，止君园池，食君鱼鳖，啄君黍粱，无此五德者，君犹贵之者何也？以其所从来者远也。故臣将去君，黄鹄举矣。'"

⑪薪：柴。刍：草。前见陵：指烧柴时先烧的柴被后添上的柴压在下面。陵，侵。《史记·汲郑列传》："见上，前言曰：'陛下用群臣如积薪耳，后来者居上。'"

⑫申：申后，为申侯之女，周幽王之后。褒女：即褒姒，周幽王宠妃。幽王为博得她的欢心，废去申后母子，改立她为后。

⑬班：班婕妤，班固祖姑。汉成帝即位，选入后宫，始为少使，后立为婕妤。赵姬：赵飞燕，汉成帝宠妃。谗班婕妤，班婕妤惧祸，自

求供养太后,成帝许其入长信宫侍奉。

⑭周王:指周幽王。日:一天天地。沦惑:沉沦迷惑。指为褒姒所
　　迷。幽王为博褒姒一笑,多次谎报敌警,举烽火征兵,由此失信
　　于诸侯。后犬戎兵至,被杀于骊山下,西周亡。

⑮汉帝:指汉成帝。益:更。嗟称:嗟叹称赞。此指"嗟称"赵飞燕。

⑯心赏:有契于心,欣然自得。

⑰貌:容色。恭:恭谨,有礼貌。"貌恭"与"心赏"皆指"周王""汉帝"。

⑱君:指被谗遭疏者。抚膺:捶胸。表示怅恨、慨叹。

【译文】

正直犹如琴上朱弦,清纯犹如玉壶中冰。

往昔情意并无愧疚,却频招来猜疑忌恨。

人情轻视旧日情义,世议趋奉得势之人。

毛病不过细如毫发,任意夸张大似丘陵。

盗食禾苗实为大鼠,玷污白璧确是苍蝇。

天鹅高飞得成美名,柴草燃烧前者受侵。

申后被废褒姒得立,班姬离去赵姬进升。

周王更加沉沦迷溺,汉帝更加赞叹连声。

内心高兴尚靠不住,外貌恭谨岂能依凭?

从古至今概莫例外,不光是你捶胸叹恨。

放歌行

【题解】

《放歌行》,一作《代放歌行》,《乐府诗集》收入《相和歌辞·瑟调
曲》。郭茂倩题解:"《孤子生行》,一曰《孤儿行》。古辞言孤儿为兄嫂所
苦,难与久居也。《歌录》曰:'《孤子生行》,亦曰《放歌行》。'《乐府解题》
曰:'鲍照《放歌行》云"蓂虫避葵堇",言朝廷方盛,君上好才,何为临歧
相将去也。'"按古辞《孤儿行》描写一个孤儿受兄嫂虐待的故事,鲍照拟

作,则以正言若反的口吻,揭露了达官贵人热衷名利、奔竞驰逐的丑态,赞扬了旷士的疏放不仕,与古辞迥异其面,独出新意。今人萧涤非《汉魏六朝乐府文学史》评云:"沈德潜曰:'素带二语,写尽富贵人尘俗之状。'按日中二句,感慨尤深,此辈直以京城为行乐处耳。贤君爱才数语,实是反说。魏晋以来,用人不以才而以势,南朝益重门第,驯致黄口小儿,纨绔荡子,亦起家为常侍,照本北人,地胄孤单,故终沉沦下位,能不致其愤懑?"

　　　　蓼虫避葵堇①,习苦不言非②。
　　　　小人自龌龊③,安知旷士怀④。
　　　　鸡鸣洛城里⑤,禁门平旦开⑥。
　　　　冠盖纵横至⑦,车骑四方来⑧。
　　　　素带曳长飙⑨,华缨结远埃⑩。
　　　　日中安能止⑪,钟鸣犹未归⑫。
　　　　夷世不可逢⑬,贤君信爱才⑭。
　　　　明虑自天断⑮,不受外嫌猜。
　　　　一言分珪爵⑯,片善辞草莱⑰。
　　　　岂伊白璧赐⑱,将起黄金台⑲。
　　　　今君有何疾⑳,临路独迟回㉑?

【注释】

①蓼(liǎo)虫:寄生在蓼草上的昆虫。蓼,植物名。一年生草本,叶味辛辣。葵堇(jǐn):葵和堇皆野菜名。味甜。《楚辞·七谏·怨世》:"蓼虫不知徙乎葵菜。"王逸注:"言蓼虫处辛烈,食苦恶,不能知徙于葵菜,食甘美,终以困苦而臞瘦也。"

②习苦:谓蓼虫习惯于辛味。

③龌龊(wò chuò)：局狭貌。谓眼光短浅，心胸狭窄。

④旷士：旷达之士。吕延济注："小人不知旷士之心，亦犹蓼虫不知葵堇之美。"

⑤洛城：洛阳(今属河南)。这里泛指京城。

⑥禁门：宫门。皇帝所居的地方禁卫森严，称为禁中，其门则称为禁门。平旦：平明，天刚亮的时候。

⑦冠盖：冠冕和车盖。指达官贵人。纵横：纷纭杂乱貌。形容其多。

⑧车骑(jì)：车马。

⑨素带：古时士大夫所用的衣带，也叫绅。曳长飙(biāo)：在长风中飘动。曳，引，飘动。飙，暴风。

⑩华缨：用彩线做成的漂亮帽缨。

⑪日中：中午。

⑫钟鸣：指漏尽钟鸣、深夜戒严之后。李善注引崔元始《正论》："永宁诏曰：'钟鸣漏尽，洛阳城中不得有行者。'"

⑬夷世：太平之世。

⑭信：确实。

⑮明虑：英明的谋虑。天：指君王。

⑯珪(guī)：一种上圆(或剑头形)下方的玉，古代封官时所赐。爵：爵位，官阶。

⑰辞草莱：谓辞别山野入朝做官。

⑱伊：语助词。

⑲黄金台：台名。故址在今河北定兴。战国时，燕昭王筑此台，上置千金，以招天下贤士。

⑳君：指旷士。疾：患，顾虑。

㉑临路：谓面临仕途。迟回：迟疑不前。

【译文】

蓼虫不吃甘美葵堇，习惯苦味不以为非。

小人本自局促狭隘，哪能理解旷士胸怀。
洛阳城中雄鸡啼鸣，天刚放亮宫门打开。
达官贵人纷纷涌至，千车万马四方赶来。
素带飘扬大风之中，华缨积满远方尘埃。
中午时分怎能止步，钟鸣夜深仍未回归。
太平盛世难得遇上，贤君确实喜爱人才。
明断自由君王做出，不因外言产生疑猜。
一言可取赐给爵禄，片善可纳入朝做官。
哪里只是白璧之赐，还要造起黄金高台。
现在你还有何忧虑，面对仕途独自徘徊？

升天行

【题解】

《升天行》，一作《代升天行》，《乐府诗集》收入《杂曲歌辞》，郭茂倩题解引《乐府解题》认为与曹植《龙欲升天》《神游》《五游》等篇俱为“伤人世不永，俗情险艰，当求神仙，翱翔六合之外”之作，名为游仙，实为咏怀。前八句直陈倦世厌俗之意，“穷涂”以下，写升天遐举，恣意畅快，兴会淋漓，末突推出“何时与汝曹，啄腐共吞腥”二句，口吻凌厉，气势峥棱，出人意表，发人深省。方回《文选颜鲍谢诗评》评云：“厌世故而求神仙……若从尾句之意，则寓言借喻君子，有高志远意，拔出尘埃之表者，视世之卑污苟贱之人，直如禽虫之吞啄腐腥耳。”正意出之以反，是诗人别出心裁处。曹植《仙人篇》云：“俯观五岳间，人生如寄居。”李白《古风》其十九云：“俯视洛阳川，茫茫走胡兵。流血涂野草，豺狼尽冠缨。”俱写升天遐举中对尘世的回顾，角度不同，各臻妙境。

家世宅关辅[1]，胜带宦王城[2]。
备闻十帝事[3]，委曲两都情[4]。

倦见物兴衰,骤睹俗屯平⑤。

翩翩类回掌⑥,恍惚似朝荣⑦。

穷涂悔短计⑧,晚志重长生⑨。

从师入远岳,结友事仙灵⑩。

五图发金记⑪,九籥隐丹经⑫。

风餐委松宿⑬,云卧恣天行⑭。

冠霞登彩阁⑮,解玉饮椒庭⑯。

暂游越万里⑰,近别数千龄⑱。

凤台无还驾⑲,箫管有遗声⑳。

何时与尔曹㉑,啄腐共吞腥㉒?

【注释】

①家世:家阀和世系。这里犹言祖祖辈辈。宅:居住。关辅:关中三辅
　之地。关中,约相当今陕西。三辅,本指西汉治理京畿地区的三个
　职官,即京兆尹、左冯翊、右扶风。这里指三辅所辖的京畿地区。

②胜带:犹言胜衣胜冠。胜衣,指儿童体力足以承受成人的衣服。
　胜冠,指男子成年可以加冠。这里即指年轻时。或疑当作"绅
　带"。王城:指京城。

③备闻:尽闻。李周翰注:"两汉都两京,各十余帝。其中情事,尽
　已知之。"

④委曲:此指知道原委、底细。两都:指长安(今陕西西安)、洛阳
　(今属河南)。西汉都长安,东汉都洛阳。情:情况。

⑤骤:屡次。俗:世俗。指世间之事。屯:艰难。平:容易。

⑥翩翩:疾速貌。回掌:翻掌。

⑦恍惚:疾速貌。吕延济注:"翩翩、恍惚,谓须臾间也。"朝荣:早上
　开花。

⑧穷涂:无路可走。涂,同"途"。悔短计:即悔计短。

⑨晚志:老来的志趣。

⑩结友:结交为友。

⑪五图:图,《乐府诗集》卷六十三作"芝"。《诗纪》卷五十云:"一作
'芝'。"解有三说。一说,《抱朴子·遐览》:"余闻郑君言,道书之
重者,莫过于《三皇内文》《五岳真形图》也。"似以"五图"指《五岳
真形图》。按《五岳真形图》为道家所佩带的一种符箓。二说,以
"五图"指一般的地图。胡绍煐《文选笺证》注下"九箭"句云:
"'九箭'与上'五图'为偶句,则箭为书篇。九箭,犹云九篇耳。"
既以"箭"为"书篇",则与之相对的"图"必以为地图。三说,以
"五图"为五种采芝之法。刘良注:"采芝法有五,故云五图。出
《太清金匮记》。"以上三说,似都未尽妥帖。葛洪《抱朴子·地
真》:"仙经曰:九转丹,金液经,守一诀,皆在昆仑五城之内,藏以
玉函,刻以金札,封以紫泥,印以中章焉。"五城,传说神仙居住的
地方,在昆仑山上。《史记·封禅书》:"黄帝时,为五城十二楼,
以候神人于执期,命曰迎年。"五图,当为存放丹经的所在,因此
颇疑"五图"指"五城"之图,也即指"五城"。发:开。金记:指《金
液经》之类的记载冶炼金丹(古代方士、道士用黄金炼成的"玉
液",或用铅汞等八石烧炼成的黄色药金)方法的书。

⑫九箭(yuè):有三说。一说,"箭"指道家藏经卷的容器。李善注:
"《尚书》曰:'启箭见书。'郑玄《易纬》注曰:'齐、鲁之间,名门户
及藏器之管曰箭,以藏经。'而丹有九转,故曰九箭也。"刘良注:
"仙经有《九转金液丹法》,箭可以盛书,故云'隐丹经'。"九转,道
教炼丹名词,谓金丹经反复烧炼之意。认为反复次数越多,药力
越足,服后成仙越快。详见《抱朴子·金丹》。二说,认为"九箭,
犹云九篇耳",已见前注。三说,吴聿《观林诗话》:"李善云:'《易
纬》注:齐、鲁之间,名门户及藏器之管曰箭,以藏经。而丹有九

转,故曰九篇。'此可笑也。天门有九,故曰九篇。涪翁云'九篇天阙守夜义'是也。"李善注可通,但如以"五图"指五城,则"九篇"以指天之九门为宜。隐:藏。丹经:犹"金记"。

⑬风餐:谓以风为食。《庄子·逍遥游》:"藐姑射之山,有神人居焉……不食五谷,吸风饮露。"委:托身。

⑭恣:任意。

⑮冠霞:头戴彩霞。彩阁:指仙阁。

⑯解玉:解下佩玉。谓辞官。吕向注:"冠,冠霞,谓从仙也。解玉,谓去仕也。"椒庭:指仙宫。宫内以椒和泥涂壁,取其芳香。

⑰暂:短暂,一刹那。越:越过。

⑱近别:稍别,分别一会儿。龄:年。

⑲凤台无还驾:用萧史、弄玉故事。《列仙传》:"萧史者,秦穆公时人也。善吹箫,能致孔雀白鹤于庭。穆公有女字弄玉,好之。公遂以女妻焉。日教弄玉作凤鸣。居数年,吹似凤声,凤凰来止其屋。公为作凤台,夫妇止其上,不下数年。一日,皆随凤凰飞去。故秦人为作凤女祠于雍宫中,时有箫声而已。"

⑳遗声:指还有萧史所吹的箫声。

㉑尔曹:你辈,你们。指世间追名逐利、钻营谄佞的小人。

㉒腥:臭味。

【译文】

祖祖辈辈住在京畿,打年轻就仕宦京城。

十帝之事无不知晓,西京东京尽知底细。

世事兴衰看得厌倦,或难或易翻覆不停。

倏忽变化犹如反掌,又以朝花转眼凋零。

穷途末路后悔计短,老来志趣看重长生。

随师走进幽山远岳,结伴交友奉事仙灵。

五图打开捧读金记,九篇里面藏有丹经。

吸风饮露松间歇宿,静卧彩云漫天游行。

头顶彩霞登上彩阁,解下佩玉酣饮椒庭。

刹那之间飞越万里,稍别就是好几千年。

凤台萧史不再飞回,偶还传来箫管之声。

何时能与你们一道,共同来把腐腥啄吞?

谢玄晖

见卷第二十《新亭渚别范零陵诗》作者介绍。

鼓吹曲一首

【题解】

《鼓吹曲》,全称《齐随王鼓吹曲》,《乐府诗集》收入《鼓吹曲辞》,为南朝萧齐永明八年(490)奉随王萧子隆训示而作,共八曲,这是其中的第四曲,名《入朝曲》。诗篇歌颂京都的堂皇富丽和藩王的功德,有一定认识价值,在绘景状物、声调格律方面尤见特色。全诗除最后两句外,其余八句词采华丽,对仗工整,声律方面大都合于平仄规律,读来音韵铿锵,琅琅上口,充分体现出永明新体诗的特点。严羽《沧浪诗话·诗评》云:"谢朓之诗,已有全篇似唐人者,当观其集方知之。"这即是一篇典型的"似唐人"的作品。

江南佳丽地①,金陵帝王州②。

逶迤带渌水③,迢递起朱楼④。

飞甍夹驰道⑤,垂杨荫御沟⑥。

凝笳翼高盖⑦,叠鼓送华辀⑧。

献纳云台表^⑨,功名良可收^⑩。

【注释】

①江南:指扬州。为古九州之一,其地相当今江苏南部地区。《尔雅·释地》:"江南曰扬州。"佳丽:指土地景物美好。

②金陵:古地名。战国楚威王置金陵邑。秦称秣陵。三国吴自京口迁都于此,称建业。东晋、南朝宋齐梁陈皆都于此,改称建康。即今江苏南京。李善注引《吴录》:"秦始皇时,望气者云:金陵有王者气。"

③逶迤(wēi yí):弯曲延续貌。带:环绕。渌(lù):清澈。

④迢递:远貌,谓楼房鳞次栉比,一直延向远方。朱:大红色。

⑤飞甍(méng):高耸如飞的屋檐。驰道:犹言御道,皇帝驰走车马之处。

⑥荫:遮蔽。御沟:流入宫内的河道。也称杨沟、羊沟。《三辅黄图·杂录》:"长安御沟,谓之杨沟,谓植高杨于其上也。"

⑦凝:声调徐缓。李善注:"徐引声谓之凝。"笳:古管乐器名。汉时流行于西域一带少数民族间,后传入内地。翼:送。高盖:高盖车,其车盖高,可立乘。

⑧叠:轻击鼓。李善注:"小击鼓谓之叠。"华辀(zhōu):华美的车子。

⑨献纳:指进言以供采纳。云台:本汉宫中高台名。汉明帝曾图画中兴功臣三十二人于此。这里借指皇宫。表:上面。

⑩良:确实。

【译文】

江南大地山河锦绣,金陵虎踞帝王之州。

绿水环绕犹如飘带,鳞次栉比遍地朱楼。

驰道两旁屋檐高耸,垂杨浓郁荫蔽御沟。

高车徐驶笳声相伴,朱轮来往鼓声悠悠。

献纳忠言云台之上,转瞬就可功成名就。

挽歌

缪熙伯

　　缪袭(186—245),三国魏诗人。字熙伯,东海兰陵(今属山东)人。初在御史大夫府任职,历仕曹操、曹丕、曹叡、曹芳四朝,官至尚书、光禄勋。有才学,多所撰述。《隋书·经籍志》著录其《列女传赞》一卷、文集五卷,已佚。今存《鼓吹曲》十二首,五言诗一首。钟嵘《诗品》将其列为下品,评云:"熙伯《挽歌》,唯以造哀尔!"

挽歌诗一首

【题解】

　　《挽歌》一作《挽歌诗》,《乐府诗集》收入《相和歌辞·相和曲》。挽歌初为送葬时牵挽柩车的人所唱的哀悼死者的歌,如《薤露》《蒿里》之类。《薤露》古辞云:"薤上露,何易晞。露晞明朝更复落,人死一去何时归!"《蒿里》古辞云:"蒿里谁家地,聚敛魂魄无贤愚。鬼伯一何相催促,人命不得少踟蹰。"本篇在写作上受《薤露》《蒿里》古辞影响,但通过对整个人类历史的理性审视,在不无伤感的同时表现出一种达人式的平静,形成何焯《义门读书记》所谓"词极峭促,亦淡以悲"的艺术境界。直接以"挽歌"为题始于缪袭,此后陆机、陶渊明、鲍照、白居易等历代诗人均有同题之作,并且大多能对死亡怀抱一种达观态度,从中不难看出缪袭的影响。

生时游国都,死没弃中野①。

朝发高堂上，暮宿黄泉下②。

白日入虞渊③，悬车息驷马④。

造化虽神明⑤，安能复存我？

形容稍歇灭⑥，齿发行当堕⑦。

自古皆有然⑧，谁能离此者？

【注释】

①中野：荒野之中。《周易·系辞》："葬之中野，不封不树。"

②黄泉：地下的泉水，黄色。这里指墓穴。王充《论衡·薄葬》："亲
　之生也，坐之高堂之上；其死也，葬之黄泉之下。"

③虞渊：神话中的日入之处。《淮南子·天文训》："日入于虞渊
　之氾。"

④悬车：指黄昏前的一段时间。《淮南子·天文训》："至于悲泉，爰
　止其女，爰息其马，是谓县车；至于虞渊，是谓黄昏。"驷（sì）马：套
　有四马之车。古神话说羲和驾车载太阳，朝发扶桑，暮入虞渊。

⑤造化：指天地或大自然的创造化育。

⑥形容：容貌。稍：渐渐。歇：尽，完。

⑦行：将要。

⑧然：这样。

【译文】

生时欢欣畅游国都，死没凄凉抛弃荒野。

早上出发高堂之上，晚上歇宿黄泉之下。

白日西沉进入虞渊，停下车驾黄昏之前。

天地造化虽然神明，怎能把我再留世间？

容颜天天走向衰老，牙齿头发将要落完。

从古至今无不如此，谁能逃脱命运安排？

陆士衡

见卷第十六《叹逝赋》作者介绍。

挽歌诗三首

【题解】

　　《挽歌》诗三首,《乐府诗集》收入《相和歌辞·相和曲》。三首排列顺序,《陆机集》以《文选》之第二首为第三首,第三首为第二首,与诗意较为吻合。前二首写送葬者"呼子子不闻,泣子子不知"的哀恸和"哀鸣兴殡宫,回迟悲野外"的送葬情景,第三首则转以死者口吻,通过今昔对比,抒写死者本人的悲痛,想象奇特,情词哀婉。这种代死者为词的写法,脱胎于阮瑀《七哀诗》,但有了很大发展,对后来陶渊明写作《挽歌辞三首》有很大影响。魏晋时代,战乱频仍,瘟疫继踵,死人的事经常发生,人人都有朝不保夕的危惧感,诗篇所表现的对于死的悲切沉痛,代表了一种典型的社会情绪,在知识阶层中有其普遍的意义。

卜择考休贞①,嘉命咸在兹②。凤驾惊徒御③,结辔顿重基④。
龙帱被广柳⑤,前驱矫轻旗⑥。殡宫何嘈嘈⑦,哀响沸中闱⑧。
中闱且勿谨⑨,听我《薤露》诗⑩。死生各异伦⑪,祖载当有时⑫。
舍爵两楹位⑬,启殡进灵轊⑭。饮饯觞莫举⑮,出宿归无期。
帷衽旷遗影⑯,栋宇与子辞⑰。周亲咸奔凑⑱,友朋自远来。
翼翼飞轻轩⑲,骎骎策素骐⑳。按辔遵长薄㉑,送子长夜台㉒。
呼子子不闻,泣子子不知。叹息重榇侧㉓,念我畴昔时㉔。

三秋犹足收㉕，万世安可思。殉没身易亡㉖，救子非所能。含言言哽咽，挥涕涕流离㉗。

【注释】

①卜择：用占卜选择出殡的日期。考：考察。美好恰当的意思。休贞：休，美。贞，正。

②嘉命：犹嘉名，美名。指所选择的日期美好。咸：都。兹：此。

③凤驾：早起驾车出行。惊：《乐府诗集》作"警"，疑是。警，指严肃地护卫着。徒：徒步行走的挽车者。御：驾车者。《诗经·小雅·车攻》："徒御不惊，大庖不盈。"

④结辔：谓停车。辔，马缰绳。顿：停留。重基：谓崇山之中。李善注引《春秋运斗枢》："山者，地基也。"

⑤龙幠(máng)：灵柩上画着龙形的饰物。幠，同"荒"。李善注引《礼记》："'饰棺，君龙帷、三池、振容、黼荒。'郑玄曰：'荒，蒙也，在傍曰帷，在上曰荒，皆所以衣柳。然龙荒，画龙于荒也。'"被：披。广柳：广柳车，载运棺柩的大车。《史记·季布列传》："乃髡钳季布，衣褐衣，置广柳车中。"《集解》引邓展曰："柳皆棺饰。载以丧车，欲人不知也。"

⑥前驱：前边导引的人。矫：举。轻旗：指魂幡，为出丧时为棺柩引路的旗。

⑦殡宫：临时停柩之所。嘈嘈：喧闹声。

⑧中闱：内室之中。

⑨讙(huān)：喧哗。

⑩《薤(xiè)露》：乐府曲调名。古辞为送葬时所唱的挽歌。薤，一种多年生草本植物，薤露易于零落以喻人的年命短速。

⑪伦：同类。

⑫祖载：将葬之际，举柩升车上，行祖祭之礼，称祖载。

⑬舍爵:放置酒器。《礼记·礼器》:"宗庙之祭,贵者献以爵。"郑玄
注:"凡觞,一升曰爵。"两楹(yíng)位:殿堂的中间。楹,堂前直
柱。《礼记·檀弓》:"殷人殡于两楹之间,则与宾主夹之也……
予畴昔之夜,梦坐奠于两楹之间。"

⑭启殡:移动灵柩。辒(ér):丧车。

⑮饯:以酒宴送行。觞(shāng):酒器。

⑯帷:床帐。衽(rèn):床席。旷:空。

⑰栋宇:房屋。子:你。此指死者。

⑱周亲:至亲。咸:都。奔凑:奔赴。

⑲翼翼:疾行如飞貌。轻轩:轻车。

⑳骎骎(qīn):马行疾貌。策:鞭打。素骐:白马。

㉑按辔:扣紧马缰,使马慢慢前行。遵:沿着。长薄:指郊野。薄,
草木丛生之处。

㉒长夜台:指墓穴。阮瑀《七哀诗》:"冥冥九泉室,漫漫长夜台。"

㉓重榇(chèn):棺木。古代棺木有两重,外曰椁,内曰棺。

㉔畴昔:往日。

㉕三秋:《诗经·王风·采葛》:"一日不见,如三秋兮。"孔疏:"年有四
时,时皆三月,三秋谓九月也。"后多作三年解。收:结束,衰谢。

㉖殉:李善注:"'殉'或为'殒'。"殒没,即死亡。

㉗挥涕:拭泪。流离:泪淋漓貌。

【译文】

占卜选择出殡日期,嘉瑞吉祥尽在今日。早起驾车众人肃整,拴好
马缰停车山里。

龙形饰物覆盖丧车,前面高举引路轻旗。停柩之所何其喧闹,内室
之中哀声充盈。

且请各位暂勿喧哗,听我歌吟《薤露》之诗。一死一生各不同类,临
葬祖祭终当有时。

置酒祭奠殿堂中间,移动灵柩放入丧车。以酒饯行酒杯不举,出外眠宿永无归期。

床帐床席空留暗影,房屋从此与你长辞。至亲一齐赶来吊唁,友朋纷纷自远方来。

驾着轻车疾行如飞,赶着白马心急如焚。沿着山野马儿徐行,送你前往长夜之台。

大声呼唤你听不见,放声恸哭你岂能知。长声叹息棺椁旁边,忆念我们往昔情谊。

三年分别尚足衰谢,万世别离怎可思议。人身死亡实在容易,救你还生哪有可能。

心中有话哽咽难言,欲把泪拭泪更淋漓。

> 重皋何崔嵬^①,玄庐窜其间^②。
> 旁薄立四极^③,穹隆放苍天^④。
> 侧听阴沟涌^⑤,卧观天井悬。
> 广霄何寥廓^⑥,大暮安可晨^⑦!
> 人往有反岁^⑧,我行无归年。
> 昔居四民宅^⑨,今托万鬼邻。
> 昔为七尺躯,今成灰与尘。
> 金玉素所佩^⑩,鸿毛今不振^⑪。
> 丰肌飨蝼蚁^⑫,妍姿永夷泯^⑬。
> 寿堂延螭魅^⑭,虚无自相宾^⑮。
> 蝼蚁尔何怨? 螭魅我何亲?
> 拊心痛荼毒^⑯,永叹莫为陈^⑰。

【注释】

①重阜:犹言崇山。阜,土山,丘陵。崔嵬:高耸貌。

②玄庐:黑屋子。指墓舍。窜:安置,建筑。

③旁薄:《乐府诗集》作"磅礴"。四极:四方极远之地。

④穹隆:墓舍中间高而四周低的形状。扬雄《太玄经》:"天穹隆而周乎下,地旁薄而向乎上。"

⑤阴沟:李善注:"古之葬者,于圹中为天象及江河,阴沟,江河也,天井,天象也。"《史记·秦始皇本纪》:"始皇初即位,穿治郦山……以水银为百川江河大海,机相灌输,上具天文,下具地理。"

⑥霄:天空。寥廓:旷远辽阔。

⑦大暮:无边无际的夜晚。暮,本指傍晚。这里以指夜晚。晨:此指天亮。李善注引张奂《遗令》:"地底冥冥,长无晓期。"

⑧反:同"返"。

⑨四民:士、农、工、商。《春秋穀梁传·成公元年》:"古者有四民:有士民、有商民、有农民、有工民。"

⑩素:一向。

⑪鸿毛:喻轻。振:举。

⑫丰肌:丰腴的肌肤。飨(xiǎng):用酒食招待人。这里为给食之意。蝼蚁:蝼蛄与蚂蚁。《庄子·列御寇》:"在上为乌鸢食,在下为蝼蚁食。"

⑬妍姿:美好的姿容。夷泯:灭绝。

⑭寿堂:祭祀的地方。延:引进。螭(chī)魅:传说山林中能害人的怪物。螭,通"魑",山神,兽形。魅,怪物。

⑮相宾:相与为客。即与虚无为伴。

⑯抚心:抚胸,拍胸。荼(tú)毒:残害。

⑰永叹:长叹。陈:陈诉。

【译文】

崇山峻岭何其崔嵬,漆黑墓舍建筑其间。

气势磅礴立于四极,形状穹隆就像青天。

侧面倾听阴沟水响,仰卧观看天井高悬。

天空茫茫何其辽阔,黑夜无边哪有早晨!

别人外出总要回来,我这一走永无归期。

过去住在四民之宅,而今却与万鬼为邻。

过去堂堂七尺之躯,而今化作泥土灰尘。

过去身上披金戴玉,而今却比鸿毛还轻。

丰腴肌肤蝼蚁啮食,美好姿容永远灭绝。

寿堂之上魑魅来往,长与虚无彼此亲近。

蝼蚁对我有何怨恨? 我同魑魅又有何亲?

抚胸悲痛遭此残害,引颈长叹不再吭声。

　　　　　　流离亲友思①,惆怅神不泰②。

　　　　　　素骖伫辒轩③,玄驷骛飞盖④。

　　　　　　哀鸣兴殡宫⑤,回迟悲野外⑥。

　　　　　　魂舆寂无响⑦,但见冠与带。

　　　　　　备物象平生⑧,长旌谁为旆⑨?

　　　　　　悲风徽行轨⑩,倾云结流蔼⑪。

　　　　　　振策指灵丘⑫,驾言从此逝⑬。

【注释】

①思:悲。

②惆怅:伤感,悲痛。泰:安宁。

③素:白色。骖(cān):同驾一车的三匹马。伫:久立。辒轩:丧车。

④玄:黑色。驷:同驾一车的四匹马。骛(wù):奔驰。盖:车盖。

⑤兴:响起。

⑥回迟:徘徊,迟延。

⑦魂舆:魂车,古代丧礼于下葬前依死者生前外出之状所备的车。

⑧平生:平时。

⑨旌:即旌铭,灵枢前的旗幡,用绛帛做成,上以粉书死者姓名、官衔。《礼记·檀弓》曰:"铭,明旌也。以死者为不可别已,故以其旗识之。"谁为:为谁。斾(pèi):旗帜。此指制作旌旗。

⑩徽:李善注:"《尔雅》曰:'徽,止也。'或作'鼓'。"《书钞》卷九十二作"激",《乐府诗集》卷二十七作"鼓"。轨:车两轮间的距离,代指车。

⑪结:聚合。蔼:通"霭",云气。

⑫振策:挥鞭。灵丘:墓地。

⑬驾:驾车。言:语气词。

【译文】

亲友悲痛涕泪涟涟,满怀惆怅心神不安。
白马久立丧车不前,黑马奔驰车盖翩翩。
停枢之所哭声四起,悲伤难行徘徊旷野。
魂车之中寂无声响,只见冠带还似从前。
准备物品宛若平时,长旌飘拂为谁备办?
悲风环绕车前车后,云气汇聚车顶盘旋。
挥动马鞭朝着墓地,驾车前往永别人间。

陶渊明

见卷第二十六《始作镇军参军经曲阿作》作者介绍。

挽歌诗一首

【题解】

《挽歌》诗一首,《乐府诗集》收入《相和歌辞·相和曲》,原共三首,此为第一首。《陶渊明集》题作《拟挽歌辞三首》,此为第三首。与《自祭文》俱为诗人的自挽之词,约作于宋文帝元嘉四年(427)九月,即诗人临终前两月。诗篇"音调弥响,哀思弥深"(沈德潜《古诗源》),同时也表现了诗人对生死现实的旷达态度和视死如归的理性精神。结尾四句为名句,鲁迅曾在《纪念刘和珍君》一文中加以称引。

> 荒草何茫茫[1],白杨亦萧萧[2]。
> 严霜九月中,送我出远郊。
> 四面无人居,高坟正嶕峣[3]。
> 马为仰天鸣,风为自萧条。
> 幽室一已闭[4],千年不复朝[5]。
> 千年不复朝,贤达无奈何[6]。
> 向来相送人,各已归其家。
> 亲戚或余悲[7],他人亦已歌。
> 死去何所道,托体同山阿[8]。

【注释】

①茫茫:广大无边际貌。

②萧萧:风吹树木的声音。

③嶕峣(jiāo yáo):高耸貌。

④幽室:指墓穴。

⑤朝:早晨。此指天亮。

⑥贤达：有道德有知识的人。

⑦亲戚：指家人。

⑧山阿：山陵。

【译文】

荒草茫茫无边无际，风吹白杨其声萧萧。

严霜铺地深秋九月，送我离家去到远郊。

四面空落无人居住，座座坟丘耸得高高。

马儿为之仰天长鸣，风儿为之寂寞萧条。

墓穴一经用土封闭，长夜漫漫永不天晓。

长夜漫漫永不天晓，贤达也会无可奈何。

原先赶来送葬之人，各自已经回到家中。

父母妻子或有余悲，他人却已放声高歌。

死去还有什么可说，山陵中把身体寄托。

杂歌

荆轲

荆轲(? —前 227)，战国末卫国人。先世为齐人。卫人称为"庆卿"，游历至燕，燕人称为"荆卿"。好读书击剑。由田光推荐给燕太子丹，拜为上卿。被派入秦，向秦王进献燕督亢(今河北涿州、易县、固安一带)图，图穷而匕首见，乘机行刺，未遂被杀。

歌一首　并序

【题解】

《歌》一首，即《荆轲歌》，一作《渡易水》，《乐府诗集》收入《琴曲歌辞》，为荆轲自燕出发赴秦时所唱。《史记·刺客列传》："太子及宾客知其事者，皆白衣冠以送之。至易水之上，既祖，取道，高渐离击筑，荆轲和而歌，为变徵之声，士皆垂泪涕泣。又前而为歌曰：'风萧萧兮易水寒，壮士一去兮不复还！'复为羽声慷慨，士皆瞋目，发尽上指冠。于是荆轲就车而去，终已不顾。"其歌情景交融，悲壮淋漓，虽只短短两句，却尽将其时其地的其景其情传出，沈德潜《古诗源》谓"至今读之，犹存变徵之声"，成为千古不磨的杰作。

燕太子丹使荆轲刺秦王①，丹祖送于易水上②。高渐离击筑③，荆轲歌，宋如意和之曰④：

风萧萧兮易水寒⑤,壮士一去兮不复还!

【注释】

①燕太子丹:战国末燕王喜太子。秦灭韩前夕,为质于秦,因不受礼遇,怨而逃归。秦灭韩、赵后,略地至燕南界,丹震惧,派荆轲入秦刺秦王。事败后,秦急发兵攻燕,拔蓟(今北京)。丹率部走保辽东,被燕王喜斩首以献秦。使:派遣。秦王:即秦始皇嬴政,前246年至前210年在位。

②祖送:饯行。易水:水名。在今河北易县东南。

③高渐离:战国末燕国人。与荆轲为至交。荆轲赴秦,他到易水送别,以壮行色。秦灭燕后,隐姓埋名为人佣保。后秦始皇闻其善击筑,召见之,熏瞎其双目,仍使击筑。他在筑内暗放铅丸,就近扑击秦王,不中被杀。筑:古弦乐器名。

④宋如意:未详其人。和(hè):应和,跟着唱。

⑤萧萧:风声。兮:语气词。古音读如"阿",犹今口语"啊"。

【译文】

　　燕太子丹派遣荆轲前去刺杀秦王,丹在易水岸边设宴送行。高渐离击筑,荆轲引吭高歌,宋如意跟着应和,其歌词云:

　　风声萧萧啊易水寒,壮士一去啊不再回还!

汉高祖

　　汉高祖(前256—前195),即刘邦,西汉著名政治家。字季,沛县丰邑(今江苏丰县)人。初为亭长。秦二世元年(前209),起兵响应陈胜起义,自称沛公。前206年,率军进入咸阳(今属陕西),灭秦,被项羽封为汉王。旋与羽战,前202年,败羽,统一全国,建立汉朝,在位八年。《汉书·艺文志》著录《高祖传》十三篇,乃刘邦"与大臣述古语及诏策也";

另有《高祖歌诗》二篇。

歌一首　并序

【题解】

《歌》一首,见《史记·高祖本纪》和《汉书·高帝纪》,《史记·乐书》
又作《三侯之章》,《艺文类聚》作《大风歌》,《乐府诗集》收入《琴曲歌
辞》,题作《大风起》。前 195 年,刘邦东讨淮南王英布,西归途中,在家
乡沛县召故人父老子弟饮酒,席间击筑并作了此诗,"令儿皆和习之。
高祖乃起舞,慷慨伤怀,泣数行下"(《史记》本纪)。沈德潜《古诗源》曰:
"时帝春秋高,韩彭已诛,而孝惠仁弱,人心未定。"因而诗篇包含着极复
杂微妙的情绪,既有统一天下的自豪感,又有对故乡的依恋之情,更深
怀着对国家前途的忧虑。风格雄豪质朴,震烁古今。朱熹《楚辞后语》
评云:"自千载以来,人主之词,亦未有若是其壮丽而奇伟者也。呜呼
雄哉!"

　　高祖还,过沛①,留。置酒沛宫,悉召故人父老子弟佐
酒②,发沛中儿得百二十人③,教之歌。酒酣④,上击筑自
歌曰⑤:

　　　　大风起兮云飞扬⑥,威加海内兮归故乡⑦。
　　　　安得猛士兮守四方⑧!

【注释】

①沛:县名。在今江苏沛县。
②悉:尽。佐酒:陪伴吃酒。
③发:挑选。

④酣:酒喝得很畅快。

⑤上:指高祖。筑:弦乐器名。

⑥大风起兮云飞扬:李善注:"风起云飞,以喻群凶竞逐,而天下乱
也。"李周翰注:"风,自喻;云,喻乱也。"

⑦威加海内:威震天下。谓已取得胜利,统一中国。

⑧猛:李善注:"夫安不忘危,故思猛士以镇之。"李周翰注:"言已平
乱而归故乡,故思贤才共守之。"

【译文】

高祖平叛回来,经过沛县,停留下来。在沛宫中摆下酒宴,把旧友
父老兄弟全都请来,陪着吃酒,又在沛县挑选了一百二十个儿童,教他
们唱歌。酒喝到高兴处,高祖亲自击筑,放声高唱道:

大风骤起啊,青云飞扬,威震天下啊,回到故乡。

如何能得到猛士啊,为我镇守四方!

刘越石

见卷第二十五《答卢谌诗》作者介绍。

扶风歌一首

【题解】

《扶风歌》一首,《乐府诗集》收入《杂歌谣辞》,题作九首,"盖以两韵
为一首,即乐府四句一解之例也"(陈沆《诗比兴笺》)。扶风,郡名。郡
治在今陕西泾阳。诗作于永嘉元年(307)从洛阳北赴晋阳(今山西太
原)任并州刺史途中。《晋书·刘琨传》:"九月末得发,道险山峻,胡寇
塞路,辄以少击众,冒险而进,顿伏艰危,辛苦备尝。"诗篇即表现了赴任

沿途的经历和感触,展示了一个忧怀时艰、忠愤交织的爱国志士的情怀。全诗充满禾黍之悲、末路之感,充分体现了锺嵘《诗品》所谓"善为凄戾之词,自有清拔之气","善叙丧乱,多感恨之词"的创作特色。

朝发广莫门①,莫宿丹水山②。左手弯繁弱③,右手挥龙渊④。
顾瞻望宫阙⑤,俯仰御飞轩⑥。据鞍长叹息⑦,泪下如流泉。
系马长松下,发鞍高岳头⑧。烈烈悲风起⑨,泠泠涧水流⑩。
挥手长相谢⑪,哽咽不能言⑫。浮云为我结⑬,归鸟为我旋⑭。
去家日已远⑮,安知存与亡⑯。慷慨穷林中⑰,抱膝独摧藏⑱。
麋鹿游我前⑲,猿猴戏我侧。资粮既乏尽,薇蕨安可食⑳!
揽辔命徒侣㉑,吟啸绝岩中㉒。君子道微矣㉓,夫子故有穷㉔。
惟昔李骞期㉕,寄在匈奴庭。忠信反获罪㉖,汉武不见明㉗。
我欲竟此曲㉘,此曲悲且长。弃置勿重陈㉙,重陈令心伤。

【注释】

①广莫门:洛阳城北门。

②莫:同"暮"。丹水山:即丹朱岭,在今山西高平北,是丹水的发源处。

③弯:拉弓。繁弱:古大弓名。

④龙渊:古宝剑名。《战国策·韩策》:"邓师、宛冯、龙渊、大阿,皆陆断马牛,水击鹄雁,当敌即斩坚。"

⑤顾瞻:回头看。宫阙:指洛阳的皇宫。阙,宫门前两边的望楼。

⑥御:驾。飞轩:奔驰如飞的车。

⑦据:靠着。

⑧发鞍:卸下马鞍。发,或作"废"。高岳头:高山头。

⑨烈烈:风声。

⑩泠泠(líng)：水声。

⑪谢：告辞。

⑫哽咽：悲泣时气结咽塞、说不出话的样子。

⑬结：凝聚。

⑭旋：盘旋。

⑮日已远：一天比一天远。

⑯安知存与亡：李善注引韦弘嗣《秋风篇》："辞亲向长路，安知存与亡。"

⑰穷林：深林。

⑱摧藏：悲伤貌。

⑲麏：鹿的一种。

⑳薇蕨：两种野菜，嫩时可食。

㉑揽辔：挽住马缰绳。徒侣：指随从。

㉒吟啸：唉声长叹。

㉓道：思想，主张，学说。微：衰微。

㉔夫子：指孔子。故：本来，从前。穷：困厄。《论语·卫灵公》："(孔子)在陈绝粮，从者病，莫能兴。子路愠见曰：'君子亦有穷乎？'子曰：'君子固穷，小人穷斯滥矣。'"

㉕李：指李陵。骞期：谓李陵过期不归。骞，通"愆"。李陵于汉武帝天汉二年(前99)率步卒五千出塞击匈奴，至期欲还，而单于以兵八万围击陵军。陵战败降敌，流落匈奴，武帝杀了他的全家。事见《史记·李将军列传》。

㉖忠信：指李陵。李陵忠信之说，本于司马迁。司马迁《报任安书》说李陵"常思奋不顾身，以徇国家之急"，说李陵"身虽陷败，彼观其意，且欲得其当而报汉"。

㉗不见明：不被谅解。

㉘竞：当作"竟"，完，结束。

㉙重陈:再说,再唱。

【译文】

清早从广莫门出发,傍晚歇宿在丹水山。左手挽着大弓繁弱,右手挥着宝剑龙渊。

回头眺望洛阳宫阙,一下一上驾车如飞。依着马鞍长声叹息,泪流不断犹如泉水。

把马拴在长松之下,卸鞍在那高高山头。悲风烈烈骤然卷起,泠泠不断涧水长流。

挥手再见从此长别,悲痛哽咽哪还能言。浮云为我结聚不走,归鸟为我当空盘旋。

离开家园日见遥远,哪知今后是存是亡。慷慨悲歌树林深处,怀抱膝头独自悲伤。

麋鹿游荡在我身前,猿猴嬉戏在我身侧。路费干粮都已用光,薇蕨枯干哪里能吃!

挽缰再命众人动身,悲吟长啸绝壁之中。君子之道已经衰微,孔子也曾遭受困穷。

以前李陵逾期不归,流落寄身匈奴朝廷。忠信反而被诬得罪,不被鉴谅汉武不明。

我想结束这支曲子,这支曲子既悲且长。放在一边不再吟唱,再唱实在让人哀伤。

陆韩卿

见卷第二十六《奉答内兄希叔》作者介绍。

中山王孺子妾歌一首

【题解】

《中山王孺子妾歌》一首,《乐府诗集》收入《杂歌谣辞》,共二首,此为第二首。《汉书·艺文志》:"诏赐中山靖王子哙及孺子妾冰未央材人歌诗四篇。"颜师古曰:"孺子,王妾之有品号者也。妾,王之众妾也。冰,其名。材人,天子内官。"《乐府诗集》郭茂倩题解:"此谓以歌诗赐中山王及孺子妾、未央才人等尔,累言之,故云及也。而陆厥作歌,乃谓之中山孺子妾,失之远矣。"诗篇写女子由得宠而失宠的遭遇,罗列典故,失之累赘晦涩,盖锺嵘《诗品》"自制未优"之谓乎? 何焯《义门读书记》评云:"拟《怨歌行》。陆士衡之乐府,虽本前人之意,实能自开风气,所以可尚。韩卿生承明、天监之时,而规橅前人,略不能自出新意,岂非所谓失肉余皮者乎?"

> 如姬寝卧内①,班婕坐同车②。
> 洪波陪饮帐③,林光宴秦余④。
> 岁暮寒飙及⑤,秋水落芙蕖⑥。
> 子瑕矫后驾⑦,安陵泣前鱼⑧。
> 贱妾终已矣⑨,君子定焉如⑩?

【注释】

①如姬:战国魏安釐王的宠妾。卧内:指魏王卧室之内。安釐王二十年(前257),秦兵围赵邯郸,信陵君欲救赵,魏王不许。隐士侯嬴向信陵君献计说:"嬴闻晋鄙之兵符常在王卧内,而如姬最幸,出入王卧内,力能窃之。"信陵君果请如姬窃得兵符,夺晋鄙军,破秦救赵。事见《史记·魏公子列传》。

②班婕:即班婕妤,汉成帝宠妃。成帝游于后庭,常要班婕妤同车陪侍。

③洪波:台名。春秋末赵简子信用直言之臣周舍,"简子居则与之居,出则与之出。居无几何,而周舍死,简子如丧子。"后与诸大夫饮于洪波之台,酒酣,简子因思念周舍而哭泣。事见《韩诗外传》。

④林光:秦离宫名。胡亥时所建,纵横各五里。汉又于其旁起甘泉宫。秦余:谓秦遗留下来的建筑。按,如以"洪波"句照应"如姬"句,以"林光"句照应"班婕"句,则未尽妥帖,故李善注云:"秦余汉帝所幸,洪波非魏王所游,疑陆误也。"

⑤寒飙(biāo):寒风。

⑥芙蕖(qú):荷花的别名。

⑦子瑕:弥子瑕,春秋时卫灵公的宠臣。矫:假托,诈称。后驾:宫中国君的车驾。《韩非子·说难》载,卫国法律规定,凡私自使用国君车驾者要处以刖刑,即一种断足的酷刑。一天晚上,弥子瑕得知母亲生病,于是假托君命私自乘车前去看望。卫君知道后,不仅没有责怪,相反赞扬说:"孝哉!为母之故,忘其犯刖罪。"

⑧安陵:安陵君,战国时楚共王宠臣,因封于安陵,故称。阮籍《咏怀诗》其十二:"昔日繁华子,安陵与龙阳。"但安陵君并无"泣前鱼"之事,这里是将"龙阳"误成了"安陵"。龙阳,战国时魏国的宠臣,因封于龙阳,称龙阳君。一次,龙阳君与魏王同船钓鱼,龙阳君钓得十多条后却伤起心来。魏王问这是为什么,龙阳君回答说:"臣之始得鱼也,臣甚喜,后得又益大,今臣直欲弃臣前之所得矣。今以臣凶恶,而得为王拂枕席。今臣爵至人君,走人于庭,辟人于途。四海之内,美人亦甚多矣,闻臣之得幸于王也,必褰裳而趋王。臣亦犹曩臣之前所得鱼也,臣亦将弃矣,臣安能无涕出乎?"事见《战国策·魏策》。

⑨已矣：完了。指终于失去宠爱。

⑩君子：指夫君。定：确定，打算。焉如：何如，如何，怎么样。指对
"贱妾"打算怎么样。

【译文】

如姬歇宿魏王卧室，班婕常与成帝同车。

洪波台上陪饮简子，林光殿中摆下宴席。

一年将尽寒风袭来，秋水之中飘落芙蕖。

子瑕矫命私驾君车，安陵悲泣先钓之鱼。

贱妾终于失去宠爱，夫君打算怎么处置？

杂诗上

古诗十九首

【题解】

　　《古诗十九首》最早见于《文选》,作者姓名失考,大约是东汉末年的作品。"古诗"本是六朝人对汉魏诗歌的统称。因这十九首时代风貌和艺术风格相近,萧统编《文选》时便将它们编为一组,后来《古诗十九首》便成了这组五言诗的专称。沈德潜《说诗晬语》云:"《古诗十九首》,不必一人之辞,一时之作。大率逐臣弃妻、朋友阔绝、游子他乡、死生新故之感。"东汉末年,政治黑暗,社会混乱,外出游学求仕的士人大多艰苦备尝,彷徨苦闷,发而为诗,于是便有了这许多或伤离怨别、或叹老嗟卑、或感节序如流、或悲人生无常、或叹知音稀少、或怨友情浇薄的作品,真实反映了当时知识分子失意沉沦的心境。感情真挚,语言自然,表现婉曲,形象生动,艺术上有较高成就。锺嵘《诗品》说它"文温以丽,意悲而远,惊心动魄,可谓几乎一字千金";刘勰《文心雕龙·明诗》说它"结体散文,直而不野,婉转附物,怊怅切情,实五言之冠冕也"。《古诗十九首》成为文学史上五言诗成熟的标志,对后世产生了深远的影响。

行行重行行①,与君生别离②。
相去万余里③,各在天一涯④。

道路阻且长⑤,会面安可知?

胡马依北风,越鸟巢南枝⑥。

相去日已远⑦,衣带日已缓⑧。

浮云蔽白日,游子不顾反⑨。

思君令人老,岁月忽已晚⑩。

弃捐勿复道⑪,努力加餐饭⑫!

【注释】

①这是一首思妇怀人之作。重行行:张玉谷《古诗赏析》:"'重行行',言行之不止也。"

②生别离:活着分开。含有"生离死别"之意。《楚辞·九歌·少司命》:"悲莫悲兮生别离。"

③相去:相距。

④天一涯:天一方。

⑤阻:险阻,艰险。《诗经·秦风·蒹葭》:"溯洄从之,道阻且长。"

⑥"胡马"二句:李善注引《韩诗外传》:"诗曰:'代马依北风,飞鸟栖故巢。'皆不忘本之谓也。"胡马,指北方所产的马。胡,古代对西北少数民族的称谓。依,依恋。越鸟,南方的鸟。越,指南方的越族,主要居住在今福建、两广一带。

⑦已:同"以"。远:指时间而言,久。

⑧缓:松弛。衣带日渐宽松,表示人因相思而日渐消瘦。汉乐府《古歌》:"离家日趋远,衣带日趋缓。"

⑨"浮云"二句:李善注:"浮云之蔽白日,以喻邪佞之毁忠良,故游子之行,不顾反也。《文子》曰:'日月欲明,浮云盖之。'陆贾《新语》曰:'邪臣之蔽贤,犹浮云之障日月。'《古杨柳行》曰:'谗邪害公正,浮云蔽白日。'义与此同也。"朱自清《古诗十九首释》:"李

善注引了三证,都只是'谗邪害公正'一个意思。本诗与所引三
证时代相去不远,该还用这个意思。不过也有两种可能:一是那
游子也许在乡里被'谗邪'所'害',远走高飞,不想回家;二也许
是乡里中'谗邪害公正',是非黑白不分明,所以游子不想回家。
前者是专指,后者是泛指。"马茂元《古诗十九首初探》:"'浮云',
是设想他另有新欢,象征彼此间情感的障碍。"从"越鸟"二句看,
以朱说可能性较大。顾,念。反,同"返"。

⑩岁月忽已晚:朱自清《古诗十九首释》:"'岁月忽已晚'和《东城高
　　且长》一首里'岁暮一何速'同意,指的是秋冬之际岁月无多的时
　　候。"晚,既指岁暮,也指年老。

⑪弃捐勿复道:有两说:一说将心中的烦恼抛开,不必再说了;一说
　　自己被丈夫抛弃,不必再说了。以前说较宜。捐,与"弃"同义。

⑫努力加餐饭:也有两说:一说希望丈夫努力加餐,一说勉励自己
　　努力加餐。以前说为宜。

【译文】

走啊走啊不停地朝前走,我同你就这样活活分离。
两地间相距有一万多里,两人各自住在天的一隅。
道路不仅艰险而且漫长,何时再会有谁能够料知?
南来胡马依恋凛冽北风,北飞越鸟筑巢南向树枝。
分别的日子越来越久远,身上的衣带越来越松缓。
天上的浮云遮蔽了白日,游子在外不想着把家返。
日思夜念令人很快衰老,转眼之间这又快到年关。
丢开这些烦恼不用再提,愿你多多保重努力进餐!

青青河畔草①,郁郁园中柳②。
盈盈楼上女③,皎皎当窗牖④。
娥娥红粉妆⑤,纤纤出素手⑥。

　　昔为倡家女⑦,今为荡子妇⑧。
　　荡子行不归,空床难独守。

【注释】

①这也是一首写思妇的诗。顾炎武《日知录》:"诗用叠字最难。《卫诗》:'河水洋洋,北流活活。施罛涉涉,鳣鲔发发。葭菼揭揭,庶姜孽孽。'连用六叠字,可谓复而不厌,赜而不乱矣。《古诗》:'青青河畔草……纤纤出素手。'连用六叠字,亦极自然,下此即无人可继。"

②"青青"二句:朱自清《古诗十九首释》:"'青青'是颜色兼生态,'郁郁'是生态……都带有动词性。"郁郁,浓密茂盛貌。

③盈盈:仪态美好貌。

④皎皎:白皙明洁貌。当:面临。牖(yǒu):壁窗。

⑤娥娥:娇美貌。红粉妆:指艳丽的妆饰。

⑥纤纤:手指细而柔长貌。素:白。

⑦倡:古代专门从事歌舞的艺人,与后代所谓娼妓不同。

⑧荡子:游宦异乡、久而不归的人,即游子。和后世浪荡不务正业的所谓浪子不同。

【译文】

满眼青青河边芳草,郁郁葱葱园中垂柳。
姿容美好楼上女子,白皙光艳站在窗口。
身段娇美妆饰艳丽,纤细白净露出双手。
过去曾是歌舞艺人,如今做了荡子媳妇。
荡子外出久久不归,空床清冷难以独守。

　　青青陵上柏①,磊磊砀中石②。

人生天地间,忽如远行客③。
斗酒相娱乐④,聊厚不为薄⑤。
驱车策驽马⑥,游戏宛与洛⑦。
洛中何郁郁⑧,冠带自相索⑨。
长衢罗夹巷⑩,王侯多第宅⑪。
两宫遥相望⑫,双阙百余尺⑬。
极宴娱心意⑭,戚戚何所迫⑮?

【注释】

①这是一首忧时伤己的感兴诗。前半从人生短促之感写到及时行乐的愿望和行动,情绪显得消极;后半叙述权贵享受,并以己之戚戚忧迫与之对比,在一定程度上流露了对现实的不满。青青陵上柏:《庄子·德充符》:"受命于地,唯松柏独也,在冬夏青青。"陵,大的土山。也指坟墓。

②磊磊:众石垒积貌。硐:通"涧",山沟。

③"人生"二句:李善注:《尸子》:'老莱子曰:"人生于天地之间,寄也,寄者固归。"'《列子》曰:'死人为归人,则生人为行人矣。'《韩诗外传》曰:'枯鱼衔索,几何不蠹。二亲之寿,忽如过客。'"忽,速貌。朱自清《古诗十九首释》:"本诗用三个比喻开端,寄托人生不常的慨叹。陵上柏青青,涧中石磊磊,都是长存的……人生却是奄忽的,短促的。"

④斗酒:指不多的酒。斗,酒器。

⑤聊厚不为薄:张庚《古诗十九首解》:"斗酒本薄,我亦未尝不知其薄,而聊以为厚,不以为薄,真足娱乐矣。"聊,粗略之词,姑且之意。

⑥策:鞭打。驽马:劣马。策驽马出游,也是"聊厚不薄"之意。

⑦宛(yuān)：宛县，东汉时为南阳郡治所在，有南都之称，即今河南南阳。洛：洛阳，东汉都城。

⑧郁郁：盛貌。指人物众多，气象繁盛。

⑨冠带自相索：谓达官贵人之间互相访求，自成集团，不同比他们地位低的人来往。冠带，特指贵人所戴的冠和所束的带，即代指贵人。索，求，探访。

⑩衢：四通的大道，即大街。罗：排列。夹巷：夹在大街两旁的小巷，犹今之胡同。

⑪第宅：府第住宅。第，李善注引《魏王奏事》："出不由里，门面大道者，名曰第。"

⑫两宫：洛阳城内的南北两宫。李善注引蔡质《汉官典职》："南宫北宫，相去七里。"

⑬双阙：指南北宫前两边的望楼。百余尺：指高度。

⑭极宴：尽情地享乐。宴，安乐。

⑮戚戚何所迫：这句有二解：一说指豪贵之人，一说指诗人自己。以后说为近是。戚戚，忧愁貌。《论语·述而》："君子坦荡荡，小人长戚戚。"迫，逼，指心情受到压抑。黄节在《古诗赏析》的眉批中说："结语乃强作旷达，正是戚戚之极者也。'极宴娱心意'句总承'洛中'六句，言当时权贵无忧国之心，一味宴乐自娱，我独何所迫而戚戚乎！正打转'斗酒娱乐''策马游戏'四句意。"

【译文】

高山柏树四季常青，沟中石头长年堆积。

人生在这天地之间，匆匆就如远行过客。

互献斗酒以相娱乐，聊以为厚不以为薄。

驾起车来赶着劣马，游戏且到宛城与洛。

洛阳城中何其繁盛，贵人互访来往如梭。

大街两旁罗列小巷，王侯颇多府第住宅。

南北两宫遥遥相对,两座望楼高百余尺。
尽情享受愉悦心意,为何忧愁如有所迫?

> 今日良宴会①,欢乐难具陈②。
> 弹筝奋逸响③,新声妙入神④。
> 令德唱高言⑤,识曲听其真⑥。
> 齐心同所愿,含意俱未申⑦。
> 人生寄一世,奄忽若飙尘⑧。
> 何不策高足⑨,先据要路津⑩?
> 无为守穷贱⑪,轗轲长苦辛⑫。

【注释】

①这是一首凭借反语发抒感愤的诗。良宴会:犹言热闹的宴会。

②具陈:全部说出。

③筝:弦乐器名。奋:发出。逸响:奔放的声音。

④新声:指时新歌曲。

⑤令德:美德,指有美德的人,即歌者。高言:高妙的言辞,指歌词。
　"令德""高言"皆反语。

⑥识曲:知音者。真:指歌曲中的真意、真理。"高言"和"真"均指
　下文"人生寄一世"等六句。

⑦"齐心"二句:朱自清《古诗十九首释》:"'齐心同所愿'是人人心
　中所欲说,'含意俱未申'是口中说不出。二语中复沓着'齐'
　'同''俱'等字,见得心同理同,人人如一。"所愿,指上文"高
　言"言。

⑧奄忽:急遽、速疾貌。飙尘:被狂风卷起的尘土。比喻人生不仅
　短促,而且不由自主。

⑨策:鞭打。高足:指快马。

⑩据:占有。要路津:本指行人必经的渡口。这里比喻高官要职。
《孟子·公孙丑》:"夫子当路于齐。""当路"犹言执政,也就是"要
路津"的意思。

⑪无为:不要。

⑫轗(kǎn)轲:本是车行不利的意思。引申为人不得志。

【译文】

今天宴会真是热闹非常,欢乐无限难以一一说清。
弹奏筝弦发出奔放音响,时新歌曲听来奇妙入神。
美德之人唱起高妙歌词,知音之人明白歌中真情。
大家想的都是一个道理,只是含而未吐没有作声。
人生一世犹如旅客寄宿,疾速就像狂风卷起灰尘。
何不赶着马儿快快奔跑,抢先去把大路渡口占领?
不要老是守着贫穷低贱,如此失志不遇辛苦一生。

西北有高楼①,上与浮云齐。
交疏结绮窗②,阿阁三重阶③。
上有弦歌声④,音响一何悲!
谁能为此曲,无乃杞梁妻⑤?
清商随风发⑥,中曲正徘徊⑦。
一弹再三叹⑧,慷慨有余哀⑨。
不惜歌者苦,但伤知音稀⑩。
愿为双鸣鹤⑪,奋翅起高飞。

【注释】

①这是一首感慨知音难遇的诗。

②交疏:交错刻镂。结绮:连结着的窗格子就像丝织品的花纹。绮,绫之有花纹者。引申为花纹。

③阿阁:四边有檐的楼阁。三重阶:阶梯有三重,言其高。

④弦歌:以琴、瑟等弦乐器伴奏的歌曲。

⑤无乃:犹言莫非,大概。杞梁妻:杞梁妻的故事,最早见于《春秋左传·襄公二十三年》,后来许多书籍都有记载。杞梁,名殖,字梁,春秋时齐国的大夫,伐莒战死,其妻痛哭十天后自杀。古乐府《琴曲》有《杞梁妻叹》,《琴操》说是杞梁妻作,《古今注》则说是杞梁妻之妹"悲其姊之贞操"而作。

⑥清商:乐曲名。其音清越,宜于表现哀怨的情调。

⑦中曲:指乐曲中段。徘徊:指乐曲旋律回环往复。

⑧一弹:指奏完一曲弦歌。再三叹:指反复重奏或用泛声和奏。叹,乐曲的和声。

⑨慷慨:失意。《说文解字》:"慷慨,壮士不得志也。"

⑩"不惜"二句:余冠英《汉魏六朝诗选》:"二句是说我所痛惜的还不是歌者心有痛苦,而是歌者心里的痛苦没有人能够理解。这种缺少知音的悲哀乃是楼中歌者和楼外听者所共有的(听者设想如此),所以闻歌而引起情绪的共鸣。"知音,识曲的人。这里知音引申为知音、知心。

⑪鸣鹤:《玉台新咏》卷一作"鸿鹄"。鸿鹄是善飞的大鸟,从下句"高飞"看,以作"鸿鹄"为近是。汉高祖《鸿鹄歌》:"鸿鹄高飞,一举千里。"

【译文】

西北有一座高高的楼阁,拔地而起上与浮云等齐。

交错刻镂窗格犹如花纹,四面曲檐建有三层阶梯。

上面传来弹奏唱歌之声,声音听来充满无限悲凄!

有谁能够唱出这种曲调,莫非就是那位杞梁之妻?

清商曲调随着清风散发,奏到中间乐声往复环回。
一曲奏毕反复泛声和奏,心中失意留下不尽余悲。
我不痛惜歌者心中痛苦,只伤歌者世上知音稀微。
我愿同他化成一对鸣鹤,奋力展翅朝着蓝天高飞。

涉江采芙蓉①,兰泽多芳草②。
采之欲遗谁③? 所思在远道④。
还顾望旧乡⑤,长路漫浩浩⑥。
同心而离居⑦,忧伤以终老。

【注释】

①这是一首写游子思乡怀人的诗。刘履《选诗补注》:"客居远方,
　思亲友而不得见,虽欲采芳以为赠,而路长莫致,徒为忧伤终老
　而已。"芙蓉:莲花,一名荷花。

②兰泽:长有兰草的低湿之地。芳草:指兰。屈原《离骚》:"兰芷变
　而不芳兮,荃蕙化而为茅。何昔日之芳草兮,今直为此萧艾也。"
　即以"芳草"称兰。

③遗(wèi):赠送。《楚辞·九歌·山鬼》:"折芳馨兮遗所思。"

④远道:犹言远方。

⑤还顾:回头看。旧乡:故乡。

⑥漫:即漫漫。这里省叠字为单词。浩浩:广大无际貌。

⑦同心:指夫妻感情融洽。《周易·系辞》:"二人同心,其利断金。"
　离居:《楚辞·九歌·大司命》:"折疏麻兮瑶华,将以遗兮离居。"

【译文】

涉水到江中去采摘莲花,还在兰泽采了许多兰草。
采来花草想要赠送给谁? 赠给所思的人她在远方。

回头眺望那久别的故乡，只见望不到头的路一条。

感情弥笃而竟长久分离，怕要彼此忧伤一直到老。

> 明月皎夜光①，促织鸣东壁②。
> 玉衡指孟冬③，众星何历历④！
> 白露沾野草⑤，时节忽复易⑥。
> 秋蝉鸣树间，玄鸟逝安适⑦？
> 昔我同门友⑧，高举振六翮⑨。
> 不念携手好⑩，弃我如遗迹⑪。
> 南箕北有斗⑫，牵牛不负轭⑬。
> 良无盘石固⑭，虚名复何益？

【注释】

①这首诗写悲秋和对于世态炎凉的怨愤。皎:《说文解字》:"皎,月之白也。"《诗经·陈风·月出》:"月出皎兮。"

②促织:蟋蟀。鸣东壁:张庚《古诗十九首解》:"东壁向阳,天气渐凉,草虫就暖也。"

③玉衡:指北斗七星中的斗柄三星。北斗七星形状像个舀酒的大斗——长柄的勺子,一至四星成勺形,名斗魁;五至七星成一条线,称斗柄。由于地球绕日公转,从地面上看去,作为恒星的北斗星每月所指的方位不同,一月相差三十度,一年旋转一周。古人于是根据斗星所指方位的变换来辨别节令的推移。孟冬:冬季的第一个月,即夏历十月。但因诗中所写为秋景,与"孟冬"节令不合,有人认为这句是就一夜而言,不是就四季而言。由于地球除公转外,还须自转,北斗在同一夜间,其方位也在变动,于是古人又将北斗划为三分:入夜时分看第一星所指方位,半夜看第

五星,天明看第七星。古人将这称为"斗纲"。斗纲既在不同时间以北斗的三个不同星为指针,自然也可以反过来从不同星所指的方位测定夜间的时刻。马茂元《古诗十九首初探》:"这句是就一天的时刻而言的。'孟冬'代表星空中的亥宫,并非实指孟冬十月的时令。结合上下文来看,诗中所写,都是仲秋八月的景象,这句更标明了具体的时刻,正当夜半与天明之间。"

④历历:分明貌。

⑤白露:《礼记·月令》:孟秋之月,"白露降,寒蝉鸣"。

⑥时节:季节。易:变换。

⑦玄鸟:即燕子。逝:去。安适:到什么地方去?燕子是候鸟,秋天避寒就暖,飞向南方。《礼记·月令》:仲秋之月,"玄鸟归"。张玉谷《古诗赏析》:"首八,就秋夜景物叙起,然时节忽易,已暗喻世态炎凉。"

⑧同门友:同在师门受业的朋友,犹言同窗、同学。

⑨高举:高飞。振:奋。六翮(hé):指翅膀。翮,羽茎。据说善飞的鸟翅膀上有六根劲健的羽茎。《韩诗外传》:"夫鸿鹄一举千里,所恃者六翮耳。"

⑩携手好:犹言旧谊。《诗经·邶风·北风》:"惠而好我,携手同行。"

⑪遗迹:走路时留下的脚印。《国语·楚语》:"灵不顾于民,一国弃之,如遗迹焉。"

⑫南箕:星名。由四星组成,形似簸箕。斗:指南斗星,由六星组成,形似斗(舀酒器),与箕星同在南方时,箕在南,斗在北。《诗经·小雅·大东》:"维南有箕,不可以簸扬。维北有斗,不可以挹酒浆。"意谓箕星和斗星空有其名,实际并没有簸米和舀酒的作用,以比喻"同门友"空有"同门友"之名而无"同门友"之实。

⑬牵牛:星名。轭(è):车辕前架在牛颈上的横木,牛拉车必负轭。

《诗经·小雅·大东》："睆彼牵牛,不以服箱。""服箱"与"负轭"
同义。此本其意,说牵牛星不能负轭拉车,也是空有其名。

⑭良:诚。盘石:大石。盘,同"磐"。

【译文】

夜间明月发出清朗光辉,蟋蟀在那东壁鸣叫不息。
玉衡指着孟冬夜已很深,群星璀璨分明景象历历。
白露自天而降沾湿野草,夏去秋来又到换季时节。
秋蝉在树丛间凄厉鸣叫,燕子南飞去往哪儿歇息?
过去与我同窗共读之友,而今展翅高飞声名鹊起。
毫不顾念携手同游之情,遗弃旧友就如遗弃足迹。
箕斗空有簸米舀酒之名,牵牛实际并不拉车负轭。
如不能像磐石坚定不移,纵有同窗虚名又有何益?

冉冉孤生竹①,结根泰山阿②。
与君为新婚,兔丝附女萝③。
兔丝生有时,夫妇会有宜④。
千里远结婚,悠悠隔山陂⑤。
思君令人老,轩车来何迟⑥!
伤彼蕙兰花⑦,含英扬光辉⑧。
过时而不采,将随秋草萎⑨。
君亮执高节⑩,贱妾亦何为⑪?

【注释】

①这首诗一说为女子埋怨新婚久别之作,一说为女子埋怨婚迟之
作,以前说为近是。冉冉:柔弱下垂貌。孤生竹:暗喻自己是个
独养女儿,出嫁前依靠父母。

②结根:张玉谷《古诗赏析》:"孤竹结根,有不移意,直贯章末。"泰山阿:泰山里面。阿,山曲处。

③兔丝:一种细柔蔓生的植物,属旋花科,女子自比。女萝:即松萝,一种地衣类蔓生植物。这里比女子的丈夫。兔丝女萝互相缠绕,比喻夫妇两情缠绵,难解难分。

④会:团聚。宜:适宜的时间。

⑤悠悠隔山陂(bēi):这句说婚后又久别远离。悠悠,远貌。山陂,山坡。

⑥轩车:有屏障的车,古时大夫以上官员所乘。女子的丈夫可能是远宦不归。

⑦蕙、兰:皆香草名。女子自比。

⑧含英:指即将盛开的花朵。

⑨萎:枯萎,凋谢。

⑩亮:同"谅",想必。高节:高尚的节操,指忠于爱情,守节不移。

⑪何为:干什么,指自伤自怨干什么,也就是不必自伤自怨的意思。张玉谷《古诗赏析》:"末二(句),代揣彼心,自安己分。"

【译文】

一根柔弱而孤独的竹子,把根儿深扎在泰山山窝。
同夫君结合把家庭建立,就像兔丝紧紧缠绕女萝。
兔丝开花自有一定期限,夫妻团聚应趁青春盛时。
不远千里赶来结成婚姻,岂料婚后这样久别远离。
思念夫君使人日趋衰老,夫君车子实在来得太迟!
可怜那些蕙草以及兰花,花儿正散发着夺目光辉。
过了时候不去加以采摘,将随秋草一起凋零枯萎。
想来夫君定会守节不移,我又何必苦苦伤离怨别?

庭中有奇树①,绿叶发华滋②。

攀条折其荣③,将以遗所思④。
馨香盈怀袖⑤,路远莫致之⑥。
此物何足贡⑦,但感别经时。

【注释】

①这是一首思妇怀念游子的诗。邵长蘅说:"与《涉江采芙蓉》首意
　同,而前曰望乡,此称'路远'者,有行者居者之别。"奇树:犹言嘉
　树,美好的树木。李善注引蔡质《汉官典职》:"宫中种嘉木奇树。"

②发:开放。华:古"花"字。滋:繁盛。

③条:枝。荣:花。

④遗所思:赠给思念的人。

⑤馨:香。

⑥路远莫致之:《诗经·卫风·竹竿》:"岂不尔思,远莫致之。"致,
　送达。

⑦贡:李善注:"贡,或作'贵'。"沈德潜《古诗源》:"贡,谓献也,较
　有味。"

【译文】

院中长有一棵嘉美树木,树叶碧绿花儿开得繁盛。
攀着树枝折下一枝鲜花,想要送给心中思念的人。
花儿香气充满襟袖之间,路途遥远送到哪有可能。
这枝花本来不值得远寄,只因分别久聊表相思情。

迢迢牵牛星①,皎皎河汉女②。
纤纤擢素手③,札札弄机杼④。
终日不成章⑤,泣涕零如雨⑥。
河汉清且浅,相去复几许⑦。

盈盈一水间⑧，脉脉不得语⑨。

【注释】

①这首诗借天上的牛女双星故事，写人间的男女相思之情。李因笃《汉诗音注》："写无情之星，如人间好合绸缪，语语认真，语语神化。"迢迢：远貌。牵牛星：俗称牛郎星，为天鹰星座主星，在银河南。

②皎皎：明貌。河汉：即银河。河汉女，指织女星，为天琴星座的主星，在银河北，与牵牛星隔河相对。牵牛织女为夫妇的传说约产生于西汉。

③擢：举，摆动。素：白。

④札札：织机声。杼（zhù）：织机上穿引横线的梭子。

⑤终日不成章：《诗经·小雅·大东》："跂彼织女，终日七襄。虽则七襄，不成报章。"说织女徒有虚名，不会织布。这里袭用其词，说织女因相思无心织布，故终日没有织出成品。章，指布帛的经纬纹理。

⑥泣涕零如雨：《诗经·邶风·燕燕》："瞻望弗及，泣涕如雨。"零，落。

⑦几许：多少。

⑧盈盈：水清浅貌。水：指河汉。

⑨脉脉（mò）："眽眽"的俗写，含情相视貌。

【译文】

牵牛星远远地挂在天际，对面是颗明亮的织女星。

织女摆动着纤细的双手，札札地投梭织布忙不停。

忙碌终日也织不成布匹，泪落如雨只因为了相思。

银河是那样地又清又浅，彼此相隔能有多少距离？

清浅的河流横隔在中间，只能含情相视不能言语。

回车驾言迈①,悠悠涉长道②。
四顾何茫茫③,东风摇百草④。
所遇无故物,焉得不速老⑤?
盛衰各有时⑥,立身苦不早⑦。
人生非金石,岂能长寿考⑧?
奄忽随物化⑨,荣名以为宝⑩。

【注释】

①这首诗从客观景物的更新,联系到人生寿命的短暂,从而想到当
　　及时努力,建功立业。自警自励的语气中,包含有一种凄恻的情
　　绪。回车驾言迈:《诗经·邶风·泉水》:"还车言迈。"又:"驾言
　　出游。"言,语助词。迈,远行。

②悠悠:远貌。涉:经历。

③茫茫:无边际貌。

④东风:春风。摇:吹动。

⑤"所遇"二句:吴淇《六朝选诗定论》:"'四顾何茫茫',正摹写'无
　　故物'光景,'无故物'正从'东风'句逼出。盖草经春来,便是新
　　物;彼去年者,尽为故物矣。草为东风所摇,新者日新,则故者日
　　故,时光如此,人焉得不老!老焉得不速!"焉得,怎能。

⑥各:由春草的荣枯联想到人的盛衰,所以用一"各"字。时:指一
　　定的时机。

⑦立身:指立德、立功、立言等各种事业的建树。苦:患,恨。

⑧长寿考:即长寿之意。考,老。

⑨奄忽:迅速貌。随物化:随着客观事物(如草木等)的变化而变
　　化,指死亡。《庄子·刻意》:"圣人之生也天行,其死也物化。"

⑩荣名:光荣的名声,犹言美名。

【译文】

掉过头来驾着车儿远行，一路山川悠远路途遥遥。
举目四顾旷野无边无际，春风和煦吹动碧绿野草。
眼中所见都非过去事物，人又怎能啊不飞快衰老？
荣枯盛衰各有一定时候，只恨立身没有能够趁早。
人的一生并非坚金固石，哪能永葆健康长生不老？
转眼随着外物走向死亡，只有荣名可以视作珍宝。

> 东城高且长①，逶迤自相属②。
> 回风动地起③，秋草萋已绿④。
> 四时更变化⑤，岁暮一何速！
> 《晨风》怀苦心⑥，《蟋蟀》伤局促⑦。
> 荡涤放情志⑧，何为自结束⑨。
> 燕赵多佳人⑩，美者颜如玉。
> 被服罗裳衣⑪，当户理清曲⑫。
> 音响一何悲，弦急知柱促⑬。
> 驰情整中带⑭，沉吟聊踯躅⑮。
> 思为双飞燕⑯，衔泥巢君屋。

【注释】

①这是一首描写士人因感年华易逝而思为荡涤情志之行的诗。陆时雍《古诗镜》："景驶年摧，牢落莫偶，所以托念佳人，衔泥巢屋，是则荡情放志之所为矣。踽促不伸，只以自苦，百年有尽，无谓也。"近是。此诗张凤翼《文选纂注》、刘大櫆《历朝诗约选》将"燕赵多佳人"以下另作一首，理由是前后文义不连贯，情调不一致。东城：指东城的城墙。

②逶迤:长貌。相属:连续不断。

③回风:旋风。动地起:卷地而起。

④萋已绿:初秋草木将衰未衰时的景色。萋,通"凄"。

⑤更:更替。

⑥《晨风》:《诗经·秦风》篇名。为女子怀人的诗,中云:"未见君子,忧心钦钦。"情调哀苦,故云"怀苦心"。

⑦《蟋蟀》:《诗经·唐风》篇名。中云:"蟋蟀在堂,岁聿其莫。今我不乐,日月其除。无已大康,职思其居。好乐无荒,良士瞿瞿。"因其思想拘束而不旷达,故云"伤局促"。

⑧荡涤:冲洗,谓清除烦恼的情绪。放情志:放纵情怀志意。

⑨结束:拘束。

⑩燕、赵:二国名。其地在今河北、山西一带。佳人:指女乐。赵地女子多习歌舞为女乐。

⑪被(pī)服:穿着。

⑫理:练习。清曲:清商曲。

⑬柱促:将柱移近。柱是琴、瑟等弦乐器上用来支弦的小木柱。每弦一柱,可自由移动以调整音的高低。柱促则弦紧,发出来的声音高而急,显得哀怨激动。

⑭驰情:神往。整:理。中带:中衣(内衣)束带。李善注:"整带将欲从之。"

⑮沉吟:指心中还在斟酌犹豫。踯躅(zhí zhú):脚步才移又止。

⑯双飞燕:谓与歌者成为佳偶。

【译文】

东城城墙高耸而又漫长,绵延不断一直伸向远处。

遥看旋风阵阵卷地而起,秋草凄然变成一片黄绿。

春夏秋冬交替发生变化,一年将尽光阴何其迅速!

《晨风》诗情怀感伤太凄苦,《蟋蟀》诗所见不大太拘束。

不如扫除烦恼放纵情志,何必紧紧把自己来束缚。
燕赵自古就出倡优女乐,其中美者容颜犹如美玉。
身穿罗衣轻软而又华丽,对着门户奏起清商乐曲。
音响清越何其哀感动听,曲调高急知已移近木柱。
不觉神往且把衣带整理,盘算一番暂又止了脚步。
但愿化成燕子比翼双飞,衔泥筑巢一起住进君屋。

驱车上东门①,遥望郭北墓②。

白杨何萧萧③,松柏夹广路④。

下有陈死人⑤,杳杳即长暮⑥。

潜寐黄泉下⑦,千载永不寤⑧。

浩浩阴阳移⑨,年命如朝露⑩。

人生忽如寄⑪,寿无金石固。

万岁更相送⑫,圣贤莫能度⑬。

服食求神仙⑭,多为药所误。

不如饮美酒,被服纨与素⑮。

【注释】

①这是一首宣扬及时行乐的诗,反映了当时一些人的消极颓废心
理。方东树《昭昧詹言》:“此诗意激于内,而气奋于外,豪宕悲
壮,一气喷薄而下。前八句夹叙夹写夹议,言死者。‘浩浩’以下
十句,言今生人。凡四转,每转愈妙,结出归宿。”上东门:汉代洛
阳城有十二门,东城三门中最北头的门叫上东门。

②郭北:指洛阳城北的北邙山,为当时的丛葬之地。

③白杨:与松、柏皆为墓地所植树木。李善注引仲长统《昌言》:“古
之葬者,松柏梧桐,以识其坟也。”萧萧:风吹树叶声。

④广路：富贵人坟前的墓道。

⑤陈死人：《庄子·寓言》："人而无人道，是之谓陈人。"陈，久。

⑥杳杳：幽暗貌。即：就。长暮：长夜。

⑦潜：默。寐：睡。黄泉下：地下。

⑧寤：醒。

⑨浩浩：流貌。阴阳：指一年四季。李善注引《神农本草》："春夏为阳，秋冬为阴。"《庄子·知北游》："阴阳四时运行。"

⑩年命：犹言"寿命"。

⑪忽：匆遽貌。寄：客寓。

⑫万岁更相送：谓自古以来，生死更相代替，一代送走一代，永无了时。万岁，指自古以来。更，更替。

⑬度：超越。

⑭服食：指吞食丹药。

⑮被服：穿着。纨：细绢。素：白色绢。

【译文】

赶着车儿走出上东城门，遥望北邙山上座座坟墓。

参天白杨风中萧萧作响，墓道两旁种满松树柏树。

下面埋着死去很久的人，四周长夜漫漫黑暗永驻。

躺在黄泉之下默默眠宿，千年万载也不睁眼复苏。

四季运行流转永不停息，人寿就像朝露那样短促。

人生在世就如旅客寄居，寿命没有金石那样坚固。

自古生死更迭代代相送，纵是圣贤也不能够特殊。

吞食丹药想要乞灵神仙，不少人却反被丹药所误。

不如开怀畅饮琼浆美酒，穿绸着缎图个眼前舒服。

去者日以疏①，生者日以亲②。

出郭门直视③，但见丘与坟。

古墓犁为田④,松柏摧为薪⑤。

白杨多悲风,萧萧愁杀人。

思还故里闾⑥,欲归道无因⑦。

【注释】

①这首诗写游子因过墓地而思乡,充满感伤情调。刘履《选诗补注》:"客游邈远,思还故里,日与生者相亲而不可得,故其悲愁感慨,见于词气,有不能自已者焉。"

②"去者"二句:《吕氏春秋·节丧》:"死者弥久,生者弥疏。"去者,死者。

③郭门:外城门。

④古墓:指年代久远的无主坟墓。

⑤摧:折。薪:柴火。

⑥故里闾:故乡。

⑦道无因:没有可由的路。这是一种象征的说法,意谓找不到办法回乡。张庚《古诗十九首解》:"道字当作'引导'解:归有资斧,则因资斧为道;或归有附托,则因附托为道;两者俱无,所以久淹也。若作'道路'解,则东南西北,犁然在目,何谓无因?"

【译文】

死去的一天比一天疏远,活着的一天比一天亲近。

走出外城门去放眼眺望,只见排列着一座座丘坟。

古墓已被犁成块块田土,墓旁松柏也被断为柴薪。

白杨树颠掠过阵阵悲风,树叶萧萧听来真愁杀人。

想要动身回到故乡怀抱,却无一条合适道路可行。

生年不满百①,常怀千岁忧②。

昼短苦夜长③,何不秉烛游④?

为乐当及时,何能待来兹⑤?

愚者爱惜费⑥,但为后世嗤⑦。

仙人王子乔⑧,难可与等期⑨。

【注释】

①这首诗主旨和《驱车上东门》相类。

②"生年"二句:《荀子·王霸》:"人无百岁之寿,而有千岁之信士。"千岁忧,余冠英《汉魏六朝诗选》:"指身后的种种考虑,如为子孙的生活打算,为自己的冢墓计划等等。"

③苦:兼"昼短""夜长"两层而言。

④秉烛游:燃烛照明以作长夜之游。秉,持。

⑤来兹:来年,指以后的岁月。

⑥费:花费。

⑦嗤:耻笑。

⑧王子乔:古仙人名。《列仙传》说他是周灵王的太子,名晋,好吹笙作凤鸣。后来被道人浮丘公接上嵩高山,成仙。

⑨等期:同样的期望。

【译文】

一个人一生活不到百岁,却常为身后事久久担忧。

白天恨短夜晚又恨太长,何不燃起火烛彻夜长游?

嬉游行乐应当抓紧时间,哪能往后推迟等待来年?

愚蠢的人总舍不得花钱,终被后人耻笑丢人现眼。

王子乔上嵩高山成了仙,别人想跟他一样难上难。

凛凛岁云暮①,螺蛄夕鸣悲②。

凉风率已厉③,游子寒无衣。

锦衾遗洛浦④,同袍与我违⑤。

独宿累长夜⑥,梦想见容辉⑦。

良人惟古欢⑧,枉驾惠前绥⑨。

"愿得常巧笑,携手同车归⑩。"

既来不须臾⑪,又不处重闱⑫。

亮无晨风翼,焉能凌风飞⑬?

眄睐以适意⑭,引领遥相睎⑮。

徙倚怀感伤⑯,垂涕沾双扉⑰。

【注释】

①这是一首思妇想念游子的诗。沈德潜《古诗源》:"此相见无期,托之于梦也。'既来不须臾'二语,恍恍惚惚,写梦境入神。"凛凛:寒冷貌。岁云暮:《诗经·小雅·小明》:"曷云其还,岁聿云暮。"云,语助词,无义。

②蝼蛄(gū):虫名。俗称土狗息,又名拉拉古,喜夜鸣。

③率:大概,大都。厉:猛烈。

④锦衾:锦被。洛浦:洛水之滨。相传伏羲氏之女宓妃,溺死于洛水,遂成为洛水之神。关于宓妃的神话多集中在人神恋爱上面,故这里设想丈夫将锦被送给洛水之滨的宓妃,也就是设想他另有了新欢。

⑤同袍:余冠英《汉魏六朝诗选》:"'袍',就是被褹,今名披风,古代行军者白天用来当衣穿,夜里用来当被盖……《诗经·无衣》有句云:'与子同袍。'那是军士表示友爱的话。本篇以'同袍'代同衾,指夫妇。"违:离。

⑥独宿:指思妇言。累长夜:经历了许多长夜。

⑦容辉:容貌风采。

⑧良人:女子对丈夫的称谓。惟古欢:思旧欢。指丈夫还是爱着自己。古,故,即旧。

⑨枉驾:屈驾。谓丈夫不惜委屈自己,驾车前来。惠:授。前绥:指以前结婚时丈夫所授之绥。古代风俗,结婚时丈夫驾车迎接新妇,授绥以引新妇上车。《礼记·昏义》:"(婿)降出,御妇车,而婿授绥,御轮三周,先俟于门外。"绥,供攀缘上车的绳索。

⑩携手同车归:这句同上句为思妇梦中所听到的丈夫对自己讲的话。《诗经·邶风·北风》:"惠而好我,携手同归。"又《诗经·郑风·有女同车》:"有女同车,颜如舜华。"这句兼用两诗语意。

⑪须臾:一会儿。

⑫处:住下来。重闱:指闺中,女子住处。

⑬"亮无"二句:此二句为思妇醒后的悲怨之语。亮,同"谅",信,实在。晨风,鸟名。善飞。凌风,乘风。

⑭眄睐(miǎn lài):斜视。这里为纵目四顾之意。适意:散怀,宽心。

⑮引领:伸长脖子。睎(xī):望。

⑯徙倚:徘徊。

⑰沾:湿。扉:门扇。

【译文】

气候寒冷一年又将过去,蟋蟀夜鸣声音如此悲凄。

凉风大都变得凄厉猛烈,游子在外还没过冬寒衣。

锦被大概已送洛水神女,不念旧情同我远远分离。

独自眠宿度过多少长夜,忽然梦见夫君容貌光辉。

夫君还是十分顾念旧情,屈驾前来把我牵引上车。

说"愿常常见我开颜欢笑,手拉着手一起来把家回"。

夫君来后却只呆了片刻,更没打算眠宿在这深闺。

我非晨风没长善飞翅膀,哪能追随夫君乘风高飞?
纵目四顾宽宽自己心思,引颈远望想把夫君寻觅。
徘徊门边情怀无限感伤,泪流不止竟把门扇沾湿。

孟冬寒气至①,北风何惨栗②。
愁多知夜长,仰观众星列③。
三五明月满④,四五詹兔缺⑤。
客从远方来,遗我一书札。
上言长相思,下言久离别。
置书怀袖中⑥,三岁字不灭。
一心抱区区⑦,惧君不识察。

【注释】

①这也是一首思妇怀人的诗。陆时雍《古诗镜》:"末四语,古人深
　于造情。善造情者,如身履其境而有其事,古人所以善于立言。"
　沈德潜《古诗源》:"置书怀袖,亲之也。三岁不灭,永之也。然区
　区之诚,君岂能察识哉! 用意措词,微而婉矣。"孟冬:初冬,指农
　历十月。

②惨栗:寒极貌,兼指生理上和心理上的感受。

③列:罗列。

④三五:指农历每月十五日。

⑤四五:指农历每月二十日。詹:《玉台新咏》卷一作"蟾",蟾是
　"詹"的俗写。神话传说,嫦娥偷吃了其夫后羿的神药飞入月宫,
　化为蟾蜍(蛤蟆);又月中有玉兔捣药不息。因以"蟾兔"为月的
　代称。

⑥怀袖:犹言怀抱,指将书信藏在胸前贴身衣内。

⑦区区:真挚情意。此指相爱之情。

【译文】

初冬的寒气一阵阵袭来,北风劲吹多么刺骨凄厉。

心多忧愁顿觉寒夜漫长,抬起头来且观众星罗列。

每逢十五看见月亮圆圆,每逢二十看见月亮有缺。

家中来了一位远方客人,为我捎来一封丈夫信札。

前面写着经常把我思念,后面写着夫妇久久离别。

特把信札珍藏贴身衣内,三年过去字迹也不磨灭。

我一心一意把夫君爱恋,就怕夫君不能洞识明察。

客从远方来①,遗我一端绮②。

相去万余里,故人心尚尔③。

文彩双鸳鸯④,裁为合欢被⑤。

著以长相思⑥,缘以结不解⑦。

以胶投漆中,谁能别离此⑧?

【注释】

①这是一首歌咏爱情的诗,诗中多用谐音双关语,具有浓郁的民歌
　风味。

②端:布匹单位,两端为一匹。《春秋左传·昭公二十六年》杜预
　注:“二丈为一端,二端为一两,所谓匹也。”绮:有花纹的绫。

③尚尔:还是这样。

④文彩双鸳鸯:言绮上绣有双鸳鸯的图案。

⑤合欢:一种对称的用以象征和合欢乐的图案花纹。又,马茂元
　《古诗十九首初探》:“这里的‘合欢被’,是指把绮裁成表里两面
　合起来的被,所以有合欢之义。象征夫妇同居的愿望。”

⑥著:在衣被中装绵。长相思:指丝绵。"思"与"丝"谐音,"长"与"绵"同义。

⑦缘:沿边装饰或缘被四边缀以丝缕。结不解:象征爱情坚贞不移。

⑧别离:分开,拆散。此:指胶漆,也指胶漆一般牢固缠绵的爱情。

【译文】

有一个客人从远方前来,捎来丈夫送我的一端绮。

丈夫同我相距有万多里,感情还是这样坚贞不移。

绮上绣着一对恩爱鸳鸯,把它裁成了一条合欢被。

装进象征长相思的丝绵,缘边缀以丝缕结而不解。

把胶投进漆中互相黏合,谁能够把它们彼此分离?

明月何皎皎①,照我罗床帏②。

忧愁不能寐,揽衣起徘徊③。

客行虽云乐,不如早旋归。

出户独彷徨④,愁思当告谁?

引领还入房⑤,泪下沾裳衣。

【注释】

①这首诗一作闺妇思夫之词。张玉谷《古诗赏析》:"此亦思妇之诗。首四即夜景引起空闺之愁,中二申己之望归也,却从彼边揣度'客行虽乐,不如早归',便觉笔曲意圆。末四只就出户入房,彷徨泪下,写出相思之苦,收得尽而不尽。"一说为久客思归之词。方东树《昭昧詹言》:"客子思归之作,语意明白,见月起思,一出一入,情景如画。"两说皆可通,余冠英《汉魏六朝诗选》认为"诗的情调和古乐府《伤歌行》、曹丕《燕歌行》相类,作思妇的诗

为是"。

②罗床帏:用轻薄透亮的罗绮制作的床帐。

③揽衣:用手提敛衣裳。

④彷徨:犹徘徊。

⑤引领:伸颈,此谓抬头远望。

【译文】

一轮明月多么皎洁明亮,一直照进我的罗绮帐帏。

心中忧愁不能安然入睡,披衣起床不住沉思徘徊。

客行在外虽然也有乐趣,还是不如早早来把家回。

踱出门外独自彷徨四顾,满腹愁思能够倾诉给谁?

仰望一番还是只得回房,泪如雨下沾湿胸前衣裳。

李少卿

李陵(?—前74),字少卿,陇西成纪(今甘肃秦安西北)人。西汉将领。名将李广之孙。少为侍中建章监,善骑射。武帝时,为骑都尉。天汉二年(前99),武帝命李广利率骑兵三万出酒泉(今属甘肃),李陵率步兵五千出居延(在今内蒙古额济纳旗北境),以击匈奴。李陵被匈奴大军围困,连战十余日,粮尽矢绝,兵败投降。居匈奴二十余年,病卒。《隋书·经籍志》著录有集二卷,已佚。

与苏武三首

【题解】

《与苏武》三首,传为李陵在匈奴为苏武所作的赠别诗。锺嵘《诗品》将其列为上品,评云:"其源出于《楚辞》。文多凄怆,怨者之流。"但这样成熟的五言诗不可能在苏、李时代就产生出来,加之诗中内容多与苏、李当时情事、行踪不合,故六朝时即有人怀疑此为伪托。《太平御览》卷五百八十六引颜延之《庭诰》云:"逮李陵众作,总杂不类,是假托,非尽陵制。"刘勰《文心雕龙·明诗》云:"至成帝品录,三百余篇,朝章国采,亦云周备;而辞人遗翰,莫见五言,所以李陵、班婕妤见疑于后代也。"后来学者,虽仍有人宗萧统、锺嵘之说,但大多认为出于伪托,推断可能是与《古诗十九首》同一时代的作品。诗在艺术上有较高成就,对后世产生了较大影响。刘熙载《艺概·诗概》云:"李陵赠苏武五言,但叙别愁,无一语及于事实,而言外无穷,使人黯然不可为怀。"

良时不再至,离别在须臾①。
屏营衢路侧②,执手野踟蹰③。
仰视浮云驰,奄忽互相逾④。
风波一失所⑤,各在天一隅。
长当从此别,且复立斯须⑥。
欲因晨风发⑦,送子以贱躯。

【注释】

①须臾:顷刻。

②屏营:彷徨。衢路:四通八达的路。

③野踟蹰:在野外徘徊。

④奄忽:疾速貌。逾:超过。

⑤风波:因风波荡。波,用作动词。

⑥斯须:即"须臾"。

⑦晨风:李善注:"晨风,早风,言欲因风发而己乘之以送子也。《楚辞》曰:'乘回风兮远游。'"一说,指晨风鸟,其飞迅疾。

【译文】

美好的时光不会再有,离别的时刻就要来临。

彷徨着站在大路旁边,手拉着手在旷野徘徊。

抬头见浮云飞快奔驰,转瞬之间就互相超越。

因风波荡而失去处所,各自要远处天东天西。

从此就要长久地分开,且再站片刻倾吐心曲。

我愿随晨风一道出发,相送你啊一程又一程。

> 嘉会难再遇①,三载为千秋②。
> 临河濯长缨③,念子怅悠悠。
> 远望悲风至,对酒不能酬④。
> 行人怀往路⑤,何以慰我愁?
> 独有盈觞酒,与子结绸缪⑥。

【注释】

①嘉:好。

②三载:指过去相聚的时间。千秋:千年。

③濯:洗涤。缨:结冠的带子。《楚辞·渔父》:"沧浪之水清兮,可以濯吾缨。"一说指驾车时系在马颈的革带,又叫马鞅。

④酬:劝酒。

⑤行人:指就要上路的客人。怀:思。往路:去路。

⑥"独有"二句:余冠英《汉魏六朝诗选》:"上文说'对酒不能酬',结尾又说'独有盈觞酒,与子结绸缪',见出烦忧重叠和无可奈何之情。"绸缪(móu),缠绵不解的情意。

【译文】

美好的聚会今后难得再遇上,相聚的三年能顶一千个年头。

来到河边把长长的帽带冲洗,内心惆怅不已只因你就要走。
极目远望阵阵悲风迎面袭来,对着酒席却提不起心肠劝酒。
朋友你一门心思只想着上路,这怎么能抚慰我满腹的忧愁?
只有举起这斟得满满的酒杯,喝下吧愿我们永远情浓意厚。

携手上河梁①,游子暮何之②?
徘徊蹊路侧③,恨恨不得辞④。
行人难久留,各言长相思。
安知非日月⑤,弦望自有时⑥?
努力崇明德⑦,皓首以为期⑧。

【注释】

①梁:桥。

②何之:何往。

③蹊(xī):小路。

④恨恨(liàng):惆怅貌。不得辞:不能成辞,谓因悲怅而找不到话说。

⑤日月:偏义复词,偏用"月"义。

⑥弦:月形如弓时叫弦,阴历每月初七八为上弦,二十三四为下弦。
望:阴历每月十五日月满叫望,取日月相望之义。

⑦崇:高。这里作动词用,提高的意思。明德:犹言美德。

⑧皓首:白头,指老年。

【译文】

紧拉着你的手走上河桥,天都快黑了你还上哪去?
在这小路边不住地徘徊,内心惆怅一时竟无话语。
我知道没办法把你久留,临别互诉长相思念之意。

怎知我们不是天上月亮,缺而圆分而合自有时机?

但愿我们努力修养美德,一直到白发满头老年时。

苏子卿

　　苏武(约前 140—前 60),字子卿,杜陵(今陕西西安东南)人。西汉大臣。武帝时为郎。天汉元年(前 100),以中郎将持节出使匈奴,被扣。匈奴贵族多方威胁利诱,欲使投降,不从。被流放至北海(今贝加尔湖)边牧羊,匈奴单于派李陵去劝降,又不从。留匈奴十九年,历尽艰辛,直到始元六年(前 81),匈奴与汉和亲,方获释回朝。官至典属国。

诗四首

【题解】

　　《诗四首》,传为苏武在匈奴时所作,实与李陵《与苏武》一样,为东汉末年无名氏诗人的作品。详见《与苏武》"题解"。这四首诗,其一写送别兄弟,其二写客中送客,其三为丈夫应征入伍时留别其妻之诗,其四为送友南行之诗。

骨肉缘枝叶①,结交亦相因②。
四海皆兄弟③,谁为行路人?
况我连枝树④,与子同一身。
昔为鸳与鸯,今为参与辰⑤。
昔者常相近,邈若胡与秦⑥。
惟念当离别,恩情日以新⑦。
鹿鸣思野草,可以喻嘉宾⑧。

我有一樽酒⑨，欲以赠远人。
愿子留斟酌⑩，叙此平生亲⑪。

【注释】

①骨肉：指兄弟。缘枝叶：比喻兄弟关系犹如叶之缘枝而生一样自然亲密。

②结交：指朋友。因：亲。

③四海皆兄弟：《论语·颜渊》："四海之内，皆兄弟也。君子何患乎无兄弟也？"

④连枝树：即连理树，根不同而枝干相连的树。通常用来喻夫妇。这里喻兄弟。

⑤参（shēn）、辰：二星名。参星居西方，辰星（又名商星）居东方，此出彼没，两不相见。

⑥邈：远。胡：指外国。秦：指中国。当时西域人称中国为"秦"。

⑦恩情：情谊。日以新：谓别后情谊日新。

⑧"鹿鸣"二句：《诗经·小雅·鹿鸣》："呦呦鹿鸣，食野之苹。我有嘉宾，鼓瑟吹笙。"此用其意，谓可以鹿得食物呼唤同类来比喻人之宴乐嘉宾。

⑨樽：酒器。

⑩斟酌：本双声字，酌即斟。酌，用勺舀酒。

⑪平生亲：平日亲爱之情。

【译文】

兄弟就如树叶缘枝而生，朋友在外也是彼此相亲。
天下人个个都是好兄弟，谁肯做漠不相关的路人？
何况我本是一株连理树，与你枝干相连如同一身。
过去像那鸳鸯常不相离，今后分开就像参星辰星。
过去朝夕相处亲亲近近，今后山河远隔就像胡秦。

心中顾念这眼前的离别,但愿别后情谊与日俱新。
鹿得野草后便鸣呼同伴,就像今天在此宴乐嘉宾。
我斟满一杯清醇的美酒,要献给你这位远行的人。
盼你再留片刻喝下此酒,再叙叙平日里亲爱之情。

> 黄鹄一远别①,千里顾徘徊。
> 胡马失其群,思心常依依②。
> 何况双飞龙③,羽翼临当乖④。
> 幸有弦歌曲,可以喻中怀⑤。
> 请为《游子吟》⑥,泠泠一何悲⑦!
> 丝竹厉清声⑧,慷慨有余哀。
> 长歌正激烈⑨,中心怆以摧⑩。
> 欲展清商曲⑪,念子不能归。
> 俯仰内伤心,泪下不可挥⑫。
> 愿为双黄鹄,送子俱远飞。

【注释】

①鹄(hú):天鹅。

②依依:恋恋不舍貌。

③双飞龙:喻己及友。飞龙,有翼的龙。一说,鸟名。

④乖:离别。

⑤喻:宣示,表白。

⑥《游子吟》:琴曲名。内容当是写游子的生活和思想感情的。李
　善注引《琴操》:"楚引者,楚游子龙丘高出游三年,思归故乡,望
　楚而长叹,故曰楚引。"《游子吟》或即指此曲。

⑦泠泠:形容凄清的声音。

⑧丝：指琴瑟等弦乐器。竹：指箫笛等管乐器。联及上"幸有"句，则此"丝竹"为偏义复词，偏指弦乐。厉：振发。

⑨长歌：乐府歌有《长歌行》和《短歌行》，"长歌"者其歌声较长，听来慷慨激烈，"短歌"则歌声较短，听来微吟低回。

⑩怆以摧：怆且摧，即悲伤。

⑪展：申。清商曲：一种悲惋凄清的乐曲。从曹丕《燕歌行》"援琴鸣弦发清商，短歌微吟不能长"诗句看来，属短歌而非长歌。

⑫挥：擦拭。

【译文】

天鹅告别了同伴朝远方飞去，飞出千里后还不住顾盼徘徊。
胡马走失离开它所在的马群，心中也会思念不已情怀依依。
何况你我像比翼齐飞的双龙，一朝收敛羽翼就要长别久离。
幸而有一支弦乐伴奏的歌曲，可以把内心惆怅的感情宣泄。
请让我为你弹上一曲《游子吟》，声音凄清听起来是多么悲切！
琴瑟振发出清越感人的音响，慷慨激昂中传出不尽的悲凄。
一曲长歌正弹奏得高亢激烈，心中哀痛也似长河奔腾不息。
还想弹上一支低回的清商曲，想到你这一走就不可能再回。
低头抬头都止不住内心悲伤，怎么擦拭也擦不尽如潮泪水。
我愿同你一起化成一对天鹅，送送你啊一齐跃上蓝天远飞。

结发为夫妻①，恩爱两不疑。
欢娱在今夕，嬿婉及良时②。
征夫怀往路③，起视夜何其④？
参辰皆已没⑤，去去从此辞⑥。
行役在战场⑦，相见未有期。
握手一长叹，泪为生别滋⑧。

努力爱春华⑨,莫忘欢乐时。

生当复来归,死当长相思。

【注释】

①结发:束发,借指男女刚成年时。古代男子二十束发加冠,女年
　十五束发加笄,表示成年。

②嬿婉:欢好貌。

③往路:去路。

④夜何其(jī):夜里什么时候。《诗经·小雅·庭燎》:"夜如何其?"
　其,表疑问的语气词。

⑤参、辰:二星名。代指所有星宿。皆已没:言将天晓。

⑥去去:重言以加重语气。

⑦行役:应征服役而远行。

⑧生别:生离死别。滋:多。

⑨春华:李善注:"喻少时也。"

【译文】

刚刚成年我们就结成夫妻,恩恩爱爱彼此间从无猜疑。

应征从军欢娱只剩下今晚,缱绻缠绵莫失这良辰美时。

忘不掉就要出发踏上征途,爬起来看看夜晚已到何时?

星星都已沉没天就要放亮,走了走了我这就向你告辞。

应征服役奔赴遥远的疆场,何时再见面实在难以预期。

紧握双手长长地叹息一声,泪流不止都为这生离死别。

但愿珍惜我们的青春年华,别忘了在一起的快乐日子。

我活着一定回来同你团聚,我死了在阴间也会思念你。

烛烛晨明月①,馥馥我兰芳②。

芬馨良夜发③,随风闻我堂。

征夫怀远路,游子恋故乡④。

寒冬十二月,晨起践严霜,

俯观江汉流⑤,仰视浮云翔。

良友远离别,各在天一方。

山海隔中州⑥,相去悠且长。

嘉会难两遇,欢乐殊未央⑦。

愿君崇令德⑧,随时爱景光⑨。

【注释】

①烛烛:明貌。

②馥馥:香气浓貌。

③芬馨:芳香。

④游子:诗人自指,与上句"征夫"指友人相对。这实际上也是一首
客中送客的诗。

⑤江汉:长江和汉水,是友人将去的地方。这里写的是想象中友人
和自己分手后的情景。

⑥山海:犹言山水。又,逯钦立《汉诗别录》引东汉、魏、晋人的话说
明当时人常用"山海"指赴交州(今两广及越南中北部地区)所经
历的艰险,山指五岭,海指南海,则友人将去的是比江汉流域更
远的地方。中州:指古豫州(今属河南),因其居九州之中,故称。

⑦未央:未尽。这句是说眼下欲别未别,相聚的欢乐还未尽。

⑧令德:美德。

⑨景光:即光景,光阴。

【译文】

晨月当空闪耀着朗朗辉光,秋兰幽邃散发出浓郁芳香。

香气在夜间四处生发弥漫,随着清风飘进了我的住房。
客人就要踏上远行的路途,游子心中也十分思念故乡。
这眼看就到了寒冬十二月,你途中早行将要脚踩寒霜。
俯观江汉滔滔不尽的水流,仰看白云在天空疾速飞翔。
好友就这样匆匆离我远去,今后一南一北将天各一方。
南方与中州隔着千山万水,彼此间相距多么悠远漫长。
美好的聚会恐怕很难再遇,好在眼下这欢乐还没收场。
但愿你努力提高自己美德,随时都要珍惜宝贵的时光。

张平子

见卷第二《西京赋》作者介绍。

四愁诗四首　并序

【题解】

《四愁诗》四首,《消寒诗话》谓"盖以东西南北分也。东泰山,南桂林,西汉阳,北雁门。时东汉天下渐乱,其以'四方'分'四愁',即诗人'我瞻四方,蹙蹙靡所骋'之意"。始载于《文选》,诗前有短序,谓诗作于张衡为河间王相时。据王观国《学林》、吴景旭《历代诗话》等考证,短序并非张衡所为,而是后人所作。按诗写欲追随四方所慕之人并报答他们的赐予而不得的忧愁,若目为怀人之作,自不无道理,但不免失之浮浅。以此之故,若依短序之意,以为欲报"时君,而惧谗邪不得以通",似也并无不可,唯不可过于拘泥,失之穿凿。要之,诗借写怀人愁思抒发了伤时忧世之情,从中不难窥见诗人的政治理想和人生抱负。在艺术上深受屈原《离骚》影响,并继承了《诗经》民歌重章叠句、反复咏唱的手法，读来缠绵悱恻，凄切感人。《艺苑卮言》誉为"千古绝唱"，对后来《七哀》《行路难》等抒情之作及七言诗的形成发展产生了一定影响。

　　张衡不乐久处机密①，阳嘉中②，出为河间相③。时国王骄奢，不遵法度，又多豪右并兼之家④。衡下车⑤，治威严⑥，能内察属县，奸滑行巧劫⑦，皆密知名，下吏收捕⑧，尽服擒。诸豪侠游客⑨，悉惶惧逃出境。郡中大治，争讼息⑩，狱无系囚⑪。时天下渐弊⑫，郁郁不得志⑬，为《四愁诗》。屈原以美人为君子⑭，以珍宝为仁义，以水深雪雾为小人⑮。思以道术相报⑯，贻于时君⑰，而惧谗邪不得以通。其辞曰：

【注释】

①机密：本指机要的职务、部门。这里指张衡所任的太史令职。太史令掌管天文地理，探讨天机秘密，故称。

②阳嘉：汉顺帝年号(132—135)。据《后汉书·张衡传》，张衡出为河间相在顺帝永和(136—141)初，此云"阳嘉中"，误。

③河间：王国名。治乐成县，故城址在今河北献县东南。相：即国相，官名。汉沿袭秦朝实行郡县制，但又以部分郡县分封王侯，时人称为郡国。被封的王只能享受封区内的赋税收入，没有行政权力，行政权力掌握在国相手里。国相由中央政府直接委派，相当于郡太守，秩二千石。

④豪右：豪强大族。并兼：即兼并，指并吞别人的土地、财产。

⑤下车：到任。

⑥威严：严厉。

⑦滑：通"猾"。

⑧收捕：逮捕。

⑨豪侠：强横任侠的人。游客：游手好闲、不遵纪守法的人。

⑩争讼：争端诉讼，打官司。

⑪系囚：在押的囚犯。

⑫弊：凋敝，衰败。刘良注："谓政教衰，礼义薄，小人在位，君子在野。"

⑬郁郁：忧闷不舒貌。

⑭屈原以美人为君子：据胡克家《文选考异》，"屈原"前应有一"依"字，译文从之。

⑮雰(fēn)：同"氛"，雾气。

⑯道术：道德学术。报：报效。

⑰贻(yí)：赠送。这里是贡献的意思。

【译文】

张衡不愿意长期担任太史令的职务，便在阳嘉年间离京到河间做了国相。当时河间国王骄横奢侈，不遵守法规制度，境内还有不少恣意兼并贫弱的豪强大族。张衡到任后，采取了严厉的治理措施，充分调查了解了下属各县的情况，奸诈狡猾、巧取豪夺的人，都被暗中掌握了姓名，然后下令官吏予以逮捕，这些人无不低头服罪，束手就擒。其余豪强任侠、四处游荡为非作歹的人，一个个都害了怕，纷纷逃出了河间国。国中局势顿时大为改观，争端诉讼消失，狱中没有了在押的囚犯。当时国家已逐渐趋于衰败，张衡郁郁不得志，于是写了《四愁诗》。仿照屈原手法，以美人比君子，以珍宝比仁义，以水深雪雰比小人。打算以自己的道德学术报效君王，贡献给君王，但担心谗邪之人从中作梗，不能上达此意。其辞写道：

一思曰：

我所思兮在太山①，欲往从之梁父艰②。

侧身东望涕沾翰③。美人赠我金错刀④，

何以报之英琼瑶⑤。路远莫致倚逍遥⑥，

何为怀忧心烦劳⑦？

二思曰：

我所思兮在桂林⑧，欲往从之湘水深⑨。

侧身南望涕沾襟。美人赠我金琅玕⑩，

何以报之双玉盘。路远莫致倚惆怅，

何为怀忧心烦伤？

三思曰：

我所思兮在汉阳⑪，欲往从之陇阪长⑫。

侧身西望涕沾裳。美人赠我貂襜褕⑬，

何以报之明月珠⑭。路远莫致倚踟蹰⑮，

何为怀忧心烦纡⑯？

四思曰：

我所思兮在雁门⑰，欲往从之雪纷纷。

侧身北望涕沾巾。美人赠我锦绣段⑱，

何以报之青玉案⑲。路远莫致倚增叹，

何为怀忧心烦惋⑳？

【注释】

①所思：指所思念的人，即下文的"美人"。太山：即泰山，在今山东
  泰安北。

②从：追随。梁父：又作"梁甫"，泰山下小山名。在泰安东南。李
  善注："太山以喻时君，梁父以喻小人也。"

③翰：衣襟。

④金错刀：一说指刀环或刀把用黄金镀过的刀，一说指王莽铸的一

种刀币。李善注引谢承《后汉书》："诏赐应奉金错把刀。"作为馈赠的珍贵礼品,以前说为胜。错,镀金。

⑤英:通"瑛",玉的光。琼、瑶:都是美玉。《诗经·卫风·木瓜》："投我以木桃,报之以琼瑶。"

⑥致:送达。倚:通"猗",叹词。犹今口语"呀""啊"。下同。逍遥:这里义同"彷徨""徘徊",谓心情不安。

⑦烦劳:烦恼。劳,忧。

⑧桂林:秦郡名。约在今广西境内,汉改置为郁林郡。

⑨湘水:源于广西,经湖南流入洞庭。李善注:"《海南经》:'湘水出零陵,舜死苍梧,葬九疑。'故思明君。"

⑩金琅玕(láng gān):用金叶镶着的美玉,即所谓"金镶玉"。琅玕,似玉的美石。

⑪汉阳:郡名。本西汉天水郡,东汉明帝时改为汉阳郡,郡治在今甘肃甘谷南。

⑫陇阪:即陇山,在今陕西陇县西北,绵亘于陇县、宝鸡和甘肃的镇原、清水、秦安、静宁等县,长一百多公里。在古代以迂回险阻著名。

⑬貂襜褕(chān yú):直襟的貂皮袍子。貂,形似黄鼠狼,其皮毛极珍贵。

⑭明月珠:宝珠名。《后汉书·西域传》说产于大秦国(罗马帝国)。

⑮踟蹰:徘徊貌。

⑯纡:弯曲,曲折,指心情烦乱不舒畅。

⑰雁门:郡名。在今山西西北部之地。

⑱锦绣段:成匹的锦绣。段,与"端"同义。一说,段同"缎"。

⑲案:放食器的托盘。

⑳悁:怨。

【译文】

一思为：

我所思慕的人啊在东边泰山，想要前去追随他梁父太艰险。

侧身往东望不觉泪下湿衣衫。美人赠给我黄金镀边的佩刀，

以何还报呢就用那美玉琼瑶。路太遥远没法送到啊好彷徨，

为何要这般愁肠满腹心烦恼？

二思为：

我所思慕的人啊在南边桂林，想要前去追随他湘水又太深。

侧身往南望不觉泪下湿衣襟。美人赠给我金叶镶着的美玉，

以何还报呢就用那一对玉盘。路太遥远没法送到啊好惆怅，

为何要这般愁肠满腹心忧烦？

三思为：

我所思慕的人啊在西边汉阳，想要前去追随他陇阪太漫长。

侧身往西望不觉泪下湿衣裳。美人赠给我貂皮做的直襟衫，

以何还报呢就用那明月宝珠。路太遥远没法送到啊好踟蹰，

为何要这般愁肠满腹心不舒？

四思为：

我所思慕的人啊在北边雁门，想要前去追随他大雪正纷纷。

侧身往北望不觉泪下湿衣巾。美人赠给我成匹的绫罗绸缎，

以何还报呢就用那青玉托盘。路太遥远没法送到啊增叹息，

为何要这般愁肠满腹心烦怨？

王仲宣

见卷第十一《登楼赋》作者介绍。

杂诗一首

【题解】

　　"杂诗"其名,最早见于《文选》。李善曰:"杂者,不拘流例,遇物即言,故云杂也。"可见"杂诗"的意思与"杂文""杂感"相类。这首诗传为曹植《赠王粲》诗的答诗。吴淇《六朝选诗定论》:"此诗与子建赠诗,不惟格调相同,且字句相类,如后人拟诗然。想亦答子建之诗……子建借水鸟为比,故先树后池,仲宣借树鸟为比,故先池后树。惟末四句是各人说话,一赠一答,本文自明。"建安末期,曹丕与曹植争为太子,双方各植党羽,明争暗斗得异常激烈。王粲深恐卷入漩涡,故在诗中表达了一种既想亲近曹植,但又不敢与之公开交往的心情。但也有人认为,这不过是一首追求爱情的诗,其中是否有所借喻,尚难确定。诗在艺术上颇具特色,陈祚明《采菽堂古诗选》评云:"写情真至,语亦沉邃。"堪为的论。

日暮游西园①,冀写忧思情②。

曲池扬素波③,列树敷丹荣④。

上有特栖鸟⑤,怀春向我鸣⑥。

褰衽欲从之⑦,路崄不得征⑧。

徘徊不能去,伫立望尔形⑨。

风飙扬尘起⑩,白日忽已冥⑪。

回身入空房,托梦通精诚。

人欲天不违,何惧不合并⑫。

【注释】

　　①西园:即铜雀园,在邺城(今河北临漳西南),是曹丕兄弟和建安

七子经常聚会游宴的地方。

②冀：希望。写：宣泄。

③素波：白色的波浪。

④列树：成行的树。敷：陈，遍开。丹荣：红花。

⑤特栖：独栖。

⑥怀春：谓春情萌动，有求偶之意。

⑦褰(qiān)：提起。衽：衣襟。

⑧崄：同“险”。征：行。

⑨伫立：久立。

⑩飙：旋风。

⑪冥：昏暗。

⑫合并：指结婚。

【译文】

傍晚来到西园独自漫游，想要排遣一下内心愁情。
曲池中翻卷着白色水波，成行树上遍开红花如云。
上面有只孤独无偶的鸟，春情萌动朝我婉转啼鸣。
提起衣襟想要前去会面，道路险阻以致不能成行。
来回徘徊不愿就此离去，久久站立望着你的身影。
旋风骤起卷起阵阵尘土，白日瞬间变得昏昏沉沉。
转过身来回到空房之中，托梦给你传达爱恋之诚。
老天不会违背人的意愿，不怕我们不能最后成婚。

刘公幹

见卷第二十《公宴诗》作者介绍。

杂诗一首

【题解】

刘履《选诗补注》云:"此必公幹输作之时所赋,故言文墨簿领之繁,驰翰劳苦,而至于沉迷昏乱,或且释此出游,见水中之凫雁,而叹不能如彼之浮游也。"吴淇《六朝选诗定论》云:"无他深意,只是不耐簿书之烦。"按,此诗不一定作于减死输作之时,但的确写出了诗人"不耐簿书之烦"而欲"释此出游"的情怀。刘桢其人,对功名事业的渴望与追求远不如大多数建安诗人那么强烈,诗中又极少歌功颂德话头,故得与"轻官忽禄,不耽世荣"(《三国志·魏书·王粲传》裴松之注引《先贤行状》)的徐幹结为至交。钟嵘《诗品》所谓"真骨凌霜,高风跨俗"的个性及道迈的逸气,均不难从这首诗中窥见一斑。

职事相填委①,文墨纷消散②。
驰翰未暇食,日昃不知晏③。
沉迷簿领书④,回回自昏乱⑤。
释此出西城,登高且游观。
方塘含白水,中有凫与雁⑥。
安得肃肃羽⑦,从尔浮波澜。

【注释】

①职事:职务范围内应做之事。填委:堆积。
②文墨:指案牍文书。纷:乱。消散:谓梳理,整理。
③"驰翰"二句:《尚书·无逸》:"自朝至于日中昃,不遑暇食。"翰,笔。暇,空闲。日昃,太阳开始偏西。晏,息,休息。
④簿领:李善注:"谓文簿而记录之。《史记》曰:'问上林尉诸禽兽

簿。'司马彪《庄子》注曰:'领,录也。'"这里泛指文书。

⑤回回:迂曲。引申为心乱貌。《楚辞·九怀·昭世》:"魂凄怆兮
　感哀,肠回回兮盘纡。"

⑥凫(fú):野鸭。《诗经·郑风·女曰鸡鸣》:"弋凫与雁。"

⑦肃肃:鸟拍翅膀的声音。《诗经·小雅·鸿雁》:"鸿雁于飞,肃肃其羽。"

【译文】

眼前事情只见堆积如山,案牍纷乱总是整理不完。

挥笔不停没有空闲吃饭,太阳西偏还是不得闲散。

一头扎进公文簿籍之间,只觉得头也昏来目也眩。

放下工作来到西城郊外,登上高处尽兴游览一番。

方方的池塘中蓄满清水,水中嬉戏着野鸭和大雁。

身上怎能长出一对翅膀,随你遨游清波碧水之间。

魏文帝

见卷第二十二《芙蓉池作》作者介绍。

杂诗二首

【题解】

　　这两首都是游子诗。第一首通过对秋夜景色的描绘,抒写了游子
寂寞怀乡的愁绪;第二首借浮云以喻游子的漂泊不定,抒写了游子久客
异乡的抑郁苦闷。刘履《选诗补注》云两诗作于黄初五年(224)以舟师
伐吴至广陵时,吴淇《六朝选诗定论》云两诗"有疑惧意,应作于魏武欲
易太子时",皆未见其必。艺术上以自然为宗,情景交融,清凄感人,深
得《古诗》遗韵,或即为拟《古诗》之作,故王世贞《艺苑卮言》认为"可入

《十九首》,不能辨也"。

> 漫漫秋夜长,烈烈北风凉[①]。
>
> 展转不能寐[②],披衣起彷徨[③]。
>
> 彷徨忽已久,白露沾我裳。
>
> 俯视清水波,仰看明月光。
>
> 天汉回西流[④],三五正纵横[⑤]。
>
> 草虫鸣何悲,孤雁独南翔。
>
> 郁郁多悲思,绵绵思故乡。
>
> 愿飞安得翼,欲济河无梁。
>
> 向风长叹息,断绝我中肠。

【注释】

①烈烈:猛烈而寒冷貌。北风凉:《诗经·邶风·北风》:"北风其凉。"

②展转:来回地翻身。寐:睡。

③彷徨:徘徊。

④天汉:银河。回西流:由西南向正西转动,表示夜已深。

⑤三五:《诗经·召南·小星》:"嘒彼小星,三五在东。"三,指参星;五,指昴星。这里泛指群星。纵横:排列貌。

【译文】

深秋的夜晚多么漫长,凛冽的北风多么凄凉。

翻来覆去总不能入睡,披衣起来到屋外彷徨。

不知不觉已徘徊许久,白露沾湿了我的衣裳。

低头瞧瞧清清的流水,抬头看看皎洁的月光。

银河正在向西方流转,众星罗列在夜空四方。

草虫鸣叫得多么悲伤,孤雁独自向南方飞翔。

心中抑郁有无限忧思,缠绵不断地思念故乡。

想要奋飞哪里来翅膀,想要过河又没有桥梁。

面对寒风深深地叹息,痛苦使我如断了肝肠。

西北有浮云,亭亭如车盖①。

惜哉时不遇,适与飘风会②。

吹我东南行,南行至吴会③。

吴会非我乡,安能久留滞④?

弃置勿复陈⑤,客子常畏人⑥。

【注释】

①亭亭:李善注:"迥远无依之貌。"

②适:恰巧。飘风:暴起的风。

③吴会:吴郡和会稽郡,在今江苏南部和浙江境内。吴本是秦时会稽郡,东汉时分为吴和会稽两郡。

④滞:久留。

⑤弃置:搁置,抛开。陈:叙说。这句是汉魏诗中常见的套语。

⑥畏人:谓人生地不熟,常担心受人欺负。

【译文】

西北方有一朵飘浮的云,高高地耸立着好像车盖。

可惜啊它没遇着好时机,不早不晚恰同狂风相遇。

吹着我朝东南方向飞驰,飞啊飞啊一直到了吴会。

吴郡会稽都不是我故乡,怎能长久地在这里留停。

搁置一边不用再说这些,他乡游子常常害怕见人。

曹子建

见卷第十九《洛神赋》作者介绍。

朔风诗一首

【题解】

　　曹丕即帝位后,诸侯王一律去到自己封国。曹植其时为临淄侯,去临淄(在今山东淄博)。黄初二年(221),因被有司诬枉治罪,贬爵安乡侯,同年改封鄄城侯。三年(222),立为鄄城王。四年(223),徙封雍丘王。太和元年(227),徙封浚仪(在今河南开封)。二年(228),复还雍丘(在今河南杞县)。三年(229),徙封东阿(今属山东)。五年(231),改封陈王。《三国志·魏书》本传称其"十一年中而三徙都,常汲汲无欢"。这首诗即作于藩国,既表达了对于故国先人和至亲兄弟的思念之情,也抒写了对"蓬转"生活、闲居境遇、怀抱忠诚而不被理解、怀抱利器而无所施展的怨愤。关于具体写作时间,由于诗中感情跳跃、多用比兴,有隐而未显之处,因而历来颇多歧说。刘履《选诗补注》认为作于黄初四年(223)徙封雍丘时,王尧衢《古唐诗合解》认为作于徙封东阿后,黄节《曹子建诗注》认为作于黄初六年(225)在雍丘时,余冠英《三曹诗选》认为作于太和二年(228)从浚仪复还雍丘时,赵幼文《曹植集校注》认为或作于建安二十二年(217)后。从诗中"昔我初迁""今我旋止""载离寒暑"等语看来,以余冠英说为近是,可从。诗篇感情炽烈,托意深远,回环曲折,如泣如诉。陈祚明《采菽堂古诗选》评云:"此诗比兴之意,蔼然情长,不袭风人之语,而最为神似。"张玉谷《古诗赏析》评云:"正喻间出,虚实相生,奥衍离奇,不易领略……真乃有美必臻,无懈可击。"

仰彼朔风①,用怀魏都②。愿骋代马③,倏忽北徂④。
凯风永至⑤,思彼蛮方⑥。愿随越鸟⑦,翻飞南翔。
四气代谢⑧,悬景运周⑨。别如俯仰⑩,脱若三秋⑪。
昔我初迁,朱华未希。今我旋止,素雪云飞⑫。
俯降千仞,仰登天阻⑬。风飘蓬飞⑭,载离寒暑⑮。
千仞易陟⑯,天阻可越。昔我同袍⑰,今永乖别⑱。
子好芳草⑲,岂忘尔贻⑳? 繁华将茂,秋霜悴之㉑。
君不垂眷㉒,岂云其诚㉓? 秋兰可喻,桂树冬荣㉔。
弦歌荡思㉕,谁与消忧? 临川暮思㉖,何为泛舟㉗?
岂无和乐? 游非我邻㉘。谁忘泛舟? 愧无榜人㉙。

【注释】

①朔风:北风。

②用:因。魏都:指魏的故都邺城(在今河北临漳西南)。曹丕迁都
　洛阳后,邺仍为魏都之一,曹操的陵墓在此。

③骋:驰。代马:代郡(在今山西北部)出产的骏马。

④倏忽:迅急貌。徂:往。

⑤凯风:《诗经·邶风·凯风》:"凯风自南。"毛传:"南风谓之凯风。"
　永:远。

⑥蛮方:《礼记·王制》:"南方曰蛮。"这里指吴国。思蛮方,是欲南
　征吴国以求自试之意。即作者《杂诗》所云:"仆夫早严驾,吾将
　远行游。远游欲何之? 吴国为我仇。"

⑦越鸟:越国(在今江浙一带)所产的鸟。《古诗》:"越鸟巢南枝。"

⑧四气:四季的气候。犹言四时。代谢:依次更替。

⑨悬景:指日月。景,同"影"。运周:运行周而复始。

⑩俯仰:喻时间的短暂。《庄子·在宥》:"其疾俯仰之间而再抚四

海之外。"

⑪脱:离别。三秋:三季,九个月。《诗经·王风·采葛》:"一日不见,如三秋兮。"

⑫"昔我"几句:《诗经·小雅·采薇》:"昔我往矣,杨柳依依;今我来思,雨雪霏霏。"初迁,指太和元年(227)从雍丘徙封浚仪时。朱华,红花。或即指荷花。作者《公宴诗》:"朱华冒绿池。"希,同"稀"。旋止,归来,指回到雍丘。止,语气助词。素雪,白雪。云,语气助词。

⑬"俯降"二句:与作者《吁嗟篇》中"自谓终天路,忽然下沉泉"两句同意。千仞,指深溪。《吕氏春秋·适威》:"若决积水于千仞之溪。"仞,长度单位,古代以八尺或七尺为一仞。天阻,天险,指高山。

⑭蓬:草名。也叫飞蓬,菊科植物,叶子像柳叶,开小白花,秋后干枯,遇风即拔,随地飞转。

⑮载离寒暑:语出《诗经·小雅·小明》。载,犹"则"。离,同"罹",经历。寒暑,指一年。

⑯陟(zhì):一般指登山或登高。这里犹言跋涉。

⑰同袍:指最亲近的人或战友。《诗经·秦风·无衣》:"岂曰无衣?与子同袍。"这里指兄弟,即生离的曹彪和死别的曹彰。

⑱乖:离。

⑲子:指魏明帝曹叡。下"尔""君"同此。芳草:喻自己忠诚的志节。

⑳贻:赠予。

㉑"繁华"二句:《文子·上德》:"丛兰欲修,秋风败之。"语意与此相似。秋霜,比小人。悴(cuì),伤。

㉒眷:顾念。

㉓云:义同"旋",转回。李善注:"言君虽不垂眷,己则岂得不言其诚?"作者《求通亲亲表》:"若葵藿之倾叶太阳,虽不为之回光,然

终向之者诚也。臣窃自比葵藿。"意与此相类。

㉔"秋兰"二句：李善注："兰以秋馥,可以喻言。桂以冬荣,可以喻性。"两句以兰、桂象征美好的品德。《楚辞·九歌·少司命》："秋兰兮青青。"又《楚辞·九叹·远游》："丽桂树之冬荣。"荣,茂盛。

㉕荡思：荡涤忧思。

㉖暮思：李善注："言临川日暮,而又相思。"

㉗何为：即谁为。

㉘"岂无"二句：李善注："言岂无和乐以荡思乎? 为游非我邻,故不奏也。"作者《求通亲亲表》："每四节之会,块然独处,左右唯仆隶,所对惟妻子,高谈无所与陈,发义无所与展,未尝不闻乐而拊心,临觞而叹息也。"即说明了这种心境。和乐,指弦歌。邻,指志同道合的人。《论语·里仁》："子曰：'德不孤,必有邻。'"

㉙"谁忘"二句：李善注："言岂忘泛舟以相从乎? 愧无榜人,所以不济也。"榜人,驾船的人。

【译文】

抬头面对着寒冷的北风,不由得怀念起魏国故都。我愿骑上一匹代郡骏马,飞快地踏上北归的路途。

南风从远处呼呼地吹来,使我想起了荒蛮的南方。我愿跟着那越国的飞鸟,翩翩地一直向南方飞翔。

春夏秋冬四季依次更替,日月流转运行周而复始。离别时间其实十分短暂,却像度过了漫长的三季。

过去刚奉命迁徙的时候,春天的红花还没有凋谢。今天我再奉命迁徙回来,白雪纷纷扬扬下个不止。

一会低头走下万丈深渊,一会抬头爬上天险高山。就像蓬草随着狂风飘荡,一去一来转眼就是一年。

万丈深渊我可以走过去,天险高山我也可以逾越。可悲的是我至亲的兄弟,从此却永远痛苦地离别。

你喜欢清新高雅的芳草,我岂会忘了把芳草相赠? 可芳草正长得繁茂之时,秋霜却将它们摧残殆尽。

你对我虽并不顾念爱怜,我岂会改变自己的忠诚? 我像秋兰永远不改其芳,又像桂树冬天仍然茂盛。

弦歌可以荡涤心中愁思,但有谁能同我一起消忧? 傍晚对着河水苦苦思念,但有谁来为我摆渡泛舟?

难道没人一道弦歌相和? 但这些人都非我的知心。谁能忘了划船渡过河去? 惭愧的是没有划船的人。

杂诗六首

【题解】

《杂诗》六首大体上是曹植后期的作品,始载于《文选》。吴淇《六朝选诗定论》云:"诗中不专指一事,亦不必作于一时。称物引类,比兴之义为多,故题名曰《杂诗》。"第一首为登高怀远之作,所怀之人可能是诗人的异母弟曹彪。曹彪于黄初三年至五年(222—224)间封吴王,在南方,故诗中有"江湖""南游"等语。第二首以"转蓬"喻游子,实以"转蓬"、游子自喻,倾诉自己迁徙不定、生活困顿的苦衷。第三首写女子对久戍不归的丈夫的思念,不一定有什么寄托,但陈祚明《采菽堂古诗选》认为是"思君之念,托之夫妇"。第四首写佳人不为时俗所重,大约是自伤不遇之作,黄节《曹子建诗注》认为"佳人盖指(曹)彪","此诗盖为彪而发,亦以自伤也"。第五、六首写甘赴国忧的壮志及壮志不能实现的苦闷和愤慨。六首诗在艺术上深受《楚辞》和《古诗》的影响,但自抒怀抱,自出机杼,风骨与丹采并重,充分体现了钟嵘《诗品》所谓"骨气奇高,词采华茂,情兼雅怨,体被文质"的创作特色。

高台多悲风,朝日照北林^①。

之子在万里②,江湖迥且深③。

方舟安可极④? 离思故难任⑤。

孤雁飞南游,过庭长哀吟。

翘思慕远人⑥,愿欲托遗音⑦。

形影忽不见,翩翩伤我心⑧。

【注释】

①北林:地名。《诗经·秦风·晨风》:"鴥彼晨风,郁彼北林。未见
　君子,忧心钦钦。"这里是用"北林"起兴,以引起怀人的情绪。

②之子:那个人。指所怀念的人。

③迥:远。

④方舟:两条船并在一起叫方舟,古代大夫出行时所乘。极:至。

⑤离思:离别的愁思。任:承受。

⑥翘思:仰首而思。慕:思念。

⑦遗音:寄去音信。

⑧翩翩:疾飞貌。

【译文】

高台上不断刮过凄厉的大风,早晨的太阳照耀着那片北林。
所思念的人啊远在万里之外,中间江湖阻隔路又远水又深。
纵有方舟又怎能驶达目的地? 因而离别愁思特别使人难忍。
失群的孤雁独自向南方飞去,飞过庭院时发出悲哀的长鸣。
抬起头来又把远方的人思念,想要托孤雁给他带去个音信。
不料转眼间已不见孤雁身影,它飞得那么快真是让我伤心。

转蓬离本根①,飘飘随长风②。

何意回飙举③,吹我入云中。

高高上无极,天路安可穷④?
类此游客子⑤,捐躯远从戎。
毛褐不掩形,薇藿常不充⑥。
去去莫复道,沉忧令人老⑦。

【注释】

①转蓬离本根:《说苑·敬慎》:"秋蓬恶于本根而美于枝叶,秋风一起,根且拔矣。"

②飘飖:即飘摇,飘荡。长风:远风。

③意:料想。回飙:旋风。举:起。

④"高高"二句:这两句或有所寓意。刘履《选诗补注》:"盖久在远外,正如蓬离本根,一得入朝京都,如遇回飙吹入云中,自谓天路之可穷矣。及乎终不见用,转致零落,乃知高高无极,不可企及,反类游客从戎而有饥寒之苦者。"无极,没有尽头。穷,尽。

⑤类:似。游客子:客游他乡的人。

⑥"毛褐"二句:作者《赠徐幹》:"薇藿弗充虚,皮褐犹不全。"与这两句同意。毛褐,粗毛布衣。掩形,犹言蔽体。薇,一种野生植物,嫩叶可食。藿,豆叶。

⑦沉忧:深忧。

【译文】

转蓬枯干断裂离开了本根,飘飘荡荡伴随着远去的风。
没想到一阵旋风突然刮来,一下子把我吹到云霄之中。
天空高而又高没有个边际,上天的道路又怎能有尽头?
就好像这漂泊在外的游子,为国献身在远方当兵从戎。
粗毛布衣不足以遮蔽身体,野菜豆叶常不能填饱腹中。
抛开这些吧用不着再唠叨,忧伤过度会加速人的衰老。

西北有织妇^①,绮缟何缤纷^②!
明晨秉机杼^③,日昃不成文^④。
太息终长夜^⑤,悲啸入青云^⑥。
妾身守空闺,良人行从军^⑦。
自期三年归^⑧,今已历九春^⑨。
飞鸟绕树翔,嗷嗷鸣索群^⑩。
愿为南流景,驰光见我君^⑪。

【注释】

①织妇:指织女星。织女星位于北方。

②绮缟(gǎo):有花纹的丝织品。缤纷:繁乱貌。

③明晨:清晨。秉:持,指拿梭织布。杼:梭子,是织布机上穿引纬线的工具。

④日昃(zè):日过午。不成文:织不成花纹,即织不成布。《诗经·小雅·大东》:"跂彼织女,终日七襄。虽则七襄,不成报章。"以上几句化用其语意。

⑤太息:即叹息。

⑥啸:长叹。刘履《选诗补注》:"蹙口出声,以舒愤懑之气也。"

⑦良人:女子对丈夫的称谓。

⑧期:预期。

⑨九春:九年。一说,三年。李善注:"一岁三春,故以三年为九春。言已过期也。"

⑩嗷嗷(jiào):鸟鸣声。

⑪"愿为"二句:作者《七哀诗》:"愿为西南风,长逝入君怀。"用意手法与此相类。景,日光。

文 选

【译文】

西北方有一个织绢的女子,织出的绢文多么缭乱纷纭!

清早起来就持梭忙个不停,太阳偏西了也还没有织成。

她整夜叹息一声接着一声,悲哀的长叹声直飘上青云。

我孤身守着这空空的闺房,丈夫出门到远方去当了兵。

走时自以为三年就可回来,现在已经过去了九个冬春。

鸟儿绕着树林不住地飞翔,叽叽喳喳地叫着寻找鸟群。

我愿化作向南流泻的日光,飞驰到南方见到我的夫君。

南国有佳人①,容华若桃李②。

朝游江北岸,日夕宿湘沚③。

时俗薄朱颜④,谁为发皓齿⑤?

俯仰岁将暮⑥,荣耀难久恃⑦。

【注释】

①南国:指江南。《楚辞·九章·橘颂》:"受命不迁,生南国兮。"

②容华若桃李:《诗经·召南·何彼襛矣》:"何彼襛矣?华如桃李。"容华,容颜。

③"朝游"二句:喻流徙不定。湘,水名。在今湖南。沚,水中小洲。

④薄朱颜:喻不重视有才德的人。薄,鄙薄,不看重。朱颜,红颜,指美色。

⑤谁为:为谁。发皓齿:犹言启玉齿,或指唱歌,或指言笑。

⑥俯仰:俯仰之间。喻时间短暂。

⑦荣耀:指花开灿烂,照应"桃李";也指人的青春容颜,照应"佳人"。久恃:久待,久留。

【译文】

江南有个年轻美丽的姑娘,容貌像盛开的桃李花一样。
她早晨还在长江北岸游玩,夜晚却又睡在湘水小洲上。
时下的风俗并不看重美色,那又为谁去开口把歌高唱?
转眼之间寒冬就快要来临,光彩的容华很难保持久长。

> 仆夫早严驾①,吾将远行游②。
> 远游欲何之③? 吴国为我仇④。
> 将骋万里涂⑤,东路安足由⑥?
> 江介多悲风⑦,淮泗驰急流⑧。
> 愿欲一轻济⑨,惜哉无方舟⑩。
> 闲居非吾志,甘心赴国忧。

【注释】

①仆夫:这里指赶车的仆人。严驾:备好车马。

②远行游:《楚辞·九叹·远游》:"愿轻举而远游。"

③之:往。

④吴国为我仇:李善注引《说苑》:"楚王谓淳于髡曰:'吾有仇在吴国,子能为吾报之乎?'"这里"吴国"指孙吴。作者《求自试表》:"方今天下一统,九州晏如。顾西尚有违命之蜀,东有不臣之吴……若使陛下出不世之诏,效臣锥刀之用,使得西属大将军,当一校之队;若东属大司马、统偏师之任,必乘危蹈险,骋舟奋骊,突忍触锋,为士卒先。"

⑤骋:驰。涂:同"途"。

⑥东路:指向东回藩国的路。《三国志·魏书·陈思王植传》:"三年,立为鄄城王,邑二千五百户。四年,徙封雍丘王。其年,朝京

都。"据黄节考证,曹植徙封雍丘王在回鄄城(今属山东)之后,则此诗作于黄初四年(223)七月朝洛阳(今属河南)后东归鄄城途中,与《赠白马王彪》诗(中也有"怨彼东路长"之句)作于同时。

⑦江介:江间,江上。《楚辞·九章·哀郢》:"江介之遗风。"

⑧淮泗:淮水和泗水。淮水源于河南桐柏山,经安徽、江苏入海。泗水源于山东泗水,入淮。二水是南征孙吴的必经之地。

⑨轻:易。济:渡。

⑩无方舟:比喻没有凭借、机缘。

【译文】

赶车仆人早已备好车马,我这就要动身出门远行。

远行打算要去什么地方? 南征吴国打败我的敌人。

将在万里路上纵横驰骋,怎能安心往东回到鄄城?

长江江面常有凄厉大风,淮水泗水急流奔涌翻腾。

想要一下子就飞越过去,可惜没有船只把我载运。

闲居在家不是我的心愿,为国分忧就算死也甘心。

飞观百余尺①,临牖御棂轩②。

远望周千里③,朝夕见平原。

烈士多悲心④,小人媮自闲⑤。

国仇亮不塞⑥,甘心思丧元⑦。

拊剑西南望⑧,思欲赴太山⑨。

弦急悲声发⑩,聆我慷慨言⑪。

【注释】

①飞观百余尺:《古诗》:"双阙百余尺。"观,即"阙",是宫门前的两座望楼。飞观,谓其凌空而起。

②临牖(yǒu)：当窗。御：凭，扶着。棂(líng)轩：栏杆。棂是栏杆上
　　雕有花纹的木格子。

③周：犹遍。

④烈士：有功业心而胸怀激烈的人。犹言志士、壮士。悲心：忧时
　　忧国之心和有志不遂的愤慨。

⑤小人：指胸无大志的人。犹言庸人。媮(tōu)：同"偷"，苟且。闲：
　　安闲，安乐。

⑥亮：的确，实在。塞：杜绝。指杜绝敌人侵扰。

⑦丧元：丢掉脑袋。作者《求自试表》："使名挂史笔，事列朝荣。虽
　　身分蜀境，首悬吴阙，犹生之年也。"

⑧拊：同"抚"。西南：指敌国吴、蜀。蜀在西，吴在南。

⑨赴太山：犹言赴死，汉魏时有人死后魂魄归于泰山的说法。汉时
　　纬书《援神契》："太山，天帝孙也，主召人魂。"汉乐府《怨诗行》：
　　"人间乐未央，忽焉归东岳。"又李善注："太山，东岳，接吴之
　　境……《责躬诗》曰：'愿蒙矢石，建旗东岳。'"谓"赴太山"即欲从
　　军伐吴之意。

⑩弦急：谓琴声急促。《古诗》："音响一何悲，弦急知柱促。"

⑪聆：听。慷慨言：指上述激昂慷慨的言辞。余冠英《三曹诗选》：
　　"从这两句看来，这首诗可能原是乐府歌辞。"

【译文】

楼观凌空而起有百多尺高，我面对着窗户手扶着栏杆。

远望四周千里之外的地方，早晚都能看见宽阔的平原。

志士常怀着忧时忧国之心，庸人却只顾自己贪图安闲。

国家的仇敌眼下还没消灭，前往征讨掉了脑袋也心甘。

按着宝剑眺望西方和南方，一心想战死沙场魂归泰山。

弹奏的琴声多么急促悲壮，请听我这激昂慷慨的豪言。

情诗一首

【题解】

　　《情诗》,《玉台新咏》题作《杂诗》。诗写游子远役思归之叹,可能寓有作者身世的感慨。吴淇《六朝选诗定论》云:"大抵子建平生,只为不得于文帝,常有忧生之嗟,因借遥役思归之情,以喻其忧谗畏讥、进退维谷之意。"不无道理。曹植《临观赋》云:"乐时物之逸豫,悲予志之长违。叹《东山》之诉勤,歌《式微》以诉归。进无路以效公,退无隐以营私。"所抒情怀与本诗极为相似,可参读。全诗情切意厚,意象生动,音节流美,色彩明丽。"游鱼潜渌水,翔鸟薄天飞"和"始出严霜结,今来白露晞"两联对仗工稳,平仄谐协,已暗合律诗粘对的规则,显露了中国诗歌由古体向新体、近体转换的苗头。

> 微阴翳阳景^①,清风飘我衣。
> 游鱼潜渌水,翔鸟薄天飞^②。
> 眇眇客行士,遥役不得归^③。
> 始出严霜结,今来白露晞^④。
> 游子叹《黍离》^⑤,处者歌《式微》^⑥。
> 慷慨对嘉宾,凄怆内伤悲。

【注释】

①翳(yì):遮蔽。阳景:日光。

②"游鱼"二句:李善注:"言得所也。"《大戴礼记·易本命》:"鱼游于水,鸟飞于云。"薄,逼近。

③"眇眇(miǎo)"二句:李善注:"言不如鱼鸟也。"《楚辞·七谏·怨世》:"安眇眇而无所归薄。"眇眇,遥远貌。

④白露晞:《诗经·秦风·蒹葭》:"蒹葭凄凄,白露未晞。"晞,干。

⑤《黍离》:《诗经·王风》篇名。其首章云:"彼黍离离,彼稷之苗。行迈靡靡,中心摇摇。知我者谓我心忧,不知我者谓我何求。悠悠苍天,此何人哉!"毛序认为是周大夫行役到镐京,见到宗庙宫室的旧址都长了禾黍,不胜感慨而作的诗。这里只取其行役而悲之意。

⑥处者:在家的人。与"游子"相对。《式微》:《诗经·邶风》篇名。其首章云:"式微式微,胡不归?微君之故,胡为乎中露?"毛序认为是黎侯的臣属劝寄居在卫国的黎侯回国的诗。这里只取其劝归之意。

【译文】

薄薄的云层遮蔽了阳光,清风吹来拂动我的衣裳。

鱼儿在清澈的水底漫游,鸟儿在高高的空际翔飞。

游子在遥远的异乡服役,眷恋着故乡却不能回归。

离家时原野结满了寒霜,而今又是白露已干之时。

游子悲行役而感叹《黍离》,家人盼回归而歌吟《式微》。

对着客人情绪无比激动,内心里怀着强烈的伤悲。

嵇叔夜

见卷第十八《琴赋》作者介绍。

杂诗一首

【题解】

这首诗写在清朗的月夜与友人欢聚畅饮的情景,以清新俊雅的笔调,创造了一个新鲜飘逸的意境。陈祚明《采菽堂古诗选》云:"嵇中散诗,如独流之泉,临高赴下,其势一往必达,不能曲折潆洄。然固澄澈可鉴。"此诗或可当之。末四句,流露出对渊淡虚无的向往和功名利禄的鄙薄,既为诗篇抹上了一层玄理色彩,同时也表达了诗人"旷迈不群,高亮任性"(《三国志·魏书·嵇康传》裴松之注)及愤世嫉俗的情怀。锺嵘《诗品》说嵇诗"峻切",刘熙载《艺概·诗概》说嵇诗"峻烈"。从这首清宕遐远的诗中,也不难寻到一些蛛丝马迹。

微风清扇,云气四除。皎皎亮月①,丽于高隅②。
兴命公子③,携手同车。龙骥翼翼④,扬镳踟蹰⑤。
肃肃宵征⑥,造我友庐⑦。光灯吐辉,华幔长舒⑧。
鸾觞酌醴⑨,神鼎烹鱼。弦超子野⑩,叹过绵驹⑪。
流咏太素⑫,俯赞玄虚⑬。孰克英贤⑭,与尔剖符⑮?

【注释】

①皎皎亮月:《古诗》:"明月何皎皎。"

②丽:附着。《周易·离·象》:"日月丽乎天。"这里是"高挂"的意思。高隅:指城楼。因位于城角、城曲处,故称为"隅"。

③兴:起。

④龙骥:骏马。翼翼:行列整齐貌。《诗经·小雅·采薇》:"四牡翼翼。"

⑤扬镳(biāo):动镳,谓马昂首将行。傅毅《舞赋》:"龙骧横举,扬镳飞沫。"镳,马嚼子。踟蹰:来回踏步,是将行未行时的情景。

⑥肃肃宵征:《诗经·召南·小星》:"肃肃宵征,夙夜在公。"肃肃,疾速貌。宵,夜。征,行。

⑦造:到。庐:房屋,家。

⑧幔:帐幕。舒:展开。

⑨鸾觞:犹言神觞。鸾,传说中凤凰之类的神鸟。觞,酒器。酌:盛酒,倒酒。醴:甜酒。《诗经·小雅·吉日》:"且以酌醴。"

⑩弦:弦乐器。此指演奏弦乐器的技巧。子野:李善注:"杜预《左氏传》注曰:'子野,师旷字也。'"师旷,春秋时晋国乐师,善鼓琴。

⑪叹:咏叹,指歌唱。绵驹:春秋时齐人,善歌。《孟子·告子》:"绵驹处于高唐而齐右善歌。"

⑫流咏太素:此为崇尚虚无之意。流咏,纵声吟咏。太素,朴素。作者《五言诗三首》其二:"朱紫虽玄黄,太素贵无色。渊淡体至道,色化同消息。"

⑬玄虚:道家所称玄妙虚无的道理。《老子》一章:"玄之又玄,众妙之门。"

⑭孰克:谁能。英贤:德才杰出的人物。

⑮剖符:分符。符即符节,是帝王封赏功臣的一种文约,竹制,分而为二,皇帝和功臣各执其一,以昭信守。李善注:"言咏赞妙道,游心恬漠,谁能以英贤之德,与尔分符而仕乎?"又何焯《义门读书记》:"'剖符'乃同乐之意,不谓仕也。"

【译文】

微风轻轻迎面吹拂,云气慢慢四处散开。一轮明月清辉四溢,挂在高高角楼之上。

站起身来叫上公子,手拉着手登上车来。骏马排列多么齐整,高扬头颅踏步徘徊。

趁着夜色快速行进,来到我的友人住宅。明灯散发柔和光辉,华丽帐幕长长拉开。

酒杯盛满甘美酒浆,大鼎煮着诱人鱼鲜。琴声高妙超过子野,歌声激越胜过绵驹。

纵声吟咏本色太素,低头赞叹莫测玄虚。有谁能做杰出英贤,同你剖符建立功勋?

傅休奕

　　傅玄(217—278)，字休奕，北地泥阳(今陕西铜川耀州区东南)人。西晋大臣、文学家。仕魏、晋两朝，历官侍中、御史中丞、司隶校尉等职。性刚直峻急，在朝多有针对时弊的谏议。博学能文，精通音律。著《傅子》数十万言，评论诸家学说及三史故事，已散佚，今存辑本五卷。诗以乐府见长，内容大多描写儿女情事和妇女痛苦，善用比兴，情致委婉。明人辑有《傅鹑觚集》。

杂诗一首

【题解】

　　这首诗通过对一夜之间不同时分的不同物象的捕捉和描写，表现了"愁人知夜长"的诗旨，抒发了一种轻淡的人生倏忽孤寂之感，实际上是诗人在政局翻覆多变时代的一种忧危悲凄情绪的反映。善于描摹景物，自然清丽，具体可感。沈德潜《古诗源》评云："清俊是选体，故昭明独收此篇。"

志士惜日短，愁人知夜长。
摄衣步前庭①，仰观南雁翔。
玄景随形运②，流响归空房③。
清风何飘飘④，微月出西方。
繁星依青天，列宿自成行。
蝉鸣高树间，野鸟号东箱⑤。
纤云时仿佛⑥，渥露沾我裳⑦。

良时无停景⑧,北斗忽低昂⑨。
常恐寒节至,凝气结为霜。
落叶随风摧⑩,一绝如流光。

【注释】

①摄:整理,撩起。

②玄景:黑影。景,同"影"。形:指大雁的身形。运:移动。

③流响:流动着的声响,指大雁的鸣声。

④飘飖(yáo):飘摇,飘荡。

⑤东箱:东边的厢房。箱,通"厢"。

⑥仿佛:隐隐约约,看不真切。

⑦渥:浓厚。

⑧景:亮光,光阴。

⑨低昂:由于地球自转的关系,北斗在同一夜间其方位会有所变动,"低昂",谓夜已深。

⑩摧:坏。

【译文】

志士叹惜白天时间短暂,愁人深知夜晚时间漫长。
撩起衣裳漫步门前院中,仰观大雁朝着南方飞翔。
黑影随着雁飞逐渐前移,声声雁鸣不断传入空房。
清风四处飘拂何其迅疾,月光微弱出现在天西方。
繁星密布点缀蓝色夜空,众星纵横排列自然成行。
秋蝉啼鸣在屋外高树间,野鸟哀号在东边厢房上。
浮云纤淡看去若有若无,露珠浓重沾湿我的衣裳。
美好时光一刻也不停留,北斗不断变化忽低忽昂。
常常担心寒冷季节来到,寒气凝结成为厚厚白霜。
树叶在寒风中纷然凋落,一扫而尽如流逝的时光。

张茂先

见卷第十三《鹪鹩赋》作者介绍。

杂诗一首

【题解】

　　这首诗写冬夜不眠情景，并揭示了不眠原因：一因气候严寒，二因思虑太多，而思虑太多是起决定作用的内因。"永思虑崇替"一语，不仅表现了对时光流逝的焦虑，更表现了对于生命和时局的一种迁逝感和危惧感，即作者《答何劭诗三首》其二所说的"负乘为我戒，夕惕坐自惊"之意。表现上较重对偶藻饰，音韵谐婉，庶几可当《文心雕龙·才略》"奕奕清畅"、《晋书》本传"辞藻温丽"之评。

晷度随天运①，四时互相承②。

东壁正昏中③，固阴寒节升④。

繁霜降当夕⑤，悲风中夜兴⑥。

朱火青无光⑦，兰膏坐自凝⑧。

重衾无暖气⑨，挟纩如怀冰⑩。

伏枕终遥昔⑪，寤言莫予应⑫。

永思虑崇替⑬，慨然独抚膺⑭。

【注释】

①晷(guǐ)：日影。运：转移。

②承:接续。

③东壁:星名。即壁宿,初冬黄昏时见于正南天空。《礼记·月令》:"仲冬之月,日在斗,昏东壁中。"

④固阴:《春秋左传·昭公四年》:"其藏冰也,深山穷谷,固阴沍寒。"固,凝固。阴,即寒气。升:至。

⑤繁霜:浓霜。《诗经·小雅·正月》:"正月繁霜,我心忧伤。"当夕:当夜。

⑥中夜:半夜。兴:起。

⑦朱光青无烟:李善注:"古诗曰:'朱火然其中,青烟扬其间。'"朱火,红色的火焰。指烛。

⑧兰膏:加有香料的油脂,用以制烛。《楚辞·招魂》:"兰膏明烛,华容备些。"坐:自然而然地。李善注:"无故自凝曰坐。"

⑨重衾(qīn):厚被。

⑩挟纩(kuàng):披着棉衣。纩,细棉。

⑪伏枕终遥昔:联系上下文意,这句是说一夜没有睡着。《诗经·陈风·泽陂》:"寤寐无为,辗转伏枕。"遥昔,长夜。

⑫寤言:醒着时说话。《诗经·卫风·考槃》:"独寤寐言。"莫予应:即"莫应予",没有人答应我。

⑬永:长。崇替:灭亡。指时间的消逝。

⑭抚膺:捶胸。

【译文】

日影随着天体运转移动,春夏秋冬彼此取代相承。

黄昏时东壁星正挂南天,寒气凝固冬季就要来临。

浓霜在这夜晚纷纷降落,半夜里刮起了阵阵凄风。

烛火青烟缭绕暗淡无光,芬芳油脂在不觉中自凝。

盖着厚被竟无一点热气,披着棉衣就像抱着寒冰。

伏枕终夜没有能够合眼,说了句话但却无人答应。

反复思虑担心时光永逝,无限感慨独自捶胸悲吟。

情诗二首

【题解】

《情诗》二首,第一首写独守幽闺的女子思念远方的丈夫,即《古诗十九首》中《青青河畔草》一诗所表达的"空床难独守"之意;第二首写游子对家中妻子的思慕,则颇受《古诗十九首》中《涉江采芙蓉》一诗的影响。两诗刻画细致,情调凄回,意致绵邈,哀艳动人,历来为选家所青睐。沈德潜《古诗源》评云:"秾丽之作,油然入人,茂先诗之上者。"锺嵘《诗品》评张华诗,恨其"儿女情多,风云气少",可备一说。但换一个角度看,如能将儿女之情摹写得精妙入微,也自有其存在的价值,诗歌百花园中是少不得这一朵奇葩的。

清风动帷帘①,晨月照幽房②。
佳人处遐远③,兰室无容光④。
襟怀拥灵景⑤,轻衾覆空床。
居欢惕夜促⑥,在戚怨宵长⑦。
拊枕独啸叹⑧,感慨心内伤。

【注释】

①帷:帐幔。

②晨月:天将亮时的月亮。幽房:指深闺。

③佳人:女子称丈夫。遐:远。

④兰室:芬芳的居室,指女子闺房。无容光:谓在闺房中看不到丈夫的身影。李善注引曹植《离别诗》:"人远精魂近,寤寐梦

　容光。"

⑤襟怀:胸怀。拥:抱。灵景:犹言虚景。景,同"影"。

⑥居欢惕(kǎi)夜促:李善注:"一云'居欢惜夜促'。"惕,怜惜。陶渊
　明《自祭文》:"惟此百年,夫人爱之。惧彼无成,愒日惜时。"
　促,短。

⑦戚:忧伤。宵:夜。

⑧拊:通"抚"。啸叹:长叹。

【译文】

清风吹动着帐幔和窗帘,晨月辉映着幽静的闺房。
丈夫在老远老远的地方,闺房中看不到他的模样。
胸前只抱着虚空的光影,轻被只盖着空空的大床。
欢乐时候惋惜夜晚太短,忧伤时候怨恨夜晚太长。
抚着枕头独自长吁短叹,心中无限感慨无限悲伤。

　　　　游目四野外①,逍遥独延伫②。
　　　　兰蕙缘清渠③,繁华荫绿渚④。
　　　　佳人不在兹⑤,取此欲谁与⑥?
　　　　巢居知风寒⑦,穴处识阴雨⑧。
　　　　不曾远别离,安知慕俦侣⑨?

【注释】

①游目:纵目观览。

②逍遥:自在地。延伫:久立。

③蕙:香草名。暮春开花。缘:沿。渠:水沟,河道。

④繁华:繁花。指兰、蕙花。荫:覆盖。渚:小洲。

⑤佳人:指妻子。兹:此。

⑥谁与：与谁，赠谁。古时有采兰蕙以赠所爱的习俗。一说，"谁
与"谓与谁共赏，也可通。

⑦巢居知风寒：李善注引《春秋汉含孳》："巢居之鸟先知风，树木
摇，鸟已翔。"巢居，指鸟。

⑧穴处识阴雨：相传蝼蚁穴处能预知阴雨。

⑨俦侣：伴侣，指夫妻。

【译文】

在空旷的原野纵目四望，独自优游自得久久站立。

兰蕙沿着清溪蓬勃生长，繁花覆盖着碧绿的小洲。

只可惜妻子她不在这里，采摘了兰蕙又赠送给谁？

巢居的鸟儿能先知风寒，穴处的蝼蚁能预识阴雨。

不曾经历过远离别的人，怎能理解这种思念之情？

陆士衡

见卷第十六《叹逝赋》作者介绍。

园葵诗一首

【题解】

晋惠帝永宁元年（301），赵王司马伦谋篡位，以陆机为中书郎。不
久，废帝自立。齐王司马冏、成都王司马颖、河间王司马颙等共同起兵
讨伐司马伦，迎惠帝返朝，赐司马伦死。齐王司马冏以陆机职在中书，
疑上司马伦的《九锡文》及禅文为陆机所作，遂逮捕了陆机等九人，交付
廷尉，赖成都王司马颖及吴王司马晏救助，得减死徙边，遇赦而止。陆
机遇赦后，即作了这首《园葵诗》，以向日的园葵自喻，表达了对司马颖

的倾慕感激之情。《晋书》本传称"时成都王颖推功不居，劳谦下士。机既感全济之恩，又见朝廷屡有变难，谓颖必能康隆晋室，遂委身焉"。司马颖以陆机参大将军军事，表为平原内史。陆机到官后，作表感谢司马颖，其中谈到被齐王司马冏幽执后，"重蒙陛下恺悌之宥，回霜收电，使不陨越，复得扶老携幼，生出狱户，怀金拖紫，退就散辈。感恩惟咎，五情震悼，踊天踣地，若无所容。不悟日月之明，遂垂曲照；云雨之泽，播及朽瘁"。可与此诗参读。但后来陆机终因军败遭谗而为司马颖所杀，这不能不说是诗人的一个惨痛的人生悲剧。

种葵北园中①，葵生郁萋萋②。
朝荣东北倾③，夕颖西南晞④。
零露垂鲜泽⑤，朗月耀其辉。
时逝柔风戢⑥，岁暮商飙飞⑦。
曾云无温液⑧，严霜有凝威。
幸蒙高墉德⑨，玄景荫素葳⑩。
丰条并春盛⑪，落叶后秋衰。
庆彼晚凋福，忘此孤生悲。

【注释】

① 葵：菊科草本植物，有锦葵、向日葵、蜀葵、秋葵等。葵常朝向太阳，因常用来比喻倾慕向往之情。《淮南子·说林训》："圣人之于道，犹葵之与日也，虽不能与终始哉，其乡之诚也。"

② 萋萋：茂盛貌。

③ 荣：花。

④ 颖：东西末端的尖锐部分。这里指葵的顶端。晞（xī）：干，谓向日而干，实即指向日。

⑤零露:《诗经·郑风·野有蔓草》:"零露浼兮。"零,降落。

⑥时逝:指春天过去。柔风:和风。《管子·四时》:"其时曰春……然则柔风甘雨乃至。"戢(jí):收敛,止息。

⑦商飙(biāo):秋风。商,秋属商声。飙,同"飙",本指旋风,暴风。

⑧曾(céng):通"层",重叠。无温液:谓露珠都遇冷而凝结成霜。

⑨墉(yōng):墙。

⑩玄景:幽暗。素:指秋天。古代五行以金配秋,其色白,称素秋。蕤(ruí):枝叶繁盛貌。指葵。

⑪丰条:茂盛的枝条。

【译文】

把葵种在北面园中,长得多么葱郁茂盛。

早晨花朝东北倾斜,傍晚头朝西南转回。

露珠呈现鲜艳光泽,明月闪耀和悦光辉。

春天过去和风消歇,一年将尽秋风劲吹。

重重云层不生露水,浓浓白霜凝成严威。

幸蒙高墙庇护之德,暗影庇护繁盛秋葵。

枝条丰茂与春同盛,落叶却在秋后衰微。

庆幸它有晚凋之福,使人忘此孤生之悲。

曹颜远

曹摅(? —308),字颜远,谯国(今安徽亳州)人。西晋诗人。初任临淄令,后入为尚书郎,转洛阳令。齐王司马冏辅政,与左思俱为记室督。不久,升任中书侍郎。惠帝末,任襄城太守。永嘉二年(308),为征南司马,因镇压流民,兵败而死。好学善属文。《文心雕龙·才略》云:"曹摅清靡于长篇。"《隋书·经籍志》著录有集三卷,已佚。今存诗九首,以《感旧诗》较著名。

思友人诗一首

【题解】

这是一首感情深挚的怀友诗。所怀之人为欧阳建。曹摅有《赠欧阳建诗》四章,其首章云:"嗟我良友,惟彦之选。弱冠参戎,既立南面。或踊而升,蔚焕其变。岂徒虚声,考绩畿甸。约政理繁,事省功辩。如何勿思,自我不见。乃命仆夫,北临其县。"可证。欧阳建,字坚石,渤海南皮(今属河北)人,是当时重要的玄学理论家,提出了"言尽意"这一著名的玄学命题。诗中"精义测神奥,清机发妙理"二句,即是对其作为玄学家的思维和语言活动的绝妙刻画。

> 密云翳阳景①,霖潦淹庭除②。
> 严霜凋翠草,寒风振纤枯③。
> 凛凛天气清④,落落卉木疏⑤。
> 感时歌《蟋蟀》⑥,思贤咏《白驹》⑦。
> 情随玄阴滞⑧,心与回飙俱⑨。
> 思心何所怀?怀我欧阳子⑩。
> 精义测神奥⑪,清机发妙理⑫。
> 自我别旬朔⑬,微言绝于耳⑭。
> 褰裳不足难⑮,清阳未可俟⑯。
> 延首出阶檐⑰,伫立增想似⑱。

【注释】

①翳(yì):遮蔽。阳景:阳光。

②霖:久雨。《春秋左传·隐公九年》:"凡雨,自三日以往为霖。"潦(lǎo):积水。庭除:庭前阶下,院内。

③振：动。纤枯：指枯草。

④凛凛：寒冷貌。

⑤落落：稀疏、零落貌。卉木：草木。

⑥《蟋蟀》：《诗经·唐风》篇名。是一首岁暮述怀的诗。其首章云："蟋蟀在堂，岁聿其莫。今我不乐，日月其除。"

⑦《白驹》：《诗经·小雅》篇名。是一首别友思贤的诗。其首章云："皎皎白驹，食我场苗。絷之维之，以永今朝。所谓伊人，于焉逍遥。"

⑧玄阴：指冬月。滞：滞积不通，即不舒畅。

⑨回飙：旋风。俱：一起。

⑩子：古代对男子的尊称。

⑪精义测神奥：谓精研事物的微义，达到了神妙的境地。《周易·系辞》："精义入神，以致用也。"精义，事物精微的含义。测，测度，研究。神奥，神妙。欧阳建善思辨，著有《言尽意论》等哲学著作。

⑫清：清晰，明确。机：枢机，指事物的枢要、关键。发：阐发。妙理：精深的道理。

⑬旬朔：十天称旬，农历每月初一称朔，"旬朔"指十天或一月。

⑭微言：精微之言。

⑮褰(qiān)裳：提起衣服。《诗经·郑风·褰裳》："子惠思我，褰裳涉溱。"

⑯清阳未可俟：《诗经·郑风·野有蔓草》："有美一人，清扬婉兮。邂逅相遇，适我愿兮。"这里反用其意，谓不可能"邂逅相遇"，故云"未可俟"。清阳，即清扬。清，指目，扬，指眉，"清扬"谓眉清目秀。这里代指友人。俟，等待。

⑰延首：伸颈。欲远望之意。阶檐：屋前台阶。

⑱伫立：久立。增想似：由于不断地想念友人，以致觉得有的人的

形象同友人的形象越来越相似。李善注："阮瑀《止欲赋》曰：'伫延首以极视兮，意谓是而复非。'"《庄子·徐无鬼》："子不闻夫越之流人乎？去国数日，见其所知而喜；去国旬月，见所尝见于国中者喜；及期年也，见似人者而喜矣。不亦去人滋久，思人滋深乎？"

【译文】

云层厚密遮蔽了阳光，雨后积水淹没了院子。

严霜摧败了原野碧草，寒风吹动着细叶枯枝。

天气越来越寒冷清肃，草木越来越稀疏凋敝。

感时迁逝唱起了《蟋蟀》，怀念贤友吟起了《白驹》。

情随冬至而郁塞不通，思与旋风飘卷在一起。

心中想着的到底是谁？是我亲爱的欧阳兄弟。

精研微义达神妙之境，阐发枢机有精深道理。

同你分别这旬月以来，精微之言再无人说起。

提起衣走走并不困难，只是不可能同你相遇。

走下台阶去举头远望，觉得有人越来越像你。

感旧诗一首

【题解】

这首诗以浑厚质朴的语言，前后对比的手法，抒写了对看重故旧情义的乡人的感念之情，而对趋炎逐势的世态人情作了抨击，寓意颇为深刻。首二句高屋建瓴，既写出了诗人痛切的人生感受，也概括了封建社会一个重要的本质特征，颇能引起某些人感情上的共鸣。沈德潜《古诗源》云："殷浩坐废，韩康伯咏首二句，因而泣下。"即其一例。据《晋书》本传，曹摅曾被长沙王司马乂任为骠骑司马，司马乂败落后，曹摅被免官，因丁母忧，本诗有可能作于免官家居时。

富贵他人合，贫贱亲戚离①。

廉蔺门易轨②，田窦相夺移③。

晨风集茂林④，栖鸟去枯枝⑤。

今我唯困蒙⑥，郡士所背驰。

乡人敦懿义⑦，济济荫光仪⑧。

对宾颂《有客》⑨，举觞咏"露斯"⑩。

临乐何所叹？素丝与路歧⑪。

【注释】

①"富贵"二句：李善注："《鹖冠子》曰：'家富疏族聚，居贫兄弟离。'"合，谓前来趋奉。

②廉：廉颇，战国时赵将。蔺：蔺相如，战国时赵臣。门易轨：谓门人离开故主投靠别人。据《史记·廉颇蔺相如列传》，蔺相如因却秦之功，拜上卿，位在廉颇之上。廉颇不服，欲羞辱相如。相如以国为重，不与廉颇争名于朝，路遇廉颇，引车避匿。门客不知其故，欲离相如而附廉颇。又，廉颇失势之时，故客尽去，及复用为将，客又复至。廉颇感慨此事，客曰："吁！君何见之晚也？夫天下以市道交，君有势，我则从君，君无势则去，此固其理也，有何怨乎？"

③田：田蚡，西汉大臣。窦：窦婴，西汉大臣。据《史记·魏其武安侯列传》，魏其侯窦婴和武安侯田蚡争权夺利，相互倾轧，后因故俱被窦太后罢官居家，"武安侯虽不任职，以王太后故，亲幸，数言事多效，天下吏士趋势利者，皆去魏其归武安"。

④晨风：鸟名。善飞。《诗经·秦风·晨风》："鴥彼晨风，郁彼北林。"

⑤栖鸟去枯枝：李善注："《黄石公兵书》曰：'树枝者，鸟不栖也。'"

栖,栖息,歇息。

⑥困蒙:困于蒙昧。《周易·蒙》:"困蒙,吝。"

⑦敦:厚。懿义:美好的道义。李善注引《春秋说题辞》:"秉懿诚之义,思至忠之功。"

⑧济济:众多貌。荫:荫庇,庇护。这里是环绕围护的意思。光仪:光采和仪表。指乡人。祢衡《鹦鹉赋》:"背蛮夷之下国,侍君子之光仪。"

⑨颂:通"诵"。《有客》:《诗经·周颂》篇名。旧说是宋微子朝周,将要回国,周王设宴饯行时所唱的乐歌。中云:"有客有客,亦白其马。有萋有且,敦琢其旅。有客宿宿,有客信信。言授之絷,以絷其马。"

⑩觞:酒器。露斯:指《诗经·小雅》中的《湛露》篇,是周王宴饮宾客的诗。其辞云:"湛湛露斯,匪阳不晞。厌厌夜饮,不醉无归。"

⑪素丝与路岐:《淮南子·说林训》:"杨子见逵路而哭之,为其可以南可以北;墨子见练丝而泣之,为其可以黄可以黑。"这里以可南可北、可黄可黑喻人情的有冷有暖、世情的反复多变。素丝,未经染色的丝。路岐,歧路,岔道。

【译文】

人一富贵他人都来趋奉,人一贫贱亲戚都要离去。

廉蔺失势门客改弦易轨,田窦相争下人见机转移。

晨风喜欢居留繁树茂林,栖鸟也会离开秃树枯枝。

今我因蒙昧而陷入困境,郡中吏士纷纷同我背离。

只有乡人个个崇美重义,兴高采烈同我围坐一起。

对着我把《有客》高声吟诵,举杯劝酒一齐歌咏《湛露》。

面对如此场面有何感叹? 叹变化无常的素丝歧路。

何敬祖

见卷第二十一《游仙诗》作者介绍。

杂诗一首

【题解】

　　这首诗所表达的意思是很平常的,但语言平易,层次清晰,意境空灵,在写作上颇具特色。其时诗坛藻饰之风渐起,而何劭也有较重藻饰之作,如《赠张华》诗云:"四时更代谢,悬象迭卷舒。暮春忽复来,和风与节俱。俯临清泉涌,仰观嘉木敷。"这首诗是能别具一格者。关于排列顺序,此诗似应在陆机《园葵诗》之前,故李善云:"《赠答》何在陆前,而此居后,误也。"

秋风乘夕起,明月照高树。
闲房来清气,广庭发晖素①。
静寂怆然叹②,惆怅出游顾③。
仰视垣上草,俯察阶下露④。
心虚体自轻⑤,飘飖若仙步。
瞻彼陵上柏⑥,想与神人遇。
道深难可期⑦,精微非所慕⑧。
勤思终遥夕⑨,永言写情虑⑩。

【注释】

①晖素:指月光。李善注:"古《长歌行》曰:'昭昭素明月,晖光烛我床。'"

②怆:悲伤。

③顾:看。

④"仰视"二句:李善注:"垣草易凋,阶露易陨,言可伤也。"垣,墙。

⑤心虚体自轻:李善注:"言既悟二物,故当全形养生。《列子》曰:'南郭子貌充心虚。'张湛曰:'心虚则形全。'"心虚,谓静心寂虑,不为世事所烦。体自轻,道家谓得道者身轻。

⑥瞻:望。陵上柏:《古诗》:"青青陵上柏。"陵,大土山,也指坟墓。

⑦道深难可期:李善注:"魏武帝《秋胡行》曰:'道深未可得,名山历观行。'"期,期待。

⑧精微:谓神仙之道所包含的精细隐微的内蕴。

⑨遥夕:长夜。

⑩永言:《尚书·尧典》:"诗言志,歌永言。"永,长,谓歌是延长诗的声调,徐徐咏唱,以突出诗的意义。一说,永通"咏"。这里"永言"指诗。

【译文】

秋风在这傍晚时分刮起,明月清澄照着院中高树。
房中闲静吹来空气清新,庭院宽广盈盈月色如素。
倍感静寂不禁伤心叹息,无限惆怅出门漫游四顾。
抬头望一望墙上的小草,低头看一看阶下的白露。
心中虚静身体自然轻爽,飘飘摇摇仿佛迈起仙步。
看看那坟上青郁的柏树,心中希望能同神人相遇。
神仙之道深奥难以期待,其理精细隐微不可钦慕。
这么想着过去了一整夜,且用诗写下这情怀思虑。

王正长

　　王赞,生卒年不详,字正长,义阳(今河南桐柏东)人。西晋诗人。博学有俊才。始任司空掾,太康中为太子舍人,惠帝时拜侍中,永嘉中为陈留内史,加散骑侍郎。工诗,锺嵘《诗品》将其列入中品。《隋书·经籍志》著录有集五卷,已佚。今存诗五首。

杂诗一首

【题解】

　　这是一首久役思归的诗。“王事离我志”云云,还表达了厌弃官场生活、向往隐归林园的情怀,与后来陶渊明的《归去来》辞在精神上是相通的。首二句就眼前景物,信手拈来,自然入妙,有很强的艺术概括力,成为一时传诵的名句。沈德潜《古诗源》评云:“起得雄杰。”不少人将这两句作为这首诗的代表,进而作为王赞诗最高成就的代表。沈约《宋书·谢灵运传论》认为“正长朔风之句……直举胸情,非傍诗史,正以音律调韵,取高前式”。

> 朔风动秋草,边马有归心①。
> 胡宁久分析②,靡靡忽至今③?
> 王事离我志④,殊隔过商参⑤。
> 昔往鸧鹒鸣⑥,今来蟋蟀吟⑦。
> 人情怀旧乡,客鸟思故林。
> 师涓久不奏⑧,谁能宣我心⑨?

【注释】

①"朔风"二句：蔡琰《悲愤诗》："北风厉兮肃泠泠，胡笳动兮边马鸣。"朔风，北风。

②胡宁：为什么。《诗经·小雅·四月》："先祖匪人，胡宁忍予？"分析：分离。

③靡靡：迟迟。《诗经·王风·黍离》："行迈靡靡，中心摇摇。"忽：迅疾。

④王事：国家之事。《诗经·小雅·采薇》："王事靡盬，不遑启处。"离我志：背离了我的志向。

⑤殊隔：远隔。商、参：二星名。商星（又名辰星）居东方，参星居西方，此出彼没，两不相见。

⑥鸧鹒：也作"仓庚"，即黄莺，鸣于春。《诗经·豳风·七月》："春日载阳，有鸣仓庚。"

⑦蟋蟀：鸣于秋。《诗经·唐风·蟋蟀》："蟋蟀在堂，岁聿其莫。"

⑧师涓：春秋时卫国乐师。《韩非子·十过》："卫灵公将之晋，至濮水之上，税车而放马，设舍以宿。夜分，而闻鼓新声者而说之，使人问左右，尽报弗闻。召师涓而告之曰：'有鼓新声者，使人问左右，尽报弗闻。其状似鬼神，子为听而写之。'师涓曰：'诺。'因静坐抚琴而写之。师涓明日报曰：'臣得之矣。'"

⑨宣：宣泄，疏导。

【译文】

北风吹动着衰枯的秋草，边地的马有了归乡之心。
为什么久久地这样分离，迟迟不动转眼到了而今？
奔波国事与我志向相背，远隔家乡超过商参二星。
离家时节黄莺叫得正欢，而今归来蟋蟀声声悲吟。
怀念故乡这是人之常情，鸟在外地也想它的故林。
师涓已有好久不奏妙曲，谁能宣泄我郁积的心声？

枣道彦

　　枣据，生卒年不详，本姓棘，其祖先避仇改为枣，字道彦，颍川长社
(今河南长葛西)人。西晋诗人。初在大将军府任职，后出为山阳令，有
政绩。升迁尚书郎，转右丞。贾充伐吴，请为从事中郎。军还，任黄门
侍郎、冀州刺史、太子中庶子。太康(280—289)中卒，时年五十余。著
诗、赋、论四十五篇，《隋书·经籍志》著录有集二卷，大多亡佚。锺嵘
《诗品》列为下品。

杂诗一首

【题解】

　　这首诗为作者随贾充大举伐吴前所作。据《晋书·武帝纪》，西晋
大举伐吴在咸宁五年(279)十一月，此诗当即作于此时。据《晋书·贾
充传》，贾充虽被任命为大都督，统帅诸路伐吴大军，但因担心"大功不
捷"，一再反对伐吴。此诗虑及军旅生活的种种艰辛，或亦受其影响。
何焯《义门读书记》云："枣道彦《杂诗》，拟仲宣《从军》。"但此诗主要抒
写正式伐吴前的内心活动与感受，自有不同之处。其抒写曲折细致，真
切自然，娓娓道来，如叙家常，颇见特色。

　　　　　　吴寇未殄灭①，乱象侵边疆②。
　　　　　　天子命上宰③，作蕃于汉阳④。
　　　　　　开国建元士⑤，玉帛聘贤良⑥。
　　　　　　予非荆山璞⑦，谬登和氏场⑧。
　　　　　　羊质复虎文⑨，燕翼假凤翔⑩。

既惧非所任[11]，怨彼南路长[12]。

千里既悠邈[13]，路次限关梁[14]。

仆夫罢远涉[15]，车马困山冈。

深谷下无底，高岩暨穹苍[16]。

丰草停滋润[17]，雾露沾衣裳。

玄林结阴气[18]，不风自寒凉。

顾瞻情感切[19]，恻怆心哀伤[20]。

士生则悬弧[21]，有事在四方。

安得恒逍遥[22]，端坐守闺房[23]。

引义割外情[24]，内感实难忘。

【注释】

①殄(tiǎn)灭：消灭。

②乱象：指战乱。王粲《七哀诗》：“西京乱无象，豺虎方遘患。”

③上宰：宰相。指贾充。贾充时任尚书令，相当于宰相。

④作蕃：设置屏障、防线。蕃，同“藩”。汉阳：汉水的北面。

⑤开国：建立邦国。《周易·师》：“大君有命，开国承家，小人勿用。”建元士：盖指贾充征调官吏在军中设置有关机构。建，建立，设置。元士，官名。周代称天子之士为元士。《礼记·王制》：“天子之元士视附庸。”此泛指贤士。

⑥玉帛聘贤良：李善注：“王逸《楚辞》注曰：‘天下贤人将持玉帛聘而遗之。’”玉帛，瑞玉和缣帛，指珍贵的礼品。贤良，有德行的人。

⑦予：我。荆山：楚地的山。璞：未经雕琢加工的玉。春秋时楚人卞和得璞玉于荆山，经剖琢而为宝玉。后以荆璞比喻优秀卓异的人才。

⑧谬：错误。这里为自谦之辞。和氏场：卞和为古玉匠，制成和氏

璧,故称鉴别、制作和陈列宝玉的地方为和氏场。这里指自己被当作人才请为从事中郎,随军伐吴。

⑨羊质复虎文:谓自己虚有其表。扬雄《法言·吾子》:"羊质而虎皮,见草而说,见豺而战,忘其皮之虎矣。"虎文,虎皮上的花纹,即指虎皮。

⑩燕:喻己。假:凭借。凤:喻贾充。

⑪任:胜任。

⑫怨彼南路长:曹植《赠白马王彪》:"怨彼东路长。"

⑬悠邈:遥远。

⑭次:《春秋左传·庄公三年》:"凡师一宿为舍,再宿为信,过信为次。"这里泛指军队在途中停留。关梁:指水陆要冲之处。《楚辞·九辩》:"猛犬狺狺而迎吠兮,关梁闭而不通。"关,关门。梁,桥梁。

⑮罢(pí):通"疲"。

⑯暨(jì):至,到。穹苍:天空。

⑰丰草停滋润:《诗经·小雅·湛露》:"湛湛露斯,在彼丰草。"滋润,谓沾满露水。

⑱玄林:幽暗的树林。阴气:阴凉潮湿的空气。

⑲顾瞻:回头眺望。

⑳恻怆:悲伤。

㉑悬弧:悬弓。古代风俗。家生男子门左挂弓一张。李善注:"《礼记》曰:'国君太子,生三日,卜士负之,射人以桑弧蓬矢六,射天地四方。'又孔子曰:'士使之射,不能,则辞以疾,悬弧之义也。'《韩诗内传》曰:'男子生,桑弓蓬矢六,射上下四方,明当有事天地四方也。'"

㉒恒:常。

㉓守闺房:谓守着妻子。

㉔引义:援引大义。外情:害怕外出行军艰苦的情绪。

【译文】

吴国这故寇还没有消灭,挑起事端侵犯我国边疆。

天子发下诏书命令宰相,带兵赶到汉水北岸布防。

建立邦国需要任命贤士,瑞玉缣帛用以招聘贤良。

我并不是一块荆山璞玉,却荒谬地走进和氏之场。

好似绵羊披上一层虎皮,又像燕子依傍凤凰飞翔。

既担心不能够承担重任,又怕那南去的路太漫长。

千里路程本来就很遥远,途中还有水陆要冲阻挡。

仆夫因长途跋涉而疲惫,车马被困在高高的山冈。

山谷深深一眼看不见底,山岩高高一直伸到天上。

野草茂盛上面沾满露水,雾露浓重沾湿人的衣裳。

幽暗的树林笼罩着阴气,即使无风也觉寒冷冰凉。

回头眺望故国情感激动,心中怅然生出无限悲伤。

男儿生下门上就要悬弓,表明有事要奋斗在四方。

哪里能够常常逍遥自在,成天端坐守在深闺洞房。

援引大义克服畏难情绪,内心这番感受实在难忘。

左太冲

见卷第四《三都赋序》作者介绍。

杂诗一首

【题解】

这是一首秋夜感怀之作。李善题注云:“冲于时贾充征为记室,不就，因感人年老，故作此诗。"诗从时节变换写起，最后直陈感慨，表达了对人生失意的悲愤。诗篇表明诗人直到晚年，也并没有从早年强烈的功名之心中超脱出来，虽曾写过《招隐》等诗，但并非真想绝意仕宦，归隐田园。表现上，前以景语起，后以情语结，由远景而近景，由外物而内心，由视觉、听觉而心感，层层变幻，步步深入，可谓深具匠心，很好地达到了述志抒怀的目的。

秋风何冽冽①，白露为朝霜②。
柔条旦夕劲③，绿叶日夜黄。
明月出云崖④，皦皦流素光⑤。
披轩临前庭⑥，嗷嗷晨雁翔⑦。
高志局四海⑧，块然守空堂⑨。
壮齿不恒居⑩，岁暮常慨慷⑪。

【注释】

①冽冽：寒貌。

②白露为朝霜：《诗经·秦风·蒹葭》："蒹葭苍苍，白露为霜。"为，凝结成。

③旦夕劲：一天天强劲。秋天树叶枯黄，树枝突现，在秋风中给人以强劲之感。

④云崖：指云端。

⑤皦皦：同"皎皎"，明净貌。素光：白光。李善注引刘桢诗："皦月垂素光。"

⑥披轩：开门。

⑦嗷嗷(jiào)：鸟哀鸣声。

⑧高志：崇高的志向。局四海：谓四海之大仍感到局促狭小。四

海,指四海之内,即中国。

⑨块然:孤独貌。

⑩壮齿:壮年。不恒居:不常驻。

⑪岁暮:一年将尽,同时隐含老之将至、一生将尽之意。慨慷:感伤之意。

【译文】

凛冽的秋风是多么寒凉,早晨的白露变成了浓霜。

柔弱的枝条一天天强劲,碧绿的树叶一天天枯黄。

明月出现在高高的云端,皎洁清朗发出白色辉光。

把门打开来到庭院踱步,只听晨雁嗷嗷叫着飞翔。

志向崇高以四海为局促,却只能独守这斗室空堂。

壮健年华不会长久留驻,岁暮来临常感无限悲伤。

张季鹰

张翰,生卒年不详,字季鹰,吴郡吴(今江苏苏州)人。西晋诗人。有清才,善属文,而纵任不拘,时人号为"江东步兵"。齐王司马冏任命其为大司马东曹掾,张翰见天下纷纷,祸难未已,有不安意。见秋风起,乃思吴中菰菜、莼羹、鲈鱼脍,遂辞官归家。年五十七卒。《隋书·经籍志》著录有集二卷,已佚。锺嵘《诗品》将其诗列入中品。《文心雕龙·才略》云:"季鹰辨切于短韵。"宋濂《答章秀才论诗书》云:"张季鹰则法公幹。"

杂诗一首

【题解】

《晋书·张翰传》:"翰任心自适,不求当世。或谓之曰:'卿乃可纵适一时,独不为身后名邪?'答曰:'使我有身后名,不如即时一杯酒。'时人贵其旷达。"但从这首《杂诗》看来,诗人虽陶醉于家乡的风物之美,但也并未忘怀世事,内心仍然翻腾着荣辱贵贱、生老病死的矛盾,就像归隐了田园的陶渊明一样,"并非整天整夜的飘飘然"(鲁迅《且介亭杂文二集·题未定草(六)》)。此乃时代使之然,不足为奇。锺嵘《诗品》称其诗"虽不具美,而文采高丽","黄华如散金"一句尤为出色,李白在《金陵送张十一再游东吴》一诗中称赞说"张翰黄花句,风流五百年"。

暮春和气应①,白日照园林。

青条若总翠②,黄华如散金③。

嘉卉亮有观④,顾此难久耽⑤。

延颈无良涂⑥,顿足托幽深⑦。

荣与壮俱去⑧,贱与老相寻⑨。

欢乐不照颜⑩,惨怆发讴吟⑪。

讴吟何嗟及⑫,古人可慰心⑬。

【注释】

①暮春:春末,农历三月。和气:清明温和之气。应:互相回应,指清风和气四处吹拂。

②条:树枝。

③华:同"花"。

④嘉:美。卉:草。这里泛指花草树木。亮:确实。有观:可观。

⑤耽:玩乐,沉溺。

⑥延颈:伸颈。谓伸颈远望。涂:同"途"。

⑦顿足:犹止步。托幽深:谓归隐林泉。

⑧荣:光荣,荣耀。

⑨相寻:连续不断而来。

⑩不照颜:不在脸上露出,也即没有欢乐。

⑪惨怆:凄楚悲伤。讴吟:歌吟。

⑫何嗟及:即"嗟何及",谓嗟叹又有什么用处。嗟,悲叹声。《诗经·王风·中谷有蓷》:"啜其泣矣,何嗟及矣!"

⑬古人可慰心:谓以古人的德行事迹作为自己心灵的慰藉。《诗经·邶风·绿衣》:"我思古人,实获我心。"又《诗经·大雅·烝民》:"仲山甫永怀,以慰其心。"

【译文】

暮春时节和风来回吹拂,阳光明媚照耀山野园林。
树枝青青似将翠色汇聚,黄花烂熳好像点点散金。
花草秀美确实值得观赏,无奈看来不能久乐长娱。
举首四望没有好路可走,停下步来托身幽深泉林。
荣耀连同青春一起消逝,卑贱伴随老年一齐来临。
脸上看不见有欢乐踪影,凄楚悲声发出曼声歌吟。
曼声歌吟感叹没有用处,唯有古人可以慰我心灵。

张景阳

见卷第二十一《咏史》作者介绍。

杂诗十首

【题解】

《杂诗》十首是张协的代表作,不作于一时一地,内容较为广泛,可看作是一组"随感录"诗。据《晋书》本传，张协曾任河间内史等职，"在郡清简寡欲。于时天下已乱，所在寇盗，协遂弃绝人事，屏居草泽，守道不竞，以属咏自娱"。诗篇大体表现了诗人淡然尘外的情趣及不偶于世的沉忧。情感的表现较微婉冲淡，语言也较朴素明净，故形成了一种与同时代的潘、陆不同，而与后来的陶渊明相似的素淡风格。虽然张协胸次难与渊明比肩，然其语言倒还有警拔工巧的一面，这突出地表现在对自然景物的刻画上，如"腾云似涌烟""密雨如散丝"等句，都颇具形似之工，堪称精妙。故钟嵘《诗品》评云："巧构形似之言……词采葱蒨，音韵铿锵，使人味之，亹亹不倦。"何焯《义门读书记》更进一步指出这是"于建安能者而外，复变创斯体"。的确，对自然景物作细微刻画是张协《杂诗》的特色所在，同时也是中国诗歌在艺术意趣上逐渐走向精致的一个标志。

　　　　　　秋夜凉风起①，清气荡暄浊②。
　　　　　　蜻蛚吟阶下③，飞蛾拂明烛④。
　　　　　　君子从远役⑤，佳人守茕独⑥。
　　　　　　离居几何时？钻燧忽改木⑦。
　　　　　　房栊无行迹⑧，庭草萋以绿⑨。
　　　　　　青苔依空墙，蜘蛛网四屋⑩。
　　　　　　感物多所怀，沉忧结心曲⑪。

【注释】

①这首诗写女子秋夜思夫的情怀。对时节变易的描写，也可能包
　含了对当时政局变化的隐射。

②清气：指凉风。荡：洗涤。暄(xuān)浊：指炎热混浊之气。暄，暖。

③蜻蛚(liè)：蟋蟀的一种。

④飞蛾：即灯蛾，见灯火即飞扑。拂：扑向。

⑤君子：指女子的丈夫。

⑥佳人：美女，指思妇。茕(qióng)独：孤独。

⑦钻燧：钻木取火。燧，古代取火的一种工具。改木：古代钻木取火，所用之木，四季更换。李善注引《邹子》："春取榆柳之火，夏取枣杏之火，季夏取桑柘之火，秋取柞楢之火，冬取槐檀之火。"

⑧房栊(lóng)：犹言房舍。

⑨庭草萋以绿：《古诗》："秋草萋以绿。"萋，通"凄"。

⑩四屋：指墙壁四面。

⑪沉忧：深重的哀愁。心曲：内心深处。

【译文】

秋天夜晚吹来阵阵凉风，凉风荡涤了闷热和混浊。
蟋蟀在阶下不停地鸣叫，飞蛾扑向那明亮的火烛。
夫君离开家到远方服役，佳人守空闺寂寞又孤独。
离别分居已经过去多久？时节变易钻火忽要换木。
房中不见夫君一点踪影，庭院秋草凄然变成黄绿。
青苔沿着空墙悄悄滋长，蜘蛛到处结网挂满四屋。
眼前景物触动多少情怀，哀愁深重郁结内心深处。

大火流坤维①，白日驰西陆②。

浮阳映翠林③，回飙扇绿竹④。

飞雨洒朝兰，轻露栖丛菊。

龙蛰暄气凝⑤，天高万物肃⑥。

弱条不重结⑦，芳蕤岂再馥⑧。

人生瀛海内⑨，忽如鸟过目。

川上之叹逝⑩，前修以自勖⑪。

【注释】

①这首诗前半写节候变迁,后半抒发感慨,流露出自勉自励之意。大火:星名。亦称火,即心宿二。每年夏历五月黄昏的时候,出现在南方,方位最正,位置最高。六月以后,就偏西向下行。流:向下行。《诗经·豳风·七月》:"七月流火。"坤维:指地。一说,指西南方。李善注:"《淮南子》曰:'坤维在西南。'又曰:'斗指西南维为立秋。'"

②西陆:指秋天。李善注引《续汉书》:"日行西陆谓之秋。"

③阳:指日光。

④回飙:旋风。这里泛指风。扇:吹动。

⑤蛰(zhé):动物冬眠,藏起来不食不动。《周易·系辞》:"龙蛇之蛰,以存身也。"暄气:暖气。凝:《广雅·释诂》:"定也。"

⑥天高:秋天天高气爽。肃:收缩。《诗经·豳风·七月》:"九月肃霜。"毛传:"肃,缩也,霜降而收缩万物。"

⑦弱条:柔弱的枝条。不重结:因干枯而不能再弯曲打结。即左思《杂诗》"柔条旦夕劲"之意。《文子·上德》:"冬冰可折,夏木可结。"

⑧芳蕤(ruí):指繁花。馥:香。

⑨瀛海内:犹言天地间。瀛海,浩瀚的海洋。《史记·孟子荀卿列传》:"中国名曰赤县神州。赤县神州内自有九州,禹之序九州是也,不得为州数。中国外如赤县神州者九,乃所谓九州也。于是有裨海环之,人民禽兽莫能相通者,如一区中者,乃为一州。如此者九,乃有大瀛海环其外,天地之际焉。"

⑩川上之叹逝:《论语·子罕》:"子在川上,曰:'逝者如斯夫!不舍昼夜。'"川上,河边。叹逝,感叹时光流逝。

⑪前修:前代贤人。指孔子。勖(xù):勉励。

【译文】

大火星朝着西南方滑行,太阳朝着秋天方向奔赴。
阳光浮动映照青翠树林,秋风回荡吹动碧绿秀竹。
雨花飞溅洒向清晨幽兰,露珠轻灵在丛菊上流转。
龙已蛰伏热气冷却凝聚,秋高霜降万物收缩枯干。
柔细枝条不能弯曲打结,各种花儿岂再芳香四溢。
一个人生活在天地之间,快得就像鸟从眼前飞越。
孔子河边感叹时光流逝,前贤就是这样勉励自己。

金风扇素节①,丹霞启阴期②。
腾云似涌烟,密雨如散丝。
寒花发黄采③,秋草含绿滋④。
闲居玩万物,离群恋所思。
案无萧氏牍⑤,庭无贡公綦⑥。
高尚遗王侯⑦,道积自成基⑧。
至人不婴物⑨,余风足染时⑩。

【注释】

①这首诗抒写玩万物、遗王侯、积道基的淡然情怀。金风:秋风。
金,五行之一,于位为西,于时为秋,故称。扇:吹动。素节:指秋
天。《初学记》卷三引梁元帝《纂要》:"秋曰白藏……节曰素节、
商节。"

②丹霞:红色的云霞。启:开,开端,引出。阴期:指秋季。犹阴中,
旧以农历秋季七月八月为阴中。《汉书·律历志》:"秋为阴中,
万物以成。"

③寒花:指菊花,秋日盛开。

④滋:繁盛。

⑤案:几案,矮长桌。萧氏:指萧育。汉代萧育与朱博为友,同显荣于当世。《汉书·萧育传》:"少与陈咸、朱博为友,著闻当世。往者有王阳、贡公,故长安语曰:'萧、朱结绶,王、贡弹冠。'言其相荐达也。"这里代指为官作宦之人。牍:文书。

⑥贡公:名贡禹。与王吉(字子阳)相友善,故王吉做官,贡禹也高兴地做出仕的准备。《汉书·王吉传》:"吉与贡禹为友,世称'王阳在位,贡公弹冠。'"弹冠,指入仕前先拂除帽子上的尘埃。这里代指奔走权门想要做官的人。綦(qí):履迹,脚印。

⑦高尚遗王侯:《周易·蛊》:"不事王侯,高尚其事。"遗,弃,藐视。

⑧道积自成基:《文子·道德》:"积道德者,天与之,地助之,鬼神辅之。"李善注引《庄子》:"无为无治,谓之道基。"

⑨至人:道家认为存养本性的得道之人。《庄子·天下》:"不离于真,谓之至人。"不婴物:不羁绊于外物。谓超脱世事,不受纷扰。

⑩余风:谓古朴的遗风。染时:影响世俗。

【译文】

习习金风吹动秋季来临,红色云霞开启收获季节。
云海翻腾好似轻烟喷涌,雨点稠密有如束束散丝。
清寒菊花发出黄色光彩,萋萋秋草包含宜人绿意。
闲居在家自在观赏万物,离开人群恋我心中所思。
桌上没有官家公文堆积,院中没有趋奉之人足迹。
品性高尚不理王侯权贵,积累道德自成深厚根基。
至性之人不受外物羁绊,发扬古风足可影响当世。

朝霞迎白日①,丹气临汤谷②。
翳翳结繁云③,森森散雨足④。
轻风摧劲草⑤,凝霜竦高木⑥。

密叶日夜疏,丛林森如束⑦。

畴昔叹时迟⑧,晚节悲年促⑨。

岁暮怀百忧⑩,将从季主卜⑪。

【注释】

①这首诗抒写叹老伤时、百愁莫解的情怀。前八句分写春夏秋冬
　四季景象,言时光流逝很快,后四句抒怀点题。

②丹气:日光照射云气成红色,即朝霞。汤(yáng)谷:传说中日出
　之处。一作"旸谷",音义同。

③翳翳(yì):浓云密布貌。

④森森:雨丝长密貌。李善注引蔡雍《霖赋》:"瞻玄云之晻晻,悬长
　雨之森森。"雨足:指雨点。

⑤摧:折。劲草:挺拔的草。

⑥㷸:同"耸",惊惧貌。

⑦森:长木貌。束:捆缚成一札。叶落枝轻,枝条上举较为合拢,故
　给人以如束之感。

⑧畴昔:从前。指年轻时。迟:缓慢。

⑨晚节:指老年。年促:岁月过得迅速。

⑩岁暮:既指岁末,也指人的暮年。

⑪季主:即司马季主,汉初长安著名的卖卜者,常卜于东市。《史
　记·日者列传》载,一次宋忠和贾谊问他:"今何居之卑,何行之
　污?"他回答说:"骐骥不能与罢驴为驷,而凤皇不与燕雀为群,而
　贤者亦不与不肖者同列。故君子处卑隐以辟众,自匿以辟伦。"
　这句谓将像司马季主那样,继续避世隐居,以此聊作排遣"百忧"
　的出路。

【译文】

朝霞东升迎出一轮白日,红色云气纷纷降临旸谷。

浓云密布天空一片昏暗,雨丝长密渐沥下个不住。
轻风吹断了挺立的秋草,凝结的寒霜耸压在高树。
厚密的树叶一天天稀少,树枝上举合拢像被捆束。
过去感叹时间过得太慢,老来又悲岁月实在急促。
一年将尽百忧交集于怀,将随季主去走卖卜之路。

　　　　　昔我资章甫①,聊以适诸越②。

　　　　　行行入幽荒③,欧骆从祝发④。

　　　　　穷年非所用⑤,此货将安设⑥?

　　　　　瓴甋夸玙璠⑦,鱼目笑明月⑧。

　　　　　不见郢中歌⑨,能否居然别⑩。

　　　　　《阳春》无和者⑪,《巴人》皆下节⑫。

　　　　　流俗多昏迷⑬,此理谁能察?

【注释】

①这首诗以层层设喻的手法,抒写自己怀才不遇和对时俗不能识
　别贤愚的感慨。

②"昔我"二句:《庄子·逍遥游》:"宋人资章甫而适诸越,越人断发
　文身,无所用之。"资,供给。这里引申为贩卖。章甫,殷代冠名。
　春秋时宋人是殷族后代,也戴这种样式的冠。聊,姑且。适,去
　到。谓去贩卖章甫。诸越,指居住在今浙江南部、福建、两广一
　带的越族。李善注:"章甫,以喻明德;诸越,以喻流俗也。"

③行行:行而又行。幽荒:远方荒凉之地。

④欧骆:越族部落名。祝发:断发。

⑤穷年:尽年,一年到头。

⑥安设:如何处置。李善注:"冠无所设,以喻德无所效也。"

⑦瓴甋(líng dì)：砖。夸：夸口。玙璠(yú fán)：宝玉名。

⑧笑：嗤笑。明月：宝珠名。

⑨郢中歌：宋玉《对楚王问》："客有歌于郢中者，其始曰《下里》《巴人》，国中属而和者数千人……其为《阳春》《白雪》，国中属而和者不过数十人……是其曲弥高，其和弥寡。"郢，春秋战国时楚国都城。

⑩能否：能与不能。能，指能唱《阳春》《白雪》者；不能，指不能唱《阳春》《白雪》而只能唱《下里》《巴人》者。居然别：很分明地有所区别。

⑪《阳春》：高级乐曲名。

⑫《巴人》：低级乐曲名。下节：犹言击节、打拍子，意思是都能击节而和。

⑬流俗：世俗，世人。

【译文】

以前我贩卖一批章甫冠，姑且去一趟南方的越族。

走啊走进入边远荒凉地，所见部落都是剪去头发。

一年到头章甫都没用处，这批货物将要如何处置？

砖头对着宝玉兀自夸口，死鱼眼睛嗤笑宝珠明月。

你不见楚都郢中的歌唱，能与不能确然有所区别。

《阳春》没有几个人跟着唱，《巴人》却都争着相和击节。

世上的人大多蒙昧昏迷，这个道理谁能认识明白？

朝登鲁阳关①，狭路峭且深②。

流涧万余丈③，围木数千寻④。

咆虎响穷山⑤，鸣鹤聒空林⑥。

凄风为我啸，百籁坐自吟⑦。

感物多思情⑧,在险易常心⑨。
揭来戒不虞⑩,挺辔越飞岑⑪。
王阳驱九折⑫,周文走岑嵚⑬。
经阻贵勿迟⑭,此理著来今⑮。

【注释】

①这首诗写"经阻贵勿迟"的人生体验,实则表明了作者对险恶复杂的社会政治环境所抱的态度。鲁阳:关名。在今河南鲁山西南。

②峭:陡直。深:幽深。

③万余丈:言峡谷之深。

④围木:两手合抱之木。寻:古代长度单位,八尺为一寻。

⑤穷山:深山。

⑥聒(guō):喧扰,声音嘈杂。指鹤的饥鸣之声。《诗经·小雅·鹤鸣》:"鹤鸣于九皋,声闻于野。"又《诗经·小雅·白华》:"有鹙(qiū)在梁,有鹤在林。"

⑦百籁(lài):籁本是从孔隙中发出的声音。《庄子·齐物论》:"地籁则众窍是已。"这里泛指自然界发出的各种声响。坐:因。

⑧思:悲感。

⑨易:改变。

⑩揭(qiè)来:揭是离去的意思,"揭来"即去来。这里偏用来义。戒:防备。不虞:没有意料到的事,意外。《周易·萃·象》:"君子以除戎器,戒不虞。"

⑪挺辔:谓纵马。辔,马缰绳。飞岑(cén):高峻的山。

⑫王阳:西汉人。九折:九折阪,在今四川荥阳西邛崃山。山路险阻回曲,须九折乃得上,故名。据《汉书·王尊传》,王阳为益州刺史,路过此地,怕出意外,托病辞官。后王尊为刺史,路过这

里,问人知是王阳停留的地方,仍命驱马前行。李善注:"然此言王阳驱九折,盖驱马而去之也。"

⑬周文:周文王。岑嵒(yín):山峻险貌。此指崤山,也作"嶔山",在今河南洛宁西北,山势险峻。《春秋左传·僖公三十二年》:"蹇叔之子与师,哭而送之曰:'晋人御师必于崤。崤有二陵焉:其南陵,夏后皋之墓也;其北陵,文王之所辟风雨也。必死是间,余收尔骨焉。'"《春秋公羊传·僖公三十三年》:"百里子与蹇叔子送其子而戒之曰:'尔即死,必崤之嵚岩,是文王之所辟风雨者也。'"何休注:"其处阻险隘,势一人可要百,故文王过之驱驰,常若辟风雨。"

⑭经阻:经过险阻之地。迟:缓慢。

⑮著:显明。来今:犹言古今。

【译文】

早晨动身去攀登鲁阳关,羊肠小道既陡峭又幽深。
涧流在万余丈深的谷底,合抱的大树高达数千寻。
猛虎的咆哮声震动深山,白鹤的饥鸣声响彻空林。
凄厉的山风在耳边呼啸,各种声音因而自动悲吟。
面对此景生出许多悲感,身处险境改了平常心情。
来后要提防不测的意外,骑马赶紧越过崇山峻岭。
王阳驱马离开九折险阪,周文王驰过崤山的北陵。
经过险阻贵在不要迟缓,这个道理可以昭明古今。

　　此乡非吾地①,此郭非吾城②。
　　羁旅无定心③,翩翩如悬旌④。
　　出睹军马阵,入闻鞞鼓声⑤。
　　常惧羽檄飞⑥,神武一朝征⑦。

长铗鸣鞘中[8]，烽火列边亭[9]。

舍我衡门衣[10]，更被缦胡缨[11]。

畴昔怀微志[12]，帷幕窃所经[13]。

何必操干戈[14]，堂上有奇兵[15]。

折冲樽俎间[16]，制胜在两楹[17]。

巧迟不足称[18]，拙速乃垂名[19]。

【注释】

①这首诗借一个羁旅之人之口，表达了对战争的看法，认为施行仁义比出兵动武更为重要。

②郭：外城墙。此即指城。

③羁旅：寄居作客。

④翩翩：摇曳貌。悬旌：悬挂着的旌旗。喻心神不定。《战国策·楚策》："寡人卧不安席，食不甘味，心摇摇如悬旌，而无所终薄。"

⑤鞞（pí）鼓：古代军中所敲的一种小鼓。

⑥羽檄：檄是调兵的文书，上面插着羽毛表示紧急。

⑦神武：神明而威武。

⑧长铗（jiá）：犹长剑。铗，剑。鞘：剑套。

⑨烽火：古代边境报警的烟火。边亭：边境上驻兵防守敌寇的城堡。

⑩衡门：横木为门，指简陋的房屋。衡，通"横"。《诗经·陈风·衡门》："衡门之下，可以栖迟。"衣：原作"依"，据五臣本改。

⑪被：同"披"。缦胡：武士缨带名。代指武士。缦，也作"曼"。《庄子·说剑》："吾王所见剑士，皆蓬头突鬓，垂冠，曼胡之缨，短后之衣。"

⑫畴昔：以前。

⑬帷幕:军中帐幕,为出谋划策之处。《史记·高祖本纪》:"夫运筹策帷帐之中,决胜于千里之外,吾不如子房。"窃:私下。

⑭干戈:皆古代常用兵器。干,盾。戈、戟。这里代指战争。

⑮堂上有奇兵:《吕氏春秋·召类》载,楚国的士尹池出使宋国,宋国的司城子罕设宴招待。席间,士尹池见南家的墙曲出子罕堂前,西家的水流经子罕堂前而不止,便询问原因。子罕回答说:"南面是一家织履的工人,我本来要他搬迁,但其父回答说:'我家靠织履为生已经三代了。如果现在搬迁,宋国想要织履的人就将找不到我,我也将无以为生,希望相国关照一下。'就这样,我没有让他们搬迁。西面的这一家地势比我高,水流经我这里是很自然的,所以也就没有管这事。"士尹池听过这番话,回到楚国,楚王正要兴兵攻打宋国,士尹池于是劝谏道:"宋不可攻也,其主贤,其相仁。贤者能得民,仁者能用人。荆国攻之,其无功而为天下笑乎?"后来孔子听说了这件事,评论道:"夫修之于庙堂之上,而折冲乎千里之外者,其司城子罕之谓乎?"堂,庙堂,指朝廷。奇兵,指施行仁义。

⑯折冲:使敌人的战车后撤,即击退敌人。冲,战车的一种。樽俎(zǔ):皆盛酒食的器具,借指宴席、宴会。李善注引《晏子春秋》:"晋平公使范昭观齐国政,景公觞之。范昭起曰:'愿得君之樽为寿。'公令左右酌樽以献,晏子命撤去之。范昭不悦而起舞,顾太师曰:'为我奏成周之乐。'太师曰:'盲臣不习也。'范昭归,谓平公曰:'齐未可并,吾欲试其君,晏子知之。吾欲犯其乐,太师知之。'于是辍伐齐谋。孔子闻之曰:'善哉!不出樽俎之间,而折冲千里之外,晏子之谓也。'"

⑰两楹:殿堂的中间。这里代指庙堂、朝廷。楹,堂前直柱。《礼记·檀弓》:"殷人殡于两楹之间,则与宾主夹之也。"郑玄注:"两楹之间,南面乡明,人君听治正坐之处。"

⑱巧迟：用兵巧妙而拖得很久。

⑲拙速：即使笨拙也要求速胜。《孙子兵法·作战》："故兵闻拙速，
　未睹巧之久也。夫兵久而国利者，未之有也。"

【译文】

这个地方并非我的故乡，这城也不是我故乡的城。

客居在外心中不能安定，摇来摇去像悬着的旗旌。

出门看见军马排成阵势，进门听见军中鼙鼓声声。

常常害怕征兵文书飞传，将军神武一旦出朝远征。

长剑锋利在剑套中鸣响，烽火熊熊燃烧在那边亭。

脱下我家居所穿的衣服，换上武士所戴的缦胡缨。

以前曾胸怀小小的志向，军旅参谋生活也曾历经。

何必动不动就挥舞干戈，庙堂之上自有百万奇兵。

酒席之间迫使敌人后撤，制胜千里关键还在朝廷。

巧妙而拖延不值得称道，笨拙而速胜能千古留名。

述职投边城①，羁束戎旅间②。

下车如昨日③，望舒四五圆④。

借问此何时？胡蝶飞南园⑤。

流波恋旧浦⑥，行云思故山。

闽越衣文蛇⑦，胡马愿度燕⑧。

土风安所习⑨，由来有固然⑩。

【注释】

①这是一首怀乡诗。述职：《孟子·梁惠王》："诸侯朝于天子曰述
　职。述职者，述所职也。"这里喻到职。投：到。

②羁束：羁绊，谓受牵制束缚。戎旅间：军中。

③下车：到任。

④望舒：神话中为月神驾车的人。后用为月亮的代称。四五圆：谓圆了四五次。

⑤胡蝶飞南园：指春夏时节。胡蝶，即蝴蝶。《庄子·齐物论》："昔者庄周梦为胡蝶，栩栩然胡蝶也。自喻适志与！不知周也。"

⑥浦：水边。

⑦闽越：也作"闽粤"，古国名。汉高祖封无诸为闽越王，后为汉武帝所灭。衣：穿着。这里指身上刻着。文蛇：刺画着蛇的图案。李善注："苏武书曰：'越人衣文蛇，代马依北风，君子于其国也，凄怆伤于心。'"

⑧度燕：往北越过燕国。李善注："即'依北风'也。"

⑨土风：乡土的歌谣乐曲。《春秋左传·成公九年》："乐操土风，不忘旧也。"习：学习，练习。

⑩由来：从来。固然：自然。

【译文】

到边疆的城镇赴任就职，一下被牵扯进军务里边。

到任时间好像还是昨日，其实月亮已四五次缺圆。

请问现在是个什么时候？只只蝴蝶纷纷飞向南园。

流水眷恋依傍过的水岸，行云思念盘桓过的山峦。

闽越之人喜欢刻刺蛇纹，北方的马希望越过幽燕。

乡土歌谣哪用专门练习，从古至今习惯成为自然。

结宇穷冈曲①，耦耕幽薮阴②。

荒庭寂以闲③，幽岫峭且深④。

凄风起东谷，有渰兴南岑⑤。

虽无箕毕期⑥，肤寸自成霖⑦。

泽雉登垄雊⑧,寒猿拥条吟⑨。

溪壑无人迹,荒楚郁萧森⑩。

投耒循岸垂⑪,时闻樵采音⑫。

重基可拟志⑬,回渊可比心⑭。

养真尚无为⑮,道胜贵陆沉⑯。

游思竹素园⑰,寄辞翰墨林⑱。

【注释】

①这首诗写屏居山涧的环境和心情,或为作者自己隐居生活的写照。诗末表示寄情于翰墨竹素,即本传"以属咏自娱"之谓。结宇:建造房舍。穷冈:幽僻的山冈。曲:深隐之处。

②耦(ǒu)耕:二人并肩耕作。《论语·微子》:"长沮、桀溺耦而耕。"薮:大泽。阴:南面。

③闲:空闲,安闲。

④岫(xiù):山洞。张协《七命》:"临重岫而揽辔。"李善注引仲长统《昌言》:"闻上古之隐士,或伏重岫之内,窟穷皋之底。"

⑤有渰(yǎn):云兴起貌。《诗经·小雅·大田》:"有渰萋萋,兴雨祁祁。"这里指云。

⑥箕、毕:二星名。皆为二十八宿之一。《尚书·洪范》:"庶民惟星,星有好风,星有好雨。日月之行,则有冬有夏。月之从星,则以风雨。"孔传:"箕星好风,毕星好雨。"月经于箕星之度时则多风,离于毕星之度时则多雨。

⑦肤寸:古代长度单位,以一指宽为一寸,四指为肤。形容甚小。《春秋公羊传·僖公三十一年》:"触石而出,肤寸而合,不崇朝而遍天下者,唯太山云也。"霖:久雨。

⑧泽雉:生活在草泽中的野鸡。《庄子·养生主》:"泽雉十步一啄,

百步一饮,不蕲畜乎樊中。"垄:田埂。雊(gòu):雉鸣。

⑨条:树枝。

⑩荒楚:草木丛生的荒地。萧森:阴晦貌。

⑪投:放下。耒(lěi):古代的一种农具,形状像木叉。"投耒"照应前"耦耕"。循:沿着。岸垂:指高岸。

⑫樵采:打柴。

⑬重(chóng)基:高山。李善注:"《春秋运斗枢》曰:'山者地基。'"

⑭回渊:指深渊。回,水波回旋。

⑮养真:养性修真,涵养本性。李善注引曹植《辨问》:"君子隐居以养真也。"尚无为:贵尚无为。无为,道家指顺应自然,不求有所作为。《老子》二章:"是以圣人处无为之事,行不言之教。"三章:"为无为,则无不治。"《淮南子·原道训》:"所谓无为者,不先物为也;所谓无不为者,因物之所为。"

⑯道胜:以道为胜,即以隐居思想为胜。《韩非子·喻老》:"子夏曰:'吾入见先王之义,则荣之;出见富贵之乐,又荣之。两者战于胸中,未知胜负,故臞。今先王之义胜,故肥。'"陆沉:无水而沉。喻隐居。《庄子·则阳》:"方且与世违,而心不屑与之俱,是陆沉者也。"

⑰竹素:竹简和白绢,古代初无纸,用以书写文字。这里代指书、史。《风俗通义·古别》:"刘向为孝成皇帝典校书籍,二十余年,皆先书竹,为易刊定,可缮写者,以上素也……今东观书,竹素也。"

⑱寄辞:谓挥笔著文。翰:笔。张衡《归田赋》:"挥翰墨以奋藻。"

【译文】

把房舍建在隐僻的山冈,并耕在幽邃的大泽之滨。

荒芜的庭园寂静又悠闲,山间的洞穴险峭又幽深。

东边山谷刮起阵阵凄风,南边山岭升起朵朵白云。

虽非月亮经箕离毕之时，方寸之地却都降满甘霖。
野鸡站在田埂上面啼叫，猿猴爬到树梢上面哀吟。
溪涧沟壑不见一个人影，荒山草木丛杂晦暗阴森。
放下农具沿着高岸观览，不时传来砍柴伐木之声。
高山可以比拟我的志向，深渊可以比拟我的心性。
养性修真崇尚无所作为，以道为胜贵在离世独隐。
披览史书载籍畅游心意，挥笔写诗作文发抒幽情。

黑蜮跃重渊①，商羊舞野庭②。

飞廉应南箕③，丰隆迎号屏④。

云根临八极⑤，雨足洒四溟⑥。

霖沥过二旬⑦，散漫亚九龄⑧，

阶下伏泉涌⑨，堂上水衣生⑩。

洪潦浩方割⑪，人怀昏垫情⑫。

沉液漱陈根⑬，绿叶腐秋茎。

里无曲突烟⑭，路无行轮声。

环堵自颓毁⑮，垣�间不隐形⑯。

尺烬重寻桂⑰，红粒贵瑶琼⑱。

君子守固穷⑲，在约不爽贞⑳。

虽荣田方赠，惭为沟壑名㉑。

取志於陵子㉒，比足黔娄生㉓。

【注释】

①这首诗写淫雨所造成的严重灾害及诗人在灾害面前矢志守穷的
　　志节。黑蜮(lì)：传说中的神蛇。《淮南子·齐俗训》："牺牛粹

毛,宜于庙牲,其于致雨,不若黑蜧。"高诱注:"黑蜧,神蛇也。潜于神渊,盖能兴风雨。"重渊:深渊。

② 商羊:传说中的鸟名。大雨前,常屈一足起舞。《说苑·辨物》:"其后齐有飞鸟,一足,来下,止于殿前,舒翅而飞。齐侯大怪之,又使聘问孔子。孔子曰:'此名商羊,急告民趣治沟渠,天将大雨。'于是如之,天果大雨。"《论衡·变动》:"商羊者,知雨之物也;天且雨,屈其一足起舞矣。"野庭:指郊野。

③ 飞廉:风神。南箕:即箕宿,形似簸箕。据说月亮经过箕星之度时多风,故以箕宿与飞廉相应。《风俗通义·礼典》:"风师者,箕星也。"

④ 丰隆:云师。屈原《离骚》:"吾令丰隆乘云兮,求宓妃之所在。"号屏:即屏号,也作"萍号"。《楚辞·天问》:"萍号起雨,何以兴之?"王逸注:"萍,萍翳,雨师名也。号,呼也。兴,起也。言雨师号呼,则云起而雨下。"

⑤ 云根:谓云起之处。八极:八方极远之地。《淮南子·地形训》:"八纮之外,乃有八极……凡八极之云,是雨天下。"

⑥ 雨足:雨丝。四溟:四海。以上两句互文见义。

⑦ 霖沥:雨不止貌。亦状雨声。《春秋左传·隐公九年》:"凡雨,自三日以往为霖。"二旬:二十天。

⑧ 散漫:雨丝纷布貌。亚:差不多,仅次于。九龄:九年。极言时间之久。郑玄《诗谱·唐谱》:"昔尧之末,洪水九年,下民其咨,万国不粒。"

⑨ 伏泉:积水。

⑩ 水衣:青苔。李善注:"高诱《淮南子》注曰:'苍苔,水衣也。'"

⑪ 洪潦:洪水。浩:水盛大貌。方割:到处为害之意。《尚书·尧典》:"汤汤洪水方割,荡荡怀山襄陵,浩浩滔天。"割,灾害。

⑫ 昏垫:谓昏乱不知所从。《尚书·皋陶谟》:"禹曰:'洪水滔天,浩

浩怀山襄陵，下民昏垫。"孔传："昏，瞀(mào)。垫，溺。皆病水灾。"瞀，眼睛昏花，昏乱。

⑬沉液：指积水。漱：荡。陈根：草木被水冲淹后留下的残根。

⑭里：乡里。曲突：烟囱。《汉书·霍光传》："曲突徙薪亡恩泽，焦头烂额为上客。"

⑮环堵：四周的墙壁。

⑯垣闾：墙门。垣，矮墙。闾，里门。不隐形：因倒塌而不能遮掩里屋。

⑰烬：本指柴燃烧后剩下的部分。这里即指柴。重寻桂：比寻桂还值钱。寻，古代长度单位，八尺为一寻。《战国策·楚策》："楚国之食贵于玉，薪贵于桂，谒者难得见如鬼，王难得见如天帝。今令臣食玉炊桂，因鬼见帝。"后有"薪桂米珠"之说。

⑱红粒：红色米粒，指变了质的粮食。《汉书·贾捐之传》："太仓之粟，红腐而不可食也。"瑶、琼：皆美玉名。

⑲固穷：甘处贫困，不失气节。《论语·卫灵公》："在陈绝粮，从者病，莫能兴。子路愠见曰：'君子亦有穷乎？'子曰：'君子固穷，小人穷斯滥矣。'"

⑳在约不爽贞：《春秋左传·昭公二十八年》："居利思义，在约思纯。"约，穷困。爽，失。贞，正。

㉑"虽荣"二句：此言子思(名伋)拒绝田子方馈赠事。李善注引《说苑》："子思居卫，缊袍无里，二旬九食。田子方使人遗狐白之裘，恐其不受，因谓之曰：'吾假人，遂忘之；吾与人，如弃之。'子思辞曰：'伋闻忘与不如遗弃物于沟壑。伋虽贫，不忍身为沟壑，故不敢当。'卒不肯受。"与今本《说苑·立节》所载略有不同。田方，即田子方，战国时魏人，魏文侯曾师事之。

㉒於陵子：战国齐人，一作楚人。即陈仲子，因居於陵，故号於陵子，又称於陵子仲。《战国策·齐策》："於陵子仲尚存乎？是其

为人也,上不臣于王,下不治其家,中不索交诸侯。"《孟子·滕文公》:"陈仲子岂不诚廉士哉? 居於陵,三日不食,耳无闻,目无见也……彼身织履,妻辟纑,以易之也……兄戴,盖禄万钟。以兄之禄为不义之禄而不食也,以兄之室为不义之室而不居也,辟兄离母,处于於陵。"

㉓比足:犹言比肩。黔娄生:战国时齐隐士,家贫,不求仕进,鲁恭公欲以为相,齐威王聘为卿,皆不就。刘向《列女传·鲁黔娄妻》载,黔娄生死后,曾子往吊,见以被覆尸,覆头则足见,覆足则头见。曾子曰:"斜引其被,则敛矣。"其妻曰:"斜而有余,不若正而不足。先生以不斜之故,能至于此。生时不邪,死而邪之,非先生意也。"

【译文】

黑色神蛇从深渊中跃起,商羊在郊野外飞舞不停。
风神飞廉正与箕星呼应,云师丰隆把雨师屏翳迎。
黑云降临八方极远之地,雨丝连绵洒向四海沧溟。
大雨淅沥直下二十多天,纷扬不止似有九年光阴。
台阶下面积水来回腾涌,堂屋上面已有青苔滋生。
洪水泛滥到处肆虐为害,人人怀着昏乱惶恐之情。
积水来回冲刷草木之根,茎干上面绿叶腐烂变形。
村中烟囱没有一处冒烟,路上断绝车轮行驶之声。
四面墙壁纷纷自行倒塌,墙门消失里屋样样看清。
一尺柴比八尺桂还值钱,变质米粒胜过宝玉瑶琼。
君子有固守穷困的节操,再苦再穷也不失去坚贞。
虽也感谢田子方的馈赠,但惭愧不想有沟壑之名。
将学於陵子以树立志向,将同黔娄生并肩朝前行。

杂诗下

卢子谅

见卷第二十一《览古》作者介绍。

时兴一首

【题解】

这是一首因时感兴的诗。前部描写大自然的运转变化,最后抒写感慨,表示要像"至人"那样,存养本性,恬淡自然,不为物累。《庄子·应帝王》:"无名人曰:'汝游心于淡,合气于漠,顺物自然而无容私焉,而天下治矣。'"这首诗的末二句,即是对这一思想的阐发,反映了诗人在立身处事上力求淡泊的一种考虑,实际上是在复杂多变的社会政治环境中力求安宁自适的一种考虑。正始以来,诗人谈玄多直接从理性入手,形成枯燥的说理诗。这首诗却能注意将理性的东西同感性的形象的东西结合起来,在阐发玄理时,以物象的刻画为依托,具有诗的意境和兴味,这是其在艺术上成功的地方。

亹亹圆象运①,悠悠方仪廓②。
忽忽岁云暮③,游原采萧藿④。

北逾芒与河⑤,南临伊与洛⑥。

凝霜沾蔓草⑦,悲风振林薄⑧。

摵摵芳叶零⑨,蕊蕊芬华落⑩。

下泉激冽清⑪,旷野增辽索⑫。

登高眺遐荒⑬,极望无崖崿⑭。

形变随时化⑮,神感因物作⑯。

澹乎至人心,恬然存玄漠⑰。

【注释】

①亹亹(wěi):行进貌。圆象:指天。李善注:"曾子曰:'天道曰圆,
地道曰方。'在天成象,故曰圆象。"运:运转。

②悠悠:远貌。方仪:指地。古称天地为两仪,地方,故曰方仪。
廓:寥阔,广阔。

③忽忽岁云暮:屈原《离骚》:"日忽忽其将暮。"忽忽,迅疾貌。云,
语助词。

④原:原野。采萧藋:《诗经·小雅·小明》:"岁聿云莫,采萧获
菽。"萧,艾蒿。藋,豆叶。

⑤逾:超过。芒:山名。也作"邙山",在今河南洛阳北。河:黄河。

⑥伊、洛:二水名。伊水源于河南熊耳山,至偃师入洛水。洛水源
于陕西冢岭山,至河南巩义入黄河。

⑦沾:湿。

⑧振:吹动。林薄:树林。薄,草木丛生之地。

⑨摵摵(shè):落叶声。零:落。

⑩蕊蕊:花飘落貌。芬华:香花。

⑪下泉激冽清:《诗经·曹风·下泉》:"冽彼下泉,浸彼苞蓍。"下
泉,低地的泉水。激,流急。冽,寒凉。

⑫辽索:旷远萧索。

⑬遐荒:边远广大的地方。

⑭崿(è):山崖。

⑮化:变化。

⑯因:凭借,随着。作:产生。

⑰"澹乎"二句:李善注:"言己澹乎同彼至人,意存玄漠而已。"澹,恬静,安
　　定。至人,道家称能够存养本性的得道之人。《庄子·天下》:"不离
　　于真,谓之至人。"恬,安静。玄漠,渊静无为。

【译文】

天体在一刻不停地运转,大地四望悠悠广袤辽阔。

转瞬之间一年又将过去,来到原野采摘艾蒿豆藿。

往北跨过了芒山与黄河,往南来到了伊水和洛河。

严霜沾湿了蔓生的野草,凄风吹得草木前仰后合。

摵摵声中芳香树叶凋零,蕤蕤声中朵朵香花飘落。

低处的流泉寒凉而清澈,旷野显得分外辽远萧索。

登上高处极目眺望远方,坦坦荡荡没有山崖陡坡。

万物形态随着时令变化,精神随着外物感动振作。

至人存养本性其心恬澹,清静无为安于闲适淡泊。

陶渊明

见卷第二十六《始作镇军参军经曲阿作》作者介绍。

杂诗二首

【题解】

《杂诗》二首,《陶渊明集》归入《饮酒二十首》,分别列第五和第七。

其序云:"余闲居寡欢,兼秋夜已长,偶有名酒,无夕不饮。顾影独尽,忽焉复醉。既醉之后,辄题数句自娱。"可见皆为秋夜酒后所作。第一首为陶诗名篇,写诗人心远地偏、悠然看山的情怀,赞颂了田园生活的恬静闲适。吴淇《六朝选诗定论》云:"'心远'为一篇之骨,而'真意'又为一篇之髓。"方东树《昭昧詹言》云:"境既闲寂,景物复佳,然非'心远'则不能领其真意味。"王国维《人间词话》将诗境分为"有我之境"和"无我之境",认为"无我之境,以物观物,故不知何者为我,何者为物",将"采菊东篱下,悠然见南山"列入"无我之境",正确地指出了这首诗突出地表现了诗人心境与大自然相契合的特色。第二首情致与第一首大致相同,但"啸傲"等语,隐约地透出了内心的悲哀不平,确乎是"其意不在酒,亦寄酒为迹焉"(萧统《陶渊明集序》)。

结庐在人境①,而无车马喧②。
问君何能尔③?心远地自偏④。
采菊东篱下,悠然望南山⑤。
山气日夕佳⑥,飞鸟相与还⑦。
此还有真意⑧,欲辩已忘言⑨。

【注释】

①结庐:造房。人境:人间,人类聚居之处。

②车马喧:指人世交往的纷扰。

③君:作者自谓。尔:如此。

④心远:心胸高远。谓不慕名利,不与世俗交游。李善注:"《琴赋》曰:'体轻心远邈难极。'"

⑤悠然:安闲貌。一说,超远貌。望:《陶渊明集》或作"见"。苏轼《东坡题跋》:"因采菊而见山,境与意会,此句最有妙处。近岁俗

本皆作'望南山'，则此一篇神气都索然矣。"南山：指庐山。

⑥山气：山中景象。日夕：傍晚。

⑦飞鸟相与还：《管子·宙合》："夫鸟之飞也，必还山集谷也。"相与还，结伴而归。

⑧此：指此时此地的境界。还，《陶渊明集》或作"中"。真意：自然意趣。《庄子·渔父》："真者，所以受于天也，自然不可易也。故圣人法天贵真，不拘于俗。"

⑨欲辩已忘言：意谓自己领会了大自然真朴自然的意趣，却忘了该用怎样的语言来加以表达。言外之意实际是，既然已经领会了其中真意，也无须再用言语来加以表达了。《庄子·齐物论》："辩也者，有不辩也……大辩不言。"《庄子·外物》："言者所以在意，得意而忘言。"辩，《陶渊明集》或作"辨"，"辩""辨"字通。

【译文】

把房造在这繁杂的人间，却没有车来马往的嚣喧。
请问你怎能做到这一点？心远尘世地方自然就偏。
在东边篱笆下采摘菊花，悠然自得仰头望见南山。
山中景象临晚更觉美好，只只飞鸟相约结伴而还。
其中包含无限自然意趣，想要表达已忘用何语言。

秋菊有佳色①，裛露掇其英②。
泛此忘忧物③，远我达世情④。
一觞虽独进⑤，杯尽壶自倾⑥。
日入群动息⑦，归鸟趋林鸣。
啸傲东轩下⑧，聊复得此生⑨。

【注释】

①秋:《陶渊明集》或作"霜"。

②裛(yì)露:沾带露水。裛,浸湿,湿润。掇(duō):采摘。英:花。

③泛:泛滥。引申为放纵。忘忧物:指酒。一说,指菊。

④远:使之远,助长。达世:通达地看待尘世。达,《陶渊明集》多作"遗"。

⑤觞:酒器。

⑥倾:倒尽。

⑦日入群动息:李善注:"《庄子》善卷曰:'余日出而作,日入而息。'《尸子》曰:'昼动而夜息,天之道也。'杜育诗曰:'临下览群动。'"群动,各种物类的活动。息,停止。

⑧啸傲(ào):傲然长啸。李善注引郭璞《游仙诗》:"啸傲遗俗,罗得此生。"傲,同"傲"。轩:窗。

⑨此生:指人生的真义。李善注引刘瓛《易》注:"自无出有曰生。生,得性之始也。"

【译文】

秋天菊花有美丽的颜色,采来花朵上面露水浸润。

开怀畅饮杯中忘忧之物,更助长我达观处世之情。

虽是独自端着酒杯饮酒,杯中饮个干壶中自倒尽。

太阳落山万物活动止息,归鸟飞回林中自在啼鸣。

在东窗下傲然放声长啸,又暂且得到适意的人生。

咏贫士诗一首

【题解】

《陶渊明集》共载《咏贫士诗》七首,此为其中的第一首,以孤云、孤鸟喻贫士,亦以自喻,抒写不慕荣利、安贫守贱的抱负和"知音不存"的

孤独。刘履《选诗补注》云:"所谓朝霞开雾,喻朝廷之更新;众鸟群飞,
比诸臣之趋附。而迟迟出林,未夕来归者,则又自况:其审时出处与众
异趣也。"若据此说,则此为刘宋初年的作品。王瑶所注《陶渊明集》定
为宋武帝永初元年(420)岁末,陶渊明时年五十六岁,可备一说。

> 万族各有托①,孤云独无依②。
> 暧暧虚中灭③,何时见余辉?
> 朝霞开宿雾④,众鸟相与飞⑤。
> 迟迟出林翮⑥,未夕复来归⑦。
> 量力守故辙⑧,岂不寒与饥?
> 知音苟不存,已矣何所悲⑨。

【注释】

①万族:万类,万物。托:依附。

②孤云独无依:《楚辞·九章·悲回风》:"怜浮云之相羊。"王逸注:
　"相羊,无所依据之貌也。"李善注:"孤云,喻贫士也。"

③暧暧:昏暗貌。

④宿雾:夜雾。

⑤相与:相伴。

⑥翮:鸟羽的茎。这里代指孤鸟,以喻贫士。

⑦夕:晚上。

⑧故辙:旧道,指前人的安贫守贱之道。辙,车轮经过时留下的
　痕迹。

⑨已矣:犹言算了吧。屈原《离骚》:"已矣哉,国无人莫我知兮。"

【译文】

自然界的万物各有依附,只有孤云一片无凭无依。

无声地在空中暗然消逝,何时才能看见它的光辉?
朝霞驱散了浓重的夜雾,众鸟成群结队往外竞飞。
只有孤鸟迟迟飞出树林,没到天黑又早早地飞回。
量力而行甘守贫贱之道,难道不知道会挨冻受饥?
世上如果已无知音之人,那就算了吧用不着伤悲。

读《山海经》诗一首

【题解】

《山海经》共十八卷,分为《山经》和《海经》两大类,中多神话传说及古代海内外山川异物的记载,自古号称奇书。王充《论衡》及《吴越春秋》称为大禹治水时将所见所闻命伯益记录而成,不足信,大约出于周秦间人之手。鲁迅《中国小说史略》认为是"古之巫书"。古有图,东晋郭璞曾为作注,并作《图赞》一卷。陶渊明《读〈山海经〉诗》共十三首,此为第一首,总写耕种之余在静谧环境中浏览《山海经图》(还有《穆天子传》)的乐趣,实际上是赞颂自己隐居生活的美好。

孟夏草木长①,绕屋树扶疏②。
众鸟欣有托,吾亦爱吾庐③。
既耕亦已种,且还读我书。
穷巷隔深辙④,颇回故人车⑤。
欢言酌春酒⑥,摘我园中蔬⑦。
微雨从东来,好风与之俱。
泛览周王传⑧,流观山海图⑨。
俯仰终宇宙⑩,不乐复何如!

【注释】

①孟夏:初夏,农历四月。

②扶疏:枝叶繁茂四布貌。

③"众鸟"二句:刘履《选诗补注》:"隐然有万物各得其所之妙。"庐,
　　房屋。

④穷巷:陋巷。隔:阻隔。深辙:显贵者所乘大车的车迹。

⑤回:回转。故人:旧交。

⑥欢言:犹欢然。言,语助词,《陶渊明集》或作"然"。春酒:冬天酿酒,
　　经春始成,故名。《诗经·豳风·七月》:"为此春酒,以介眉寿。"

⑦擿(zhāi):同"摘"。

⑧泛览:浏览。即作者《五柳先生传》所谓"好读书,不求甚解"。周
　　王传:指《穆天子传》。《晋书·束晳传》载,西晋太康二年(281),
　　汲郡人不准盗发魏襄王墓(或言安釐王冢),得竹书数十车,其中
　　有《穆天子传》五篇,记周穆王驾八骏巡游四海的故事。

⑨流观:即"泛览"。山海图:即《山海经图》。

⑩俯仰:谓顷刻之间。终宇宙:穷尽宇宙之事。

【译文】

初夏四月草木生长,房屋四周枝叶密布。

众鸟高兴有了依托,我也喜欢我的茅屋。

春耕完毕且已播种,回到家中阅读我书。

身居陋巷不通车辙,故友常把车头掉回。

高高兴兴畅饮春酒,摘我园中新鲜菜蔬。

微雨轻轻从东飘来,和风与之伴随一起。

随便翻翻《穆天子传》,大略看看《山海经图》。

顷刻穷尽宇宙之事,这不快乐还要怎的!

谢惠连

见卷第十三《雪赋》作者介绍。

七月七日夜咏牛女一首

【题解】

　　李善题注引《齐谐记》云："桂阳城武丁有仙道,常在人间。忽谓其弟曰:'七月七日织女渡河,诸仙悉还官,吾向以被召,不得停,与尔别矣。'弟问:'织女何事渡河? 兄何当还?'答曰:'织女暂诣牵牛。吾去后三千年当还耳。'明旦,失武丁所在。世人至今犹云:七月七日织女嫁牵牛。"这首诗即据上述"七月七日织女嫁牵牛"的故事写成。这个故事是我国古代民间传说中最为动人的故事之一,在魏晋时期已经流传得相当广泛。《乐府诗集》卷四十五载南朝乐府《七日夜女歌》九首,其五云:"婉娈不终夕,一别周年期。桑蚕不作茧,昼夜长悬丝。"其六云:"灵匹怨离处,索居隔长河。玄云不应雷,是侬啼叹歌。"产生时代与本诗同时还稍前,本诗写作或受其影响。

落日隐榈楹①,升月照帘栊②。
团团满叶露③,析析振条风④。
蹀足循广除⑤,瞬目瞱曾穹⑥。
云汉有灵匹⑦,弥年阙相从⑧。
遐川阻昵爱⑨,修渚旷清容⑩。
弄杼不成藻⑪,耸辔骛前踪⑫。
昔离秋已两,今聚夕无双⑬。

倾河易回斡⑭,款颜难久惊⑮。

沃若灵驾旋⑯,寂寥云幄空⑰。

留情顾华寝⑱,遥心逐奔龙⑲。

沉吟为尔感⑳,情深意弥重㉑。

【注释】

①楣:同"檐",屋檐。楹:堂前直柱。

②帘栊(lóng):帘子及窗户。栊,窗上棂木,代指窗户。

③团团:圆貌。

④析析:风声。振条:吹动树枝。《楚辞·九怀·蓄英》:"秋风兮萧萧,舒芳兮振条。"

⑤蹀(dié)足:谓迈步而行。蹀,踩。除:殿阶。

⑥瞬:即眨眼。这里是开目而视之意。睎(xǐ):远视,远看。曾:通"层"。穹:天空。

⑦云汉:银河。灵匹:神仙匹偶,指牵牛、织女二星。

⑧弥年阙相从:李善注:"曹植《九咏》注曰:'牛、女为夫妇,七月七日得一会同也。'"弥年,终年。阙,分隔。

⑨遐川:指银河。遐,远。李善注:"曹植《九咏》注曰:'织女牵牛之星,各处河之旁。'"

⑩修:长。渚:水中小洲。旷:远隔不见。清容:清丽的容貌。

⑪弄杼不成藻:谓织女投梭织布,却总织不成布。《古诗》:"纤纤擢素手,札札弄机杼。终日不成章,泣涕零如雨。"杼,织布的梭子。藻,布上的纹理。

⑫耸辔:提起马缰,谓御马前行。骛:奔驰。前踪:前轨,谓历年所行之路。

⑬"昔离"二句:李善注:"昔离迄今会,而秋已两;今聚便别,故夕无双也。"

⑭倾河易回斡：李善注："陆机《拟古诗》曰：'天汉东南倾。'边让《章华台赋》曰：'天河既回，欢乐未终。'"倾河，指银河。回斡，回转。

⑮款颜：指面容，表情。款，诚恳。慷（cóng）：欢乐。

⑯沃若：马缰柔润貌。《诗经·小雅·皇皇者华》："我马维骆，六辔沃若。"灵驾：神车。

⑰云幄：谢朓《七夕赋》："云幄静兮香风浮。"幄，帷帐。

⑱顾：回头看。指已行之织女。

⑲遥心逐奔龙：李善注："龙，仙者所驾，故遥心以逐之。"遥心，指牛郎之心。奔龙，仙人座驾，《庄子·逍遥游》载神人"承云气，御飞龙"。

⑳沉吟：心中盘算。《古诗》："驰情整中带，沉吟聊踯躅。"尔：你。感：感伤。

㉑弥：更加。

【译文】

夕阳渐渐从房屋前消失，明月东升照亮门帘窗桅。
叶片上沾满圆圆的露珠，树枝摇动吹过析析凉风。
迈步沿着宽宽台阶走下，放眼眺望那高高的星空。
银河边有一对神仙眷侣，终年分隔不能团聚相从。
河面宽阔挡住亲昵相爱，小洲漫长隔断清丽面容。
投梭织布总是织不成匹，沿着旧路驾车奔向前方。
离别以来秋天已是两度，今夜相聚良宵不能成双。
银河容易把它倒转过来，脸上欢乐却难保持久长。
马缰光润手握驾车回返，云中帷幄重又寂寞虚空。
回头怅望情留华美寝处，芳心遥逐那远去的奔龙。
徘徊沉吟为你感伤悲痛，相思绵绵情意更加深重。

捣衣一首

【题解】

六朝隋唐间,"捣衣"是诗歌中常咏的题材,诗人往往借此抒写思妇的孤愁和对丈夫的悬念、盼归之情。南朝乐府《子夜四时歌·秋歌》云:"风清觉时凉,明月天色高。佳人理寒服,万结砧杵劳。"是民歌中较早吟咏"捣衣"的作品。谢惠连的这首诗,则是文人诗中较早吟咏"捣衣"的,对后来的同类作品有一定影响。诗篇不无雕琢辞藻的毛病,但描写较为细腻生动,情感也比较委婉真挚,不失为精心结撰之作。锺嵘《诗品·总论》誉之为"五言之警策者"。何焯《义门读书记》评云:"结语托意高妙。"沈德潜《古诗源》虽认为谢惠连诗"一味镂刻,失自然之致",但却认为这首诗"一结能作情语,不入纤靡"。

衡纪无淹度①,晷运倏如催②。
白露滋园菊③,秋风落庭槐。
肃肃莎鸡羽④,烈烈寒螀啼⑤。
夕阴结空幕⑥,霄月皓中闺⑦。
美人戒裳服⑧,端饰相招携⑨。
簪玉出北房⑩,鸣金步南阶⑪。
櫩高砧响发⑫,楹长杵声哀⑬。
微芳起两袖⑭,轻汗染双题⑮。
纨素既已成,君子行未归⑯。
裁用笥中刀⑰,缝为万里衣。
盈箧自余手⑱,幽缄候君开⑲。
腰带准畴昔⑳,不知今是非。

【注释】

①衡纪无淹度：指斗转星移，时光飞逝。衡，玉衡星，北斗星的第五星，此代指北斗星。纪，星纪，十二星次之一，在二十八宿中为斗宿和牛宿。《尔雅·释天》："星纪，斗、牵牛也。"淹度，停留。

②晷（guǐ）：日影。倐（shū）：疾速。

③滋：滋润。

④肃肃：振羽声。莎（suō）鸡：虫名。即纺织娘。《诗经·豳风·七月》："六月莎鸡振羽。"

⑤烈烈：啼鸣声。寒螀（jiāng）啼：《论衡·变动》："是故夏末，蜻蜒鸣，寒螀啼，感阴气也。"寒螀，蝉的一种。

⑥幕：帷幕。

⑦霄：天空。皓：明。这里用作动词，照亮。

⑧戒：准备。

⑨端饰：郑重地修饰一番。招携：邀约。

⑩簪（zān）玉：头上插着玉簪的女子。簪，插定发髻的针形首饰。

⑪鸣金：鸣响着金饰的女子。

⑫楣：同"檐"，屋檐。砧：捶衣物时垫在下面的木头。缝制寒衣前须先将衣料放在砧上用杵捶平。

⑬楹：堂前直柱，指长廊。杵：捶衣物用的短棒。

⑭芳：芳香。

⑮双题：指两边额角。题，额。

⑯君子：指女子的丈夫。

⑰笥（sì）：一种盛物的竹器。

⑱盈箧（qiè）：满箱。指满箱的衣服。

⑲幽缄（jiān）：藏闭。

⑳准畴昔：按以前在家时的尺寸为准。

【译文】

斗转星移一点也不停留,光阴流逝疾速有似相催。
白露滋润着园中的菊花,秋风吹来庭槐落叶成堆。
纺织娘肃肃地振动翅膀,寒蝉在风中烈烈地啼鸣。
夜色降临笼罩空虚帷幕,皓月升空照亮寂寞深闺。
美人郑重其事穿好衣服,修饰一番互相邀约一起。
她戴着玉簪走出了北房,她响着金饰走下了南阶。
高檐下砧声乒乓地响起,长廊上杵声包含着清哀。
双袖飘动透出幽幽芳香,两边额角渗出细汗微微。
洁白的细绢已捣好捶平,可惜夫君远行至今未归。
笥中拿出剪刀把绢裁好,给万里外的他缝制冬衣。
这满箱衣服全出自我手,藏闭好等夫君回来打开。
腰带还是按以前的尺寸,不知现在穿上合不合身。

谢灵运

见卷第十九《述祖德诗》作者介绍。

南楼中望所迟客一首

【题解】

　　谢灵运《游名山志》云:"始宁又北转一汀,七里,直指舍下园南门楼。自南楼百许步,对横山。"据此,可知南楼在谢灵运的出生地会稽始宁(今浙江上虞)。这首诗抒写在南楼等候佳宾而佳宾迟迟未至的情怀。全诗围绕着一个"望"字婉转陈述,感情真挚而急切,语言也不甚雕琢,在其诗作中显得比较突出。许学夷《诗源辩体》评云:"灵运佳句既

妙合自然,至如'杳杳日西颓'通篇圆畅,亦近自然矣。今人笃好灵运,
于其俳偶雕刻处字字摹仿,不遗余力,至其妙合自然者,则未有一语也,
安知所谓'初发芙蓉'哉!"

<blockquote>

杳杳日西颓,漫漫长路迫^①。

登楼为谁思^②,临江迟来客。

与我别所期^③,期在三五夕^④。

圆景早已满^⑤,佳人犹未适^⑥。

即事怨睽携^⑦,感物方凄戚^⑧。

孟夏非长夜,晦明如岁隔^⑨。

瑶华未堪折^⑩,兰苕已屡摘^⑪。

路阻莫赠问^⑫,云何慰离析^⑬?

搔首访行人^⑭,引领冀良觌^⑮。

</blockquote>

【注释】

①"杳杳(yǎo)"二句:《楚辞·九叹·远逝》:"日杳杳以西颓兮,路
　长远而窘迫。"王逸注:"言日已西颓,年岁卒尽,道路长远,不得
　复还,忧心迫窘,无所舒志也。"杳杳,幽暗貌。颓,落。迫,窘迫,
　谓被忧心所窘迫。

②为谁思:为思谁。

③期:约定。

④三五:农历十五日。农历十五日月亮团圆。

⑤圆景:曹植《赠徐干》:"圆景光未满。"李善注:"圆景,月也。"

⑥佳人:美人。指所思念者,或为爱侣,或为挚友。曹丕《秋胡行》
　其一:"朝与佳人期,日夕殊不来。"适:归。

⑦即事:李善注:"即此离别之意也。"睽(kuí):乖离。携:离。

⑧方：李善注："郑玄《论语》注曰：'方，常也。'"

⑨"孟夏"二句：《楚辞·九章·抽思》："望孟夏之短夜兮，何晦明之
　　若岁？"孟夏，初夏，农历四月。晦明，谓从夜晚到天明，即昼夜。
　　晦，暗，指夜。

⑩瑶华：传说中的仙花。《楚辞·九歌·大司命》："折疏麻兮瑶华，
　　将以遗兮离居。"

⑪兰苕：兰的茎。《楚辞·九歌·山鬼》："被石兰兮带杜衡，折芳馨
　　兮遗所思。"

⑫路阻莫赠问：《古诗》："将以遗所思……路远莫致之。"问，馈赠。
　　《诗经·郑风·女曰鸡鸣》："杂佩以问之。"毛传："问，遗也。"

⑬云：语助词。离析：离别。

⑭搔首：抓头皮。《诗经·邶风·静女》："爱而不见，搔首踟蹰。"

⑮引领：伸长脖子。冀：希望。良觌（dí）：李善注："《尔雅》曰：'觌，
　　见也。'良觌，谓见良人也。"良人，指"佳人"。

【译文】

太阳幽暗逐渐向西沉落，长路漫漫内心忧伤窘迫。

登楼远眺为把谁来思念？这临近江边的迟来之客。

当初分别时已与我商定，商定十五日为聚会之期。

天上月亮早已圆似玉盘，佳人却还没有露面返回。

面对此事不由怨恨离别，一景一物常常触动悲戚。

孟夏时节夜间并不算长，度过一夜却似分别一年。

瑶华还不到采摘的时候，兰茎却已经是摘了又摘。

但道路险阻没办法送到，如何来慰藉这离别之情？

搔头询问南来北往行人，引颈而望但愿见到佳人。

田南树园激流植援一首

【题解】

　　这首诗写庄园清旷幽静的环境和诗人寡欲少私、超然尘俗的情怀。沈德潜《古诗源》谓其"命题简古"。题中"援"字，一作"楥"，楥，木名。《宋书·谢灵运传》云："灵运父祖并葬始宁县，并有故宅及墅，遂移籍会稽，修营别业，傍山带江，尽幽居之美。与隐士王弘之、孔淳之等纵放为娱，有终焉之志。"并作有《山居赋》，可与本诗参读。又《宋书》本传云："灵运因父祖之资，生业甚厚。奴僮既众，义故门生数百，凿山浚湖，功役无已。寻山陟岭，必造幽峻，岩嶂千重，莫不备尽。"诗中一面说"迢递瞰高峰"，一面又说"靡迤趋下田"，是将"寻山陟岭"与巡视农田之利的生活结合在一起的，实际上反映了大庄园主的生活情趣，与陶渊明《怨诗楚调示庞主簿邓治中》"夏日长抱饥，寒夜无被眠"之类的隐居生活有着很大不同。

樵隐俱在山①，由来事不同②。
不同非一事，养痾亦园中③。
中园屏氛杂④，清旷招远风⑤。
卜室倚北阜⑥，启扉面南江⑦。
激涧代汲井⑧，插槿当列墉⑨。
群木既罗户，众山亦对窗。
靡迤趋下田⑩，迢递瞰高峰⑪。
寡欲不期劳⑫，即事罕人功⑬。
唯开蒋生径⑭，永怀求羊踪⑮。
赏心不可忘⑯，妙善冀能同⑰。

【注释】

①樵:樵夫。隐:隐士。

②由来事不同:谓居住山中的原因不相同。李善注引臧荣绪《晋书》:"何琦曰:'胡孔明有言"隐者在出,樵者亦在山,在山则同,所以在山则异",岂不信乎?'"

③痾(ē):病。

④中园:园中。屏(bǐng):排除。氛杂:烦杂。

⑤清旷:清新旷远之地。《后汉书·仲长统传》:"欲卜居清旷,以乐其志。"

⑥卜室:通过占卜选址建造的房屋。阜:土山,丘陵。

⑦启扉:开门。扉,门扇。

⑧激涧:谓采用筑堰之类的办法提高水位,利用涧水灌园植木。激,阻遏水势。《汉书·沟洫志》:"河从河内北至黎阳为石堤,激使东抵东郡平刚。"颜师古注:"激者,聚石于堤旁冲要之处,所以激去其水也。"汲井:到井中打水。

⑨槿(jǐn):木名。落叶灌木,夏秋开红、白或紫色花。墉(yōng):墙。

⑩靡迤(yǐ):绵延不断貌,指山路。趋:快走。这里即"走"的意思。

⑪迢递:高貌。瞰:远望。

⑫寡欲:少私欲。《老子》十九章:"见素抱朴,少私寡欲。"不期劳:不希望劳苦。

⑬即事:遇到事情。罕:少。人功:人力,劳动力。

⑭蒋生径:指蒋诩之事。西汉末,王莽专权,兖州刺史蒋诩告病辞官,隐居乡里,在住宅前面的竹林中开出三条小路,只同隐士求仲、羊仲二人来往。事见赵岐《三辅决录·逃名》。

⑮怀:思。求羊:即求仲、羊仲。

⑯赏心:心意欢乐。

⑰妙善:指大道。冀:希望。同:谓与大道同在。

【译文】

樵夫和隐士都在山林中，为何在山林情况却不同。
不同的事不只一件两件，隐士养病也在山间园中。
园中摒尽了纷乱和烦杂，清新疏旷引来远处和风。
占卜所建居室背靠北山，打开门来正好面对南江。
涧中取水代替井中取水，栽种木槿可当排列围墙。
众多树木既已罗列门外，群山蜿蜒也正对着方窗。
沿着绵延山路行视下田，抬头仰望那高耸的山峰。
少私寡欲不愿辛勤劳苦，遇到事情很少兴师动众。
只像蒋诩那样开出三径，常想着求仲羊仲的足踪。
心欢意乐不可轻易忘却，大道妙善心愿与之认同。

斋中读书一首

【题解】

　　这首诗作于永嘉郡（郡治在今浙江温州）书斋。永初三年(422)七月，谢灵运被以"构扇异同，非毁执政"的理由，从太子左卫率出为永嘉太守。因苦闷和忧虑，抵达永嘉不久，即患病卧床，直到第二年春天才算痊愈。《宋书》本传称其"遂肆意游遨，遍历诸县，动逾旬朔，民间听讼，不复关怀"。至秋，称病去职。这首诗叙写在永嘉养病期间的生活，透露出思想上"仕"与"隐"的矛盾，最后表示要到老庄达生之道的哲理中去寻求解脱，以避免身心的过度操劳。"既笑沮溺苦"四句，与陶渊明在《劝农》诗中所表达的"冀缺携俪，沮溺结耦。相彼贤达，犹勤垄亩……民生在勤，勤则不匮。宴安自逸，岁暮奚冀"的劳动观点有着很大不同。

昔余游京华①，未尝废丘壑②。

矧乃归山川③,心迹双寂漠④。

虚馆绝诤讼⑤,空庭来鸟雀。

卧疾丰暇豫⑥,翰墨时间作⑦。

怀抱观古今⑧,寝食展戏谑⑨。

既笑沮溺苦⑩,又哂子云阁⑪。

执戟亦以疲⑫,耕稼岂云乐⑬。

万事难并欢,达生幸可托⑭。

【注释】

①京华:京师。

②未尝废丘壑:谓在京华时即已有隐居的打算。丘壑,深山幽谷,
指隐士所居之地。《汉书·叙传》载班嗣书称严子"渔钓于一壑,
则万物不奸其志;栖迟于一丘,则天下不易其乐也"。

③矧(shěn):况且。乃:才,这才。

④心迹:心境与行事。寂漠:同"寂寞"。《庄子·天道》:"夫虚静恬
淡,寂漠无为者,万物之本也。"

⑤诤讼:争吵诉讼之声。诤,通"争"。

⑥丰:多。暇豫:空闲逸乐。

⑦翰墨:指诗文。张衡《归田赋》:"挥翰墨以奋藻。"翰,笔。间(jiàn):
间或,不时。

⑧怀抱:谓捧书阅读。观古今:陆机《文赋》:"观古今于须臾。"

⑨展戏谑:开玩笑。

⑩沮(jǔ)溺:春秋时的隐士长沮和桀溺。《论语·微子》:"长沮、桀
溺耦而耕,孔子过之,使子路问津焉。"

⑪哂(shěn):讥笑。子云:扬雄,字子云,西汉辞赋家。王莽篡位
后,以大夫校书天禄阁。刘歆之子刘棻等人为进献符命事,触怒

王莽,被严加惩治,并株连扬雄。使者收捕,扬雄投阁自杀,几死。时京师歌谣云:"惟寂寞,自投阁,爱清静,作符命。"事见《汉书·扬雄传》。

⑫执戟:秦汉时的宫廷侍卫官,因执勤时手持戟而得名。这里泛指小官。扬雄一生位居下僚,不得迁进,故此即指扬雄。李善注引潘岳《夏侯湛诔》:"执戟疲杨。"

⑬耕稼:指沮、溺。云:语助词。

⑭达生:《庄子·达生》:"达生之情者,不务生之所无以为。"郭象注:"生之所无以为者,分外物也。"后以指不受世务牵累之意。达,通,明白。生,生命。此指养生。

【译文】

过去我供职京师的时候,不曾忘记日后隐居丘壑。

何况我这已经回归山川,心境行事都已趋于寂寞。

馆舍虚静没有争讼之声,庭院空空飞来一群鸟雀。

卧床养病颇多闲暇逸乐,诗赋文章不时提笔写作。

怀抱图书可以纵览古今,睡觉吃饭时时取笑戏谑。

既笑长沮桀溺种地辛苦,又笑扬雄跳下那天禄阁。

当个小官整天疲于奔命,种地也谈不上有何快乐。

天下事难得都让人高兴,幸有达生之道可以寄托。

石门新营所住四面高山
回溪石濑修竹茂林诗一首

【题解】

石门,山名。在今浙江嵊州。谢灵运《游名山志》云:"石门涧六处,石门溯水上入两山口,两边石壁,右边石岩,下临涧水。"其地极为清幽险峻。这首诗写石门新居,首四句描写新居所在的独特环境,"袅袅"十句描写对远方友人的热切期盼,"俯濯"六句描写山间景象,最后六句为悟道见理之辞。全诗具有融情景理于一炉的特点,读之令人如入山阴道中,应接不暇。陈祚明《采菽堂古诗选》云:"详谢诗格调,深得《三百篇》旨趣,取泽于《离骚》《九歌》;江水、江枫、斫冰、积雪,是其所师也。间作理语,辄近《十九首》。然大抵多发天然,少规往则,称性而出,达情务尽,钩深索隐,穷态极妍。"这首诗庶几可当之。

跻险筑幽居①,披云卧石门。
苔滑谁能步,葛弱岂可扪②。
袅袅秋风过③,萋萋春草繁④。
美人游不还⑤,佳期何由敦⑥?
芳尘凝瑶席⑦,清醑满金樽⑧。
洞庭空波澜,桂枝徒攀翻⑨。
结念属霄汉⑩,孤景莫与谖⑪。
俯濯石下潭⑫,仰看条上猿⑬。
早闻夕飙急⑭,晚见朝日暾⑮。
崖倾光难留,林深响易奔。
感往虑有复⑯,理来情无存⑰。
庶持乘日车⑱,得以慰营魂⑲。
匪为众人说⑳,冀与智者论㉑。

【注释】

①跻(jī):登。幽居:幽静的居室。

②葛:葛藤,一种蔓生纤维科植物。扪:持,握。

③袅袅秋风过:《楚辞·九歌·湘夫人》:"袅袅兮秋风,洞庭波兮木

叶下。"袅袅,秋风吹拂貌。

④萋萋春草繁:《楚辞·招隐士》:"王孙游兮不归,春草生兮萋萋。"萋萋,草盛貌。

⑤美人:指所思念的友人。

⑥佳期:与佳人约会的日期。《楚辞·九歌·湘夫人》:"白薠兮骋望,与佳期兮夕张。"敦:信,实在。

⑦瑶席:华美的座席。《楚辞·九歌·东皇太一》:"瑶席兮玉瑱,盍将把兮琼芳。"席,席位,座位。

⑧醑(xǔ):美酒。樽:酒杯。

⑨桂枝徒攀翻:《楚辞·招隐士》:"攀援桂枝兮聊淹留。"攀翻,舞动。

⑩结念属(zhǔ)霄汉:李善注:"言所思念,邈若霄汉。"结念,谓心思专注。属,连接。霄汉,天空。

⑪孤景莫与谖(xuān):李善注:"孤影独处,莫与忘忧。蔡琰诗曰:'茕茕对孤影,怛咤糜肝肺。'"孤景,孤影。谖,忘记。

⑫濯:洗。

⑬条:树枝。

⑭早闻:朝日迟至,而晚风早起,故云"早闻"。飙:暴风。

⑮暾(tūn):明亮,炽盛。《楚辞·九歌·东君》:"暾将出兮东方。"王逸注:"谓日始出东方,其容暾暾而盛大也。"

⑯感往虑有复:谓感慨往事纷纭复杂,深恐重蹈覆辙。李善注:"言悲感已往,而夭寿纷错,故虑有回复。"

⑰理来情无存:李善注:"妙理若来,而物我俱丧,故情无所存。"理,指老庄之道。情,指人生欲念。

⑱庶:副词,表示期望。乘日车:比喻顺随时光的流逝。《庄子·徐无鬼》:"有长者教予曰:'若乘日之车而游于襄城之野。'"

⑲营魂:指心灵,精神。

⑳匪：非，不是。众人：普通人。

㉑冀：希望。智者：卓识之士。司马迁《报任安书》："然此可为智者道，难为俗人言也。"

【译文】

登上高险之处建造幽居，身披白云偃卧峻峭石门。

青苔溜滑谁能迈开脚步，葛藤细弱岂可攀缘前行。

习习秋风轻轻吹过山间，转眼春草长得碧绿茂盛。

美人远游至今还未回还，约定日期岂不成了泡影？

华美的座席凝聚着芳尘，清冽的美酒倒满了金樽。

洞庭湖空涌着茫茫波澜，桂树枝也徒然飘舞飞翻。

深沉思念邈若寥阔长空，茕茕孤影怎能消忧解烦。

低头在石下清潭中洗濯，抬头看猿猴跳跃在林间。

很早就能听到晚风呼啸，很晚才见朝日缓缓东升。

谷深崖倾阳光很难久留，林海深幽声响容易远奔。

悲感已往担心有所反复，妙理若来情欲无所留存。

愿乘日车顺随时光流逝，逍遥处世得以慰藉魂灵。

这个道理不对众人说起，想同智者好好谈论谈论。

王景玄

王微（415—453/443?），字景玄，琅玡临沂（今属山东）人。南朝宋诗人。少好学，善属文，能书画，兼通音律、医方、阴阳术数。始为司徒祭酒，转主簿，后任太子中舍人、始兴王友，以父丧去职。因素无宦情，后屡召皆不就，幽居独处，以文籍自娱。其弟王僧谦病，他亲自医治，王僧谦服药失度而死，因深自咎恨，发病不复自治，卒。为文好古，工诗，锺嵘《诗品》将其列为中品，称其"殊得风流媚趣"。《隋书·经籍志》著录有集十卷，已佚。

杂诗一首

【题解】

这首诗写思妇怀念征夫,造语清浅,情辞凄怨,情景交融,余韵悠长,颇能体现锺嵘《诗品》中所谓"务其清浅,殊得风流媚趣"的创作特色。王夫之《古诗评选》评云:"寄托宛至,而清亘有风度。"这种清怨的诗风,对后来江淹的创作有一定影响,故锺嵘《诗品》中评江淹诗,有"筋力于王微"之语。

> 思妇临高台,长想凭华轩①。
> 弄弦不成曲②,哀歌送苦言③。
> 箕帚留江介④,良人处雁门⑤。
> 讵忆无衣苦,但知狐白温⑥。
> 日暗牛羊下⑦,野雀满空园⑧。
> 孟冬寒风起⑨,东壁正中昏⑩。
> 朱火独照人⑪,抱景自愁怨⑫。
> 谁知心曲乱⑬,所思不可论⑭!

【注释】

①长想凭华轩:王粲《登楼赋》:"凭轩槛以遥望兮。"凭,依靠。华轩,华美的窗户。

②弄弦:弹弦。

③送苦言:李善注:"张平子书曰:'酸者不能不苦于言也。'"

④箕帚:畚箕扫帚。李善注:"妇人所执也。"《国语·吴语》:"勾践请盟,一介嫡女,执箕帚以晐姓于王宫。"这里代指思妇。江介:江边。

⑤良人:思妇称其夫。雁门:郡名。约在今山西北部,为边塞之地。

⑥"讵(jù)忆"二句:两句化用曹植《赠丁仪诗》"狐白足御冬,焉念无衣客"。意在讽刺处尊贵者多忘贫贱。讵,岂。但,只。狐白,指狐白裘,名贵的轻暖之物,为贵者所服。《晏子春秋·内篇谏上》:"景公之时,雨雪三日而不霁。公被狐白之裘,坐于堂侧阶。晏子入见,立有间,公曰:'怪哉!雨雪三日而天不寒。'……晏子曰:'婴闻古之贤君饱而知人之饥,温而知人之寒,逸而知人之劳。今君不知也。'"

⑦日暗牛羊下:《诗经·王风·君子于役》:"日之夕矣,羊牛下来。"朱熹《诗集传》:"日则夕矣,羊牛则下来矣。是则畜产出入尚有旦暮之节,而行役之君子乃无休息之时,使我如何而不思也哉!"

⑧野雀满空园:李善注:"古《猛虎行》曰:'日暮不从野雀栖。'"

⑨孟冬:初冬,农历十月。

⑩东壁正中昏:《礼记·月令》:仲冬之月,"昏东壁中"。东壁,星名。也称壁宿,二十八宿之一,与营室星连成正方形,在营室之东,故名。初冬黄昏时,出现于正南天空,意味着时近岁暮。

⑪朱火:红色的火焰。指烛光。张华《杂诗》:"朱火青无光,兰膏坐自凝。"

⑫抱景:《楚辞·哀时命》:"廓抱景而独倚兮。"景,身影。

⑬心曲:内心深处。

⑭不可论:犹曹丕《杂诗》"弃置勿复陈"之意。

【译文】

思妇登上高台极目远望,身靠着窗户久久地冥想。

弹奏琴弦总是弹不成曲,放声哀歌发出危苦之言。

孤身一人留这寂寞江岸,夫君却在那遥远的雁门。

有人不顾念无衣的痛苦,只知道狐白裘非常保温。

太阳落山牛羊齐把家还,野雀也飞来挤满了园林。

孟冬十月寒风阵阵刮起，壁宿高挂南天时正黄昏。

只有烛光照着孤苦之人，形单影只暗自忧愁怨恨。

谁能知道这内心的烦乱，无限相思真不值得谈论！

鲍明远

见卷第十一《芜城赋》作者介绍。

数诗一首

【题解】

据谢榛《四溟诗话》，魏晋六朝时期诗坛有离合体、回文体、十数体、建除体、道里名体、卦名体、歌曲名体、姓名体、鸟名体、兽名体、龟兆名体、针穴名体、将军名体、宫殿名体、屋名体、车名体、船名体、草名体、树名体、六府体、八音体、六甲体、十二属体等众多名目。这些诗体虽多为"古人好奇之过，欲以文字示其巧"（叶梦得《石林诗话》）的产物，从其影响的主导面来看不能说是积极的，但多少从一个侧面反映了中国古代诗歌体制繁富的状况，有的也具有一定的思想内容，不宜一笔加以抹煞。这首《数诗》（即"十数体"）从一至十，铺陈了骑乘、宴饮、乐舞等种种物质享受，刻画了"九族共瞻迟，宾友仰徽容"的心理满足，最后以"十载学无就，善宦一朝通"作结，对富贵与仕宦既有讥讽之意，又不无艳羡之情，表现了一种复杂矛盾的心态，对研究鲍照其人有一定参考价值，不宜纯以游戏笔墨视之。

一身仕关西①，家族满山东②。

二年从车驾③，斋祭甘泉宫④。

三朝国庆毕⑤,休沐还旧邦⑥。

四牡曜长路⑦,轻盖若飞鸿⑧。

五侯相饯送⑨,高会集新丰⑩。

六乐陈广坐⑪,组帐扬春风⑫。

七盘起长袖⑬,庭下列歌钟⑭。

八珍盈雕俎⑮,绮肴纷错重⑯。

九族共瞻迟⑰,宾友仰徽容⑱。

十载学无就⑲,善宦一朝通⑳。

【注释】

① 关西:指函谷关(在今河南灵宝南)以西之地。

② 家族:同姓亲属。山东:即关东,指函谷关以东之地。

③ 车驾:代指帝王。李善注:"蔡邕《独断》曰:'不敢指斥天子,故但言车驾。'"

④ 斋:斋戒。古代祭祀前为表示虔敬,须整洁身心,称斋戒。甘泉宫:秦汉宫名。在今陕西淳化西北甘泉山。《汉书·郊祀志》:"(武帝)作甘泉宫,中为台室,画天地太一诸鬼神,而置祭具以致天神。"

⑤ 三朝(zhāo):正月一日。正月一日为一年岁、月、日的开始,故称。《汉书·谷永传》:"三朝之会。"颜师古注:"岁、月、日三者之始,故云三朝。"国庆:《周礼·小行人》:"若国有福事,则令庆贺之。"

⑥ 休沐:官吏休息沐浴。指例假。《初学记》卷二十:"休假亦曰休沐。汉律:吏五日得一下沐,言休息以洗沐也。"旧邦:故里。

⑦ 四牡:驾车的四匹雄马。曜(yào):光耀。

⑧ 轻盖若飞鸿:李善注引石崇《还京诗》:"迅风翼华盖,飘飘若鸿

飞。"盖,车盖。

⑨五侯:汉成帝河平二年(前27)封舅王谭平阿侯、王商成都侯、王立红阳侯、王根曲阳侯、王逢时高平侯,五人同日封,时人谓之"五侯"。事见《汉书·元后传》。

⑩高会:盛大的宴会。新丰:县名。故城在今陕西临潼东北。本秦骊邑,汉高祖七年(前200),因太上皇思乡,遂按故乡丰县街里布局改筑骊邑,并迁来丰、沛商人,故称新丰。

⑪六乐:相传远古时代的六种乐曲。《周礼·保氏》:"乃教之六艺……二曰六乐。"郑玄注:"六乐,《云门》《大咸》《大韶》《大夏》《大濩》《大武》也。"据说《云门》为黄帝之乐,《大咸》为尧乐,《大韶》为舜乐,《大夏》为禹乐,《大濩》为汤乐,《大武》为武王之乐。这里代指送行的众多乐曲。陈:张设。广坐:众人聚会的场所。《史记·魏公子列传》:"而公子亲枉车骑,自迎嬴于众人广坐之中。"

⑫组帐:华美的帷帐。组,系帐的丝带。嵇康《赠秀才入军》其五:"微风动袿,组帐高褰。"

⑬七盘:古舞名。《通典》卷一百四十五《乐》五:"槃舞,汉曲,至晋加之以杯,谓之《世宁舞》也。张衡《舞赋》云:'历七槃而纵蹑。'王粲《七释》云:'七槃陈于广庭。'"槃,同"盘"。

⑭歌钟:即编钟,古代铜制打击乐器名。因用来配合歌曲,故名。

⑮八珍:古代八种烹饪法。《周礼·膳夫》:"珍用八物。"郑玄注:"珍谓淳熬、淳母、炮豚、炮牂、捣珍、渍、熬、肝膋也。"后用来泛指珍贵的食品。《三国志·魏书·卫觊传》:"饮食之肴必有八珍之味。"盈:满。雕俎(zǔ):刻有花纹的俎。俎,置肉的几,为古代宴客、朝聘、祭祀用的礼器。

⑯绮肴:美盛的菜肴。纷:盛多貌。错重:交错重叠。

⑰九族:《尚书·尧典》:"以亲九族。"孔疏:"上至高祖,下及玄孙,

是为九族。"即高祖、曾祖、祖、父、自己、子、孙、曾孙、玄孙。一说

是父族四、母族三、妻族二。瞻迟：瞻望。

⑱仰：瞻仰。徽容：美容。

⑲十载学无就：《汉书·张释之传》："事文帝，十年不得调。"就，

成就。

⑳善宦：巧于做官。《史记·汲郑列传》："黯姑姊子司马安，亦少与

黯为太子洗马。安文深巧，善宦，官四至九卿。"

【译文】

一人做官远在关西，同姓亲属布满山东。

二年随从帝王车驾，斋戒祭祀在甘泉宫。

三朝之日国庆完毕，休息沐浴返回故乡。

四匹雄马光耀长路，轻盖翩翩有如飞鸿。

五侯设宴热烈欢送，热热闹闹聚会新丰。

六乐设于广坐之中，华美帷帐飘卷春风。

七盘舞起长袖蹁跹，庭下齐列一排歌钟。

八珍摆满雕花几案，菜肴美盛交错叠重。

九族之人一齐瞻望，宾客朋友共仰尊容。

十年苦学无所成就，巧于做官一朝亨通。

玩月城西门解中一首

【题解】

　　这首诗是鲍照任秣陵县令时所写，"城西门解"即秣陵（在今江苏南京）西门的官廨（官舍）。诗写十五六月圆之夜宴饮情景，却先以首六句追述此前初生之月以作陪衬，见出月圆之夜千里共赏的可贵。首创"蛾眉""玉钩"两词以状摹新月之形，贴切形象，后人遂沿用不衰。"归华"二句为一篇转折，引出厌倦宦游、欲借公余宴饮聊以消忧之意。最后结

于怀友,戛然而止,不枝不蔓。诗篇琢句精工(尤以"归华"一联为最),但无"有句无篇"之病,环环相生,气势流贯,灵幻之景,郁勃之情,一一诉诸毫端,浑融无迹,杜甫《春日忆李白》中有"俊逸鲍参军"之语,沈德潜《古诗源》因而评云:"少陵所云俊逸,应指此种。"

> 始见西南楼,纤纤如玉钩①。
>
> 末映东北墀②,娟娟似蛾眉③。
>
> 蛾眉蔽珠栊④,玉钩隔琐窗⑤。
>
> 三五二八时⑥,千里与君同⑦。
>
> 夜移衡汉落⑧,徘徊帷户中⑨。
>
> 归华先委露⑩,别叶早辞风⑪。
>
> 客游厌苦辛,仕子倦飘尘⑫。
>
> 休浣自公日⑬,宴慰及私辰⑭。
>
> 蜀琴抽《白雪》⑮,郢曲发《阳春》⑯。
>
> 肴干酒未缺⑰,金壶启夕沦⑱。
>
> 回轩驻轻盖⑲,留酌待情人⑳。

【注释】

①纤纤:尖细貌。玉钩:玉制的钩。李善注引《西京杂记》:"公孙乘《月赋》曰:'值圆岩而似钩,蔽修堞如分镜。'"

②墀(chí):台阶。

③娟娟:明媚美好貌。蛾眉:蚕蛾的触须细长而弯,如人的眉毛,故称。

④珠栊(lóng):华美的窗棂(窗格)。代指窗户。

⑤琐窗:镂刻有连琐图案的窗棂。代指窗户。琐,镂玉为连环。

⑥三五:农历十五日。二八:农历十六日。《释名·释天》:"望,月满之名也。月大十六日,小十五日,日在东,月在西,遥相望也。"

⑦千里与君同：月光普照千里,既照着自己,又照着远方的知己,故云"与君同",即谢庄《月赋》"隔千里兮共明月"所说的意思。君,即后文的"情人",为诗人所怀念的知己。

⑧衡：玉衡星,北斗七星的第五星。这里代指北斗。汉：天汉,即银河。

⑨徘徊：月光恍动不前之貌。曹植《七哀诗》："明月照高楼,流光正徘徊。"

⑩归华：即归花。花落向根,故称。委露：为露所堕。委,弃。

⑪别叶：叶下离枝,故称。辞风：因风而离树陨落。

⑫飘尘：喻游宦。

⑬休浣：犹休沐,官吏休息洗沐,指休假。浣,洗。

⑭宴慰：宴饮自慰。私辰：属于自己的时辰。

⑮蜀琴：暗用司马相如其事。司马相如曾以琴挑卓文君。李善注："相如工琴而处蜀,故曰蜀琴。"抽：发出,演奏。《白雪》：与下句《阳春》皆高级歌曲名。宋玉《对楚王问》："客有歌于郢中者……其为《阳春》《白雪》,国中属而和者,不过数十人。"

⑯郢曲：李善注："客歌郢中,故称郢曲。"郢,战国时楚国都城,在今湖北江陵。

⑰肴干：菜肴已尽。缺：尽。

⑱金壶：铜壶,为古代计时器。分播水壶、受水壶两部分。播水壶有小孔,可以漏水,水流入受水壶。受水壶里有立箭,箭上画分一百刻,箭随蓄水逐渐上升,露出刻数,表示时间。启夕沦：谓铜壶滴漏已表示一夜将尽。沦,水起微波。这里当"尽"讲。

⑲轩：车。驻轻盖：谓停车。

⑳酌：酒。

【译文】

新月最初在西南楼出现,形状尖细就像一只玉钩。

最后映在东北的台阶上,明媚美好犹如一弯蛾眉。

蛾眉被华美的窗户遮蔽,玉钩被连琐的窗户隔离。

十五十六夜皓月正当空,普照千里与君同享光明。

夜色推移北斗银河下沉,月光清朗徘徊房帷之中。

花朵因露率先凋零向本,树叶因风早早飘落归根。

客游在外受够劳碌辛苦,做官在外厌倦宦海风尘。

好容易得到公余休假日,宴饮自慰抓紧这个时辰。

蜀琴弹奏起动听的《白雪》,又响起那郢中歌曲《阳春》。

菜肴吃完酒还剩下不少,铜壶滴漏表示一夜将尽。

回过车来暂时停留一会,把酒留着等待心中情人。

谢玄晖

见卷第二十《新亭渚别范零陵诗》作者介绍。

始出尚书省一首

【题解】

永明十一年(493)七月,齐武帝萧赜病死,临死前立萧昭业为皇太孙(太子萧长懋此前已死),以萧鸾为侍中、尚书令,总理朝政。萧昭业继位,于十一月立其弟萧昭文为新安王。隆昌元年(494)七月,萧鸾废萧昭业为郁林王而杀之,另立萧昭文为帝,自为骠骑大将军、录尚书事、扬州刺史、宣城郡公,不久废萧昭文为海陵王,自立为帝。谢朓因被人诬陷,于永明十一年(493)从荆州被召还京,迁新安王萧昭文中军记室,萧昭文即位,又做过很短时间的尚书殿中郎,旋即转为萧鸾的骠骑咨议,领记室,掌霸府文笔。这首诗即作于离开尚书殿中郎之职,转为萧鸾骠骑咨议时。诗中表现了复杂的心情:一方面觉得自己十载休明出入朝廷的盛事已经成为过去,从此只能老于渔樵、无所作为了;另一方面又极力歌颂萧鸾,企图在政治上寻求新的依靠。诗风凝重典雅,与其平秀清发的一般风格不同,颇受颜延之的影响。

　　　　惟昔逢休明^①,十载朝云陛^②。
　　　　既通金闺籍^③,复酌琼筵醴^④。
　　　　宸景厌照临^⑤,昏风沦继体^⑥。
　　　　纷虹乱朝日^⑦,浊河秽清济^⑧。
　　　　防口犹宽政,餐荼更如荠^⑨。
　　　　英衮畅人谋^⑩,文明固天启^⑪。
　　　　青精翼紫轵^⑫,黄旗映朱邸^⑬。
　　　　还睹司隶章^⑭,复见东都礼^⑮。
　　　　中区咸已泰^⑯,轻生谅昭洒^⑰。
　　　　趋事辞宫阙^⑱,载笔陪旌棨^⑲。
　　　　邑里向疏芜^⑳,寒流自清泚^㉑。
　　　　衰柳尚沉沉^㉒,凝露方泥泥^㉓。
　　　　零落悲友朋^㉔,欢虞宴兄弟^㉕。
　　　　既秉丹石心^㉖,宁流素丝涕^㉗。
　　　　乘此终萧散^㉘,垂竿深涧底。

【注释】

①惟:思。休明:美善光明。指齐武帝萧赜(483—493 年在位)。

②朝云陛:谓出入朝廷做官。陛,宫殿的台阶。云陛,言其高。

③通:通籍。汉制,将记有姓名、年龄、身份等的竹片挂在宫门外,经核对,合者才能进入宫内。记名于门籍即称通籍。《汉书·元

帝纪》:"令从官给事宫司马中者,得为大父母、父母、兄弟通籍。"金闺:指金马门,汉官署名。当时被征召来的人,令待诏金马门。

④酌:斟酒喝。琼筵:谓珍美的筵席。李善注引袁宏《夜酣赋》:"开金扉,坐琼筵。"琼,美玉。醴(lǐ):甜酒。泛指美酒。

⑤宸:北极星所在为宸,借用为帝王所居,又引申为帝王的代称。景:光。厌照临:不愿再照耀大地。谓齐武帝萧赜死亡。《诗经·小雅·小明》:"明明上天,照临下土。"

⑥昏风:乱风,喻坏风气。《尚书·伊训》:"敢有侮圣言,逆忠直,远耆德,比顽童,时谓乱风。"沦:沉沦。继体:继位,指萧昭业在武帝死后继位。《春秋公羊传·文公九年》:"继文王之体,守文王之法度。"

⑦纷虹乱朝日:《汉书·息夫躬传》:"虹霓曜兮日微。"颜师古注引张晏曰:"虹霓,邪阴之气也,而有照曜,以蔽日月。云谗言流行,忠良浸微也。"纷虹,乱虹。喻郁林王身边的宦官徐龙驹等人。朝日,喻郁林王。

⑧浊河秽清济:李善注:"孔安国《尚书》注曰:'济水入河,并流十数里,清浊异色,混为一流。'亦喻谗邪之秽忠正也。"河,黄河。济,水名。源出河南济源,汉代在今河南武陟流入黄河,向南溢出,流向山东,与黄河平行入海。

⑨"防口"二句:何焯《义门读书记》:"言昭业凶暴,防口尚为宽政。朝士惧祸者,餐荼亦如荠也。"防口,防止人说话。餐,吃。荼,菜名。味苦,又名苦菜。荠(jì),菜名。味甜。《诗经·邶风·谷风》:"谁谓荼苦?其甘如荠。"

⑩英衮(gǔn):指萧鸾。英,贤能杰出之意。衮,礼服名。古代上公服衮,后世因称三公为衮。时萧鸾总揽朝政,故称之。畅:通。人谋:众人的智慧、意见。

⑪固:本来。天:喻萧鸾。启:开导,开拓。

⑫青精:指苍龙。苍龙为二十八宿中东方七宿之合称。《史记·天官书》:"东宫苍龙。"东方,五行属木,色为青。故李善注:"青即'苍'也。齐,木德,故苍精翼之。"翼:辅助。紫轪(dài):天子之车。代指天子。紫,天子之车以紫为盖。轪,车轮。《方言》:"轮,韩楚之间谓之轪。"

⑬黄旗:天子之旗。李善注:"司马德操《与刘恭嗣书》曰:'黄旗紫盖,恒见东南,终成天下者,扬州之君子。'"朱邸:汉制,诸侯朝天子在京师立舍名邸,诸侯王以朱红漆门,故称朱邸。此代指萧鸾。其时萧鸾称帝已成必然之势,故有"黄旗"之说。

⑭司隶章:《后汉书·光武帝纪》:"更始将北都洛阳,以光武行司隶校尉,使前整修官府。于是置僚属,作文移,从事司察,一如旧章。"李贤注引《续汉书》:"司隶置从事史十二人,秩皆百石,主督促文书,察举非法。"这里以"司隶"喻指萧鸾,"司隶章"喻萧鸾重振法规制度。司隶,官名。东汉时称司隶校尉,领七郡,治河南洛阳。章,法规。

⑮东都礼:《后汉书·光武帝纪》:"时三辅吏士东迎更始,见诸将过,皆冠帻,而服妇人衣,诸于绣镼,莫不笑之,或有畏而走者。及见司隶僚属,皆欢喜不自胜。老吏或垂涕曰:'不图今日复见汉官威仪!'由是识者皆属心焉。"比喻指齐武帝时期的礼仪。东都,洛阳,东汉时都城。

⑯中区:中间,指天地间。咸:都。泰:安宁。

⑰轻生:轻贱的生命。谢朓自指。谅:诚。昭洒(xǐ):犹言昭雪,谓洗清自己的耻辱冤屈。洒,通"洗"。

⑱趋事辞宫阙:李善注:"谓出殿中而为记室也。"

⑲载笔:谓携带文具记录王事,即担任记室。《礼记·曲礼》:"史载笔,士载言。"旌、棨(qǐ):皆为高官出行时的仪仗,代指萧鸾。旌,旌旗。棨,有缯衣或油漆的木戟。

⑳邑里：乡里。疏芜：空疏荒芜。

㉑清泚(cǐ)：清澈。

㉒沉沉：繁盛貌。

㉓凝露方泥泥：《诗经·小雅·蓼萧》："蓼彼萧斯，零露泥泥。"方，正。泥泥，露湿貌。

㉔零落：指死亡。孔融《论盛孝章书》："海内知识，零落殆尽。"

㉕欢虞：欢娱。虞，通"娱"。宴：用酒饭招待客人。

㉖秉：持。丹石心：赤诚坚贞之心。《吕氏春秋·诚廉》："石可破也，而不可夺坚；丹可磨也，而不可夺赤。"

㉗宁：岂。素丝涕：《淮南子·说林训》："墨子见练丝而泣之，为其可以黄可以黑。"高诱注："闵其化也。"素丝，未经染色的丝。

㉘乘：因。萧散：闲散。

【译文】

想起以前欣逢美善光明，十年之间得以出入朝廷。
既能够记名于金闺门籍，又能够参加盛美的筵席。
北极星光不再照临大地，风气混沌又使新帝沉沦。
乱虹浊光搅乱朝日光辉，黄河浊水污秽济水清流。
比起来防人开口算宽政，吃苦菜还觉得甜美如荠。
所幸英衮能够通达人意，人间文明本来靠天启迪。
苍龙之精辅翼天子之车，黄色旌旗照映朱红官邸。
既见司隶所施旧章法规，又得重见东都时期礼仪。
天地之间都已平和安宁，我这轻贱之身诚当昭雪。
就任新命辞掉宫中旧职，担任记室从此陪伴旌旃。
乡里逐渐变得空疏荒芜，寒流望去总是清澈见底。
柳树枯衰但还十分茂盛，颗颗露珠看去晶莹湿润。
朋友凋零心中无限悲哀，欢娱异常设宴招待兄弟。
既已怀抱赤诚坚贞之心，岂会再流素丝黄黑之泪。

因此得以成日悠闲自在,垂放钓竿在那深涧之底。

直中书省一首

【题解】

建武二年(495)春,谢朓转为中书郎,这首诗即作于在中书省值班时。由于政治风云变幻莫测,自魏晋以迄南朝在统治阶级中兴起了一股朝隐之风:一面当官求禄,一面却又向往着山林隐居的闲散生活。谢朓"既欢怀禄情,复协沧州趣"(《之宣城郡出新林浦向板桥》),也是一个热衷朝隐者,这首诗便抒发了他既官居台省又向往山泉游赏生活的思想情感。诗人在描写楼宇建筑的同时,写出了"红药当阶翻,苍苔依砌上"这样极清丽秀美的佳句,将对自然景物的欣赏同其官吏生活紧密地结合起来,显示出新的特色,这无疑是同其朝隐的人生态度密切相关的。

紫殿肃阴阴①,彤庭赫弘敞②。
风动万年枝③,日华承露掌④。
玲珑结绮钱⑤,深沉映朱网⑥。
红药当阶翻⑦,苍苔依砌上⑧。
兹言翔凤池⑨,鸣佩多清响⑩。
信美非吾室⑪,中园思偃仰⑫。
朋情以郁陶⑬,春物方骀荡⑭。
安得凌风翰⑮,聊恣山泉赏⑯。

【注释】

①紫殿肃阴阴:张衡《思玄赋》:"出紫宫之肃肃兮。"紫殿,即皇宫。肃阴阴,清幽深沉貌。《庄子·田子方》:"至阴肃肃,至阳赫赫。"

②彤庭：即宫廷。彤，朱红色，宫廷所饰之色。赫：明朗。弘敞：
　广大。

③万年枝：即冬青树。一说，为枏树，又名檍树。《逸老堂诗话》：
　"谢玄晖诗：'风动万年枝。'唐诗：'青松忽似万年枝。'《三体诗》
　注以为冬青，非也。《草木疏》云：'檍木枝叶可爱，二月花白，子
　似杏，今在处官园种之，取亿万之义，改名万岁树。'即此也。"

④华：照。承露掌：即承露盘。汉武帝时，于神明台上作承露盘，立
　铜仙人以手掌擎盘接甘露，以为饮之可以延年。

⑤玲珑：形容窗户样式的精美。结绮钱：谓以绫绮结成连钱为饰。

⑥朱网：绮制的网状帘幕。

⑦红药：即芍药。

⑧砌：台阶。

⑨兹：此。言：语助词。翔凤池：即凤凰池，也即中书省。《晋书·
　荀勖传》载，荀勖由中书监调任尚书令，有人前去表示祝贺，他却
　气愤地说："夺我凤皇池，诸君贺我邪！"

⑩佩：官员身上的玉佩。多清响：谓有不少达官要员。

⑪信美非吾室：王粲《登楼赋》："虽信美而非吾土兮。"信，诚然。

⑫中园：园中。偃仰：栖止，安居。

⑬朋情：友情。郁陶：友情深厚貌。

⑭骀（dài）荡：景物盛貌。

⑮凌风翰：凌风飞举的羽毛。

⑯恣：纵情，随意。山泉：山林泉水。

【译文】

紫色宫殿幽深而又安静，朱红宫廷明亮而又宽敞。

微风轻拂吹动着万年枝，阳光明媚照耀着承露掌。

窗户玲珑饰以绮结连钱，深沉颜色映衬悬垂朱网。

阶前芍药长得枝繁叶茂，青苔沿着台阶蔓延生长。

这就是挺有名的翔凤池,众多玉佩在这发出清响。

虽确美好但不适合我住,我想到园林中安居静养。

朋友情谊那样温馨宜人,春天景物也正蓬勃兴旺。

怎能长出凌风飞举之羽,随心所欲去把山泉欣赏。

观朝雨一首

【题解】

　　这是一首写景而兼抒怀的诗,很能代表谢朓诗在内容上多写隐仕思想矛盾、在表现上多为先写景后抒怀的创作特色。开头两句,气概不凡,足以笼罩全篇,但自"平明"句以下,便渐渐觉得气力不加。锺嵘《诗品》称谢朓"善自发诗端,而末篇多踬,此意锐而才弱也"。即此之谓。不过,这也许不是意锐才弱所致,在很大程度上倒是跟意弱有关系。但诗篇情景分咏,既映衬分明,又通过中间"平明"四句的过渡、转换和衔接,浑然一体,结构、意境和情调还是完整、和谐的,仍不失为谢朓诗中的上乘之作。

朔风吹飞雨①,萧条江上来②。

既洒百常观③,复集九成台④。

空蒙如薄雾⑤,散漫似轻埃。

平明振衣坐⑥,重门犹未开⑦。

耳目暂无扰,怀古信悠哉⑧。

戢翼希骧首⑨,乘流畏曝鳃⑩。

动息无兼遂⑪,歧路多徘徊⑫。

方同战胜者⑬,去翦北山莱⑭。

【注释】

①朔风:北风。

②萧条:冷落貌。

③百常观:汉代台观名。李善注:"《西京赋》曰:'通天眇以竦峙,劲百常而茎擢。'薛综曰:'台名也。'"这里泛指眼前所见的观。百常,古代十六尺为一常,此言其高。

④九成台:古台名。《吕氏春秋·音初》:"有娀氏有二佚女,为之九成之台,饮食必以鼓。"这里泛指眼前所见的台。九成,九层,言其高。

⑤空蒙:混沌迷茫貌。

⑥平明:清晨。振衣:抖一抖衣,为穿衣时的习惯动作,即指穿衣。

⑦重门:指官门。

⑧怀古:指对淡泊宁静的远古生活的怀念,实际指一种超乎现实、超然物外的旷达情绪。信:实在。悠哉:悠然自得貌。

⑨戢(jí)翼希骧首:此谓隐居时想要出仕。戢翼,即敛翅不飞,比喻退隐。李善注引成公绥《慰情赋》:"惟潜龙之勿用,戢鳞翼以匿影。"骧首,马首上举,比喻出仕。李善注引邹阳《上书》:"蛟龙骧首奋翼,则浮云出流。"

⑩乘流:喻出仕。曝(pù)鳃:古代传说,黄河里的大鱼集于龙门(在今陕西韩城与山西河津间)之下,得上者成龙,不得上者,只能曝鳃龙门。见《艺文类聚》卷九十六引辛氏《三秦记》。后因以"曝鳃"比喻遭受困顿、挫折。曝,晒。

⑪动息:动止进退,指做官和退隐。遂:如意。

⑫歧路多徘徊:李善注:"言出处之情有疑,譬临歧路而多惑也。"《淮南子·说林训》:"杨子见逵路而哭之,谓其可以南可以北。"

⑬方:将。战胜:指退隐的思想战胜了出仕的念头。《韩非子·喻老》:"子夏曰:'吾入见先王之义则荣之,出见富贵之乐又荣之,二者战于胸中,未知胜负,故臞。今先王之义胜,故肥。'"

⑭去蕲北山莱：此谓到山中采野菜而食，即退隐山中之意。蕲，同
"剪"。北山莱，《诗经·小雅·南山有臺》："南山有臺，北山有
莱。"莱，草名。又名藜，嫩叶可煮食。

【译文】

北风吹乱了纷飞的雨丝，萧条冷落从江面飘过来。

既洒在高高的百常观上，又淋湿了旁边的九成台。

混沌迷茫好像一层薄雾，弥漫四散犹如轻轻尘埃。

清早整衣而坐准备上朝，但宫门一时还没有打开。

耳目暂时避开世事烦扰，怀想远古实在悠哉游哉。

敛翅不飞想着马首高举，乘流而进又怕途中曝鳃。

出处进退不能两全其美，遇上岔路颇多犹疑徘徊。

将要同胜利者站在一道，到北山采摘嫩绿的藜菜。

郡内登望一首

【题解】

诗题一作《宣城郡内登望》。宣城，即今安徽宣城。建武二年（495）
夏，谢朓由中书郎出为宣城太守。这次出任外官，并非谢朓本意，故他
认为这是政治上的又一个波折，今后的仕途将会很不平坦，因而产生了
知难而退的想法。这首诗作于是年秋冬之际，表达了倦于行旅、不慕富
贵的情感，同时表达了归隐田园的想法。诗篇围绕"登望"二字展开，有
着清美的景物描写。"寒城"一联，浑健有力，堪称高格，曾得到朱熹等
人的誉赏。"桑柘""寒烟"等语，隐含田园风味。山水与田园，宦情与隐
思，浑融一体，颇能体现小谢诗歌的特色。

借问下车日，匪直望舒圆①。

寒城一以眺，平楚正苍然②。

山积陵阳阻③，溪流春谷泉④。

威纡距遥甸⑤，巉岩带远天⑥。

切切阴风暮⑦，桑柘起寒烟⑧。

怅望心已极⑨，惝恍魂屡迁⑩。

结发倦为旅⑪，平生早事边⑫。

谁规鼎食盛⑬，宁要狐白鲜⑭。

方弃汝南诺⑮，言税辽东田⑯。

【注释】

①"借问"二句：张协《杂诗》："下车如昨日，望舒四五圆。"下车，到
　　任。匪直，非只，不只。望舒，神话传说中为月驾车的人，后用来
　　代指月亮。

②平楚：登高望远，见树梢齐平，故称平楚，犹言"平林"。楚，丛木。
　　苍然：谓一片深青色。

③陵阳：山名。相传为古仙人陵阳子明得道成仙之地。在安徽石
　　埭北。一说在宣城城内。此据后说。

④春谷：县名。故治在今安徽繁昌西北。

⑤威纡：迂回曲折。李善注："威夷纡余，流长之貌也。"距：到。甸：
　　郊野。

⑥巉岩(chán)：险峻的山岩。带：连接。

⑦切切：风声。

⑧柘(zhè)：木名。桑属，叶可饲蚕。

⑨极：到极点。谓心中惆怅到极点。

⑩惝恍(chǎng huǎng)：失意貌。

⑪结发：古代男子二十束发加冠，谓之成年，称结发。谢朓建元四

年(482)初入仕为豫章王萧嶷太尉行参军,时年十九,接近二十,
故云。

⑫平生:一生,此生。事边:到边郡任职。

⑬规:谋求。鼎食:列鼎而食。指达官贵人的豪奢生活。

⑭宁:岂。狐白:狐腋下的白毛。指精美的狐裘,为贵者所服。

⑮方弃汝南诺:谓将弃官。方,将。汝南诺,指东汉汝南太守宗资
事。东汉时,汝南太守宗资委任功曹范滂(字孟博),郡人为之谣
曰:"汝南太守范孟博,南阳宗资主画诺。"事见《后汉书·党锢列
传序》。汝南,郡名。东汉治平舆(今属河南)。诺,即画诺,指主
管长官在文书上签字表示同意照办。

⑯言:语助词。税(tuō):解,脱。谓卸职归隐。辽东:郡名。秦置,
汉因之,治襄平县(今辽宁辽阳)。东汉末年,北海(今山东临朐
东南)人管宁避乱辽东,庐于山谷,召众讲习《诗》《书》,历三十余
年方归故里。魏文帝、魏明帝征召,皆不就。

【译文】

试问已经到任多少时间,月亮已经不只一次团圆。

登上寒凉城头一眼望去,平林漠漠只见深青一片。

山峦积聚陵阳高峻险阻,山溪中流淌着春谷清泉。

曲折迂回流向遥远郊野,山岩险峻连接远处蓝天。

切切凉风吹来天已向暮,桑柘林中升起缕缕寒烟。

怅然远望心中抑郁无限,心魂不安于位屡屡飘迁。

结发至今宦游颇感厌倦,一生早早地供职到边远。

谁希求列鼎而食的排场,岂肯要狐白之裘的光鲜。

将放弃上司委命的允诺,脱身前往辽东隐居种田。

和伏武昌登孙权故城一首

【题解】

这是一首和诗(伏武昌原诗今不存)。伏武昌,即伏曼容。据《梁书》本传,伏曼容永明初为太子率更令,侍皇太子讲。与卫将军王俭深相交好,王俭去世后,迁中书侍郎、大司马咨议参军,出为武昌太守(郡治在今湖北鄂州)。王俭卒于永明七年(489)五月,则伏为太守必在七年之后。谢朓于永明九年(491)到荆州随王府,永明十一年(493)离开荆州,从诗中"幽客滞江皋""芳池秋草遍"等语看,诗当作于永明十年(492)秋。孙权称帝后,曾都武昌数月,旋迁都建业(后改称建康,今江苏南京)。谢朓作为南朝诗人,遂站在孙氏立场,对孙氏功业作了热情赞颂,而对其一朝败亡则寄予了无限同情。全诗融登临怀古和应酬赠答于一体,叙事雍容不迫,感慨往复深沉,平直中迭见波澜,故方东树《昭昧詹言》称之为"平叙之作,而葳蕤葱茜,俯仰英眄"。

炎灵遗剑玺①,当涂骇龙战②。
圣期缺中壤③,霸功兴宇县④。
鹊起登吴山⑤,凤翔陵楚甸⑥。
衿带穷岩险⑦,帷帟尽谋选⑧。
北拒溺骖镳⑨,西翦收组练⑩。
江海既无波⑪,俯仰流英盼⑫。
裘冕类禋郊⑬,卜揆崇离殿⑭。
钓台临讲阅⑮,樊山开广宴⑯。
文物共葳蕤⑰,声明且葱蒨⑱。
三光厌分景⑲,书轨欲同荐⑳。
参差世祀忽㉑,寂漠市朝变㉒。

舞馆识余基㉓，歌梁想遗转㉔。

故林衰木平，荒池秋草遍。

雄图怅若兹㉕，茂宰深遐眷㉖。

幽客滞江皋㉗，从赏乖缨弁㉘。

清卮阻献酬㉙，良书限闻见㉚。

幸籍芳音多㉛，承风采余绚㉜。

于役傥有期㉝，鄂渚同游衍㉞。

【注释】

①炎灵：指汉朝。遗剑玺：谓汉朝失去天下。剑，相传汉高祖做亭
长时曾剑斩白蛇，后遂发迹，其剑作为开国之宝代代相传。李善
注："《汉礼仪志》曰：'皇太子即位，中黄门以斩蛇宝剑授。'《异
苑》曰：'晋惠帝元康三年，武库火，烧汉高斩白蛇剑。'"玺，皇帝
的印。中平六年(189)，汉灵帝死，皇子刘辨即位。大将军何进
谋诛宦官，反被宦官诳杀。与何进同谋的士族豪强袁绍发兵攻
杀宦官，宦官劫持皇帝出奔，将皇帝印投落井中。

②当涂：即"当涂高"，为汉代谶纬之词，指魏。《后汉书·袁术传》：
"又少见谶书，言'代汉者当涂高'，自云名字应之。"李贤注："当
涂高者，魏也。然术自以'术'及'路'(按，袁术字公路)皆是
'涂'，故云应之。"骇：起，发生。宋玉《风赋》："骇溷浊，扬腐余。"
李善注："《广雅》曰：'骇，起也。'"龙战：《周易·坤》："龙战于野，
其血玄黄。"本指阴阳二气的交战。这里指群雄割据争战。

③圣期：出王者的时期，指五百年。《论衡·刺孟》："夫孟子言五百
年有王者兴，何以见乎？……五百年者，以为天出圣期也。"这里
即指汉朝，两汉共享国四百二十六年，接近五百年。中壤：中土，
指曹魏所占的中原地区。

④霸功：霸王的功业。宇县：犹言天下。《史记·秦始皇本纪》："大矣哉！宇县之中，承顺圣意。"《集解》："宇，宇宙。县，赤县。"这里指孙权所据的江南地区。

⑤鹊起：本谓见机远引。引申为乘势奋起。李善注："《庄子》曰：'鹊上城之垝，巢于高榆之颠。城坏巢折，陵风而起。故君子之居时也，得时则义行，失时则鹊起。'"吴山：江东之地春秋时多属吴国，故称。李善注："孙氏初基武昌，后都建业，故云吴山楚甸也。"

⑥陵：升，登。楚甸：战国时武昌在楚国境内，故称。甸，郊野。

⑦衿（jīn）带：指地处险要的咽喉之地。《后汉书·杜笃传》载其《论都赋》："关梁之险，多所衿带。"李贤注："衿带，衣服之要，故以喻之。"穷：尽。

⑧帷帟（yì）尽谋选：沈德潜《古诗源》："言帷帐共事者皆善谋，而诸侯之选也。"帷帟，帷帐，帷幄。帟，帐篷中座上承尘的平幕。

⑨北拒：谓北御曹操。即赤壁之战。溺骖镳（biāo）：淹没敌兵。李善注："《春秋感精符》曰：'强杰并侵，战兵雷合，龙门溺骖。'宋均曰：'龙门，鲁地名也。时齐与宋、郑战败相杀，血溺骖马。'"骖，同驾一车的三匹马。镳，马嚼子。这里代指军马、军队。

⑩西戡（kān）：谓西败刘备。彝陵之战，孙权曾大败刘备。戡，通"戡"，平定。收：收取。这里为俘获、歼灭的意思。组练：指精锐的部队。《春秋左传·襄公三年》："使邓廖帅组甲三百、被练三千以侵吴。"组，组甲，以丝带联结皮革或铁片而成的铠甲。练，被练，以练（煮熟的生丝）联结皮革或铁片而成的铠甲。

⑪江海既无波：李善注："《礼斗威仪》曰：'其君乘木而王，其政象平，则江海不扬波。'"谓政治清明，境内无事。

⑫流英盼：谓英姿勃勃地瞻顾四方。盼，看。

⑬衮冕类禋（yīn）祀：言孙权登基称帝时祭天之事。衮冕，帝王祭天

时穿大裘戴冕冠,称裘冕。裘,皮衣。冕,古代帝王、诸侯、卿大夫所戴的礼帽。《周礼·节服氏》:"郊祀裘冕,二人执戈。"类,四类,古代祭祀的天神。《周礼·小宗伯》:"兆五帝于四郊,四望四类亦如之。"郑众注以三皇、五帝、九皇、六十四民为四类,郑玄注以日、月、星、辰为四类。禋郊,即郊祀,古代在郊外祭祀天地。禋,禋祀,即祭祀时将牲礼和玉帛置于柴上,烧柴升烟以祭天。《周礼·大宗伯》:"以禋祀祀昊天上帝。"

⑭卜:古人迷信,欲预知后事吉凶,即烧龟甲以取兆。《诗经·鄘风·定之方中》:"卜云其吉,终然允臧。"毛传:"建国必卜之。"揆:度,测量。古人建筑房屋,立竿测度日影,以定方向。《诗经·鄘风·定之方中》:"定之方中,作于楚宫。揆之以日,作于楚室。"崇:立。离殿:即离宫,古代帝王为便于游处在正式宫殿之外别筑的宫室。

⑮钓台:钓鱼台,在今湖北武昌西北,相传孙权曾驻兵于此。讲阅:讲武阅兵。讲,讲习,训练。

⑯樊山:山名。又名袁山。《水经注·江水》:"今武昌郡治,城南有袁山,即樊山也……北背大江,江上有钓台,权常极饮其上。"广宴:大宴。

⑰文物:指礼乐典章制度。《春秋左传·桓公二年》:"文物以纪之,声明以发之。"葳蕤(wēi ruí):本指草木盛貌。这里形容文物之盛。

⑱声明:《春秋左传·桓公二年》:"锡、鸾、和、铃,昭其声也。三辰旂旗,昭其明也。"本指声音和色彩。这里指声教文明。葱蒨(qiàn):草木青翠茂盛貌。这里形容声教文明之盛。

⑲三光:日、月、星。喻指魏、蜀、吴三分天下。李善注引《三国名臣颂》:"三光参分,宇宙暂隔。"厌分景:讨厌光亮分散,不集中。此谓孙氏有一统天下之意。景,光亮。

⑳书轨欲同荐：即欲统一文字，划一车轨，亦即一统天下。《礼记·中庸》："今天下车同轨，书同文。"书，文字。轨，车两轮间的距离。荐，献。

㉑参（cēn）差：不齐貌。谓享国有长有短。这里是短的意思。世祀：世代所奉的祭祀。《国语·鲁语》："夫祀，国之大节也。"忽：谓忽忽然而去。指孙氏为晋所灭。

㉒寂漠：同"寂寞"。市朝：市指买卖的场所，朝指官府办公的场所。此借指朝代。李善注："古《出夏北门行》曰：'市朝易人，千载墓平。'"

㉓余基：遗留下来的基石。鲍照《芜城赋》："歌堂舞阁之基。"

㉔歌梁：绕梁之歌。转：婉转。

㉕雄图怅若兹：李善注："言孙氏雄图，怅然如此。"若兹，如此。

㉖茂宰：贤能的县官。此指伏曼容。深邈：深远。眷：反顾。

㉗幽客：隐居的人。谢朓自指。江皋：江边。指荆州。

㉘从赏：跟着观赏。乖：离，指未能与伏曼容一起观赏古迹。缨：结冠的带子。弁：冠名。"缨弁"代指官职，指伏曼容。

㉙卮（zhī）：酒器。献：敬酒。酬：劝酒。

㉚良书：好书。指伏曼容原诗。限闻见：谓不能亲闻其言，亲见其面。

㉛籍：书籍，即"良书"。芳音：指美好的诗句。

㉜承风：仰继风采。绚：文采。

㉝于役：去服徭役。于，往。《诗经·王风·君子于役》："君子于役，不知其期。"这里是有机会去武昌的意思。

㉞鄂渚：地名。即指武昌。《楚辞·九章·涉江》："乘鄂渚而反顾兮。"洪兴祖补注："楚子熊渠，封中子红于鄂，鄂州武昌县地是也。隋以鄂渚为名。"游衍：游逛。《诗经·大雅·板》："昊天曰旦，及尔游衍。"

【译文】

汉朝灭亡遗落宝剑玉玺,曹魏代立群雄割据争战。
五百年间江山缺失中土,霸王功业兴起江东郡县。
如鹊劲飞登上吴地山峦,似凤翱翔飞临楚地郊野。
所据尽皆山岩险要之地,帐下全是多谋善断之才。
北拒曹操敌兵血流成河,西御刘备把敌精兵全歼。
江海平静不再翻波卷浪,英姿俯仰且把四方顾盼。
穿衮戴冠隆重郊祀天地,卜占测度建起离宫别殿。
来到钓台训练检阅军马,樊山上面摆起酒席盛宴。
礼乐典章样样设置周全,声教文明也是盛大庄严。
天下三分心中大不乐意,书轨齐同实为一大心愿。
不料国柄忽然一朝失落,寂寞凄凉朝代更迭变换。
还能识别舞馆所留基石,尚能想象绕梁歌声婉转。
林木衰枯剩下一片平地,池沼荒凉秋草四处蔓延。
可叹雄图变成如此景象,贤能太守为之深深顾念。
隐居之人滞留在这江畔,未能随从太守一起赏玩。
端着酒杯不能劝菜敬酒,捧读来诗无从闻言见面。
所幸来诗颇多佳词美句,仰承风韵细细咀嚼文采。
有朝一日如能得到机会,去到鄂渚一同纵情游观。

和王著作八公山一首

【题解】

诗题或作《和王著作融八公山》,疑"融"字衍。《南齐书》及《南史》的《王融传》均不载王融曾为著作。诗中"再远""两去"等语,表明诗最早作于任宣城太守时,而其时王融已故去三年。八公山,在今安徽寿县东北,淝水之北,淮水之南。相传西汉淮南王刘安曾同八公(八个门客)

登此山,因以为名。东晋太元八年(383),前秦苻坚以其弟苻融为前锋,率兵大举南侵。东晋以谢安为主帅,以谢石为征讨都督,谢玄为前锋都督,率八万北府兵前往迎战。勇将刘牢之先在洛涧打败秦军,以致苻坚登上寿阳城头,遥见"八公山上,草木皆兵"。继而谢玄在淝水大败秦军,杀死苻融,苻坚带着箭伤逃回洛阳,从此一蹶不振。谢朓之时,南北对峙局面依然,诗中赞颂谢氏功绩,不无以古鉴今、借古讽今之意。后半感叹自己仕途淹蹇,功业无成,又透出悼古伤今之感。诗风典重,有异常作。沈德潜《古诗源》评云:"小谢诗俱极流利,而此篇及《和伏武昌》作,典重质实,俱宗仰康乐。"

　　　　二别阻汉坻①,双崤望河澳②。

　　　　兹岭复巃嵸③,分区奠淮服④。

　　　　东限琅邪台⑤,西距孟诸陆⑥。

　　　　仟眠起杂树⑦,檀栾荫修竹⑧。

　　　　日隐涧凝空⑨,云聚岫如复⑩。

　　　　出没眺楼雉⑪,远近送春目⑫。

　　　　戎州昔乱华⑬,素景沦伊谷⑭。

　　　　阽危赖宗衮⑮,微管寄明牧⑯。

　　　　长蛇固能翦⑰,奔鲸自此曝⑱。

　　　　道峻芳尘流⑲,业遥年运倏⑳。

　　　　平生仰令图㉑,吁嗟命不淑㉒。

　　　　浩荡别亲知㉓,连翩戒征轴㉔。

　　　　再远馆娃宫㉕,两去河阳谷㉖。

　　　　风烟四时犯,霜雨朝夜沐㉗。

　　　　春秀良已凋㉘,秋场庶能筑㉙。

【注释】

①二别:指大别山和小别山。大别山在今湖北、河南、安徽三省交界处,小别山在今河南光山与湖北黄冈之间。汉坻(chí):即汉水。汉水源出陕西宁强,东南流经湖北入长江。坻,水中小洲或高地。《春秋左传·定公四年》:"冬,蔡侯、吴子、唐侯伐楚……乃济汉而阵,自小别至于大别。"

②双崤(xiáo):崤山的两陵。崤山,也作"殽山",在今河南洛宁西北,地势极险。《春秋左传·僖公三十二年》:"晋人御师必于殽。殽有二陵焉:其南陵,夏后皋之墓也;其北陵,文王之所辟风雨也。"望:面对。河:黄河。澳(yù):水曲处。

③兹岭。此岭,指八公山。巑岏(cuán wán):峻峭的山峰。

④奠:定。淮服:指淮河流域地区。服,谓臣服于君。古代也将王畿以外的地区称为服。

⑤琅邪(yé)台:在今山东诸城东南琅邪山上。秦始皇二十八年(前219),南登琅邪,筑台以观东海,并建碑颂德。

⑥距:到。孟诸:古泽名。在今河南商丘东北。陆:指泽畔。

⑦仟(qiān)眠:草木丛生貌。

⑧檀栾:秀美貌。修:长。

⑨凝空:谓与暮色浑融一片。

⑩岫(xiù):山洞。

⑪出没:指城楼在云雾缭绕中时隐时现。楼雉(zhì):城楼,城墙。雉,计算城墙面积的单位,长三丈、高一丈为雉。

⑫春目:欣赏春色的目光。

⑬戎州:春秋戎人己氏聚居的州邑名。在卫国都城近郊。《春秋左传·哀公十七年》:"初,公登城以望,见戎州。"这里指侵扰中原的氐、羌、鲜卑等少数民族贵族。

⑭素景:指东晋。素,白。景,日光。按古代关于朝代更替的"五德

终始说"，晋为金德，其色白，故称。沦：陷落。伊、谷：二水名。皆在今河南境内，代指以洛阳为中心的中原地区。东晋中期，桓温多次北伐，穆帝永和十二年(356)第二次北伐曾收复洛阳，并曾极力主张东晋还都洛阳。但因东晋政府不支持，洛阳等地又相继被前燕的鲜卑慕容氏所攻陷。后来，前秦苻坚统一北方，遂构成了对东晋政权的更大威胁。

⑮阽(diàn)危：面临危险。宗衮(gǔn)：指谢安。衮，古代帝王或三公所穿的礼服。

⑯微管：《论语·宪问》："子曰：'管仲相桓公，霸诸侯，一匡天下，民到于今受其赐。微管仲，吾其被发左衽矣。'"微，假如没有之意，谓假如没有管仲，我们就都会披散着头发，衣襟向左边开，沦为落后民族了。明牧：指谢玄。明，聪明。此为尊称。牧，州官。谢玄在淝水战前任兖州刺史、领广陵相、监江北诸军事。

⑰长蛇：喻苻融。固：本来。蕲：灭，消灭。

⑱奔鲸：喻苻坚。曝(pù)：谓曝鳃。古时传说，大鱼集于龙门之下，得上者成龙，不得上者，仅得曝鳃龙门。因此比喻挫折。曝，晒。

⑲峻：陡峭，险阻。芳尘：即尘。芳，美称。流：播。

⑳年运：年华运转。倏(shū)：疾速。

㉑平生：谢朓自谓。仰：敬慕，谓敬慕谢安等。令图：好主意，好谋略。《春秋左传·昭公元年》："臣闻君子能知其过，必有令图。令图，天所赞也。"

㉒吁嗟：叹词。不淑：不好。

㉓浩荡：水大貌。这里形容心意不定。亲知：亲友。

㉔连翩：连续不断。戒：准备，出发。征轴：即征车，远行的车。

㉕再远：两次远离。谢朓由兼尚书殿中郎出为骠骑咨议，转中书郎后又出为郡守，故云"再远"。馆娃宫：春秋时吴宫名。吴王夫差作宫于砚石山以馆西施，吴人称美女为娃，故曰馆娃。遗址在今

江苏苏州西南灵岩山。这里代指南齐朝廷。

㉖两去：谢朓先随子隆之荆州，后又由中书省出为宣城太守，两次
离开京师，故云"两去"。河阳：县名。故地在今河南孟州。西晋
时石崇在此建有别墅。其《思归引序》云："晚节更乐放逸，笃好
林薮，遂肥遁于河阳别业。"这里指放外任。

㉗霜雨朝夜沐：李善注引《魏书》："公令曰：'沐浴霜露，二十余
年。'"沐，本指洗发。这里谓饱经风霜、风雨。

㉘春秀良已凋：谓自己的青春年华已经消逝。秀，花。

㉙秋场：秋天打粮食的场地。这里隐含归隐田园之意。庶：副词，
表示可能或期望。

【译文】

大别山小别山阻隔汉水，崤山二陵面对黄河水湾。
这座八公山也异常险峻，淮水地区由此分成两半。
东边以琅邪台作为界限，往西延伸到了孟诸泽畔。
密密麻麻长满各种杂树，森森翠竹荫蔽座座山峦。
太阳落山溪涧融进暮色，云气积聚山洞宛如重叠。
眺望城楼云中时隐时现，放眼来把远近春色浏览。
过去戎狄铁蹄侵扰中华，伊谷流域相继败亡沦陷。
扶持危局完全仰仗宗衮，管仲之功寄托州牧重建。
长蛇固能把它彻底消灭，奔鲸从此也把凶焰收敛。
道路陡险尘埃不断播散，功业遥遥年华疾速运转。
平生仰慕克敌制胜良图，只是命运不济实堪叹惋。
心神不定告别亲人故友，乘车远行总是接连不断。
两次从馆娃深宫中远离，又两次离京到河阳谷涧。
一年四季冒着风烟侵袭，从早到晚暴身霜露之间。
春花诚然已经衰败凋落，希望能把秋场夯筑完善。

和徐都曹一首

【题解】

　　诗题一作《和徐都曹出新亭渚》。徐都曹,即徐勉,南朝梁文学家。《南史·徐勉传》:"迁临海王西中郎田曹行参军,俄徙署都曹。"其作《昧旦出新亭渚诗》,今存。谢朓诗当作于任中书郎时,因与徐勉同在台省,故得结轸新亭(在今江苏南京南)青郊,联辔赋诗。诗中对景物的刻画清新而细微,"日华川上动,风光草际浮"二句,敏锐地表现出景物的瞬间动态,出神入化,耐人寻味,尤为出色。

宛洛佳遨游①,春色满皇州②。
结轸青郊路③,迥瞰苍江流④。
日华川上动⑤,风光草际浮⑥。
桃李成蹊径⑦,桑榆阴道周⑧。
东都已俶载⑨,言归望绿畴⑩。

【注释】

①宛(yuān)洛:代指东晋都城建康。宛,汉时南阳郡宛县,东汉时有南都之称,即今河南南阳。洛,洛阳,东汉都城。《古诗》:"驱车策驽马,游戏宛与洛。"遨游:游乐。

②皇州:京城。

③结轸(zhěn):停车。

④迥瞰:远望。苍:深蓝色。

⑤日华:太阳的光华。

⑥风光:风中草木的闪光。李周翰注:"风本无光,草上有光色,风吹动之,如风之有光也。"草际:草间。

⑦桃李成蹊径:《史记·李将军列传》:"谚曰:'桃李不言,下自成
　蹊。'"蹊径,小路。

⑧道周:道旁。

⑨东都:洛阳。照应上"宛洛"。这里代指建康(今江苏南京)。俶
　(chù)载:《诗经·小雅·大田》:"以我覃耜,俶载南亩。"这里谓
　已开始农耕。俶,开始。载,从事工作。

⑩言归:《诗经·小雅·黄鸟》:"言旋言归。"言,犹乃。归,谓归田
　园。畴:已耕作的田地。

【译文】

在宛城洛阳尽情地游乐,只见绮旎春色洒满皇州。

停车在郊野青色的路上,远望蓝色大江浩浩奔流。

太阳的光华在江面晃悠,风吹草动光色左飘右浮。

桃李下面走出一条小路,道路两旁长满桑树榆树。

东都城外处处开始农耕,归来纵情眺望碧绿田畴。

和王主簿怨情一首

【题解】

诗题一作《和王主簿季哲怨情》。王季哲,谢朓岳父王敬则之子。
《通鉴》卷一百四十一胡三省曰:"敬则为大司马,以其子(季哲)为记室
参军。"据《南齐书·明帝纪》,王敬则为大司马在建武元年(494)十月,
诗可能作于次年春。写女子怨旷之情,既伤人,也有自伤之意。吴兆宜
注《玉台新咏》卷四评云:"比茂先《情诗》,态更妍,语更丽,但渐趋纤巧,
古意稍渝矣。"

掖庭聘绝国①,长门失欢宴②。

相逢咏糜芜③，辞宠悲班扇④。

花丛乱数蝶⑤，风帘入双燕。

徒使春带赊⑥，坐惜红妆变⑦。

生平一顾重⑧，宿昔千金贱⑨。

故人心尚尔⑩，故人心不见⑪。

【注释】

①掖庭：《后汉书·班彪传》附班固《两都赋》："后宫则有掖庭、椒房，后妃之室。"李贤注引《汉官仪》："婕妤以下皆居掖庭。"这里指王昭君。王昭君为汉元帝宫人，竟宁元年（前33），匈奴呼韩邪单于入朝，求美人为阏氏（匈奴王妻妾的称号），元帝遣昭君，以结和亲。聘：旧时定亲、迎娶皆称聘。绝国：极远的邦国，指匈奴。

②长门：汉宫名。武帝时，陈皇后失宠，别居长门宫。失欢宴：谓不能再陪侍武帝。

③糜芜：蘼芜，即蘪芜，香草名。其叶风干后可作香料。此指古诗《上山采蘼芜》。其辞云："上山采蘼芜，下山逢故夫。长跪问故夫：'新人复何如？''新人虽言好，未若故人姝。颜色类相似，手爪不相如。'"

④辞宠：失宠。班扇：指旧题班婕妤（汉成帝宫人）所作《怨歌行》。其辞云："新裂齐纨素，鲜洁如霜雪。裁为合欢扇，团团似明月。出入君怀袖，动摇微风发。常恐秋节至，凉飙夺炎热。弃捐箧笥中，恩情中道绝。"

⑤乱数蝶：即数乱蝶，几只乱飞的蝴蝶。

⑥春带赊：衣带宽，指消瘦。《古诗》："相去日已远，衣带日已缓。"春带，即衣带，春天所结，故云。赊，缓，宽。

⑦坐:空。红妆变:谓容颜日渐衰老。红妆,妇女的盛妆,以色尚红,故称。

⑧一顾:一看,指看上新欢。李善注引曹植诗:"一顾千金重,何必珠玉钱。"

⑨宿昔:往日。千金贱:谓过去的深情厚义不再值钱。

⑩故人心尚尔:《古诗》:"相去万余里,故人心尚尔。"尚尔,还是如此。

⑪故人心不见:六臣本作"故心人不见",较有致。意谓故人虽"心尚尔",但"人不见",一切还是白搭,实际是说故人心也变了。

【译文】

掖庭王昭君远嫁到异国,长门陈皇后不再陪欢宴。

偶然相逢不禁吟咏糜芜,失去恩宠更悲班姬咏扇。

花丛之中几只蝴蝶飞舞,风动帘子飞进一双轻燕。

徒然使衣带一天天宽松,只可惜容颜一天天衰减。

平生看上一眼即以为重,过去一千金也不再值钱。

故人心思还是这样没变,心思没变但人就是不见。

沈休文

见卷第二十《应诏乐游苑饯吕僧珍诗》作者介绍。

和谢宣城一首

【题解】

沈约同谢朓俱为"竟陵八友"之一,一生交谊甚厚,颇多唱和。隆昌元年(494),沈约由吏部郎出为宁朔将军、东阳太守,明帝即位,进号辅国将军,征为五兵尚书。建武二年(495),谢朓由中书郎出为宣城太守,在宣城作了《在郡卧病呈沈尚书》(见本书卷第二十六),这首诗即其和作。诗篇叙写了自己虽在朝而若隐的生活,倾吐了对谢朓的思念和欲浮桴于海、一快平生的情愫。沈约为"永明体"的创始人之一,讲求平仄对仗,在这首诗中也有体现,但气质厚挚,语言朴茂,仍不乏古诗韵味,即沈德潜《古诗源》所谓"能存古诗一脉"者。

> 王乔飞凫舄①,东方金马门②。
> 从宦非宦侣③,避世不避喧④。
> 揆余发皇鉴⑤,短翮屡飞翻⑥。
> 晨趋朝建礼⑦,晚沐卧郊园⑧。
> 宾至下尘榻⑨,忧来命绿樽⑩。
> 昔贤侔时雨⑪,今守馥兰荪⑫。
> 神交疲梦寐⑬,路远隔思存⑭。
> 牵拙谬东氾⑮,浮惰及西昆⑯。
> 顾循良菲薄⑰,何以俪玙璠⑱。
> 将随渤澥去⑲,刷羽泛清源⑳。

【注释】

①王乔飞凫舄(fú xì):传说汉明帝时得道的方士王乔乘凫舄(一种神鞋)飞行。《风俗通义·正失》:"俗说孝明帝时,尚书郎河东王乔迁为叶令,每月朔常诣台朝。帝怪其来数而无车骑,密令太史候望。言其临至时,常有双凫从东南飞来。因伏侍,见凫举罗,但得一双舄耳。使尚方识视,四年中所赐尚书官属履也……(太史)言此令即仙人王乔者也。"《后汉书·方术传》有类似记载。凫,野鸭。舄,鞋。

②东方金马门：指东方朔，汉武帝时人，曾待诏金马门，官至太中大夫。《史记·滑稽列传》：“武帝时，齐人有东方生名朔……时坐席中，酒酣，据地歌曰：‘陆沉于俗，避世金马门。宫殿中可以避世全身，何必深山之中，蒿庐之下。’金马门者，宦者署门也，门旁有铜马，故谓之曰‘金马门’。”

③从宦非宦侣：此言王乔。从宦，做官。宦侣，同僚。

④避世不避喧：此言东方朔。喧，喧呼，繁闹。

⑤揆（kuí）余发皇鉴：屈原《离骚》：“皇览揆余初度兮。”揆，估量。余，我。皇，这里指君王。鉴，观察，即“量才而用”之意。

⑥短翮（hé）：短翅。自谦之辞。屡飞翻：谓历任多种官职。

⑦建礼：汉官门名。李善注引《汉书典职》：“尚书郎昼夜更直于建礼门内。”这里泛指宫门。

⑧沐：沐浴，休息。

⑨宾至下尘榻：李善注：“谢承《后汉书》曰：‘徐稚，字孺子，豫章人，屡辟公府不起。时陈蕃为太守，以礼请署功曹，稚不免之，既谒而退。蕃在郡不接宾，唯稚来特设一榻，去则悬之。’傅玄《杂诗》曰：‘机榻委尘埃。’”榻，低矮狭长的坐卧用具。

⑩忧来命绿樽：《汉书·东方朔传》：“销忧者莫若酒。”樽，酒器。

⑪侔：等。时雨：应时之雨。

⑫今守馥兰荪（sūn）：李善注：“潘正叔《赠河阳诗》曰：‘流声馥秋兰。’”今守，指谢朓。馥，香。兰、荪，皆香草名。

⑬神交：谓梦中会面。梦寐：睡梦。

⑭思存：想念。《诗经·郑风·出其东门》：“匪我思存。”

⑮牵拙：李善注：“牵率庸拙也。”牵率，也作“牵帅”，牵连之意。《春秋左传·襄公十年》：“女既勤君而兴诸侯，牵帅老夫，以至于此。”“牵拙”谓自己才能庸拙而又被人为地牵连。东汜（sì）：李善注：“谓汤谷，日之所出也。”汤谷，也作“旸谷”，传说中的日出

之处。

⑯浮惰:李善注:"浮名惰懈也。"西昆:李善注:"谓崦嵫,日之所入也。"李周翰注:"日入处,比衰老也。"沈约于隆昌元年(494)出为东阳太守,齐明帝即位,征为五兵尚书,这里遂以日之起落为比,以见时之早晚、人之少老。

⑰顾循:眷念之情。菲薄:微薄。

⑱俪(lì):并列,比。玙(yú)、璠(fán):皆美玉名。

⑲渤澥(xiè):即渤海。司马相如《子虚赋》:"浮渤澥,游孟诸。"

⑳刷羽泛清源:刘桢《赠徐幹》:"细柳夹道生,方塘含清源。"又《杂诗》:"方塘含白水,中有凫与雁。安得肃肃羽,从尔浮波澜。"刷羽,整理羽毛。泛,漂浮。清源,清水。

【译文】

王乔乘着一双凫舄飞行,东方朔避世京都金马门。
做官却不同于一般僚属,避世不害怕繁杂和喧闹。
君王考察估量我的情况,我曾奋起短翅屡屡飞翔。
早晨奔赴建礼宫门上朝,晚上沐浴躺卧郊外家园。
客至取下灰蒙蒙的坐榻,忧来命人端上绿色酒樽。
往昔贤人就像应时之雨,今日太守芳名有如兰荪。
梦中频频会面颇觉疲倦,道路遥远阻隔彼此思念。
牵率庸拙谬从东汜腾升,浮名惰懈旋从西昆下沉。
眷顾之情诚然十分微薄,怎能够同玙璠相提并论。
将要随着渤海洪波而去,整翅在清水中漂浮翻腾。

应王中丞思远咏月一首

【题解】

《南齐书·王思远传》:"高宗辅政,不之任,仍迁御史中丞……建武中,迁吏部郎。"高宗(齐明帝萧鸾)辅政在永明十一年(493),诗当作于此后的两三年间,是对王思远《咏月》(其诗今不存)的和作。紧扣"月华"二字展开铺写,情景如画,清丽流转,对仗颇工,用词也很精美。何焯《义门读书记》评云:"小庾(按,指庾信)以降,必无此力量。一诗中户、隙、楼、园、轩、门、房七事可抵小赋。三、四一大一小。五、六一忧一乐。七、八一高一下。'高楼'一联,自小庾至玉溪(按,指李商隐)皆奉为使事之法。"

月华临静夜①,夜静灭氛埃②。
方晖竟户入③,圆影隙中来④。
高楼切思妇⑤,西园游上才⑥。
网轩映珠缀⑦,应门照绿苔⑧。
洞房殊未晓⑨,清光信悠哉⑩。

【注释】

①月华:月光。

②氛埃:指漂浮的埃尘。《楚辞·九叹·远游》:"氛埃辟而清凉。"

③方晖:月亮光辉从门户照入,故成方形,故称。竟户:满窗。

④圆影:月亮。曹植《赠徐幹》:"圆景光未满,众星粲以繁。"李善注:"圆景,月也。""景""影"字通。隙:壁缝。

⑤高楼切思妇:曹植《七哀诗》:"明月照高楼,流光正徘徊。上有愁思妇,悲叹有余哀。"切,贴近,谓贴近月光,即沐浴在月光之中的意思。

⑥西园:东汉末年曹操在邺城建铜雀园,又称西园。曹丕《芙蓉池作》:"乘辇夜行游,逍遥步西园……丹霞夹明月,华星出云间。"这里泛指一般的园林。上才:才能卓越的人

⑦网轩:指带有镂空花格的窗户,空格犹如网眼。珠缀:指红色的花格密密联结。珠,《诗纪》卷七十三:"一作'朱'。"李善注:"下云'绿苔',此当为'朱缀',今并为'珠',疑传写之误。"《楚辞·招魂》:"网户朱缀,刻方连些。"

⑧应门照绿苔:《汉书·外戚传》载班婕妤《自伤赋》:"潜玄宫兮幽以清,应门闭兮禁闼扃。华殿尘兮玉墀苔,中庭萋兮绿草生。"应门,王宫的正门。

⑨洞房:幽深的卧房。殊:很,非常。

⑩信:实在。悠:远貌。

【译文】

月光在静静的夜晚降临,静夜顿时扫净散漫尘埃。

辉光满满拥入方方门户,光亮从壁缝中照射进来。

高楼上思妇沐浴着清辉,月色中西园遨游着上才。

辉映着窗户上红色花格,照耀着应门外绿色薜苔。

卧房幽深离天亮还很早,清光满天实在悠远可爱。

冬节后至丞相第诣世子车中一首

【题解】

丞相,指南齐宗室大臣萧嶷。萧嶷字宣俨,萧道成次子,萧子显之父。刘宋末萧道成秉政,他任镇西将军、荆州刺史。萧道成称帝,迁侍中、尚书令、扬州刺史,封豫章郡王。萧道成死,明帝即位,进位太尉、大司马。死后,赠假黄钺、都督中外诸军事、丞相、扬州牧。世子,诸侯正妻所生之长子。此指萧嶷长子子廉。萧嶷生前荣宠无比,死后,不免门庭冷落,沈约前往看望子廉,在车中有感于此,故作此诗。人情冷暖,世态炎凉,在当时具有普遍性,诗篇针砭时弊,有一定典型性。夹叙夹议,笔调冷峻,感慨深沉,气骨道劲。末二句出人意表,何焯《义门读书记》

评云:"结有万钧力。"

> 廉公失权势①,门馆有虚盈②。
> 贵贱犹如此③,况乃曲池平④。
> 高车尘未灭⑤,珠履故余声⑥。
> 宾阶绿钱满⑦,客位紫苔生。
> 谁当九原上⑧,郁郁望佳城⑨。

【注释】

①廉公:指廉颇,战国赵将。《史记·廉颇蔺相如列传》:"廉颇之免
　长平归也,失势之时,故客尽去。乃复用为将,客又复至。廉颇
　曰:'客退矣!'客曰:'吁! 君何见之晚也? 夫天下以市道交,君
　有势,我则从君,君无势则去,此固其理也,有何怨乎?'"

②盈虚:王符《潜夫论·交际》:"昔魏其之客,流于武安;长平之吏,
　移于冠军。廉颇、翟公,载盈载虚。"虚,谓宾客尽去,门馆虚空。
　盈,谓宾客尽至,门馆充盈。

③贵贱:《汉书·郑当时传》:"先是下邽翟公为廷尉,宾客亦填门。
　及废,门外可设雀罗。后复为廷尉,客欲往,翟公大署其门曰:
　'一死一生,乃知交情;一贫一富,乃知交态;一贵一贱,交情
　乃见。'"

④曲池平:谓衰败凋落。李善注引桓谭《新论》:"雍门周说孟尝君
　曰:'千秋万岁后,高台既已倾,曲池又以平。'"

⑤高车:《释名·释车》:"高车,其盖高,立乘载之车也。"为贵者
　所乘。

⑥珠履:有珠饰的鞋,为贵者所穿。余声:谓着珠履踏地而行的声
　音尚未消散。

⑦宾阶:宾客所行的台阶。古礼,主客所行之道有一定规矩。《礼记·曲礼》:"主人就东阶,客就西阶。"绿钱:指青苔。李善注引崔豹《古今注》:"空室无人行,则生苔藓,或青或紫,一名绿钱。"

⑧当:处在。九原:山名。《礼记·檀弓》:"赵文子与叔誉观乎九原。"在今山西新绛北。也作"九京"。《礼记·檀弓》:"是全要领以从先大夫于九京也。"郑玄注:"晋卿大夫之墓地在九原,京盖字之误,当为'原'。"这里泛指墓地。

⑨郁郁:忧闷貌。佳城:指墓地。张华《博物志·异闻》:"汉滕公薨,求葬东都门外。公卿送丧,驷马不行,踟地悲鸣。跑蹄下地得石,有铭曰:'佳城郁郁,三千年见白日,吁嗟滕公居此室。'遂葬焉。"

【译文】

大将廉颇一朝失去权势,门庭顿由热闹变得冷清。
一贵一贱尚且如此局面,何况曲池已经壅塞填平。
高车扬起之尘尚未消失,珠履踏地之声尚有余音。
宾行台阶已经长满绿钱,客位上面紫苔早已蔓生。
是谁来到郊外九原之上,默默怅望父祖所在坟茔。

学省愁卧一首

【题解】

诗题一作《直学省愁卧》。直,同"值",值班。学省,指国子学,为封建时代的教育管理机构和最高学府。沈约于建武四年(497)迁国子祭酒,时年五十七岁。任祭酒期间,朝政昏乱,沈约深怀忧虑,故在诗中抒写了这一心情,属锺嵘《诗品》所谓"长于清怨"之作。"网虫垂户织,夕鸟傍檐飞"一联,音律谐协,圆美流转,又属锺嵘《诗品》所谓"诵咏成音"者。

秋风吹广陌^①，萧瑟入南闱^②。

愁人掩轩卧^③，高窗时动扉^④。

虚馆清阴满^⑤，神宇暧微微^⑥。

网虫垂户织^⑦，夕鸟傍檐飞^⑧。

缨佩空为忝^⑨，江海事多违^⑩。

山中有桂树^⑪，岁暮可言归^⑫。

【注释】

①广陌：大道。代指广阔的郊野。

②萧瑟：风声。闱：宫中小门。代指国子学所在的宫室。

③愁人：诗人自指。掩：关闭。轩：李善注："长廊也。"当指门窗。

④扉：门扇。这里指窗户。

⑤虚馆：虚空安静的宫室。

⑥神宇：本指供奉神灵的屋宇。潘岳《寡妇赋》："仰神宇之寥寥兮，瞻灵衣之披披。"刘良注："神宇，灵室也。"这里即指国子学所在宫室。暧（ài）：昏暗貌。微微：幽静貌。张衡《南都赋》："章陵郁以青葱，清庙肃以微微。"

⑦网虫：指蜘蛛。张协《杂诗》："蜘蛛网四屋。"

⑧檐：同"檐"。

⑨缨佩：此代指官职。缨，结冠的带子。佩，佩于衣带上的饰物。空为忝（tiǎn）：谓自己白白地做着国子祭酒的官职，辱没了这一职务。忝，辱。

⑩江海：江河湖海，指隐居之地。《庄子·刻意》："就薮泽，处闲旷，钓鱼闲处，无为而已矣；此江海之士，避世之人也。"违：违背。

⑪山中有桂树：李善注："山中有桂树，即攀桂枝而聊淹留也。"也即山中可归隐之意。《楚辞·招隐士》："桂树丛生兮山之幽……攀

援桂枝兮聊淹留。"

⑫岁暮:既指一年将尽,也指年岁将老。言:语助词。

【译文】

秋风吹遍寂寥广阔郊野,萧瑟之气进入庭南小门。

忧愁之人关着门在躺卧,高窗被风吹拂不时扇动。

宫廷虚空四处贮满清阴,色调昏暗显得十分幽静。

蜘蛛在窗户上垂丝织网,傍晚鸟儿贴着屋檐翩飞。

缨佩空有深感玷辱官职,放情江海此事多有相违。

山中有芳香高雅的桂树,年岁将尽不妨动身回归。

咏湖中雁一首

【题解】

永明体诗人沈约、谢朓、王融等都写过不少咏物诗,尤以沈约为多,但总体成就不高。这首《咏湖中雁》诗,意思比较平浅,但刻画尚称工致,大雁的种种情态跃然纸上,可堪回味。有一定美学价值。何焯《义门读书记》对此诗颇为赞赏,认为"《园葵》《湖雁》,咏物之祖"。

白水满春塘,旅雁每回翔①。

唼流牵弱藻②,敛翮带余霜③。

群浮动轻浪,单泛逐孤光④。

悬飞竟不下,乱起未成行。

刷羽同摇漾⑤,一举还故乡⑥。

【注释】

①"白水"二句:刘桢《杂诗》:"方塘含白水,中有凫与雁。"旅雁,群雁。

《春秋穀梁传》:"掩禽旅。"范宁注:"掩取众禽。"回翔,回旋飞翔。

②唼(shà)流牵弱藻:《楚辞·九辩》:"凫雁皆唼乎梁藻兮,凤愈飘翔而高举。"唼,水鸟吃食。弱藻,细藻。

③敛翮(hé):收束翅膀。翮,羽毛中间的硬管。

④泛:漂游。

⑤刷羽:梳理羽毛以便奋飞。摇漾:李善注:"飞貌也。"

⑥举:飞起。还故乡:李善注:"《乌孙公主歌》曰:'愿为黄鹄兮归故乡。'"

【译文】

春天池塘蓄满一池清水,群飞大雁每每回旋飞翔。

水中觅食牵动纤细绿藻,收束翅膀沾带薄薄白霜。

一起浮游掀起轻轻波浪,单独漂浮追逐水中孤光。

空中悬飞竟然不会落下,散乱起飞暂未排列成行。

整翅飞翔一同摇曳荡漾,穿云破雾飞回遥远故乡。

三月三日率尔成篇一首

【题解】

三月三日,即农历的上巳日。古人于每年三月上旬的巳日临水祭祀,并用浸泡了香草的水沐浴,以为这样可以祓除不祥,叫做"禊""祓禊"或"修禊"。这种风俗起源于周代,汉魏以后相沿,魏以后,大概为了便于记忆,不再拘泥于"上巳"这个日子,而将节日固定为每年农历三月初三日。春天正是风和日丽、鸟语花香的季节,三月三日逐渐成为人们春日到水边郊游踏青、饮宴游玩的节日,宴饮时,人们把酒杯放到水中任其漂流,漂到谁面前就由谁取饮,这就是王羲之所说的"曲水流觞"。骚人墨客还免不了要吟诗作赋,这就产生了一系列以"上巳"和"三月三日"为题的作品。沈约的这首诗,虽以长安、洛阳为背景,实际描写的是江南的春禊活动，刻画了青年男女纵情游乐的情态，可以想见一时之盛。

> 丽日属元巳^①，年芳具在斯^②。
> 开花已匝树^③，流嘤复满枝^④。
> 洛阳繁华子^⑤，长安轻薄儿^⑥。
> 东出千金堨^⑦，西临雁鹜陂^⑧。
> 游丝映空转^⑨，高杨拂地垂。
> 绿帻文照耀^⑩，紫燕光陆离^⑪。
> 清晨戏伊水^⑫，薄暮宿兰池^⑬。
> 象筵鸣宝瑟^⑭，金瓶泛羽卮^⑮。
> 宁忆春蚕起，日暮桑欲萎^⑯。
> 长袂屡以拂^⑰，雕胡方自炊^⑱。
> 爱而不可见^⑲，宿昔减容仪^⑳。
> 且当忘情去^㉑，叹息独何为^㉒？

【注释】

①丽日：指美日，即良辰佳日。元巳：即上巳，因属农历三月第一个巳日，故称。这里即指三月初三日。张衡《南都赋》："于是暮春之禊，元巳之辰。"

②年芳：一年中的美好日子。具：同"俱"。斯：此。指"元巳"。

③匝：周，满。

④流嘤：鸣声婉转的鸟。嘤，鸟鸣声。

⑤繁华子：指青春少年。繁华，花盛开，以喻人之盛年。阮籍《咏怀诗》其十二："昔日繁华子，安陵与龙阳。"

⑥轻薄儿：轻浮放荡的青年。

⑦千金堰：古代水利工程名。又名千金堨，在洛阳城西。杨衒之《洛阳伽蓝记·城西》："长分桥西有千金堰，计其水利，日益千金，因以为名。"

⑧雁鹜陂(bēi)：古代水利工程名。李善注引《汉官殿疏》："长安有雁鹜陂，承昆明下流也。"陂，水塘。

⑨游丝：春天昆虫吐出来的细丝，随风飘荡在花草树木间。

⑩绿帻(zé)：古代仆役的服式。《汉书·东方朔传》："董君绿帻傅韝，随主前，伏殿下。"颜师古注："绿帻，贱人之服也。"因董偃为武帝宠臣，这里转指贵门少年的冠服。文：文彩。

⑪紫燕：燕的一种，其颔下紫。陆离：光彩斑斓貌。

⑫伊水：在洛阳附近。

⑬薄暮：傍晚。兰池：宫观名。在长安。潘岳《西征赋》："北有清渭浊泾，兰池周曲。"李善注："《三辅黄图》曰：'兰池观在城外。'《长安图》曰：'周氏曲，咸阳县东南三十里，今名周氏陂，陂南一里，汉有兰池宫。'"

⑭象筵：豪华的筵席。颜延之《皇太子释奠会作诗》："堂设象筵，庭宿金悬。"

⑮金瓶：酒器。泛：漂浮。羽卮(zhī)：即羽觞，一种做成雀形、有羽翼的酒器。

⑯"宁忆"二句：枚乘《梁王菟园赋》："桑萎蚕饥，中人望奈何。"宁，岂。起，谓起而觅食。萎，枯槁。

⑰长袂(mèi)屡以拂：《楚辞·大招》："长袂拂面，善留客只。"长袂，长袖。拂，谓拂面，即遮掩脸面，是一种娇羞的姿态。

⑱雕胡方自炊：宋玉《讽赋》："为臣炊雕胡之饭，烹露葵之羹，来劝臣食。"雕胡，菰米。菰俗称茭白，可作蔬菜。其实如米，可以做饭。方，正。炊，烧火做饭。

⑲爱而不可见：《诗经·邶风·静女》："爱而不见。"爱，通"薆"，

　　躲藏。

⑳宿昔：昨夜，一夜。减容仪：谓消瘦。容仪，容貌与仪表。

㉑且：将。

㉒叹息独何为：曹植《赠白马王彪》："太息将何为？"何为，干什么。

【译文】

良辰佳日属于上巳节日，一年芳华全集中在此时。

树上已开满了各色鲜花，鸣声婉转的鸟站满树枝。

洛阳青春少年成群结队，长安轻薄男儿前呼后应。

东边来到洛阳的千金堰，西边来到长安的雁鹜陂。

游丝映着春光空中飘转，杨柳高高枝条拂地而垂。

绿帻在阳光下文彩照耀，紫燕在春风中光影陆离。

清晨在伊水边自在嬉戏，傍晚在兰池边露营歇宿。

豪华筵席上鸣响着宝瑟，水面上漂浮着金瓶羽卮。

哪里还想得起春蚕肚饥，太阳落山桑叶将要枯萎。

不断地用长袖遮掩脸面，雕胡之饭正在烧火烹炊。

爱人躲了起来无法见面，一夜之间就改变了容仪。

还是应当忘却情缘离去，独自叹息能有什么用呢？

杂拟上

陆士衡

见卷第十六《叹逝赋》作者介绍。

拟古诗十二首

【题解】

"杂拟"一类,皆拟古人之诗。陆机所拟十二首,除《兰若生朝阳》一首外,余皆在《古诗十九首》之列。古人拟诗,大体有两种情况:一为学古的一种方法,力求形似,有时甚至到了与原诗亦步亦趋的地步;一以"拟古"为名,即境抒怀,自出机杼。陆机拟作,属于第一种,大约是吴亡后回到华亭故里闭门勤学时期的作品。由于目的在于学古,因此往往因袭原作意思,无甚发挥;词句也大抵从原诗变换而来,但刻画较为精工,形式较为整饬。这些拟作曾名重当世,锺嵘《诗品·总论》将其与陈思《赠弟》、仲宣《七哀》等相提并论,认为"斯皆五言之警策者也,所谓篇章之珠泽,文彩之邓林"。但因感兴不深,缺少新意,语言风格又丧失了原诗淳朴自然的特色,也曾遭到一些古人的非议。如李重华《贞一斋诗说》云:"陆士衡《拟古诗》,名重当世,余每病其呆板。"陈祚明《采菽堂古诗选》云："士衡诗束身奉古,亦步亦趋……造情既浅,抒响不高。"总体看来,这些拟作与原诗相较,确实比较逊色。不过,其中也有几首清新可诵之作,如《拟明月何皎皎》等。

拟行行重行行

悠悠行迈远①,戚戚忧思深②。
此思亦何思③?思君徽与音④。
音徽日夜离,缅邈若飞沉⑤。
王鲔怀河岫⑥,晨风思北林⑦。
游子眇天末⑧,还期不可寻。
惊飙褰反信⑨,归云难寄音⑩。
伫立想万里⑪,沉忧萃我心⑫。
揽衣有余带⑬,循形不盈衿⑭。
去去遗情累⑮,安处抚清琴⑯。

【注释】

①悠悠:远貌。行迈:《诗经·王风·黍离》:"行迈靡靡,中心摇摇。"行,走路。迈,也是行的意思。

②戚戚:忧貌。

③何思:思念什么。

④徽与音:即徽音。徽音犹言嘉讯、佳音。徽,美,善。音,音讯。

⑤缅邈:遥远貌。飞沉:谓飞上高天,沉入水底。

⑥王鲔(wěi)怀河岫:传说王鲔穴居洞中。张衡《东京赋》:"王鲔岫居。"薛综注:"山有穴曰岫也。王鲔,鱼名也,居山穴中。长老言,王鲔之鱼,由南方来,出此穴中,入河水。见日目眩,浮水上,

流行七八十里。钓人见之,取之以献,天子用祭。其穴在河南小
平山。"王鲔,大鲔鱼。鲔,鱼名。即鲟鱼。河,黄河。岫,山洞。

⑦晨风思北林:《诗经·秦风·晨风》:"鴥彼晨风,郁彼北林。"谓其
在北林有鸟窝。晨风,鸟名。即鹯鸟,属鹰鹞一类的猛禽。

⑧游子眇(miǎo)天末:游子远在天边。张衡《东京赋》:"眇天末以
远期,规万世而大摹。"眇,遥远。天末,犹言天边,指极远的
地方。

⑨惊飙:急风。褰(qiān):提起,撩起。这里是飘卷、卷走的意思。
反信:返回的音讯。

⑩归云难寄音:《楚辞·九章·思美人》:"愿寄言于浮云兮,遇丰隆
而不将。"归云,往家乡飘飞的云。

⑪伫立:久久站立。

⑫沉忧:深忧。萃:聚集。

⑬揽衣:敛衣。古人衣长,须提敛而行。有余带:指身体越来越消
瘦。即"相去日已远,衣带日已缓"之意。

⑭不盈衿:意同"有余带"。衿,同"襟",衣襟。

⑮遗情累:去掉感情上的牵累。

⑯抚:弹奏。

【译文】

走啊走君走得越来越远,忧啊忧我忧思越来越深。

这忧思到底都思念什么?思念君何时返回的佳音。

日日夜夜佳音与我背离,迷迷茫茫好似高飞远沉。

王鲔怀念黄河边的洞穴,晨风思念筑有巢的北林。

游子却呆在遥远的天边,回家的日子还无法找寻。

急风卷走了返回的音讯,归云难以托它带回佳音。

久久站立悬想万里之外,深重忧虑一齐汇聚我心。

提敛衣衫衣带还有多余,抚摩身形身体不满衣襟。

去吧去吧抛弃感情牵累,安然处之弹起清越琴声。

拟今日良宴会

闲夜命欢友^①,置酒迎风馆^②。
齐僮《梁甫吟》^③,秦娥《张女弹》^④。
哀音绕栋宇^⑤,遗响入云汉^⑥。
四坐咸同志^⑦,羽觞不可筭^⑧。
高谈一何绮^⑨,蔚若朝霞烂^⑩。
人生无几何,为乐常苦晏^⑪。
譬彼伺晨鸟^⑫,扬声当及旦^⑬。
曷为恒忧苦^⑭,守此贫与贱。

【注释】

①闲夜:静夜。

②迎风:汉宫馆名。张衡《西京赋》:"既新作于迎风,增露寒与储胥。"

③齐僮:齐国的歌童。僮,未成年的人。张衡《南都赋》:"齐僮唱兮
列赵女。"《梁甫吟》:即《梁甫行》,汉乐府曲调名。梁甫,泰山旁
边的小山名。

④秦娥:秦国的歌女。娥,美女。《张女弹》:古曲名。潘岳《笙赋》:
"辍张女之哀弹,流广陵之名散。"

⑤栋宇:指屋梁。栋,屋中的正梁。

⑥遗响:余音。云汉:银河。

⑦四坐:指四周在座的众人。也作"四座"。咸:皆。同志:志向相
同的人。

⑧羽觞:做成雀形、两边有翼的酒器。不可筭(suàn):言其多。筭,同

"算"。

⑨绮:美妙。

⑩蔚:文采华美。烂:灿烂,有光彩。

⑪为乐常苦晏:秦嘉《赠妇诗》其一:"忧艰常早至,欢会常苦晚。"
　晏,晚。

⑫伺晨鸟:指鸡。伺晨,等候天亮。

⑬旦:天明。

⑭曷:为何,为什么。恒:常。

【译文】

静夜邀来一帮快乐朋友,把酒席摆在那迎风之馆。

齐国歌童唱起了《梁甫吟》,秦国歌女奏起了《张女弹》。

哀音婉转绕着屋梁不散,余响高亢升入云空霄汉。

四座都是志同道合之人,酒杯端起一时无法计算。

高谈阔论言辞何其美妙,文采就如朝霞一般灿烂。

人的一生没有多少日子,享受快乐常常只恨太晚。

譬如那等待天亮的雄鸡,应趁天明赶紧扬声叫唤。

为何这样常常忧伤痛苦,老是困守着贫穷和微贱。

拟迢迢牵牛星

昭昭清汉晖①,粲粲光天步②。

牵牛西北回③,织女东南顾④。

华容一何冶⑤,挥手如振素⑥。

怨彼河无梁⑦,悲此年岁暮⑧。

跂彼无良缘⑨,睆焉不得度⑩。

引领望大川⑪,双涕如沾露⑫。

【注释】

①昭昭:明亮貌。清汉:指银河。晖:光辉。

②粲粲:鲜明貌。光天步:李善注:"步,行也。言行止之盛,微步而光耀于天。"即在天上略微迈开步履,即光彩四射。

③西北回:谓朝着织女所在的西北方向注视。回,回顾。

④东南顾:谓朝着牵牛所在的东南方向注视。《大戴礼记·夏小正》:"七月……初昏,织女正东向。"

⑤华容:美丽的容貌。冶:艳丽,多姿。

⑥振:摇动。素:未经染色的绢,其色洁白。

⑦梁:桥。

⑧年岁暮:谓将衰老。

⑨跂(qí):通"歧",分歧。织女共有三星,联成等边三角形,三角分出,故以"跂"字来形容。这里即指织女星。《诗经·小雅·大东》:"跂彼织女,终日七襄。"

⑩睆(huàn):星光明亮貌。指牵牛星。《诗经·小雅·大东》:"睆彼牵牛,不以服箱。"

⑪引领:伸颈。大川:指银河。

⑫涕:泪。沾:湿润。

【译文】

明明亮亮银河发出清辉,粲粲光耀在天迈开细步。

牵牛朝着西北织女眺望,织女朝着东南牵牛瞻顾。

织女容颜多么艳丽多姿,挥动双手就像挥动白素。

怨那银河没有一座桥梁,悲此一生渐渐走向衰暮。

三角形织女星没有良缘,亮闪闪牵牛星不得涉度。

伸长脖子茫然望着大河,双眼泪流就如滚落露珠。

拟涉江采芙蓉

上山采琼蕊①，穹谷饶芳兰②。
采采不盈掬③，悠悠怀所欢④。
故乡一何旷⑤，山川阻且难。
沉思钟万里⑥，踟蹰独吟叹⑦。

【注释】

①琼蕊：古代传说中琼树的花蕊，似玉屑。这里喻珍美的花。

②穹谷：深谷。饶：多。

③采采：采而又采，不断地采。不盈掬（jū）：不满一捧。掬，用两手捧起。《诗经·小雅·采绿》："终朝采绿，不盈一匊。"毛传："两手曰匊。"

④悠悠：深思貌。

⑤旷：远。

⑥沉思：深深的思念。钟：积聚。

⑦踟蹰：徘徊不前貌。

【译文】

上山去采摘珍美的琼蕊，深谷中有不少芳香幽兰。
采来采去总是不满一捧，心思悠悠怀念远方所欢。
故乡看去多么迷茫遥远，山重水复险阻而且艰难。
思念深深情钟万里之外，徘徊不前独自悲吟慨叹。

拟青青河畔草

靡靡江离草①，熠耀生河侧②。

　　　　　皎皎彼姝女③，阿那当轩织④。
　　　　　粲粲妖容姿⑤，灼灼美颜色⑥。
　　　　　良人游不归⑦，偏栖独只翼⑧。
　　　　　空房来悲风，中夜起叹息⑨。

【注释】

①靡靡：草伏相依貌。宋玉《高唐赋》："薄草靡靡，联延夭夭。"李善
　　注："靡靡，相依倚貌。"江离：香草名。

②熠（yì）耀：光明貌。

③皎皎：洁白貌。姝（shū）女：美女。

④阿那：同"婀娜"，柔美貌。轩：窗。

⑤粲粲：鲜明貌。妖容：艳丽妩媚的姿容。

⑥灼灼：鲜艳貌。颜色：容貌。

⑦良人：思妇对丈夫的称谓。

⑧偏栖：侧着身子睡眠。独只翼：鸟儿偏栖，有一只翅膀压在身下，
　　只剩一只翅膀露在外面，故云。以此喻思妇独眠，颇嫌生造。

⑨中夜起叹息：曹植《美女篇》："盛年处房室，中夜起长叹。"中夜，
　　半夜。

【译文】

绵密低伏相依的江离草，光闪闪地长在河流两侧。

那个美女肌肤多么白皙，身段柔美在窗边把布织。

姿容妖娆妩媚光彩照人，艳丽夺目容颜俊美出色。

丈夫远游迟迟不把家回，如鸟偏栖只露一只羽翼。

悲凄凉风吹进空房之中，半夜不眠起身长声叹息。

拟明月何皎皎

安寝北堂上①,明月入我牖②。
照之有余晖③,揽之不盈手④。
凉风绕曲房⑤,寒蝉鸣高柳。
踟蹰感节物⑥,我行永已久⑦。
游宦会无成⑧,离思难常守⑨。

【注释】

①寝:卧。

②牖(yǒu):窗户。

③照之:指月光照到窗户上。晖:光辉。

④揽:用手去抓握。盈:满。

⑤曲房:有曲廊的屋子。

⑥踟蹰:徘徊不前貌。节物:指凉风吹、寒蝉鸣等秋天景物。

⑦永:长。

⑧游宦:远游求仕。会:当。

⑨离思:离别的愁思。难常守:谓难以长期忍受。

【译文】

安静地躺卧在北堂之上,明亮的月光照进我窗户。
月光照进窗户灼灼有余,伸手抓握却不能够盈手。
凉风绕着曲房呼呼吹拂,寒蝉不断鸣叫在那高柳。
踟蹰徘徊感叹节物变化,我离家出游时间已很久。
远游求仕终当一事无成,离别忧思更难长期伴守。

拟兰若生朝阳

嘉树生朝阳①,凝霜封其条②。

执心守时信③,岁寒终不凋④。

美人何其旷,灼灼在云霄⑤。

隆想弥年月⑥,长啸入飞飙⑦。

引领望天末⑧,譬彼向阳翘⑨。

【注释】

①嘉树:美树,指松柏。朝阳:指山的东面,因其早晨为太阳所照,故称。《诗经·大雅·卷阿》:"梧桐生矣,于彼朝阳。"

②条:树枝。

③执心:专心。时信:一定的时节变化。信,讲信用。

④岁寒终不凋:《论语·子罕》:"岁寒,然后知松柏之后凋也。"岁寒,一年的寒冬。凋,枯败。

⑤"美人"二句:李善注:"枚乘《乐府诗》曰:'美人在云端,天路隔无期。'"旷,遥远。灼灼,明艳貌。

⑥隆想:犹言苦想。隆,盛,多。弥:满。

⑦啸:撮口出声,是古人抒发抑郁感情的一种方式。飞飙:暴风。

⑧引领:伸颈。天末:犹言天边。

⑨向阳翘:指嘉树。嘉树迎着太阳伸展枝叶,形如翘首而望,故云。

【译文】

美好树木生在山的东面,到了冬天严霜封住枝条。

专心一意固守时节变化,寒冬季节枝条终不枯凋。

美人所住地方何其遥远,明艳夺目在那九重云霄。

冥思苦想已是经年累月,长啸一声啸声融入风暴。

伸长脖子朝着天边眺望,就像嘉树向阳把枝条翘。

拟青青陵上柏

冉冉高陵蓂[①],习习随风翰[②]。
人生当几何[③],譬彼浊水澜[④]。
戚戚多滞念[⑤],置酒宴所欢。
方驾振飞辔[⑥],远游入长安。
名都一何绮[⑦],城阙郁盘桓[⑧]。
飞阁缨虹带[⑨],曾台冒云冠[⑩]。
高门罗北阙[⑪],甲第椒与兰[⑫]。
侠客控绝景[⑬],都人骖玉轩[⑭]。
遨游放情愿[⑮],慷慨为谁叹[⑯]!

【注释】

①冉冉:柔弱下垂貌。高陵:高丘。蓂:草名。生浅水中,叶纹成十字形,可食。李善注:"《山海经》曰:'昆仑之丘,有草名曰蓂,如葵。'《字书》曰:'蓂,亦'蘋'字也。'"

②习习:频飞貌。翰:高飞。

③当:能。

④譬彼浊水澜:李善注:"言浊水之波易竭也。"澜,波。

⑤戚戚:忧思貌。滞:郁塞不通。

⑥方驾:两车并行。即并驾齐驱之意。振飞辔:谓疾驰前行。振,提起。辔,马缰。

⑦名都:著名的都会。绮:繁华。

⑧城阙:城楼。阙,官门前两边的望楼。郁:盛貌。盘桓:广大貌。

⑨飞阁:凌空耸立的高阁。缨:帽带。这里用作动词,谓以……为帽带。

⑩曾(céng)台:高台。曾,通"层"。冒:"帽"的本字。这里用作动词。

⑪高门:指达官贵人的宅第。下"甲第"同。罗:列。北阙:张衡《西京赋》:"北阙甲第,当道直启。"

⑫椒与兰:椒与兰都是芳香之物,用以喻贵戚所居。

⑬控:驾御。绝景(yǐng):良马名。景,同"影"。

⑭都人:居住在京都的人(指有钱人)。《诗经·小雅·都人士》:"彼都人士,狐裘黄黄。"骖:三匹马驾一辆车。玉轩:有玉饰的车。

⑮遨游:游乐。放:放纵不使受拘束。

⑯慷慨:意气不平貌。

【译文】

高丘上柔弱下垂的蘋草,飞啊飞随着风不停翻翻。

人生的日子能够有多长,就像那浊水坑中的波澜。

忧思不断心中郁塞难通,摆下酒席请来朋友欢宴。

宴毕并驾齐驱纵马飞驰,遨游远方来到名都长安。

名都的景象是多么繁华,城楼巍峨高耸远近相连。

高阁凌空以彩虹为帽带,高台矗立以白云为帽冠。

高门大宅罗列北阙前面,王侯甲第美如芬芳椒兰。

侠客骑着绝景骏马飞奔,都中权贵驾着玉车往返。

恣意游乐任我心中所愿,慷慨不平去为何人感叹!

拟东城一何高

西山何其峻①,曾曲郁崔嵬②。

零露弥天坠③,蕙叶凭林衰④。

寒暑相因袭⑤，时逝忽如颓⑥。

三闾结飞辔⑦，大耋嗟落晖⑧。

曷为牵世务⑨，中心若有违⑩。

京洛多妖丽⑪，玉颜侔琼蕤⑫。

闲夜抚鸣琴⑬，惠音清且悲⑭。

长歌赴促节⑮，哀响逐高徽⑯。

一唱万夫叹，再唱梁尘飞⑰。

思为河曲鸟⑱，双游丰水湄⑲。

【注释】

①峻：高而陡峭。

②曾（céng）曲：重叠盘旋。曾，通"层"。郁：盛貌。崔嵬（wéi）：高耸貌。

③零露：即露。弥天：满天。

④蕙：香草名。凭林：依林，即在林中。

⑤因袭：前后相承。

⑥忽：疾速貌。颓：落下。

⑦三闾：指屈原。屈原曾任三闾大夫。结飞辔：拴上马缰。谓不使前行。辔，马缰。屈原《离骚》："吾令羲和弭节兮，望崦嵫而勿迫。"此隐用其意。

⑧大耋（dié）嗟落晖：《周易·离》："日昃之离，不鼓缶而歌，则大耋之嗟，凶。"大耋，年高的人。耋，八十岁。一说指七十或六十岁。嗟，叹。落晖，落日的余晖。

⑨曷为：何为，为什么。牵：牵累。世务：时务，当世的事情。

⑩中心若有违：《诗经·邶风·谷风》："行道迟迟，中心有违。"中心，即心中。有违，指行动和心意相违背。

⑪京洛多妖丽：曹植《名都篇》："名都多妖女，京洛出少年。"京洛，指东汉都城洛阳。妖丽，艳丽的女子。

⑫玉颜：美丽的容颜。侔：等，齐。琼蕤（ruí）：玉花。

⑬闲夜：静夜。抚：弹奏。

⑭惠音：和谐的声音。

⑮赴：犹逐，和着乐曲唱歌的意思。促节：节奏急促的旋律。

⑯高徽：高亢的乐曲。徽，琴节，即琴上调宫商、定高低音的节。这里代指乐曲。

⑰再：第二次。梁尘飞：李善注引《七略》："汉兴，鲁人虞公善雅歌，发声，尽动梁上尘。"

⑱河曲鸟：鸳鸯的别名。

⑲丰水：也作"沣水"，源出陕西秦岭，北流至西安西北，入渭水。西周丰京即建于此水西岸。湄：水和草交接的地方，即岸边。

【译文】

西山看去多么高峻陡峭，重叠盘旋气象蓊郁崔嵬。
露珠寒凉漫天遍野洒落，蕙叶在林中悄悄地枯萎。
寒来暑往彼此前后相承，时光流逝快如物体下垂。
三闾拴上马缰不使前行，高年之人感叹落日余晖。
为何要被世人俗务牵累，行动似与自己心意相违。
京都洛阳颇多俏丽女子，容貌姣好可与玉花比美。
静谧的夜晚把琴弦拨响，和谐的声音清越又凄悲。
放声歌唱随着急促旋律，高亢乐声中有哀响伴随。
一唱就引起了万人感叹，再唱振得梁上尘土纷飞。
想要变成恩爱的河曲鸟，游乐在丰水边成双成对。

拟西北有高楼

高楼一何峻①，苕苕峻而安②。

绮窗出尘冥③,飞陛蹑云端④。

佳人抚琴瑟⑤,纤手清且闲⑥。

芳气随风结⑦,哀响馥若兰⑧。

玉容谁得顾⑨? 倾城在一弹⑩。

伫立望日昃⑪,踯躅再三叹⑫。

不怨伫立久,但愿歌者欢。

思驾归鸿羽,比翼双飞翰⑬。

【注释】

①峻:陡直高耸。

②苕苕(tiáo):高貌。安:稳固。

③绮窗:雕画精美的窗户。尘冥:指覆盖在大地上面的一层尘雾。
　冥,昏暗。

④飞陛:高耸的台阶。蹑:登上。

⑤抚:弹。

⑥闲:静。谓动作安闲,不疾不乱。

⑦芳气:香气。结:聚。

⑧哀响:指哀婉的歌声。馥若兰:谓随着歌声传来的香气犹如幽
　兰。馥,香气。

⑨玉容:美好的容貌。顾:看。

⑩倾城:谓容貌出色。《汉书·外戚传》载李延年歌:"北方有佳人,
　绝世而独立;一顾倾人城,再顾倾人国。宁不知倾城与倾国,佳
　人难再得。"

⑪伫立:久久地站立。日昃(zè):太阳西斜。

⑫踯躅:徘徊不前。

⑬翰:高飞。

【译文】

一座高楼何其陡直高耸,高耸陡直但又稳如泰山。
精美窗户耸出尘雾之外,高高台阶直上蓝天云端。
楼上美人独自拨动琴弦,纤手挥舞清静而又悠闲。
芳香气息随着微风汇聚,哀歌送来芬芳犹如幽兰。
美好容貌谁有机会瞻仰?倾城美色全在一弹之间。
久久站立看到日头偏西,来回徘徊不禁感叹再三。
不怨自己时间站得太久,但愿歌者能够快乐喜欢。
愿能乘上一对归鸿翅膀,与她比翼双飞直上云天。

拟庭中有奇树

欢友兰时往①,苕苕匿音徽②。
虞渊引绝景③,四节逝若飞④。
芳草久已茂,佳人竟不归⑤。
踟蹰遵林渚⑥,惠风入我怀⑦。
感物恋所欢,采此欲贻谁⑧?

【注释】

①欢友:犹言好友。兰时:良时,指春日。

②苕苕:远貌。音徽:谓音声、音容。徽,琴上调宫商、定高低音
　的节。

③虞渊:神话传说中的日入之处。《淮南子·天文训》:"日至于虞
　渊,是谓黄昏。"绝景(yǐng):指黄昏时分。其时日光消逝,故云。
　景,同"影"。一说指良马。喻时光飞逝如良马奔驰。

④四节:春夏秋冬四季。

⑤佳人:指友人。

⑥踯躅:徘徊。遵:沿。林渚:山林及水边。

⑦惠风:和风。

⑧此:指芳草。贻:赠给。

【译文】

好友在春时远离了家门,路途遥遥音容已是久违。

虞渊吞噬最后一缕阳光,四季消逝就如鸟儿疾飞。

香草早已长得十分繁茂,美人竟然还是没有回归。

沿着山林水边徘徊观望,和风习习吹进我的胸怀。

感念外物更加怀恋好友,采来香草打算赠送给谁?

拟明月皎夜光

岁暮凉风发,昊天肃明明①。

招摇西北指,天汉东南倾②。

朗月照闲房③,蟋蟀吟户庭④。

翻翻归雁集⑤,嘒嘒寒蝉鸣⑥。

畴昔同宴友⑦,翰飞戾高冥⑧。

服美改声听⑨,居愉遗旧情⑩。

织女无机杼⑪,大梁不架楹⑫。

【注释】

①昊(hào)天:即天。昊,元气广布貌。肃:清寒静寂之貌。

②"招摇"二句:李善注:"李陵诗曰:'招摇西北驰,天汉东南流。'"招摇,星名。《礼记·曲礼》:"招摇在上,急缮其怒。"《释文》:"北斗第七星。"也作"摇光"。天汉,银河。

③闲:静。

④蟋蟀吟户庭:谓天已冷。吟,鸣。户庭,门内院中。

⑤翩翩:飞貌。

⑥嘒嘒(huì):鸣声。

⑦畴昔:过去。

⑧翰飞戾高冥:《诗经·小雅·小宛》:"宛彼鸣鸠,翰飞戾天。"翰飞,高飞。戾,到达。高冥,高空。

⑨改声听:谓名声与以前不同。声听,名声。

⑩居愉:谓生活舒适愉快。遗:忘。

⑪织女无机杼:谓织女不能织布,空有织女之名。喻朋友空有朋友之名。《诗经·小雅·大东》:"跂彼织女,终日七襄。虽则七襄,不成报章。"机,织机。杼,梭子。

⑫大梁不架楹:也谓其空有其名。大梁,星名。即昴星。《尔雅·释天》:"大梁,昴也。"为二十八星宿之一,有星五颗(一说七颗)。楹,堂前直柱。

【译文】

一年将尽凉风四处吹拂,寥廓星空静肃而又光明。

招摇星遥指着西北方向,长长银河朝着东南斜倾。

明朗月光照进幽房静室,蟋蟀爬进门内院中长吟。

大雁聚在一处朝南翩飞,寒蝉在不住地嘒嘒哀鸣。

以前在一起欢宴的朋友,展翅高飞直抵九天青冥。

穿着华美名声今非昔比,居处欢愉忘了朋友旧情。

织女并没有织机和梭子,大梁不架楹也徒有虚名。

张孟阳

见卷第二十三《七哀诗》作者介绍。

拟四愁诗一首

【题解】

本篇拟张衡《四愁诗》(载《文选》卷第二十九),原共四首,此选第四首。情韵辞藻,皆追步原诗,颇得神似。《晋书》本传云:"载见世方乱,无复进仕意,遂称疾笃告归,卒于家。"诗或亦借怀人愁思的抒发表达自己的伤时忧世之情,不无寄寓之意。

> 我所思兮在营州①,欲往从之路阻修②。
> 登崖远望涕泗流③,我之怀矣心伤忧④。
> 佳人遗我绿绮琴⑤,何以赠之双南金⑥。
> 愿因流波超重深⑦,终然莫致增永吟⑧。

【注释】

①营州:古十二州之一,辖地相当今河北、辽宁等地。

②阻修:险阻而又漫长。

③崖:岸边。涕泗:眼泪和鼻涕。

④怀:怀念。

⑤遗:赠送。绿绮:古琴名。李善注引傅玄《琴赋序》:"齐桓公有鸣琴曰号钟,楚庄王有鸣琴曰绕梁。中世,司马相如有绿绮,蔡邕有焦尾,皆名器也。"这里泛指上好的琴。

⑥南金:南方出产的黄金。《诗经·鲁颂·泮水》:"元龟象齿,大赂南金。"

⑦因:凭借。重深:指重山深谷。

⑧永吟:长叹。

【译文】

我所思念的人啊在北边营州,想前去追随他道路险阻漫长。
登上岸边远望涕泪不住流淌,深深的怀念使我内心多忧伤。
美人赠给了我一把绿绮宝琴,以何还报呢一对南方产黄金。
希望随着流波越过重山深谷,终于未能到达徒增长叹声声。

陶渊明

见卷第二十六《始作镇军参军经曲阿作》作者介绍。

拟古诗一首

【题解】

《拟古诗》共九首,多为感时伤世、追慕节义之作,约作于刘宋初年。
这里所选的一首,以托喻手法,抒写了好景不长、盛年难再的感慨,是作
者在晋宋易代之际心境的反映。虽题作"拟古",却毫无摹拟之迹,与陆
机"拟古"相比,显示出迥异的特色。

> 日暮天无云,春风扇微和①。
> 佳人美清夜②,达曙酣且歌③。
> 歌竟长叹息④,持此感人多⑤。
> 明明云间月,灼灼叶中花⑥。
> 岂无一时好⑦,不久当如何?

【注释】

①和:温和。

②美：喜爱。

③达曙：直到天明。酣：饮酒。

④竟：毕。

⑤持此：凭此，因此。

⑥灼灼：灿烂貌。

⑦好：美。

【译文】

傍晚时分晴空万里无云，春风吹拂送来轻温微和。

美人喜欢这清朗的夜晚，通宵达旦边饮酒边唱歌。

歌儿唱罢一声长长叹息，此情此景实在感人良多。

明明朗朗是云中的月亮，妩媚灿烂是叶中的鲜花。

难道没有一时间的美好，只是不久之后该会如何？

谢灵运

见卷第十九《述祖德诗》作者介绍。

拟魏太子邺中集诗八首　并序

【题解】

　　魏太子，指曹丕。曹丕为曹操次子，建安二十二年（217）被立为太子，延康元年（220）十月代汉称帝。建安年间，"曹公父子，笃好诗文"（锺嵘《诗品序》），在其政治中心邺城（今河北临漳西南）聚集了"盖将百计"的文学之士，形成了一个邺下文人集团。曹丕是这个集团的实际首领，具体组织了很多游宴唱和的文学活动，促进了建安诗歌的繁荣。王粲等文士相继故去后，曹丕表示了深沉悼念，并为之撰遗文、编文集。

谢灵运的八首诗,分别拟曹丕、王粲、陈琳、徐幹、刘桢、应玚、阮瑀、曹植的诗作,大体上能反映出其人其诗的特点。诗前有总序,以曹丕口吻概述了邺下文人聚首时的盛况及后来相继故去后的伤感。《王粲》等七首,诗前尚有小序,结合其人生平经历概述其创作特色,颇多深中肯綮之言。诗中也寄寓了谢灵运个人生不逢时的感慨,并非单纯拟古之作。方回《文选颜鲍谢诗评》即认为总序针砭了刘宋王朝的最高统治者:"予谓此序使其主宋武帝、文帝见之,皆必切齿。'其主不文'明讥刘裕,'雄猜多忌'亦能诛徐、傅、谢、檀者之所讳也……灵运坐诛……此序亦贾祸一端也。"考之谢灵运生平,不为无见之言。

建安末①,余时在邺宫,朝游夕宴,究欢愉之极②。天下良辰、美景、赏心、乐事③,四者难并④;今昆弟友朋⑤,二三诸彦⑥,共尽之矣⑦。古来此娱,书籍未见。何者?楚襄王时⑧,有宋玉、唐、景⑨;梁孝王时⑩,有邹、枚、严、马⑪。游者美矣⑫,而其主不文⑬。汉武帝徐乐诸才⑭,备应对之能⑮,而雄猜多忌⑯,岂获晤言之适⑰!不诬方将⑱,庶必贤于今日尔⑲。岁月如流⑳,零落将尽㉑。撰文怀人㉒,感往增怆㉓!其辞曰:

【注释】

①建安:东汉献帝年号(196—220)。邺下文人活动的高潮时期在建安十六年(211)至建安二十二年(215)间,故何焯《义门读书记》认为"建安末,'末'当为'中'"。

②究:穷尽。

③良辰:美好的时辰。赏心:心意愉悦。乐事:称心如意之事。

④并:一起得到。

⑤昆弟：兄弟。指曹丕、曹植。

⑥二三：约数，或二或三。彦：才学之士。

⑦共：全。之：指良辰、美景、赏心、乐事。

⑧楚襄王：战国时楚国君主。一作楚顷襄王。前298—前263年在位。

⑨宋玉：战国楚著名辞赋家。详见卷第十三《风赋》介绍。唐：唐勒，战国楚辞赋家。有赋四篇，今佚。景：景差，战国楚辞赋家，楚襄王时曾任大夫，作品已亡佚。《史记·屈原列传》："屈原既死之后，楚有宋玉、唐勒、景差之徒者，皆好辞而以赋见称。然皆祖屈原之从容辞令，终莫敢直谏。"

⑩梁孝王：即刘武，汉文帝子，汉景帝同母弟。汉文帝前元二年（前178）封为代王，十二年（前168）徙封梁王。吴楚七国之乱平定后，自恃有功，在国大造宫室，招延四方豪杰文士。被景帝疏远，卒于国。

⑪邹：邹阳，西汉文学家。详见卷第三十九《上书吴王》介绍。枚：枚乘，西汉著名辞赋家。详见卷第三十四《七发》介绍。严：严忌，西汉辞赋家。本姓庄，后人避汉明帝讳，改为严。与邹阳、枚乘俱仕吴，为门客，以文辩著名。后离吴，客游梁，颇得梁孝王厚遇。《汉书·艺文志》著录有赋二十四篇，今仅存《哀时命》。马：司马相如，西汉著名辞赋家。详见卷第七《子虚赋》介绍。

⑫美：谓其多才。

⑬文：指文学才能、文化修养。

⑭汉武帝：即刘彻，西汉皇帝，前141—前87年在位。汉景帝之子。徐乐：西汉政论家。武帝时为文学侍臣。今存《言世务书》一篇。诸才：包括徐乐、主父偃、庄安等。武帝元光（前134—前129）中，徐乐、主父偃、庄安俱上书言世务，武帝召见三人，恨相见太晚，皆任为郎中，并在武帝左右，为文学侍臣。

⑮备:具备。应对:对答。指对答皇帝提问。

⑯雄猜:心雄而多猜忌。

⑰晤言:见面交谈。指应对皇帝。适:满足,顺心。

⑱不诬:这里是不猜忌的意思。诬,诬蔑,诽谤。方将:将要,正要。《诗经·邶风·简兮》:"简兮简兮,方将万舞。"这里指风华正茂、正处在上升时期的众作家。

⑲庶:表示可能或期望的副词。贤:胜过。

⑳流:流水。

㉑零落:指死亡。

㉒撰:编订,编集。指为死者编订文集。

㉓怆:悲伤。

【译文】

建安末年,其时我正在邺城王宫,常常早晨出游,晚上饮宴,真是欢愉到了极点。天底下良辰、美景、赏心、乐事,这四者很难同时兼有;而现在兄弟朋友,诸位才学之士,都完全享受到了这些乐趣。自古以来像这样的欢娱,书籍中尚未见到有关记载。为什么这么说呢? 楚襄王时,有宋玉、唐勒、景差;梁孝王时,有邹阳、枚乘、严忌、司马相如。这些平时在一起游宴的人,才华是很出众的,但他们所追随的主人却不是具有文化修养的人。汉武帝时徐乐等才学之士,具备了应对皇帝的才能,但皇帝心雄而多猜忌,这样应对起来,岂能满意顺心! 如不猜忌这些才学之士,想必当时的盛况是会胜过现在的。岁月像流水一样逝去,转眼间一起游宴的人们不少已经作古。现在编订他们的文集,又一次勾起了对他们的怀念之情;想起过去那些在一欢快聚首的日子,内心更感到悲痛。其辞云:

魏太子

百川赴巨海,众星环北辰①。

照灼烂霄汉②,遥裔起长津③。

天地中横溃④,家王拯生民⑤。

区宇既涤荡⑥,群英必来臻⑦。

忝此钦贤性⑧,由来常怀仁⑨。

况值众君子⑩,倾心隆日新⑪。

论物靡浮说⑫,析理实敷陈⑬。

罗缕岂阙辞⑭,窈窕究天人⑮。

澄觞满金罍⑯,连榻设华茵⑰。

急弦动飞听⑱,清歌拂梁尘⑲。

何言相遇易,此欢信可珍⑳。

【注释】

①"百川"二句:这两句写才人学士纷纷汇聚邺下。何焯《义门读书记》:"起二句有盖世之气。"北辰,北极星。《论语·为政》:"子曰:'为政以德,譬如北辰,居其所而众星共之。'"

②照灼:照亮,照耀。烂:光明。《诗经·郑风·女曰鸡鸣》:"子兴视夜,明星有烂。"霄汉:指天空。霄,云。汉,银河。

③遥裔:远而长貌。长津:指天汉,即银河。

④横溃:大水泛滥。李善注:"以水喻乱也。"

⑤家王:指曹操。建安二十一年(216)五月,曹操进爵为魏王,都邺。生民:人民。

⑥区宇:疆土境域。涤荡:洗荡,清除。指扫平群雄,统一北方。

⑦臻:到,到达。

⑧忝(tiǎn):愧。谦辞。钦贤性:钦慕贤才的本性。

⑨由来:从来。

⑩值:碰上。

⑪隆：盛。指交情深厚。日新：日日更新，指交情一天比一天深厚。

⑫靡：无，没有。浮说：虚浮不实的言论。

⑬敷陈：铺叙。

⑭罗缕：委曲，详尽。阙：缺。

⑮窈窕：深微貌。究天人：司马迁《报任安书》："亦欲以究天人之际，通古今之变，成一家之言。"究，研究，探求。天人，天与人，自然与社会。

⑯澄觞：指酒器。金罍（léi）：酒器名。形似酒罈，大肚小口。金，指青铜。

⑰榻：几案。华：美丽。茵：坐垫。

⑱急弦：节奏急速的弦乐。动飞听：谓引得飞鸟都前来倾听。李善注："《抱朴子》曰：'瓠巴操琴，翔禽为之下听。'"

⑲清歌：清美的歌声。

⑳信：的确，实在。

【译文】

百条江河一齐奔向大海，满天繁星围绕着北极星。
天空被照耀得灿烂光明，长长银河悬垂遥远天庭。
天地之中洪水横流四溢，家王奋起拯救黎民百姓。
疆域之内既已荡尽扫平，群英必然纷纷前来投奔。
我愧有钦慕贤才的本性，从来常有怀念仁人之心。
何况碰到诸位贤能君子，倾心交往交情越来越深。
评论事物没有虚浮言论，分析道理讲究一一铺陈。
详尽陈说岂会缺少言辞，探幽索微研究天道与人。
清冽酒浆斟满酒杯金罍，几案相连坐垫摆放齐整。
急骤弦乐引来鸟儿倾听，清美歌声拂动梁上灰尘。
怎么能说我们相会容易，如此欢乐实在值得珍惜。

王 粲

家本秦川①,贵公子孙②。遭乱流寓,自伤情多③。

幽厉昔崩乱④,桓灵今板荡⑤。

伊洛既燎烟⑥,函崤没无像⑦。

整装辞秦川,秣马赴楚壤⑧。

沮漳自可美⑨,客心非外奖⑩。

常叹诗人言⑪,《式微》何由往⑫。

上宰奉皇灵⑬,侯伯咸宗长⑭。

云骑乱汉南⑮,纪郢皆扫荡⑯。

排雾属盛明⑰,披云对清朗⑱。

庆泰欲重叠⑲,公子特先赏⑳。

不谓息肩愿㉑,一旦值明两㉒。

并载游邺京㉓,方舟泛河广㉔。

绸缪清宴娱㉕,寂寥梁栋响㉖。

既作长夜饮,岂顾乘日养㉗。

【注释】

①秦川:地名。约当今陕、甘两省之地。因地处渭河南北岸,沃野千里,又为秦故地,故称。按王粲祖籍山阳高平(今山东邹城西南),汉献帝初平元年(190),董卓挟献帝西迁长安,王粲随之也迁徙长安,时年十四岁。

②贵公子孙:王粲曾祖父王龚,有高名于天下,汉顺帝时为太尉;祖父王畅,汉灵帝时为司空。太尉、司空皆三公之官,位极尊贵,故称。

③"遭乱"二句：献帝初平三年（192），董卓余党李傕、郭汜作乱长安，王粲南去荆州规避，一住十五年，始终未被重用，心情常悒郁不快。流寓，寄居他乡。

④幽厉：周幽王、周厉王，皆西周国王，都镐京（今陕西西安西南）。崩乱：动荡纷乱。周厉王横征暴敛，又禁止"国人"言论自由，激起众怒，于前841年被逐出镐京。周幽王昏庸无道，偏听褒姒谗言，失信于诸侯，被犬戎攻杀于骊山下，致使西周灭亡。

⑤桓灵：汉桓帝、汉灵帝，皆东汉末昏君。板荡：《诗经·大雅》有《板》《荡》二篇，是哀伤周厉王无道、周室将亡的，后因以板荡指政局变乱或社会动荡不安。

⑥伊、洛：二水名。在今河南境内。这里借指洛阳及其附近地区。燎烟：谓起火燃烧。李善注："曹子建《送应氏诗》曰：'洛阳何寂寞，宫室尽烧焚。'"燎，放火焚烧草木。董卓乱中，洛阳及其周围地区遭受极大破坏。

⑦函崤（xiáo）：函谷关和崤山。这里代指以长安为中心的关中地区。没：沦没。无像：无章法，无体统。指李傕、郭汜作乱关中。王粲《七哀诗》："西京乱无象，豺虎方遘患。"

⑧秣（mò）马：喂饱马匹。楚壤：指荆州。王粲《七哀诗》："复弃中国去，远身适荆蛮。"

⑨沮（jù）、漳：二水名。王粲《登楼赋》："挟清漳之通浦兮，倚曲沮之长洲。"美：以之为美，即赞美，称赏。

⑩非外奖：谓不会因荆州"可美"而安心居留。王粲《登楼赋》："虽信美而非吾土兮，曾何足以少留！"奖，劝勉。

⑪诗人：指《诗经》的作者。

⑫《式微》：《诗经·邶风》篇名。其首章云："式微式微，胡不归？微君之故，胡为乎中露？"毛序说是黎侯寄居在卫国，其臣属劝他回国而所作之诗。这里用其劝归之意。何由往：何从往，即无从前

往、无地可去。

⑬上宰：宰相，指曹操。皇灵：指汉献帝。建安元年(196)，曹操奉献帝都许(今河南许昌)，从此挟天子以令诸侯。

⑭侯、伯：古代五等爵位的第二等和第三等。借此指各地的州牧郡守。宗长(zhǎng)：尊崇归向。

⑮云骑(jì)：骑兵如云。喻兵马之盛。乱汉南：指建安十三年(208)曹操南征荆州刘表。乱，谓使刘表惊乱。汉南，汉水之南。

⑯纪郢(yǐng)：纪，纪南城，在湖北江陵北，战国时楚都，一名郢城。这里代指荆州。

⑰排雾：喻重见光明。李善注引王隐《晋书》："乐广为尚书令，卫瓘见而奇之，命诸子造焉，曰：'每见此人，莹然若开云雾之睹青天。'"属：归属，归向。盛明：盛大光明。此喻曹操。

⑱披：劈开，分开。清朗：清亮明朗，指日光。此喻曹操。

⑲庆泰：幸福与安宁。重叠：即双喜临门之意。

⑳公子：指曹植。

㉑息肩：卸去负担。张衡《东京赋》："是用息肩于大汉，而欣戴高祖。"薛综注："言秦天下之民，若担重物，不得休息，今来归汉，得息肩膊。"此指摆脱心灵上的负担。

㉒值：碰上。明两：《周易·离·象》："明两作离，大人以继明照于四方。"孔疏："明两作离者，离为日，日为明。今有上下二体，故云'明两作离'也。"后以明两指帝王，颂扬其明照四方。这里指魏文帝曹丕。

㉓并载：同车。曹丕《与吴质书》："白日既匿，继以朗月。同乘并载，以游后园。"邺京：邺城，三国魏时为五都(邺、长安、谯、许昌、洛阳)之一。

㉔方舟泛河广：《庄子·山木》："方舟而济于河。"方舟，两船相并。河，黄河。

㉕绸缪(móu)：情意缠绵。清宴：清雅的宴会。

㉖寂寥：静寂。梁栋响：谓歌声绕梁。

㉗乘日养：谓白昼游乐。乘日，《庄子·徐无鬼》："有长者教予曰：'若乘日之车而游于襄城之野。'"郭象注："日出而游，日入而息。"养，李善注："《广雅》曰：'乐也。'"

【译文】

家本来在秦川，是贵公的子孙。遭遇战乱而寄居他乡，诗中颇多自我伤悼之情。

以前幽王厉王动荡纷乱，而今桓帝灵帝纷乱动荡。

伊洛地区已是一片火海，函崤以西乱得不成个样。

备好行装赶紧离开秦川，喂饱马匹奔赴楚国地方。

沮水漳水自然值得称美，远客之心不会为之荡漾。

常常感叹诗人说过的话，《式微》劝归却又无从前往。

幸得宰相奉迎皇帝都许，四方牧守尽皆尊崇归向。

千军万马奔袭汉水之南，纪郢地区全都顷刻扫荡。

拨开迷雾投入美盛光明，扫除乌云迎来清朗日光。

幸福安宁一齐降临头上，公子多情特别率先称赏。

不想得遂摆脱负担之愿，全靠一朝得遇英明帝王。

同乘一车畅游邺城内外，两船相并浮游黄河之上。

情意缠绵欢度清雅宴会，静寂之时只闻歌声绕梁。

欢歌畅饮既已通宵达旦，哪还顾得白天游乐何方。

陈　琳

袁本初书记之士①，故述丧乱事多。

　　　　皇汉逢屯邅②，天下遭氛慝③。

董氏沦关西④，袁家拥河北⑤。

单民易周章⑥，窘身就羁勒⑦。

岂意事乖己⑧，永怀恋故国⑨。

相公实勤王⑩，信能定蝥贼⑪。

复睹东都辉⑫，重见汉朝则⑬。

余生幸已多⑭，矧乃值明德⑮。

爱客不告疲⑯，饮宴遗景刻⑰。

夜听极星阑⑱，朝游穷曛黑⑲。

哀哇动梁埃⑳，急觞荡幽默㉑。

且尽一日娱，莫知古来惑㉒。

【注释】

①袁本初：袁绍，字本初。书记：掌管文书工作的官员。陈琳原为何进主簿，何进欲召四方猛将进京诛宦官，陈琳曾予劝阻，何进不听，后果被杀。陈琳避难冀州，依袁绍，袁绍使典文章。曹丕《典论·论文》："琳、瑀之章表书记，今之隽也。"

②皇汉：汉朝。此指东汉。屯邅（zhūn zhān）：也作"屯亶"，难行不进貌。喻处境艰难。《汉书·叙传》载班固《幽通赋》："纷屯邅与蹇连兮，何艰多而智寡。"颜师古注："（屯邅、蹇连）皆谓险难之时也。"

③氛慝（tè）：邪恶之气。

④董氏：指董卓。沦：陷。关西：函谷关以西之地。指长安及其附近地区。献帝初平元年（190），关东州郡起兵讨董卓，董卓焚毁洛阳，挟持献帝西迁长安。

⑤袁家：指袁绍。河北：黄河以北地区。何进谋诛宦官，召董卓入京。董卓入京，议废立，袁绍不从，出奔冀州。及董卓死，袁绍据

河北,破公孙瓒,拥四州之地。

⑥单民:只身。指陈琳。周章:犹周流,周行各地。《楚辞·九歌·云中君》:"龙驾兮帝服,聊翱游兮周章。"王逸注:"周章,犹周流也。言云神居无常处,动则翱翔,周流往来,且游戏也。"这里指陈琳从洛阳避难冀州。

⑦窘身:困迫之身。羁勒:羁、勒皆马笼头,有嚼口的叫勒,没有的叫羁。喻牵制束缚。谓到袁绍帐下做书记,受袁绍驱使。

⑧乖己:违背自己意愿。谓袁绍不拥戴汉帝,图谋自立。

⑨永:长。故国:犹言故都,指东汉都城洛阳。代指东汉王朝。

⑩相公:丞相,指曹操。王粲《从军诗》其一:"相公征关右,赫怒震天威。"勤王:出兵救援王朝。指曹操迎献帝都许。

⑪信:确实。蟊(máo)贼:蟊是吃禾根的虫,贼是吃禾节的虫。此喻危害国家的人。《诗经·小雅·大田》:"去其螟螣,及其蟊贼。"

⑫东都:东汉都城洛阳。代指东汉王朝。谢朓《始出尚书省》:"还睹司隶章,复见东都礼。"

⑬则:轨则。指朝纲制度。

⑭已多:谓年已长。据俞绍初辑校《建安七子集》所附《建安七子年谱》,建安十年(205)陈琳归曹操时,年约四十九岁。操任为司空军谋祭酒,管记室。

⑮矧(shěn):又。乃:才。值:碰上。明德:完美的德性。喻指曹操。

⑯爱客不告疲:言曹丕礼敬宾客不知疲倦。曹植《公宴诗》:"公子敬爱客,终宴不知疲。"

⑰遗:弃。景刻:时光,时间。刻,漏刻。

⑱听:指听乐。极星阑:谓尽夜。阑,夜阑,即夜将尽。

⑲穷曛(xūn)黑:谓直到天黑。曛,日落时的余光,指黄昏。

⑳哀哇:哀婉的音乐。哇,靡曼的乐声。扬雄《法言·吾子》:"中正

则《雅》，多哇则《郑》。"梁埃：梁上尘埃。

㉑急觞：急饮，连饮。觞，酒器。幽默：静寂无声。

㉒莫知：没有谁知。实际上是没有谁理睬。古来惑：指自古以来的迷惑，如酒色之类。《后汉书·杨秉传》："(杨)秉尝从容言曰：'我有三不惑：酒，色，财也。'"

【译文】

为袁本初的书记之士，故诗中多述丧乱之事。

东汉王朝碰上危险艰难，普天之下遭受邪恶侵袭。

董卓挟持献帝占据关西，袁绍身拥强兵盘踞河北。

只身一人漂泊周行各地，困迫之身就任受束之职。

哪里料到事情不合己意，心中常常思念旧京故国。

相公实心实意救国勤王，确实能够平定害民蟊贼。

再次目睹东都辉光灿烂，重又看见汉朝纲纪轨则。

我有幸在年近半百之时，碰上相公感受美好道德。

公子爱客丝毫不知疲倦，欢宴畅饮不计光阴时刻。

夜里听乐一直要到天亮，早晨游览一直要到天黑。

哀婉乐声振动梁上尘埃，喧呼连饮荡除无声静默。

姑且尽情享受一日欢娱，没有谁知古来酒色之惑。

徐　幹

少无宦情①，有箕颍之心事②，故仕世多素辞③。

　　伊昔家临淄④，提携弄齐瑟⑤。

　　置酒饮胶东⑥，淹留憩高密⑦。

　　此欢谓可终⑧，外物始难毕⑨。

　　摇荡箕濮情⑩，穷年迫忧栗⑪。

末涂幸休明⑫,栖集建薄质⑬。
已免负薪苦⑭,仍游椒兰室⑮。
清论事究万⑯,美话信非一⑰。
行觞奏悲歌⑱,永夜系白日⑲。
华屋非蓬居⑳,时髦岂余匹㉑。
中饮顾昔心㉒,怅焉若有失。

【注释】

①宦情:做官的欲望。《三国志·魏书·王粲传》注引《先贤行状》:
"(徐幹)轻官忽禄,不耽世荣。"

②箕颍:指箕山、颍水。箕山,在今河南登封东南。颍水,一名颍
河,源出河南登封西南。皇甫谧《高士传·许由》:"由于是遁而
耕于中岳,颍水之阳,箕山之下。"后遂谓隐者所居之地曰箕颍。

③仕世:在世为官。素辞:清素纯朴的言辞。

④伊昔:从前。伊,语助词。临淄:县名。属青州,在今山东淄博
东。按,徐幹为北海剧(今山东昌乐东)人,旧居临淄。

⑤弄:弹奏。齐瑟:齐地所产的瑟。

⑥胶东:汉郡国名。治胶东县(今山东平度)。《徐幹中论序》:"于
时董卓作乱,幼主西迁,奸雄满野,天下无主……君避地海表。"
胶东、高密皆近海之地,《中论序》"海表"当指此。董卓胁迫幼主
(献帝)西迁在初平元年(190)二月,徐幹避地海表当也在这
一年。

⑦淹留:停,滞留。憩(qì):休息。高密:秦置县名。汉宣帝时更为
高密国,治高密县(今属山东)。东汉建武中改属北海国。

⑧终:久长。

⑨外物:与"我"相对的他物。这里指天下纷乱。《庄子·外物》:

"外物不可必。"始:方。谓方兴未艾。毕:结束。

⑩箕濮情:谓隐居辟世之情。箕,箕山,已见上。濮,濮水,其源在今河南境内,东流入山东,注入古钜野泽。据说庄周曾垂钓于濮。

⑪穷年:终年。忧栗:忧惧。

⑫末涂:末路。喻忧惧潦倒的境地。涂,同"途"。幸:幸遇。休明:美善光明。指曹操。《徐幹中论序》:"以发疾疢,潜伏延年。会上公(曹操)拨乱,王路始辟,遂力疾应命,从戎征行。"建安十二年(207),曹操曾入青州,徐幹应命从征或在此时。

⑬栖集:谓安身。建:建立。薄质:菲薄的品德。为自谦之辞,实际是说要建立美好的品德。曹丕《与吴质书》:"而伟长独怀文抱质,恬淡寡欲,有箕山之志,可谓彬彬君子者矣。"

⑭负薪:背柴草。喻贫困。《汉书·朱买臣传》载朱买臣穷困时负薪读书事。

⑮椒兰室:贵族所居之地。陆机《拟青青陵上柏》:"高门罗北阙,甲第椒与兰。"椒、兰,皆香草名。以喻贵戚,即曹丕、曹植等。

⑯清论:高雅的谈论。李善注:"曹植四言诗曰:'高谈虚论,问彼道原。'"究万:探求到一万件。言所谈话题之广、之多。

⑰美话:精美的言辞。信:实。

⑱行觞:行酒,即依次敬酒。悲歌:哀婉动人的歌曲。

⑲永夜:长夜。系:连接。

⑳华屋:华美的房屋。蓬居:草房,为贫贱者、隐居者所居。

㉑时髦:谓一时杰出人物。匹:匹偶,伴侣。

㉒中饮:饮酒之中。昔心:即"箕颍之心事"。

【译文】

年轻时没有做官的打算,有隐居箕颍的想法,所以做官后诗中颇多清素纯朴的言辞。

从前老家在那青州临淄，提携弹奏齐地所产之瑟。
移居胶东摆下酒席畅饮，滞留高密安闲自在歇息。
这种欢乐自谓可以久长，天下纷乱却是方兴难息。
内心摇荡隐居箕濮之情，终年都为忧虑惶惧所迫。
末路之时幸逢美善光明，安身立命建树菲薄品德。
既已免除背负柴草之苦，高高兴兴游览椒兰之室。
高谈阔论探求事情万千，精美言辞岂止一句两句。
行酒之间奏起哀婉乐曲，绵绵长夜连接皓皓白日。
华美房屋不是蓬门草房，杰出之士岂是我的伴侣。
饮酒之中回顾往昔心事，无限惆怅觉得如有所失。

刘　桢

卓荦偏人①，而文最有气②，所得颇经奇③。
　　贫居晏里闬④，少小长东平⑤。
　　河兖当冲要⑥，沦飘薄许京⑦。
　　广川无逆流⑧，招纳厕群英⑨。
　　北渡黎阳津⑩，南登纪郢城⑪。
　　既览古今事，颇识治乱情⑫。
　　欢友相解达⑬，敷奏究平生⑭。
　　矧荷明哲顾⑮，知深觉命轻⑯。
　　朝游牛羊下⑰，暮坐括揭鸣⑱。
　　终岁非一日，传卮弄新声⑲。
　　辰事既难谐⑳，欢愿如今并㉑。
　　唯羡肃肃翰㉒，缤纷戾高冥㉓。

【注释】

①卓荦(luò)：卓异，指才能卓异。偏人：才行特出、与众不同的人。李善注引潘勖《玄达赋》："匪偏人之自题，诉诸衷于来哲。"

②气：魏晋时期文学批评的一个概念，指作家的气质、个性和才性，在作品中往往表现为一种气势。刘桢作品气盛，故云"最有气"。曹丕《与吴质书》："公幹有逸气，但未遒耳。"锺嵘《诗品》："仗气爱奇，动多振绝。真骨凌霜，高风跨俗。但气过其文，雕润恨少。"

③经奇：即尚奇，爱奇。

④晏：安逸。里闬(hàn)：里门，乡里之门。即指乡里。

⑤东平：地名。《世说新语·言语》注引《典略》："刘桢字公幹，东平宁阳人。"其地在今山东宁阳南。

⑥河兖：指兖州，黄河从其北境流过。当：处在。冲要：在军事或交通方面有重要作用的地方。兖州处在司、冀、豫、徐诸州中间，为兵家必争之地。

⑦沦飘：流落漂泊。薄：迫近。许京：即许县，献帝迁都于此，故称。刘桢《遂志赋》："幸遇明后(曹操)，因志东倾。披此丰草，乃命小生。生之小矣，何兹云当？牧马于路，役车低昂。怆恨恻切，我独西行。"叙写独自西行、投奔曹操之状，可与本句参读。

⑧广川：大河，指黄河。

⑨招纳：即《遂志赋》所谓"乃命小生"之意。厕：置身，加入。

⑩北渡黎阳津：此言随曹操北击袁绍。黎阳，县名。在今河南浚县东北，紧靠黄河北岸，为当时军事重镇。津，渡口。

⑪南登纪郢城：此言随曹操南平荆州。纪郢，代指荆州。刘桢《赠五官中郎将》其一："昔我从元后，整驾至南乡。"

⑫识：知道，懂得。治：政治清明安定。乱：政局动乱不定。

⑬解达：李善注："言相谈说而进达也。"即互相解说而通达其意之意。

⑭敷奏:《尚书·舜典》:"敷奏以言,明试以功。"孔传:"敷,陈。奏,进也。诸侯四朝各使陈进治理之言。"这里是相互陈述进言的意思。究:探求。平生:一生,此生。这里是人生的意思。

⑮矧(shěn):又。荷:承受。明哲:谓明智能洞察事理。指曹丕。顾:顾念,关心。

⑯命轻:谓士为知己者死,故产生不把命看得过重的想法。李善注引王逸《晋书》:"孔坦表曰:'士死知遇,恩令命轻。'"

⑰牛羊下:牛羊从牧场回圈休息。《诗经·王风·君子于役》:"日之夕矣,羊牛下来。"谓直到傍晚。

⑱括揭鸣:即直到鸡鸣,即直到次日天明。括,至。《诗经·王风·君子于役》:"日之夕矣,羊牛下括。"毛传:"括,至也。"揭,鸡栖止的木架。《诗经·王风·君子于役》:"鸡栖于桀。"李善注:"'桀'与'揭'音义同。"

⑲传卮(zhī):行酒,依次敬酒。卮,酒器。弄:弹奏。新声:新作的乐曲。

⑳辰事:犹言王事,为帝王效劳的事。辰,代指帝王。颜延之《车驾幸京口三月三日侍游曲阿后湖作》:"春方动辰驾,望幸倾五州。"李善注:"《论语》:'子曰:"为政以德,譬如北辰。"'故谓天子为辰也。"难谐:刘桢因"独平视"甄氏,遭到曹操减死输作(被罚去做磨石的苦役)的处罚,故云"难谐"。谐,和谐,融洽。

㉑欢愿:欢乐和愿望。并:一起。谓一起得到。欢乐聚会,于愿已足,是政治上受挫的表现,此中也寄托了谢灵运自己的感慨。

㉒肃肃翰:刘桢《杂诗》:"安得肃肃羽,从尔浮波澜。"肃肃,鸟飞声。翰,鸟羽。

㉓缤纷:多而疾貌。戾高冥:到达高空。《诗经·小雅·小宛》:"宛彼鸣鸠,翰飞戾天。"

【译文】

才能卓异，与众不同，而为文也最具气势，所写出的东西颇多奇异不凡之辞。

居住乡里清贫而又安闲，从小生长在那兖州东平。

兖州地处要冲战火不断，流落漂泊逐渐靠近许京。

大河宽阔没有倒流之水，招致接纳从此置身群英。

北渡黄河进军黎阳渡口，南平荆州登上纪郢古城。

古今大事都已观览清楚，颇能体察社会治乱之情。

朋友欢聚互相解词达意，陈述进言探究变幻人生。

承蒙明哲公子关心顾念，相知日深自觉生命微轻。

早晨出游直到牛羊回圈，傍晚聚首直到晨鸡啼鸣。

终年如此并非一日偶为，依次敬酒奏起新曲声声。

王事既然难于和合协调，欢乐愿望如今一起来临。

只羡慕肃肃劲飞的鸟羽，转瞬间就飞进九天云层。

应　场

汝颖之士①，流离世故②，颇有飘薄之叹③。

嗷嗷云中雁④，举翮自委羽⑤。

求凉弱水湄⑥，违寒长沙渚⑦。

顾我梁川时⑧，缓步集颍许⑨。

一旦逢世难⑩，沦薄恒羁旅⑪。

天下昔未定，托身早得所。

官度厕一卒⑫，乌林预艰阻⑬。

晚节值众贤⑭，会同庇天宇⑮。

列坐荫华榱⑯，金樽盈清醑⑰。

始奏《延露》曲^⑱，继以阑夕语^⑲。

调笑辄酬答^⑳，嘲谑无惭沮^㉑。

倾躯无遗虑^㉒，在心良已叙^㉓。

【注释】

①汝、颍：二水名。皆在今河南境内。应场为汝南郡南顿县（在今河南项城西南）人，其地在汝、颍之间。

②世故：世间的变故。指汉末动乱。

③飘薄：同"飘泊"，谓居无定所。

④嗷嗷：鸟哀鸣声。《诗经·小雅·鸿雁》："鸿雁于飞，哀鸣嗷嗷。"

⑤举翮(hé)：展翅。翮，鸟羽中间的硬管。委羽：北方山名。《淮南子·地形训》："北方曰积冰，曰委羽……烛龙在雁门北，蔽于委羽之山，不见日。"

⑥求凉：雁每年秋分后飞往南方，次年春分后北返，即"求凉"之意。弱水：北方水名。成公绥《鸿雁赋》："起寒门之北垠兮，集玄塞以安处。宾弱水之阴岸兮，有沙漠之绝渚。"湄：水边。

⑦违寒：避寒。《列子·黄帝》："禽兽之智有自然与人童者……违寒就温。"长沙：郡名。治长沙县，其地在今湖南长沙。渚：水中小洲。

⑧梁：战国七雄之一，即魏。魏惠王于前362年徙都大梁（今河南开封东南），故称梁。这里指在故梁地漂泊。川：平旷之地。

⑨颍许：即许都。颍，颍川，郡名。许都在颍川境内。

⑩一旦：一时。世难：世乱。

⑪沦薄：流离漂泊。恒：常。羁旅：寄居为客。

⑫官度：也作"官渡"，地名。在今河南中牟东北。建安五年(200)，曹操在此大破袁绍。厕：置身。

⑬乌林：地名。在湖北嘉鱼西，长江北岸，对岸为赤壁山。建安十

三年(208),曹操在此被孙权大败。预:参与。

⑭晚节:晚年。应场预邺下之游,年在四十上下,自称为"晚"。值:遇。

⑮庇天宇:言为朝廷效力。庇,遮护。天宇,天空。

⑯荫:覆盖,庇护。华榱(cuī):指华美的房屋。榱,椽子,屋顶架屋瓦的木条。李善注引马融《樗蒲赋》:"坐华榱之高殿,临激水之清流。"

⑰樽:酒器。盈:满。醑(xǔ):美酒。

⑱《延露》:古代民间歌曲名。

⑲阑夕:尽夜。

⑳调笑:嘲戏取笑。辄(zhé):立即,就。酬答:酬对应答。

㉑惭沮(jǔ):因惭愧而罢休。沮,终止。

㉒倾躯:谓全身心投入。遗虑:余虑,遗憾。

㉓良:的确。叙:《释名·释典艺》:"叙,杼也。杼泄其实,宣见之也。"杼,同"抒",抒发。

【译文】

汝颍人士,因遭遇动乱而流转他乡,故诗中颇多漂泊之叹。

云中大雁嗷嗷地哀鸣着,从北方委羽山展翅飞升。

飞到弱水岸边寻求凉爽,飞到长沙小洲躲避寒冷。

回顾我在梁国故地游荡,慢慢地又来到颍许安身。

一时遭遇世间纷纭动乱,流离飘泊常常身为客人。

天下动乱长期未能安定,早得托身之地早得安宁。

官渡之战置身士兵之中,乌林之役亲历艰难险阻。

老来有幸遇到诸位贤才,聚到一处齐心庇护朝廷。

身居华美房屋列坐聚饮,酒杯之中盛满美酒晶莹。

开始演奏民间《延露》之曲,接着你谈我论直到天明。

嘲戏取笑立即应声对答,不会因嘲谑而惭愧停声。

全身投入没有遗憾顾虑,心中情愫确已抒发尽兴。

阮　瑀

管书记之任①,有优渥之言②。

河洲多沙尘③,风悲黄云起④。
金羁相驰逐⑤,联翩何穷已⑥。
庆云惠优渥⑦,微薄攀多士⑧。
念昔渤海时⑨,南皮戏清沚⑩。
今复河曲游⑪,鸣葭泛兰汜⑫。
躧步陵丹梯⑬,并坐侍君子⑭。
妍谈既愉心,哀弄信睦耳⑮。
倾酤系芳醑⑯,酌言岂终始⑰。
自从食萍来⑱,唯见今日美。

【注释】

①书记:官名。掌文书。阮瑀归附曹操后,与陈琳并为司军谋祭酒,管记室,当时军国书檄,多是他和陈琳所作。曹丕《与吴质书》:"元瑜书记翩翩,致足乐也。"任:职责。

②优渥(wò):指雨水充足。优,充足。渥,湿。《诗经·小雅·信南山》:"益之以霢霂,既优既渥,既沾既足,生我百谷。"后泛称丰厚优裕为优渥。这句谓恩宠深厚,因而有感恩之言。李密《陈情表》:"过蒙拔擢,宠命优渥。"

③河洲多沙尘:李善注引繁钦《述行赋》:"芒芒河滨,实多沙尘。"河洲,河中的小块陆地。

④黄云:云因风沙而黄,故称。

⑤金羁:金饰的马笼头。代指马。曹植《白马篇》:"白马饰金羁,连翩西北驰。"

⑥联翩:同"连翩",飞驰不已貌。

⑦庆云:五色云,古以为祥瑞之气。此喻曹操。惠:降下,赐予。

⑧微薄:阮瑀自谓。多士:众多士子。《诗经·大雅·文王》:"思皇多士,生此王国。"

⑨渤海:郡名。治南皮县(今属河北)。建安十年(205)正月,曹操攻南皮,追杀袁谭,平定冀州。

⑩清沚:清澈,明净。指水。攻克南皮后,诸子曾在南皮游宴。曹丕《与吴质书》:"每念昔日南皮之游,诚不可忘。"

⑪河曲:黄河弯曲之处。曹丕《与吴质书》:"时驾而游,北遵河曲,从者鸣笳以启路,文学托乘于后车。"信写于黄河南岸的孟津。

⑫鸣葭(jiā):吹笳。葭,通"笳",古代管乐器名。泛:漂流,谓乘船漂流。兰汜(sì):长有兰草的水边。

⑬蹝(xǐ)步:轻快的步伐。陵:登上。丹梯:即丹墀,宫殿前的台阶,因漆成红色,故称。

⑭君子:指曹丕。

⑮"妍谈"二句:曹丕《与吴质书》:"高谈娱心,哀筝顺耳。"妍谈,美妙的言谈。哀弄,哀婉动人的音乐。弄,乐曲。信,实在。睦耳,犹言顺耳、悦耳。

⑯倾酤(gū):倒酒。芳醑(xǔ):芳香的美酒。

⑰酌言:即饮酒。《诗经·小雅·瓠叶》:"君子有酒,酌言尝之。"言,语助词。岂终始:岂有个完。终始,偏义复词,此偏用"终"义。

⑱食萍:此为参与宴饮之意。《诗经·小雅·鹿鸣》:"呦呦鹿鸣,食野之苹。我有嘉宾,鼓瑟吹笙。"是一首贵族宴会宾客的诗。萍,

艾蒿,同"苹"。

【译文】

担负书记的职责,诗中有感激恩宠深厚的言辞。

河中的小洲有许多沙尘,悲风吹来一阵黄云腾起。

金羁骏马交相奔驰追逐,轻捷矫健真是马不停蹄。

五色祥云降下充足雨水,微才薄德高攀众多贤士。

想起以前聚会在渤海郡,在南皮清水中自在嬉戏。

今天又来到河湾处畅游,漂浮兰草水边吹筎连声。

迈步登上这红色的殿阶,围坐一起陪奉贤德君子。

美妙言谈令人心情愉快,哀婉音乐听来实在动人。

倒出来的都是醇香美酒,畅饮起来哪还有个完时。

自从参加聚会饮宴以来,只有今日聚会最为完美。

平原侯植

公子不及世事①,但美遨游②,然颇有忧生之嗟③。

　　　　朝游登凤阁④,日暮集华沼⑤。
　　　　倾柯引弱枝⑥,攀条摘蕙草⑦。
　　　　徙倚穷骋望⑧,目极尽所讨⑨。
　　　　西顾太行山,北眺邯郸道。
　　　　平衢修且直⑩,白杨信袅袅⑪。
　　　　副君命饮宴⑫,欢娱写怀抱⑬。
　　　　良游匪昼夜⑭,岂云晚与早。
　　　　众宾悉精妙,清辞洒兰藻⑮。
　　　　哀音下回鹄⑯,余哇彻清昊⑰。

中山不知醉⑱,饮德方觉饱⑲。
愿以黄发期⑳,养生念将老。

【注释】

①不及世事:不过问世务。

②美:喜欢。遨游:游乐。

③忧生之嗟:为生存而忧虑嗟叹。曹操去世、曹丕即位后,曹植备
　受压抑,曾有生命之虞,诗中颇多忧愁怨叹,故云。

④凤阁:鲍照《凌烟楼铭》:"冰台筑乎魏邑,凤阁起于汉京。"这里泛
　指城中楼阁。

⑤华沼:华美的水池。曹操在邺城建有铜雀园,园中有池,是诸子
　经常游宴的地方。

⑥柯:树枝。指大的树枝。引:拉,牵。弱枝:细枝。

⑦条:枝条。蕙:香草名。

⑧徙倚:流连徘徊。穷:尽。骋望:纵目远望。

⑨讨:寻求。

⑩衢(qú):四通八达的道路。修:长。

⑪信:实在。裊裊:摇荡不定貌。

⑫副君:太子。指曹丕。

⑬写:抒发。

⑭匪昼夜:谓不分昼夜。匪,非。

⑮清辞:清美的言辞。

⑯哀音:指乐曲。下回鹄:谓音乐之美,引得天鹅也飞下来倾听。
　《韩非子·十过》:"师旷不得已,援琴而鼓。一奏之,有玄鹤二
　八,道南方来,集于郎门之垝;再奏之而列;三奏之,延颈而鸣,舒
　翼而舞。"回鹄,回旋飞翔的天鹅。

⑰余哇:余音。哇,靡曼的乐声。彻:通,达。清昊(hào):指天。

昊，元气博大貌。《列子·汤问》："秦青弗止，饯于郊衢，抚节悲歌，声振林木，响遏行云。"

⑱中山：汉郡国名。其地在今河北唐县、定州一带。古出美酒。左思《魏都赋》："醇酎中山，流湎千日。"张载注："中山出好酎酒，其俗传云：昔有人曰玄石者，从中山酒家酤酒，酒家与之千日之酒，语其节度，比归数百里，可至于醉。如其言饮之，至家而醉……其俗语曰：'玄石饮酒，一醉千日。'"

⑲饮德：谓领受恩惠。饱：满足。《诗经·大雅·既醉》："既醉以酒，既饱以德。"朱熹《诗集传》："德，恩惠也……言享其饮食恩意之厚。"

⑳黄发期：指老年高寿。人老发黄，故称老人曰黄发。曹植《赠白马王彪》："王其爱玉体，俱享黄发期。"

【译文】

公子不过问世务，只喜欢游乐，但诗中颇有忧生虑存之叹。

早上出游登上城中楼阁，傍晚时分聚集华美池沼。

倾斜树枝拉过细小枝条，攀着枝条采摘芳香蕙草。

流连徘徊尽力纵目远望，极目把想看的全都看到。

往西远看高高的太行山，往北远眺去邯郸的大道。

大道四通八达长而平直，白杨树在风中来回荡摇。

副君吩咐摆下酒宴欢饮，欢娱之中写诗抒发怀抱。

美好游乐不分白天黑夜，哪里还管天晚还是天早。

各位来宾文思都很精妙，清词丽句洒向幽兰绿藻。

哀婉乐曲引来天鹅聆听，余音袅袅直上碧空九霄。

中山美酒饮后也不知醉，领受恩惠才觉酒酣饭饱。

但愿大家都能享受高寿，好好养生想想都将要老。